*El audaz. Historia de un radical
de antaño*

Todos los derechos reservados

Colección: *Clásicos Libertarias*
Primera edición: Septiembre, 2003

© Ediciones Libertarias/Prodhufi, S.A.
   Bravo Murillo, 37-1º D. 28015 Madrid
   www.libertarias.com

Diseño de colección: Gráfica Futura
ISBN: 84-7954-614-X
Depósito Legal: M-37.634-2003
Impreso en Top Printer Plus
Impreso en España/*Printed in Spain*

Benito Pérez Galdós

El audaz. Historia de un radical de antaño

Edición de ÍÑIGO SÁNCHEZ LLAMA
Profesor titular de literatura española moderna
Purdue University

CLÁSICOS LIBERTARIAS

*A la memoria de mi tío,
Antonio Sánchez Pérez de Castro (1929-2001),
humanista ejemplar y gran conocedor
de la obra galdosiana*

ÍNDICE GENERAL

Introducción

El autor 13

   Noticia cronológica 13
   1. Biografía de Benito Pérez Galdós 21
   2. Visión global de la obra de Pérez Galdós 36
   3. La Revolución y los intelectuales europeos del siglo XIX: un análisis comparatista 48
   4. Análisis de *El audaz*. Una perspectiva progresista de renovación nacional 65

      4.1. Fuentes estéticas de *El audaz* 69
      4.2. Género sexual y liberalismo: hacia una construcción de la domesticidad burguesa en España 81
      4.3. Martín Muriel y la revolución: censuras galdosianas del faccionalismo 90
      4.4. Estilo de *El audaz:* rasgos formales y estéticos ... 96

Criterios de edición 99

Bibliografía 101

   Ediciones de carácter general 101
   Bibliografía seleccionada sobre *El audaz* 101
   Bibliografía seleccionada sobre la obra galdosiana ... 102

El Audaz

CAPÍTULO I: Curioso diálogo entre un fraile y un ateo en el año de 1804 115
CAPÍTULO II: El señor de Rotondo y el abate Paniagua ... 141
CAPÍTULO III: La sombra de Robespierre 163
CAPÍTULO IV: La escena campestre 185
CAPÍTULO V: Pablillo 215

Capítulo VI: De lo que Muriel vio y oyó en Alcalá de Henares 235
Capítulo VII: El consejero espiritual de doña Bernarda 249
Capítulo VIII: Lo que cuenta Alifonso y lo que aconseja Ulises 261
Capítulo IX: El león domado 275
Capítulo X: Que trata de varios hechos de escasa importancia, pero cuyo conocimiento es necesario 293
Capítulo XI: Los dos orgullos 305
Capítulo XII: El doctor consternado 325
Capítulo XIII: La maja 335
Capítulo XIV: El baile de candil 347
Capítulo XV: La princesa de Lamballe 357
Capítulo XVI: Las ideas de fray Jerónimo de Matamala 361
Capítulo XVII: El barbero de Madrid 373
Capítulo XVIII: El espíritu revolucionario del padre Corchón. 385
Capítulo XIX: La sentencia de Susana 397
Capítulo XX: Del fin que tuvo la prisión de Susana 405
Capítulo XXI: La nobleza y el pueblo 415
Capítulo XXII: El espectro de Susana 429
Capítulo XXIII: El pastor Fileno 433
Capítulo XXIV: El primer programa del liberalismo 441
Capítulo XXV: La deshonra de una casa 445
Capítulo XXVI: ¿Iré o no iré? 453
Capítulo XXVII: Quemar las naves 461
Capítulo XXVIII: La traición 471
Capítulo XXIX: El dictador 483
Capítulo XXX: Revoloteo de una mariposa alrededor de una luz 491
Capítulo XXXI: Conclusión. –Saint-Just, Napoleón y Robespierre. 499

Apéndices

Documentación temática varia 509
Reseñas sobre *El audaz* publicadas en la década de 1870 509
Textos complementarios a *El audaz* 517

Temas de trabajo 527

INTRODUCCIÓN

EL AUTOR

Noticia cronológica

1843 10 de mayo: nace Benito Pérez Galdós en Las Palmas de Gran Canaria en el seno de una familia acomodada de orígenes hidalgos, siendo bautizado dos días después en la parroquia de San Francisco. Hijo de Sebastián Pérez (1784-1871) y María de los Dolores Galdós (1800-1877).
10 de noviembre: Isabel II es proclamada Reina de España. La monarquía isabelina inaugura un período conservador conocido en la historiografía bajo el nombre de "Década moderada" (1843-1854).
14 de junio: se autoriza por Real Orden al catedrático Julián Sanz del Río (1814-1869) realizar una ampliación de estudios en Alemania. Años después, difunde en España la filosofía krausista. El krausismo pretende reconciliar el cristianismo con el libre examen y la modernidad liberal. Ese proyecto filosófico debe enfrentarse en la España isabelina al retrógrado, y poderoso institucionalmente, neocatolicismo.

1854 28 de julio: entrada triunfal en Madrid del general sublevado Leopoldo O'Donnell (1809-1867) que inaugura el "Bienio Progresista" (1854-1856). Auge del krausismo liberal en la Universidad Central de Madrid. Julián Sanz del Río es nombrado catedrático de Historia de la filosofía. El colapso de la coalición progresista en 1856 implica la neutralización de estos proyectos intelectuales hasta 1868.

1857 Pérez Galdós inicia sus cursos superiores de bachillerato en el Colegio de San Agustín (1857-1862), de Las Palmas. El diploma de bachiller en artes le será extendido por la Universidad de Sevilla el 18 de marzo de 1866.

1862 Colabora como articulista en la revista canaria *El Ómnibus*. Desde la adolescencia muestra una precoz afición literaria que le orienta inicialmente hacia los dramas teatrales.

Tras aprobar los exámenes de bachiller en La Laguna se traslada a Madrid para cursar estudios en la Facultad de Derecho de la Universidad Central. Entre los influjos intelectuales más importantes de ese período, destacan las enseñanzas del krausista Fernando de Castro (1814-1874).

1864 Asiste a la representación en el Teatro Español de *Venganza catalana*, de Antonio García Gutiérrez (1813-1884), obra teatral de gran impacto en la formación literaria de Pérez Galdós. Escribe el drama histórico, hoy perdido, *La expulsión de los moriscos*.

Publicación de la encíclica de Pío IX (1846-1878) *Quanta cura* y *Syllabus* en la que se condena el carácter "pecaminoso" del liberalismo. Aumenta la creciente incompatibilidad ideológica, en el siglo XIX, entre el catolicismo oficial español –influido por la reaccionaria vertiente neocatólica– y el liberalismo. Tal conflicto ha de ser desarrollado en décadas posteriores por la narrativa galdosiana.

1865 Inicia sus colaboraciones periodísticas en el diario madrileño de orientación progresista, *La Nación*, y en la prestigiosa *Revista del movimiento intelectual de Europa*.

Es testigo presencial de los sucesos de La Noche de San Daniel (10 de abril) originados por la brutal represión policial sobre estudiantes universitarios progresistas que manifiestan su oposición a la destitución del Rector de la Universidad Central.

1866 Pronunciamiento progresista fallido en el cuartel de San Gil (22 de junio). La represión gubernamental es intensa: dos centenares de muertos y docenas de fusilados. Pérez Galdós califica este suceso como "el más trágico y siniestro [espectáculo] que he visto en mi vida".

Comienza a escribir su primera novela, *La sombra*, relato fantástico fuertemente influido por la obra romántica de E.T.A. Hoffmann (1776-1822) y publicado en 1871.

1867 Primer viaje a París en el que adquiere novelas de Honorato de Balzac (1799-1850) y asiste a las ceremonias de la Exposición Universal.

Realiza una traducción de la novela de Carlos Dickens (1812-1870), *Pickwick Papers* (1836-1837) publicada por *La Nación* desde marzo de 1868.

1868 Abandono definitivo de la Universidad sin haber obtenido el título de licenciado e intentos por profesionalizarse en las letras peninsulares gracias al inicial apoyo económico familiar. 18 de septiembre: Revolución "Gloriosa" que fuerza el exilio de Isabel II. La Revolución surge de la alianza entre progresistas, republicanos y demócratas. Sanz del Río, destituido en 1867 junto a otros catedráticos krausistas, recupera su cátedra. Fernando de Castro (1814-1874) es nombrado Rector de la Universidad Central.

1869 Cortes Constituyentes que aprueban la constitución española más liberal del período decimonónico. Consagración de la libertad de cultos y establecimiento del sufragio universal masculino. Tempranas disensiones en la coalición revolucionaria. Juan Prim (1814-1870) es elegido Presidente del gobierno. Comienza a ser visible el desbordamiento ultraconservador de signo carlista y el maximalismo republicano orientado al federalismo. Ambas opciones son rechazadas por Pérez Galdós, vinculado desde la década de 1860 a a los círculos progresistas y entusiasta partidario del general Prim.

Faustina Sáez de Melgar (1834-1895) funda el Ateneo Literario y Artístico de Señoras. La iniciativa es simultánea en la cronología histórica al establecimiento de las Conferencias Dominicales para la Educación de la Mujer bajo los auspicios del Rector de la Universidad Central, Fernando de Castro. La efervescencia liberal revolucionaria permite crear en España instituciones que promueven cierta instrucción femenina dirigida a las mujeres de clase media.

1870 Primeras colaboraciones en la progresista *Revista de España*. Publica su novela histórica *La Fontana de Oro*, celebrada en los principales diarios madrileños.

Julio: inicio de la guerra franco-prusiana que liquida el régimen imperial de Napoleón III (1851-1870). La República es proclamada en el Ayuntamiento de París el 4 de septiembre.

18 de noviembre: Amadeo I de Saboya es proclamado rey constitucional con los apoyos precarios de los progresistas es-

pañoles. Los medios periodísticos en los que colabora Pérez Galdós apoyan la monarquía amadeísta.

27 de diciembre: atentado contra el general Prim, líder de los progresistas españoles y principal valedor de Amadeo I. Su muerte presagia las dificultades que terminan colapsando la monarquía amadeísta de cuño liberal.

Adscripción de España a la I Internacional. Comienzan a extenderse asociaciones obreras, de cuño anarquista, que contribuyen al desarrollo de una conciencia obrera en España. La anarquista Federación de Trabajadores de la Región Española (FTRE) se funda en septiembre de 1881.

1871 Abril: manifiesto de la Comuna de París. Proyecto de un estado formado por una federación de comunas libres y autónomas. Ésta es disuelta tras una brutal represión en la que varios millares de insurgentes fueron fusilados o deportados.

Pérez Galdós es nombrado director de la publicación progresista *El Debate*. El periódico enjuicia severamente la revolución de París. El rechazo del progresista Pérez Galdós al exceso revolucionario parisino es similar al manifestado entonces por George Sand (1804-1876), Gustavo Flaubert (1821-1880), Emilio Zola (1840-1902) e Hipólito Taine (1828-1893).

1873 6 de febrero: el acoso político del carlismo y el federalismo republicano, unido a la simultánea descomposición de la coalición liberal-progresista, fuerzan la abdicación de Amadeo I. Proclamación de la I República. Desbordado por extremismos federalistas y ultraconservadores, el régimen republicano contempla una sucesión de cuatro presidentes en medio de una creciente anarquía social.

Pérez Galdós publica su primer episodio nacional, *Trafalgar*. La primera serie de los *Episodios Nacionales* (1873-1875) abarca el período de la Guerra de la Independencia (1808-1814).

1874 Suscribe el 27 de julio un contrato editorial con Miguel Honorio de la Cámara y Cruz. Años después, rescindirá tales acuerdos tras un costoso y polémico pleito en los tribunales de justicia (31 de marzo de 1897).

29 de diciembre: pronunciamiento del general Martínez Campos (1831-1900) en Sagunto que restablece la monarquía en la figura de Alfonso XII, hijo de la destronada Isabel II.

1875 Comienza la segunda serie de los *Episodios Nacionales* (1875-1879), referidos al reinado de Fernando VII (1814-1833).

1876 Polémica nacional y éxito espectacular de sus novelas de tesis pronto traducidas a las principales lenguas europeas: *Doña Perfecta* (1876), *Gloria* (1877) y *La familia de León Roch* (1878). Estas novelas han de granjearle la animadversión de la España tradicionalista. Pérez Galdós, acusado de practicar un anticatolicismo volteriano pretende, más bien, regenerar al catolicismo español de sus prácticas supersticiosas y hacer factible la armonía entre la modernidad liberal y el catolicismo.

Aprobación de una nueva constitución que reduce las conquistas liberales de 1869, v.gr. abolición del sufragio universal masculino y reconocimiento del catolicismo como religión del Estado. La Constitución de 1876, sin embargo, supera el previo moderantismo isabelino y consagra algunas demandas liberal-progresistas como la libertad de pensamiento, de asociación y de reunión.

1878 12 de febrero: Paz del Zanjón que pone fin, de manera provisional, a la guerra de la independencia cubana (1868-1878).

1879 2 de mayo: Pablo Iglesias (1850-1925) funda el Partido Socialista Obrero Español (PSOE). Aumenta el descontento entre el proletariado español por su marginación en el régimen burgués alfonsino. Pérez Galdós rechaza en la década de 1880 la orientación obrerista del PSOE. Años después, sin embargo, elogia abiertamente a Pablo Iglesias e incluso es elegido diputado (1909) en la alianza denominada "Conjunción Republicano-Socialista".

1881 Inicia con *La desheredada* un amplio ciclo de obras novelescas próximas a la estética naturalista: *El amigo Manso* (1882), *El doctor Centeno* (1883), *Tormento* (1884), *La de Bringas* (1884) y *Lo prohibido* (1885).

Comienzos, probablemente, de su relación sentimental con la escritora Emilia Pardo Bazán (1851-1921).

Mantiene una tortuoso e irregular vínculo afectivo con Concha Morell hasta la muerte de ésta en 1906. Se considera que esta problemática experiencia condiciona su novela *Tristana* (1892).

1883 13 de marzo: multitudinario banquete homenaje a Pérez Galdós en los madrileños Café Inglés y Círculo Ayala en el que se le consagra como el restaurador de la novela española. El acto fue apoyado, entre otros, por Leopoldo Alas "Clarín" (1852-1901), Armando Palacio Valdés (1853-1938), José María de Pereda (1833-1906), Antonio Cánovas del Castillo (1833-1901) y Emilio Castelar (1832-1889).

1885 25 de noviembre: muerte de Alfonso XII.
30 de diciembre: María Cristina, Regente (1885-1902). Inicio del turno pacífico entre liberales y conservadores apoyado por el sistemático fraude electoral vigente en la época.

1886 4 de abril: elegido diputado por el Partido Liberal en la circunscripción puertorriqueña de Guayama. Pérez Galdós nunca visitó ese distrito electoral y su triunfo, en palabras del autor, fue posible gracias a las prácticas caciquiles vigentes en la Restauración (1874-1931).
Publica la primera parte de *Fortunata y Jacinta* (1886-1887), novela que, en opinión casi unánime, es descrita por la crítica más autorizada como su obra maestra.

1887 Emprende un largo viaje por Holanda, Centroeuropa y Dinamarca.

1888 Publica su novela *Miau*, inquietante alegoría sobre el progresivo impacto de la burocracia en la sociedad contemporánea.

1889 13 de junio: elegido miembro de la Real Academia Española. Su discurso de ingreso, "La sociedad presente como materia novelable", será pronunciado el 7 de febrero de 1897.
Publicación de la novela dialogada *La incógnita*. El autor practicará un registro narrativo similar en *Realidad* (1889) y *El abuelo* (1897).
Comienza la serie de novelas del prestamista, reconvertido luego en banquero, Torquemada, en cuyas páginas queda constancia de la consolidación del capitalismo en la España decimonónica: *Torquemada en la hoguera* (1889), *Torquemada en la cruz* (1893), *Torquemada en el purgatorio* (1894) y *Torquemada y San Pedro* (1895).

1890 Publica su novela espiritualista *Ángel Guerra*, modelo estético posteriormente desarrollado en *Nazarín* (1895), *Halma* (1895) y *Misericordia* (1897).

1891 Nacimiento de su hija natural María Pérez Galdós (1891-1972), fruto de sus relaciones con Lorenza Cobián, posiblemente iniciadas en 1884 hasta su suicidio en 1906.
Construye su residencia en Santander "San Quintín". Pérez Galdós veranea en la ciudad montañesa desde 1871.
Establecimiento en España del sufragio universal masculino.

1892 15 de marzo: estreno de la versión teatral de *Realidad* en el madrileño Teatro de la Comedia. Pérez Galdós produce en esta década una abundante serie de dramas, v.gr. *La de San Quintín* (1894), *Doña Perfecta* (1896), *La fiera* (1896), que le convierten, a juicio de sus contemporáneos, en "hombre de teatro".

1897 Agosto: atentado anarquista que termina con la vida del entonces jefe de gobierno Antonio de Cánovas del Castillo. El magnicidio presagia el colapso de la Restauración y la futura cadena de atentados similares en las primeras décadas del siglo XX, v.gr. José Canalejas (1912) y Eduardo Dato (1921).

1898 Comienza la tercera serie de los *Episodios Nacionales* (1898-1900) centrados en la Guerra de los Siete Años (1833-1840) y las regencias de María Cristina de Borbón (1833-1840) y Espartero (1841-1843).
Guerra hispano-americana. La derrota española y el subsecuente Tratado de París (12 de agosto) liquida los últimos vestigios del Imperio Español en América (Cuba y Puerto Rico) y Asia (Filipinas). Cobra auge el regeneracionismo español que postula la renovación intelectual del país, mayor justicia social, la inserción de España en la modernidad liberal europea y el abandono del caciquismo electoral.

1901 30 de enero: conmoción nacional tras el estreno de su drama anticlerical *Electra* en el madrileño Teatro Español. Pérez Galdós es celebrado por los principales intelectuales liberales y recibe el cálido apoyo de los integrantes más eximios de la "generación de 1898": Miguel de Unamuno (1864-1936), Pío Baroja (1872-1956) y Ramiro de Maeztu (1875-1936). *Electra* duró un centenar de noches en la cartelera madrileña y es también representada con éxito en otras ciudades españolas.

1902 Emprende la cuarta serie de los *Episodios Nacionales* (1902-1907), referidos al reinado de Isabel II (1843-1868).

Polémica por las acusaciones del periodista Luis Bonafoux (1855-1918) en el *Heraldo de París*. Bonafoux hace públicos los vínculos afectivos, escandalosos para la época, de Pérez Galdós con Concha Morell.

17 de mayo: Alfonso XIII (1902-1931) jura la Constitución de 1876.

1903 Comienza su afección de vista. Pérez Galdós será operado de cataratas (1911) y en el momento de su muerte sufrirá una ceguera casi total.

1907 Paulatina radicalización ideológica: Pérez Galdós desarrolla una intensa actividad política defendiendo ideales republicanos (1907-1913). Frustrado por la incapacidad que, a su juicio, muestran los liberales españoles e igualmente inquieto por el influjo nocivo del clero español en la vida nacional, el autor adopta una agenda anticlerical de cuño republicano. Fue elegido diputado en las elecciones del 21 de abril de 1907 y renueva su mandato, en coalición con el Partido Socialista, el 8 de mayo de 1909. Vuelve a ser elegido en las elecciones de mayo de 1914.

Mantiene una relación sentimental con Teodosia Gandarias hasta la muerte de ésta en 1919.

Comienza la última serie de los *Episodios Nacionales* (1907-1912) que cubren el turbulento período del "Sexenio Revolucionario" (1868-1874).

1909 13 de octubre: ejecución de Francisco Ferrer en Barcelona al que se acusa de haber promovido las jornadas revolucionarias barcelonesas de la "Semana Trágica". Intensificación de las tensiones entre el régimen alfonsino y las emergentes formaciones políticas obreras.

1912 Campaña fallida a favor de su nominación al Premio Nobel de literatura, entre otras causas, por la oposición de la España oficial. Otros intentos, también frustrados, se producen en los años 1913-1916.

Pérez Galdós nombrado director artístico del madrileño Teatro Español.

1914 Crecientes problemas económicos. Fracaso de la campaña nacional de suscripción de fondos para pagar sus deudas.

Inicio de la I Guerra Mundial (1914-1918). Pérez Galdós apoya la causa de los países aliados.

1916 18 de junio: éxito espectacular de la adaptación teatral de su novela *Marianela* (1878), realizada por los hermanos Serafín (1871-1938) y Joaquín Álvarez Quintero (1873-1944).

1918 8 de mayo: última obra escrita por Pérez Galdós: *Santa Juana de Castilla*, representada en el madrileño Teatro de la Princesa por la compañía de Margarita Xirgu (1888-1969).

1920 4 de enero: fallece en su domicilio madrileño de Hilarión Eslava nombrando a su hija natural, María Pérez Galdós, heredera universal.

1. Biografía de Benito Pérez Galdós

> No temas dar a la publicidad los recuerdos que salgan luminosos de tu fatigado cerebro y abandona los que se obstinen en quedarse agazapados en los senos del olvido, que ello será como si una parte de mi existencia sufriese temporal muerte o catalepsia, tras de la cual resurgirá la vida con nuevas manifestaciones de vigorosa realidad[1].

Benito Pérez Galdós nace en las Palmas de Gran Canaria el 10 de mayo de 1843. Difícil resulta precisar con exactitud la trayectoria personal del novelista por su frecuente reticencia a desvelar hechos concretos de su biografía. El testimonio de Leopoldo Alas "Clarín" (1852-1901) observa en 1889 la innata tendencia a la ocultación practicada por el autor[2]. Modernas aproximaciones biográficas realizadas en el siglo XX vinculan el secretismo galdosiano con "la actitud defensiva" visible en su círculo familiar más inmediato. Pertenecer a una clase media de orígenes hidalgos, acomodada pero no hegemónica en el entorno canario, junto a ciertas conductas escandalosas para la época, visibles en ciertos familiares residentes en Cuba, propicia "un clima de silencios defensivos" que el autor asume desde su infancia y mantiene en décadas posteriores[3]. Resalta de mane-

---

[1] Benito Pérez Galdós, *Memorias de un desmemoriado*, 1916, *O.C.*, ed. Carlos Sainz de Robles, Madrid, Aguilar, 1951, vol. 6, pág. 1654.

[2] Leopoldo Alas, "Clarín", *Benito Pérez Galdós. Estudio crítico biográfico*, Madrid, Establecimiento Tipográfico de Fernando Fe, 1889, pág. 5.

[3] Pedro Ortiz Armengol, *Vida de Galdós*, Barcelona, Crítica, 1995, pág. 69.

ra especial durante la adolescencia la creciente distancia entre el novelista y su madre, "Mamá Dolores". María de los Dolores Galdós Medina (1800-1877), de inequívocos orígenes hidalgos y en cuya familia encontramos un receptor del Santo Oficio, representa los valores de la España tradicional a los que Pérez Galdós opondrá años después una modernidad liberal y secular de cuño progresista[4].

Las inquietudes literarias de Pérez Galdós son ya sugeridas por su precoz redacción de dramas teatrales siendo estudiante en el Colegio de San Agustín (1857-1862). El futuro novelista también colabora en la prensa periódica de Las Palmas. Determinante en su trayectoria literaria e intelectual será la residencia en la capital de España desde 1862, fecha en la que se traslada a Madrid para estudiar Derecho en la Universidad Central. Escaso entusiasmo hacia la institución universitaria y la rutina académica son palpables en el joven estudiante. Según rememora Pérez Galdós en 1916, "escapándome de las cátedras, ganduleaba por las calles, plazas y callejuelas, gozando en observar la vida bulliciosa de esta ingente y abigarrada capital"[5]. Aunque el novelista nunca pudo licenciarse como abogado y abandona definitivamente la Universidad en 1868, la experiencia madrileña le permite observar de primera mano la efervescencia política que termina colapsando la monarquía retrógrada de Isabel II (1843-1868).

El régimen isabelino es administrado por el conservador Partido Moderado. Salvo efímeras administraciones liberales, v.gr. "Bienio Progresista" (1854-1856), detectamos en la época recurrentes objeciones a la implantación en España de un sistema político plenamente liberal. El Partido Demócrata y, en un plano menos disidente, el Partido Progresista representan una actitud rupturista con respecto al autoritarismo isabelino. La filosofía krausista –cuyo fundamento esencial prestigia un "racionalismo armónico" en el que se conjuga el cristianismo con el libre examen[6]– también elabora alternativas

---

[4] Para un estudio preciso de estos condicionantes, véanse Hyman Chonon Berkowitz, *Pérez Galdós. Spanish Liberal Crusader*, Madison, Wisconsin, The University of Wisconsin Press, 1948, págs. 3-19 y Pedro Ortiz Armengol, *Vida de Galdós, op. cit.*, págs. 29-62.

[5] Benito Pérez Galdós, *Memorias de un desmemoriado, op.cit.*, pág. 1655.

[6] El racionalismo armónico postula "el claro conocimiento de la cuestión filosófica y la constante atención a ella, desde el hombre, a saber, según es eternamente en Dios, al hombre mismo, según debe ser históricamente en su libertad bajo Dios", Julián Sanz del Río, "Metafísica analítica", 1857-1858, *Metafísica analítica. Introducción. Introducción al Ideal de la humanidad para la vida, de C.F. Krause*, ed. Eloy Terrón, Barcelona, Ediciones de Cultura Popular, 1968, pág. 134.

intelectuales al neocatolicismo adoptado en España desde 1843[7]. De importancia capital en la formación del joven Pérez Galdós será su contacto directo tanto con los krausistas como con los círculos progresistas en cuyas publicaciones colabora desde fechas tempranas[8]. Pérez Galdós evoca en sus *Memorias de un desmemoriado* (1916) su participación en la algarada estudiantil de la Noche de San Daniel (10-IV-1865)[9] así como su rechazo a la brutal represión gubernamental contra el pronunciamiento progresista de los sargentos del cuartel de San Gil (22-VI-1866)[10]. Impacto profundo en su formación intelectual puede también percibirse en el influjo del profesor krausista Fernando de Castro (1814-1874). Pese al absentismo universitario, el novelista asiste a sus clases en 1862-1863 y sus artículos periodísticos de la época valoran en términos elogiosos sus virtudes académicas[11]. Consideramos relevante la definición del método historiográfico de Fernando de Castro descrita por José Luis Abellán en los siguientes términos:

---

[7] Sobre el impacto del krausismo en España véanse, José Luis Abellán, *Historia y crítica del pensamiento español*, Madrid, Espasa-Calpe, 1984, vol. 4, págs. 394 y 447-448; Gonzalo Capellán de Miguel, "El krausismo español: entre idealismo y positivismo. Algunas reflexiones sobre el concepto de krausopositivismo", *Boletín de la Biblioteca Menéndez Pelayo*, 74, 1998, págs. 435-459; Alberto Jiménez, *Historia de la Universidad en España*, Madrid, Alianza, 1971; Juan López Morillas, *El krausismo español. Perfil de una aventura intelectual*, México, FCE, 1980. Para un análisis de la cultura oficial neocatólica mantenida en España durante el reinado de Isabel II, véase Íñigo Sánchez Llama, *Galería de escritoras isabelinas. La prensa periódica entre 1833 y 1895*, Madrid, Cátedra, 2000, págs. 53-104.

[8] Para un análisis preciso del contexto cultural experimentado por Pérez Galdós en la década de 1860, véase Hyman Chonon Berkowitz, *Pérez Galdós, op.cit.*, págs. 41-73. Sobre el contacto galdosiano con el krausismo, véase Eamonn Rodgers, "El krausismo, piedra angular de la novelística de Pérez Galdós", *Boletín de la Biblioteca Menéndez Pelayo*, 62, págs. 241-253. Para una relación precisa de los periódicos y revistas en los que colabora Pérez Galdós, véase Manuel Ossorio y Bernard, *Ensayo de un catálogo de periodistas españoles del Siglo XIX*, Madrid, Imprenta y Litografía de J. Palacios, 1903, pág. 342.

[9] Benito Pérez Galdós, *Memorias de un desmemoriado, op.cit.*, pág. 1655

[10] *Ibíd.*, pág. 1655-1656.

[11] Benito Pérez Galdós, "Galería de figuras de cera", 16-II-1868, William H. Shoemaker, *Los artículos de Galdós en "La Nación", 1865-1866, 1868*, Madrid, Ínsula, 1972, págs. 426-428; "Revista de la semana", 8-I-1866 y 22-I-1866, Leo Hoar, *Benito Pérez Galdós y la "Revista del movimiento intelectual de Europa". Madrid, 1865-1867*, Madrid, Ínsula, 1968, págs. 119-122 y 129-132.

> La mayor originalidad de Castro se halla con el método: un método que se había impuesto como norma describir los hechos impersonal y racionalmente, con el fin de educar y moralizar (...) El fin de educar, en el sentido de educación moral de la humanidad, es tanto el fin práctico de la evolución histórica como el objetivo propio de todo verdadero historiador[12].

Muy significativa parece la coincidencia del método historiográfico del profesor universitario y la conciencia ética mantenida por el novelista canario en su producción literaria. Pérez Galdós ha de mantener criterios morales análogos en la perspectiva con la que enjuicia la turbulenta realidad política nacional. Por lo que respecta a la década de 1860 podemos destacar cómo el progresismo del autor, visible en sus artículos periodísticos escritos en *La Nación* (1865-1866, 1868), considera imperativo tanto secularizar la nación española, limitando el influjo social de la Iglesia en materias de libre examen, como impulsar transformaciones liberales que satisfagan las demandas de las clases medias. La orientación pedagógica del krausismo permite justificar un ejercicio literario comprometido en tales aspiraciones y constituye el referente inmediato para entender los motivos que inspiran al futuro novelador de la historia española contemporánea.

El joven Pérez Galdós visita por primera vez París en 1867 con motivo de la Exposición Universal. El viaje le pone en contacto con la literatura francesa y le permite constatar las transformaciones urbanas de la ciudad más pujante de Europa occidental. Ya en España se convierte en testigo de excepción de la Revolución "Gloriosa" (18-IX-1868) que colapsa el régimen isabelino e inaugura el "Sexenio Revolucionario" (1868-1874). En sucesivas secciones comentaremos el impacto de este proceso político en las letras españolas del XIX y en la narrativa galdosiana. Podemos resaltar ahora su entusiasmo liberal ante unos sucesos renovadores desde una perspectiva liberal-progresista. Las memorias galdosianas de 1916 enfatizan la ilusión colectiva que impregna el Madrid post-isabelino: "Discursos en calles y plazas, en balcones y en lo alto de un farol, en el pedestal de una esta-

---

[12] José Luis Abellán, *Historia y crítica del pensamiento español*, op.cit., pág. 482.

tua; abrazos de personas que no se habían visto nunca; plácemes, resonante murmullo de alegría, esperanza y fraternidad en todo el pueblo"[13].

En el año 1868 también se produce el abandono de su juvenil vocación teatral en beneficio de una escritura novelesca bajo "un impulso maquinal, que brotaba de lo más hondo de mi ser"[14]. Escritas bajo premisas cívicas y educadoras, sus primeras novelas –*La Fontana de Oro* (1870) y *El audaz* (1871)–, pese a sus desenlaces dramáticos[15], vinculan la cosmovisión galdosiana con el ideario progresista de 1868 y reciben reseñas favorables de intelectuales liberales y krausistas[16]. En los primeros años de la década de 1870 el autor colabora en medios periodísticos que apoyan la monarquía constitucional de Amadeo I de Saboya (1870-1873)[17]. El desbordamiento ultraconservador de signo carlista junto a las demandas maximalistas auspiciadas por la oposición republicana terminan forzando la abdicación del monarca y la proclamación de la I República (1873-1874), cuya efímera duración debe también remitirnos a la incapacidad de sus principales líderes por contener la creciente anarquía social.

Ha de ser en el breve lapso republicano cuando Pérez Galdós inicie la primera serie de los *Episodios Nacionales* (1873-1875), centrados en la primera década del siglo XIX y el período de la Guerra de la Independencia (1808-1814). La crisis que padece la nación española en estas fechas acaso exige del novelista analizar en profundidad los orígenes de la problemática social visible en el decenio de

---

[13] Benito Pérez Galdós, *Memorias de un desmemoriado*, op.cit., pág. 1659.

[14] *Ibíd.*, pág. 1657. Justificamos la cronología de las novelas galdosianas basándonos en los datos consignados por Rafael del Moral en su "Cronología de la novela española", *Enciclopedia de la novela española*, Barcelona, Planeta, 1999, págs. 627-643.

[15] Para un interesante análisis de las oscilaciones del desenlace de *La Fontana de Oro* en la distintas versiones galdosianas hasta 1885, véase Pilar Palomo, "El artículo costumbrista y *La Fontana de Oro*", *Textos y contextos de Galdós*, eds. John W. Kronik y Harriet S. Turner, Madrid, Castalia, 1994, págs. 39-54.

[16] Para un sugerente análisis de la temprana canonización de Pérez Galdós, véase Anthony Percival, *Galdós and His Critics*, Toronto, University of Toronto Press, 1985, pág. 178 y Pedro Ortiz Armengol, *Entrando en "La Fontana de Oro"*, Madrid, Hernando, 1990, págs. XXVI-XXXII.

[17] Existe una excelente recopilación de artículos periodísticos escritos por Galdós durante este período histórico: Brian J. Dendle y Joseph Schraibman, *Los artículos políticos en la "Revista de España", 1871-1872*, Lexington, Kentucky, Dendle y Schraibman, 1982.

1870. La recepción institucional a la primera serie de los *Episodios* es favorable y le permite no sólo alcanzar notorio impacto social, sino también establecer cierto prestigio entre los críticos literarios más influyentes. La sociedad post-isabelina impulsa premisas artísticas superadoras de las moralizaciones discursivas consagradas por el fenecido neocatolicismo. El visible laicismo liberal de la escritura galdosiana responde de manera precisa a las nuevas expectativas estéticas. La interacción de un contexto cultural favorable y el mensaje ético-pedagógico de cuño progresista contenido en su obra favorecen, por tanto, las circunstancias socio-literarias de su rápida canonización. Éxito similar consigue la segunda serie de los *Episodios* (1875-1879) cuya trama argumental acontece durante el reinado de Fernando VII (1814-1833).

El colapso de la I República y el regreso de la dinastía borbónica que inaugura en España la Restauración (1874-1931), aun limitando el efecto de las reformas modernizadoras del "Sexenio", sigue manteniendo, de todos modos, la orientación laica de la "Alta Cultura" establecida desde 1868. Por ello el cambio de régimen no afecta a la difusión ni al estatus prestigioso de la obra galdosiana[18]. Su catolicismo liberal resulta polémico y heterodoxo en ciertos entornos conservadores. Las críticas, sin embargo, apuntan no tanto a la forma estética cuanto a los específicos proyectos socio-religiosos planteados en ciertas "novelas de tesis": *Doña Perfecta* (1876), *Gloria* (1877) y *La familia de León Roch* (1878). El catolicismo español de la Restauración mantiene todavía la oposición a la modernidad liberal prescrita en la encíclica *Syllabus* (8-XII-1864) por Pío IX (1845-1878). Los principales "errores de nuestra época" radicarían en la libertad de conciencia, equiparable a la "libertad de la perdición" dado que, tal como se prescribe en el *Syllabus*, "si se permite siempre la plena manifestación de las opiniones humanas, nunca faltarán hombres, que se atrevan a resistir la verdad, y a poner su confianza en la verbosidad de la sabiduría humana"[19]. Pérez Galdós, a semejanza de los krausistas españoles, nunca manifiesta en sus novelas

---

[18] Para un testimonio de la época que demuestra el prestigio e impacto de la obra galdosiana en la Restauración, véase Leopoldo Alas "Clarín", *Solos*, 1881, Madrid, Alianza, 1971.

[19] Pío IX, *Syllabus. Encíclica del 8 de diciembre de 1864*, Barcelona, Librería Católica de Pons, 1868, pág. 9.

hostilidad hacia los fundamentos en los que se inspira la religión cristiana y pretende más bien insertar al catolicismo en los principios tolerantes e integradores de la modernidad liberal. Defensor de la libertad de cultos –aprobada efímeramente en la Constitución de 1869[20]–, el autor también censura el excesivo dominio político que, a su juicio, mantiene la Iglesia católica en España. Desde una perspectiva intelectual similar a la visible en los historiadores liberales franceses del siglo XIX, Pérez Galdós condena la hostilidad de la jerarquía eclesiástica a la modernidad secularizadora. Las críticas conservadoras arrecian desde la publicación de sus "novelas de tesis" anteriormente señaladas. Emblemáticas son las objeciones formuladas por Marcelino Menéndez y Pelayo (1856-1912) contra su presunta irreverencia religiosa: "Heterodoxo por excelencia", "enemigo implacable y frío del catolicismo" e "infeliz teólogo de *Gloria* o de *La familia de León Roch*"[21]. El malentendido entre Pérez Galdós y la opinión pública católica de su época nunca fue resuelto. Pionero, y abocado quizá al fracaso, resultaba el empeño galdosiano de depurar al catolicismo español de prácticas antiliberales más propias del Antiguo Régimen que de una sociedad moderna. La satanización del autor impulsada por los grupos neocatólicos le convierte erróneamente en símbolo de talantes sectarios. Fruto de esa tergiversación se le atribuyeron prejuicios anticristianos que nunca se corresponden a la profunda religiosidad de un autor adscrito, en cierta medida, al minoritario catolicismo liberal del siglo XIX[22]. El anticlericalismo de Pérez Galdós, acentuado en décadas posteriores, radica más bien en su marcado rechazo a la utilización política de la Iglesia visible en ciertos proyectos integristas. Tales desencuentros con los intelectua-

---

[20] Artículo 21 de la *Constitución de la Monarquía española*, 5 de junio de 1869, Miguel Artola, *Los derechos del hombre*, Madrid, Alianza, 1986, pág. 125.

[21] Marcelino Menéndez y Pelayo, *Historia de los heterodoxos españoles*, 1880-1882, Madrid, BAC, 1987, vol. 2, págs. 1018-1019.

[22] Para una prueba del genuino sentimiento cristiano de Pérez Galdós, depurado de dogmatismos antiliberales, véase su correspondencia con José María de Pereda recogida por Pedro Ortiz Armengol, *Vida de Galdós, op.cit.*, págs. 307-310. Sobre el sentimiento religioso de Pérez Galdós, véanse Francisco Pérez Gutiérrez, "Benito Pérez Galdós", *El problema religioso en la generación de 1868*, Madrid, Taurus, 1975, págs. 181-267 y José Luis Mora García, "Religión y sociedad humana", *Hombre, sociedad y religión en la novelística galdosiana (1888-1905)*, Salamanca, Universidad, 1981, págs. 87-103.

les católicos más relevantes de la Restauración nunca impiden que éstos admitan el mérito artístico y valor literario de la prosa galdosiana. Las críticas efectuadas por Menéndez y Pelayo van superpuestas, no obstante, a epítetos elogiosos sobre la obra de "un narrador de altos dotes"[23] que responden, por lo demás, a los valores estéticos adoptados en España desde 1868. En la misma dirección apuntan las valoraciones del sacerdote agustino Francisco Blanco García (1864-1903): "Yo, que he reprobado con energía sus pecados (...) docentes, que no desconozco lo grave de sus tropiezos en el fondo y en el estilo, me coloco desde luego entre los admiradores de su ingenio"[24].

La personalidad política de Pérez Galdós –imprescindible aspecto a destacar en la presente caracterización biográfica– ha sido motivo de abundantes polémicas en la crítica galdosiana. Antonio Regalado García ofrece una cuestionable interpretación del pensamiento político de Pérez Galdós, un "liberalismo aparente", según observa, en el que se enmascaran ideas patrióticas de cuño conservador[25]. La "exaltación liberal" de Pérez Galdós respondería entonces al turbio propósito de "encubrir su inhibición o su repugnancia respecto a los graves problemas político-sociales de la actualidad"[26]. Más recientemente, Pedro Ortiz Armengol, eximio biógrafo galdosiano, resalta su "actitud moderada y reflexiva" propia del "pequeño-burgués procedente de familia que contaba con eclesiásticos y con militares"[27]. Pérez Galdós, en opinión del estudioso, desarrolla juicios "nunca muy coherentes en política, y con líneas quebradas o discontinuas"[28]. Más interesantes parecen las valoraciones de Joaquín Casalduero referidas al liberalismo integral galdosiano que censura, por su vertiente destructiva, cualquier exceso revolucionario[29].

---

[23] *Ibíd.*, pág. 1018.

[24] Francisco Blanco García, *La literatura española en el Siglo XIX*, 1899-1903, Madrid, Sáez de Jubera, 1910, vol. 2, pág. 508.

[25] Antonio Regalado García, *Benito Pérez Galdós y la novela histórica española: 1868-1912*, Madrid, Ínsula, 1966, págs. 72, 132, 166.

[26] *Ibíd.*, pág. 188. Para un precedente en el hispanismo de las lecturas "conservadoras" y "tradicionalistas" de Pérez Galdós, véase L. B. Walton, *Pérez Galdós and the Spanish Novel of the Nineteenth Century*, 1900, Londres y Toronto, J.M. Dent, 1927, pág. 55.

[27] Pedro Ortiz Armengol, *Vida de Galdós, op.cit.*, pág. 235.

[28] *Ibíd.*, pág. 411.

[29] Joaquín Casalduero, *Vida y obra de Pérez Galdós (1843-1920)*, Madrid, Gredos, 1961, págs. 22-23.

Hemos de situarnos en la específica coyuntura española del siglo XIX para entender las razones políticas mantenidas por Pérez Galdós en el turbulento contexto del "Sexenio" y la Restauración. En la siguiente sección indicaremos las fuentes estéticas que nutren su cosmovisión literaria. Podemos comentar ahora la importancia de la novela histórica europea en sus lecturas iniciales. Solventes análisis de este género literario destacan cómo su perspectiva autorial favorece "una 'línea media' que se mantiene firme a lo largo de los extremos"[30]. No deben causar sorpresa, por tanto, las apelaciones galdosianas a la moderación, legitimadas asimismo en la memoria histórica española por el desbordamiento revolucionario y la disgregación anárquica que terminan destruyendo las esperanzas liberales del "Sexenio". Pérez Galdós debe hacer frente a un neocatolicismo que utiliza en el Occidente europeo desde 1790 la religión cristiana para exaltar la superioridad moral del Antiguo Régimen sobre las "impías" tendencias surgidas al calor de la modernidad liberal[31]. No es cuestión baladí, en consecuencia, enfatizar cuestiones de orden socio-religioso en su novelística y asumir premisas liberales que, durante el decenio de 1870, convierten a las clases medias en los principales agentes del progreso modernizador. Debido a una serie de circunstancias históricas de muy diversa índole la revolución liberal no se consolida con plenitud en España hasta el decenio de 1870. Los valores políticos que surgen desde 1868 deben ser interpretados recordando que son el antecedente inmediato a procesos políticos que países como Francia inauguran en 1789. Exigir a Pérez Galdós, y a una gran parte de la intelectualidad de la Restauración, una conciencia "no burguesa" resulta simplificador y anacrónico si consideramos el dramático cambio de rumbo adoptado por la nación española durante la "Gloriosa". Atisbos de conciencia obrera, y sólo de manera fragmentaria, comienzan a ser visibles desde 1868[32]. Pretender que esos valores políticos entusiasmen a los intelectuales burgueses de

---

[30] Georg Lukács, *La novela histórica*, trad. Jasmin Reuter, México D.F., Era, 1966, pág. 37.

[31] Stanley G. Payne, *Spanish Catholicism. An Historical Overview*, Madison, Wisconsin, The University of Wisconsin Press, 1984, pág. 74.

[32] Para un estudio sólido y preciso sobre la formación de las conciencias obrera y burguesa en la España del XIX, véase José María Jover Zamora, *Conciencia burguesa y conciencia obrera en la España contemporánea*, Madrid, Ateneo, 1956.

un país en el que todavía no ha cristalizado de manera coherente el proyecto liberal-capitalista distorsiona en gran medida el impacto revolucionario, para el contexto español decimonónico, del ideario progresista impulsado por el "Sexenio".

Otros condicionantes internos mediatizan los valores burgueses difundidos por Pérez Galdós en el último tercio del siglo XIX. Se trate de la "tercera guerra carlista" (1872-1876), la guerra de la independencia cubana (1868-1878) –resuelta provisionalmente en los acuerdos de la Paz del Zanjón (12-II-1878)– o la revuelta cantonalista (1873), existen en la nación inquietantes coyunturas que hacen factible el colapso de la modernización post-isabelina. No pretendemos, desde luego, justificar las carencias del régimen alfonsino. Intelectuales como Pérez Galdós reformulan su lealtad burguesa en los decenios de 1880-1890[33] y el Desastre de 1898 no hace sino acentuar esa conciencia de crisis en el imperfecto sistema de la Restauración. El último tercio del siglo XIX en España, no obstante, exige de sus intelectuales una clara conciencia de clase media liberal y progresista frente al temido neocatolicismo y el incierto republicanismo proletario de cuño federalista. Ni Pérez Galdós en la década de 1870 ni la gran parte de intelectuales europeos a comienzos del XIX trascienden su simpatía hacia los grupos sociales burgueses de sus respectivos contextos. Es coherente, de todos modos, su orientación política considerando que los promotores de la modernidad liberal, en principio, presentan un carácter minoritario y deben hacer frente a la inercia conservadora de sectores populares educados en la cosmovisión del Antiguo Régimen. Sucesivas transformaciones en el aparato productivo de Europa occidental posibilitan dinámicas sociales alternativas en las que se hace patente la injusticia económica del sistema capitalista. Nada de ello se percibe en la Europa de 1800 o la España de la "Gloriosa" pues el régimen capitalista-liberal durante esas fechas no pasa de ser una entelequia sin aplicación práctica. Los intelectuales favorables a la modernidad burguesa en la España de 1870-1880 ni son "conservadores" ni "incoherentes" en la articulación del proyecto. En el caso concreto de Pérez Galdós parece evi-

---

[33] Para un ejemplo explícito de críticas galdosianas a la corrupción "aristocrática" visible en la burguesía española de la Restauración, véanse *La de Bringas* (1884), *Lo prohibido* (1885), *Fortunata y Jacinta* (1886-1887) y *Miau* (1888).

dente que sus empresas novelísticas textualizan principios regeneradores, modernos y progresistas. La aceptación galdosiana del régimen alfonsino en su etapa inicial obedece al firme convencimiento de su potencialidad liberal. El fracaso definitivo de la Restauración durante la centuria siguiente no debiera convertirse en excusa para convertir su obra narrativa en exponente de incoherencias derechistas, entre otras razones, por la falsificación conceptual que supondría desfigurar proyectos intelectuales cuestionados en su época por los sectores más ultraconservadores (neocatólicos) de la historia española decimonónica.

La reputación literaria de Pérez Galdós parece plenamente consolidada en el decenio de 1880. Abundan las traducciones de sus ficciones[34], el autor también inicia a comienzos de la década un importante ciclo de obras, "en la plenitud de la fiebre novelesca"[35], no ajeno a la penetración del naturalismo en España –v.gr. *La desheredada* (1881), *Tormento* (1884), *La de Bringas* (1884), *Lo prohibido* (1885) o *Fortunata y Jacinta* (1886-1887)– y recibe cálidos apoyos procedentes de la instituciones culturales españolas. Los banquetes homenaje del 13 de marzo de 1883 cuentan con el respaldo casi unánime de las principales figuras literarias del momento. Otra importante distinción acontece en 1886: la elección como diputado liberal en el distrito puertorriqueño de Guayamas. Pérez Galdós es también elegido miembro de la Real Academia Española el 13 de junio de 1889. En esta década también comienza su relación sentimental con la escritora naturalista Emilia Pardo Bazán (1851-1921)[36]. Gracias a las modernas biografías galdosianas, escritas tras el fallecimiento del autor, es posible conocer la identidad de algunas de las mujeres que integran la abundante nómina de amantes del novelista[37]: Concha Ruth Morell (†1906) –posible motivo de inspiración en el modelo fe-

---

[34] Para una relación de las traducciones de obras galdosianas, véanse Hyman Chonon Berkowitz, *Pérez Galdós, op.cit.*, págs. 151-152 y 174-175 y L.B. Walton, *Pérez Galdós..., op.cit.*, págs. 243-244.

[35] Benito Pérez Galdós, *Memorias de un desmemoriado, op.cit*, pág. 1660.

[36] Para un análisis de esta relación sentimental, véase Pedro Ortiz Armengol, *Vida de Galdós, op.cit.*, págs. 380 y 399. Existe constancia epistolar de este hecho biográfico: Carmen Bravo Villasante, *Cartas a Galdós-Emilia Pardo Bazán*, Madrid, Turner, 1978.

[37] Benito Madariaga de la Campa, "Los amores de Galdós", *Pérez Galdós. Biografía santanderina*, Santander, Institución Cultural de Cantabria, 1979, págs. 71-97.

menino descrito en su novela *Tristana* (1892)– Lorenza Cobián
(†1906) y Teodosia Gandarias (†1919). Especial importancia presenta la modelo asturiana Lorenza Cobián por ser madre de María
Pérez Galdós (1891-1972), a quien el autor declarará heredera universal en su futuro testamento[38]. Salvo esporádicos escándalos que
hacen públicas ciertas relaciones femeninas, v.gr. los artículos periodísticos de Luis de Bonafoux (1855-1918) en 1902 sobre Concha
Ruth Morell[39], en vida del novelista no fueron frecuentes las referencias a su vida sentimental o la permanente soltería galdosiana. Vivir
en una sociedad patriarcal justifica parcialmente conductas que se
apoyan en la complicidad masculina de un entorno sexista burgués,
en el que, por lo demás, resultan frecuentes este tipo de comportamientos.

En el decenio de 1890 Pérez Galdós renueva su interés juvenil
por el género teatral y escribe, con desigual impacto pero de manera
persistente, numerosas obras originales o adaptaciones de sus ficciones narrativas desde que convierte en texto dramático su novela dialogada *Realidad* (1889), estrenada en el madrileño Teatro de la Comedia (15-III-1892)[40]. Una gran parte de estas obras alcanza notoria
difusión, v.gr. *La de San Quintín* (27-I-1894) o *Doña Perfecta* (28-I-1896). Composiciones como *Los condenados* (11-XII-1895), según
el propio Pérez Galdós, fracasan debido a que "desde las primeras
escenas parte del público dió con meterse con la obra de una manera tan grosera, que claramente se veía la confabulación y el designio
de reventarla"[41]. El triunfo teatral más espectacular ha de producirse
con su drama anticlerical *Electra,* representado en el madrileño Teatro Español el 30 de enero de 1901. La obra consigue la insólita cifra de 100 representaciones y fueron impresos 20.000 ejemplares del
texto[42]. Pérez Galdós se convierte en símbolo del liberalismo español

---

[38] Para un análisis preciso de la figura de María Pérez Galdós y su relación con el novelista canario, véase Pedro Ortiz Armengol, *Vida de Galdós, op.cit.*, pág. 640-641 y 739-740.

[39] *Ibíd.*, págs. 588-600.

[40] *Ibíd.*, págs. 485-528.

[41] Benito Pérez Galdós, *Memorias de un desmemoriado, op.cit.*, pág. 1688.

[42] Sobre el impacto social de *Electra*, véanse Hyman Chonon Berkowitz, *Pérez Galdós, op.cit.*, págs 347-382, Benito Madariaga de la Campa, *Pérez Galdós, op.cit.*, págs. 193-204 y Pedro Ortiz Armengol, *Vida de Galdós, op.cit.*, págs. 571-580.

y cuenta con el apoyo entusiasta de la emergente "generación de 1898". Clara parece, en la óptica de Pérez Galdós, la necesidad imperativa de forzar cambios profundos en el catolicismo español. Las vacilaciones de los gobiernos alfonsinos ante esta problemática han de originar un creciente distanciamiento, ya visible, al menos, en los principios antiburgueses insinuados en su discurso de ingreso en la Real Academia Española (1897)[43].

La posición acomodada del novelista le permite adquirir en 1891 un solar en Santander donde edificará su residencia "San Quintín". Largo es el contacto del autor con la capital montañesa que nos remite a la temprana fecha de 1871, año en el que veranea por primera vez en la localidad cántabra[44]. Su amistad con José María de Pereda (1833-1906) y el clima favorable a su obra existente en ciertas tertulias capitalinas son factores que justifican la elección de Santander[45].

Durante la década de 1890 Pérez Galdós no sólo se convierte en fecundo dramaturgo. Ciertas novelas de la época revelan una orientación espiritualista de cuño tolstoiano, v.gr. *Ángel Guerra* (1890), *Nazarín* (1895) y *Halma* (1895), que han de culminar en su espléndida *Misericordia* (1897)[46]. 1897 también será el año en el que finaliza el costoso pleito con su paisano canario, Miguel Honorio de la Cámara y Cruz, editor de su producción literaria hasta la resolución del conflicto judicial[47].

---

[43] Benito Pérez Galdós, "La sociedad presente como materia novelable", 1897, *Ensayos de crítica literaria*, ed. Laureano Bonet, Barcelona, Península, 1999, págs. 222-223.

[44] Para un análisis exhaustivo y preciso de la biografía santanderina del novelista canario, véase Benito Madariaga de la Campa, *Pérez Galdós, op.cit.*

[45] Existe una excelente aproximación a la relación de Pérez Galdós con los principales escritores montañeses de la Restauración: Benito Madariaga de la Campa, *Menéndez Pelayo, Pereda y Galdós. Ejemplo de una amistad*, Santander, Estudio, 1984.

[46] Sobre los vínculos de la narrativa galdosiana con la novela rusa, véanse Armando Donoso, *Dostoievski, Renán, Pérez Galdós*, Madrid, Saturnino Calleja, 1925 y Harriet Turner, "The Poetics of Suffering in Galdós and Tolstoy", *Studies in Honor of Gilberto Paolini*, ed. Mercedes Vidal Tibbitts, Newark, Delaware, Juan de la Cuesta, 1996, págs 229-242; "Metaphor and Metonymy in Galdos and Tolstoy", *Hispania*, 75. 4, 1992, págs. 884-896 y "Metaphor of What is unfinished in *Miau*", *Anales Galdosianos*, 27-28, 1992-1993, págs 41-50.

[47] Para una relación del propio autor sobre este suceso, véase Benito Pérez Galdós, *Memorias de un desmemoriado, op.cit.*, págs. 1693-1697.

Ciertos apuros financieros, unidos a la nunca abandonada conciencia ético-pedagógica, explican que Pérez Galdós retome su titánica empresa de los *Episodios Nacionales*. La tercera serie –referida a la "Guerra de los siete años" (1833-1840) y las regencias de María Cristina de Borbón (1833-1840) y Espartero (1841-1843)– se publica entre 1898-1900. "Con silencioso y traicionero andar venía hacia España el siniestro 98"[48]. Tales afirmaciones galdosianas muestran el profundo impacto que tiene sobre la nación española la guerra con los Estados Unidos entre cuyas consecuencias inmediatas se cuenta la pérdida de los últimas colonias americanas (Cuba y Puerto Rico) y asiáticas (Islas Filipinas) adscritas al Imperio español. El Desastre del 98 marca una generación de escritores y estimula el análisis de la crisis nacional bajo parámetros regeneracionistas y modernizadores. Pérez Galdós no es ajeno a este movimiento intelectual y tanto sus novelas como sus obras teatrales escritas desde 1898 reproducen un creciente descontento con el régimen alfonsino. El desencuentro fuerza la radicalización ideológica cristalizada poco después en sus años republicanos (1907-1914)[49]. Pérez Galdós será elegido diputado en una candidatura republicana (1907, 1914) que concurre a las elecciones de 1909 en coalición –victoriosa en Madrid– con el Partido Socialista Obrero Español (PSOE). La reacción de las instituciones culturales españolas desautoriza las premisas republicanas del novelista. Cierto boicot contra el autor puede percibirse en los escasos apoyos a los intentos por nominarle al Premio Nobel (1912-1916) o el fracaso de la campaña nacional de suscripción pública de fondos para aliviar sus crecientes dificultades económicas (1914).

Pérez Galdós seguirá publicando durante las primeras décadas del siglo XX volúmenes que conforman las sucesivas series de sus *Episodios Nacionales*. La cuarta serie (1902-1907) se refiere al complejo período isabelino y la última (1907-1912) abarca el período del "Sexenio Revolucionario". Las circunstancias socio-históricas de este contexto cultural contemplan el creciente aislamiento político del autor y la simultánea pérdida de estatus canónico padecido por su

---

[48] *Ibíd.*, pág. 1697.
[49] Sobre el período republicano de Pérez Galdós, véanse Brian Dendle, "Galdós in Context: The Republican Years", *Anales Galdosianos*, 21, 1986, pág. 33-44 e Hyman Chonon Berkowitz, "Republican Interlude", *Pérez Galdós, op.cit.*, págs. 383-408.

obra. Al rechazo oficioso del régimen alfonsino hemos de añadir también la hostilidad manifiesta procedente de las generaciones de 1898 y 1914. Prácticamente ciego fallece el 4 de enero de 1920 en medio de una lamentable indiferencia institucional. Absurdas desde un punto de vista histórico –e injustas en su fundamentación maliciosa– parecen las afirmaciones que Miguel de Unamuno (1864-1936) efectúa en *El Liberal* (5-I-1920) sobre la "pobreza conceptual" de la obra galdosiana por sus estériles vínculos con el "progresismo (...) cándido de sobra, sencillo, de la Septembrina, de la Revolución Española del año 1868"[50]. Días después el magno escritor noventayochista afirma en *El Mercantil Valenciano* (8-I-1920):

> Acabo de saber la muerte de don Benito Pérez Galdós. En realidad hace ya algún tiempo que estaba peor que muerto, que agonizaba casi sin conciencia. Lo mismo que la España episódica que nos ha dejado para siempre en el rollo de sus novelas contemporáneas, la España lamentable de la Restauración borbónica y la regencia habsburgiana[51].

Inevitable parece que los escritores del 98 cuestionen la obra producida por la generación precedente. La "generación de 1868"[52] tuvo también que diferenciarse de la estética isabelina para afirmar su identidad cultural. Asociar a Pérez Galdós con el turbio régimen alfonsino de 1920 entraña, de todos modos, inexactas simplificaciones que obvian no tanto el republicanismo galdosiano cuanto su nunca perdida conciencia liberal. Las deficiencias de la Restauración impiden la plena modernización del país. Son asimismo loables las críticas regeneracionistas y patrióticas escritas en España desde 1898

---

[50] Unamuno, Miguel de, "La sociedad galdosiana", *El Liberal*, 5-I-1920, *O.C.*, Barcelona, Afrodisio Aguado, 1958, vol. 5, pág. 465.

[51] Unamuno, Miguel de, "Nuestra impresión de Galdós", *El Mercantil Valenciano*, 8-II-1920, *Ibíd.*, pág. 471. Para un estudio interesante de la evaluación efectuada por Unamuno de la obra galdosiana, véase Hyman Chonon Berkowitz, "Unamuno's Relations with Galdós", *Hispanic Review*, 8, 1940, págs. 321-338.

[52] Para una justificación metodológica de este concepto, véanse Juan Ignacio Ferreras, *La novela española en el Siglo XIX (desde 1868)*, Madrid, Taurus, 1988 y Miguel Martínez Cuadrado, "Las cuatro generaciones ideológico-políticas de 1868, 1898, 1913 y 1927. Su impacto en la creación cultural", *Restauración y crisis de la monarquía (1874-1931)*, 1973, Madrid, Alianza, 1991, págs. 490-495.

por este grupo generacional. La personalidad pública y política de
Benito Pérez Galdós, sin embargo, hubiera merecido un tratamiento
más respetuoso y acorde con sus genuinos méritos literarios. La trayectoria biográfica del autor revela el compromiso irrenunciable con
la modernidad liberal y el importante propósito reconciliador en un
país lamentablemente expuesto, durante el siglo XIX, a sistemáticos
enfrentamientos fratricidas. El comprensible rechazo noventayochista a la modernidad insuficiente post-isabelina no debiera haber justificado la descanonización de un autor en cuyos escritos se censuran
severamente los vicios del régimen alfonsino. La pedagogía patriótica conciliadora, la incuestionable renovación de las letras hispánicas
mediante su novelística o el laudable empeño por depurar al catolicismo español de sus impurezas integristas son algunos de los rasgos
que dignifican una figura ejemplar en la literatura española decimonónica[53].

2. Visión global de la obra de Pérez Galdós

> Rara vez se ha engañado el pueblo sobre la estima debida a
> los genios nacidos de su seno; y en sus revoluciones interiores, las antiguas como las modernas, se puede decir que los
> poetas han estado a la cabeza de ellas, y mirados por el pueblo como sus jefes[54].

Nada representativos del contexto cultural de la Restauración
son los juicios sesgados de James Fitzmaurice-Kelly (1858-1923)
sobre la obra galdosiana: "Su producción, a pesar de ser tan vasta,
carece de solidez"[55]. Se registra entre los escritores de la "generación
del 98", el modernismo y la "generación de 1914", salvo honrosas

---

[53] Para una interpretación interesante del impacto de Pérez Galdós en la literatura española del siglo XX, véase Stephen Miller, "Galdós y nosotros: por qué leer hoy su obra", *El mundo de Galdós. Teoría, tradición y evolución creativa del pensamiento socio-literario galdosiano*, Santander, Sociedad Menéndez Pelayo, 1983, págs. 145-150.

[54] Julián Sanz del Río, *Doctrinal histórico de la literatura germánica*, Madrid, Imprenta de J. Viñas, 1860, pág. 9.

[55] James Fitzmaurice-Kelly, *Historia de la literatura española desde los orígenes hasta el año 1900*, 1898, trad. Adolfo Bonilla y San Martín, Madrid, La España Moderna, 1901, pág. 534.

excepciones, v.gr. Azorín (1873-1967) o Ramón Pérez de Ayala (1880-1962)[56], intentos por desacreditar el genio creador de Pérez Galdós apelando a su presunto "industrialismo"[57]. Décadas después, Q. D. Leavis (1906-1981) efectuará en el ámbito británico del "Modernismo" (1890-1930) críticas similares contra los escritos de Carlos Dickens (1812-1870) por su "excesiva" difusión editorial. Los principios estéticos de la genuina "Alta Cultura", minoritaria y elitista, no parecen entonces conciliables con todas aquellas obras literarias sancionadas por el masivo favor del público[58]. Análogos prejuicios estéticos pueden percibirse en los juicios antigaldosianos que Rubén Darío (1867-1916) efectúa en 1899 sobre la "fecundidad inquietante"[59] de "un producir absolutamente mecánico"[60]: "Lo que lamento es que se transparenta, hasta casi llegar al público, un plan industrial con mengua de sus propósitos mentales"[61]. En la misma dirección apunta la conocida sentencia lapidaria de Ramón del Valle Inclán (1866-1936) referida a "Don Benito el garbancero"[62]. Miguel de Unamuno en 1930, acaso bajo prejuicios modernistas (?), niega valor estético a la obra galdosiana no sólo por su ausencia de "concentración" conceptual sino más bien debido al antiartístico mercantilismo que parece mediatizar su más inmediata génesis: "como hizo del novelar un oficio cayó no pocas veces en industrialismo. Se puso a fabricar novelas. Y en serie"[63].

---

[56] José Martínez Ruiz, "Azorín", *Lecturas españolas*, 1912, *O.C.*, Madrid, Aguilar, 1975, vol. 1, pág. 969 y Ramón Pérez de Ayala (1880-1962), "Don Benito", 1911, *O.C.*, ed. José García Mercadal, Madrid, Aguilar, 1961, vol, 1, págs 1289-1292.

[57] Para un interesante análisis de la descanonización galdosiana entre la intelectualidad española desde el temprano modernismo, véase Stephen Miller, *Del realismo/naturalismo al modernismo: Galdós, Zola, Revilla y Clarín (1870-1901)*, Las Palmas de Gran Canaria, Ediciones del Cabildo Insular de Gran Canaria, 1993, págs. 11-14.

[58] Q.D. Leavis, *Fiction and the Reading Public*, 1932, Londres, Chatto & Windus, 1965, págs. 157, 161 y 206.

[59] Rubén Darío, "Una novela de Galdós", 1899, *España contemporánea*, Madrid, Alfaguara, 1998, pág. 312.

[60] *Ibíd.*, pág. 313.

[61] *Ibíd.*, pág. 311.

[62] Ramón del Valle Inclán, *Luces de bohemia*, 1924, Madrid, Espasa-Calpe, 1982, pág. 41.

[63] Hyman Chonon Berkowitz, "Unamuno's Relations with Galdós", *op.cit.*, pág. 337. Para una valoración similar de otro contemporáneo de Unamuno, véase Pío Baroja (1872-1956), *Desde la última vuelta del camino*, 1944, *O.C.*, 1941, Madrid, Biblioteca Nueva, 1978, vol. 8, pág. 834. Consideramos también oportuno mencionar el escaso respeto estético a la narrativa galdosiana visible en gran parte de los escritores de la "generación de 1914" afines al "arte deshumanizado": Fernando Lázaro Carreter, "Contra la poética del realismo", *De poética y poéticas*, Madrid, Cátedra, 1990, págs. 129-149.

Irónicas desde un punto de vista histórico son las valoraciones (anti)galdosianas del primer tercio del siglo XX anteriormente señaladas. Fue precisamente Benito Pérez Galdós uno de los principales escritores de la Restauración empeñados en dignificar el ejercicio novelesco depurándolo de la contaminación "industrialista". Temprana es la denuncia que el autor efectúa en 1865 sobre la degradación mercantil de las letras hispánicas[64]. Críticos tan dispares como "Clarín" o Menéndez y Pelayo nunca le censuraron el mérito artístico de su inmensa obra literaria "porque su fecundidad es signo de fuerza creadora, y sólo por la fuerza se triunfa en literatura como en todas partes"[65]. Es importante recordar el influjo de la estética kantiana en la "Alta Cultura" establecida en España desde 1868. Uno de sus principales promotores, el catedrático Manuel de la Revilla (1846-1881), define en sus influyentes *Principios generales de literatura* (1872) el ejercicio literario en los siguientes términos: "*Arte bello, cuyo medio de expresión es la palabra, o lo que es igual, la realización o manifestación artística de la belleza por medio de la palabra*" (énfasis del autor)[66]. La oposición frontal de Revilla a la estética isabelina explica su inequívoco rechazo a cualquier digresión moralizante[67]. Sus valoraciones prescriptivas enfatizan el necesario desinterés que debe orientar la realización del "fin estético": "cuando, por ejemplo, [el artista], adula el mal gusto del público o escribe inmoralmente por obtener ganancia, estos fines dejan de ser legítimos y el artista se rebaja y prostituye rebajando a la vez el arte mismo"[68]. ¿Se integra Pérez Galdós en el grupo de aficionados que, en opinión de Revilla, per-

---

[64] Benito Pérez Galdós, "Revista de la semana", 24-XII-1865, Leo Hoar, *Benito Pérez Galdós..., op.cit.*, pág. 107.

[65] Marcelino Ménendez y Pelayo, "Don Benito Pérez Galdós considerado como novelista", 1897, *Estudios de crítica literaria (quinta serie)*, Madrid, Hernando, 1927, pág. 127. Para una valoración análoga efectuada en el mismo período histórico, véase Leopoldo Alas "Clarín", "*La estafeta romántica*", 1900, *Galdós novelista*, ed. Adolfo Sotelo Vázquez, Barcelona, PPU, 1991, págs. 313-315.

[66] Manuel de la Revilla y Pedro de Alcántara García, *Principios generales de la literatura e Historia de la literatura española*,1872, Madrid, Librería de Francisco Yravedra, 1884, 2 vols, vol. 1, pág. 11.

[67] *Ibíd.*, pág. 14.

[68] *Ibíd.*, pág. 169. Para un análisis de la contribución de Revilla a la crítica literaria española del siglo XIX, véanse Toni Dorca, *Los albores de la crítica moderna en España: José del Perojo, Manuel de la Revilla y la "Revista Contemporánea"*, Valladolid, Universitas Castellae, 1998, págs. 89-175 y Stephen Miller, *Del realismo/naturalismo al modernismo..., op.cit.*, págs. 19-20 y 47.

vierten la escritura artística debido a bastardos motivos mercantiles? No es gratuita la temprana canonización del novelista efectuada por Revilla quien le considera, ni más ni menos, en 1878 el principal responsable de la "regeneración de la novela española"[69] frente al "oficio" y "mal gusto" de la literatura industrial y folletinesca[70].

Compleja resulta la evolución literaria del autor en sus primera etapa. Las primeras novelas de Pérez Galdós evidencian el dilema estético padecido por la "Alta Cultura" post-isabelina durante el decenio de 1870. El rechazo explícito a la digresión moralizante isabelina[71] no impide que sus "novelas tendenciosas" introduzcan frecuentes comentarios partidistas. La crítica post-kantiana no enfatiza ese defecto estético debido quizá al potencial literario mostrado por el genio creador galdosiano. Novelas escritas en la década siguiente, alejadas ya de la antiartística tendencia docente, confirman la inserción de su obra en las expectativas estéticas del neokantismo. La acusación noventayochista de "industrialismo" fue justificada por el hecho de que Pérez Galdós pudo vivir, hasta cierto extremo, de manera desahogada gracias a las aceptables ventas de su obra narrativa[72]. Parece evidente el éxito editorial de la novelística galdosiana desde la década de 1870. Ya en el umbral del siglo XX, Menéndez y Pelayo señala la existencia de "un público propio suyo, que le ha ido acompañando con fidelidad cariñosa"[73]. El triunfo literario, sin embargo, también se entrecruza con reconocimiento institucional y prestigio en el entorno cultural de la Restauración. Podemos añadir otro factor histórico visible en las letras occidentales desde, aproximadamente, 1750: la conversión de la literatura en mercancía. Lúcidos análisis de Fredric Jameson y Benedict Anderson han señalado la existencia de una cultura impresa en Occidente paralela a la consolidación del liberalismo capitalista[74]. Los últimos efectos de

---

[69] Manuel de la Revilla, "Bocetos literarios: Don Benito Pérez Galdós", *Revista Contemporánea*, 14, 1878, pág. 119.

[70] *Ibíd.*, págs. 118-119.

[71] Para un ejemplo explícito del rechazo galdosiano a la literatura partidista afín al "canon isabelino", véase "Cómo se explicaba la niña", *Gloria*, 1877, Madrid, Alianza, 1995, págs. 30-37.

[72] Leopoldo Alas, "Clarín", *Benito Pérez Galdós, op.cit.*, pág. 38.

[73] Marcelino Menéndez y Pelayo, "Don Benito Pérez Galdós...", *op.cit.*, pág. 94.

[74] Benedict Anderson, *Imagined Communities. Reflections on the Origin and Spread of Nationalism*, 1983, Londres, Verso, 1991 y Fredric Jameson, "The Existence of Italy", *Signatures of the Visible*, Nueva York y Londres, Routledge, 1990, págs. 155-229.

esa dinámica permiten que las emergentes audiencias lectoras sean educadas en la cosmovisión que reemplaza los valores del Antiguo Régimen. Tener éxito literario, por tanto, no es demérito para los autores del XIX asociados, en sus respectivos contextos, a la modernidad liberal. La condena del industrialismo editorial efectuado por los autores finiseculares es también compartida por la "generación de 1868". Su amplia difusión no es excéntrica en el contexto europeo decimonónico. Contaminaciones genéricas con el folletín, el idealismo neocatólico o cierto romanticismo sentimental de cuño francés existieron por su cercanía cronológica y los hábitos literarios del público lector isabelino. La fecha de 1868, de todos modos, inaugura una nueva etapa en la literatura española. Pérez Galdós pertenece a la nueva tendencia estética y su obra evidencia no sólo sus vínculos con la modernidad liberal sino también el influjo del "fin estético" kantiano en cuyas premisas esenciales se desautoriza el exclusivo interés mercantil. Masiva en su recepción por las circunstancias sociohistóricas en las que se produce y escrita con clara conciencia estética, la producción literaria galdosiana, en definitiva, pese a posteriores caricaturas tendenciosas, independiza la literatura española de estériles imitaciones francesas, constituye una novelística liberal equiparable a los mejores exponentes del realismo europeo y ofrece sugerentes renovaciones artísticas en el irregular ritmo histórico de las letras peninsulares decimonónicas.

El éxito de Pérez Galdós se debe parcialmente al espaldarazo institucional que prestigia su obra por recuperar una orientación realista en las letras españolas muy distorsionada por el influjo del idealismo neocatólico. Luc Herman considera imperativo en el desarrollo estético del realismo el abandono de todo artificio idealizador: "La realidad sólo puede ser ejecutada correctamente si el escritor desecha cualquier embellecimiento figurativo"[75]. Críticas de la década de 1870 sobre la novelística galdosiana apuntan en esta dirección y resaltan su "talento descriptivo", "minuciosa verdad" y precisa "exactitud"[76]. Tales cualidades estilísticas habían sido ensayadas an-

---

[75] Luc Herman, *Concepts of Realism*, Columbia, Carolina del Sur, Camden House, 1996, pág. 11.

[76] José Alcalá Galiano, "Noticias literarias: *La Fontana de Oro*. Novela histórica original de D. Benito Pérez Galdós", *Revista de España*, 20, 1871, pág. 155.

teriormente, con desigual fortuna, en la novela de costumbres isabelina. ¿Cuál era entonces la aportación novedosa del novelista canario? Se ha convertido en un lugar común de la crítica galdosiana apelar a una característica formal ya visible, por lo demás, en las primeras valoraciones sobre esta magna produccción literaria: los vínculos estéticos de Benito Pérez Galdós con la novelística realista de Honorato de Balzac (1799-1850) y Carlos Dickens. Por lo que respecta al propio Pérez Galdós, junto a estos autores, éste añade otra influencia literaria significativa: *Don Quijote de la Mancha* (1605, 1615), una obra "que habla con tanta claridad al entendimiento y el corazón, tiene tan profundo sello de evidencia, que no necesita comentarios"[77]. Ya en 1901, valorando el impacto del naturalismo en las letras españolas y en su propia obra, Pérez Galdós analiza sus vínculos con el género de la novela picaresca y la tradición cervantina:

> En resumidas cuentas: Francia con su poder incontrastable, nos imponía una reforma de nuestra propia obra, sin saber que era nuestra; aceptémosla nosotros restaurando el Naturalismo y devolviéndole lo que le habían quitado, el humorismo y empleando éste en las formas narrativa y descriptiva conforme a la tradición cervantina[78].

Miguel de Cervantes (1547-1616) parece convertirse en el precedente inmediato del realismo/naturalismo prestigiado en España desde 1870. Juicios del autor sobre la "fuerza descriptiva", "la facultad de imaginar" o "la mayor exactitud y verdad" percibidos en la narrativa de Dickens[79] asocian también al novelista británico con una tradición de raigambre cervantina. Al innegable influjo de la literatura española de los Siglos de Oro y la novelística europea decimonónica[80] hemos de añadir también otra referencia intertextual: la pro-

---

[77] Benito Pérez Galdós, "Crónica de la quincena", *La Ilustración de Madrid*, 15-IV-1872, *Crónica de la quincena*, ed. William H. Shoemaker, Princeton, Nueva Jersey, Princeton Universiy Press, 1948, pág. 113.

[78] Benito Pérez Galdós, "Leopoldo Alas, Clarín", 1901, *Ensayos de crítica literaria, Bonet, op.cit.*, pág. 249.

[79] Benito Pérez Galdós, "Variedades. Carlos Dickens", 9-III-1868, William H. Shoemaker, *Los artículos de Galdós en "La Nación"..., op.cit.*, pág. 452.

[80] Stephen Gilman, *Galdós y el arte de la novela europea, 1867-1887*, trad. Bernardo Moreno Carrillo, Madrid, Taurus, 1985.

sa costumbrista articulada por Ramón de Mesonero Romanos (1803-1882), autor al que Benito Pérez Galdós elogia en sus artículos periodísticos escritos en el decenio de 1860[81]. Consideramos muy sugerente la acertada terminología que Stephen Miller propone en su interpretación de la novelística galdosiana: el programa estético del "socio-mimetismo del realismo-naturalismo español"[82]. Tal proyecto intelectual, esbozado en los estudios de Manuel de la Revilla, permite a Pérez Galdós retrotraerse a ejemplos puntuales de la literatura española en los que se prestigian narrativas con vocación realista y verosímil. Existe, de todos modos, otra influencia en la cosmovisión literaria galdosiana no suficientemente enfatizada hasta la fecha: el precedente indispensable que configura la narrativa costumbrista isabelina escrita por mujeres[83]. El idealismo neocatólico impide que estas autoras alcancen el grado de perfección visible en la obra de Pérez Galdós. Sus "Observaciones sobre la novela contemporánea en España" (1870) nos ofrecen la clave del fracaso estético visible en la narrativa isabelina. Las "condiciones externas" de la turbulenta sociedad hispánica, el "decaimiento del espíritu nacional" o "las continuas crisis que atravesamos, y que no nos han dado punto de reposo"[84] son algunas de las causas que impiden, según observa Pérez Galdós, la plena consolidación de una narrativa realista, moderna y centrada en la clase media. Ello es posible desde 1868 gracias a críticos neokantianos como Revilla, la excelsa novelística escrita en la Restauración y la existencia de un contexto cultural más receptivo a la modernidad liberal. El precedente isabelino y la obra de las escritoras neocatólicas en particular constituyen, no obstante, el sustrato inmediato sobre el que se forja la obra narrativa de Benito Pérez Galdós. Las vacilaciones entre el Antiguo Régimen y los empeños modernizadores son definitivamente zanjadas durante el

---

[81] Benito Pérez Galdós, "Galería de españoles célebres. Ramón Mesonero Romanos", 7-I-1866, William H. Shoemaker, *Los artículos de Galdós en "La Nación"..., op.cit.*, págs. 258-260.

[82] Stephen Miller, *Del realismo/naturalismo al modernismo..., op.cit.*, pág. 46.

[83] Para un análisis de la contribución isabelina al discurso intelectual de la Restauración, vid. Íñigo Sánchez Llama, "Impacto de las escritoras isabelinas en las letras hispánicas del siglo XIX: ¿Génesis de la modernidad feminista y burguesa o reacción neocatólica, Bonet", *Galería de escritoras isabelinas..., op.cit.*, págs. 373-383.

[84] Benito Pérez Galdós, "Observaciones sobre la novela contemporánea en España", 1870, *Ensayos de crítica literaria, op.cit.*, págs. 124-125.

decenio de 1870. La orientación verosímil del "socio-mimetismo" constituye una transparente confirmación de este dramático cambio de rumbo en las letras peninsulares. Por limitado, falsificador –y en consecuencia "no verosímil"– que fuera la tendencia docente isabelina, en ella, sin embargo, se fraguan valores estéticos, v.gr. costumbrismo, cuyo cumplimiento encontrará su verificación satisfactoria de mediar contextos, como el galdosiano, no sujetos a "crisis" y "decaimientos" antiliberales.

El género sexual juega un papel importante en el proceso que acompaña al prestigio de la narrativa galdosiana. La crítica oficiosa de la Restauración trivializa la contribución de las escritoras isabelinas a las letras hispánicas. Así nos lo indican los ambiguos y peyorativos elogios a la "filosofía bonachona" o "ñoñeces" de Fernán Caballero (1796-1877)[85]. Los vínculos que desde 1868 se establecen entre la autoría intelectual y el género masculino no contribuyen al reconocimiento del valor estético en la literatura escrita por mujeres[86]. Exponente representativo del sexismo imperante son las valoraciones de Julio Cejador y Frauca (1864-1927) referidas a la prosa galdosiana y la masculinidad "genuinamente" española del novelista canario: "Artista macho, sobresaliente por la fuerza y empuje, menospreció todo linaje de pequeñeces técnicas (...) Ingenio robusto y sano, se sobrepuso (...) a los corrompidos afeminamientos que corrompían la novela francesa"[87]. Hemos de situarnos en el específico contexto del "Sexenio Revolucionario" y la Restauración para entender un proceso socio-literario idéntico al visible en otras naciones occidentales expuestas inicialmente a la modernidad liberal. El co-

---

[85] *Ibíd.*, pág. 129; Marcelino Menéndez y Pelayo, "Don Benito Pérez Galdós...", *op.cit.*, pág. 100.

[86] Para un análisis de la masculinización visible en las letras hispánicas de la Restauración, véanse Alda Blanco, "Gender and National Identity: The Novel in Nineteenth-Century Spanish Literary History", *Culture and Gender in Nineteenth-Century Spain*, eds. Lou Charnon-Deutsch y Jo Labanyi, Oxford, Clarendon Press, 1995, págs. 120-136; Catherine Jagoe, "Disinheriting the Feminine: Galdós and the Rise of the Realist Novel in Spain", *Revista de Estudios Hispánicos*, 27, 1993, págs. 225-248 e Íñigo Sánchez Llama, "El 'varonil realismo' y la cultura oficial de la Restauración en el fin de siglo peninsular: el caso de María del Pilar Sinués de Marco (1835-1893)", *Letras Peninsulares*, 12.1, primavera de 1999, págs. 37-64.

[87] Julio Cejador y Frauca, *Historia de la lengua y la literatura castellana*, 1915-1920, Madrid, Tipografía de la *Revista de Archivos, Bibliotecas y Museos*, 1918, vol. 8, pág. 421.

lapso del Antiguo Régimen configura una "opinión pública" ('Öffentlichkeit'), según la acertada terminología de Jürgen Habermas, de cuño burgués, laico y antinobiliario[88]. Recientes investigaciones sobre este fenómeno histórico –insinuado desde 1750 y claramente visible tras la Revolución Francesa (1789)– observan cómo el género masculino monopoliza la "opinión pública" al tiempo que se relega a la mujer occidental bajo una asfixiante domesticidad burguesa[89]. Existen testimonios disidentes de capital importancia en la futura configuración de una conciencia feminista, v.gr. Mary Wollstonecraft (1759-1797) o Madame de Staël (1766-1817). La tendencia dominante en la etapa inicial de la "opinión pública", sin embargo, excluye al género femenino de la modernidad liberal por razones de muy diversa índole[90]. Ésa es precisamente la coyuntura visible en España durante la Restauración. Entre otros ejemplos, basta mencionar tan sólo el sexismo burgués adoptado por Manuel de Revilla en 1879 para justificar la ausencia del género femenino "en esa abrasada atmósfera de la vida pública"[91]. Sus efectos estéticos son también contundentes dado que el neokantismo no contempla valor artístico en la autoría intelectual femenina. La España post-isabelina, sin embargo, asiste también a pioneros esfuerzos feministas (Emilia Pardo Bazán) cuya influencia resulta paralela a la visible décadas atrás en las también embrionarias empresas de Staël o Wollstonecraft. Consideraríamos erróneo infravalorar o empequeñecer los prejuicios patriarcales visibles en la España de la Restauración. Es oportuno insistir, no obstante, en la cronología histórica bajo la que se produce esta "Alta

---

[88] Jürgen Habermas, *Historia y crítica de la opinión pública*, 1962, trads. Antoni Domènech y Rafael Grasa, Barcelona, Gustavo Gili, 1982.

[89] Sobre la masculinización de la "opinión pública" post-revolucionaria en Occidente, véanse Rita Felski, *The Gender of Modernity,* Cambridge, Massachussets, y Londres, Harvard University Press, 1995; Joan Landes, "The Public and the Private Sphere", *Feminist Read Habermas: Gendering the Subject of Discourse,* ed. Joanna Mehan, Nueva York y Londres, Routledge, 1995, págs. 91-116 y Joan W. Scott, *Only Paradoxes to Offer. French Feminists and the Rights of Man*, Cambridge, Massachussets, y Londres, Harvard University Press, 1996.

[90] Para un análisis de la condición social de la mujer española en el siglo XIX, véase Gloria Nielfa Cristóbal, "El nuevo orden liberal", *Historia de las mujeres: una historia propia*, eds. Bonnie S. Anderson y Judith P. Zinsser, Barcelona, Crítica, 1991, vol, 2, págs. 617-634.

[91] Manuel de la Revilla, "La emancipación de la mujer", *Revista Contemporánea*, 30-I-1879, pág. 163.

Cultura" sexista. El régimen liberal-burgués no beneficia en sus más inmediatos comienzos al género femenino. Así lo apreciamos en Francia, Inglaterra, Estados Unidos y, desde luego, en la España de 1870. El sexismo de la crítica literaria y gran parte de la novelística de la Restauración no es aberrante, de todos modos, si lo interpretamos bajo el referente de la modernidad liberal en su primera etapa. Décadas posteriores permiten la necesaria emancipación del género femenino y la dignificación de la obra literaria producida por la mujer escritora. La España de Pérez Galdós, como la Francia de 1800, todavía no ha alcanzado esa conciencia emancipatoria aun cuando sus fundamentos burgueses nos terminan conduciendo a futuros proyectos feministas.

Partiendo de una división propuesta por el mismo Pérez Galdós, suele dividirse su obra literaria en cuatro categorías: "novelas españolas contemporáneas de la primera época", "episodios nacionales", "novelas españolas contemporáneas" y "dramas y comedias". Numerosos empeños del hispanismo han tratado de establecer en la obra galdosiana una división coherente desde un punto de vista conceptual, estético y cronológico[92]. La pionera tipología de Joaquín Casalduero afirma la existencia de cuatro períodos en los que se observan sucesivas orientaciones históricas (1867-1874), naturalistas (1881-1885), espiritualistas (1892-1897) y mitológicas (1908-1912)[93]. Muy sugestiva también resulta la propuesta de José F. Montesinos (†1972) sobre la "segunda o tercera manera" galdosiana que vincula el grupo de "novelas pedagógicas" –*La desheredada* (1881), *El amigo Manso* (1882)– con el corpus de las "novelas de la locura crematística" –*El Doctor Centeno* (1883), *Tormento* (1884), *La de Bringas* (1884), *Lo prohibido* (1885)[94]–. Razones obvias de espacio nos impiden ofrecer un resumen satisfactorio de la inmensa producción literaria de Benito Pérez Galdós. Sí es factible destacar, grosso modo, la existencia de una paulatina profundización en su orientación realista. Formado en ciertas tendencias románticas, la primera novela galdo-

---

[92] Para una muestra representativa de intentos periodizadores en la crítica galdosiana, véanse Gustavo Correa, "Hacia una tipología de la novela galdosiana", *Anales Galdosianos*, 19, 1984, págs. 7-26 y Akiko Tsuchiya, "Recent Critical Theory and the Re-Vision of the Galdós Canon", *Anales Galdosianos*, 25, 1990, págs. 125-128.

[93] Joaquín Casalduero, *Vida y obra de Galdós, op.cit.*, pág. 42.

[94] José F. Montesinos, *Galdós*, 1968, Madrid, Castalia, 1980, vol. 2.

siana, *La sombra* (1867), revela claras dependencias textuales con la literatura fantástica alemana de E.T.A. Hoffmann (1766-1822). Desde el decenio de 1870, sin embargo, el autor se inclina hacia una novela realista centrada en la más reciente historia española contemporánea –*La Fontana de Oro* (1870) y *El audaz* (1871)–. En este mismo período también escribe "novelas de tesis" –*Doña Perfecta* (1876), *Gloria* (1877), *La familia de León Roch* (1878)– en las que se exploran importantes inquietudes socio-religiosas. Significativo parece el rumbo realista-naturalista –de mayor hondura psicológica e influido por ciertas premisas deterministas– que adopta Pérez Galdós en los comienzos de la década de 1880 desde la publicación de *La desheredada*. Años después escribe una novela realista-naturalista considerada por la crítica galdosiana más solvente su obra maestra: *Fortunata y Jacinta* (1886-1887). Madrid es el gran protagonista de la narrativa de Pérez Galdós. Si bien el discurrir narrativo de *La Fontana de Oro* ya ocurría en el entorno madrileño[95] y textos como *La familia de León Roch* describen los avatares de cierta burguesía en la villa y corte, será, no obstante, *Fortunata y Jacinta* –junto a obras como *Miau* (1888) o el "ciclo de novelas de Torquemada"(1889-1895)– el gran friso novelesco en el que toda la complejidad urbana, estética y social de Madrid adquiere su mayor expresión. Pérez Galdós, bajo el influjo de la obra tolstoiana, desarrollará más adelante narrativas espiritualistas –*Ángel Guerra* (1890), *Nazarín* (1895) y *Halma* (1895)– encarnadas de manera magistral en *Misericordia* (1897). El autor asimismo retoma su juvenil afición por el género teatral desde 1892 al tiempo que elabora "novelas dialogadas" –*La incógnita* (1889), *Realidad* (1889), *El abuelo* (1897)–. Ya en el siglo XX, Pérez Galdós parece decantarse hacia una sensibilidad simbólica, visible, por ejemplo, en su metáfora novelesca de *El caballero encantado* (1909).

Mención aparte merecen sus *Episodios Nacionales*, voluminosa empresa editorial compuesta de cinco series en las que se abarcan acontecimientos históricos desde la batalla de Trafalgar (1805) hasta el "Sexenio Revolucionario"[96]. Hemos de vincular este proyecto lite-

---

[95] Edward Baker, "En el café de Galdós: *La Fontana de Oro*", *Materiales para escribir Madrid. Literatura y espacio urbano de Moratín a Galdós*, Madrid, Siglo XXI, 1991, págs. 111-145.

[96] Para un análisis preciso de los *Episodios Nacionales*, véanse los imprescindibles estudios de Hans Hinterhäuser, *Los "Episodios nacionales" de Benito Pérez Galdós*, Madrid, Gredos, 1963 y Geoffrey Ribbans, *History and Fiction in Galdós's Narratives*, Oxford, Clarendon Press, 1993.

rario con los intentos de la intelectualidad liberal española por establecer una conciencia nacionalista y unitaria durante el turbulento período decimonónico[97]. No es gratuito que la noción contemporánea de la "conciencia patriótica" sea acuñada en la fase inicial de la Revolución Francesa[98]. Idénticos propósitos parecen mediatizar el patriotismo liberal y populista visible en los *Episodios Nacionales*[99]. Las complejas coyunturas españolas impiden la plena cristalización del proyecto liberal. El rechazo de la Iglesia católica al liberalismo, las tensiones ideológicas entre los nostálgicos del Antiguo Régimen y los partidarios de la modernización, el recurrente localismo hispánico, los posteriores nacionalismos periféricos del último tercio del siglo XIX o las desigualdades económicas de las distintas regiones españolas son algunos de los factores que impiden el establecimiento satisfactorio de un nacionalismo español liberal análogo al existente en otros contextos occidentales[100]. Los *Episodios Nacionales*, pese a los obstáculos socio-históricos anteriormente señalados, suponen un loable ejercicio de análisis nacional bajo presupuestos liberales. No se trata tan sólo de investigar los orígenes y causas que expliquen la crisis peninsular decimonónica. Percibimos además la intención autorial de difundir una conciencia patriótica adscrita a la modernidad burguesa. En un período hostil a la democracia parla-

---

[97] Para un reciente análisis de esta dinámica histórica, véase Carolyn Boid, *Historia Patria. Politics, History, and National Identity in Spain, 1875-1975*, Princeton, Nueva Jersey, Princeton University Press, 1997.

[98] Louis Bergeron, François Furet y Reinhart Koselleck, *La época de las revoluciones europeas, 1780-1848*, trad. Francisco Pérez Gutiérrez, Madrid, Siglo XXI, 1989, pág. 43.

[99] Existen análisis valiosos sobre la conexión de Pérez Galdós con la ideología liberal europea del siglo XIX: Juan Pablo Fusi, España. *La evolución de la identidad nacional*, Madrid, Temas de Hoy, 2000, pág. 188; José María Jover Zamora, *La imagen de la Primera República en la España de la Restauración*, Madrid, Real Academia de la Historia, 1982, págs. 88 y 102-103 y Carlos Seco Serrano, "Los *Episodios Nacionales* como fuente histórica", *Sociedad, literatura y política en la España del Siglo XIX*, Madrid: Guadiana, 1973, págs. 275-317.

[100] Sobre el atormentado transcurrir histórico de la conciencia nacional española en el siglo XIX, véanse José Álvarez Junco, "The Nation-Building Process in Nineteenth-Century Spain", *Nationalism, and the Nation in the Iberian Peninsula. Competing and Conflicting Identities*, eds. Clare Mar-Molinero y Ángel Smith, Oxford y Washington D.C., Berg, 1996, págs. 89-106 y Juan Pablo Fusi, "Centralismo y localismo en la formación del Estado Español", *Nación y Estado en la España liberal*, ed. Guillermo Cortázar, Madrid, Noesis, 1994, págs. 77-90.

mentaria, casi simultáneo al golpe de Estado del general Primo de Rivera (1923), el crítico Eduardo Gómez de Baquero, "Andrenio" (1866-1929) reivindica al creador de los *Episodios Nacionales* por razones elementales de integridad política y ética liberal: "Pérez Galdós ha sido el historiador y el poeta civil de los orígenes de la España contemporánea y de los orígenes de la libertad moderna"[101]. La obra galdosiana, en efecto, configura un ejemplo literario de capital importancia a efectos estéticos e ideológicos. Renovador incuestionable de la literatura española y artífice de textos que insertan a las letras peninsulares en la "Alta Cultura" occidental del XIX, su obra narrativa también ejecuta el patriótico empeño de establecer una satisfactoria conciencia liberal y nacionalista. El (temporal) fracaso de ese proyecto durante buena parte de la centuria siguiente no oculta, de todos modos, la irreversible consolidación del ideario galdosiano en el largo plazo histórico así como la plena incorporación de la nación española al espíritu laico, democrático e integrador de la modernidad liberal.

3. La Revolución y los intelectuales europeos del siglo XIX: un análisis comparatista

> (...) Si las revoluciones son el producto de una idea moral, de una razón, de una lógica, de un sentimiento, de una aspiración, aunque sea ciega y sorda, hacia un orden mejor de gobierno y de sociedad, de una sed de desarrollo y perfección en las relaciones de los ciudadanos entre sí, o de la nación con las demás naciones; si son un ideal elevado en vez de ser una pasión abyecta: tales revoluciones muestran, aun en sus catástrofes y en sus pasajeros extravíos, una fuerza, una juventud y una vida que prometen largos y gloriosos períodos de engrandecimiento a las razas. Tal fue, pues, el carácter de la Revolución Francesa de 1789; y tal es asimismo el de la de 1848[102].

---

[101] Eduardo Gómez de Baquero, "Andrenio", *El colapso de la opinión liberal en España*, Madrid, Juventud de la Izquierda Liberal, 1922, pág. 6.

[102] Alfonso de Lamartine, *Historia de la revolución francesa de 1848*, [s.l.], Imprenta del *Diario de Sevilla*, 1849, págs. 9-10.

La textualización de acontecimientos históricos vinculados a la Revolución Francesa (1789) en *El audaz* justifica un breve resumen comparatista sobre el impacto de este proceso social en los análisis elaborados por los intelectuales europeos más prestigiosos del siglo XIX. Pérez Galdós elabora sus novelas históricas inspirándose, cuando es posible, en las "fuentes orales" de quienes presenciaron los acontecimientos descritos en su obra[103]. Estudios rigurosos de la biblioteca galdosiana documentan también la existencia de abundantes textos historiográficos en los que la Revolución Francesa ocupa un lugar preeminente[104]. Hemos de establecer además una necesaria precisión metodológica sobre el término "Revolución Francesa". La fecha de 1789 adquiere una dimensión simbólica para los intelectuales europeos ochocentista. Similares empresas revolucionarias acaecidas en Francia (1830, 1848, 1871), sin embargo, influyen notablemente en los juicios elaborados sobre dinámicas históricas en las que se utiliza la violencia para derrocar gobiernos autoritarios e inspirados en el Antiguo Régimen. La Revolución de 1789 genera asimismo nuevos conceptos nacionalistas en los que la noción de patria es asociada a los principios burgueses de la modernidad liberal. Éste será el referente inmediato para la España decimonónica. Recuerde el lector, no obstante, otro valioso proceso revolucionario en el que se ensayan, dentro de los debidos límites, discursos intelectuales afines a los establecidos en Francia desde finales del siglo XVIII: la Revolución "Gloriosa" de Inglaterra (1688). Mencionamos el ejemplo inglés no tanto por su curiosa pervivencia en el ámbito español del XIX al ofrecer idéntica denominación "gloriosa" a la Revolución de 1868 sino más bien porque ésta esboza las características esenciales de futuros proyectos revolucionarios en Occidente: afirmación de las clases medias, rechazo a la aristocracia "extranjera", defensa del libre examen y construcción de una conciencia patriótica en la que los

---

[103] Para un análisis del equilibrio galdosiano entre "fuentes vivas" y textos historiográficos, véase Pilar Faus Sevilla, *La sociedad española del Siglo XIX en la obra de Pérez Galdós*, Valencia, Nacher, 1957, págs. 25-45.

[104] Hyman Chonon Berkowitz, "La biblioteca de Benito Pérez Galdós. Catálogo razonado precedido de un estudio preliminar", *Boletín de la Biblioteca Menéndez Pelayo*, 14, pág. 124.

intereses de la nación son asociados con los principios revolucionarios[105].

Los sucesos de 1789 provocan fructíferos debates ideológicos entre los principales intelectuales de la época[106]. Existen en la historiografía actual tendencias "revisionistas" que ponen en tela de juicio la existencia de cambios dramáticos en las estructuras políticas francesas e incluso perciben "invenciones de mitologías revolucionarias" en análisis posteriores de esta dinámica social[107]. Nuestro cotejo de textos históricos escritos en fechas coetáneas y posteriores a 1789 revela, sin embargo, la existencia de interpretaciones divergentes cuya lectura demuestra –o en el peor de los casos, no desmiente– el profundo impacto de un hecho histórico que altera de manera irreversible los cimientos políticos europeos e inaugura la "Edad Contemporánea".

Desde una posición tradicionalista, pese a los "liberales" orígenes "whig" del autor, Edmundo Burke (1729-1797) censura en sus *Reflexiones sobre la Revolución en Francia* (1790) la anarquía social adscrita al proceso revolucionario. Su alternativa política prestigia más bien la transacción alcanzada por la Revolución "Gloriosa" y su "Declaración de Derechos" ('Declaration of Rights', 1689). El error francés, a juicio de Burke, radica no tanto en el ingenuo igualitarismo de la Revolución o la escasa preparación intelectual de sus promotores sino en haber alterado la continuidad histórica del país mediante acciones violentas[108]. Gran parte de los intelectuales alemanes

---

[105] Para un análisis preciso del impacto intelectual de la Revolución "Gloriosa" en las letras europeas decimonónicas, véanse Francisco Guizot, "Influjo en Europa de la revolución inglesa de 1688", *Historia de la civilización de Europa*, 1828, ed. J.A. Matute, Madrid, Establecimiento Tipográfico de D.F. de P. Mellado, 1847, págs. 354-357 y, más recientemente, Nancy Armstrong y Leonard Tennenhouse, "The English Revolution", *The Imaginary Puritan, Literature, Intellectual Labor, and the Origins of Personal Life*, Berkeley y Los Ángeles, University of California Press, 1992, págs. 47-68.

[106] Para una precisa relación bibliográfica de textos historiográficos escritos en el XIX sobre la Revolución de 1789, véase Lord Acton, *Lectures on the French Revolution*, 1910, Nueva York, The Noonday Press, 1962, págs. 345-373.

[107] François Furet, *Interpreting the French Revolution*, trad. Elborg Foster, Cambridge y Nueva York, Cambridge University Press, 1997 y Nicholas Hensall, *The Myth of Absolutism. Change and Continuity in Early Modern European Monarchy*, Londres y Nueva York, Longman, 1992.

[108] Edmund Burke, *Reflections on the Revolution in France*, 1790, ed. J.G.A. Pocock, Indianápolis, Indiana, Hackett, 1987, pág. 33.

contemporáneos a Burke parecen compartir similares ansiedades motivadas por la ruptura dramática de la jerarquía social. Inicialmente éstos saludan los benéficos efectos de la Revolución Francesa, en el ámbito de la tolerancia religiosa, por las analogías que encuentran entre los sucesos de 1789 y la Reforma protestante del siglo XVI. El temprano "faccionalismo" de la clase dirigente revolucionaria o su incapacidad para detener los excesos del pueblo originan, no obstante, serias reservas sobre la eficacia política del "modelo francés"[109]. Décadas después, la historiografía romántica conservadora profundizará en las críticas trazadas por Burke desde 1790. Tomás Carlyle (1795-1881) evoca con cierta nostalgia en *La Revolución Francesa* (1837) la "vieja pompa caballeresca" de la aristocracia y la sabiduría del clero del Antiguo Régimen[110]. Las imprecaciones del autor contra la anarquía revolucionaria encubren un subtexto de mayor alcance: Carlyle vincula esos sucesos históricos con la deplorable, en su opinión, sociedad capitalista de las "máquinas de vapor" y los "billetes de cambio"[111]. Las críticas anteriormente descritas evidencian, en definitiva, intensos temores ante la emergencia de divisiones políticas y protagonismos populares en Occidente. Caos anárquico, disolución y ruptura de la armonía establecida son entonces las consecuencias inmediatas de eventos socio-políticos que estos intelectuales tradicionalistas asocian con la ruptura iconoclasta de los fundamentos en los que se inspiraban sus idealizadas sociedades prerrevolucionarias.

Muy distintas son las apreciaciones que efectúan los partidarios de la Revolución Francesa. Las obras del abate Sieyès (1748-1836), *Ensayo sobre los privilegios* (1788) y *¿Qué es el tercer estado?* (1789), sientan las bases para el discurso radical-burgués adoptado en Francia desde 1789. El "envilecimiento de la nación" auspiciado por las jerarquías feudales[112] o la falacia estatamental del "falso sentimiento de superioridad personal" visible en la aristocracia[113] justifi-

---

[109] Thomas P. Saine, *Black Bread-White Bread. German Intellectuals and the French Revolution*, Columbia, Carolina del Sur, Camden House, 1988, pág. 53.

[110] Tomás Carlyle, *La Revolución Francesa*, 1837, trad. Miguel de Unamuno, Madrid, La España Moderna, [s.a.], vol. 1, pág. 205.

[111] *Ibíd*., págs. 202-203.

[112] Emmanuel Sieyès, *Ensayo sobre los privilegios*, 1788, trad. D. Bas, Ed. Edme Champion, Barcelona, Oikos-Tau, 1989, págs. 32.

[113] *Ibíd*., pág. 39.

carían la adopción de violencia revolucionaria pues "casi siempre es necesario sacudir enérgicamente; a la verdad le hace falta todo su resplandor para producir esas impresiones fuertes, de las que nace un *interés* apasionado por aquello que hemos visto que es verdadero, bello y útil" (énfasis del autor)[114]. En la misma línea apuntan los juicios de Tomás Paine (1737-1809) cuyos *Derechos del Hombre* (*The Rights of Man*, 1791) atribuyen los excesos violentos de la Revolución al "despotismo hereditario del gobierno establecido"[115], los privilegios injustos detentados por la Iglesia del Estado[116] y las maniobras corruptas de los cortesanos aristocráticos[117]. Ya en el período decimonónico, Julio Michelet (1798-1874) sacraliza en su *Historia de la Revolución* (1847-1853) la magna contribución del pueblo francés a la forja de la nueva nación liberal. El desbordamiento popular visible en ciertas etapas revolucionarias –argumento temático empleado por los detractores de 1789– es también atribuido a la indirecta presión violenta de regímenes políticos fundamentados en la desigualdad. La retórica revolucionaria enfatiza la noción de "nacionalidad democrática" para legitimar la adopción de métodos violentos si éstos conducen a la transformación del país y la integración de todos sus ciudadanos en las estructuras políticas reformadas[118]. De gran lucidez historiográfica es el diagnóstico efectuado por Lord Acton (1834-1902) en sus póstumas *Conferencias sobre la Revolución Francesa* (1910): surgida del optimismo liberal, ésta legitima la resistencia contra la tiranía monárquica si ello conduce a una nación libre e igualitaria[119].

La perspectiva socialista utópica de Pedro José Proudhon (1809-1865) también celebra la "revolución social" de 1789 por tratarse de

---

[114] Emmanuel Sieyès, *¿Qué es el tercer estado?*, 1789, trad. D. Bas, ed. Edme Champion, Barcelona, Oikos-Tau, 1989, pág. 133.

[115] Thomas Paine, *The Rights of Man*, 1791, *The Complete Writings*, ed. Philip S. Foner, Nueva York, The Citadel Press, 1945, vol. 1, pág. 257.

[116] *Ibíd*, págs, 292-293.

[117] *Ibíd.*, pág. 338.

[118] Sobre la construcción de la retórica revolucionaria en 1789, véanse Lynn Hunt, "The Poetics of Power", *Politics, Culture, and Class in the French Revolution*, Berkeley y Los Ángeles, University of California Press, 1984, págs. 17-119 y William H. Sewell Jr., *A Rhetoric of Bourgeois Revolution. The Abbé Sieyès and "What is the Third State"*, Durham, Carolina del Norte y Londres, Duke University Press, 1994, pág. 58-61.

[119] Lord Acton, *Lectures on the French Revolution, op.cit.*, pág. 317.

"un organismo nuevo que reemplaza una organización decrépita"[120]. El filósofo francés postula además cierto federalismo que reemplace al Estado burgués consolidado en el período decimonónico[121]. La plena aplicación del espíritu revolucionario debería favorecer, según indica, una intensa descentralización política como antídoto socialista al orden nacional-burgués prescrito por el régimen liberal-capitalista.

El criterio dominante en la historiografía europea del siglo XIX supera el análisis tradicionalista hostil a la Revolución así como los elogios radicales que legitiman su existencia. Premonitorios de la futura valoración intelectual establecida en Occidente son los juicios del alemán Konrad Engelbert Oeslener (1764-1828) en 1792 descritos por Thomas P. Saine en los siguientes términos:

> La Revolución en sí misma es sólo para el pueblo civilizado, no para las masas; sólo aquellos que han alcanzado un grado aceptable de cultura y civilización deben ser los responsables de contener a los todavía incivilizados si desean mantener la Revolución pura, libre de excesos y realizar sus objetivos políticos[122].

Análogos criterios son adoptados décadas después por influyentes historiadores franceses de la Revolución. Alfonso de Lamartine (1790-1869), inicialmente neocatólico hasta su posterior evolución hacia el republicanismo conservador, condena en su *Historia de los girondinos* (1847) la barbarie visible en las ejecuciones masivas de aristócratas durante las jornadas sangrientas del 2 de Septiembre de 1792[123]. Igualmente desfavorables resultan sus impresiones sobre el terror jacobino de la I República (1793-1794) que había convertido la sociedad francesa "en una matanza de vencidos en un campo de carnicería"[124]. El balance de 1789 parece, sin embargo, favorable por

---

[120] Pedro José Proudhon, *De la capacidad política de las clases jornaleras*, 1864, trad. Francisco Pi y Margall, Madrid, Librería de Alfonso Durán, 1869, pág. 43.

[121] Pedro José Proudhon, *Idea general de la revolución en el Siglo XIX*, 1851, trad. J. Comas, Barcelona, Imprenta Hispana, 1868, pág. 222.

[122] Thomas P. Saine, *Black Bread-White Bread*, op.cit., pág. 292.

[123] Alfonso de Lamartine, *Historia de los girondinos*, 1847, trad. D.H. Madicca-Veytia, Madrid, Imprenta y Librería de Gaspar, 1877, pág. 231.

[124] *Ibíd.*, pág. 501.

haber permitido "[la destrucción] de antiguas y odiosas desigualdades" en nombre de "la fraternidad democrática"[125]. Obras posteriores del autor sugieren rechazos no tanto al principio burgués de 1789 cuanto al socialismo visible en la Revolución de 1848[126]. Lamartine aprueba la Revolución en tanto en cuanto mantenga el orden frente a la demagogia y la anarquía[127]. El léxico empleado por el autor justifica el proceso revolucionario si éste se subordina a una "idea moral" y un "ideal elevado"[128]. No es gratuito que ambas aspiraciones sean asociadas con el orden burgués prestigiado en Francia tras la caída de la monarquía de Luis Felipe de Orleans (1830-1848). 1848 consagra la escisión ideológica del "tercer estado" entre burguesía y proletariado. Los análisis de Lamartine, aun incluyendo rechazos burkeanos a la anarquía social, valoran en términos favorables la transformación "moral" y "elevada" conseguida por la burguesía de 1789. La Francia de 1848 contempla otra revolución a la que no son ajenas ciertas demandas socialistas inexistentes en 1790. La evolución política del conservador Lamartine cobra sentido siempre y cuando la fórmula republicana garantice el sistema social vigente. El ensayo de Adolfo Thiers (1797-1877), *La monarquía de 1830* (1831) se convertía en cercano precedente de las tesis defendidas por Lamartine en 1848: "No todas las revoluciones tienen que renovar el aspecto de la sociedad. La de 1789 fue lo que llamaríamos hoy una revolución social, y fue necesario entonces alterarlo todo en términos que no lo conocería ni la madre que lo parió"[129].

Tales lecturas historiográficas reflejan los intereses ideológicos de la clase social inmediatamente beneficiada por la ruptura revolucionaria de 1789. Cierto deseo de superar divisiones internas en beneficio de un ideal nacionalista así como la aceptación de las reformas sociales surgidas del colapso del Antiguo Régimen constituyen el cimiento ideológico sobre el que se fragua la cosmovisión burguesa europea del siglo XIX. Desde 1830 percibimos la aceptación

---

[125] *Ibíd.*, pág. 550.
[126] Alfonso de Lamartine, *Historia de la revolución francesa de 1848*,[s.l], Imprenta del Diario de Sevilla, 1849, pág. 33.
[127] *Ibíd.*, pág. 119.
[128] *Ibíd.*, págs. 9-10.
[129] Adolfo Thiers, *La monarquía de 1830*, 1831, trad. Sebastián Miñano, Madrid, Librería se Sejo, 1842, pág. 60.

de 1789 siempre y cuando se procure prescindir del desbordamiento popular. El cuestionado "faccionalismo" descrito por los opositores de la Revolución parece diluirse en el siglo XIX o, en su defecto, esta objeción pierde impacto entre los intelectuales conservadores. Seguimos encontrando apelaciones a una jerarquía clasista de cuño burgués. Los países occidentales expuestos al capitalismo liberal, no obstante, parecen haber aceptado la "revolución social" que liquida en 1789 el Antiguo Régimen. La dicotomía que Burke oponía entre el orden aristocrático y el caos pequeño-burgués (1790) presenta otros rasgos ideológicos décadas después. Pervive la oposición entre anarquía y seguridad. Los referentes sociales, sin embargo, han sido radicalmente transformados: estabilidad burguesa enfrentada al temido desbordamiento proletario. Nótese además cómo el discurso burgués une los conceptos de "orden", "patria" y liberalismo. Los revolucionarios socialistas y anarquistas del XIX deben, por tanto, sufrir en sus respectivos contextos nacionales el estigma no sólo de subversivos sino de enemigos de la nación liberal. ¿Explican tales coyunturas el internacionalismo revolucionario de la izquierda europea del siglo XIX? Sucesivos avances del movimiento obrero en Occidente terminan democratizando, hasta cierto extremo, el régimen capitalista. La etapa inicial de este proyecto prestigia, sin embargo, valores restrictivos en los que la moderación de la clase media y el énfasis en cierta transacción de cuño británico delimitan el ideario adscrito a la modernidad liberal. Cierta ambigüedad se percibe en las impresiones de esta historiografía moderada sobre la violencia revolucionaria. Incluso el aséptico Alexis de Tocqueville (1805-1859) plantea en su conciliador ensayo, *El Antiguo Régimen y la Revolución* (1856), la irreversibilidad del proyecto revolucionario sobre cualquier potencial obstáculo tradicionalista[130]. El historiador francés reivindica la fluidez del Antiguo Régimen[131] y ciertas virtudes aristocráticas[132]. Su espíritu integrador se superpone, no obstante, a una tajante afirmación de la irreversible hegemonía liberal establecida en la Francia post-revolucionaria. La clase media decimonónica, en definitiva, rechaza la presión proletaria de 1848 lo que no impide que

---

[130] Alexis de Tocqueville, *El Antiguo Régimen y la Revolución*, 1856, trad. Jorge Ferreiro, México, FCE, 1996, pág. 80.
[131] *Ibíd.*, pág. 201.
[132] *Ibíd.*, pág. 193.

ese mismo grupo social justifique/comprenda la necesaria insurrección ciudadana acaecida en 1789 contra el régimen monárquico-señorial de Luis XVI (1774-1793). Los temores burkeanos a la ruptura de la continuidad histórica visible en el uso de cualquier violencia parecen haberse conjurado de mediar un racionalismo burgués garante de la armonía social.

Las complejas coyunturas sociales de España durante el siglo XIX mediatizan el impacto de la modernidad liberal. Si bien existe en los años inmediatos a la Guerra de la Independencia (1808-1814) un claro desprestigio de la familia real análogo, dentro de los debidos límites, al visible en la Francia prerrevolucionaria, la dinámica histórica del país, sin embargo, no permite en esos años rupturas iconoclastas. Autores tan dispares como Alfonso de Lamartine y Carlos Marx (1818-1883) coinciden en señalar el estéril aislamiento intelectual visible en la nación durante la década de 1790[133]. Existen intentos liberales desde la pionera Constitución de 1812. La hostilidad manifiesta de la Iglesia a esa ideología, el contradictorio pseudo-liberalismo implantado en España desde 1833 o el influjo ultraconservador del carlismo son algunas de las causas que impiden una plena modernización burguesa. El reinado de Isabel II (1843-1868) insinúa ciertos indicios liberales, de manera especial, en el período del "Bienio Progresista" (1854-1856). Hemos de esperar, no obstante, al "Sexenio Revolucionario" (1868-1874) para encontrar ensayos satisfactorios del ideario radical-burgués. No son, en modo alguno, gratuitas las impresiones que en 1870 recogen los *Anales históricos de la revolución política en España* sobre la "Gloriosa" (1868): "*una revolución eminentemente social* (...), un desagravio justo, lógico y natural a los fueros de la razón, a las ideas civilizadoras, y sobre todo a la moralidad pública, que es el objeto a que se encaminan todos los esfuerzos de las sociedades cultas" (el énfasis es mío)[134]. Iluminador nos parece el uso del término "revolución social", concepto equiparable a los elogios establecidos por Lamartine, Thiers y Proudhon cuando enjuician la Revolución de 1789.

---

[133] Alfonso de Lamartine, *Historia de los girondinos, op.cit.*, pág. 58 y Carlos Marx, "La España revolucionaria", 1854, Carlos Marx y Federico Engels, *Revolución en España*, Moscú, Editorial Progreso, 1978, pág. 13.

[134] Pedro Domingo Montes, *Anales históricos de la revolución política en España*, Madrid, Elizalde y Compañía, 1870, pág. 11.

El ámbito peninsular, sin embargo, ofrece inquietantes divergencias con respecto a otros referentes europeos: el temido "faccionalismo" burkeano, conjurado en ciertas naciones occidentales desde 1830, parece amenazar los cimientos de la frágil democracia española. Así nos lo indica Juan Valera (1824-1905) en la *Historia general de España* (1890): "apenas publicada la Constitución [de 1869] que por todos debía ser observada, empezó a ser combatida por unos como demasiado democrática, y como monárquica por los republicanos"[135]. Bajo este difícil entorno histórico los liberales españoles, acosados por alianzas aberrantes entre carlistas y republicanos, intentan consolidar la "revolución social" en medio de una creciente anarquía caótica. Duras son las acusaciones de Juan Valera contra los promotores de la I República (1873-1874) a los que reprocha perturbar el orden público, favorecer federalismos disgregadores e incluso asumir una "ferocidad salvaje" durante la revuelta cantonalista[136]. ¿Comparten Juan Valera y otros liberales progresistas coetáneos del último tercio del siglo XIX prejuicios similares a los visibles en el diagnóstico que Burke realiza en 1790? José María Jover ha destacado cómo el retroceso conservador de la Restauración (1874-1931) acuña una imagen negativa de la I República a la que ahora se asocia con "desorden, separatismo, irreligión, falta de autoridad, utopía (dando a esta palabra la significación vulgar de ensueño irrealizable), plebeyez, socialismo"[137]. Nada objetamos a la propuesta de Jover, verificable parcialmente en el juicio que Juan Valera plantea en 1890. Acudir a documentos periodísticos e historiográficos del "Sexenio" revela, no obstante, idénticas objeciones al exceso revolucionario formuladas no desde presupuestos reaccionarios sino más bien liberal-progresistas. Sirva de ejemplo un testimonio de 1870, escrito tres años antes de la proclamación de la I República, en el que se censura el maximalismo causante de "vandálicas escenas [en Andalucía] con ataques a la propiedad (...), una guerra sistemática a los ricos, una incesante agitación guerrera (...) y en fin todos los obstáculos

---

[135] Modesto Lafuente y Juan Valera, *Historia general de España*, Madrid, Montaner y Simón, 1890, vol. 23, pág. 15.

[136] *Ibíd.*, págs. 197, 202.

[137] José María Jover Zamora, *La imagen de la I República en la España de la Restauración*, *op. cit.*, pág. 20.

que impiden el desarrollo de las opiniones generales"[138]. Tales valoraciones progresistas no parecen inspirarse en Burke ni consideran que la Revolución rompa la continuidad histórica del país dado que su liberalismo implícito ofrece una conciencia patriótica encaminada a la regeneración de la nación española. Las reservas radican más bien en el temor a que el desbordamiento popular termine destruyendo las conquistas liberales de la "Gloriosa". Por ello se cita con profusión en los *Anales históricos* la obra de Lamartine sobre la revolución francesa de 1848. El "ideal elevado", la "lógica" y la "razón" garantizan el orden burgués y la modernidad liberal frente a la "pasión abyecta" de quienes promueven demandas extremistas[139]. Existieron, desde luego, detractores de 1868 que en el período de la Restauración ofrecen caricaturas tendenciosas del "Sexenio" para justificar nostalgias tradicionalistas del Antiguo Régimen[140]. Recuerde el lector, sin embargo, que esta compleja etapa de nuestra historia no sólo está formada por la efímera I República. Existe también una monarquía constitucional (1870-1873) que debe enfrentarse a la presión tradicionalista del carlismo, las turbias maniobras de los partidarios de Alfonso XII (1874-1885) y las crecientes movilizaciones republicanas. Un autor tan poco sospechoso de conservadurismo como Federico Engels (†1895) censura en 1873 a los anarquistas españoles su "majadería palpable" por favorecer abstencionismos suicidas que benefician a los partidos derechistas[141]. Talantes de esas características fueron frecuentes durante el "Sexenio" y nos explican acaso las recurrentes llamadas a la moderación lamartiniana y el espíritu inglés de la transacción[142]. La "Gloriosa", en suma, pese a su final dramático en 1874, genera productivos debates intelectuales en

---

[138] Pedro Domingo Montes, *Anales históricos, op.cit.*, pág. 20. Para un testimonio periodístico afín a esta orientación progresista, véase Benito Pérez Galdós, "Revista política", *Revista de España*, 20, 1871, págs. 131-140.

[139] *Ibíd.*, pág. 367.

[140] Para un testimonio representativo de esta dinámica, véase Marcelino Menéndez y Pelayo, *Historia de los heterodoxos españoles, op. cit*, vol. 2, págs. 974-975 y 990.

[141] Federico Engels, "Los bakuninistas en acción. Memoria sobre los levantamientos en España en el verano de 1873", Carlos Marx y Federico Engels, *Revolución en España, op.cit.*, pág. 237.

[142] Para un ejemplo de esta sensibilidad intelectual, véase Juan Landa, *Hombres y mujeres célebres*, Barcelona, Jaime Seix y Compañía, 1877, vol. 2, págs 683, 727-729.

los que apreciamos intentos de renovación tendentes a insertar al país en los principios burgueses de la modernidad liberal. La indisciplina caótica y "faccionalista" impide consolidar tales aspiraciones. Los empeños progresistas inauguran, no obstante, valiosas rupturas en la vida pública española cuya aplicación termina insertando en el largo plazo histórico a la nación en la dinámica socio-política vigente en Francia o Inglaterra desde 1789.

La actitud de los intelectuales liberales españoles hacia la violencia revolucionaria condena, en principio, el uso de la fuerza salvo en situaciones extremas de crisis nacional como la de 1868. Premonitorios parecen los elogios al "modelo anglosajón" visibles en las letras españolas, al menos, desde la década de 1840[143]. ¿Cómo enjuició la historiografía peninsular los procesos revolucionarios acaecidos allende los Pirineos? La Biblioteca Nacional de Madrid contiene numerosas traducciones de las obras históricas de Lamartine y Thiers publicadas entre las décadas de 1840-1870[144]. Acaso la memoria histórica de las guerras civiles del siglo XIX (1833-1839, 1849, 1872-1876) explica las reticencias liberales al uso de la violencia revolucionaria. Existen, sin embargo, testimonios de orientación demócrata como los de Fernando Garrido (1821-1883) en los que los excesos de 1789 se atribuyen al "extravío de un sentimiento sobreexcitado por el amor a la libertad y el interés de la patria"[145]. Más influyentes han de resultar las valoraciones de Francisco Pi y Margall (1824-1901) quien traduce durante el "Sexenio" las obras del socialista utó-

---

[143] Luis Bordás, *Historia de la revolución y guerra civil de España, o sea hechos memorables acaecidos durante la última enfermedad de Fernando VII hasta la conclusión de la guerra en los campos de Vergara*, Barcelona, Imprenta Hispana, 1847, pág. X. En la misma década registramos idénticos elogios del "genio reflexivo inglés", el parlamentarismo británico y la libertad compatible con el orden en A.H.L. Heeren, *La historia universal pintoresca*, Madrid y Barcelona, Librería de la señora viuda de Razda e Imprenta de Llorens, 1845, pág. 327.

[144] *La Historia de los girondinos* (1847) es traducida al español y publicada por los establecimientos tipográficos de *La Publicidad* (1847-1853), *La Ilustración* (1847), Mellado (1851-1852), Rivadeneyra (1853-1854) e Imprenta y Librería de Gaspar (1877). Por lo que respecta a la *Historia de la revolución francesa* (1823-1827), de Thiers, se publican traducciones españolas en 1840-1841, 1845 y 1846-1847.

[145] Fernando Garrido, *Historia de las clases trabajadoras*, 1870, Madrid, Zero, 1970, vol, 2, pág. 379.

pico Proudhon[146] y termina llevando a la práctica sus ideales federalistas como presidente de la I República. De gran precisión historiográfica son algunas de las causas propuestas por el autor para entender las dificultades de establecer un proyecto revolucionario hispánico: la carencia del libre examen, visible en las naciones protestantes gracias a la Reforma (1517), el aislamiento filosófico del país durante siglos o los impulsos contradictorios de los liberales españoles desde 1812 son algunas de las causas originadoras de la "vergonzosa anarquía" descrita por Pi y Margall en 1868[147]. El teórico federalista coincide con los intelectuales progresistas en asumir el carácter de "revolución social" visible en la "Gloriosa"[148]. Sus intereses políticos, sin embargo, presentan perfiles más radicales que le hacen merecedor, en 1873, de los elogios de Engels por ser "el único socialista, el único que vio la necesidad de fundar la República en los trabajadores"[149]. Pi y Margall, en efecto, de manera similar a Proudhon, justifica la violencia revolucionaria contra el "feudalismo [de peor género]" burgués debido a su intrínseca inmoralidad[150]. Perspectivas intelectuales de este tipo dificultan la transacción democrática durante el "Sexenio". Ecuánimes e independientes aproximaciones historiográficas sobre este período histórico escritas en el siglo XX coinciden en vincular la permanente inestabilidad política y caos social con el colapso revolucionario post-isabelino de 1874[151]. Documentos coetáneos al "Sexenio" observan en la situación política española análogas deficiencias organizativas:

[146] La Biblioteca Nacional de Madrid conserva las siguientes traducciones de Proudhon escritas por Pi y Margall y publicadas entre 1868-1869 por la Librería de Alfonso Durán: *De la capacidad política de las clases jornaleras* (1864); *Filosofía del progreso* (1851-1861); *Idea general de la revolución en el Siglo XIX* (1851) y *El principio federativo* (1863).

[147] Francisco Pi y Margall, "Prólogo", Pedro José Proudhon, *Filosofía del progreso* (1851-1861), Madrid, Librería de Alfonso Durán, 1868, pág. 4.

[148] Francisco Pi y Margall, "Prólogo del traductor", Pedro-José Proudhon, *De la capacidad de las clases jornaleras* (1864), Madrid, Librería de Alfonso Durán, 1869, págs. 7-8.

[149] Federico Engels, "Los bakuninistas en acción", *op.cit.*, pág. 230.

[150] Francisco Pi y Margall, "Prólogo del traductor", Proudhon, *De la capacidad...*, *op.cit.*, pág. 5.

[151] Raymond Carr, *España, 1808-1875*, trad. Juan Ramón Capella, Jorge Garzolini y Gabriela Ostberg, Barcelona, Ariel, 1982, pág. 331 y Juan Pablo Fusi y Jordi Palafox, *España 1808-1996. El desafío de la modernidad*, Madrid, Espasa-Calpe, 1997, pág. 79.

La revolución no remedió el mal antiguo de España del excesivo fraccionamiento de la opinión pública, sino que, por el contrario, le aumentó hasta rayar en el atomismo. Nuestros partidos políticos sabían bien lo que aborrecían, pero no sabían lo que querían. ¿Qué fuerza, qué espontaneidad era la de una revolución que no acertaba a decir *creo* sino *quiero*, y que en vez de fundir las opiniones parciales en la gran base de una roca granítica, fraccionaba las que halló existentes hasta reducirlas a átomos impalpables? (énfasis del autor)[152].

Complejo resulta determinar en el texto historiográfico anteriormente citado, escrito en 1875, el alcance de sus diatribas antirrepublicanas. A ese grupo político se le reprochan innumerables crímenes[153] y pactos inconfesables con la ultraderecha carlista[154]. Por lo que respecta a la primera referencia, Engels la desmiente dos años antes y la atribuye a la propaganda sectaria de la prensa burguesa[155]. Más solidez percibimos en las críticas contra las alianzas electorales insólitas. Para ser justos con los republicanos de Pi y Margall, conviene destacar que esas conductas las practican igualmente los progresistas de Manuel Ruiz Zorrilla (1833-1895)[156] y las diversas formaciones anarquistas de la época. Irónico parece que Pi y Margall advierta en 1869 contra los efectos letales de la anarquía revolucionaria y anticipe el futuro de su administración republicana: "las revoluciones que no saben adónde van, ésas son las peligrosas. Aptas para destruir, no aciertan a edificar, y sumergen las sociedades en la anarquía y el caos"[157]. El recurrente "faccionalismo" español –"atomismo" si pensamos en la obra de 1875– parece convertirse en el principal agente desestabilizador de los sucesivos regímenes de la

---

[152] Antonio Idelfonso Bermejo, *Historia de la interinidad y guerra civil de España desde 1868*, Madrid, Establecimiento Tipográfico de R. Labajos, 1875, vol. 1, págs. 683-684.

[153] *Ibíd.*, págs. 684-686.

[154] *Ibíd.*, vol. 2, pág. 176.

[155] Federico Engels, "Los bakuninistas en acción", *op.cit.*, pág. 234.

[156] Para un testimonio periodístico crítico de esa conducta electoral, véase Benito Pérez Galdós, "Revista política", *Revista de España*, 28-V-1872, Dendle y Schraibman, *Los artículos políticos..., op.cit.*, págs. 114-123.

[157] Francisco Pi y Margall, "Prólogo del traductor", Proudhon, *De la capacidad...*, *op.cit.*, pág. 5.

monarquía constitucional y la I República. Los intentos progresistas de implantar una modernidad liberal satisfactoria deben enfrentarse no sólo al talante reaccionario del grupo carlista, en abierta oposición bélica contra la "Gloriosa" desde 1872. Acaso la fórmula federalista de Pi y Margall tampoco facilita que en España se consolide un nacionalismo unitario y burgués análogo al conseguido por otras naciones occidentales expuestas al liberalismo capitalista. La cercanía de la experiencia socialista de la Comuna parisina (1871), simultánea en la cronología histórica a los comienzos del "Sexenio", genera en la prensa progresista española tajantes condenas del aventurismo revolucionario[158]. A semejanza de Thiers o Lamartine, los liberales españoles que apoyan la monarquía constitucional reivindican una "revolución social" burguesa y condenan los dogmatismos excluyentes del carlismo tradicionalista y el federalismo proletario. Ambas opciones extremistas rechazan la transacción y acaban precipitando la reacción conservadora de 1874. Difícil fue la consecución de la modernidad liberal en España. Muchos la combatieron y encontramos asimismo numerosas traiciones del principio democrático incluso entre quienes debieron haberlo favorecido por sus intereses políticos. El difícil balance entre "modernizar sin desorden social" y establecer una conciencia patriótica evitando faccionalismos disolventes dificulta la plena consecución del proyecto liberal lo que no impide, sin embargo, el triunfo definitivo de tales aspiraciones en la centuria siguiente.

Benito Pérez Galdós pertenece al grupo de intelectuales progresistas que apoyan en los inicios del "Sexenio" las premisas liberales de la monarquía constitucional. Gracias a la imprescindible recopilación de artículos políticos galdosianos realizada por Brian Dendle y Joseph Schraibman[159] podemos situar en sus justos términos la valoración galdosiana de los movimientos revolucionarios y, en el caso particular español, la "Gloriosa" de 1868. Los *Episodios Nacionales* referidos a este proceso histórico, aun valorando positivamente los "legítimos anhelos de recobrar la salud, la paz y el decoro" mostra-

---
[158] Ejemplos representativos aparecen en Nicomedes Martín Mateos, "La Commune de París. Reflexiones filosóficas", *Revista de España*, 21, 1871, págs. 221-235 y Benito Pérez Galdós, "Revista política", *Revista de España*, 20, 1871, págs. 131-140.

[159] Brian Dendle y Joseph Schraibman, *Los artículos políticos en la "Revista de España", 1871-1872, op.cit.*

dos por la coalición liberal-progresista[160], censuran, de todos modos, sus recurrentes "porfías y altercados sin fin"[161]. ¿Qué origina el estrepitoso fracaso de la "revolución social" en 1874? Un Pérez Galdós republicano y desencantado con la Restauración lo atribuye al influjo de la demagogia extremista, estériles oratorias parlamentarias y execrables alianzas políticas. La *Primera República* describe en 1911 el año político de 1873 en los siguientes términos:

> La historia de aquel año es, como he dicho, selva o manigua tan enmarañada, que es difícil abrir caminos en su densa vegetación. Es en parte luminosa, en parte siniestra y obscura, entretejida de malezas con las cuales lucha difícilmente el hacha del leñador. En lo alto, bandadas de cotorras y otras aves parleras aturden con su charla retórica; abajo alimañas saltonas o reptantes, antropoides que suben y bajan por las ramas hostigándose unos a otros, sin que ninguno logre someter a los demás; millonadas de espléndidas mariposas, millonadas de zánganos zumbantes y molestos; rayos de sol que iluminan la fronda espesa, negros vapores que la sumergen en tenebrosa penumbra[162].

La animalización caricaturesca de la clase política española sugerida por Pérez Galdós nos muestra un país desmoralizado a causa del influjo mortífero de "alimañas", "zánganos" y "antropoides". El autor muestra durante el "Sexenio" simpatías progresistas y apoya fervientemente la monarquía constitucional de Amadeo I. Pese a carecer del talante republicano visible en el siglo XX, registramos en sus artículos políticos idénticas reivindicaciones de la modernidad liberal y la transacción democrática. Son relevantes sus vínculos intelectuales con el progresista José Luis Albareda (1828-1897), propietario de la *Revista de España* (1868-1894), una publicación periódica defensora del parlamentarismo británico y la fórmula amadeísta[163].

---

[160] Benito Pérez Galdós, *La de los tristes destinos*, 1907, *O.C.*, ed. Federico Sainz de Robles, Madrid, Aguilar, 1971, vol. 4, pág. 222.

[161] Benito Pérez Galdós, *España sin rey*, 1908, *O.C., Ibíd.*, pág. 252.

[162] Benito Pérez Galdós, *La Primera República*, 1911, *O.C, Ibíd.*, pág. 581.

[163] Para un preciso análisis de las colaboraciones galdosianas en la Revista de España, véase Brian Dendle, "Albareda, Galdós, and the *Revista de España* (1868-1873)", *La Revolución de 1868. Historia, pensamiento, literatura*, eds. Clara E. Lida e Iris Zavala, Nueva York, Las Américas Publishing Company, 1970, págs. 362-377.

Allí publica por entregas su novela, *El audaz*, en 1871. Años después (1872-1873), se convierte en editor de la misma mientras se inicia la tercera guerra carlista y se proclama la I República. Pérez Galdós reivindica un catolicismo liberal[164] y defiende establecer "ministerios de conciliación" para asentar en España los principios liberal-progresistas de la "Gloriosa"[165]. A juicio del autor, dos fuerzas extremistas obstaculizan la modernidad liberal española: la demagogia republicana-federalista y el absolutismo ultraconservador[166]. Pérez Galdós denuncia las ínfimas condiciones sociales padecidas por el campesinado andaluz[167]. Su principal diferencia con los federalistas republicanos, grupo político de signo proletario, radica en la demagogia excluyente que, en su opinión, dificulta la estabilidad del régimen democrático. "Abnegación", "prudencia", "calma" y "cordura" configuran un léxico político encaminado a la concordia nacional y la renovación de las instituciones españolas[168]. En el análisis galdosiano percibimos de manera precisa el dilema de los liberales españoles en el "Sexenio": defensa de la "revolución social" burguesa –v.gr. secularización, capitalismo y modernidad– y simultánea condena de "faccionalismos" extremistas por su evidente amenaza hacia el proyecto de la "Gloriosa". Francia tuvo, desde luego, el equivalente a nuestras guerras carlistas en la revuelta ultraconservadora de la Vendée (1793) y existen asimismo en la centuria siguiente planteamientos maximalistas hostiles al régimen burgués. Nada de ello impide la consolidación del liberalismo en ese ámbito geográfico durante el siglo XIX. El referente español, sin embargo, debe hacer frente a poderosos obstáculos antiliberales que limitan el alcance de la "revolución social" soñada por los progresistas del "Sexenio". Sería ejercicio reduccionista calificar

---

[164] Benito Pérez Galdós, "Revista política", *Revista de España*, 13-V-1871, Dendle y Schraibman, *Los artículos políticos..., op.cit.*, pág. 7.

[165] *Ibíd.*, pág. 10.

[166] Benito Pérez Galdós, "Revista política", *Revista de España*, 28-VI-1871 y 28-IV-1872, Dendle y Schraibman, *Los artículos políticos..., op.cit.*, págs. 19 y 92.

[167] Benito Pérez Galdós, "Revista política", *Revista de España*, 13-IV-1872, Dendle y Schraibman, *Los artículos políticos..., op.cit.*, pág. 79.

[168] Benito Pérez Galdós, "Revista política", *Revista de España*, 13-II-1872, Dendle y Schraibman, *Los artículos políticos..., op.cit.*, pág. 38.

de "conservadoras" las impresiones de Pérez Galdós sobre la "revolución social" escritas a comienzos de la década de 1870. La singularidad española radica en que los promotores del ideario progresista manifiestan simultáneamente talantes liberal-conservadores. Como Burke rechazan conductas "faccionalistas" y existe también afinidad, hasta cierto extremo, con los planteamientos derechistas de Thiers o Lamartine. Las causas originadoras de tales premisas políticas, sin embargo, se deben a la existencia en España de agentes antiliberales empeñados en la destrucción del proyecto modernizador. El "faccionalismo" hispánico impide precisamente conseguir aquellas aspiraciones censuradas por Burke. El talante liberal-progresista defiende además una novedosa y radical, para el contexto español, secularización burguesa que importantes grupos neocatólicos y carlistas –la auténtica "España conservadora" del "Sexenio"– consideran aberrante e incompatible con la identidad nacional. Todo ello mediatiza el liberalismo español decimonónico y explica actitudes sólo comprensibles de ser interpretadas en su específico contexto. A intelectuales como Pérez Galdós se les debe reconocer, en cualquiera de los casos, su impagable contribución a los intentos regeneradores de España en el siglo XIX. Las coyunturas históricas no fueron propicias ni acaso era factible alcanzar consensos políticos bajo condiciones tan adversas. Pese a tales obstáculos sociohistóricos, Pérez Galdós formula en su obra literaria y periodística sólidas elaboraciones de proyectos modernizadores que aspiran a romper el secular aislamiento de España en beneficio de la ansiada modernidad liberal.

4. Análisis de *El audaz*. Una perpectiva progresista de renovación nacional

> Si los peligros que traigan las imprudencias de un lado no se compensan y contrarrestan con el tino y la calma del otro, todo está perdido, y este pedazo de Europa no será otra cosa que una nación de habladores e intrigantes, que justificarán las tiranías más abominables, desde la teocrática hasta la demagógica[169].

---

[169] *Ibíd.*, pág. 37.

Unánime es el consenso de la crítica especializada en atribuir a *El audaz* el carácter de obra primeriza y formativa en el corpus narrativo galdosiano. Publicada por entregas en la *Revista de España* durante el año 1871[170], la novela obtiene, de manera similar a *La Fontana de Oro* (1870), tempranos respaldos de influyentes críticos cuyos juicios elogiosos contribuyen a la canonización de su autor. Explícitos son los elogios escritos por el neokantista Manuel de la Revilla. Su autoridad universitaria celebra *El audaz* en la década de 1870 por el mérito de fusionar la novela histórica con la de costumbres[171].

Análisis escritos en el siglo XX apuntan más bien sus defectos estructurales y temáticos[172]. Residuos "desmelenados" de la novela folletinesca, deficiencias históricas, imprecisiones anacrónicas, antiartísticos romanticismos y otras características "juveniles" parecen condicionar la percepción de un texto valioso tan sólo por convertirse en anticipo/primicia de los futuros *Episodios Nacionales*. Nada puede objetarse a tales apreciaciones si consideramos la obra literaria galdosiana como un proceso dinámico de aprendizaje desde iniciales esbozos costumbrista-históricos hasta las magistrales novelas producidas en las décadas de 1880-1890. Más problemáticos resultan ciertos juicios sobre la cosmovisión liberal mantenida en *El audaz*. Pedro Ortiz Armengol asocia la premura de su redacción con la presunta incoherencia de un texto "que [comienza] como un gran alegato en explicación de una noble rebeldía y [concluye] con la au-

---

[170] José F. Montesinos afirma que su publicación por entregas se produce en la *Revista de España* entre el 13 de junio y el 28 de noviembre de 1871, *Galdós, op.cit.*, vol. 1, pág. 63. Nuestro cotejo de esa revista en la Hemeroteca Municipal y Biblioteca Nacional de Madrid no nos permite establecer la precisión del día de publicación por carecer de esa referencia. *El audaz* se incluye en los volúmenes 20, 21, 22 y 23. La revista es cuatrimestral y esos tomos corresponden a los meses de junio, julio, octubre y noviembre de 1871. La primera edición de la novela en formato de libro independiente es también del año 1871.

[171] Manuel de la Revilla, "Bocetos literarios: Don Benito Pérez Galdós", *Revista Contemporánea*, 14, 1878, pág. 120.

[172] Para un ejemplo representativo de esta tendencia académica, véanse, Jacques Beyre, "El audaz ou la tentation du roman feuilleton", *Galdós et son mythe*, París, Libraire Honoré Champion, 1980, vol. 2, págs. 123-149; Sherman Eoff, *The Novels of Pérez Galdós. The Concept of Life as Dynamic Process*, San Luis, Missouri, Washington University Studies, 1954, pág. 6; Domingo Ynduráin, *Galdós entre la novela y el folletín*, Madrid, Taurus, 1970, págs. 13, 15, 19, 63-64; Montesinos, *Galdós, op.cit.*, vol. 1, págs 63-74 y L.B. Walton, *Pérez Galdós and the Spanish Novel of the Nineteenth Century, op.cit.*, pág. 55.

todestrucción del rebelde"[173]. Situar la novela galdosiana en las complejas coyunturas del liberalismo español decimonónico, sin embargo, vincula su perspectiva política con el ideario liberal-progresista ('modernizar sin desorden faccionalista') mantenido en España durante el "Sexenio". Pérez Galdós rechaza en *El audaz* los violentos extremismos disgregadores que amenazan colapsar el programa liberal en los comienzos de la década de 1870. La mesura y moderación galdosianas deben superponerse, no obstante, a una firme denuncia de la corrupción implícita en los mecanismos jurídicos y religiosos vigentes en el Antiguo Régimen. Un tanto extrema parece la posibilidad sugerida en 1925 por Armando Donoso: los personajes radicales de *El audaz* actúan como "obligado disfraz para la finalidad de las ideas que allá, en el fondo más oculto de sus simpatías, justificaba acaso el joven liberal canario"[174]. Consideramos más acertada para el análisis del texto la orientación pedagógica-humanitaria que le permite a Clark M. Zlotchew definirlo lúcidamente como "lección de sociología y ciencia política en el contexto de la década de 1870"[175]. Las innegables limitaciones sexistas de ese proyecto o los prejuicios galdosianos contra el desbordamiento popular no debieran hacernos olvidar la relevancia del liberalismo progresista en el contexto del "Sexenio" pues allí se fraguan los cimientos en los que se asienta la futura España contemporánea. Otras naciones europeas experimentan durante la etapa inicial de su respectiva modernización dinámicas afines a las presentadas en *El audaz* e intelectuales coetáneos a esos procesos revolucionarios propugnan transacciones burguesas semejantes a las prescritas por Pérez Galdós. La España del "Sexenio" se ve además acosada por fuerzas ultraconservadoras inexistentes en otros países occidentales o, en su defecto, de menor impacto que en el ámbito español. Por todo ello las impresiones galdosianas textualizadas en *El audaz* deben responder a los intereses liberal-progresistas que desde 1868 procuran renovar las instituciones españolas sin introducir tendencias anárquicas o "faccionalistas".

---

[173] Pedro Ortiz Armengol, *Vida de Galdós*, *op.cit.*, pág. 265.
[174] Armando Donoso, *Dostoievski, Renán, Pérez Galdós*, *op.cit.*, pág. 212.
[175] Clark M. Zlotchew, "*El audaz* and the Revolutionless Revolution", *Selected Proceedings of the Mid-America Conference on Hispanic Literature*, eds. Luis T. González del Valle y Catherine Nickel, Lincoln, Nebraska, Society of Spanish and Spanish-American Studies, 1986, pág. 179.

John Brannigan ha definido recientemente la Cultura como "un espacio discursivo de polémica ideológica (…) del que ningún producto o práctica cultural puede excluirse"[176]. Consideraríamos erróneo simplificar el proyecto estético visible en *El audaz*. Pérez Galdós utiliza materiales literarios procedentes de la tradición picaresca, la novela cervantina, los dramas del Siglo de Oro, los sainetes dieciochescos, la comedia moratiniana, el costumbrismo isabelino y la crítica literaria e historiográfica escrita durante el siglo XIX sobre la España moderna. La maestría del autor empleada en la recreación del ambiente peninsular de 1804 u otros recursos estilísticos similares no impiden, de todos modos, la inserción de la obra en los valores ideológicos vigentes en España durante el "Sexenio".

El género sexual desempeña un papel importante en la configuración del ideario político post-isabelino. Nos parecen relevantes los vínculos señalados por Etienne Balibar entre el moderno nacionalismo y ciertos valores sexistas[177]. El empeño liberal-progresista inaugurado en la España de 1868 postula tanto la (re)construcción nacional desde premisas modernizadoras apelando al compromiso político de la juventud burguesa masculina como el establecimiento de una domesticidad que consagra la reclusión de la mujer de clase media en el entorno hogareño. Benito Pérez Galdós suscribe ese proyecto intelectual y es lógico esperar en esta novela de 1871 asentimiento con el sexismo burgués imperante en el "Sexenio"[178]. Resulta oportuno, no obstante, matizar la caracterización de ciertos personajes femeninos en *El audaz*. Según iremos indicando, la trivialización del talento femenino, rasgo común del contexto cultural español desde 1870, mediatiza la perspectiva autorial en el empleo de ciertos recursos paródico-satíricos utilizados para desprestigiar aquellos personajes femeninos con inquietudes intelectuales. El hecho, sin

---

[176] John Branningan, *New Historicism and Cultural Materialism*, Nueva York, St. Martin Press, 1998, pág. 12.

[177] Etienne Balibar, "The Nation Form: History and Ideology", *Race, Nation, Class. Ambiguous Identities*, eds. Etienne Balibar e Immanuel Wallenstein, trad. Chris Turner, Londres y Nueva York, Verso, 1991, pág. 102.

[178] Para un análisis de los efectos estéticos del sexismo liberal en España desde 1868 en España, véase Íñigo Sánchez-Llama, "El nacionalismo liberal y su textualización en las letras peninsulares del Siglo XIX: el caso de Faustina Sáez de Melgar (1835-1895) y Benito Pérez Galdós (1843-1920)", *Revista Hispánica Moderna*, 55, Junio 2001, págs. 5-30.

embargo, de que notorias críticas contra el Antiguo Régimen, asumibles en la cosmovisión galdosiana, sean precisamente efectuadas por un personaje femenino aristocrático problematiza, hasta cierto extremo, los valores sexistas contenidos en la novela. Texto complejo, exponente de las contradicciones culturales de su época y tributario de los valores liberal-progresistas que enfatizan la noción de "modernizar sin desorden faccionalista", *El audaz*, en suma, evidencia inquietantes comentarios galdosianos nada ajenos al contexto cultural de 1871.

4.1. Fuentes estéticas de *El audaz*

Artículos publicados por Benito Pérez Galdós durante la década de 1870 en la *Revista de España* demuestran su preciso conocimiento de la Ilustración española. *La Fontana de Oro* ya incluía digresiones hostiles a la estética del neoclasicismo, entre otras razones, por su frialdad intelectual, afrancesamiento empobrecedor y carencia de genuino mérito artístico[179]. Críticos contemporáneos han señalado la "falta de documentación" galdosiana sobre el siglo XVIII apreciable en la novela de 1871[180]. La inserción de *El audaz* en el turbulento contexto del "Sexenio" nos permite, sin embargo, vincular la parcialidad de ciertos juicios autoriales con el proyecto regenerador de las letras españolas impulsado por Benito Pérez Galdós. Edward Baker observa acertadamente la imprescindible ruptura artística implícita en la obra galdosiana: "Galdós empieza donde termina la narrativa isabelina"[181]. Trascender el modelo del "canon isabelino" exige asociarlo con prácticas culturales anacrónicas adscritas al Antiguo Régimen. Idéntico propósito mediatiza su parodia del neoclasicismo dieciochesco. Pérez Galdós tiene además acceso a un estudio de crítica literaria, *Poetas líricos del Siglo XVIII* (1869), del erudito Leopoldo Augusto de Cueto (1815-1901), cuyas principales conclusiones coinciden de manera precisa con las mantenidas por el autor en sus artículos periodísticos "Don Ramón de la Cruz y su épo-

---

[179] Benito Pérez Galdós, "La tragedia de los Gracos", *La Fontana de Oro*, 1870, Madrid, Alianza, 1996, págs. 111-118.

[180] Leonel Antonio de la Cuesta, *"El audaz": análisis integral*, Montevideo, I.E.S., 1973, pág. 49.

[181] Edward Baker, *Materiales para escribir Madrid...*, *op.cit.*, pág. 112.

ca"(1870-1871) y *El audaz*. El conocimiento de la Ilustración española, a juicio de Cueto, se justifica por la pervivencia del idioma dieciochesco y su espíritu, "igualmente amenguado", en la España de 1869[182]. Idéntica contemporaneidad es insinuada dos años después por Pérez Galdós en sus amargas referencias a la "honda turbación", "ceguera y corrupción" o "decaimiento" nacional de la España del último tercio del siglo XVIII[183], muy similar, para un lector de 1870-1871, a la "España sin honra" contra la que se rebelan en 1868 los promotores de la "Gloriosa".

La novela galdosiana desarrolla asimismo implacables procesos caricaturescos de obras póeticas incluidas en la antología de Cueto[184]. Distanciarse del neoclasicismo de la Ilustración –equiparable, según observa el autor, a estériles composiciones bucólico-pastoriles– no impide, sin embargo, que Benito Pérez Galdós utilice generosamente referencias intertextuales procedentes de este período trivializado. De gran interés resulta la caracterización de petimetres y tipos populares madrileños. Ambas referencias galdosianas nos remiten casi literalmente a sainetes escritos por Ramón de la Cruz (1731-1794) en el último tercio del siglo XVIII. El magistral capítulo de "El baile del candil"[185] se inspira en escenas contenidas en *Las castañeras picadas*[186]. Los ridículos comportamientos del afeminado petimetre Narciso Pluma presentan también similitudes con obras de Ramón de la Cruz en las que se censuran comportamientos análogos[187]. Deudas textuales con el anticlericalismo de la "comedia burguesa" de Lean-

---

[182] Leopoldo Augusto de Cueto, "Bosquejo histórico-crítico de la poesía castellana en el Siglo XVIII", *Poetas líricos del Siglo XVIII*, 1869, Madrid, Atlas, 1952, vol. 1, pág. CCXXXVII.

[183] Benito Pérez Galdós, "Don Ramón de la Cruz y su época", 1870-1871, *O.C.*, Sainz de Robles, *op.cit.*, vol. 6, pág. 1479.

[184] Benito Pérez Galdós, *El audaz*, 1871, Madrid, Hernando, 1982, págs. 62 y 73. Los autores parodiados mediante las referencias de la literata y petimetra Pepita Sanahuja son Fray Diego González (1733-1794) y Nicolás Fernández de Moratín (1737-1780).

[185] *Ibíd.*, págs. 188-195.

[186] Ramón de la Cruz, *Las castañeras picadas, Colección de sainetes*, 1794, ed. Roque Barcia, Madrid, José María Faquineto, 1882, págs. 117-134.

[187] Ramón de la Cruz, *El petimetre, ibíd.*, págs. 159-169. Existe un reciente análisis sobre las implicaciones de "feminizar" al petimetre dieciochesco en ciertas manifestaciones de la literatura española de la Ilustración: Rebeca Haidt, *Embodying Enlightenment. Knowing the Body in Eighteenth-Century Spanish Literature and Culture*, Nueva York, St. Martin's Press, 1998, págs. 107-110, 125, 151, 186.

dro Fernández de Moratín (1760-1828) pueden también encontrarse en el espléndido capítulo, "El consejero espiritual de doña Bernarda", intensa sátira de la España antigua y reaccionaria combatida por el autor[188]. Tal como observa Wayne C. Booth, "toda parodia se refiere en todos y cada uno de sus puntos a un conocimiento histórico que en cierto sentido está "fuera de sí mismo" –es decir obras literarias anteriores– y por lo tanto a géneros más o menos probables"[189]. Muy aplicables a la novela galdosiana nos parecen las impresiones del profesor norteamericano efectuadas sobre el mecanismo retórico de la ironía. Durante el decenio de 1870 Pérez Galdós escribe para un público formado en el didactismo isabelino y no necesariamente desconocedor de la cultura neoclásica ridiculizada en *El audaz*. Por lo que respecta a las parodias del clericalismo ultramontano o las frívolas conductas mantenidas por la aristocracia, aun presentando una superficie dieciochesca, son fácilmente equiparables con el régimen isabelino colapsado en 1868. ¿Pretende Pérez Galdós mediante corrosivas ironías caricaturescas vincular la monarquía de Isabel II con el Antiguo Régimen de comienzos del siglo XIX? Los materiales estéticos empleados en ese proyecto le ofrecen abundantes apoyos textuales para consolidar tal empresa regeneradora. Existe además otro condicionante valioso en la génesis de *El audaz*: el recuerdo histórico de la conducta asumida por la aristocracia isabelina contra la monarquía liberal-burguesa de Amadeo I. En el año 1871 estos grupos promueven en el madrileño Paseo del Prado la "manifestación de las mantillas" con objeto de exaltar ciertos valores castizos y nacionalistas hostiles al cosmopolitismo liberal de la "Gloriosa"[190]. Pérez Galdós desautoriza en la *Revista de España* esas conductas por su vertiente retrógrada y grosero casticismo[191]. Ello acaso explica el intenso rechazo autorial de *El audaz* hacia comportamientos aristocráticos "castizos"[192], visibles en el censurado majismo

---

[188] Benito Pérez Galdós, *El audaz, op. cit.*, págs. 108-118.

[189] Wayne C. Booth, *Retórica de la ironía*, 1974, trad. Jesús Fernández Zulaica y Aurelio Martínez Benito, Madrid, Taurus, 1989, págs. 168-169.

[190] Para una precisa explicación histórica de este acontecimiento y su influencia en la obra galdosiana, véase Pedro Ortiz Armengol, *Vida de Galdós, op.cit.*, págs. 132-133.

[191] Benito Pérez Galdós, "Revista política interior", *Revista de España*, 24, 93, 1872, pág. 146.

[192] Ésa es una de las críticas antinobiliarias, no satirizadas por el autor, que reitera insistentemente Martín Muriel: Benito Pérez Galdós, *El audaz, op.cit.*, págs. 21, 70-71, 164 y 255.

de la hija del Conde de Cerezuelo cuando ésta acude a las verbenas de manolos y chisperos en las verbenas de Santiago y San Juan[193] o frecuenta las reuniones populares de la madrileña calle de la Arganzuela[194].

Sugerente es la posibilidad apuntada por Montesinos referida al posible conocimiento galdosiano de los escritos aparecidos en la subversiva, para el contexto de la Ilustración, publicación periódica de *El Censor* (1781-1789)[195]. Más cercano al período del autor, y de amplia circulación en el "Sexenio", son las obras históricas de orientación liberal escritas por Ángel Fernández de los Ríos (1821-1880) o Fernando Garrido (1821-1883). Duros son los juicios galdosianos contra la Ilustración española contenidos en sus artículos periodísticos. La negatividad de esos escritos afecta incluso al reinado ilustrado de Carlos III (1759-1788)[196]. ¿Cuál podría ser el origen historiográfico de tales afirmaciones? Los eclécticos liberal-conservadores Ramón de Mesonero Romanos (1803-1882)[197] o Modesto Lafuente (1806-1866)[198] no trazan un cuadro tan sombrío de la Ilustración española, al menos, hasta los sucesos del motín de Aranjuez (1808). En el caso de Fernando Garrido, republicano federalista, aun calificando a Carlos IV (1788-1808) con el infamante apelativo de "rey Memo"[199], éste admite, sin embargo, el impulso racionalista y filosófico auspiciado por los Borbones desde Felipe V (1700-1746) a Carlos III[200]. La perspectiva historiográfica liberal de Fernández de los Ríos acaso constituye la fuente primaria de la que se nutre el rechazo galdosiano a la fallida e insuficiente Ilustración española[201]. Su *Estudio*

---

[193] *Ibíd.*, pag. 164.
[194] *Ibíd.*, pág. 158.
[195] José F. Montesinos, *Galdós, op.cit.*, vol. 1, pág. 67.
[196] Benito Pérez Galdós, "Don Ramón de la Cruz y su época", *op.cit.*, vol. 6, págs. 1458 y 1479.
[197] Ramón de Mesonero Romanos, "Madrid moderno (Siglo XVIII)", *El Antiguo Madrid. Paseos histórico-anecdóticos de esta villa*, 1861, Madrid, Trigo, 1995, págs. XLV-LXVIII.
[198] Modesto Lafuente y Juan Valera, *Historia general de España, op. cit.*, vol. 18.
[199] Fernando Garrido, *La España contemporánea*, Barcelona, Establecimiento Tipográfico-Editorial de Salvador Manero, 1865, vol.1, pág. 42.
[200] *Ibíd.*, pág. 25.
[201] Para un análisis preciso de los condicionantes limitadores del siglo XVIII español, véase Eduardo Subirats, *La Ilustración insuficiente*, Madrid, Taurus, 1981.

histórico de las luchas políticas del Siglo XIX (1864) enfatiza la innata perversión moral del absolutismo monárquico "por ahogar en el corazón del pueblo la menor participación de independencia y de grandeza"[202]. Ésa es la perspectiva con la que Benito Pérez Galdós censura la "falta de principios" visible en el siglo XVIII. Siguiendo un procedimiento ya señalado anteriormente, el autor sugiere los vínculos entre la corrupción administrativa de entonces –"pandillaje en gran escala", "imperio de las camarillas"– y las administraciones monárquicas españolas previas a 1868[203].

El audaz textualiza evidentes condenas del exceso revolucionario muy similares a las consagradas por la historiografía oficial española del siglo XIX. Según se destaca en la caracterización inicial de Martín Muriel, un intelectual formado en el pensamiento de la Revolución Francesa (1789), "si el tiempo no hubiera venido a darle razón, habría pasado por un loco, y, en tal caso, escribir su vida sería locura mayor que la suya. Pero el tiempo ha justificado su carácter, y la personificación de aquellas ideas que tan pocos profesaban entonces [en 1804], es una tarea que el arte no debe desdeñar"[204]. El rechazo galdosiano al maximalismo extremista es afín al que se consagra en el *Curso elemental de historia general* (1847) sobre los "horribles crímenes" y el "furor rabioso" acaecidos en Francia durante "el dietado del Imperio del Terror (1793-1794)"[205]. La cosmovisión revolucionaria de su protagonista, Martín Muriel, sufre ciertas modulaciones en el desarrollo de la novela pero nunca obtiene el pleno respaldo autorial. Sintomáticas son las persistentes referencias a la "imaginación desbordada"[206] del protagonista o su quijotesco "deseo de probar la fuerza de su pensamiento en el yunque de la vida práctica"[207].

---

[202] Ángel Fernández de los Ríos, *Estudio histórico de las luchas políticas del Siglo XIX*, 1864, Madrid, English y Gras, 1880, vol, 1, pág. 50.

[203] Benito Pérez Galdós, "Don Ramón de la Cruz y su época", *op.cit.*, pág. 1454.

[204] Benito Pérez Galdós, *El audaz, op.cit.*, pág. 13.

[205] Joaquín Federico de Rivera, "Gobierno republicano (1793-1804)", *Curso elemental de historia general y particular de España*, 1847, Madrid; Valladolid, Agustín Jubera e Hijos de Rodríguez, 1865, págs. 286-288.

[206] Benito Pérez Galdós, *El audaz, op.cit.*, pág. 12. Para otras referencias sobre los vínculos entre el programa político de Muriel y sus latentes "extravíos mentales", véanse págs. 128, 165-166, 245.

[207] *Ibíd.*, pág. 33. Para otras referencias a la necesidad de convertir en acción las ideas revolucionarias leídas/asumidas por el personaje, véase pág. 248.

Más compleja resulta la apreciación de la sociedad prerrevolucionaria combatida por Martín Muriel. Incluso autores isabelinos como Mesonero Romanos censuran "la paralización" y "el marasmo" visibles en la burocracia prerrevolucionaria[208]. El radicalismo del joven extremista en *El audaz* se exacerba por injusticias cometidas contra su familia en costosos y fraudulentos pleitos judiciales[209]. La voz narrativa de Pérez Galdós no desautoriza esta frustración. Comentarios referidos a "la maquinaria mohosa y podrida de nuestra administración judicial y civil"[210] o burlonas descripciones "de aquellos panteones administrativos que hacían las delicias del siglo XVIII"[211] verifican la simpatía autorial en toda crítica expresa del caduco Antiguo Régimen.

¿Cómo textualiza Pérez Galdós el espacio narrativo en *El audaz*? El obvio conocimiento directo de las localidades descritas en la novela por el autor –intenso viajero desde la década de 1860– puede también complementarse por dos fuentes contemporáneas que acaso le suministran abundantes referencias sobre las ciudades en la que se desarrolla la trama novelesca. El *Diccionario geográfico-estadístico-histórico* (1845-1850), de Pascual Madoz (1806-1870), ofrece copiosas informaciones de Toledo y Alcalá de Henares[212]. En el caso de la ciudad más importante de la narrativa galdosiana, y protagonista indiscutible de *El audaz*, Pérez Galdós dispone del manual de Mesonero Romanos, *El Antiguo Madrid. Paseo histórico-anecdótico de esta villa* (1861). ¿Cuáles eran los condicionantes externos de la villa y corte a comienzos del siglo XIX? Mesonero Romanos describe lúgubres imágenes de un entorno urbano "cuyo perímetro estaba ocupado (…) por más de sesenta conventos, sus huertas y accesorios y el resto relleno de un mezquino caserío (…) tolerado más bien que protegido por los verdaderos dueños del territorio"[213]. La atmósfera madrileña recreada en *El audaz* sugiere

---

[208] Mesonero Romanos, *El Antiguo Madrid…, op.cit*, pág. LXVII.

[209] Benito Pérez Galdós, *El audaz, op.cit.*, pág. 101.

[210] *Ibíd.*, pág. 14.

[211] *Ibíd.*, pág. 130.

[212] *Ibíd.*, págs. 81-82, 281-310.

[213] Ramón de Mesonero Romanos, *El Antiguo Madrid…,op.cit*, pág. LXVI. Para un reciente estudio de la morfología urbana de Madrid en la primera mitad del siglo XIX, véanse Edward Baker, "Materiales para escribir la capital: Mesonero Romanos (1830-1835)", *Materiales para escribir Madrid, op. cit.*, págs. 54-82 y Santos Juliá, "Ciudad de ociosos y habladores, conventual y palaciega", Santos Juliá, David Ringrose y Cristina Segura, *Madrid. Historia de una capital*, Madrid, Alianza/Fundación Caja Madrid,1995, págs. 340-362.

el influjo de la omnipresente intolerancia religiosa tanto en la morfología urbana de la ciudad como en el comportamiento específico de sus habitantes. Gracias quizá a los datos consignados por Fernando Garrido, reconoce el escaso impacto social de la Inquisición durante el reinado de Carlos IV[214]. El autor, sin embargo, enfatiza el fanatismo sectario asumido por diversos personajes madrileños. El cerril conservadurismo de Doña Cándida[215] o la grotesca figura del abate Don Lino Paniagua –"caricatura física y moral ante la cual se experimentaba un sentimiento que no se sabía si era la compasión o el desprecio"[216]– son ejemplos relevantes de la sociedad envilecida descrita en *El audaz*. Existe no obstante, una intervención autorial más explícita sobre el patente atraso e ignominia que impregna el Madrid de 1804. Describiendo el horror de Martín Muriel al conocer el arbitrario registro de su domicilio por la Inquisición y los apoyos de la vecindad a ese suceso, en *El audaz* se afirma:

> Muriel no pudo reprimir una exclamación de horror al oír el relato de las soeces declaraciones de aquella vecindad implacable, enemiga de los pobres vecinos del piso segundo. Estaba absorto ante la novedad de aquel triste suceso que se presentaba con tan graves y alarmantes caracteres, y aún no había en su espíritu la serenidad suficiente para juzgarlo y determinar lo que allí había de monstruoso o ridículo. La Inquisición siempre ha sido una mezcla de lo más horrendo y lo más grotesco, como producto de la perversidad y de la ignorancia.[217]

El interés de las líneas que hemos transcrito es grande con relación al tema que nos ocupa. Parece clara en la novela de 1871 la simetría existente entre el sectarismo religioso y el refrendo colectivo a esas prácticas asumido por sectores sociales formados en casticismos ultraconservadores de cuño nacionalista. En un plano

---

[214] Garrido, *La España contemporánea, op.cit.*, vol. 1, págs. 31-33; Pérez Galdós, *El audaz, op.cit.*, pág. 147.

[215] Benito Pérez Galdós, *El audaz, op.cit.*, págs. 64-66.

[216] *Ibíd.*, pág. 125.

[217] *Ibíd.*, pág. 121. En la misma línea apuntan las digresiones autoriales sobre el fanatismo de "esos pueblos históricos", encarnado –en el caso de *El audaz*– por la ciudad de Toledo, págs. 293-294.

más formal, los métodos estilísticos adoptados por el autor para describir ámbitos espaciales han merecido rigurosa atención entre la crítica galdosiana más autorizada. ¿Cúales serían las técnicas narrativas aplicadas por Pérez Galdós en la descripción del espacio urbano y a qué tradición estética nos remiten? Brillantes en su exposición argumental son los análisis de Chad C. Wright sobre las fuentes dickensianas que parecen condicionar ciertas descripciones de medio ambientes "deteriorados" o "putrefactos" en *La Fontana de Oro*[218]. Mariano Baquero Goyanes potencia más bien el origen hispánico (Quevedo, Goya, Ramón de la Cruz, Larra) de la parodia galdosiana descrita como "caricatura hiperbólica, antirrealista en su literalidad, realista en su más hondo sentido"[219]. John W. Kronik asimismo acentúa la doble dimensión estético-ideológica de la descripción grotesca en la obra literaria de Pérez Galdós siempre construida mediante una deformación física de naturaleza plástica[220]. *El audaz* incluye numerosos ejemplos del registro caricaturesco descrito por los críticos anteriormente señalados. Intensos perfiles devaluadores encontramos en las patéticas caracterizaciones del abate Paniagua[221], Narciso Pluma[222] o Pepita Sanahuja[223]. La casa deshabitada de la calle madrileña de San Opropio, sede de las conspiraciones ultranconservadoras, manifiesta asimismo tonalidades grotescas. Perfiles quijotescos se aprecian en el desequilibrio mental de su trastornado habitante, La Zarza,

---

[218] Chad C. Wright, "Artifacts and Effigies: The Porreño Household Revisited", *Anales Galdosianos*, 14, 1979, págs. 13-26. Sobre el influjo de la obra narrativa de Carlos Dickens en la obra narrativa galdosiana, véanse Effie L. Erickson, "The Influence of Charles Dickens on the Novels of Benito Pérez Galdós", *Hispania*, 19, 3, 1936, págs. 421-430 y Michael Nimetz, *Humor in Galdós. A Study of the "Novelas contemporáneas"*, Nueva Haven, Connecticut y Londres, Yale University Press, 1968.

[219] Mariano Baquero Goyanes, *Perspectivismo y contraste (de Cadalso a Pérez de Ayala)*, Madrid, Gredos, 1963, pág. 51. Para una interpretación sugestiva de las caricaturas galdosianas, véase también Vicente Gaos, "Sobre la técnica novelística de Galdós", *Claves de literatura española*, Madrid, Guadarrama, 1971, vol.1, págs. 459-460.

[220] John W. Kronik, "Galdós and the Grotesque", *Anales Galdosianos. Anejo*, Madrid, Ínsula, 1978, págs. 42 y 49. Para un reciente análisis de lo grotesco en la narrativa de Pérez Galdós, véase Stephen Miller, "Caricature and Realism, Graphic and Lexical, in Galdós", *Homenaje a John W. Kronik, Anales Galdosianos*, 36, 2001, págs.177-187.

[221] Benito Pérez Galdós, *El audaz, op.cit.*, pág. 37, 74, 124-125, 133-134.

[222] *Ibíd.*, pág. 61, 63.

[223] *Ibíd.*, pág. 62, 73, 259.

un testigo presencial de los sucesos de 1789 cuyo inquietante testimonio encarna "el genio decrépito de la Revolución Francesa expiando con una espantosa enfermedad del juicio sus grandes crímenes; genio a la vez elocuente y extraviado, sublime por las ideas y abominable por los hechos"[224]. Nada gratuitos son los efectos estéticos de vincular el extremismo revolucionario con las erráticas conductas de "locos rematados". El aspecto que más nos interesa resaltar de la casa de San Opropio afecta, no obstante, a su degradación física, ruina inminente y grotesco simbolismo. Pérez Galdós acentúa en la descripción de este espacio urbano no tanto el colapso arquitectónico de sus estructuras cuanto la ausencia de vida causada por sus vínculos con el mundo caduco del Antiguo Régimen:

> (...) [La casa de San Opropio] mostraba ser antiquísima y en tal estado de deterioro, que parecía mantenerse en pie por milagroso equilibrio. Las ventanas y puertas cerradas, la total carencia de vidrios y cortinas, indicaban que allí no podía vivir ningún ser humano (...) Las maderas y las piedras hacinadas en desorden [del patio] indicaban que alguna parte interior de la casa se había venido al suelo (...) [El mal olor de las húmedas y olvidadas habitaciones producía gran molestia]. Los peldaños de la escalera, cediendo al peso de los pies, crujían y chillaban en discordante sinfonía; los restos de un artesonado, que se caía pieza a pieza, mostraban que aquella mansión había sido suntuosa allá por los tiempos en que el Sr. D. Felipe V vino a España, y alguna vieja, descolorida e informe pintura, demostraba que las artes no eran extrañas a los que allí vivieron[225].

De grandes efectos irónicos resulta que la conspiración reaccionaria de 1804 se origine en un destartalado caserón construido en 1700 cuyo único habitante presenta además inequívocos síntomas de enajenación mental. ¿Aspira Pérez Galdós a condicionar la

---
[224] *Íbid.*, pág. 51.
[225] *Ibíd.*, págs. 42-44.

percepción del lector enfatizando referencias anacrónicas? La prosperidad de antaño, simultánea al establecimiento en España de la dinastía Borbón, ofrece marcados contrastes con el progresivo deterioro de la vivienda a comienzos del siglo XIX. La digresión autorial insinúa además la ausencia de vida e innato desorden caótico visible en este ámbito urbano. Los orígenes nobiliarios de la antaño suntuosa mansión quizá encubren el propósito galdosiano de asociar el estamento aristocrático con anacrónicas fosilizaciones que en sus efectos finales generan esterilidad y disolución. La génesis de los recursos estilísticos empleados en la caracterización de la casa de San Opropio remite a procedimientos caricaturescos de origen español o anglosajón e incluso asociables a ciertas técnicas de la novela folletinesca, v.gr. "textura deformante", practicada en la literatura serializada del siglo XIX[226]. Estética e ideología pueden entonces fusionarse bajo un proyecto literario en el que la voluntad de estilo debe siempre superponerse a un firme empeño patriótico de renovación nacional.

Por lo que respecta a la presencia de la literatura del Siglo de Oro en la mecánica textual de *El audaz*, el influjo del registro cervantino no se percibe tan sólo en los perfiles quijotescos de La Zarza sino también en la progresiva locura de Martín Muriel. El quijotismo de este último personaje se acentúa en los capítulos finales de la novela cuando es incluso encerrado en una jaula ignominiosa de manera similar a Don Quijote[227]. Comentarios galdosianos explicitan la procedencia de la cita cervantina e incluso califican "la fúnebre procesión" del encantado Don Quijote como "célebre escena que causa risa a los niños y a las mujeres y hace meditar a los hombres serios y reservados"[228].

El audaz también elabora un esbozo de novela picaresca en torno al hermano de Martín Muriel, Pablillo. Abandonado a su suerte tras la muerte de su padre en prisión, éste trabaja como criado en

---

[226] Para un análisis de los vínculos entre la narrativa galdosiana y ciertos recursos de la novela folletinesca del XIX, véase Benito Varela Jácome, *Estructuras novelísticas del Siglo XIX*, Barcelona, Hijos de José Bosch, 1974, pág. 114.

[227] Miguel de Cervantes, "Del extraño modo con que fue encantado Don Quijote de la Mancha, con otros famosos sucesos", *Don Quijote de la Mancha*, 1605, 1615, ed. Martín de Riquer, vol.1, págs. 474-483.

[228] Benito Pérez Galdós, *El audaz, op.cit.*, pág. 312.

condiciones humillantes y termina abandonando su primera ocupación profesional en busca de inciertas aspiraciones. La inclinación aventurera del huérfano sugiere ciertas afinidades con la figura de Don Quijote[229]. El narrador resalta más bien la latente marginalidad social que se cierne sobre una trayectoria próxima a la consagrada en el género picaresco: "Pablillo estaba entonces en condiciones para ingresar en la carrera de los saltimbanquis, de los mendigos, de los salteadores de caminos"[230]. No existe, de todos modos, un gran desarrollo narrativo de este personaje en *El audaz*. Sus apariciones son esporádicas y siempre se subordinan a la acción principal del texto bien desde la óptica de Martín Muriel o bajo la perspectiva de la aristócrata Susana Cerezuelo.

Ciertas deudas con la comedia del siglo XVII parecen vislumbrarse en los capítulos de la novela referidos a cuestiones de honor familiar. "La deshonra de una casa" e "¿Iré o no iré?"[231] presentan en términos calderonianos la imperativa presión social sobre el cuerpo femenino de existir conductas inapropiadas de acuerdo al rígido código sexual masculino[232]. De gran interés resulta el discurso de género mantenido en la novela por un miembro del Santo Oficio, Don Tomás de Albarado y Gibraleón. Análisis escritos en el siglo XX han propuesto la identificación política de Pérez Galdós con esta figura debido a su eclecticismo político, perfiles bondadosos y carencia de instintos sanguinarios en el desempeño de sus labores inquisitoriales[233]. Don Tomás se revela como una figura compleja en *El audaz* y no presenta las connotaciones siniestras atribuidas por el autor a otros personajes formados en los valores ideológicos del Antiguo Régimen. Resultaría un tanto extremo, sin embargo, asumir la fusión de autor/personaje en la novela de 1871. Los prejuicios calderonianos de Don Tomás, verosímiles en un aristócrata de 1804, le distancian del ideario liberal-progresista galdosiano. Sólo existen dos opciones para su sobrina presuntamente deshonrada –"cualquiera que sea la verdad de lo sucedido"[234]–: el ingreso perpetuo en un

---

[229] *Ibíd.*, pág. 262.
[230] *Ibíd.*, pág. 94.
[231] *Ibíd.*, págs. 268-281.
[232] *Ibíd.*, págs. 268-275.
[233] Clark M. Zlotchew, "The Genial Inquisitor of *El audaz*", *Anales Galdosianos*, 20.1, 1985, págs. 29-34.
[234] *Ibíd.*, pág. 274.

convento o contraer matrimonio con un personaje afín a los caducos hábitos aristocráticos. Tajantes son las advertencias del Inquisidor a Susana: "Esto te propongo. Si lo aceptas, seré para ti tan cariñoso como siempre lo he sido; si no lo aceptas, olvídate hasta de mi nombre; no te conozco; eres para mí la última de las mujeres"[235]. Consideramos calderoniana la situación anteriormente descrita en la medida en que las opciones del matrimonio y la profesión religiosa no admiten posible réplica e impiden el pleno desarrollo de una domesticidad armónica[236]. ¿Podría Pérez Galdós asumir ese discurso en su cosmovisión literaria? Tal como indicaremos más adelante, el contexto del "Sexenio" y la Restauración impone opresivos modelos doméstico-burgueses sobre la subjetividad femenina pero claramente superadores de los discursos de género mantenidos en el período isabelino[237]. Numerosos desenlaces galdosianos muestran las consecuencias nefastas de incumplir la sacrosanta domesticidad burguesa (laicismo hogareño, desarrollo de sentimientos maternales). Son además los personajes masculinos –cultos y liberales– quienes permiten la redención de las mujeres dominadas por el clero retrógrado u otros representantes del Antiguo Régimen[238]. Difícil parece entonces asumir solidaridad/simpatía autorial hacia la figura de Don Tomás en *El audaz* pues su remedio a la presunta "deshonra" femenina es articulado en términos tradicionalistas y excluye la "opción doméstico-burguesa" postulada en la narrativa de Pérez Galdós. La estructura de la novela impide ese cierre narrativo por la progresiva locura quijotesca y extremismo político de Martín Muriel. Aun cuando no podemos especular sobre el desenlace ideal de la novela de 1871 sí es

---

[235] *Ibíd.*, pág. 275.

[236] Sobre la condición social del género femenino en la España del Siglo de Oro y su opresión bajo la fórmula de "producción doméstica/reproducción biológica/apoyo afectivo al varón", véanse Anne J. Cruz, "La bella maldaridada: Lessons for the Good Life", *Culture and Control in Counter-Reformation Spain*, eds. Anne J. Cruz y Mary Elizabeth Perry, Minneapolis y Londres, University of Minnesota Press, 1992, págs. 145-170 y Mariló Vigil, *La vida de las mujeres en los siglos XVI y XVII*, México, Siglo XXI, 1994.

[237] Para un interesante análisis de ciertos rasgos isabelinos que definen los discursos de género previos a 1868, véase Alda Blanco, "The Moral Imperative for Woman Writer", *Indiana Journal of Hispanic Literatures*, 2.1, otoño de 1993, págs. 91-110.

[238] Entre otros ejemplos, podemos citar las novelas *La Fontana de Oro* (1870), *Doña Perfecta* (1876), *Gloria* (1877), *La familia de León Roch* (1878), *La de Bringas* (1884), *El abuelo* (1897) o el drama *Electra* (1901).

factible, no obstante, tomando como referencia el conjunto de la obra galdosiana, asumir que éste respondería a las expectativas estéticas de la domesticidad burguesa de mediar "evolución/moderación política" en el joven revolucionario y enlace conyugal con la excepcional aristócrata. Nada de ello se plantea en el intransigente talante de Don Tomás de Albarado y Gibraleón[239]. El rechazo galdosiano hacia tales conductas va superpuesto, sin embargo, al uso consciente de géneros literarios que, en el caso de la comedia calderoniana, nos remiten a prácticas culturales del Antiguo Régimen.

4.2 Género sexual y liberalismo: hacia una construcción de la domesticidad burguesa en España

La modernización auspiciada durante el "Sexenio Revolucionario" y la Restauración consagra una "opinión pública" masculina y simultáneos discursos de género en los que se recluye a la mujer de clase media bajo la asfixiante domesticidad burguesa[240]. Aun presentando notorios perfiles sexistas –similares, por lo demás, a los visibles en otras naciones occidentales durante la etapa inicial de su respectiva modernización[241]–, el proyecto burgués asumido en España desde 1868 introduce discursos de género, ya esbozados en cierta prensa periódica isabelina escrita por mujeres[242], que han de modificar dramáticamente algunas premisas esenciales de la mentalidad patriarcal vigente hasta entonces. Emblemático es el ciclo de "Conferencias Dominicales para la educa-

---

[239] Sirva como prueba su calderoniano rechazo a la pérdida del honor: "Más quisiera verte en tu ataúd vestida con el hábito de la Virgen del Carmen, nuestra santa patrona, que deshonrada y perdida para siempre en el concepto del mundo", Pérez Galdós, *El audaz, op.cit.*, pág. 273.

[240] Para un reciente y lúcido análisis de esta problemática socio-histórica, véase Jo Labanyi, "Liberal Political Theory: Freedom and the Market", *Gender and Modernization in the Spanish Realist Novel*, Oxford y Nueva York, Oxford University Press, 2000, págs. 31-50.

[241] Para una interpretación diferente del sexismo burgués español decimonónico, véase Catherine Jagoe, "Suffering Women", *Ambiguous Angels. Gender in the Novels of Galdós*, Berkeley y Los Ángeles, University of California Press, 1994, págs. 56-84.

[242] Para una interpretación del precedente "burgués" esbozado en la producción literaria isabelina escrita por mujeres, véase Sánchez Llama, *Galería de escritoras isabelinas..., op.cit.*, págs. 175-190.

ción de la mujer" inaugurado en 1869 por Fernando de Castro (1814-1874), rector krausista de la Universidad Central de Madrid. El énfasis en la "esencial" aspiración maternal femenina constituye el referente ideológico inmediato: "el destino [de la mujer] en la vida y su vocación, es ser madre: madre del hogar doméstico y madre de la sociedad. Todas las demás vocaciones que la religión o el Estado hayan instituido, por dignas y respetables que fueren, son puramente históricas, transitorias y particulares"[243]. Nótese cómo el profesor Castro limita con sus afirmaciones el influjo de la "religión" –en el contexto español: la Iglesia católica– en la formación de la mujer post-isabelina. El asunto no es baladí considerando la hostilidad del neocatolicismo y las jerarquías eclesiásticas a la modernidad liberal. Potenciar, por el contrario, un ideal doméstico laico encaja de manera precisa en los empeños modernizadores de la "Gloriosa". El discurso de género dominante ahora favorece una domesticidad femenina articulada en torno al genuino "sentimiento maternal" y el influjo pedagógico en la infancia mediante las "sanas enseñanzas" de las "buenas madres": "Aconsejar, influir; de ninguna manera imperar"[244]. Se trata de un proyecto victoriano sexista muy similar al adoptado en Estados Unidos o Inglaterra desde la década de 1830, respectivamente, por Catherine Esther Beecher (1800-1878) y Sarah Ellis (1812-1872). El éxito del sexismo burgués en la España post-isabelina puede verificarse no sólo en su aceptación entusiasta por los intelectuales liberal-progresistas más prestigiosos. Incluso figuras de la izquierda parlamentaria como Francisco Pi y Margall aceptan esa definición del "sentimiento" femenino y reivindican el modelo de la mujer como "maestra de sus hijos"[245].

Tanto *El audaz* como posteriores obras galdosianas asumen la domesticidad liberal-burguesa post-isabelina. Estudios galdosianos contemporáneos han sugerido con acierto los prejuicios patriarcales visibles en los personajes femeninos de la novela de 1871[246]. El comparatismo nos ofrece un referente valioso para si-

---

[243] Fernando de Castro, *Discurso [realizado con motivo] de las Conferencias Dominicales para la Educación de la Mujer*, Madrid, Imprenta y Estereotipia de M. Rivadeneyra, 1869, pág. 6.

[244] *Ibíd.*, pág. 11.

[245] Francisco Pi y Margall, *Conferencias Dominicales sobre la misión de la mujer en la sociedad*, Madrid, Imprenta y Estereotipia de M. Rivadeneyra, 1869, pág. 11.

[246] Catherine Jagoe, *Ambiguous Angels...*, *op.cit.*, nota 28, pág. 195.

tuar en sus justos términos la cosmovisión galdosiana, en modo alguno aberrante si la insertamos en los complejos inicios de toda modernización liberal-capitalista. En el ámbito francés obras como *La mujer* (1850), del pastor protestante Adolfo Monod (1802-1856), propugnan la "humildad" y "caridad" femeninas como rasgos esenciales de su género sexual y genuino "sentimiento". Incumplir esos preceptos, según observa, "pervierte" la formación de la mujer y favorece conductas pecaminosas[247]. Desde una orientación más progresista pero igualmente patriarcal, el historiador Julio Michelet (1798-1874) adopta en *La mujer* (1845) prejuicios similares justificados por el nefasto influjo del clero católico en la formación del intelecto femenino. Especial importancia presenta la desvalorización de cualquier aspiración intelectual articulada por la mujer decimonónica. Michelet la desaconseja por el sacrificio social implícito en el cultivo de la letras cuya ejecución "femenina" origina además trágicos desenlaces y solterías empobrecedoras[248]. La España del siglo XIX ofrece asimismo abundantes ejemplos hostiles a la autoría intelectual femenina. Tanto la peyorativa apelación de "marisabidilla"[249] como el excéntrico concepto de "literata"[250] hacen visibles los perturbadores condicionantes padecidos por la mujer escritora. Anacrónica para la época de 1804 pero de gran vigencia en el contexto cultural de 1871 es la figura de la poeta Pepita Sanahuja en *El audaz*. Según afirma la "poetisa"/"literata" Pepita, fácilmente identificable con las "románticas" de la década de 1840[251], ésta cultiva antiartísticos idealismos sentimentales: "No puedo prescindir de mi inclinación. El prosaísmo no ha entrado todavía en mi cabeza"[252]. El espíritu patriarcal vi-

---

[247] Adolfo Monod, *La femme*, 1848, París y Londres, Marc Ducloux y Parthidge, 1850, págs. 7 y 28.

[248] Julio Michelet, "The Woman of Letters", *Woman (La femme)*, trad. J. W. Palmer, Nueva York, Carleton, 1867, pág. 31.

[249] Rosell, Cayetano, "La marisabidilla", *Los españoles pintados por sí mismos*, Madrid, Ignacio Boix, 1844, vol. 1, págs. 413-427.

[250] Saco, Eduardo, "La literata", *Las españolas pintadas por los españoles*, ed. Roberto Robert, Madrid, Imprenta de T. Fortanet, 1871, vol. 1, págs. 67-73.

[251] Para un análisis de obligada consulta sobre las poetas románticas españolas, véase Susan Kirkpatrick, *Las Románticas. Escritoras y subjetividad en España, 1835-1850*, trad. Amaia Bárcena, Madrid, Cátedra, 1991.

[252] Benito Pérez Galdós, *El audaz, op.cit.*, págs. 62-63.

gente en la "Alta Cultura" del siglo XIX niega al género femenino su integración en la autoría intelectual legítima[253]. Pérez Galdós enfatiza esa noción sexista al resaltar los vínculos estéticos de Pepita con una producción literaria, las obras poéticas de Juan Meléndez Valdés (1754-1817), ampliamente desacreditada en el texto. Quijotismos devaluadores pueden también apreciarse en su aislamiento de la realidad circundante cuando pretende recrear el entorno bucólico de la Antigüedad en el Aranjuez del siglo XIX[254]. Pérez Galdós reproduce las objeciones de su época contra el presunto espíritu neurótico y antidoméstico del talento femenino al describir la conducta de Pepita en los siguientes términos:

> [Pepita pasaba] la mañana insensible a las súplicas de su madre, empeñada en que cosiera, bordara o se consagrara a cualquiera de los menesteres propios de su sexo. Esto no era posible. Pepita tenía su cabeza organizada de tal modo, que no cabían en ella otra cosa que las contemplaciones en que la vemos constantemente embebida. En nuestra época hubiese sido lo que hoy designamos con la palabra romántica; pero como entonces no existía el romanticismo, la sobreexcitación cerebral de la joven Sanahauja la alimentaba de interminables deliquios, en que todos los campos se le antojaban Arcadias y ella pastora, según había leído en sus endiabladas poesías[255].

El precedente literario inmediato de tales impresiones autoriales, si prescindimos de las objeciones sexistas formuladas en la década de 1840, nos remite a la "comedia burguesa" moratiniana. Sirva de ejemplo la hostilidad misógina formulada en *La comedia nueva o El café* (1792), texto en el que se asocia de manera transparente la inquietud intelectual femenina con el abandono de las funciones do-

---

[253] Sobre esta masculinización de la autoría intelectual de Occidente, véanse Sandra Gilbert y Susan Gubar, *La loca del desván. La escritora y la imaginación literaria del Siglo XIX*, trad. Carmen Martínez Gimeno, Madrid, Cátedra, 1998 y Barbara Claire Freeman, *The Feminine Sublime: Gender and Excess in Women's Fiction*, Berkeley y Los Ángeles, University of California Press, 1995.

[254] *Ibíd.*, pág. 259.

[255] *Ibíd.*, pág. 259.

mésticas[256]. Casi una centuria después Pérez Galdós reproduce en *El audaz* idénticos discursos de género. En el caso concreto de la "poetisa romántica" Pepita, la perversión radica no tanto en la pérdida de feminidad cuanto en sus improductivas ensoñaciones y el insinuado desequilibrio mental quijotesco[257]. Las trivializadas y anacrónicas, para el autor, preferencias literarias del personaje no hacen sino acentuar la futilidad de sus valores antidomésticos. La fusión tendenciosa de los conceptos de "buen gusto" y "género masculino" permite en este contexto prestigiar la domesticidad hogareña. Ese ámbito aislado de la "opinión pública" y ajeno a cualquier inquietud intelectual es el que se impone sobre la mujer de clase media española en el período decimonónico.

El patriarcado occidental no presenta en España, como en otros espacios geográficos europeos, perfiles estáticos. Sucesivas transformaciones políticas, aun prestigiando al género masculino como activo agente histórico, desarrollan proyectos intelectuales superadores del Antiguo Régimen. Los promotores de la modernidad liberal asumen sin vacilaciones el sexismo precedente aunque lo reformulen de acuerdo a sus intereses ideológicos. Tal como indicamos en secciones anteriores, la "opinión pública" post-revolucionaria presenta en sus inicios inmediatos perfiles masculinos. Abundantes testimonios historiográficos del siglo XIX así nos lo confirman. La conocida dicotomía que Julio Michelet efectúa en su *Historia de la revolución francesa* –progreso liberal masculino vs. espíritu retardatario femenino– no fue una afirmación excepcional para la época. Las obras históricas de Lamartine, ampliamente traducidas en España, incluyen tajantes descalificaciones contra aquellas escritoras francesas –v.gr. Madame de Staël (1766-1817) o George Sand (1804-1876)– que mostraron cierto interés por participar en su respectiva "opinión pública"[258]. Pérez Galdós se inserta en esa tradición textual al censu-

---

[256] Leandro Fernández de Moratín, *La comedia nueva o El café*, 1792, ed. John Dowling, Madrid, Castalia, 1993, acto II, escena II, págs. 99-107. Para un lúcido análisis del sexismo visible en el teatro moratiniano, véase Edward Baker, "In Moratín Café", *The Institutionalization of Literature in Spain*, ed. Wlad Godzich y Nicholas Spadaccini, Minneapolis, The Prisma Institute, 1987, págs. 101-123 y Marina Mayoral, "Leandro Fernández de Moratín", *Análisis de textos*, Madrid, Gredos, 1977, págs. 271-178.

[257] Benito Pérez Galdós, *El audaz, op.cit.*, pág. 201.

[258] Alfonso de Lamartine, *Historia de la Revolución francesa de 1848, op. cit.*, pág. 171 e *Histori de la Restauración*, 1851, Madrid, Establecimiento Tipográfico de D.F. de P. Mellado, 1851, vol. 1, págs. 584, 606.

rar las pretensiones políticas de Doña Antonia Gibraleón, cultivada y cosmopolita aristócrata en *El audaz*. Inspirándose acaso en la mítica imagen del "poder femenino aristocrático" consagrada en el ensayo *La mujer en el Siglo XVIII* (1862), de Edmundo (1822-1896) y Julio de Goncourt (1830-1870), Pérez Galdós plantea su patético anacronismo y tangible inefectividad en el contexto sexista del siglo XIX:

> Cuando la política estaba en los camarines y las alcobas, el papel de estas matronas era de gran importancia en la vida pública; hoy las riendas del Estado han pasado a mejores manos (…) Doña Antonia de Gibraleón tuvo la desgracia de nacer un poco tarde, y sólo sirvió para que el siglo decimonono tuviera pruebas vivas del carácer de su antecesor. Nunca había logrado su objeto, nunca tuvo parte en los *Consejos Reales*, que fue la aspiración de toda su vida, y pasaba ésta devorada por el fuego de su propia inteligencia, encontrando todo muy malo, y creyendo el mundo cercano a su perdición, porque ella no era llamada a dirigirle (énfasis del autor)[259].

La ambigüedad semántica del adverbio "hoy" en el párrafo anteriormente citado dificulta situar el auténtico presente narrativo pues la novela encubre claros subtextos contemporáneos en los que caben tanto referencias sobre hábitos femeninos "corruptos" durante el siglo XVIII –v.gr. influjo político de la reina española Isabel de Farnesio (1692-1766)– como referencias indirectas a las "camarillas femeninas" que mediatizan los sucesivos gobiernos de María Cristina de Borbón (1833-1841) e Isabel II (1843-1868) hasta 1868. Nada gratuita resulta la constante asociación que *El audaz* prestigia entre "género femenino" y "anacronismos improductivos". Se trate de cultivar aspiraciones literarias o exista más bien predisposición hacia la activa participación política, la novela galdosiana siempre censura su ejecución cuando presentan un origen no masculino. Sintomático parece que ambas tendencias colisionan frontalmente con los perfiles doméstico-maternales impuestos en España desde 1868 sobre la mujer burguesa.

---

[259] Benito Pérez Galdós, *El audaz, op.cit.*, pág. 64.

Un Pérez Galdós de cuño micheletiano desautoriza también el influjo social de las mujeres nostálgicas del Antiguo Régimen. *El audaz* anticipa la futura creación de *Doña Perfecta* (1876) mediante el personaje de Doña Bernarda Quiñones, figura femenina de clase media también anacrónica pese a situarse en las antípodas ideológicas de la ilustrada aristócrata Doña Antonia Gibraleón. Influida por confesores montaraces y oportunistas[260], supersticiosa en su catolicismo cerril[261] e incapaz de comprender la magnitud del espíritu revolucionario, Doña Bernarda representa también, como Doña Paulita Porreño en *La Fontana de Oro*, Serafina Lantigua en *Gloria* (1877) o Marcelina Polo en *Tormento* (1884), la retrógada hostilidad (neo)católica a la domesticidad burguesa. Su oposición frontal al matrimonio de su hija viuda[262] impide que ésta alcance una dimensión maternal siempre elogiada en la narrativa galdosiana. Ningún rasgo de este personaje facilita, por tanto, su dignificación en el texto debido a la incompatibilidad manifiesta con el sexismo burgués post-isabelino.

¿Existen en *El audaz* prototipos femeninos que respondan a las expectativas estéticas de la domesticidad burguesa? La aristócrata Susana Cerezuelo, en principio, encontraría un difícil encaje en los valores de "clase media" post-isabelinos. Los orígenes nobiliarios y una insinuada amoralidad cortesana la vinculan con el estereotipo del "deseo corrupto" no burgués visible en la cosmovisión liberal del siglo XIX[263]. Su egoísmo insensible al dolor ajeno o el "majismo" (aplebeyamiento) de ciertas conductas son algunas de las características que la distancian dramáticamente del ideal doméstico-virtuoso prestigiado en la narrativa galdosiana. Tal como observa un personaje de la novela, "[Susana] es más que [el ser más orgulloso y despótico que ha nacido]: es cruel. Fáltale la delicada sensibilidad propia de su sexo"[264]. Comentarios autoriales enfatizan esta impresión: "vivía en medio de la frivolidad general, festejada por insulsos galanes, entre la gente afeminada o ridícula que componía aquella sociedad, no impelida hacia nada noble y alto por ninguna grande idea"[265]. Susana,

---

[260] *Ibíd.*, pág. 109.
[261] *Ibíd.*, págs. 111 y 225-226.
[262] *Ibíd.*, pág. 41.
[263] Para un análisis preciso del discurso doméstico anti-nobiliario del siglo XIX, véase Nancy Armstrong, *Deseo y ficción doméstica. Una historia política de la novela*, trad. María Coy, Madrid, Cátedra, 1991, pág. 80.
[264] *Ibíd.*, pág. 31.
[265] *Ibíd.*, pág. 73.

de todos modos, sufre una sintomática evolución afectiva gracias al viril influjo del revolucionario Martín Muriel. Intensos efectos irónicos sugiere la mutua atracción erótica experimentada por ambos personajes por proceder de familias enfrentadas en oscuros pleitos judiciales[266]. El rechazo inicial de Susana termina cediendo a una paulatina aceptación del espíritu revolucionario asumido por su antagonista. Muy sugestiva resulta la interpretación contemporánea de Susana Cerezuelo efectuada por Guillermo Dendariena en 1922: "Este tipo femenino (…) encarna el espíritu de la revolución, puesto en los labios de una mujer (…) la cual intentaba unir por amor a todas las clases sociales para bien de una España infortunada, víctima de sus monarcas y esclava de sus dictadóres"[267]. Consumado el enamoramiento que le otorga "sentimiento", Susana Cerezuelo efectúa críticas contra la vaciedad "femenina" del Antiguo Régimen próximas a las mantenidas por Benito Pérez Galdós en la década de 1870:

> (…) ella detestaba la turba de galanes que conocía en la Corte, y sentía repugnancia invencible hacia los sandios petimetres que le habían ofrecido su mano. A veces, antes de encontrar aquel ser buscado infinitamente por todos lados en el sendero de la vida, ella era también frívola y tonta como los que la rodeaban; pero en el fondo de su alma detestaba la afeminación. Adoraba todo lo enérgico, todo lo que tuviera proporciones inusitadas[268].

La compleja personalidad de Susana, modificada paulatinamente en el desarrollo de la peripecia novelesca, revela notables transformaciones que le otorgan no sólo sentimentalidad ortodoxa sino también incipientes deseos maternales hacia el huérfano Pablillo Muriel[269]. Los ejes textuales básicos de la domesticidad post-isabelina –matrimonio burgués/moderación política/influjo virtuoso femenino– no pueden verificarse en la novela de 1871 por el quijotesco extremismo "faccionalista" de Martín Muriel. Su locura neurótica trastorna el espíritu de Susana y precipita un

---

[266] *Ibíd.*, pág. 80.
[267] Guillermo Dendariena, *Galdós: su genio, su espiritualidad, su grandeza*, Madrid, Hijos de M.G. Hernández, 1922, pág. 30.
[268] *Ibíd.*, pág. 278.
[269] *Ibíd.*, pág. 289.

suicidio que Galdós define como epígrafe patético de "aquella gran pasión y aquel inmenso orgullo"[270]. Este personaje, sin embargo, carece de los perfiles anacrónicos visibles en otras figuras femeninas de *El audaz*. Sus críticas a la corrupción afeminada del Antiguo Régimen manifiestan una excepcionalidad visionaria que aun siendo desbordada por su imposible ejecución, introduce, sin embargo, quiebras significativas en los discursos de género dominantes. El único desenlace doméstico satisfactorio del texto galdosiano, apenas sugerido y de breve trazo novelesco, apunta al enlace conyugal de perfiles semi-burgueses entre la plebeya Engracia, hija de Doña Bernarda, y un hidalgo empobrecido e ilustrado con vocación de regenerarse[271]. El tibio consentimiento de Doña Bernarda propicia remedios "no aristocráticos" que acaso ofrecen cierta compensación espiritual para atenuar la tragedia antidoméstica experimentada por los protagonistas de *El audaz*[272]. La novela de 1871, en definitiva, propaga valores domésticos-virtuosos identificados con el desarrollo ortodoxo del sentimiento femenino y la exaltación del entorno hogareño. El hecho, sin embargo, de que ese proyecto intelectual sea cuestionado por la aristocracia y ciertas jerarquías eclesiásticas acaso motiva cierta dignificación estética en el singular caso de Susana Cerezuelo. ¿Explica la precariedad socio-histórica del empeño modernizador de la "Gloriosa" que un personaje femenino de *El audaz* introduzca críticas contra el Antiguo Régimen para reforzar textualmente la cosmovisión liberal de la obra? Idéntica insatisfacción rebelde y excepcionalidad atípica se percibe, hasta cierto extremo, en la formación intelectual del personaje de Gloria en la novela homónima galdosiana[273]. El desenlace de ambos textos sugiere, desde luego, tácito asentimiento a los discursos domésticos de la época. Las fisuras anteriormente

---

[270] *Ibíd.*, pág. 310.

[271] *Ibíd.*, págs. 313-314.

[272] Cierto sector de la crítica apunta desde fechas tempranas su frustración por los desenlaces excesivamente dramáticos adoptados en la narrativa galdosiana. Para un ejemplo representativo de esta objeción estética en el análisis de *El audaz*, véase "*El audaz. Historia de un radical de antaño*. Novela original de D. Benito Pérez Galdós", *El Imparcial*, 5-II-1871.

[273] Benito Pérez Galdós, "Cómo se explicaba la niña", *Gloria*, 1877, Madrid, Alianza, 1995, págs. 30-37.

señaladas revelan, no obstante, la compleja interacción del género sexual y la modernidad liberal en el conflictivo contexto español del último tercio del siglo XIX.

4.3. Martín Muriel y la revolución: censuras galdosianas del faccionalismo

La crítica galdosiana más autorizada rechaza de manera casi unánime cualquier tipo de identificación entre el "radical de antaño" Martín Muriel y el liberal-progresista Benito Pérez Galdós[274]. Brian Dendle observa rasgos sublimes en la caracterización del audaz Muriel por su energía visionaria, patriotismo sincero y habilidad política[275]. Otros análisis contemporáneos han señalado el influjo femenino de Susana Cerezuelo en la ejecución (masculina) del programa revolucionario[276]. Nuestra interpretación de esta enigmática figura galdosiana propone al lector vincular su trayectoria novelesca en relación a las expectativas estéticas del lema progresista "modernizar sin desorden faccionalista" y los emergentes discursos de género post-isabelinos establecidos en España desde 1868. El fracaso de ambos proyectos intelectuales en la novela de 1871 obedece claramente al propósito pedagógico visible en la narrativa galdosiana: consagrar valores antidomésticos o asumir demandas maximalistas siempre propicia, para Benito Pérez Galdós, tragedias irremediables y tendencias autodestructivas.

El compromiso cívico del autor no resulta excepcional en su contexto europeo. Es oportuno recordar las campañas de educación nacional adoptadas en Francia por la III República (1870-1914) con objeto de promover valores patrióticos y liberales adscritos a la Revo-

---

[274] Brian Dendle, *Galdós: The Early Historical Novels*, Columbia, Missouri, The University of Missouri Press, 1986, pág. 24; Ramón Espejo-Saavedra, "La novela histórica como discurso social: El equipaje del rey José", *Anales Galdosianos* 35, 2000, pág. 4 y Madeleine de Gogorza Fletcher, *The Spanish Historical Novel, 1870-1970*, Londres, Támesis, 1972, pág. 15.

[275] Brian Dendle, "*El audaz. Historia de un radical de antaño*", *Galdós' House of Fiction. Papers Given at the Birmingham Galdós Colloquium*, ed. A.H. Clarke y E.J. Rodgers, Llangrannog, Gales, The Dolphin Book, 1991, pág. 46.

[276] Matías Montes Huidobro, "*El audaz*: desdoblamientos de un ritual sexo-revolucionario", *Hispania*, 63, Septiembre 1980, pág. 495.

lución (burguesa) de 1789[277]. Otro condicionante histórico más cercano a la génesis de *El audaz* podría encontrarse en los sucesos radical-proletarios de la efímera Comuna parisina (18-III/2-IV-1871). Ciertos temores burgueses a las tendencias disgregadoras y socialistas visibles en tales experimentos políticos podrían mediatizar la contemporaneidad de *El audaz*, escrito, por lo demás, en una nación desbordada por extremismos revolucionarios y conspiraciones ultraconservadoras. Estudios recientes sobre la configuración de la figura del "intelectual" en la España decimonónica atribuyen su reducido impacto a la permanente tensión del país entre períodos de apertura al exterior (favorables a la penetración de tendencias europeizantes) y ciclos históricos de aislamiento en los que se difunden premisas aislacionistas[278]. El "Sexenio Revolucionario" representa una "etapa aperturista" en la que se intenta desmantelar de manera irreversible los anacrónicos vestigios del Antiguo Régimen. *El audaz* puede entonces asociarse con tales empeños modernizadores cuyo éxito inmediato depende, en el ámbito de la cultura impresa, de escritores decididos a formar/educar a sus audiencias lectoras en los hábitos culturales del liberalismo capitalista. Temprana es la referencia autorial al carácter dogmático de Martín Muriel:

> [Martín Muriel] era inexorable, como lo era la revolución entonces. Dominado por su idea, no conocía la transacción. Creía que era posible reformar destruyendo: no conocía la enormidad de las fuerzas del enemigo; ignoraba que lo que se intentaba aniquilar era inmensamente más poderoso que los razonamientos de dos o tres individuos; que aquello tenía la fuerza de los hechos, de un hecho colosal, consagrado por los siglos y aceptado por la nación entera[279].

---

[277] Para un análisis valioso del origen nacionalista-liberal de esas campañas pedagógicas, véanse Eric Hobsbawm, "Mass-Producing Traditions: Europe, 1870-1914", *The Invention of Tradition*, 1990, eds. Eric Hobsbawm y Terence Ranger, Cambridge, Cambridge University Press, 1996, pág. 271 y Anthony D. Smith, "Nacionalismo y educación pública", *Nacionalismo y modernidad*, 1997, trad. Sandra Chaparro, Madrid, Istmo, 2000, pág. 87.

[278] Christophe Charle, "La miseria en la cultura: los intelectuales españoles", *Los intelectuales en el Siglo XIX. Precursores del pensamiento moderno*, trad. Carlos Martín Ramírez, Madrid, Siglo XXI, 2000, págs. 185-190.

[279] Benito Pérez Galdós, *El audaz, op.cit.*, pág. 23.

No será éste el único comentario galdosiano de la década de 1870 que evidencia el irresoluble dilema padecido por el liberalismo español en sus dos ramas exaltadas/moderadas. *La familia de León Roch* (1878) también sugiere la conveniencia de cierta templanza política para evitar el rechazo desestabilizador de los grupos sociales hostiles a la modernidad liberal[280]. ¿Qué origina la "idea" extremista e ilusoria defendida por Martín Muriel? Injusticias causadas a su familia por aristócratas vengativos[281], la lectura de los textos más radicales de la Ilustración francesa durante su etapa universitaria en Sevilla[282], unido también a su latente quijotismo idealista[283], son algunas de las causas sugeridas en el capítulo inicial de la novela. Nos parecen, sin embargo, más relevantes las menciones autoriales a la fallida domesticidad hogareña de la familia Muriel tras la temprana desaparición física de la figura materna: "desde entonces las desdichas no conocieron obstáculo ni dique: desbordáronse sobre la familia"[284]. La ausencia, en definitiva, de un sentimiento femenino virtuoso propicia conductas extraviadas cuyas últimas consecuencias destruyen cualquier aspiración de reforma social en el contexto español del siglo XIX.

El audaz sitúa la acción novelesca en el año 1804 y recrea conflictos políticos fácilmente identificables con los sucesos de El Escorial (1807): una fallida conspiración reaccionaria contra el valido Manuel Godoy (1767-1851) que termina siendo exitosa en el motín de Aranjuez (17-III-1808). ¿Cuál sería la motivación galdosiana para escribir una novela ambientada en esas convulsas coordenadas históricas? En un nivel superficial, a semejanza de *La Fontana de Oro*, *El audaz* hace patente la utilización del discurso revolucionario por los grupos ultraconservadores si ello conduce al desprestigio del gobierno establecido. Martín Muriel, republicano jacobino, recibe con frecuencia en la obra sospechosos apoyos de sectores absolutistas[285]. Existe asimismo un subtexto ideológico de mayor relevancia

---

[280] Benito Pérez Galdós, *La familia de León Roch*, 1878, Madrid, Alianza, 1989, págs. 293-294.
[281] Benito Pérez Galdós, *El audaz, op.cit.*, págs. 8-9.
[282] *Ibíd.*, pág. 11.
[283] *Ibíd.*, pág. 13.
[284] *Ibíd.*, pág. 9.
[285] *Ibíd.*, págs. 24-25, 56, 141-144, 218-225.

en la novela de 1871. Testimonios historiográficos coetáneos al período de su escritura apuntan la importancia de estas conspiraciones en la forja de la moderna conciencia liberal española:

> La trama de El Escorial tuvo su desenlace en Aranjuez: allí, a las márgenes floridas del Tajo, la revolución española comenzó entonces a ser revolución. Por primera vez el pueblo presentaba en campaña sus propias fuerzas para combatir abiertamente contra el poder público; por primera vez las tropas abandonaron a sus jefes y desoían sus amonestaciones, para ponerse al lado de las turbas amotinadas[286].

Tales afirmaciones indican el influjo de las conspiraciones retrógradas en futuras empresas revolucionarias. El descrédito experimentado por la monarquía española desde 1807-1808 contribuye, en el largo plazo histórico, a deslegitimar el origen divino de la institución y hacer patentes las deficiencias estructurales del Antiguo Régimen. Desde finales del siglo XIX las novelas históricas galdosianas de 1870-1871 suelen considerarse "como promesa, cumplida hasta cierto punto en los *Episodios Nacionales*"[287]. Pese a la licencia histórica de situar a Martín Muriel en 1804, un lector contemporáneo de Pérez Galdós podría vincular sin dificultad los hechos descritos en la novela con el inicio del moderno nacionalismo liberal. ¿Cómo enjuicia el audaz revolucionario su aberrante alianza con activos promotores de agendas antiliberales? Según hemos indicado en otras secciones de la presente Introducción, intelectuales españoles liberal-progresistas censuran durante el "Sexenio" este tipo de acuerdos hostiles a la monarquía constitucional post-isabelina. Martín Muriel, en principio, aun manteniendo su programa "faccionalista", adopta actitudes defensivas ante lo que percibe como una simple conspiración cortesana: "Si hay unas cuantas personas decididas que trabajan con objeto de derribar a Godoy y para hacer aceptar al nuevo rey una constitución, yo soy de ésos. Si no, tan sólo sería instrumento de ambiciosas miras, contribuyendo a conmover el país, sin hacerle beneficio alguno"[288]. Cierta altura de miras patriótica, motivada acaso por

---
[286] Ángel Fernández de los Ríos, *Estudio histórico...*, *op.cit.*, vol. 1, pág. 45.
[287] Francisco Blanco García, *La literatura española...*, *op.cit.*, vol. 2, págs. 490-491.
[288] Benito Pérez Galdós, *El audaz, op. cit.*, pág. 57.

el genuino y sincero influjo femenino de Susana Cerezuelo[289], propician incluso una fugaz moderación política próxima a la mantenida en esas fechas por Benito Pérez Galdós. Dialogando con turbios revolucionarios de oscura afiliación, el intelectual Martín Muriel observa:

> Muriel, después de hablar largamente con aquel que ahora llamaríamos demagogo o comunalista, y que era de los que entonces solían llamarse francmasones, comprendió que en espíritu tan extraviado por siniestras venganzas no había idea alguna política ni filosófica, sino tan sólo el despecho que suele verse en la inferioridad envidiosa, que no conoce otro medio de parecer grande sino rebajando a toda la sociedad hasta su nivel[290].

Afirmaciones de estas características, hostiles al "faccionalismo" y defensoras de transacciones burguesas, no son frecuentes en el discurso político de Martín Muriel. Observe el lector la contemporaneidad de la cita al resaltarse explícitamente afinidades entre los "radicales" de antaño y los "demagogos"/"comunalistas" de 1871. La efímera evolución de Muriel no encuentra, de todos modos, un desarrollo factible en *El audaz*. Frecuentes comentarios de otros personajes sobre su latente desequilibrio mental y "excentricidad" ideológica evidencian la imposible adaptación del atormentado antihéroe[291]. El mismo Martín Muriel, indicando una frustación espiritual similar a la manifestada por los intelectuales más señeros de la literatura hispánica moderna[292], reconoce su dolorosa soledad filosófica en el mediocre contexto español de 1804[293]. El inquietante influjo violento del radicalismo extremista termina imponiéndose sobre cualquier alternativa conciliadora: "Yo no pretendo disculparme (...) Una fuerza ciega me ha arrastrado; se ha turbado mi razón, he sentido vivos deseos de destruir"[294]. Los últimos capítulos de la novela

---

[289] *Ibíd.*, págs. 78, 255.
[290] *Ibíd.*, pág. 153.
[291] *Ibíd.*, págs. 23, 56 y 69.
[292] Para un análisis preciso de la inadaptación intelectual bajo contextos hostiles a la modernidad liberal, véase Juan Marichal, *La voluntad de estilo: teoría e historia del ensayismo hispánico*, Barcelona, Seix Barral, 1957.
[293] Benito Pérez Galdós, *El audaz, op.cit.*, pág. 227.
[294] *Ibíd.*, pág. 245.

evidencian esta dinámica[295]. Un Martín Muriel quijotizado y neurótico recurre a la violencia revolucionaria, establece arbitrarias penas de muerte, se considera reencarnación del jacobino francés Maximiliano Robespierre (1758-1794) y termina siendo encerrado en una institución mental. Dura es la valoración galdosiana sobre el patético desenlace de esta figura novelesca: "¿Podía darse caricatura más pavorosa de las ideas, de las aspiraciones, de las virtudes y los crímenes que agitan y arrastran al hombre en el camino de la existencia?"[296]. La condena autorial del maximalismo faccionalista, siendo requerida tanto por la cosmovisión galdosiana como por los intereses intelectuales de la comunidad lectora a la que se dirige *El audaz*, evidencia, no obstante, la intrínseca corrupción moral del Antiguo Régimen. Carlos Dickens en su novela histórica, *Historia de dos ciudades* (1859), aun censurando la objetivamente verificable corrupción de la aristocracia prerrevolucionaria[297], califica de "fiebre enloquecedora" la sangrienta violencia establecida en Francia desde 1789[298]. El complejo ámbito español dificulta culminar la modernización alcanzada por la Inglaterra victoriana (1837-1901) o la Francia post-revolucionaria. Testimonios como el de Pérez Galdós en *El audaz*, sin embargo, verifican claros intentos de renovación sociopolítica pese al obstáculo de entorpecimientos neutralizados en otros contextos europeos. El lema progresista "modernizar sin desorden faccionalista" alcanza entonces el rango de aspiración ineludible para cualquier intelectual español adscrito durante el "Sexenio" al proyecto de la "Gloriosa". Pérez Galdós lo explicita estéticamente mediante la figura del revolucionario Martín Muriel. Su fracaso revolucionario y doméstico configura el reverso en el que se fundamentan aquellos valores renovadores forjados en el contexto cultural post-isabelino. Rechazar esas desviaciones aberrantes, desde una óptica liberal-progresista, sitúa en sus justos términos la interpretación autorial de una trayectoria humana sublime en su patriotismo burgués pero a todas luces ineficaz por su articulación dogmática, excluyente y antidoméstica.

---

[295] *Ibíd.*, capítulos 28-31, págs. 289-316.

[296] *Ibíd.*, pág. 316.

[297] Carlos Dickens, *Historia de dos ciudades*, 1859, trads. Salvador Bordoy Luque y Amaya Elezcano, Madrid, Aguilar, 1988, págs. 49-67.

[298] *Ibíd.*, pág. 467.

4.4. Estilo de *El audaz:* **rasgos formales y estéticos**

Tal como hemos indicado en secciones anteriores, *El audaz* elabora minuciosas caricaturas paródicas del Antiguo Régimen utilizando, cuando es preciso, materiales literarios de procedencia española, anglosajona o francesa. Aun siendo una obra primeriza en el canon galdosiano, la novela de 1871 resalta por su riqueza lingüística y densidad conceptual. La verosimilitud estética es, desde luego, reforzada por el empleo de refranes y proverbios populares –v.gr. "cepos quedos", "el abad de lo que canta yanta"–, expresiones latinas –v.gr. "balnea vitat", "capitis deminutio"– o referencias bíblicas. Las siempre perspicaces afirmaciones de José F. Montesinos sobre las sucesivas variantes introducidas en la novela galdosiana desde 1871 hasta 1907[299] fueron ampliamente documentadas en la edición crítica realizada por Leonel Antonio de la Cuesta[300]. Un cotejo de la versión primeriza con la última edición publicada en vida del autor, en efecto, así nos lo confirma. La supresión de párrafos digresivos[301] o la modificación temporal de ciertos verbos[302] evidencia un notable virtuosismo formal en la reelaboración de la escritura galdosiana. De especial interés resulta la substitución de ciertos conceptos presentados en 1871. La novela publicada por entregas en la *Revista de España* contiene un párrafo del programa revolucionario escrito por Martín Muriel en el que se afirma: "No hay más soberanía que la del pueblo"[303]. Sucesivas reediciones de la obra galdosiana mantienen esa frase con una importante variante textual que reemplaza al "pueblo" por "la Nación"[304]. ¿Explica la madurez política de la sociedad

---

[299] José F. Montesinos, *Galdós, op.cit.*, vol. 1, pág. 64-66.

[300] Benito Pérez Galdós, *El audaz. Historia de un radical de antaño*, Ed. Leonel Antonio de la Cuesta, Montevideo, Géminis, 1975.

[301] La edición de 1907 carece en varios de sus capítulos de párrafos visibles en el texto de 1871. Para un contraste de ambas variantes textuales, véanse respectivamente Benito Pérez Galdós, *El audaz*, 1982, *op.cit.*, págs. 9 y 28; 69 y 72; 107 y 179 en relación a Pérez Galdós, "*El audaz. Historia de un radical de antaño*", *Revista de España*, vol. 20, n°79, 1871, págs. 438 y 456; vol. 21, n° 81, págs. 120 y 123-124; vol. 21, n° 82, págs. 185 y 193, n° 86, pág. 252-253.

[302] Benito Pérez Galdós, *El audaz*, 1982, pág. 412 en relación a Pérez Galdós, "*El audaz...*", *Revista de España*, vol. 22, n° 87, pág. 201.

[303] *Ibíd.*, vol. 23, n° 89, pág. 124.

[304] Benito Pérez Galdós, *El audaz*, 1982, pág. 282.

española en 1907 sustituir al "pueblo" post-isabelino por el más acorde concepto liberal de la "nación"? Otros cambios se perciben en la transcripción de los pensamientos de Susana Cerezuelo. El texto serializado de 1871 indica: "Adoraba todo lo enérgico, todo lo resuelto, todo lo audaz, todo lo que tuviera proporciones colosales y grandiosas"[305]. La novela de 1907 favorece, en cambio, una concentración semántica que acaso reduce el primitivo entusiasmo galdosiano por esta figura femenina: "adoraba todo lo enérgico, todo lo que tuviera proporciones sublimes"[306]. El texto de 1907 simplifica con gran acierto expresivo extensas digresiones de la versión primeriza[307]. Existan razones exclusivamente de estilo o influyan también otros factores históricos, es imperativo observar, en cualquiera de los casos, las importantes variantes textuales adoptadas por Benito Pérez Galdós en una novela, *El audaz*, sometida a continuos procesos de depuración formal.

Tal como hemos indicado en secciones anteriores, *El audaz* utiliza los recursos de la parodia satírica en la caracterización espiritual y física de sus principales personajes. Si prescindimos de las abundantes referencias al callejero de Madrid –cuyo efecto estético realza con gran acierto la sensación de verosimilitud[308]– pueden también destacarse ciertos tonos sublimes en los recursos expresivos que describen la fingida conmoción revolucionaria en un Toledo incendiado por las turbas amotinadas de Martín Muriel. Anticipando en ochenta años las técnicas descriptivas que Rafael Sánchez Ferlosio (1927) desarrolla en *El Jarama* (1955) sobre el río homónimo, testigo presencial de sangrientas contiendas fratricidas, Pérez Galdós, afirma en *El audaz*: "atendido el papel histórico de la ciudad que lo circunda [Toledo], por el Tajo nos parece que corre sin cesar la ilustre sangre de tantas luchas, sangre goda, árabe, castellana, tudesca y judía, ver-

---

[305] Benito Pérez Galdós, "*El audaz…*", *Revista de España*, vol. 23, nº 89, pág. 120.
[306] Benito Pérez Galdós, *El audaz*, 1982, op.cit., pág. 278.
[307] Sirva de ejemplo una frase eliminada en posteriores ediciones: "[Susana] sentía profundo desdén hacia los petimetres y caballeros de su pequeña corte, hacia todo el mundo afeminado y despreciable que veía por todas partes", "*El audaz.*", *Revista de España, op.cit.*, vol. 22, nº 88, pág. 581. El texto de 1907, en cambio, es reducido a la expresión "sentía profundo desdén hacia los petimetres afeminados de su pequeña corte", Benito Pérez Galdós, *El audaz*, 1982, *op.cit.*, pág. 250.
[308] *Ibíd.*, págs. 27, 33, 35, 39, 98, 123.

tida a raudales en aquellas calles durante diez siglos de dolorosas glorias"[309]. La novela galdosiana de 1871 presenta, sin duda, carencias estructurales atribuibles quizá al formato de la entrega periódica que condiciona su más inmediata génesis. La genuina humanidad de ciertos personajes, lúcidos atisbos descriptivos o la espléndida reconstrucción histórica de la España previa a 1808 dignifican, de todos modos, la ejecución literaria del texto galdosiano. Sus contaminaciones genéricas con ciertas prácticas folletinescas/costumbristas o el hecho de que éste responda a las expectativas estético-ideológicas del liberalismo progresista y la domesticidad burguesa no constituyen demérito artístico. Muy al contrario, ello indica la feliz interacción de forma y contenido en un proyecto textual cuya más inmediata motivación remite al simultáneo empeño patriótico de renovar las letras españolas y difundir en la nación los principios regeneradores de la modernidad liberal[310].

Íñigo Sánchez Llama
Purdue University

---

[309] *Ibíd.*, pág. 305.

[310] Como anécdota interesante a efectos estéticos podemos indicar que existe, en vida de Pérez Galdós, una adaptación teatral de *El audaz* compuesta por el dramaturgo Jacinto Benavente (1866-1954). La obra, estrenada ya en un contexto cultural hostil a la "generación de 1868", se representa la noche del 6 de diciembre de 1919 en el Teatro Español de Madrid. Se denomina "drama en cinco actos divididos en quince cuadros": Jacinto Benavente, "*El audaz*. Adaptación escénica de la novela del mismo título de Don Benito Pérez Galdós", 1919, *O.C.*, Madrid, Aguilar, 1947, vol. 8, págs. 1009-1045.

CRITERIOS DE ESTA EDICIÓN

El texto de la presente edición de *El audaz* es el que Pérez Galdós editó en 1907 en la Librería de los Sucesores de Hernando. Escogemos ese año por ser la última edición de la novela publicada en vida del autor. A pie de página se reproducen las variantes encontradas en nuestro cotejo de la versión serializada que el autor edita el año 1871 en la *Revista de España* y se comenta, cuando merece la pena, el juego textual correspondiente. A fin de identificar las variantes textuales y diferenciarlas de las notas a pie de página, utilizamos el signo ortográfico del asterisco (*) con el que remitimos a la edición de 1871 cuyas alteraciones señalamos asimismo en cursiva. No se trata de una edición crítica, por lo que se ha prescindido de todo el aparato textual impertinente, que el lector encontrará en la edición crítica de Leonel Antonio de la Cuesta. Con referencia a las notas al texto, hemos procurado ofrecer aclaraciones, algunas en forma de definiciones, para lo que nos hemos servido del *DRAE* (*Diccionario de la Lengua Española*, de la Real Academia Española) en su edición de 2001. Las notas contextualizan referencias a la Revolución Francesa y la historia social española contemporánea, identifican alusiones intertextuales contenidas en la novela y subrayan algunos aspectos de los problemas analizados en la Introducción. Corregimos en nuestra edición las erratas más obvias –v.gr. alcarraza por alcazarra, cangilón por canjilón– y modificamos también la ortografía de algunos nombres franceses transcritos de manera imperfecta en el texto de 1907 –Barère por Barrère, Pétion por Petión, Hébert por Hebert. Agradecemos sinceramente la colaboración, en el plano bibliográfico, del personal bibliotecario de Purdue University, la Biblioteca Nacional y la Hemeroteca Municipal de Madrid. Los estudios dedicados por José F. Montesinos, Joaquín Casalduero y Brian Dendle a *El audaz* y la obra periodística galdosiana han sido un estimulante aliciente intelectual del que nos sentimos deudores. Las lúcidas apreciaciones feministas de Catherine Jagoe y Jo Labanyi constituyen una imprescindible referencia metodológica en cualquier análisis galdosiano contemporáneo. Agradezco también al director de Ediciones Libertarias, D. Carmelo Martínez García, su paciencia y flexibilidad ante las inexcusables demoras a las que se vio sometida la entrega de la presente edición de *El audaz*. *Last but not least*, la genuina, permanente e insustituible amistad de mi siempre querida Marta Silvia Martín ha acompañado también la redacción de este proyecto.

BIBLIOGRAFÍA

RUBIO CREMADES, Enrique, "Benito Pérez Galdós", *Panorama crítico de la novela realista-naturalista española*, Madrid, Castalia, 2001, págs. 279-418.

Ediciones de carácter general

El audaz. Historia de un radical de antaño, publicado por entregas en la *Revista de España* entre marzo y febrero de 1871 (números 73-96).
El audaz. Historia de un radical de antaño, Madrid, Imprenta de la Guirnalda, 1871; 2ª edición, 1885; 3ª edición, 1891.
El audaz. Historia de un radical de antaño, Madrid, Librería de los Sucesores de Hernando, 1907.
El audaz. Historia de un radical de antaño, nota preliminar de Federico Sainz de Robles, Madrid, Aguilar, 1952; 2ª edición, 1961.
El audaz. Historia de un radical de antaño, Barcelona, Andorra, 1972.
El audaz. Historia de un radical de antaño, edición de Leonel Antonio de la Cuesta; con una carta prólogo de Elías Lynch Rivers, Montevideo, Géminis, 1975.
El audaz. Historia de un radical de antaño, Madrid, Hernando, 1982.
El audaz. Historia de un radical de antaño, Madrid, Alianza, 1986.

Bibliografía seleccionada sobre *El audaz*

BEYRE, Jacques, "*El audaz* ou la tentation du roman feuilleton", *Galdós et son mythe*, París, Libraire Honoré Champion, 1980, vol. 2, págs. 123-149.
CUESTA, Leonel Antonio de la, *"El audaz": análisis integral*, Montevideo, I.E.S., 1973.
DENDLE, Brian, "*El audaz. Historia de un radical de antaño*", *Gal-*

dós House of Fiction, eds. A.H. Clarke y E.J. Rodgers, Llangrannog, Gales, The Dolphin Book, 1991, págs. 41-53.

MONTES HUIDOBRO, Matías, "*El audaz*: desdoblamientos de un ritual sexo-revolucionario", *Hispania*, 63, septiembre 1980, págs. 487-497.

ROSS, Kathleen, "Galdós' *El audaz*: The Role of Reader Response in a Serialized Spanish Novel", *Modern Language Studies*, 11.3., otoño 1981, págs. 33-43.

YNDURÁIN, Domingo, *Galdós entre la novela y el folletín*, Madrid, Taurus, 1970.

ZLOTCHEW, Clark M. "*El audaz* and the Revolutionless Revolution", *Selected Proceedings of the Mid-America Conference on Hispanic Literature*, eds. Luis T. González del Valle y Catherine Nikel, Lincoln, Nebraska, Society of Spanish and Spanish-American Studies, 1986, págs. 179-185.

—: "The Genial Inquisitor of *El audaz*", *Anales Galdosianos*, 20.1., 1985, págs. 29-34.

Bibliografía seleccionada sobre la obra galdosiana

ANDREU, Alicia, "La crítica feminista y las obra de Benito Pérez Galdós y Leopoldo Alas", *Breve historia feminista de la literatura española (en lengua castellana)*, ed. Iris Zavala, Barcelona, Anthropos, 1996, vol. 3, págs. 31-48.

—: *Galdós y la literatura popular*, Madrid, SGEL, 1982.

—: "Un modelo literario en la vida de Isidora Rufete", *Anales Galdosianos*, Anejo 1980, págs. 7-16.

BAKER, Edward, "En el café de Galdós: La Fontana de Oro", *Materiales para escribir Madrid. Literatura y espacio urbano de Moratín a Galdós*, Madrid, Siglo XXI, 1991, págs. 111-145.

BAQUERO GOYANES, Mariano, "Las caricaturas literarias de Galdós", *Perspectivismo y contraste (de Cadalso a Pérez de Ayala)*, Madrid, Gredos, 1963, págs. 43-82

BERKOWITZ, Hyman Chonon, *Pérez Galdós. Spanish Liberal Crusader*, Madison, Wisconsin, The University of Wisconsin Press, 1948.

—: "Unamuno's Relations with Galdós", *Hispanic Review*, 8, 1940, págs. 321-338.

BLANCO, Alda, "Gender and National Identity: The Novel in Nineteenth-Century Spanish Literary History", *Culture and Gender in Nineteenth-Century Spain*, eds. Lou Charnon-Deutsch y Jo Labanyi, Oxford, Clarendon Press, 1995, págs. 120-136.

BLY, Peter, ed., *Galdós y la historia*, Otawa, Canadá, Dovehouse, 1988.

CASALDUERO, Joaquín, *Vida y obra de Pérez Galdós (1843-1920)*, Madrid, Gredos, 1961.

CHARNON-DEUTSCH, Lou, *Gender and Representation. Women in the Spanish Realist Fiction*, Amsterdam y Filadelfia, John Benjamins, 1990.

—: "The Pygmalion Effect in the Fiction of Pérez Galdós", Linda Willem, *A Sesquicentennial Tribute*, págs. 173-189.

CORREA, Gustavo, "Hacia una tipología de la novela galdosiana", *Anales Galdosianos*, 19, 1984, págs. 7-26.

DENDARIENA, Guillermo, *Galdós: su genio, su espiritualidad, su grandeza*, Madrid, Hijos de M.G. Hernández, 1922.

DENDLE, Brian, "Albareda, Galdós, and the *Revista de España* (1868-1873)", Clara Lida e Iris Zavala, *La Revolución de 1868*, págs. 362-377.

—: "Galdós in *El año político*", *Anales Galdosianos*, 19, 1984, págs. 87-107.

—: "Galdós in Context: The Republican Years", *Anales Galdosianos*, 21, 1986, págs. 33-44.

DENDLE, Brian y Schraibman, Joseph, eds, *Los artículos políticos en la "Revista de España"*, Lexington, Kentucky, Dendle y Schraibman, 1982.

DONOSO, Armando, *Dostoievski, Renán, Pérez Galdós*, Madrid, Saturnino Calleja, 1925.

EOFF, Sherman, *The Novels of Pérez Galdós. The Concept of Life as Dynamic Process*, San Luis, Missouri, Washington University Studies, 1954.

FAUS SEVILLA, Pilar, *La sociedad española del Siglo XIX en la obra de Pérez Galdós*, Valencia, Nacher, 1957.

FERRERAS, Juan Ignacio, *Benito Pérez Galdós y la invención de la novela histórica nacional*, Madrid, Endymion, 1997.

—: *La novela española en el Siglo XIX (desde 1868)*, Madrid, Taurus, 1988.

—: *Los orígenes de la novela decimonónica (1800-1830)*, Madrid, Taurus, 1973.

—: *El triunfo del liberalismo y la novela histórica (1830-1870)*, Madrid, Taurus, 1976.
GAOS, Vicente, "Sobre la técnica novelística de Galdós", *Claves de literatura española*, Madrid, Guadarrama, 1971, vol. 1, págs. 453-461.
GILMAN, Stephen, *Galdós y el arte de la novela europea, 1867-1887*, Trad. Bernardo Moreno Carrillo, Madrid, Taurus, 1985.
GOGORZA FLETCHER, Madeleine, "Galdós", *The Spanish Historical Novel, 1870-1970*, Londres, Támesis, 1974, págs.11-50.
GOLD, Hazel, *The Reframing of Realism. Galdós and the Discourses of the Nineteenth-Century Spanish Novel*, Durham, Carolina del Norte, y Londres, Duke University Press, 1993.
—: "Small Talk: Towards a Poetics of the Detail in Galdos", *Revista Hispánica Moderna*, 67.1, 1994, págs. 30-46.
—: "*Tormento*: vivir un dramón, dramatizar una novela", *Anales Galdosianos*, 20, 1985, págs. 35-46.
—: "Therapeutic Figures: The Body and Its Metaphors in *Fortunata y Jacinta*", Linda Willem, *A Sesquicentennial Tribute*, págs. 72-87.
GULLÓN, Ricardo, *Galdós, novelista moderno*, Madrid, Gredos, 1973.
HINTERHÄUSER, Hans, *Los "Episodios Nacionales" de Benito Pérez Galdós*, Madrid, Gredos, 1963.
HOAR, Leo, *Benito Pérez Galdós y la "Revista del movimiento intelectual de Europa". Madrid, 1865-1867*, Madrid, Ínsula, 1968.
JAGOE, Catherine, *Ambiguous Angels. Gender in the Novels of Galdós*. Berkeley y Los Ángeles, University of California Press, 1994.
—: "Disinheriting the Feminine: Galdós and the Rise of the Realist Novel in Spain", *Revista de Estudios Hispánicos*, 27, 1993, págs. 225-248.
KRONIK, John W., "Galdós and the Grotesque", *Anales Galdosianos, Anejo*, 1978, págs. 39-54.
KRONIK, John W. y Turner, Harriet, eds., *Textos y contextos de Galdós*, Madrid, Castalia, 1994.
LABANYI, Jo, *Gender and Modernization in the Spanish Realist Novel*, Oxford y Nueva York, Oxford University Press, 2000.
LIDA, Clara y Zavala, Iris, eds., *La Revolución de 1868. Historia, pensamiento, literatura*, Nueva York, Las Américas Publishing Company, 1970.

MADARIAGA DE LA CAMPA, Benito, *Menéndez Pelayo, Pereda y Galdós. Ejemplo de una amistad*, Santander, Estudio, 1984.
—: *Pérez Galdós: Biografía santanderina*, Santander, Institución Cultural de Cantabria, 1979.
MILLER, Stephen, "Caricature and Realism, Graphical and Lexical, in Galdós", *Homenaje a John W. Kronik, Anales Galdosianos*, 36, 2001, págs. 177-187.
—: *El mundo de Galdós. Teoría, tradición y evolución creativa del pensamiento socio-literario galdosiano*, Santander, Sociedad Menéndez Pelayo, 1983.
—: *Del realismo/naturalismo al modernismo: Galdós, Zola, Revilla y Clarín (1870-1901)*, Las Palmas de Gran Canaria, Ediciones del Cabildo Insular de Gran Canaria, 1993.
MONTESINOS, José F., *Galdós*, 1968, Madrid, Castalia, 1980, 3 vols.
NIMETZ, Michael, *Humour in Galdós. A Study of the "Novelas contemporáneas"*, Nueva Haven, Connecticut, y Londres, Yale University Press, 1968.
ORTIZ ARMENGOL, Pedro, *Vida de Galdós*, Barcelona, Crítica, 1995.
PERCIVAL, Anthony, *Galdós and His Critics*, Toronto, University of Toronto Press, 1985.
PÉREZ GUTIÉRREZ, Francisco, "Benito Pérez Galdós", *El problema religioso en la generación de 1868*, Madrid, Taurus, 1975.
PÉREZ VIDAL, José, *Galdós, años de aprendizaje en Madrid, 1862-1868*, Santa Cruz de Tenerife, Vicepresidencia del Gobierno de Canarias, 1987.
REGALADO GARCÍA, Antonio, *Benito Pérez Galdós y la novela histórica española: 1868-1912*, Madrid, Ínsula, 1966.
RIBBANS, Geoffrey, *History and Fiction in Galdós' Narratives*, Oxford, Clarendon Press, 1993.
RODGERS, Eamonn, "El krausismo, piedra angular de la novelística de Pérez Galdós", *Boletín de la Biblioteca Menéndez Pelayo*, 62, págs. 241-253.
RUIZ RAMÓN, Francisco, *Tres personajes galdosianos. Ensayo de aproximación a un mundo religioso y moral*, Madrid, Revista de Occidente, 1964.
SÁNCHEZ LLAMA, Íñigo, "El nacionalismo liberal y su textualización en las letras peninsulares del Siglo XIX", *Revista Hispánica Moderna*, 54, junio 2001, págs. 5-30.

—: "El "varonil realismo" y la cultura oficial de la Restauración en el fin de siglo peninsular: el caso de María del Pilar Sinués de Marco (1835-1893)", *Letras Peninsulares*, 12.1, primavera de 1999, págs. 37-64.

SECO SERRANO, Carlos, "Los Episodios Nacionales como fuente histórica", *Sociedad, literatura y política en la España del Siglo XIX*, Madrid, Guadiana, 1973, págs. 275-317.

SHOEMAKER, William H, *Los artículos de Galdós en "La Nación", 1865-1866, 1868*, Madrid, Ínsula, 1972.

—: *Crónica de la quincena*, Princeton, Nueva Jersey, Princeton University Press, 1948.

TSUCHIYA, Akiko, *Images of the Sign Images of the sign: Semiotic Consciousness in the Novels of Benito Pérez Galdós*, Columbia, Missouri, University of Missouri Press, 1990.

—: "On the Margins of Subjectivity: Sex, Gender, and the Body in Galdós' *Lo prohibido*", *Revista Hispánica Moderna*, 1997, págs. 280-289.

—: "*Las Micaelas por fuera y por dentro*: Discipline and Resistance in *Fortunata y Jacinta*", Linda Willem, *A Sesquicentennial Tribute*, págs. 56-71.

—: "Recent Critical Theory and the Re-Vision of the Galdós Canon", *Anales Galdosianos*, 25, 1990, págs. 125-128.

TURNER, Harriet, "Balancing *exactitud* and *belleza*: Galdós' Theoretical Equation for Realism in *Fortunata y Jacinta*", Linda Willem, *A Sesquicentennial Tribute,* págs.105-120.

—: "Metaphors of What is unfinished in *Miau*", *Anales Galdosianos*, 27-28, 1992-1993, págs. 41-50.

—: "The Poetics of Suffering in Galdós and Tolstoi", *Studies in Honor of Gilberto Paolini*, ed. Mercedes Vidal Tibbits, Newark, Delaware, Juan de la Cuesta, 1996, págs. 229-242.

VALIS, Noël, "*Ángel Guerra* o la novela monstruo", *Revista Hispánica Moderna*, 41.1, 1988, págs. 31-43.

—: "Art, Memory, and the Human in Galdós' *Tristana*", *Romance Quarterly*, 31.2, 1984, págs. 207-220.

—: "Benito Pérez Galdós' *Miau* and the Display of Dialectic", *Romanic Review*, 77.4, 1986, págs. 415-427.

—: "Fabricating Culture in *Cánovas*", *MLN*, 107.2, 1992, págs. 250-273.

WALTON, L. B., *Pérez Galdós and the Spanish Novel of the Nineteenth-Century*, 1900, Londres y Toronto, J.M.Dent, 1927.

WILLEM, Linda, ed., *A Sesquicentennial Tribute to Galdós, 1843-1993*, Newark, Delaware, Juan de la Cuesta, 1993.

WRIGHT, Chad C., "Artifacts and Effigies: The Porreño Household Revisited", *Anales Galdosianos*, 14, 1979, págs. 13-26.

El audaz. Historia de un radical de antaño

Aunque me parece que el lector comprende siempre fácilmente, y sin necesidad de que nadie se lo explique, el objeto y tendencia de un libro cualquiera, en esta ocasión había pensado seguir la costumbre antigua y poner al frente de la HISTORIA DE UN RADICAL DE ANTAÑO algunas palabras que le sirvieran de introducción.

Pero el Sr. D. Eugenio de Ochoa[1], en carta dirigida a cierto periódico literario (1), después de juzgar con la benevolencia propia de un maestro tolerante y bondadoso otra obrilla que publiqué anteriormente, ha expresado con tanta elocuencia el objeto de aquélla y de ésta, que, seguro de no poder decir tan bien yo mismo lo que intento, me callo y copio las palabras del ilustre académico.

«Bien hace –dice– el Sr. Pérez Galdós en esgrimir su pluma contra la hipócrita sociedad de fines de siglo pasado y principios del presente, sociedad devorada por una depravación profunda bajo sus apariencias santurronas; aquella sociedad que rezaba el rosario todas las noches y se arrastraba por las mañanas en las antesalas del Príncipe de la Paz[2]; que tenía los pueblos llenos de conventos y los caminos infestados de salteadores; que abrigaba todos los vicios y todos los escándalos de la nuestra, con otros más, ante los cuales se sublevarían hoy hasta las piedras; una sociedad tan corrompida en ideas como en costumbres y hasta en gusto literario; a punto de extasiarse con es-

---

[1] *Eugenio de Ochoa* (1815-1872): Escritor y periodista español formado en el romanticismo tradicionalista. Desde 1834 mantiene activas colaboraciones en la prensa periódica. Dramática parece la evolución ideológica del autor. Ochoa, ferviente liberal en el "Sexenio", había favorecido, no obstante, las tendencias literarias más conservadoras del período isabelino, canonizando, por ejemplo, en 1849 a Fernán Caballero (1796-1877) con el epíteto de "Walter Scott español".

[2] *Príncipe de la Paz, Manuel Godoy y Álvarez de Faría* (1767-1851): Privado de Carlos IV (1788-1808) desde 1792 hasta el motín de Aranjuez (17-III-1808) que pone fin a su influencia política. Para un interesante testimonio sobre la impopularidad de Godoy en la primera década del siglo XIX, véase Antonio Ferrer del Río, "Procesión histórica de españoles célebres de la Edad Moderna", *Revista de España* 18, 1871, págs. 182-184.

tos versos de Moratín, el padre[3], destinados a cantar *la gloria* del toreador insigne Pedro Romero[4].

> «... ¿Cuál rey que ciña la corona
> Entre hijos de Belona,
> Podrá mandar a sus vasallos fieros
> Como el dueño feliz de las Españas
> Hacer tales hazañas»[5].

»¡Aquellas hazañas inmortales, dignas de la *cítara áurea de Apolo*[6], *envidia* de los extranjeros, eran estoquear un toro con mucho garbo! Y mientras tanto Nelson[7] abrasaba nuestra escuadra en Trafalgar[8], y éramos el juguete de Francia y nos disponíamos a abrir cándidamente nuestras plazas a sus ejércitos para que nos sumiesen en una guerra de exterminio, que si terminó con gloria para nosotros, también nos costó ríos de lágrimas y sangre, preciosos don de un gobierno personal, de un régimen absoluto, como el que hoy se recomienda tanto por cierta escuela política, sin Cámaras, ni periódicos, ni derechos, ni ninguna de las abominaciones del día. Es inexacto decir que no hubiese entonces *derechos;* uno había consignado con re-

---

[3] *Nicolás Fernández de Moratín* (1737-1780): Poeta y dramaturgo español vinculado a la estética del neoclasicismo. De sus tragedias neoclásicas destacan *Lucrecia* (1763), *Hormesinda* (1770) y *Guzmán el Bueno* (1777). Las referencias de Ochoa al autor ilustrado, de todos modos, potencian más bien su vertiente casticista y sugiere sus vínculos con el Antiguo Régimen.

[4] *Pedro Romero* (1754-1839): Matador de toros español. No tuvo rival en la suerte de matar recibiendo y fue el torero más completo de su época.

[5] Las estrofas adjuntadas en el texto se corresponden a la canción "A Pedro Romero Torero insigne", 1821, *Obras de Nicolás Fernández de Moratín*, 1821, Madrid, Hernando, 1933, vol. 2, págs. 36-37.

[6] Éste es, de hecho, el comienzo de la obra moratiniana: "Cítara aúrea de Apolo, a quien los dioses/hicieron compañera/de los regios banquetes", *Ibíd.*, pág. 36. *Cítara*: Instrumento músico antiguo (*DRAE*); *aúreo*: de oro (*DRAE*).

[7] *Horacio Nelson* (1758-1805): Célebre almirante inglés. Interceptó a la flota francesa en su regreso de Egipto. Por esta victoria de Abukir (1799) se le dio el título de barón, la dignidad de par y fue colmado de honores y premios. Fallece en la batalla de Trafalgar (1805) en la que derrota a la escuadra combinada franco-española.

[8] La batalla naval de Trafalgar (21-X-1805) origina la derrota de la alianza hispano-francesa frente a la armada británica e inicia la futura decadencia del poder marítimo español. Es precisamente este hecho histórico el que inicia en 1873 la primera serie de los *Episodios Nacionales* galdosianos.

signación admirable en el conocido dicho popular: *Nunca ha de faltarnos papa que nos excomulgue, ni rey que nos ahorque.* ¡Tan elevada idea tenía del pontificado y de la corona el pueblo católico y monárquico por excelencia educado por los frailes![9]

»¡Y esos son los tiempos con cuyo recuerdo torcidamente evocado se quiere azotar a los nuestros, que aun cuando no contaran en su abono más que el beneficio de la publicidad, la cual imposibilita de todo punto la reproducción de ciertos escándalos, tendría asegurada sobre ellos una superioridad incontestable! No se invoque hipócritamente el respeto debido a nuestros mayores y a la tradición de lo pasado: lo pasado es un sepulcro; debemos venerarle, pero enterrarnos vivos en él, eso no. Me guardaré muy bien de burlarme de mis abuelos porque viajaban en galera o en mulo, pero declaro que la primera vez que tenga que ir, aunque no sea más que al Escorial, tomaré revolucionariamente el ferrocarril, por más que se escandalicen los guardadores fanáticos de nuestras venerandas tradiciones».

Nada tengo que añadir a esto, que es lo mismo que yo pensaba decir, pero mejor dicho.

B.P.G.
Diciembre de 1871

---

[9] Ochoa describe en esta sección de su carta-prólogo los fundamentos estético-ideológicos del neocatolicismo, una "Alta Cultura" de origen francés dominante en España durante el reinado de Isabel II (1843-1868). El influjo neocatólico es apreciable tanto en las instituciones culturales más poderosas de la época (Real Academia Española) como en su significativa influencia política en los gobiernos isabelinos posteriores a 1848. Para un análisis del neocatolicismo español, véase Iñigo Sánchez Llama, "El canon isabelino. Pervivencia de un anacronismo. Crítica y literatura en el ámbito cultural hispánico", *Galería de escritoras isabelinas. La prensa periódica entre 1833 y 1895*, Madrid, Cátedra, 2000, págs. 53-104. Tras el colapso de la monarquía isabelina (1868) gran parte de los intelectuales neocatólicos –v.gr. Luis González Bravo (1811-1871) y Cándido Nocedal (1821-1885)– se acercan al maximalismo ultraconservador de signo carlista, caricaturizado con gran efectividad estilística en las apreciaciones de Ochoa.

CAPÍTULO I

CURIOSO DIÁLOGO ENTRE UN FRAILE Y UN ATEO
EN EL AÑO DE 1804

I

El padre Jerónimo de Matamala, uno de los frailes más discretos del convento de franciscanos de Ocaña[10], hombre de genio festivo y arregladas costumbres, dejó la esculpida y lustrosa silla del coro en el momento en que se acababa el rezo de la tarde, y muy de prisa se dirigió a la portería, donde le aguardaba una persona, que había mostrado grandes deseos de verle y hablarle.

Poco antes un lego[11]*, que desempeñaba en aquella casa oficios nada espirituales, había trabado una viva contienda con el visitante. Empeñábase éste en ver al padre Matamala, contrariando las prescripciones litúrgicas que a aquella hora exigían su presencia en el coro; se esforzaba el lego en probar que tal pretensión era contraria a la letra y espíritu de los sagrados cánones, y oponía la inquebrantable fórmula del terrible *non possumus*[12] a las súplicas del forastero, el cual, fatigado y con muestras de gran desaliento, se apoyaba en el

---
[10] *Ocaña*: Municipio toledano. Antigua Olcania de la que se conservan ruinas de sus murallas. Célebre por su notable iglesia del Convento de Dominicos. Para una referencia decimonónica a esta localidad toledana, véase Pascual Madoz, *Diccionario geográfico-estadístico-histórico*, Madrid, Establecimiento Tipográfico de P. Madoz y L. Sagasti, 1845, vol. 12, págs. 207-211.

[11] *Lego*: En los conventos de religiosos, el que siendo profeso no tiene opción a las sagradas órdenes (*DRAE*).

* "Poco antes un *lego, rústico y gruñón*", "*El audaz*", *Revista de España*, vol. 20, n° 79, 1871, pág. 437.

[12] *Non possumus*: En latín en original. "No podemos", "no nos es posible". Suele emplearse como disculpa o incapacidad de discutir o actuar en un asunto. *Diccionario de expresiones y frases latinas*, ed. Víctor-José Herrero Llorente, Madrid, Gredos, 1985, pág. 252.

marco de la puerta. Hablaba con descompuestos ademanes y alterada voz, contestábale el otro con rudeza, orgulloso de ejercer autoridad aunque no pasara de la entrada; y el diálogo iba ya a tomar proporciones de altercado; tal vez la cuestión estaba próxima a descender de las altas regiones de la discusión para expresarse en hechos, cuando apareció fray Jerónimo de Matamala, y abriendo los brazos en presencia del desconocido, exclamó con muestras de alborozo:

—¡Martín, querido Martín, tú por aquí! ¿Cuándo has llegado?... ¿De dónde vienes?

Contestóle con frases afectuosas el viajero, y ambos entraron. Al avanzar por el claustro pudo el lego notar que hablaban con mucho calor; que el visitante no había dejado de ser displicente; que continuaba con el mismo aspecto de hastío y desdén, y que el padre Matamala se mostraba en extremo cariñoso y solícito con él.

El forastero (conviene darle a conocer antes que refiramos, textualmente, como es nuestro propósito, el acalorado diálogo que ambos personajes sostuvieron en la huerta del convento) era un joven llamado Martín Martínez Muriel; y no será aventurado asegurar que intervendrá con frecuencia en la mayor parte de los hechos de esta puntual historia[13]. Había nacido en un pueblo de la áspera y fragosa sierra que se extiende en el centro de la Península, y de la cual, con las corrientes de los ríos y las ramificaciones de las montañas, parece emanar y difundirse por todo el suelo el genio de las dos Castillas. A la edad en que le conocemos (no podemos afirmar que hubiera llegado a los treinta años; pero a juzgar por su fisonomía, no necesitaba largas jornadas para llegar a ellos), había tenido una vida tan borrascosa, eran tantas y tan prodigiosas sus aventuras, que refiriéndolas llenaríamos este volumen. Algunas, sin embargo, hemos de sacar del olvido en que yacen a causa de los desdenes de la historia*.

Hijo de un hombre cuya vida fue serie no interrumpida de desventuras, aquel joven las compartió todas por una excesiva severidad del destino de su familia. Fueron sus primeros años agitados y tris-

---

[13] Son frecuentes en la presente obra las manifestaciones impúdicas de la voz autorial. Futuras novelas galdosianas escritas desde la década de 1880 eliminan esta deficiencia estilística y favorecen más bien la omnisciencia narrativa en tercera persona.

* "...desdenes de la historia. *Algunas hemos de tener en cuenta para mejor conocimiento de tan original carácter*", *Ibíd.*, pág. 437. La última versión del texto (1907) parece enfatizar el argumento novelesco sobre el análisis del personaje.

tes, porque de la casa habían huido las alegrías mucho tiempo antes; y siendo niño tuvo que hacer esfuerzos de hombre y de héroe para sobrellevar la vida. Semejante escuela no podía menos de robustecer su voluntad para lo sucesivo, dándole una iniciativa de que carecen los que no conocen las enseñanzas de la contrariedad. Adquirió un valor moral que rara vez nace y crece en el teatro de la dicha, y al mismo tiempo todos sus actos, lo mismo que su lenguaje y modales, adquirieron un sello de seriedad algo torva, favoreciendo en él el ejercicio de una cualidad innata de su espíritu, que en los desahogos íntimos de su ambición sintetizaba esta palabra: mandar.

Muriel había nacido para mandar, para dirigir, para legislar; y como el destino no puso en su mano las riendas de un Estado, ni la disciplina de un ejército, ni la soberanía de un pueblo, ofreció su vida toda una contradicción misteriosa, aunque no muy rara vez, en esta edad. Los enigmas indescifrables que a veces presentan a nuestra observación ciertos caracteres que hallamos en la jornada de la existencia, proceden de una contradicción horrorosa entre la aptitud y la vida. No se explican de otro modo algunas catástrofes individuales anatematizadas por el Derecho y la Religión, y ante las cuales, absortos y conmovidos, no nos atrevemos a dar nuestro fallo. Luchando con el tiempo y las circunstancias, los caracteres se ven en singularísimos trances que los trastornan profundamente*.

Volvamos a su vida. Su padre, hijo de labradores, no había podido nunca substraerse a los golpes de una suerte adversa. Había heredado una escasa fortuna territorial, pero ni sacó de ella gran provecho ni pudo enajenarla[14], por estar afecta a un señorío. Era hombre emprendedor, se sentía con facultades no comunes para el comercio, y al fin, dominado por la idea de su engrandecimiento pecuniario, idea en que la avaricia tenía parte muy pequeña, abandonó el suelo nativo, traspasando sus inmuebles a otro colono, y se marchó a Andalucía. Allí casó con la hija de un comerciante en situación nada

---

* "(...) que los trastornan profundamente. *Este hombre de quien nos ocupamos nos ofrecerá en el dilatado curso de su historia una de esas contradicciones espantosas*", *Ibíd.*, pág. 438.

[14] *Enajenar*: Pasar o transmitir a otro el dominio de una cosa o algún otro derecho sobre ella (*DRAE*). Una característica económica de las sociedades del Antiguo Régimen radica precisamente en la expresa inmovilización de la riqueza mediante ordenamientos jurídicos que impiden su venta o enajenación.

próspera: entró en el comercio con fe; pero sus primeros pasos en una carrera en que el éxito parece depender de misteriosa y voluble deidad, fueron fatales. Regresó a Castilla, administró las fincas de un caballero segoviano que le pagó cruelmente, y esto, lejos de sacarle de apuros, aumentó el catálogo de sus desgracias; porque su probidad se puso en duda, y hubo proceso, del cual salió con honor, aunque dejando sus ahorros en las garras de los leguleyos[15].

Deseoso nuevamente de probar fortuna en el comercio, volvió a Andalucía, dejando a su familia en Castilla: se embarcó para América y volvió a los tres años con muy escasas ganancias. Seis años de una prosperidad trabajosa, en que los reveses fueron pocos y ligeros, dieron algún desahogo a la familia Muriel, que vivía ya sin ilusiones. Pero de pronto un suceso doloroso vino a perturbarla de nuevo: la esposa, carácter firmísimo y tierno que había logrado aplacar el funesto ardor aventurero de Muriel, murió joven aún, dejando dos hijos de muy diferente edad: el uno nacido en los primeros años de matrimonio, y el otro en el último, poco antes de que la noble alma de la que le dio el ser saliera de este mundo. Desde entonces las desdichas no conocieron obstáculo ni dique: desbordándose sobre la familia, produciendo, como primer triste resultado, la separación voluntaria del padre y el hijo más viejo[16]. Pusiéronle pleito los parientes de la difunta, y aunque no vieron resuelta la cuestión, ni creemos que se haya resuelto todavía, perdieron cuanto tenían, siendo preciso que cada cual se buscase la vida como Dios mejor le diera a entender.

Fue D. Pablo a Granada, donde a fuerza de recomendaciones lo-

---

[15] *Leguleyo*: Persona que trata de leyes no conociéndolas sino vulgar y escasamente (*DRAE*). Es muy novedosa la caracterización, hasta cierto extremo, kafkiana del sistema jurídico vigente en el Antiguo Régimen. Ya en la década siguiente, la novela galdosiana *Miau* (1888) desarrolla similares inquietudes sobre la burocracia hispánica del siglo XIX.

[16] Llamativo resulta en *El audaz* el fracaso del proyecto femenino vinculado a la domesticidad burguesa, hecho de irreparables consecuencias en la dinámica textual de la novela. Por lo que respecta al ámbito familiar de Martín Muriel, parece insinuarse cómo la temprana ausencia materna exacerba/intensifica sus maximalismos revolucionarios. Para un análisis de la domesticidad femenina representada en la narrativa de Pérez Galdós véanse Lou Charnon-Deutsch, *Gender and Representation: Women in Spanish Realist Fiction*, Amsterdam y Filadelfia, J. Benjamins Pub. Co., 1990, págs. 123-162 y Catherine Jagoe, *Ambiguous Angels. Gender in the Novels of Pérez Galdós*, Berkeley y Los Ángeles, University of California Press, 1994.

gró administrar las grandes fincas del conde de Cerezuelo, y encargarse al mismo tiempo de activar un pleito que este noble señor tenía en la Cancillería de aquella ciudad. Pero los pleitos marchaban entonces con más embarazo que ahora y se embrollaban con más facilidad. No fue lo peor la dilación ni el embrollo, sino que unos amigos oficiosos de Cerezuelo, administradores a quienes Muriel había substituido se dieron tal arte, que hicieron aparecer a éste como falsificador de un documento, acusándole además de haber desfigurado otro en extremo favorable a los derechos de su protector. Muriel fue exonerado de sus poderes administrativos y encerrado en la cárcel; este nuevo proceso tenía todo el horror de lo criminal sin carecer de las complicaciones dilatorias de la justicia civil. Era una muerte lenta, una inquisición, que no mataba, pero que deshonraba con calma, con método, digámoslo así, día por día; escribiendo una infamia en cada hoja de un protocolo interminable; añadiendo en cada hora una sospecha, una declaración capciosa, un testimonio falso al catálogo de vergüenzas arrojadas sobre la frente del hombre justo; quitándole una a una todas las simpatías, todos los afectos, desde la amistad más decidida hasta la compasión más desdeñosa, dejándole al fin en espantosa soledad física y moral, sin más mundo que la cárcel para el cuerpo y su conciencia para el espíritu. La suerte de aquel hombre íntegro, que no tenía más defecto que carecer de sentido práctico y ser inclinado a dejarse arrastrar por la imaginación, había empleado en su daño todos los sinsabores de la vida. No le faltaba más que la deshonra, y ésta fue el triste epílogo de sus desventuras[17].

II

En esta vida de contratiempos y luchas creció el desdichado Martín, que fue triste en su niñez y grave antes de ser hombre. Su padre, que había descubierto en él facultades intelectuales dignas de ser cultivadas, le destinó a las letras y al foro, no inclinándole a la carrera eclesiástica porque desde la infancia había mostrado gran re-

---

[17] Temprana referencia al quijotismo enloquecedor experimentado por la familia Muriel. Se trata de un condicionante estético visible en numerosas trayectorias galdosianas. Clásicas en este sentido son las imprescindibles observaciones de José F. Montesinos, *Galdós*, 1968, Madrid, Castalia, 1980, 3 vols.

pulsión a los hábitos. Más le gustaba la milicia; pero no era posible, por la falta de recursos y su origen plebeyo, hacerle entrar en el camino de las glorias militares[18]. Dejóle su padre en Sevilla, y allí algunas travesuras cometidas le atrasaron en sus estudios. Pero lo que más contribuyó a extraviarle, decidiendo al mismo tiempo su carácter definitivo e influyendo hondamente en el resto de su vida, fueron las amistades que contrajo en aquella ciudad.

En los primeros años del siglo presente, lo mismo que en los últimos del anterior, se habían extendido, aunque circunscritas a muy estrecha esfera, las ideas volterianas[19]. La revolución filosófica, tarda y perezosa en apoderarse de la masa general del pueblo, hizo estragos en los tres principales centros de educación, Madrid, Sevilla y Salamanca, y es seguro que las escuelas literarias de estos dos últimos puntos, escuelas de pura imitación, no fueron ajenas a este movimiento. Pero donde más y mejor prendió el fuego del volterianismo fue en Andalucía, cuya raza, impresionable y fogosa, es inclinada a la rebeldía, así política como intelectual, y se deja conmover fácilmente por las ideas innovadoras. La tradición y la historia guardan el recuerdo de caracteres viriles, alucinados por diabólico espíritu de protesta, tales como Gallardo[20], Marchena[21] y

---

[18] La trayectoria del escritor español José Cadalso (1741-1782), de orígenes también plebeyos y coronel del ejército español, desmentiría, hasta cierto extremo, el lúgubre cuadro del XVIII consagrado en *El audaz*. Recuerde el lector, de todos modos, la intención paródica visible en una novela cuyo subtexto esencial sugiere frecuentes asociaciones entre las corruptelas españolas del siglo XIX previas a 1868 y el supuesto precedente del período dieciochesco.

[19] *François-Marie Arouet, "Voltaire"* (1694-1778): Filósofo francés de gran impacto para la consolidación del espíritu ilustrado. En sus famosas *Cartas filosóficas* (1733) se efectúa una indirecta pero tajante parodia caricaturesca de la monarquía absoluta. Entre sus obras históricas destacan, *Historia de Carlos XII* (1731), *El Siglo de Luis XIV* (1751) e *Historia de Rusia* (1759). La obra más universal del autor, sin embargo, es su novela *Cándido* (1759).

[20] *Bartolomé José Gallardo* (1776-1852): Escritor español vinculado a los grupos liberales y patrióticos que establecen la Constitución de Cádiz (1812). Oficial mayor del *Diario de Sesiones* y bibliotecario de las Cortes gaditanas. La perspectiva antiabsolutista y liberal de su *Diccionario crítico burlesco* (1811) origina años después su encarcelamiento y destierro.

[21] *José Marchena* (1768-1821): Escritor español que tras recibir las Órdenes Menores abandona la carrera eclesiástica y se establece en Francia desde 1792 donde participa en los acontecimientos revolucionarios. Regresa a España en 1808 apoyando la causa bonapartista y abandona el país tras la derrota del ejército napoleónico. Tradujo obras de autores franceses neoclásicos y escribe un tratado de preceptiva, *Lecciones de filosofía moral y elocuencia* (1820), próximo a esa tendencia estética.

Blanco White[22], hijos los tres de Andalucía y primeros héroes y víctimas de nuestras discordias religioso-políticas.

Por mucho rencor que la posteridad guarde al Gobierno de Godoy, no puede menos de conceder que fue tolerante en materias de libertad intelectual, y que siempre le hallaron poco dispuesto a secundar las bárbaras aspiraciones de la teocracia. Entonces era fácil procurarse los libros más contrarios a nuestro antiguo genio castizo; y los que entendían alguna lengua extranjera podían satisfacer fácilmente su curiosidad sin temor de que el Santo Oficio le molestara ni de que el brazo secular les persiguiera[23]. Cundió el volterianismo y la democracia platónica de Rousseau[24]. Como la exageración acompaña siempre fatalmente a todo movimiento revolucionario, no faltaron en esta corriente invasora las doctrinas del más bestial y ridículo ateísmo, de aquel dios llamado Ibrascha, a quien tributó culto D. José Marchena en la Conserjería de París en 1793[25].

---

[22] *José María Blanco White* (1775-1841): Escritor español que apoya ferviente la causa nacionalista durante la Guerra de la Independencia (1808-1814) desde una perspectiva liberal. A partir de la segunda década del siglo XIX reside en Inglaterra donde se convierte al anglicanismo y enseña en la Universidad de Oxford. Autor del periódico *El Español* (1810-1814), la revista *Variedades* o *El Mensajero de Londres* (1823-1825) y los ensayos *Cartas de España* (1822).

[23] Pérez Galdós reproduce en estas páginas casi literalmente el balance positivo realizado por el influyente historiador Modesto Lafuente (1806-1867) en su representación historiográfica de este complejo período histórico: Modesto Lafuente y Juan Valera, *Historia general de España*, 1850-1867, Barcelona, Montaner y Simón, 1889, vol. 18, págs. 53 y 57.

[24] *Juan Pablo Rousseau* (1712-1778): Filósofo suizo de orígenes franceses cuyo *Contrato social* (1762) inspira a los grupos políticos más radicales durante la Revolución Francesa de 1789. Se le considera también inspirador en su obra pedagógica, *Emilio* (1737), de la domesticidad burguesa que en el siglo XIX justifica la marginación del género femenino en las sociedades occidentales post-revolucionarias.

[25] El erudito español Leopoldo Augusto de Cueto (1815-1901) posiblemente es el inspirador de esta referencia galdosiana. Comentando la experiencia del abate Marchena y otros presos con un benedictino en la prisión parisina de la Conserjería, Cueto observa: "Éstos hacían escarnio de la religión cristiana, y para llevar a cabo la sacrílega mofa y desesperar al pobre benedictino, inventaron un dios, un culto y una liturgia. Pusieron a aquel dios irrisorio el nombre de Ibrascha, y compusieron en su honor himnos y cánticos sagrados", Leopoldo Augusto de Cueto, "Bosquejo histórico-crítico de la poesía castellana en el Siglo XVIII", *Poetas líricos del XVIII*, 1869, Madrid, Atlas, 1952, vol. 1, pág. CCVI.

La raza holgazana de los abates[26] encontró en esto un motivo de entretenimiento; y el cultivo de la poesía pastoril y amatoria, pagana, fría y no repudiada por nadie, no dejó de contribuir a la realización de aquel contrabando de ideas. Toda irrupción literaria lleva en sí el germen de una irrupción filosófica.

No escaparon del estrago algunos clérigos de audaz imaginación, mal comprimida por el sacramento, a los que se unió tal cual regular; pero estos casos no eran frecuentes sobre todo en los últimos. Por lo común,* aunque algunas ideas vagas cundieron por toda la sociedad, la idea revolucionaria no salió de círculos muy reducidos, y acaso a esta concentración* debió la enorme violencia con que se manifestaba en determinados individuos. Tal vez por no haberse difundido, haciendo de este modo imposible la controversia, pudo el ateísmo hacer tantos estragos en algunas nobles inteligencias. El espíritu de protesta, que al principio fue puramente religioso, pasó después a ser social. En esta protesta no cabía la transacción. Sus negociaciones eran categóricas y rotundas. En dos puntos concentraba todo su odio: en la nobleza y en el clero[27].

La imaginación arrebatada del joven Muriel fue una tierra fecundísima en que las nuevas ideas germinaron con asombroso desarrollo. El espíritu revolucionario, explosión de la conciencia humana, se mostró en él rudo, implacable, radical, sin la depuración que después han traído el estudio y el mejor conocimiento del hombre. He aquí los grandes problemas planteados en aquellos días. El que conozca la sociedad de entonces disculpará la exageración. Fuerza es que se la disculpemos a Muriel*, que al acoger a aquellas ideas ex-

---

[26] Existe un sainete de Ramón de la Cruz (1731-1794) en la que se plantea esta dinámica: *Los hombres con juicio*, Ramón de la Cruz, *Colección completa de sus mejores sainetes*, 1786-1791, ed. Manuel Cubas, Madrid, José María Faquinero, 1882. Para un análisis similar escrito sobre la corrupción del clero en esta época, véase Benito Pérez Galdós, "Don Ramón de la Cruz y su época", 1870-1871, *O.C.*, ed. Federico Carlos Sainz de Robles, Madrid, Aguilar, 1951, vol. 6, págs. 1453-1479.

* *"Por lo general"*, *Ibíd.*, pág. 440.

* "(...) muy reducidos, y *tal vez* a esta concentración", *Ibíd.*, pág. 441. Modificaciones de estas características demuestran la permanente depuración estilística desarrollada en la narrativa galdosiana.

[27] Objeción de cuño dickensiana al extremismo revolucionario. Para un análisis de las deudas ideológicas de Pérez Galdós con la obra de Carlos Dickens (1812-1870), véase Ricardo Gullón, *Galdós, novelista moderno*. Madrid, Taurus, 1987, pág. 41.

* "Fuerza es que se la disculpemos *al joven* Muriel", *Ibíd.*, pág. 441.

perimentó el único goce de su espíritu. Su nacimiento, su vida, sus desgracias, ¿no eran otras tantas circunstancias atenuantes? La felicidad en las naciones, como en los pueblos, nunca es innovadora.

Profesaba a la nobleza un odio vivísimo; pero no pasó de ser un resentimiento platónico, digámoslo así, un rencor puramente ideal, aprendido en los libros y no en la vida. El tiempo y las circunstancias pudieran haberlo atenuado o destruido. Pero no: el tiempo y las circunstancias confirmaron y aumentaron aquel odio*. Entretanto abandonó sus estudios escolásticos, sin que por eso dejara de entregarse noche y día a la lectura de sus queridos libros. Devoraba cuantos describieran y comentaran la revolución francesa[28]. Las grandezas asombrosas y los inmensos horrores de aquella época producían en su ánimo estupefacción semejante a la que produciría el presenciar las primeras conmociones de la sociedad humana en los más remotos tiempos, tales como Babel o el Diluvio, tragedias espantosas[29]. Compartían su espíritu el entusiasmo y el asombro; en su mente el hecho horrible se sublimaba al contacto de la noble idea: perdíase en una contemplación sin fin, durante la cual se le representaban en la fantasía los caracteres y los hechos de la pavorosa catástrofe; y cuando concluían sus éxtasis, era para dar lugar a una inquietud extraordinaria*. Iba y venía reconcentrado y solo; algunos le tenían por demente, y él se juzgaba viviendo en un desierto. Muriel no se parecía

---

* "El tiempo y las circunstancias, *por desgracia o por fortuna suya*, confirmaron y aumentaron aquel odio", *Ibíd.*, pág. 441. Tales ambigüedades autoriales desaparecen en posteriores ediciones de la novela de 1871.

[28] Los sucesos revolucionarios iniciados en Francia el 14 de julio de 1789 condicionan la trayectoria ideológica de numerosos personajes en *El audaz*. Es oportuno recordar, sin embargo, que el año en el que se publica *El audaz* acontece en Francia otra revolución de signo radical-proletario censurada por Benito Pérez Galdós en la *Revista de España* (1871-1873). Las referencias a "las grandezas asombrosas" y "los horrores inmensos" de 1789 acaso advierten a los lectores de 1871 contra potenciales empeños revolucionarios que pongan en peligro el régimen burgués post-isabelino.

[29] Referencias bíblicas a estas dos catástrofes pueden encontrarse, respectivamente, en *Gn* XI, 1-9 y VII, 17-24, *Biblia de Jerusalén*, Bilbao, Desclée de Brouwer, 1981, págs. 24 y 21. La historia sagrada era materia de enseñanza obligatoria en la España decimonónica. Para un ejemplo de textos educativos quizá conocidos por el autor, véase, L.C. Businger, *Compendio de la historia bíblica*, ¿1864?, trad. Isidro de la Fuente y Almazán, Einsiedeln, Suiza, Establecimientos Benziger, 1883.

* "(...)para dar lugar a una inquietud *y a una excitación extraordinarias*", *Ibíd.*, pág. 442. Supresión semántica tendente a evitar la redundancia expresiva.

en nada a la sociedad de su tiempo, pues hasta los pocos que como él pensaban eran de muy diferente manera. En él estaba como en depósito la idea que más tarde había de expresarse en hechos. Mientras no llegara este momento, aquel joven era una excentricidad y una rareza. Si el tiempo no hubiera venido a darle razón, habría pasado siempre por un loco, y, en tal caso, escribir su vida sería locura mayor que la suya. Pero el tiempo ha justificado su carácter, y la personificación de aquellas ideas que tan pocos profesaban entonces, es una tarea que el arte no debe desdeñar[30]*.

III

En tal situación de espíritu se hallaba Muriel cuando supo que su padre estaba preso en Granada, en compañía de su hermanito, chicuelo* de nueve años. Ambos sin fortuna, sin hogar, solos, abandonados, perseguidos, aquel anciano y aquel niño inocente no tenían más asilo que la cárcel, abierta para ellos por la maldad y la envidia. No es de este lugar referir los padecimientos de los seres infelices, de tan diversa edad, y condenados a repartirse el breve espacio de un calabozo; el uno con los ojos constantemente fijos en el suelo, el otro con la vista clavada en la reja, al través de cuyos hierros se veía un pedazo de cielo; el primero buscando un hoyo en que reposar, el segundo constantemente atraído por el espacio, por la vida.

Muriel vivía pobremente en Sevilla: se alimentaba de milagro,

---

[30] Inicialmente Pérez Galdós acepta, dentro de ciertos límites, algunas premisas maximalistas de Muriel. Sólo cuando se intensifica la quijotización y éste adopta extremismos imposibles en su contexto socio-político, la perspectiva autorial no disculpa sus demandas revolucionarias. "Modernizar sin desorden faccionalista", no obstante, supone un grave dilema para los liberales españoles del XIX y autores como Pérez Galdós manifiestan cierta ambivalencia al respecto. El testimonio galdosiano, en cualquiera de los casos, manifiesta el interés estético de interpretar la génesis y el desarrollo de conductas revolucionarias.

*"(...) no debe desdeñar. *Por la índole del personaje, como invención novelesca, la obra, si no es bella, puede ser útil*", *Ibíd*., pág. 442. Importante afirmación galdosiana que hace patente el dilema estético de la "Alta Cultura" post-isabelina: superar el previo didactismo neocatólico o favorecer mensajes doctrinales. El hecho de que el neokantismo que consagra la obra de Pérez Galdós favorezca la primera opción no impide, como se demuestra en la cita de 1871, la existencia de ciertos residuos "isabelinos" en su dimensión utilitaria-didáctica.

* "(...) su hermanito, *un* chicuelo", *Ibíd*., pág. 442.

no bastando sus tareas de escribiente en casa de cierto curial[31]*, para sacarle de miseria, mucho más porque era tan pródigo como pobre, y antes abría la mano para dar que para recibir sus mezquinas ganancias. Con el comer corría parejas el vestir, y su vida era una serie de apreturas, cuyo fin no distinguía el porvenir*. Cuando supo lo que ocurría en Granada; cuando supo que su padre y hermano se morían en una prisión a causa de un proceso en que la envidia y codicia de sus enemigos habían desempeñado el principal papel, la primera determinación que tomó en su violento arrebato de cólera fue dirigirse inmediatamente a Madrid, con intención de mover cuantos resortes estuvieran a su alcance para sacar a su padre de la cárcel. Él tenía amistad muy íntima con un clérigo sevillano, poeta incurable de aquella escuela, bastante contaminado por las nuevas ideas, persona de amenas costumbres, y que inspiraba respeto a cuantos le trataban. Como era voz pública que se carteaba con varios personajes de la Corte, pidióle Muriel su protección, la cual no le negó el canónigo. Además recogió cuantas cartas pudo de otros individuos, y se fue a Madrid, esperando que le ayudara también en sus propósitos un religioso de Ocaña, pariente de su madre, y al que había conocido en el poco tiempo que residió en la Corte, mientras su padre estaba en América. De este fraile se contaba que tenía gran amistad con graves y encopetados señores.

Fue Muriel a la capital, y allí sus tormentos no son para referirlos. En ninguna parte le hacían caso. Iba y venía de palacio en palacio, de casa en casa, sufriendo desaires las pocas veces que se le recibía. La pobreza que su persona revelaba, la estrechez en que vivía, obligándole a acompañarse de personas, bien poco cultas, contribuyeron al descalabro de su pretensión, que era considerada como una locura sin ejemplo. Había sido recomendado a un petimetre famoso, que era el dios de las ruidosas tertulias de Pepita Tudó[32]; y este joven,

---

[31] *Curial*: Empleado subalterno en los tribunales de justicia, o que se ocupa en activar en ellos el despacho de los negocios ajenos (*DRAE*).

* "(...) tareas de escribiente en casa de cierto *leguleyo*", *Ibíd.*, pág. 442. La edición de 1907 evita la repetición del término "leguleyo", ya mencionado en páginas anteriores.

* "(...) cuyo fin no distinguía en *lo porvenir*", *Ibíd.*, pág. 442. Errata corregida en posteriores ediciones.

[32] *Pepita Tudó* († 1869): Amante del Príncipe de la Paz. Su ennoblecimiento como

125

ser ridículo y despreciable, hizo objeto de burlas al pobre pretendiente, obligándole a pasar mil sonrojos. Traía además carta para el prior de la Merced, el cual no dejó de mostrarse algo propicio; pero como un día Muriel, en el curso de una familiar conversación, dejase escapar algunas apreciaciones poco ortodoxas y de un marcado olor revolucionario, amoscóse el padre, retiróle su protección, y, más que en servirle, empleó su valimento en contrariarle. El conde de Cerezuelo no le quiso recibir, porque cedía a las influencias de sus satélites, empeñados en la completa perdición y deshonra del antiguo administrador. También había llevado epístola para un grave, estirado y almidonado alcalde de Casa y Corte; mas éste se mostraba muy afable y no hacía nada. ¿Cómo prestar oídos a la exigencia de un joven pobre, obscuro, advenedizo y misántropo en un asunto en que estaba interesada una poderosa familia? Comprendió al cabo Muriel que la lucha era imposible. Recorrió todas las oficinas y covachuelas[33], tocó todos los registros de nuestra complicadísima administración. Nada era posible lograr. El Estado en masa estaba en contra suya. Coger una montaña y echársela a cuestas hubiera sido más fácil que salir adelante en aquella empresa. Su desesperación no conoció límites cuando llegó a entender que empleando la venalidad[34] conseguiría su deseo. Viendo de cerca la maquinaria mohosa y podrida de nuestra administración judicial y civil, conoció que desde el Príncipe de la Paz hasta el último rábula[35] resolvían todas las cuestiones a gusto del interesado y mediante una cantidad proporcional. La corrupción era general y crónica. Comprábanse los destinos, y la justicia era objeto de granjería[36]. Él, a ser rico, hubiera comprado a Espa-

---

condesa de Castelfiel y vizcondesa de Rocafuerte otorga rango aristocrático a los hijos naturales surgidos de su relación con el valido de Carlos IV. Sobre el influjo de esta figura histórica en el creciente descrédito del valido Godoy, Modesto Lafuente observa: "Uno de los asuntos que más cebo daban a la maledicencia pública contra Godoy, era su conducta privada; sus relaciones amorosas con la reina y con la Tudó, y las de aquél y éstas con otras u otros que entonces y después, lenguas y plumas, sin miramiento ni reserva alguna han vociferado", *Historia general de España, op.cit.*, vol. 16, pág. 160, nota 1.

[33] *Covachuela*: Cualquiera de las secretarías del despacho universal, que hoy se llaman ministerios. Dióseles este nombre porque estaban situadas en los sótanos del antiguo real palacio (*DRAE*).

[34] *Venalidad*: Calidad de venal, vendible o sobornable (*DRAE*).

[35] *Rábula*: Abogado indocto, charlatán y vocinglero (*DRAE*).

[36] *Granjería*: Ganancia y utilidad que se obtiene traficando y negociando (*DRAE*).

ña entera. En aquellos días su rencor era tan profundo, que sin escrúpulo de conciencia se hubiera vendido a Napoléon[37], a los ingleses, al demonio. Hubiera visto con júbilo desplomarse todo aquel alcázar de corrupción, sepultando entre sus ruinas a Carlos IV[38], a María Luisa[39], a Godoy, a Escoiquiz[40], a Fernando[41], a los frailes, a la nobleza, al clero, a la magistratura. Ya en una esfera, puramente ideal había pronunciado sentencias contra todo esto. Pero al ver de cerca las cosas, conociendo la ignorancia y frivolidad de la alta clase, la degradación de los regulares[42], en quienes no resplandecía ya ni un destello del antiguo misticismo, la infame corruptela que gangrenaba el cuerpo político, su saña se encoró, y de aquel espíritu lleno de

---

[37] *Napoleón Bonaparte* (1769-1821): Cónsul y Emperador de Francia desde 1799 hasta 1814. Su administración imperial, aun reduciendo el radicalismo consagrado en la I República (1793-1795) conserva, de todos modos, ciertos principios seculares, igualitarios y burgueses. En el contexto de la presente novela galdosiana la figura napoleónica encarna aquellos ideales opuestos al Antiguo Régimen.

[38] *Carlos IV* (1788-1808): Rey de España forzado a abdicar en 1808 tras el motín de Aranjuez (17-III-1808). Su descrédito entre los españoles de la época se deben parcialmente a los rumores que vinculan sentimentalmente a su esposa con el entonces valido Manuel Godoy. Es obvia en *El audaz*, de todos modos, la vertiente ultraconservadora de la oposición al gobierno del Príncipe de la Paz. El texto también recrea en el año de 1804 la inmediata prehistoria del motín de Aranjuez acaecida en la conspiración frustrada de El Escorial (1807).

[39] *María Luisa de Parma* (1751-1819): Reina de España. Esposa de Carlos IV. Sus relaciones sentimentales con el valido Manuel Godoy desprestigian a la monarquía borbónica en los años inmediatos a la ocupación militar francesa.

[40] *Juan Escoiquiz* (1762-1820): Sacerdote y político español. Preceptor del príncipe Fernando y activo participante en la conspiración de El Escorial (1807). Años después se convierte en ministro del futuro Fernando VII. Sobre esta figura histórica, Modesto Lafuente afirma: "El canónigo Escoiquiz, el ayo y maestro de Fernando, su consejero y confidente más íntimo (…) era una de esas presuntas medianías, de esos hombres seudo-sabios que parecen destinados a convertir en malas las mejores causas, y a perder a los que por debilidad o por escasa penetración tienen la desgracia de tomarlos por mentores", *Historia general de España, op.cit.*, vol. 18, pág. 76.

[41] *Príncipe Fernando*: futuro Fernando VII (1814-1833) y activo conspirador contra el Príncipe de la Paz. La historiografía liberal del siglo XIX consagra una imagen negativa del monarca debido a su intransigencia autoritaria, recurrentes conspiraciones y ausencia de genuino patriotismo. Ésos son los valores también adoptados por Benito Pérez Galdós en sus referencias sobre el monarca contenidas en la novela *La Fontana de Oro* (1870).

[42] *Regular*: Aplícase a las personas que viven bajo una regla o instituto religioso y a lo que pertenece su estado (*DRAE*).

tribulaciones se apoderó al fin por completo lo que era a la vez un sentimiento y una idea: la revolución.

Tal era la situación de Muriel, cuando un acontecimiento inesperado vino a poner fin a su lucha, llenándole a la vez de tristeza. Su padre murió en la cárcel de Granada. Sintió con esto el joven, al par de la pena, una especie de alivio. Parecía que su agitada inteligencia necesitaba descanso, y aquella muerte, que arrancaba de la tierra el alma del varón justo para llevarla a su verdadero sitio, le parecía más bien un beneficio que un agravio*. Dios había tomado a su cargo el asunto y lo había resuelto. Muriel, que no estaba seguro de creer en Dios, pensó mucho en esto.

Marchó entonces a Andalucía con intento de recoger a su hermano, y aquí nos hallamos con un incidente imprevisto, que no es fácil podamos explicar ahora. Su hermano no estaba allí. Investigando sobre los sucesos de esta historia, hemos averiguado que, conociendo el anciano que su fin estaba próximo, quiso escribir a su hijo, de quien en la prisión había recibido varias cartas. Dijéronle que su hijo había muerto, y no sabemos si se pensó engañarle o si efectivamente las personas que tal dijeron creían que Martín había desaparecido del mundo. Si fue lo primero, ignoramos los móviles; mas tal vez en el curso de esta narración se esclarezca un asunto que originó en el moribundo la determinación que vamos a referir. Lo que está fuera de duda es que éste, viendo que aquel niño iba a quedar sin amparo en el mundo, ideó, llevado de su buen corazón, un plan que juzgaba el más razonable en aquellos momentos. Creyó que no debía pedir protección sino al que aparecía como autor de su desventura, al propio conde de Cerezuelo. Fija esta idea en su mente, y considerando que, después de haberle causado tanto daño, el conde no podía guardar rencor a aquella criatura, resolvió enviárselo. Contaba con herir la cuerda de la conmiseración en su antiguo protector, que no podía llevar su saña más allá de la tumba. Además, el conde no era inhumano; las personas a cuyas sugestiones había cedido no se opondrían a que amparara al hijo de la víctima, niño infeliz, que era el mejor testimonio de las crueldades cometidas por su padre. Muriel contaba hasta con los remordimientos de sus enemigos para esperar aquel resultado, y al mismo tiempo recordaba que el ilustre prócer te-

---

* "(...) le parecía más bien *una protección* que un agravio", *Ibíd.*, pág. 444.

nía una hija, de cuya sensibilidad el pobre preso había formado muy alto concepto*.

Estas consideraciones le afirmaron en su propósito, y dominado por una idea que tiene explicación en su inmensa bondad, escribió al conde una carta, de la cual hemos oído referir algunos párrafos, sin que nunca hayamos podido haberla a mano. En esta carta patética, en que se reflejaba la turbación de espíritu del buen hombre, estaba escrita su única disposición testamentaria. Murió al día siguiente de escribirla, y una persona, más compasiva con él entonces que lo fue en vida, se apoderó del muchacho y lo envió a Alcalá, donde habitualmente residía el conde.

Grande fue la sorpresa de Martín cuando al llegar a Granada supo lo que había pasado. No podía explicarse la determinación de su padre, ni conocía los móviles que pudieron inclinarle a obrar de aquel modo. En su confusión, quiso volver inmediatamente a Castilla, pero se lo impidió una grave y repentina enfermedad, contraída a causa de la hondísima alteración de su ánimo y de la considerable fatiga de su cuerpo.

Exánime y trastornado, estuvo cuarenta días en un hospital, y hasta la misma caridad cuidaba con algún desvío aquel cuerpo calenturiento y moribundo, en el cual se creía que no podía habitar sino un alma extraviada. En sus delirios creyó ver cercana la muerte; y ésta, en realidad, no andaba lejos. La idea de aquel Dios que se había complacido en olvidar iluminó su inteligencia en momentos de amargura. Aspiraba al descanso eterno, y la idea de la justicia de ultratumba era la única luz que iluminaba aquella conciencia turbada por la negación. Su fe, sacudida por el análisis, se fortaleció en lo relativo a la creencia en un Dios justo y bueno, porque en su noble espíritu no cabía el materialismo soez que hace del hombre una máquina más perfecta* que las que hacen los ingenieros[43]. Restableció todo lo divino y todo lo eterno; y el ídolo, caído a impulso de la filosofía, volvió a ocupar en el cielo vacante su trono inmortal. El ateo

---

* "(...) había formado *muy alta idea*", *Ibíd.*, pág. 445.

* "(...) materialismo soez que hace del hombre una máquina *sutil*", *Ibíd.*, pág. 445.

[43] Obras posteriores de Pérez Galdós, v.gr. *Doña Perfecta* (1876), *La familia de León Roch* (1878) o *Marianela* (1878) establecen una valoración más positiva de la aportación intelectual realizada por los ingenieros y explican acaso la variante textual de 1907.

se complacía en deslumbrar sus ojos con la luz que esparcía por los mundos aquel altísimo ser. No lo negaba; pero su creencia era vaga y obscura, sin que en ella hubiera nada de la entidad personal de que había oído hablar a los teólogos. Su fe en este punto no era otra cosa que el último refinamiento de la duda. En creer lo que creía, con el único objeto de buscar consuelo en la justicia de ultratumba, había algo de egoísmo. Más que fe, aquello era esperanza.

Por lo demás, ni el dolor ni la proximidad de la muerte atenuaron en él el odio a la sociedad de su tiempo y a sus instituciones fundamentales. Convaleciente, débil y dominado por tenaz hipocondría[44], se ocupaba en imaginar vastos planes de destrucción. Sentíase crecer: inmensos ejércitos le obedecían. Temblaba la sociedad convulsa y herida bajo sus pies. Invocaba no sé qué fuerzas desconocidas y ocultas en el seno de la sociedad misma, y traía a la memoria la combustión horrible que, inflamando al pueblo francés, revolvió y depuró sus elementos. Ante la majestad de la idea de depuración, no le mortificaba ver los maderos de un patíbulo en que purgase sus faltas la humanidad extraviada y corrompida.

Restablecido al fin por completo, no pensó más que en trasladarse a la Corte. Una fuerza secreta le impulsaba hacia allá. La miseria que había observado en su viaje anterior no le desanimaba. Creía, sin saber por qué, en la existencia de un incógnito problema por resolver; había en él cierta propensión a dejar de ser ideólogo, a obrar en cualquier sentido, a hacer algo que sacara al exterior aquella balumba[45] de ardientes deseos que, comprimidos y encerrados, le producían malestar horrible. Esta fue la causa principal de su determinación, si bien existían otras de índole puramente externas, tales como recoger a su hermano y exigir a Cerezuelo el pago de cierta cantidad que su padre nunca pudo hacer efectiva, a pesar de ser enteramente ajena al motivo de la prisión.

Púsose en marcha, y no quiso dejar de visitar a su paso por Ocaña al padre Jerónimo de Matamala, el único que le había servido antes con algún interés, aunque sin fruto. Llegó al convento, y después del ligero altercado que hemos referido, entró y habló ligeramente

---

[44] *Hipocondría*: Afección caracterizada por una gran sensibilidad del sistema nervioso con tristeza habitual (*DRAE*).

[45] *Balumba*: Conjunto desordenado y excesivo de cosas (*DRAE*).

con su amigo diciendo uno y otro lo que fielmente vamos a reproducir.

IV

Hallábanse en la huerta del convento, sentados en un banco de piedra. Caía la tarde, y los últimos rayos del sol hacían proyectar oblicuamente la sombra de los grandes chopos, trazando largas y paralelas fajas en el suelo. Era la huerta un inmenso rectángulo formado por elevados muros, sin más comunicaciones con el exterior que una enorme portalada, por la cual, en el momento a que nos referimos, entraban dos asnos cargados con la colecta y conducidos por un buen lego que, sin compasión, y profiriendo tal cual terno[46], los arreaba. Enorme y frondosísimo olmo* extendía su follaje obscuro muy cerca de la tapia y dando sombra a una noria, cuyo rumor, producido al perezoso girar de una paciente mula, era un arrullo que convidaba a la somnolencia. La vista y el oído reposaban dulcemente ante el efecto a la vez óptico y acústico de los círculos sin fin descritos por el humilde animal y de la periódica y regular caída del agua, arrojada a compás por los cangilones[47]. Cavaba con mucho denuedo un padre en uno de los cuadros, de cuyos apelmazados terruños surgían las hojas exhuberantes, retorcidas, verde-azuladas de las coles que allí se desarrollaban con frondosidad que tenía algo de voluptuosa. No se oía más que el ruido de la noria, el golpe de la azada, el canto de algún labriego que por el camino cercano pasaba, y los precipitados pasos de alguna res ansiosa de llegar al hogar. El viento era tan tenue que apenas movía los últimos y más endebles penachos de los chopos, plantados en uno de los lados del rectángulo. Ni una nube empañaba el cielo. No hacía ni frío ni calor. La uniformidad, la calma, la monotonía convidaban a fijar la mente en un solo pensamiento.

Tal vez por eso no parecía muy deseoso de hablar el joven, y di-

---

[46] *Terno*: Voto, juramento (*DRAE*).

* "*Un* enorme y frondosísimo olmo", *Ibíd.*, pág. 447.

[47] *Cangilón*: Vasija de barro o metal, en forma de cántaro, que sirve para sacar agua de los pozos y ríos, atada, con otras, a una maroma doble que descansa sobre la rueda de la noria (*DRAE*). Corregimos de la edición de 1907 la errata "canjilón". En la versión primitiva (1871), de todos modos, se indica "cangilón".

rigía la vista al suelo como abstraído. Pero el fraile, que era sumamente decidor, pugnaba por avivar la conversación siempre que su amigo la dejaba languidecer.

–Pues si quieres que te diga la verdad con franqueza, querido Martín –dijo–, yo creo que haces mal en ir ahora a Madrid. Vuélvete a tu Sevilla, donde mal que bien puedes vivir. Pero en la Corte... tú no eres abogado, tú no eres médico, tú no eres militar, tú no eres fraile, tú no eres clérigo, tú no eres petimetre, tú ni siquiera eres abate... Y a propósito: ¿por qué no solicitas un beneficio simple y te ordenas de menores, y te buscas una renta sobre cualquier diócesis? Ésta de Toledo no las tiene malas.

–¡Yo solicitar! –exclamó Muriel con expresión de desprecio–. Solicitar es comprar, es corromper al Estado entero desde el alcalde de Casa y Corte y el corregidor perpetuo con juro de heredad, hasta el pinche de las cocinas del Rey y el limpiabotas de Godoy. Yo no solicito porque soy pobre.

–Déjate de burlas, hijo, que es buena idea la que te he indicado sobre el cómo y cuándo de hacerte abate. Ese cargo no te estorba: es la carrera de los que no hacen nada; quedas libre para dedicarte a tus estudios, para leer los diarios y escribir en ellos si te acomoda. Pero ¡ah! Martincillo, si tú quisieras seguir mis consejos... si tú entraras en nuestra santa orden. Hazte fraile y verás. Retírate del mundo, donde no hallarás más que penas. ¿Te parece que aún no has tenido bastantes?

–Si yo me propusiera burlarme de la sociedad, de seguro haría lo que usted me dice –contestó Muriel sin mirar al padre–. A veces he tenido tentaciones de buscar la soledad y el retiro; pero ahora lo que deseo es presenciar los hechos del mundo y tomar parte en ellos. La soledad me mata.

–¡Pues si vieras qué buena es la soledad! –dijo el pobre con expresión contemplativa–. No es necesario que renuncies por eso completamente al mundo. Por el contrario –añadió, dando a sus palabras cierto tono de positivismo–; desde aquí, y sin ser molestado por nadie, puedes influir en él y hasta ser poderoso. Desengáñate, hijo. La felicidad en la tierra está en estas santas casas. Tranquilidad y bienestar, ¿qué más puedes desear?

–Falta saber, padre, si eso durará mucho –replicó Muriel, que trazaba cuidadosamente algunas rayas en la tierra con la punta de su bastón, observando con gran cuidado lo que hacía, como si aquello fuera un dibujo admirable–. Yo preveo el día en que todos ustedes salgan por ahí a buscarse la vida como voy yo ahora[48].

–¡Jesús y el seráfico![49] –exclamó el fraile–. Yo creí que con la edad se te curarían esas herejías. Nosotros que somos el amparo y el sostén del hombre; nosotros que le enseñamos a vivir y a ser bueno... Esas ideas que han venido de fuera nos van a dar que hacer... Pero ¡ay! Martincillo: eso no sienta bien en un joven como tú, de corazón y de ingenio. Pase que los que quieren encubrir sus criminales intentos con palabras filosóficas... Sobre todo, hijo mío, ya que tienes esas ideas, no las publiques. Cállate y aprende a vivir en el mundo... ¿No ves que así el mundo te despreciará y serás perseguido?

–Yo no puedo disimular –dijo Muriel borrando rápidamente todas las rayas que había trazado–. Expreso lo que siento, y no puedo renunciar a este placer, por ser el único que tengo.

–Mal camino, hijo. Yo sé –dijo el buen religioso bajando la voz–, yo sé que si nos metemos a averiguar ciertas cosas, encontraremos sapos y culebras; pero yo tengo experiencia y opino que el mundo debe dejarse como está. Sigue mi consejo. Deja esas ideas. Mira que son peligrosas, y algún día podrás ser perseguido y con razón. Ahora con el Gobierno de ese vil favorito, la religión santísima está bien defendida; pero deja que suba al trono nuestro muy deseado príncipe Fernando, y verás adónde van a parar los filósofos.

–Si no viene todo al suelo mientras reine el deseado príncipe –exclamó con cierta expresión profética el joven. Será más tarde o más temprano, pero que se viene al suelo es indudable.

–¿Qué? –dijo vivamente el padre, creyendo que la tapia no estaba segura.

---

[48] Muriel anticipa proféticamente las futuras desamortizaciones (1836, 1855) que fuerzan en la España decimonónica el desalojo de ciertos edificios eclesiásticos. Precedentes de la desamortización, sin embargo, pueden apreciarse durante el reinado de Carlos IV. El Real Decreto de 19 de septiembre de 1789 autoriza la venta de bienes eclesiásticos. Esa legislación permite a las arcas públicas recaudar entre 1798-1808 1.600 millones de reales. Para un análisis contemporáneo a Peréz Galdós sobre esta legislación secularizadora, véase Modesto Lafuente y Juan Valera, *Historia general de España*, *op.cit.*, vol. 18, pág. 55.

[49] *Seráfico*: Pacífico, bondadoso y plácido. Suele darse este epíteto a San Francisco de Asís (1182-1226) y a la orden religiosa que fundó (*DRAE*).

–Ustedes, los privilegios, los mayorazgos, los diezmos, el Rey, Godoy y todo este modo de gobernar que hay ahora. Esto es tan indudable, que es preciso estar ciego para no verlo[50].

–Ríete de eso: lo que tiene por base la santa religión y este amor que hay aquí a los reyes... Aquí han hablado de Constituciones y cosas como las que hay en esos pueblos de allá... Pero eso no cuaja en esta tierra de la lealtad. Somos demasiado buenos para eso.

Es de advertir que fray Jerónimo de Matamala era hombre de instrucción y claro talento, y había sido de los que primero dieron oído a las nuevas ideas. Educado en Salamanca, fue uno de los más afamados poetas de aquella insulsa escuela, donde se le conocía con el pastoril nombre de Liseno. Como fray Diego González[51] y el padre Fernández[52], no se desdeñaba de cultivar la poesía amatoria, fingiéndose pastor y creando un tipo de mujer a quien dirigía sus versos. Esto era costumbre y nadie se escandalizaba por ello. Pero a fines del siglo las ideas de indisciplina filosófica y política cundieron por las aulas salmantinas. Fray de Matamala, que fue de los primeros en quienes hizo efecto la invasión, se contuvo más por cálculo que por fe: guardábase muy bien de mostrar lo que había aprendido, matando en flor en su entendimiento la naciente protesta. Sabía muy bien lo que eran los derechos del hombre, y conocía todos los argumentos del ateísmo; conocía a Rousseau y aún algo más; pero afectaba una ignorancia absoluta de tan peligrosas materias. Esto parecía pasar por hipocresía; pero nosotros creemos que aquello no era sino miedo. Quería engañarse a sí mismo, quería olvidar lo que había apren-

---

[50] *Mayorazgo*: Institución del derecho civil que tiene por objeto perpetuar en la familia la propiedad de ciertos bienes (*DRAE*); *Diezmo*: Parte de los frutos, regularmente la décima, que pagaban los fieles a la Iglesia (*DRAE*). Tales instituciones y hábitos feudales son liquidadas bajo el modo de producción liberal-capitalista. Muriel anticipa con estas referencias la futura quiebra del Antiguo Régimen que acontece en España el año 1833 tras la muerte del último monarca absoluto.

[51] *Diego Tadeo González* (1732-1794): Agustino y prior de su orden en Madrid, Pamplona y Salamanca. Con el pseudónimo de "Delio" fue uno de los componentes de la escuela poética salmantina en en siglo XVIII. Su obra lírica oscila entre el modelo anacreóntico de José Cadalso (1741-1782) y las tendencias ilustradas que propone Gaspar Melchor de Jovellanos (1744-1811) a este grupo poético en 1776.

[52] *Juan Fernández de Rojas* (¿1750?-1819): Agustino español. Formó parte de la escuela poética salmantina cultivando temáticas amorosas y pastoriles. Utilizó el pseudónimo de "Liseno". En 1796 editó las poesías de fray Diego Tadeo González.

dido, y le parecía que olvidándolas, aquellas ideas dejarían de existir. Cerraba los ojos ante el abismo, esperando de este modo, si no evitarlo, vivir tranquilo hasta que llegara la catástrofe.

Instalado en Ocaña, Matamala sostenía correspondencias muy activas con varios personajes de la Corte, por lo cual vivían sobre ascuas sus cofrades, sospechosos de que tomaba parte en alguna intriga política. Al buen franciscano no le faltaban entretanto mil recursos para desvanecer estas sospechas.

–Bien; dejemos ese asunto –dijo, afectando una compunción[53] que no sentaba mal a sus hábitos sacerdotales–. Yo te profeso un afecto entrañable; yo fui amigo de tu padre, que gloria haya... Pero no renovaré tu sentimiento. Vamos al caso. Aunque no quieres seguir mis consejos, quiero servirte, y hoy mismo le voy a escribir a un señor de Madrid, amigo mío, para que te proporcione algún trabajo, y te ayude en eso que vas a pedirle al conde de Cerezuelo. Pero, hijo, sé bueno. Cree en Dios. No pierdas por lo menos el respeto exterior que se debe a sus ministros. Esto es lo más importante. Sé respetuoso con los grandes señores, con los personajes de ilustre prosapia[54].

–Sí –contestó el joven con desdén–; cuando les veo entregados a todos los vicios, ignorantes, llenos de preocupaciones, holgazanes, indiferentes al bien de estos reinos y de la sociedad. Poseen todas las riquezas de que no es dueño el clero. Comarcas enteras se esquilman en sus manos y se acumulan de generación en generación, siempre en la cabeza de un primogénito inepto, que no sabe más que alborotar en los bailes de las majas, hacer versos ridículos en las academias o lidiar toros en compañía de gente soez[55]. No encontraréis entre ellos personas de algún valer, con muy contadas excepciones. Los colonos se mueren de hambre sobre el terreno; los derechos señoriales hacen que sea ficticia toda propiedad que no sea la de las grandes

---

[53] *Compunción*: Sentimiento o dolor de haber cometido un pecado (*DRAE*).

[54] *Prosapia*: Ascendencia, linaje o generación, sobre todo si es ilustre o aristocrática, de una persona (*DRAE*).

[55] Existen en la literatura ilustrada ensayos coincidentes con las críticas de Muriel sobre la corrupción y aplebeyamiento de la aristocracia. Para un ejemplo representativo, véase José Cadalso, *Cartas marruecas*, 1789, ed. Joaquín Arce, Madrid, Cátedra, 1995, págs. 104-106 y 211-213. Para un análisis reciente de esta problemática en la literatura española del XVIII, véase Rebecca Haidt, *Embodying Enlightenment. Knowing the Body in Eighteenth-Century Spanish Literature and Culture*. Nueva York, St. Martin's Press, 1998, págs. 107-110, 118, 151 y 186.

familias; y en cada generación aumenta el número de pobres, por los segundones que se van segregando del tronco de las familias nobiliarias para entrar en la gran familia de la miseria.

—¡Santo Dios y el seráfico patriarca! —exclamó el fraile, tapándose los oídos—. No hables más. ¡Qué pestilencial doctrina! ¡Oh, Martincillo! es preciso que te enmiendes. Tú no tienes instinto de conservación. ¡Yo que deseo verte hecho un hombre de pro; yo que voy a inclinarte a que busques apoyo en la nobleza!...

—¡Apoyo en la nobleza! —contestó Muriel con vehemencia—. La detesto de muerte. La aborrecía antes de saber lo que era. Conocida, nada puede dar idea de mi odio. La aborrezco más que a los frailes.

—¡Jesús, por los sacrosantos clavos! No blasfemes.

—¡Blasfemar! ¿Y por qué? —continuó con creciente agitación—. Decir que todos ustedes son holgazanes, glotones, sibaritas, dueños de la mitad del territorio, disolutos, hipócritas: ¿decir esto es blasfemar? ¿Quién ofende a Dios? ¿Ustedes que son como son, o yo que lo digo?

Muriel se expresó con alguna violencia, y había alzado un tanto la voz. El religioso se escandalizó; encendióse su rostro, mirando azorado a un lado y a otro, temeroso de que alguno de los padres que paseaban por la huerta hubiese oído las infernales palabras de aquel réprobo.

—Ustedes han de desaparecer, irán arrastrados por una tempestad, que trastornará otras muchas cosas. Los privilegios tienen que venir a tierra. Temblarán los nobles en sus palacios y los frailes en sus claustros. Los primeros tendrán que repartir su fortuna por igual entre sus hijos, creando así una clase poderosa, intermedia entre la grandeza y el pueblo, que será la que más influya en la nación; y ustedes se verán reducidos a la cristiana pobreza con que fueron instituidos, pasando sus inmensas riquezas a ser patrimonio de la nación[56].

—¡Nuestros bienes! ¡Tú estás loco! —exclamó atortolado[57] el padre, como quien escucha una gran novedad, un despropósito inconcebible, lo más disparatado que pudiera imaginarse.

---

[56] El Pérez Galdós de la década de 1870 asentiría con los elogios de Muriel a las virtudes burguesas de la clase media: Benito Pérez Galdós, "Observaciones sobre la novela contemporánea en España", 1870, *Ensayos de crítica literaria*, ed. Laureano Bonet, Barcelona, Península, 19, págs. 112-113.

[57] *Atortolar*: Atudir o acobardar (*DRAE*).

—Dios os ha mandado ser pobres, y vosotros os habéis hecho ricos.

—Nosotros tenemos lo que nos han dado. ¿Pero tú sabes lo que has dicho? ¿La conciencia no te arguye[58] de ser tan irrespetuoso con las cosas de Dios?

—Es que yo no creo en Dios, padre —dijo Muriel con una seguridad que hizo temblar a fray Jerónimo, el cual miró a un lado y otro, agitado y confuso, temiendo otra vez que hubiera oído la blasfemia alguno de los frailes que allí cerca distraía el ocio con la lectura de algún piadoso libro.

—¡Jesús, qué horror! *¡Vade retro, Satanás!*[59] —exclamó, cerrando los ojos y pronunciando entre dientes una oración.

—Es decir —continuó el joven—, yo creo en mi Dios, en un Dios a mi manera. Yo no creo en el Dios vengativo y suspicaz que ustedes han hecho a imagen y semejanza del hombre.

—Querido Muriel —dijo Matamala, reponiéndose del susto y abriendo los ojos—, estás comprendido en los anatemas[60] de la santa Iglesia. Si yo fuera débil, ahora mismo te arrojaría de esta santa casa, que estás profanando con tu presencia. Pero yo espero traerte al buen camino. Tú serás bueno. San Agustín[61] era como tú. Oirás la voz del Señor y te convertirás. Tú amarás todo lo que ahora detestas; amarás a los nobles, protectores de las industrias y ejemplo de buenas costumbres; amarás a los reyes, imágenes de Dios en la tierra, que administran la justicia y se desvelan por el bienestar de sus leales vasallos; amarás a los frailes, pobres, humildes criaturas, que enseñan la buena doctrina, combaten los errores y consuelan a los afligidos.

—Si fuera como usted dice, padre, yo amaría todas esas cosas. Si los nobles no ofrecieran en su conducta el ejemplo de todos los vi-

---

[58] *Argüir*: Descubrir, probar, dejar ver con claridad. Dícese de las cosas que son indicio y como prueba de otras (*DRAE*).

[59] *Vade retro*: En latín en original. "Retrocede". "Se emplea para rechazar una oferta tentadora. Son palabras que Cristo dirige a Pedro cuando éste se atreve a reprenderle: *Vade retro, Satana*. "Retírate, Satanás" (*Vulg. Marc.*, 8, 33), *Diccionario de expresiones y frases latinas*, Herrero Llorente, *op.cit.*, pág. 393.

[60] *Anatema*: Excomunión. Imprecación, maldición (*DRAE*).

[61] *San Agustín, obispo de Hipona* (354-430): Convertido a la fe católica por las oraciones de su madre Santa Mónica. Después de una juventud heterodoxa se convierte al catolicismo y es bautizado el año 387 en Milán por el obispo Ambrosio.

cios; si yo viera en ustedes hombres de caridad, enemigos de las riquezas, en vez de hombres ociosos, ignorantes y fanáticos; si viera en la Corte y en el Gobierno hombres dignos que no tuvieran por único propósito esquilmar a la nación en provecho propio, yo les amaría.

V

Como se ve, Muriel no perdonaba a ninguna de las instituciones de que habló las faltas de sus individuos. Era inexorable, como lo era la revolución entonces. Dominado por su idea, no conocía la transacción[62]. Creía que era posible reformar destruyendo; no conocía la enormidad de las fuerzas del enemigo; ignoraba que lo que se intentaba aniquilar era inmensamente más poderoso que los razonamientos de dos o tres individuos; que aquello tenía la fuerza de los hechos, de un hecho colosal, consagrado por los siglos y aceptado por la nación entera. Además, no comprendía que si la idea vence alguna vez a la fuerza, no es fácil que venza a los intereses. La transformación con que él soñaba era obra lenta y difícil. Sólo intentarla costó después mucha sangre*.

Fray Jerónimo, que había vuelto a rezar, dijo al terminar su breve oración, y trazándose sobre el cuerpo la señal de la cruz:

–Yo rezaré por ti, pecador empedernido. Y entretanto voy a hacer por tu bien todo lo que está en la facultad de un pobre fraile.

–Yo, aunque pienso así, padre Matamala –dijo Muriel–, no soy ingrato; no aborrezco a las personas, salvo alguna que otra, a quien detesto con todo corazón.

–Bien –dijo el fraile, deseoso de que aquella conversación se acabara, aunque parecía dispuesto a perdonar a su amigo todas sus

---

[62] Tales afirmaciones autoriales se corresponden diametralmente con la perspectiva periodística mantenida por Pérez Galdós durante el "Sexenio Revolucionario". Para una excelente recopilación de estos testimonios políticos, véase Brian J. Dendle y Joseph Schraibman, *Los artículos políticos galdosianos en la "Revista de España", 1871-1872*, Lexington, Kentucky, Dendle y Schraibman, 1982.

* "Sólo intentarla costó después mucha sangre *generosa*", *Ibíd.*, pág. 452. Relevante, a efectos estético-ideológicos, es la eliminación de "generosa" en ediciones posteriores. Ello acentúa la desvalorización de cualquier atisbo desinteresado en los proyectos revolucionarios rupturistas.

herejías–. Bien: yo escribiré esta noche misma a una persona de Madrid, a quien estimo. Verás cómo ese señor, que es poderoso y modesto, consigue para ti lo que deseas. Pero haz por ocultarle tus ideas, ¿entiendes? Él te dirá lo que debes hacer; y si por su conducto no logras nada de Cerezuelo, da el asunto por concluido.

–¿No le conocía usted la otra vez?

–No. ¡Qué lástima! Si entonces hubiéramos tenido esa palanca...

–¿Y quién es? ¿Cómo se llama?

–Es persona, como te he dicho, modesta, pero de gran poder. Su nombre no suena como el de otras; pero a cencerros tapados[63]... Te advierto que es enemigo de Godoy, y tal vez en eso consiste que pueda tanto. Ya, ya me agradecerás, Martincillo, esta recomendación que te hace amigo del Sr. D. Buenaventura Rotondo y Valdecabras.

–Ese nombre no me es desconocido –dijo Muriel recordando.

–Sí, le habrás oído nombrar –añadió Matamala temiendo que su amigo tuviera ya noticias de aquel personaje, y que estas noticias fueran malas. –Ya le escribiré explicándole lo que deseas. ¡Ah! Te advierto que es hombre rico. Pero oye una cosa: conviene que disimules tus opiniones, porque, aunque él no es gazmoño..., está enterado de todo eso..., y nada de cuanto digas le cogerá de nuevo.

–¿Y ese señor es abogado, comerciante?...

–Eso es, se dedica al comercio; suele prestar dinero; y la verdad es que ha hecho fortuna.

–¿Y es gran amigo de usted?

–¡Ya lo creo! Nos escribimos con mucha frecuencia... Esto te lo digo acá para *inter nos*[64]. Querido Martincillo, si la otra vez no pude hacer nada por ti, lo que es ahora... Yo iré también pronto a Madrid.

–Diga usted, ¿Cerezuelo sigue viviendo en Alcalá?

–Sí; allí se ha encerrado y no hay quien le saque de su escondrijo. Su hija es la que vive en Madrid. Ya tendrás noticias de ella; una muchacha bastante orgullosa y desenvuelta. Cuando ese basilisco[65] no influye en el ánimo de su padre, éste es un hombre razonable y

---

[63] *A cencerros tapados*: Callada y cautelosamente (*DRAE*).

[64] *Inter nos*: En latín en original. "Entre nosotros, en confianza". *Diccionario de expresiones y frases latinas*, Herrero Llorente, *op.cit.*, pág. 186.

[65] *Basilisco*: Animal fabuloso al que se atribuía la propiedad de matar con la vista. Fig. Hombre furioso o dañino (*DRAE*).

humano... Pero no quiero detenerte más –concluyó el fraile levantándose–; ya es de noche. Vete, Martín. Se va a cerrar la puerta del convento.

Muriel se levantó también.

–¡Ah! Dame las señas de la casa en que vas a vivir –dijo el fraile.

–Voy a vivir con el pobre, aunque siempre feliz, Leonardo.

–¿Sigue tan calavera?

–Siempre lo mismo; pero siempre bueno.

–Espero veros pronto*, tanto a ti como a él. Yo también tengo que hacer algo en la Corte –manifestó el fraile abriendo con ayuda del lego la gran puerta del convento.

–Adiós, padre –dijo Muriel–. Hasta luego.

–Adiós, Martincillo –exclamó el religioso, abrazándole con afectada ternura–. Hasta luego.

Se despidieron. Muriel le dio nuevamente las gracias por la recomendación, hizo el religioso ardientes protestas de solicitud, y se separaron. El lego, reconciliado con el forastero después de la favorable acogida que a éste dispensó un frailazo tan respetable como el padre Jerónimo Matamala, le hizo al verle salir una profunda reverencia.

Para que nuestros lectores comprendieran la importancia del diálogo que hemos referido y el valor que tiene en esta historia, sería preciso que conociesen la carta que fray Jerónimo Matamala escribió a la persona a quien iba recomendado su joven amigo. Por ahora no nos es posible dar a conocer este documento, que revela cuáles eran las relaciones del sagaz franciscano con algunas personas de la Corte; más en los siguientes capítulos, la oportuna aparición del Sr. D. Buenaventura Rotondo y Valdecabras podrá dar alguna luz sobre el particular.

---

* "Espero *verles* pronto", *Ibíd.*, pág. 453. Significativo resulta que en la edición de 1907 se utilice la forma peninsular del *"vosotros"* mientras que la versión de 1871 recoge el *"ustedes"* propio de las Islas Canarias.

CAPÍTULO II

EL SEÑOR DE ROTONDO Y EL ABATE PANIAGUA

I

Tenía Muriel un amigo que era segundón de familia nobilísima. Desheredado por la ley, que acumulaba todas las riquezas y todas las glorias de una familia en el primogénito; sin más fortuna que su valor y su ingenio, había abandonado la casa paterna, olvidando completamente a su hermano. Como no había recibido instrucción alguna, Leonardo, que así se llamaba, no pudo aspirar a suplir con el valor intelectual la falta de recursos. Además se inclinaba por temperamento a la vida holgazana; y como su pobreza y su falta de posición le libraban de las responsabilidades que la sociedad exige a los poderosos, entregóse a la cómoda ocupación de no hacer nada. Pocos han realizado como él la evangélica máxima de no cuidarse del día de mañana. Su familia era extremeña, y él se había establecido en Sevilla, donde hacía versos, lidiaba toros, frecuentando todos los círculos en que había gente de buen humor.

La mayor parte de sus amigos eran estudiantes, si bien los libros no fueron nunca para él contagiosos; y en materia de doctrinas, aunque de ninguna entendía gran cosa, se deleitaba con las revolucionarias, como si en ellas encontrara un fondo de justicia que las preocupaciones de su época y de su clase no le impedían ver. Pero, por lo general, no se preocupaba mucho de sus filosofías. La algazara y las aventuras con caracteres de libertinaje eran las condiciones elementales de su vida, que era una vida de estudiante sin estudios. Reunido constantemente con jóvenes de la clase popular, Leonardo había olvidado que era noble, si bien alguna vez la vanidad innata se mostraba por un resquicio de su carácter, y entonces solía describir su escudo con una prolijidad que promovía grandes burlas entre sus compañeros.

Estrecha amistad le unía con Muriel, que le había perdonado el ser noble. Juntos vivieron en Sevilla bastante tiempo, y la suerte, que algo le tenía reservado, quiso que juntos viviesen después en Madrid; porque Leonardo, que con motivo de un lance desagradable había tenido que huir de Andalucía, se *estableció,* como él decía, en la Corte, y allí estaba cuando llegó Muriel, a quien alojó en su casa. Ésta, que era el segundo piso de un inválido edificio de la calle de Jesús y María[66], en que habitaban multitud de familias, ofrecía a los dos amigos las comodidades de un palacio, a pesar de la estrechez de su recinto. Vivían solos en compañía de dos personas, de quienes nos será lícito hablar un poco, aunque su papel en esta historia no sea de gran importancia. Era la primera una especie de ama de gobierno o patrona de huéspedes, que se hallaba en el ocaso de la edad y de la gloria, y vivía en una lamentación continua, recordando los venturosos días en que su esposo tocaba el violín e improvisaba madrigales[67] en las más frecuentadas tertulias de Madrid. Doña Visitación procuraba sofocar los dolores y soledades de su marchita viudez por medio de un continuado y estrecho trato con todos los santos y santas de la corte celestial, y la vida devota ofrecía ancho campo a su espíritu para distraerle de sus pertinaces melancolías. La otra persona que habitaba la casa era un criado a quien llamaba Alifonso, el cual desempeñaba las funciones de barbero y peluquero, hacía de comer cuando doña Visitación se extasiaba en la iglesia más de lo ordinario, y tenía además habilidad no común para todos los recados que exigieran astucia y agudeza de ingenio, revelando en esto la educación frailuna que había recibido. Ensanchábase además la vasta esfera de los conocimientos de Alifonso con su aptitud maravillosa para suplir la carencia absoluta de sastre, que era peculiar en la casa de un pobre como Leonardo. No se sabe dónde adquirió el mancebo tan extraordinaria destreza; pero es lo cierto que componía las casacas de

---

[66] *Calle de Jesús y María*: "La travesía del Fúcar y la de Belén llamáronse también calles de Jesús y María hasta bien entrado el siglo XIX", Pedro de Répide, *Las calles de Madrid*, 1921-1925, Madrid, Kaydeda, 1989, pág. 334.

[67] *Madrigal*: Combinación musical para varias voces, sin acompañamiento, sobre un texto generalmente lírico (*DRAE*). El término designa también en el siglo XIX a las composiciones poéticas "que comprende[n] dos o más estancias, que todas juntas no exceden de quince versos, que se conocen con el nombre de estribillo", Vicente Salvá, *Gramática de la lengua castellana*, 1830, Valencia, Librería de Mallén, 1837, pág. 442.

su amo y hacía como nuevas las más viejas y raídas, prodigio en que la tijera y la química obraban de común acuerdo. Una particularidad digna de ser notada es que doña Visitación y Alifonso se aborrecían de muerte: antipatía mortal, profunda, eterna, les dividía. Eran irreconciliables como la noche y el día. La vieja había llegado a creer que el travieso doméstico era el demonio disfrazado de aquella forma para su tormento, opinión que consultó varias veces con su confesor, sin obtener respuesta categórica, por no ser fuerte este venerable en el tratado *de re dæmoniorum*[68]. Detenidas y eruditas investigaciones hechas después que subió al cielo doña Visitación han dado a conocer que la causa de aquella antipatía había sido el siguiente suceso. La vieja se fue muy temprano a la iglesia en cierto día de gran ceremonia, dejando en la cocina una gran cazuela donde se guisaba corpulento jamón que le habían regalado unos extremeños. Alifonso lo sacó con mucho donaire, y puso en su lugar el violín del difunto y nunca olvidado esposo de doña Visitación, reliquia que la viuda conservaba con respeto religioso y fanático, cual si fuera parte integrante de la persona que con tanta gloria lo usó en vida.

Cuando la santa mujer volvió de su rezo; cuando entró en la cocina; cuando se acercó a la cazuela; cuando asió el mango del violín creyendo era el hueso del jamón (pues era corta de vista); cuando destapó, vió y tocó, cerciorándose de tamaña profanación, su furor llegó al grado de violencia de la tragedia griega; sus nervios se alteraron y cayó con un síncope de que no había ejemplo en su borrascosa vida. Aquella noche, en su agitado y calenturiento sueño, vió la irritada sombra de su esposo, tocando en el malhadado instrumento, que lanzaba lúgubres quejidos, y a su lado a Alifonso con rabo y cuernos, teniendo en su mano el jamón, que apoyaba en el hombro para remedar, tocando con un asador, los movimientos del airado fantástico músico. Desde entonces, a la supersticiosa mente de doña Visitación se adhirió con invencible fuerza la idea de que Alifonso no era otra cosa que el demonio mismo vestido de carne humana para su tormento.

Éstas son las dos personas que compartían las pobrezas de Leonardo, el cual, con su escasísima renta, que cobraba tarde y mal, sostenía la casa y daba habitación y alimento a su desdichado amigo.

---

[68] *De re demœniarum*: En latín en original. "Sobre las cosas demoníacas".

II

Leonardo consagraba su vida y su tiempo a lo que entonces se designaba con una palabra un poco malsonante hoy, pero que emplearemos por necesidad, *a cortejar*[69]. No indica precisamente esta voz corrompidas costumbres ni licencioso libertinaje. Más general, expresa la ocupación, en cierto modo insulsa, de los que aman por pasatiempo y por una especial necesidad de espíritu en que la pasión tiene muy poca parte*. Leonardo, pues, cortejaba, siguiendo la corriente poderosa de la juventud de su tiempo, que no conocía ocupaciones de otra especie; que no tenía libros en que estudiar, ni cátedras o tribunas donde discutir. El último tercio del siglo XVIII y los primeros años del presente fueron la época de las caricaturas. La de D. Juan no había de faltar en aquella sociedad, que Goya[70] y D. Ramón de la Cruz[71] retrataron fielmente y con mano maestra.

Leonardo, pobre, caído desde la altura de su noble origen a la miseria de su humilde existencia, se ocupaba en enamorar escofieteras[72] y tal cual petimetra[73] de la clase media, perdida a prima noche en los laberin-

---

[69] Sobre la costumbre del cortejo en el siglo XVIII, véase Carmen Martín Gaite, *Usos amorosos del dieciocho en España*, Barcelona, Lumen, 1981, págs. 1-23.

* "(...) la pasión tiene muy poca parte. *Era el galantear del gran siglo, corrompido y "despoetizado". En la acepción lata con que se empleaba en la época en que nos referimos, no envolvía el concepto de adulterio, como después*", *Ibíd.*, pág. 456. Digresión autorial simplificada en ediciones posteriores.

[70] *Francisco de Goya y Lucientes* (1756-1828): Célebre pintor español procesado en el siglo XIX por su afrancesamiento político e ideas liberales. La trayectoria pictórica de Goya previa a 1808 suele centrarse en los retratos de la familia real, figuras de la nobleza y escenas populares. El horror de la guerra de la Independencia (1808-1814), de todos modos, modifica dramáticamente su perspectiva y da lugar a sus magistrales pinturas negras. Pérez Galdós parece referirse a ambas facetas del pintor universal.

[71] *Ramón de la Cruz* (1731-1794): Escritor español del siglo XVIII célebre por sus sainetes. Un año antes de publicar *El audaz*, Pérez Galdós escribió en la *Revista de España* dos artículos sobre su obra literaria que anticipan su enjuiciamiento negativo de la Ilustración española.

[72] *Escofieta*: Tocado de gasa y otros géneros semejantes que usaron las mujeres (*DRAE*). "Escofietera" designaría el oficio de quien realiza esos trabajos manuales.

[73] *Petimetre, tra*: Persona que cuida demasiadamente de su compostura y de seguir las modas (*DRAE*). Para un testimonio caricaturesco de este modelo femenino dieciochesco, véase Tomás Iriarte, *La señorita malcriada*, 1788, ed. Rusell P. Sebold, Madrid, Castalia, 1978.

tos de Maravillas[74] o Lavapiés[75]. Pero la indigencia no podía desmentir su alta prosapia, y ésta se manifestaba en un presuntuoso deseo de llevar su derecho de conquista* a una sociedad más distinguida. En tan atrevida aspiración, deparóle el cielo o el infierno una misteriosa y recatada beldad en cierta novena de San Antonio, a que asistía con hipócrita fervor; y aquí comenzó al par que una serie de amorosas glorias y platónicos deleites, la serie de sus grandes apuros económicos.

Era en extremo curioso entonces ver el afán con que Alifonso componía la casaca de su amo, dándole un corte que, si bien la dejó algo rabicorta, la asimilaba a las que en aquellos días eran de moda entre los currutacos[76]. Al mismo tiempo cogía los puntos a las medias y galonaba la chupa[77]; robaba con mucha gracia a sus compañeros de profesión algunas esencias con que perfumar los pañuelos de Leonardo, condición indispensable para ser caballero entonces; y, por último, planchaba y pulía el arrugado sombrero, haciéndole pasar por joven, sobre todo si la noche se encargaba de ocultar sus tornasoladas tintas y tapar otras muchas inveteradas fealdades. Con este atavío, el galanteador salía a la calle hecho un *marqués,* sobre todo de noche, pudiendo así retardar lo más posible el desengaño de la dama, y ocultar la desnudez efectiva de quien no tenía más tesoros que los de su fácil afecto.

Cuando Muriel llegó, Alifonso hubo de hacer un nuevo alarde de su fecundo genio, pues los vestidos del joven filósofo no eran los más a propósito para presentarse delante de una persona como D.

---

[74] *Barrio de Maravillas*: Para una precisa información de este barrio madrileño, véase, Ramón de Mesonero Romanos, *El antiguo Madrid. Paseo histórico anecdótico de esta villa*, 1861, Madrid, Trigo, 1995, pág. 294.

[75] *Lavapiés*: "Centro de este bullicioso distrito, la calle de Lavapiés (...) arranca de la extremidad de la Magdalena, y estrecha al principio, aunque siempre desigual y costanera, va ensanchando después y adquiriendo grande importancia, como río creciente y majestuoso, con la incorporación de la de Jesús y María primero, a la plazoleta del Campillo de Manuela, y luego con las del Olivar y del Ave María en la famosa plazuela de Lavapiés, que es la Puerta del Sol de aquel distrito, ingreso y corazón de todas aquellas y otras calles", *Ibíd.*, pág. 190.

* "(...) en un presuntuoso deseo de llevar su derecho de *conquistar*", *Ibíd.*, pág. 457. Mejora estilística que evita redundancias fonéticas (llevar/conquistar).

[76] *Currutaco*: Muy afectado en el uso riguroso de las modas (*DRAE*).

[77] *Chupa*: Chaqueta, chaquetilla (*DRAE*).

Buenaventura Rotondo y Valdecabras. Sujetóse a prolongado tormento la única casaca que poseía; empleáronse las prodigiosas lejías que habían rejuvenecido la chupa de Leonardo, y el sombrero gimió bajo las planchas del hábil confeccionador, por lo cual, y mientras duraron tan complicadas operaciones, tuvo Martín que guardar un encierro de cuatro días, viéndose imposibilitado de visitar a la persona a quien había sido recomendado.

Ésta, sin embargo, quiso anticiparse, tal vez deseosa de conocerle; y una mañana, cuando menos se la esperaba, se presentó en la casa de la calle de Jesús y María en busca de Muriel. Era el Sr. Rotondo persona de mediana edad, amable, pero con cierto agrado empalagoso, que más parecía obra de un detenido estudio que espontánea cualidad de su carácter. Vestía con extremada pulcritud, y en su andar, como en sus miradas, había siempre expresión de recelo. Cauteloso o asustado siempre, no se atrevía a dar un paso sin mirar antes donde ponía el pie. Su vista al entrar en un sitio recorría las paredes, escudriñaba las puertas, parecía querer penetrar en el interior de lo más reservado y oculto, y al sentarse, sus manos tanteaban el asiento, como si temiera ser víctima de alguna burla o asechanza. Pero en ninguna ocasión se ponía en ejercicio su desconfianza observadora tan activamente como mientras conversaba con alguien. El señor de Rotondo no perdía sílaba, ni modulación, ni gesto, ni ligera contracción facial, nada. Su atención era provocativa, y por su parte él hablaba despacio, como no queriendo decir palabra alguna que no fuera precedida de una seria meditación. En general, ni su presencia, a pesar de ser persona siempre acicalada y compuesta, ni su conversación, a pesar de ser hombre culto y con cierto gracejo, despertaban ningún sentimiento afectuoso. No se podía mirar sin recelo a quien era el recelo mismo. Al presentarse ante Muriel, hízole varias cortesías con muy artificiosa finura, y después de pasear su mirada por cuantos objetos había en la habitación, tomó una silla, y asegurándose con cuidado de su solidez, se sentó en ella, entablando con el joven la siguiente conversación.

III

–Mi amigo –dijo Rotondo– el reverendo fray Jerónimo de Matamala me habla largamente de usted en su última carta. Aquí estoy para servir a usted en lo que pueda.

—Yo lo agradezco —contestó Martín—, tanto más, cuanto que otra vez estuve en Madrid con pretensiones parecidas y no hallé ninguna persona que se interesara por mí.

—¡Oh! no hay que esperar nada de esa gente —dijo Rotondo bajando la voz y como si temiera ser oído—. Aquí hay una falta muy grande de amor al prójimo. Y lo que usted pretende, ¿qué es?

—Que el conde de Cerezuelo me pague cierta cantidad que a mi padre debía desde antes de la prisión de éste. El proceso no afecta en nada a esta deuda, motivada por haber anticipado mi padre...

—Ya, ya... —dijo D. Buenaventura, demostrando que la historia del desdichado D. Pablo no le era desconocida.

—No creo que esto se me niegue ahora. Yo he de ir a Alcalá muy pronto en busca de mi hermano, a quien quiero apartar de esa maldita familia, y espero conseguir...

—Cerezuelo está enfermo y dominado por la melancolía. La separación de su hija, más aficionada a la vida bulliciosa de la Corte que a las soledades de Alcalá, le contraría mucho. Si usted pudiera lograr la protección y la recomendación de su hija...

—Me han dicho que es el ser más orgulloso y despótico que ha nacido.

—Es más que eso; es cruel. Fáltale la delicada sensibilidad propia de su sexo, y su trato desagrada a cuantas personas no se ocupan en galantearla, aspirando a domar por el amor aquel carácter inflexible y refractario a todas las ternuras[78].

—Entonces no creo que pueda favorecerme.

—Hay que esperar poco de la gente noble —dijo don Buenaventura, prestando atención a la voz de Alifonso, que reñía con doña Visitación en el cuarto inmediato—. La gente noble, insubstancial y frívola para todo lo que es el servicio y mejora del reino, no lo es para oprimir al pobre.

—¡Oh! está bien dicho; es muy exacto —exclamó el joven, que no esperaba declaración semejante en el amigo íntimo del padre Matemala.

---

[78] Interesante referencia que anticipa en la novela la ausencia de sentimientos genuinamente femeninos y domésticos en este personaje. Ambigua resulta, no obstante, la valoración galdosiana sobre Susana. Aun rechazándose su orgullo masculino, ésta efectuará críticas contra el afeminamiento del Antiguo Régimen análogas a las asumidas por el autor.

–Los privilegios se han de acabar aquí, como se acabaron en Francia, y, o mucho me engaño, o ese día no está lejos.

Muriel se admiró de encontrar tan revolucionario a quien se había figurado como un señor muy beato, enemigo, como la mayor parte, de las cosas *extranjeras*.

–Debe usted dirigirse al mismo Cerezuelo –continuó el visitante–, pues aunque influyen en su ánimo los clérigos y frailes de que está llena siempre su casa...

–¡Clérigos y frailes! –exclamó Martín, más asombrado cada vez del poco respeto que su nuevo amigo mostraba hacia las *instituciones venerandas*.

–Sí –añadió el otro mirando en derredor con cierta zozobra, como si fuera muy grave lo que pensaba decir–. Sí, la carcoma de la sociedad. ¡Oh, cuándo será el día...! Ya sé yo que usted es filósofo; que usted ha desechado ciertas preocupaciones.

–Yo me hallo en una situación muy especial –repuso Martín–; tengo motivos muy positivos para aborrecer ciertas cosas.

–Usted será, por lo tanto, hombre de acción –dijo don Buenaventura dirigiendo toda la atención de su mirada hacia el rostro del joven, con ansia de leer allí sus deseos y propósitos.

–¡Hombre de acción! ¿Pues qué...? –exclamó Muriel como si hubiera escuchado una revelación–. ¿Será posible aquí otra cosa que la humillante paciencia y una deshonrosa conformidad con nuestro destino?

–¡Oh! ¡Quién sabe! Tal vez. La sociedad está muy agitada... Ya usted ve cómo está el mundo –dijo Rotondo–. Sin embargo, conviene esperar... Ese amado príncipe inspira mucha esperanza.

Mientras pronunciaba estas últimas palabras, dichas al parecer con el único objeto de sostener la conversación por pura cortesía, D. Buenaventura mostraba en su actitud y en sus miradas la mayor zozobra. Dirigía la vista a la puerta con visible inquietud, alterándose en cuanto sonaba el menor ruido. Un repentino y estrepitoso repique de la campanilla de la puerta le produjo fuerte excitación, y se levantó agitado y nervioso, exclamando con ira:

–¡Esto es insoportable! Me han de perseguir en todas partes. No puedo dar un paso sin que me siga un espía.

Muriel, sorprendido de aquel inesperado arrebato, procuró serenar a su nuevo amigo.

—Cálmese usted –le dijo–. Mientras esté en nuestra casa, no podrá hacérsele daño alguno.

—¡Ay de ellos si se atreven a tocarme! Su único objeto es seguirme adondequiera que voy, enterarse de mis acciones, ver con quién hablo y con quién me trato. ¡Oh! ¡Pero me tienen miedo!

Martín era todo confusiones en presencia de aquel hombre exasperado e inquieto, que hablaba con tanto calor y se creía rodeado de espías y satélites. Entretanto, un individuo extraño entraba en la casa, y preguntando no sé por quién, procuraba enterarse, en animado diálogo con Alifonso, de los nombres, edad y oficio de las personas allí residentes. No tuvo el astuto barbero la precaución o la malicia de callar, y dijo el nombre de su amo, con lo cual, satisfecho, se marchó el curioso, dejando a D. Buenaventura, que todo lo oía desde la sala, en el colmo de la rabia.

—¡Siempre lo mismo! –exclamó cuando el ruido de los pasos del espía se perdió en lo más bajo de la escalera–. Ya saben que estoy aquí, ya le conocen a usted. ¡Oh! ¡Ni un momento de libertad! Sr. D. Martín, yo necesito hablar con usted; es preciso que hablemos largo, largo, largo.

Y al decir esto estrechaba la mano del joven, revelando en sus ojos profundas intenciones, con tal ademán de misterio y en tono tan grave, que la fogosa imaginación de Muriel no aceptó la espera, y preguntó con viveza:

—¿De qué?

—Ya lo sabrá usted –añadió Rotondo algo aplacado de su furor–. Es preciso que nos veamos en otro sitio; en mi casa, en cierta casa... Mañana a las diez, en la calle de San Opropio[79], núm. 6... ¿Nos veremos? ¿Irá usted?

—Sí; sin falta. A las diez.

—Pues adiós.

---

[79] *Calle de San Opropio*: "En la de San Opropio había hasta hace pocos años, donde hoy [1925] se alza el hermoso edificio de la Papelera Española, un vasto caserón que llegaba igualmente hasta la calle de la Florida; casa por cierto en el alero de cuyo tejado había unos canecillos primorosamente tallados. A fines del siglo XVIII y principios del XIX, la calle de San Opropio acababa en aquel lugar, cerrando su salida la tapia de los Pozos de la Nieve, y a aquel caserón, situado entonces en el lugar más apartado de la villa, es al que Galdós alude en las páginas de *El audaz*, porque allí tenían su refugio los conspiradores de 1804", Répide, *Las calles de Madrid, op.cit.* pág. 667.

Despidióse afectuosamente el señor de Rotondo y se marchó, dejando al pobre Martín más confuso que cuando le decía: «¿Usted será hombre de acción?». En verdad, el joven más sentía gozo que pena al verse repentinamente ligado a una persona que se quejaba de tan obstinadas persecuciones. Hostigábale en sumo grado la curiosidad por saber cuál sería el grave asunto que iba a confiarle al día siguiente aquel hombre singular, que en su corta visita había revelado un mundo de ideas y acciones a la ardiente fantasía del buen volteriano. Aquel hombre conspiraba. ¿Cuáles eran sus planes? ¿Por qué le perseguían? ¿De qué grande idea, de qué gigantesca empresa quería hacerle partícipe? Estas cuestiones, que en tropel se ofrecían al entendimiento de Martín, obteniendo de él mismo mil respuestas diversas, no podían menos de impulsar su ánimo hacia aquel hombre desconocido. Todo lo peligroso atraía a Muriel. Todo aquello que fuese extraordinario, aventurero, le fascinaba. En el fondo de su naturaleza existía latente y comprimida una actividad poderosísima que necesitaba espaciarse y aplicarse, buscando con afán* la vida exterior como el modo más propio de aquel inquieto y siempre ávido espíritu. En él había desde mucho tiempo antes un ardiente y secreto deseo de probar la fuerza de su pensamiento en el yunque de la vida práctica: entreveía hechos colosales, pero vagos, de que él era principal y vigoroso motor; mas nunca había llegado a hacerse cargo de los medios que pudiera emplear para dejar de ser ideólogo. Así es que, cuando las circunstancias le ofrecían probabilidades, aunque fueran remotas y muy problemáticas, de llegar a aquella realidad tan deseada, su inquietud no tenía límites: se avivaba la perenne excitación de su cerebro, y se complacía en dar proporciones enormes al hecho vagamente concebido y ardorosamente esperado. Por eso la promesa grave y misteriosa de aquel hombre no bien conocido aún, picó vivamente su curiosidad despertando en él el vivo interés de lo maravilloso. ¿Qué sería? ¿Conspirar, preparar alguna explosión revolucionaria, que transformara la sociedad, y echara al suelo el caduco edificio del derecho divino? ¿Sería una simple cuestión personal de Rotondo? ¿Qué parte tenían en aquel asunto las audaces ideas que él, filósofo indisciplinado, consideraba como su único tesoro? La curiosidad le punzaba, como un apremiante escozor del espíritu.

---

* "(...) *que buscaba* con afán", *Ibíd.*, nº 80, 1871, pág. 601.

Pero en su temperamento, esperar era la peor de las torturas, y su imaginación se anticipó a satisfacer aquella curiosidad forjando mil desvaríos.

IV

Aquel mismo día Alifonso y doña Visitación, poco después de salir la visita, eran víctimas del mal humor del enamorado Leonardo, el cual, irritado porque no había visto en la misa de doce de la Trinidad a la persona por quien tan puntualmente y con tanta contrición asistía al oficio divino, creía como suele acontecer en los amantes incorregibles, que todos los seres vivientes tenían la culpa de aquella contrariedad inaudita. En vano el festivo barbero se esmeraba en barnizar los zapatos de su amo con una solicitud demasiado servil; en vano obedecía sus órdenes con cristiana paciencia. Leonardo no cesaba de reñirle profiriendo ternos de varios calibres, que erizaban el cabello de doña Visitación, dándole materia para que por tres días seguidos se estuviera lamentando de vivir con aquellos herejes. El amartelado[80] joven no tenía consuelo, y dominado por el pesimismo que se apodera de los amantes cuando experimentan un ligero revés, sea de entrevista, sea de carta, lo que menos se figuraba era que doña Engracia (pues tenía este nombre) se había muerto; que había sido envenenada, o gemía en las cárceles de la Inquisición, puesta allí por la bárbara mano del intolerante sacerdote que tanto influía en el ánimo de su madre. No es de este momento el informar al lector de quién era doña Engracia, ni quién su madre, tipo arqueológico que el siglo decimoctavo, por una singular complacencia, había prestado al decimonono, ni quién el amigo espiritual y consejero áulico[81] de esta veneranda señora. Por ahora baste decir que Leonardo hubiera llegado al último grado de la desesperación, si un ángel tutelar, un nuncio de felicidad no se presentara a deshora en la casa, quitándole de pronto sus melancolías y haciéndole el más dichoso mortal de la tierra.

Nuestros lectores no conocen a D. Lino Paniagua, uno de los abates más ociosos y al mismo tiempo más útiles del reinado del

---

[80] *Amartelar*: Atormentar, dar cuidado y especialmente con celos (*DRAE*).

[81] *Áulico*: Perteneciente a la corte o al palacio (*DRAE*). La referencia galdosiana obviamente es irónica.

Sr. D. Carlos IV. Si le conocieran, ya podían asegurar que sólo en su trato hallarían suficientes documentos históricos para juzgar la sociedad matritense de aquellos días. No es difícil hacerse cargo de lo que era aquel hombre incomparable, que no desapareció de la tierra hasta el año 1833, en que con el alma de Fernando VII se fue para siempre de España el absolutismo con muchas de sus cosas inherentes; no es difícil, repetimos, hacerse cargo de la poderosa entidad social que convenimos en designar con el nombre del abate Paniagua. Algo existe hoy entre nosotros que nos le recuerda. La publicidad propia de la época en que vivimos ha hecho de la prensa un órgano eficaz que satisface a multitud de pequeñas necesidades sociales. Hay en la prensa una parte llamada gacetilla, donde las luchas de la política no logran penetrar; parte destinada a que todas las clases de la sociedad escriban su palabra y graben sus impresiones, como esos voluminosos libros en blanco*, colocados en sitios de peregrinación para que todo viajero, alegre o triste, jovial o aburrido, deje una señal de su paso. La vida social tiene un álbum gigantesco* e inacabable en la gacetilla. ¿Quién habrá entre nosotros que no haya puesto en él un renglón, una frase, un garabato? El que da un baile, el que ha perdido un perro, el que se casa, el que nace, el que se muere, el que escribe un libro, el que lo lee, el que va a viajar, el que vuelve, todos están allí. Ningún individuo, a no ser un hipocondríaco, refractario a la luz de su época, como lo es el búho a la del sol, escapa a la investigación insaciable de la gacetilla; y aun ese mismo hipocondríaco escribirá en ella el párrafo más siniestro, si ansioso de la soledad de la tumba, tiene un día un mal pensamiento y se suicida. Lo que pasa con las personas ocurre también con los hechos. La función que más boga alcanza en los teatros, el sermón que más ha gustado en la última novena, la calle que se proyecta construir, el cuento que con más éxito circula de boca en boca, las nieves que han caído en tal o cual punto, las telas que están en moda*, el atroz incendio ocurrido en alguna ciudad de los Estados Unidos, la pendencia que en-

---

* "(...) como esos voluminosos *álbums*", *Ibíd*., pág. 603. Pérez Galdós parece evitar en ediciones posteriores la repetición de palabras utilizadas en párrafos próximos o similares. En este caso, se combinan los términos "álbums" y "libros en blanco".

* "La vida social tiene *su* álbum gigantesco", *Ibíd*., pág. 603.

* "(...) telas que están *de* moda", *Ibíd*., pág. 603.

sangrentó las heroicas calles de las Vistillas[82], la grandiosa insurrección de las cigarreras[83], la marcialidad de los regimientos que desfilaron en la última parada, todos los accidentes de la vida colectiva se expresan allí, formando día tras día como un registro universal, en que los movimientos, las palpitaciones, los gestos, aun los más insignificantes de la sociedad, quedan anotados con la exactitud de la calcografía[84] o del daguerreotipo[85]. Pues bien; en la época a que venimos refiriéndonos no existían estos órganos impresos de la vida común, que mantienen perpetua relación entre todos y cada uno. Había, sin embargo, ciertas entidades, pertenecientes a la especie humana, que hacían el papel de aquellos conductos de que hemos hablado, y eran providenciales precursores de la gacetilla moderna, del mismo modo que los correos peatones han precedido al telégrafo eléctrico. La legislación eclesiástica se había apresurado a llenar el vacío que en la sociedad existía, suministrándole aquellos diligentes órganos; había creado una clase parásita con objeto de consumir el exceso de la cuantiosa renta del clero, y como no le dió ocupación secular ni canónica, esta clase se consagró a menesteres no siempre dignos, como traer y llevar recados, dirigir las modas, enseñar música y cantarla en las tertulias, componer versos ridículos, disponer el ceremonial de un bautizo, de una boda, de un entierro: buscar amas de cría y bordar en cañamazo[86], cuando las circunstancias lo exigían. Dentro del tipo general del abate había una variedad considerable, pues mientras algunos eran hombres licenciosos y corrompidos, que se valían de su traje, convencionalmente respetable, para penetrar con *ambi-*

---

[82] *Vistillas*: Sobre las Vistillas de San Francisco, véase Mesonero Romanos, *El antiguo Madrid...*, *op.cit.*, págs 169-179.

[83] Sobre las cigarreras en la España del siglo XIX, véase Elena Catena, "Un mito: Carmen la cigarrera", *La época del Romanticismo (1808-1874)*, eds. Iris Zavala et al., Madrid, Espasa-Calpe, 1989, págs. 740-741. Existen novelas españolas decimonónicas protagonizadas por cigarreras: *Rosa la cigarrera de Madrid* (1878), de Faustina Sáez de Melgar (1834-1895) y *La tribuna* (1883), de Emilia Pardo Bazán (1851-1921).

[84] *Calcografía*: Arte de estampar con láminas metálicas grabadas (*DRAE*).

[85] *Daguerrotipo*: Arte de fijar en chapas metálicas, convenientemente preparadas, las imágenes recogidas con la cámara obscura (*DRAE*).

[86] *Cañamazo*: Tela de tejido ralo, dispuesta para bordar en ella con seda, hilo, o lana de colores (*DRAE*).

güedad en los estrados[87], como dice D. Ramón de la Cruz, otros eran unos pobres diablos, inofensivos a la moral pública, si es que ésta no se vulneraba con la protección de secretos e inocentes amores, que a veces traían grandes cismas a las familias.

El abate Paniagua era de estos últimos. Su extraordinaria aptitud para los recados de importancia, su memoria vastísima, en la cual guardaba como en rico archivo todos los santos, festividades, ya fijas, ya movibles, todas las ferias, plenilunios, solsticios y equinoccios, hacían que fuese de gran utilidad a las familias[88]. Tenía anotados en el registro de su cabeza el precio de los comestibles, el nombre de los predicadores que subían al púlpito en todas las iglesias de Madrid, los días de vigilia, el número de cintas que se ponían a las escofietas, la cantidad de purgas que tomara tal o cual señora para curar su inveterada dolencia, los días o meses que a otra le faltaban para llegar al ansiado instante de su alumbramiento, y otras muchas curiosísimas cosas, que le daban el valor de un verdadero tesoro. Era Almanaque y Guía*, y su complacencia no conocía límites; servía con desinterés por satisfacer una irresistible necesidad de su naturaleza, que le inclinaba a aquel oficio de saberlo y contarlo todo. Así es que no había casa en la corte donde D. Lino no tuviera entrada; pues por un privilegio reservado sólo a los abates, tenía estrecho lazo con todas las clases. La aristocracia le abría sus salones, la clase media sus estrados y el

---

[87] *"Ambigüedad en los estrados"*: Pérez Galdós reproduce una estrofa incluida en un sainete del siglo XVIII: "Si en Madrid hay más abates/que galones de oro falso/ya por parecer sujetos,/ya por no parecer vagos,/y ya porque les parece/el traje más adecuado/para introducirse con/ambigüedad en los estrados,/y hacer para sí, o para otros,/comercio los agasajos;/¿quién queréis que os apetezca?" Ramón de la Cruz, *Los hombres con juicio, Colección completa de sus mejores sainetes,* Faquinero, *op.cit.*, pág. 177. *Estrado*: "Conjunto de muebles que servía para adornar la sala en que las señoras recibían las visitas" (*DRAE*).

[88] *Plenilunio*: Luna llena, fase en que se ve completamente circular (*DRAE*); *Solsticio*: Época en que el Sol se halla en uno de los dos trópicos (*DRAE*). *Equinoccio*: Época en que por hallarse el Sol sobre el Ecuador, los días son iguales a las noches en toda la tierra (*DRAE*). Pérez Galdós parece sugerir ciertos vínculos en este pasaje con las obras igualmente esotéricas y adivinatorias de Diego de Torres Villarroel (1693-1770), autor de varios *Almanaques* y *Pronósticos* iniciados con gran éxito desde 1718.

* "Era *un* Almanaque y *una* Guía", *Ibíd.*, pág. 604. No es la primera vez que observamos en sucesivas ediciones de *El audaz* la sustitución de pronombres por posesivos si ello supone una mejora en el plano estético.

pueblo le daba agasajo en sus miserables zahúrdas[89]*. Ningún elemento social podía renunciar a la útil amistad de aquel hombre enciclopédico que al entrar en el hogar doméstico llevaba todo el mundo exterior, el mundo de la calle en su cerebro. Él, por su parte, siempre fue hombre sin ambición: consumía su renta sin aspirar nunca a acrecentarla, y parecía feliz desempeñando el papel que su época le había encargado. Era hombre tímido, y en los círculos que frecuentaba era tratado con agasajo, pero sin verdadero afecto. Cierta benevolencia un poco humillante, algo parecida a la que inspiraban algunos bufones, le bastaba. Jamás aspiró a ser objeto de un grande amor ni de un profundo respeto, pues él mismo conocía que la índole de sus funciones no era la más propia para ocupar un puesto digno, ni aún en aquella sociedad frívola que rastreaba por el suelo sin grandes ideas ni altas aspiraciones. Su bondad extremada y floja voluntad hacían cada día menos respetable su papel social; pues enternecido con las angustias de los amantes, no podía menos de favorecerles en sus correspondencias, y se complacía en apresurar el deseado momento del matrimonio. Por eso tenía cierto orgullo en ser la paloma a cuyo cuello ataran los novios sus patéticas esquelas. En cuanto una pasión estallaba en el recinto de recatado y escrupuloso hogar, el pobre corazón herido y preso no tenía más comunicación con el exterior que D. Lino Paniagua, diligente vehículo que llevaba al través de las prosaicas calles de la capital las palpitaciones ardorosas, las delicadas ternuras, los suspiros, las languideces, las esperanzas, los sueños y desesperaciones del amor*. Hacía esto el abate con tanto más agrado y desinterés cuanto que nunca fue amado, y la pasión dormía en su pecho callada y solitaria, tal vez porque su timidez y su mala figura le habían impuesto silencio y obligado a la quietud en los grandes dramas de la vida. En el fondo de la frivolidad e insubstancia ligereza de Paniagua, había una tristeza crónica que no era ajena a aquella entrañable simpatía que le inspiraban todos los

---

[89] *Zahúrda*: Pocilga (*DRAE*).

* "(...) en sus miserables *zaquimaquis*", *Ibíd.*, pág. 604. Posible errata que nos remite a "zaquizamí" (casilla o cuarto pequeño, desacomodado y poco limpio, *DRAE*). En 1907 parece preferirse la voz vascongada "zahúrda" –según el *Diccionario de Autoridades* (1729)— sobre la voz arábiga "zaquizamí".

* "(...) los sueños, las *risibles* desesperaciones del amor", *Ibíd.*, pág. 605.

amantes; simpatía cuya causa podría encontrarse que en una aspiración vaga de su vida juvenil no encontró nunca ocasión de manifestarse, ni objeto a quien dirigirse, como no fuese en un culto platónico y secreto sin ningún accidente exterior. Por eso el pobre abate, ya en edad madura, y apartado personalmente de todo lance amoroso, por la ridiculez de su persona y el indeleble sello de prosaísmo que había en sus funciones, se contentaba con amar a todos los que amaban. Padre cariñoso de todos los novios, participaba de sus alegrías y de sus penas, les daba consejos y procuraba llevarles por el camino del matrimonio, porque era enemigo de las uniones ilícitas y gustaba de que sus protegidos fuesen castos, lo mismo que el billete garabateado por la pasión, que él llevaba de una casa a otra, guardándolo en el pecho, como si su corazón solitario se complaciera en ser tocado por aquel cariño escrito.

V

Conocida esta persona y su importancia, se comprenderá la alegría del desesperado Leonardo al verla entrar y al leer en su rostro la felicidad que le traía.

–¡Querido D. Lino, incomparable abate! –exclamó abrazándole con afecto–. Siempre viene usted a tiempo. En este momento pensaba salir para ir a su casa.

–¿Sí? No me hubiera usted encontrado –contestó el abate, sentándose con señales de fatiga–. Estoy fuera desde el amanecer. ¡Cuánta ocupación Sr. D. Leonardo; esto no es vivir! No sé cómo me las componga para poder evacuar[90] tanto negocio importante como a mi cargo tengo. Esta mañana fui a buscar una nodriza por encargo de la señora de Valdecabras, que se ha visto obligada a despedir a la que tenía, por haber encanijado al niño. Al fin encontré una, recién venida de la montaña; me han asegurado que tiene buena leche; y en efecto...

–¿Pero no me dice usted nada de...? –preguntó Leonardo con la mayor impaciencia.

–Ya hablaremos –dijo el abate, que no quería poner a la orden del día el peligroso asunto objeto de su visita, mientras estuviera allí

---

[90] *Evacuar*: Desempeñar un encargo, informe o cosa semejante (*DRAE*).

Muriel, persona a quien no conocía–. Ya hablaremos. ¡Pero qué cansado estoy! He andado cinco horas sin parar. Tuve también que ir a comprar veinte varas de cinta para doña Pepita y a hablar con el pintor que ha de hacer el telón para el teatro del marqués de Castro-Limón. Van a representar la *Ifigenia*[91]. ¡Qué trajes, qué lujo! Hoy he ido también a encargar la peluca que debe sacar Agamenón, y las hebillas que ha de ponerse Ulises en los zapatos... porque ésta es gente de gusto. Estará de lo más lucido que en la Corte se haya visto. Luego he tenido que ir a hablar con el prior de Porta-Coeli a ver si quiere prestar los tapices de aquella iglesia para una función que hacen las Hermanas del Amor Hermoso en los italianos; y después fui a ver si los arrieros[92] de Extremadura habían traído la galga que ha encargado el señor fiscal de la Rota. Unos amigos de la calle de Mesón de Paredes[93] me entretuvieron, haciéndome beber algunas copas, porque tienen bautizo; y después marché a casa de la escofietera de doña Bárbara Moreno para decirle el corte que debe darle al tocado que lo está haciendo para el día de la boda de su hermana. ¡Ay!, no tengo piernas; me rindo. Y después de tanto mareo no he podido asistir al entierro del señor oficial mayor de Palacio, persona a quien no conocí, pero que me recomendaron después de muerto. Tampoco he podido asistir a la función del Sacramento, donde predicaba un amigo mío... y qué sé yo. Si no me multiplico no voy a poder vivir.

–¿Y no ha estado usted en casa de...? –dijo Leonardo sin poder contener su ansiedad.

El abate miró a Martín con recelo, demostrando que los graves secretos de que era emisario no podían comunicarse en presencia de un desconocido.

–Éste –dijo Leonardo señalando a Muriel– es un amigo mío muy querido. Nos conocemos desde la niñez. Le confío todos mis secretos, y él a mí todos los suyos.

–¡Ah! –exclamó Paniagua saludando a Martín con la sonrisa en

---

[91] *Ifigenia*: Hija de Agamenón y sacerdotisa de Artemisa en Tauride, Crimea. El mito inspiró numerosas tragedias de las que destacan las de Eurípides (480-406 a.Cr.) y Jean Racine (1639-1699). La obra de Racine fue traducida en la España del siglo XVIII por José de Cañizares (1676-1750) y Ramón de la Cruz.

[92] *Arriero*: El que trajina con bestias de carga (*DRAE*).

[93] *Calle del Mesón de Paredes*: para una precisa referencia sobre la historia y ubicación de esta calle madrileña, véase Répide, *Las calles de Madrid, op.cit.*, pág. 412.

los labios–, entonces... Pues daré a usted, señor D. Leonardo, una buena noticia.

–¿Buena noticia? –dijo D. Leonardo–. ¿Es que ha reventado doña Bernarda o ha reñido con el padre Corchón?

–¡Oh, no! –contestó D. Lino riendo y poniendo la mano en el hombro de su joven amigo–. Mi señora doña Bernarda no tiene novedad, aunque las muelas le molestaron anoche, para lo cual le he llevado hoy raíces de malvavisco[94]. En cuanto al padre Corchón nunca ha estado mejor que ahora, según me acaba de decir, pues con los pediluvios[95] se le ha quitado la ronquera, y volverá a lucir su hermosa voz en el púlpito de San Ginés[96].

–¡Que no le vea estallar como un cohete! –dijo Lenardo–. Pero a ver la buena noticia.

–Pues madama –prosiguió el abate con malicia–, va el domingo a la Florida[97] con algunas amigas y amigos, a pasar un día, a comer bajo los árboles, a saltar y brincar al modo de la poesía pastoril. Quiere que vaya usted.

–¿Yo... en presencia de doña Bernarda, que irá también? –dijo Leonardo.

–Ella no le conoce a usted. Yo le presento... y a propósito: yendo también su amigo, puede arreglarse mejor la cosa. Yo les presento como que son dos forasteros, que vienen de visitar las cortes de Europa, y al llegar a Madrid me han sido recomendados para enseñarles las cosas de esta villa y darles a conocer en los estados.

---

[94] *Malvavisco*: Flores dispuestas en grupos de tres, de color rosa pálido, cuya raíz se usa como emoliente (*DRAE*).

[95] *Pediluvios*: Baño de pies tomado por medicina (*DRAE*).

[96] *Parroquia San Ginés*: "Sobre la fundación de esta antiquísima parroquia también han discutido largamente, y con su consabido entusiasmo, los cronistas de Madrid (...) Lo único que se sabe de cierto es que ya existía esta parroquia por los años de 1358, y que estaba dedicada, como hoy, a San Ginés de Arlés, infiriéndose que pudo ser fundada a poco tiempo de la conquista de Madrid y con motivo del crecimiento de sus arrabales", Ramón de Mesonero Romanos, *El antiguo Madrid...*, op.cit., pág. 110. Consideramos relevante que sea precisamente en esta parroquia madrileña, la más antigua de la ciudad, donde el anacrónico personaje tenga asignado su púlpito.

[97] *Paseo de la Florida*: "Este paseo frondoso, que lleva el nombre de antiguo Real Sitio de la Florida, carece ya [en 1925] del aspecto bucólico que ofrecía en el siglo XVIII cuando bajaban hasta él las laderas de la Montaña del Príncipe Pío y no había edificaciones que turbaran su fondo de verdor hasta llegar a la ermita de San Antonio", Répide, *Las calles de Madrid, op.cit.*, pág. 273.

—¡Qué buena idea! ¿Vas, Martín? —preguntó Leonardo volviéndose hacia su amigo o interrogándole más con sus alegres ojos que con la palabra.

—Vamos. Aunque no fuera sino por hacer más fácil la presentación.

—Va mucha gente; damiselas y petimetres. Les aseguro a ustedes que se divertirán de lo lindo —dijo Paniagua.

—¡Oh! ¡Si no fuera doña Bernarda! ¡Si tropezara dislocándose un pie o se le subieran los vapores al cerebro de modo que no se tuviera en pie en una semana...!

—Entonces no iría su hija. ¡Pobre madamita! ¡Siempre tan triste...! —repuso el abate.

—¡Oh! D. Lino —exclamó el enamorado joven—. ¡Cuándo...!

—Ya conozco sus nobles sentimientos, Sr. D. Leonardo. Merecedor como ninguno es usted de tamaña dicha. Pero qué remedio... Esperar, esperar. Ya llegará el día. Y como ella es tan buena, tan guapa, tan sensible... Ayer me contaba las penas que pasó con su difunto esposo, y no pudo menos de llorar. ¡Pobrecita! Es que el guardia de Corps[98] era hombre cruel, Sr. D. Leonardo. ¿Ella no le ha contado a usted de cuando la encerraba, teniéndola dos o tres días sin probar bocado? Es cosa que parte el corazón.

—Sí, ya sé —dijo Leonardo, a quien importunaba el recuerdo de los sufrimientos de la discreta y sensible Engracia en vida de su esposo—. ¿Y a qué hora es el viaje a la Florida?

—Por la mañana. Yo vendré por ustedes. Va Pepita la del corregidor, doña Salomé Porreño[99], la de Cerezuelo y otras. ¡Qué ocasión, amigo D. Leonardo!; doña Bernarda se dormirá sobre la hierba apenas coma un bocado.

—Si despertara en el valle de Josafat[100].

---

[98] *Corps*: Voz que se introdujo en España sólo para nombrar algunos empleos, destinados principalmente al servicio de la persona del rey (*DRAE*). De la guardia real de corps procede precisamente el valido de Carlos IV, Manuel Godoy.

[99] *Salomé Porreño*: Personaje aristocrático que figura en *La Fontana de Oro* (1870). *El audaz* ya introduce la técnica galdosiana de incorporar personajes aparecidos en otras novelas. En este caso el autor la sitúa en un tiempo histórico anterior al de la novela en el que se presenta inicialmente. Técnicas similares pueden percibirse en *La de Bringas* (1884) con respecto a figuras novelescas de *Gloria* (1877) y *La familia de León Roch* (1878).

[100] *Valle de Josafat*: Valle de Jordania, situado entre Jerusalén, el torrente de Cedrón, el monte de los Olivos y la meseta donde cruza el camino de Damasco. Su nombre significa *Juicio de Dios*. Es en este valle, según la doctrina cristiana, donde se encontrarán reunidos los muertos el día del juicio final, *Jl.* 4.2, *Biblia de Jerusalén, op.cit.*, pág. 1346.

Pocas explicaciones serán necesarias para enterar por completo al lector de los amores de Leonardo. Pasaremos por alto los sucesos del período incipiente, con los primeros pasos de aquella aventura, cuyo fin estamos muy lejos de conocer todavía. Engracia, a quien el abate llamaba frecuentemente *madama*, siguiendo la costumbre de la época, era viuda de un guardia de Corps, que no la pudo martirizar más que siete meses, después de los cuales se marchó a mejor vida, dejando a su mujer en la gloria, si bien más tarde cayó en el temido infierno de la casa de su madre doña Bernarda, que se constituyó en celosa guardiana*. La muchacha, por demás sensible, hacía cuanto en su mano estaba para romper la clausura en que vivía; pero los lazos a la vez domésticos y religiosos en que estaba aprisionada, únicamente podían desatarse por la astucia o romperse por el valor, y de ambas cualidades carecía la pobre viudita. Ella misma no podía explicarse cómo habían nacido aquellos peligrosos amores; pero es indudable que la propia cautela y atroz intolerancia de doña Bernarda fueron causa de la aventura, que no era más que el ansia de libertad expresada en la relación afectuosa con alguien de fuera, con alguien de la calle. Tal vez había poco o ningún amor por parte de ella en las primeras comunicaciones epistolares y visuales; pero la costumbre es poderosa en ésta como en otras muchas cosas, y al fin Engracia profesó al ilustre mendigo verdadero cariño. La dificultad de las comunicaciones, las contrariedades que entre uno y otro surgían a cada paso, avivaron el incendio, y la pobre viuda se encontró doblemente presa. Incapaz por su débil carácter de tomar una solución, esperaba en silencio a que la Providencia resolviera aquel problema, y se contentaba con frecuentar lo más posible los novenarios y demás fiestas religiosas, donde le era posible el culto profano de un santo semoviente, que iba tras ella a todas las iglesias y oía todas las misas en que embebía su espíritu, ansiosa de dejar este mundo, la buena de doña Bernarda. Respecto del padre Corchón, teólogo eminente que dirigía el ánimo de aquella insigne mujer no sólo en las cuestiones religiosas, sino en las domésticas, nada diremos hasta que la imagen de hombre tan grande aparezca, llenándolo todo con su estatura física y moral en el escenario de esta historia.

El abate Paniagua aún tenía una misión que cumplir. Metió la

---

* "(...) celosa e *impertinente* guardiana", *Ibíd.*, pág. 608.

mano en su pecho, sacó un billete, y sonriendo (y aún diremos con cierto rubor) lo entregó a Leonardo. En el billete, además de muchas ternezas y honestas confianzas, hacía *madama* la misma invitación que de palabra había expresado ya al incomparable D. Lino. No copiamos la carta, porque habíamos de hacerlo con fidelidad, y las muchas faltas de ortografía de que estaba plagado aquel patético escrito, rebajarían el ideal tipo de la joven e interesante viuda. Las mujeres más novelescas suelen *despoetizarse* con su pluma, y aquélla no estaba libre de la común flaqueza gramatical propia de su sexo. Dejemos la carta relegada a profundo olvido y conservemos a su bella autora resplandeciendo en la altura del idealismo, muy por encima de la vulgaridad de sus garabatos.

Cumplido el objeto de la visita, se levantó Paniagua para marcharse. Entonces pudo Muriel observar mejor la pobre facha del corredor de asuntos amorosos. Era D. Lino pequeño y débil como un sietemesino; y no se concebía cómo aquellas piernecitas tan cortas y endebles podían trasladarlo de un punto a otro de Madrid con tanta actividad, para traer y llevar los infinitos recados que a su cargo tenía. Esta mezquindad de piernas y su voz atiplada y aguda como la de un niño eran los rasgos característicos del ser físico, como la debilidad y la complacencia lo eran del ser moral. Su cabeza era de configuración rara, y la bóveda del cerebro era semejante al polo ártico de un medallón: allí residía en perenne actividad el órgano de la protección a los amantes. De modales flexibles, de gran movilidad en la cintura y pescuezo, el cuerpo de Paniagua había nacido para doblegarse, lo mismo que su espíritu existía para complacer. No inspiraba aversión, ni afecto, y el respeto propio de su traje semieclesiástico se combinaba con el desprecio inherente a su frívolo oficio para producir un resultado de indiferencia, que era lo que realmente inspiraba a todo el mundo.

CAPÍTULO III

LA SOMBRA DE ROBESPIERRE

I

A la hora fijada por el Sr. de Rotondo, Muriel tomó el camino de la calle de San Opropio, ansioso de satisfacer su curiosidad. Llegó, y después de mirar el número de algunas casas, se paró ante una que mostraba ser antiquísima, de enorme y desigual fachada, y en tal estado de deterioro, que parecía mantenerse en pie por milagroso equilibrio. Las ventanas y puertas cerradas, la total carencia de vidrios y cortinas, indicaban que allí no podía vivir ningún ser humano. Acercóse Muriel a la puerta, la empujó y entró, hallándose en ancho zaguán[101], que daba a un patio, desierto y sucio, donde las maderas y las piedras hacinadas en desorden indicaban que alguna parte interior de la casa se había venido al suelo. Pasó el zaguán, cuyo piso era de puntiagudos y mal puestos guijarros, y entró en el patio, que recorrió con la vista buscando un ser viviente. No se sentía el más insignificante ruido. Dió algunas palmadas, pero nadie apareció; llamó de nuevo con más fuerza, y el eco de su palmoteo se perdió en aquel recinto solitario y misterioso. De repente, y cuando prestaba atención con más cuidado, esperando oír los pasos de alguna persona, sintió una voz que resonaba allá dentro en punto muy recóndito de la casa; voz lejana, pero muy fuerte, que decía: «¡Dantón, Dantón; pérfido Dantón!»[102]. Muriel, a pesar de no ser supersticioso, no pudo pres-

---
[101] *Zaguán*: Espacio cubierto dentro de una casa, que sirve de entrada a ella y está inmediato a la puerta de la calle (*DRAE*).

[102] *Georges Jacques Danton* (1759-1794): Político francés ligado al partido jacobino durante la Revolución. Entre el 6 de abril y el 6 de julio pertenece al Comité de Salvación Pública. Detenido por presuntas actividades antirrevolucionarias, muere dignamente en la guillotina el 5 de abril de 1794. Sus seguidores son calificados en *El audaz* bajo el apelativo de "dantonistas". Para una fuente precisa sobre figuras históricas que participan en la Revolución, véase Jean Tulard et al., *Historia y diccionario de la Revolución Francesa*, trad. Armando Ramos, Madrid, Cátedra, 1989.

cindir de cierto temor, y permaneció un momento absorto. La voz continuó al poco rato y más lejana, diciendo: «¡Dantón, Dantón!», y el eco de estas palabras se perdía como si la persona que las pronunciaba estuviera cada vez más lejos.

Llamó otra vez, y entonces sintió el rechinar del gozne de una puerta. Alguien venía. Miró al ángulo del patio, por donde parecía haberse sentido aquel rumor, y vio aparecer, saltando y cacareando, nada menos que a una gallina. Muriel estuvo a punto de reír al ver quién salía a recibirle. Al fin había visto algo vivo en tan desierta casa. Ya se dirigía hacia aquella puerta, cuando salió una vieja que, corriendo tras el travieso volátil, le dirigía toda clase de apóstrofes con muestras de gran enfado: «¡Anda bandolera, retozona callejera, mala cabeza, loquilla!». Y al mismo tiempo la buena mujer describió con su tardo e inseguro andar los mismos círculos del rebelde animal, hasta que al fin éste, comprendiendo su deber, se entró a buen paso por la puerta; cerró la vieja, profiriendo al mismo tiempo nuevos denuestos sobre las tendencias de emancipación de la gallina, y por fin se dirigió a Muriel, preguntándole:

–¿A quién busca usted?

–Al Sr. de Rotondo.

–¿Al Sr. de Rotondo? –dijo la vieja, dudando qué respuesta debía dar–. El Sr. D. Buenaventura... no está.

–¿No está? –dijo Martín con asombro–. Me ha dicho que a las diez... ¿Volverá pronto?

–No lo sabemos. Pero puede usted esperar. Ahí está el tío *Robispier*.

–¿El tío *Robispier*? –preguntó Muriel con la mayor extrañeza al oír un nombre que le parecía corrupción del de Robespierre[103]–. ¿Y quién es ese hombre?

–Así le llamamos, porque siempre está con ese nombre en la boca. Como está mal de la cabeza... –dijo la vieja llevándose a la sien su dedo índice.

---

[103] *Maximilien Robespierre* (1758-1794): Político francés que inspira la radicalización ideológica del partido jacobino. Descrito en la época como "el Incorruptible" por la inflexibilidad de sus posiciones ideológicas. Elegido en 1792 diputado por París a la Convención. Defendía un gobierno republicano fundamentado en el terror y frenado por la virtud. Ejecutado en la guillotina por el exceso sangriento y represivo de su administración (1793-1794).

−¿Loco?

−Sí. Parece que lo embrujaron allá, cuando estuvo. ¡Y qué hombre tan cabal era el Sr. D. José de la Zarza hace cuarenta años! Era un santo varón, muy devoto de la Virgen. Dicen que por un pecado que cometió, Dios le ha castigado cuajándole el cerebro. Puede usted subir. No hace daño. Si quiere usted esperar al Sr. D. Buenaventura...

Muriel se sorprendía cada vez más, y ya estaba tan vivamente picada su curiosidad, que resolvió subir, como le indicaba la vieja. La soledad y el vetusto aspecto de la casa, la anciana haraposa, que parecía una emanación del estiércol y los escombros acumulados en el patio; hasta la aparición de la gallina, único ser que intentaba alegrar con su juvenil cacareo aquel triste recinto, todo contribuía a aumentar el misterioso estupor que al oír la palabra Dantón, resonando dentro como un eco infernal, había sentido,

−Suba usted −dijo la vieja−. El tío *Robispier* no hace daño. Hoy le toca escribir, y no se le puede hacer levantar los ojos de sus garabatos. Grita mucho y parece que se va a tragar a uno, pero no hace nada. ¡Pobre Sr. de la Zarza! Yo, que conocí a su mujer allá por los años... sí −añadió recordando−, fue cuando el Sr. D. Carlos III echó de España a los jesuitas[104]. Doña Rosa tenía un hermano en el Colegio Imperial, y fue preciso esconderlo. Era amigo de mi difunto, que murió en la guerra del Rosellón...[105]

Martín, decidido a esperar a Rotondo, y curioso al mismo tiempo por ver al misterioso personaje de quien la viuda del ilustre mártir del Rosellón le hablaba, subió precedido por ésta. Los peldaños de la escalera, cediendo al peso de los pies, crujían y chillaban en discordante sinfonía; los restos de un artesonado, que se caía pieza a pieza, mostraban que aquella mansión había sido suntuosa allá por los tiempos en que el Sr. D. Felipe V[106] vino a España, y alguna vie-

---

[104] El ministro de Carlos III (1759-1788), conde de Aranda (1718-1799), ordena en 1767 la expulsión de los jesuitas por su presunta participación en los sucesos del Motín de Esquilache (23-III-1766). El madrileño Colegio Imperial estaba vinculada a la orden de los jesuitas.

[105] La guerra del Rosellón enfrenta a la España de Carlos IV con la I República francesa en 1793 hasta los acuerdos, ruinosos para España, del Tratado de Basilea (22-VII-1795) por el que se otorga también el título de Príncipe de la Paz al valido Godoy.

[106] *Felipe V* (1700-1746)): Primer rey de España perteneciente a la dinastía borbónica tras el fallecimiento del último monarca de la dinastía de los Austrias, Carlos II (1665-1700), el Hechizado.

ja, descolorida e informe pintura, conservada aún en la pared, demostraba que las artes no eran extrañas a los que allí vivieron. Muriel atravesó un largo pasillo donde el mal olor de las húmedas y olvidadas habitaciones producía gran molestia, y al fin llegaron. La vieja se paró ante una puerta, y permitiéndose una sonrisa, en que se unían grotescamente la burla y la conmiseración, señaló adentro, indicando al joven que entrara. Detúvose Martín, miró al interior, y vió en el centro de espaciosa sala a un viejo que, sentado junto a una mesa y violentamente encorvado, escribía, expresando gran exaltación. El cuarto no podía estar más en armonía con el personaje: espesa capa de polvo cubría el suelo y los objetos, y todo allí era confusión y desorden. Disformes[107] y mutilados muebles se veían colocados en un testero; mugrientas ropas cubrían un jergón puesto sobre tablas, y algunas armas rotas y mohosas yacían en un rincón en compañía de un arpa vieja y de unos vasos de tosco barro. Muchos papeles y legajos cubrían parte del suelo, lo mismo que la mesa, cargada también con el peso de varios libros y de un tintero en que mojaba su pluma con frenética actividad el extraño habitador, de aquel tugurio.

Martín le observó antes de entrar: era un hombre de aspecto decrépito, flaco y apergaminado. Cubríase con una especie de sotana verdinegra y raída, que parecía ser su único traje, formando sobre sus carnes como una segunda piel, y en toda su persona revelaba un abandono que sólo en locos rematados pudiera ser permitido. Con mano trémula escribía sin cesar, mojando la pluma a cada instante, y siempre con el rostro tan inclinado sobre el papel, que la nariz y la péñola parecían trabajar de acuerdo en aquel borrajear infatigable. Murmuraba alguna vez voces ininteligibles, siempre sin interrumpirse, y al concluir una hoja del cuaderno en que escribía, la volvía sin cuidarse de secarla, y continuaba en su trabajo con precipitación febril. Ya hacía un momento que Martín le contemplaba, cuando volvió el rostro hacia la puerta, y exclamó con alegría:

–Mi querido Saint-Just[108]. Al fin vienes. Entra, entra.

---

[107] *Disforme*: Que carece de forma regular, proporción y medida en sus partes (*DRAE*). Para un análisis preciso de la técnica descriptiva galdosiana referida a espacios ruinosos, véase Chad C. Wright, "Artifacts and Effigies: The Porreño Household Revisited", *Anales Galdosianos*, 14, 1979, págs.13-26.

[108] *Louis Saint-Just* (1767-1794): dirigente del partido jacobino que aprueba la ejecución de Luis XVI (1774-1792) en 1793. Guillotinado en 1794 por sus divergencias políticas con importantes sectores revolucionarios.

Quedóse más absorto Muriel al oírse llamar de aquella manera; mas la voz y ademanes del pobre hombre no le infundieron temor, y entró.

II

—No puedo descansar ni un momento —dijo el loco, escribiendo de nuevo con la misma velocidad y ahínco—; este informe ha de estar concluido dentro de dos horas. No hay más remedio; es preciso que se acabe el Terror, y el Terror[109] no se acaba sino sacrificando de una vez a todos los malos ciudadanos. Quedan todavía muchos en el seno mismo de las Comisiones. Todos irán a la guillotina.

Acercóse Muriel y notó que aquel hombre trazaba sobre el papel rasgos y garabatos que en nada se parecían a los signos de la escritura. No escribía; pintaba una especie de rúbrica interminable*.

—¿Y qué es lo que escribe usted? —preguntó Martín.

—¡Oh! ¡El informe! Robespierre lo lee mañana en la Convención. Vendrá pronto por él. ¡Y aún lo estoy empezando! ¿No vas esta noche a los jacobinos?[110].

—Sí, pienso ir —dijo Muriel, buscando un tema de conversación con el loco—. ¿Y tú, irás?

—¿Pues no he de ir? —contestó el viejo, apartando la vista del papel—. Es preciso proponer de una vez al pueblo que confiera el poder supremo al gran Robespierre. ¡Pero hay aún tantos miserables! ¡Infame Tallien[111], infame Collot de Herbois[112], miserable Barère[113]!

---

[109] *Terror*: Régimen político establecido en Francia durante los años de 1792-1794 basado en la represión política y la sistemática intimidación del adversario. Encarna de manera precisa los excesos revolucionarios desacreditados por Pérez Galdós en *El audaz*.

* "(...) rúbrica interminable. *Aquella locura era originalísima, y el joven se apresuró a presenciar todos los devaneos de tan raro personaje*", *Ibíd.*, pág. 613,

[110] *Jacobino*: Dícese del individuo del partido más demagógico y sanguinario de Francia en tiempo de la Revolución, y de este mismo partido (*DRAE*). De gran alcance simbólico en el texto parece la temprana asociación de Martín Muriel con este proyecto político.

[111] *Jean Lambert Tallien* (1767-1820): Político francés que desempeña importantes responsabilidades durante el régimen del Terror. Respetado durante el régimen napoleónico (1799-1814), mantiene también su pensión en el período de Luis XVIII (1814-1824). Muere de lepra, sin apenas reconocimientos oficiales, el 16 de noviembre de 1820.

[112] *Jean-Marie Collot de Herbois* (1749-1796): Secretario del club de los jacobinos. Experto en propaganda política, se le considera entonces "la trompeta de la revolución". Deportado a las Guayanas tras la ejecución de Robespierre, fallece en esa colonia francesa bajo el efecto de las fiebres

[113] *Bertrand Barère* (1755-1841): político francés y representante del tercer estado

—Vamos, ya ha escrito usted bastante —dijo Muriel, queriendo obligarle a entrar en conversación—. Descanse usted.

—¡Oh!, no, estoy empezando —contestó el pobre Zarza—, y he de concluir dentro de dos horas. Si viene Robespierre y no está concluido... Es preciso organizar la República, organizarla tomando por base la justicia, que emana del Ser Supremo[114].

—Sí, eso es cosa urgente —dijo el joven.

—Una vez proclamado el Ser Supremo, es preciso buscar en él el origen de la justicia. Robespierre, Robespierre: si hubiera semidioses, tú serías uno de ellos. Tú serás el árbitro de la República. Los malvados que te estorban el paso serán aplastados. Aún la guillotina no ha cercenado todas las cabezas de víbora que impiden el triunfo completo de la verdad. Fue preciso sacrificar a la familia real, y se sacrificó; fue preciso sacrificar a los girándinos[115], y los veintidós malvados fueron al cadalso. Aún no bastaba; fue preciso acabar con todos los vendidos a la emigración, a los realistas, a todos los malos patriotas, sobornados por los vendeanos[116], y se creó el Tribunal revolucionario. Aún no era suficiente; fue preciso extirpar a los dantonistas, hombres venales y corrompidos que deshonraban la República, y todos, llevando a la cabeza al pérfido Dantón, presumido hasta la hora del suplicio, marcharon a la guillotina. Aún no bastaba; fue preciso inmolar a cuantos parecieran cómplices del complot extran-

---

en la Asamblea de 1789. Fue el primer elegido para el Comité de Salvación Pública el 7 de abril de 1793. Deportado tras la caída de Robespierre, recupera cierta influencia durante el régimen bonapartista. Desterrado como regicida por la orden del 25 de julio de 1815, se exilia en Bélgica y regresa a Francia tras la Revolución de 1830. Ocupa un puesto en el consejo general de la Cámara de los Diputados hasta su fallecimiento en 1841.

[114] *Culto del Ser Supremo*: Culto deísta y patriótico inaugurado en París el 8 de junio de 1794. Robespierre lo implanta con objeto de establecer una religión de Estado cuya existencia consolide la Revolución y sutituya al catolicismo. La caída y ejecución de Robespierre es simultánea a la supresión de este ritual religioso.

[115] *Girondino*: Dícese del individuo de un partido político que se formó en Francia en tiempo de la Revolución, y de este mismo partido, llamado así por haberse distinguido principalmente en él los diputados de la Gironda (*DRAE*). Representa ideales de tipo centrista en su contexto socio-histórico.

[116] *Vendeano*: Con este término se designa a los partidarios del absolutismo monárquico que se sublevan en la región francesa de la Vendée (10-III-1793). Los vendeanos son el equivalente francés a las facciones carlistas que combaten en la España del siglo XIX el régimen burgués liberal.

jero, y el proceso de Cecilia Renault[117] dio ocasión para derribar muchas cabezas. Aún no basta; faltan algunos traidores por inmolar. Ánimo: un esfuerzo más, y Francia quedará libre de pícaros. Quedan pocos. Audacia hasta el fin, Robespierre, y serás el cerebro de la República.

Al concluir esta desordenada serie de imprecaciones que pronunciaba con creciente agitación, el infeliz dejó de escribir, arrojó la pluma lejos de sí, y se levantó, comenzando a dar paseos de un ángulo a otro del cuarto con mucha prisa y zozobra. Muriel estaba algo impresionado por el violento lenguaje de aquel hombre. Al oírle evocar con tanta energía, y dominado por una especie de fiebre, los principales acontecimientos de la Revolución francesa, su asombro tenía algo de terror, sin que lo atenuara el considerar que de las palabras de un demente no debía hacerse gran caso. Fijando la vista en el desgraciado anciano, pensó en la serie de desventuras que sin duda le trajeron a tan miserable estado y en la triste historia que irremediablemente había precedido a su enajenación. Pensó preguntarle algunos antecedentes de su vida, mas se contuvo por temor de apartarle de aquella interesante locura que le hacía expresarse con tanto calor, refiriéndose a sucesos propios para excitar la más reposada fantasía. Resuelto a hacerle hablar más en el mismo sentido, Muriel le dijo:

—¡Más sangre, todavía más sangre! ¿Crees que aún no hemos derramado bastante?

—¿Bastante? —dijo el loco, parándose ante Martín—. No; hace falta más, más. Cuando Mr. Veto[118] pereció en la guillotina, se creyó que bastaba; pero no, el mal tiene hondas raíces, Saint-Just, y es preciso extirparlo por completo.

—¿Te acuerdas de Mr. Veto? —preguntó Muriel, deseoso de que refiriese aquel caso.

---

[117] *Cecilia Renault* (1774-1794): Mujer francesa de orígenes populares. Acusada de atentar contra la vida de Robespierre. Fue detenida cuando llevaba una navaja y se acercaba al "Incorruptible". Condenada a la guillotina, se la lleva al patíbulo con la camisa roja de los parricidas.

[118] *Mr. Veto*: Término despectivo utilizado para calificar al monarca francés Luis XVI por sus recurrentes vetos a las iniciativas políticas de la Asamblea post-revolucionaria.

—¡Que si me acuerdo! Yo entré con el pueblo en las Tullerías[119] el 20 de junio. ¡Qué bien lo habíamos preparado! El infame Capeto insistía en poner el *veto* a la ley sobre el clero: el pueblo quiere elevar una petición al trono rogándole que retirara aquel maldecido *veto*. Éste era el motivo aparente de aquella memorable jornada; pero la causa real era que el pueblo quería pisar las alfombras de palacio, pasearse como único dueño y señor por los salones de las Tullerías, y ver cara a cara al descendiente de cien reyes, trémulo y humillado. El pueblo quería poner su mano sobre el hombro del hijo de San Luis en señal de que no hay poder, por orgulloso y fuerte que sea, que no ceda ante la majestad de la nación. No puedo darte idea, querido Saint-Just, del aspecto de aquella muchedumbre que desfilaba por París ocupando todas las calles desde el Marais hasta los Fuldenses[120]. Hombres, mujeres, niños, todos animados del mismo encono contra *Mr. Veto y la Austríaca*[121] desfilaban con algazara, llevando en sus manos armas, trofeos, banderas, palancas, asadores, garrotes, andrajos enarbolados a manera de estandarte; todo lo que cada uno encontró más a mano y podía llevar con más desembarazo. Un tarjetón llevado en alto por un carbonero de la calle de San Dionisio, decía: «La sanción o la muerte». En una bandera que enarbolaba una mujer, se leía: «¡Tiembla, tirano: tu hora ha llegado!». Yo pude improvisar un cartel, en que escribí: «¡Mueran Veto y su mujer!». Otros llevaban en lo alto de un palo vestidos desgarrados e infames harapos con que se quería simbolizar la venganza de la miseria popular,

---

[119] *Palacio de las Tullerías*: Residencia parisina de Luis XVI tras su traslado desde Versalles el 6 de octubre de 1789. La familia real residió en él hasta la insurrección popular del 10 de agosto de 1792. La revolución es originada por los vetos del monarca a ciertas medidas legislativas. Tras la violenta muerte de seiscientos guardias suizos que protegen a la familia real y el saqueo del palacio, la Asamblea determina el encierro de la familia real en el Temple. Se considera este hecho como el preludio del futuro ocaso de la monarquía francesa.

[120] *Palacio Marais*: Durante la Revolución el 'Marais' ("la marisma") designaba junto a la 'Plaine' ("la llanura") a los diputados de la Convención que se negaron a comprometerse en las luchas partidistas del grupo englobado bajo el nombre de "la montaña". *Fuldenses*: Denominación empleada para calificar al grupo de individuos pertenecientes a un club político francés que en la época revolucionaria se reunía en el convento de los Fuldenses de París. La Zarza parece entonces referirse a los edificios que albergaban en la capital francesa estas asociaciones partidistas.

[121] *Mr Veto y la Austríaca*: Términos despectivos con los que se designan, respectivamente, a Luis XVI y su esposa, la reina María Antonieta (1755-1793).

enseñoreada ya del mundo y más poderosa que los reyes. Detrás de Lambertina de Mericourt[122], que arengaba con su ronca voz al gentío, gritando: «¡Vivan los descamisados!», iba Santerre[123], que había llevado sus guardias nacionales a fraternizar con nosotros. El marqués de Saint-Huruge[124], patriota exaltado, me daba el brazo, y detrás de mí iban Henriot[125] y *Lesouski*[126]. Marat[127] gritaba ebrio de furor, y Camilo Desmoulins[128] reía como ríen los locos, con una carcajada que infundía espanto. Un hombre llevaba en una pica un corazón de buey con un letrero que decía: «Corazón de aristócrata», y las gotas que de este horrible despojo manaban nos caían en el rostro a los más cercanos, de tal modo que parecía que alguien nos escupía sangre desde el cielo.

Aquel entusiasmo en que se mezclaba a un furor frenético una alegría delirante, nos hacía horribles: causábanos terror nuestra propia voz y cada uno se espantaba de los demás. Ninguno era dueño de sí mismo; todos habían abdicado su persona ante la colectividad y cada cual dejó de ser un individuo para no ser más que muchedumbre. Palpitante, furiosa, ronca, ebria, llega ésta a la sa-

---

[122] *Lambertina de Mericourt*: La Zarza se refiere a Thèorigne de Méricourt (1762-1817), importante revolucionaria francesa. Existe una traducción española de un tema afín a este personaje muy cercana en la cronología histórica a novela galdosiana: E. Lairtullier, *Las mujeres célebres en Francia desde 1789 hasta 1795 y su influjo en la revolución*, Barcelona, Librería de J. Olivares, 1841.

[123] *Antoine Joseph Santerre* (1752-1809): Rico fabricante de cerveza que se convierte en comandante general de la guardia nacional el 10 de agosto de 1792 tras el asesinato de su predecesor en el cargo, comandante Mandat.

[124] *Marqués de Saint-Hurugue* (1750-1810): Militar francés llamado durante la Revolución "el generalísimo de los sans-culottes". Vinculado a Dantón, fue detenido tras su ejecución y sólo abandona la cárcel después de la muerte de Robespierre.

[125] *Henriot*: Posible referencia al revolucionario Louis Julien Simon Héron (1746-1796), activo participante en la toma de las Tullerías (10-VIII-1792) descrita por Zarza.

[126] *Lesouski*: Posiblemente José de la Zarza alude a cierto Lazawski enterrado en las plaza del Carrousel en 1793 por su heroica participación en las jornadas revolucionarias del 10 de agosto de 1792.

[127] *Jean-Paul Marat* (1743-1793): Doctor suizo que alienta en la Revolución Francesa mediante su periódico *L'Ami du peuple* (1789) incendiarias llamadas a la violencia revolucionaria. Inspirador intelectual de las matanzas de septiembre (1792). Asesinado por Charlotte Corday el 13 de julio de 1793.

[128] *Camille Desmoulins* (1760-1794): Político francés cuyos panfletos incendiarios gozan de gran predicamento en la década de 1790. Activo participante en las jornadas de 1792. Condenado y ejecutado con Danton el 5 de abril de 1794.

la del picadero, donde estaba la Asamblea, y se empeña en desfilar ante ella. Se oponen los constitucionales; pero los girondinos y jacobinos quieren que entremos. La discusión fue larga, y al fin entramos. ¡Qué espectáculo!. Más de treinta mil desfilamos ante los diputados aterrados o absortos, y ante el gentío de las tribunas que nos aplaudía con frenesí. Nuestros andrajos y nuestra miseria se pasearon ante la majestad de la representación nacional como poco después ante la majestad del rey. Blandíanse allí dentro los sables y se agitaban las picas y banderolas con una amenaza, indicando a los diputados del pueblo que éste podía quitarles el Poder y despojarles de todo prestigio, como aquéllos habían hecho con la dignidad real. El corazón de buey que destilaba sangre, y la horca portátil de que pendía la efigie de María Antonieta, hicieron estremecer de horror a todos los hombres allí reunidos; nuestros gritos ensordecían el recinto: chillaban los chicos, vociferaban las mujeres y todos añadíamos un rugido o una imprecación a aquel infernal concierto.

«¡A las Tullerías, a las Tullerías!», dicen mil voces, y corremos allá. En vano se quiere oponer la fuerza de algunos gendarmes y granaderos al impulso incontrastable del pueblo. Derribamos las puertas del Carroussel[129], penetramos en el patio, algunos artilleros quieren oponérsenos, pero los dispersamos arrebatándoles un cañón, que subimos después en brazos al piso principal del palacio. Forzamos la puerta real, ocupamos el gran pórtico y nos precipitamos por las escaleras gritando: «*¡Mr. Veto, Mr. Veto!* ¿Dónde está *Mr. Veto*?». Recorrimos las salas y galerías. La multitud no podía expresar lo que sentía al ver reproducidas en los espejos del palacio de los reyes de Francia sus hambrientas caras, los jirones de sus vestidos, sus desnudos miembros fortalecidos por el trabajo, al oír repetido en la concavidad de las suntuosas salas el eco de su ruda e imponente voz, que entonaba en discordante algarabía el himno informe de sus agravios satisfechos, de su secular injuria vengada. La plebe estaba más orgullosa y enfatuada que nunca en aquellos momentos. Sólo una débil

---

[129] *Patio del Carrousel*: patio situado en el palacio parisino de las Tullerías. A comienzos de la Revolución existía una plaza del Carrousel, dividida en tres patios anejos a la parte este de las Tullerías. Ése fue el lugar donde se inicia la invasión de la residencia real el 10 de agosto de 1792. Escenario también de ejecuciones sumarias mediante el procedimiento de la guillotina.

puerta la separaba de Luis XVI, del rey ungido, que, rodeado de su familia, temblaba como la hoja del árbol, creyendo que el menor movimiento de aquel gran monstruo que se le había entrado por las puertas lo aniquilaría con su mujer y sus hijos. La plebe entraba en palacio no como esclava, sino como señora; no iba a pedir, sino a mandar. Mr. Veto sería pronto en sus manos lo que es un juguete en las de un niño. La plebe se reía anticipadamente de la broma, y aquella algazara jovial, resonando bajo los ricos artesonados contruidos con el oro de cien generaciones de despotismo, parecía la expresión de venganza de los siglos, la gran carcajada de la Historia, que así se burla de los más orgullosos poderes.

La pica que yo llevaba fue la primera que golpeó la puerta que nos separaba del rey. La puerta cedió, y entramos. Mr. Veto se ofreció a nuestra vista pálido y humillado: le devorábamos con nuestras miradas, centenares de sables amenazaban su cabeza, y los muchos emblemas irrisorios o amenazadores que llevábamos, lo mismo que el corazón de buey, se presentaron a sus atónitos ojos como la expresión concreta de nuestro resentimiento. «¿Dónde está la Austríaca? ¡Abajo el Veto! ¡Queremos el campamento en las cercanías de París!», exclamaban algunos. Un ciudadano se adelanta hacia el rey y le ofrece su gorro frigio[130]. El rey se lo pone. Otro ciudadano se acerca con un vaso y una botella y dice: «Si amáis al pueblo, bebed a su salud»; y el rey bebió esforzándose en sonreír. Esto, que parecía un sarcasmo, era en la plebe la sincera idea de la igualdad. Quería no elevarse hasta el rey, sino hacerle bajar hasta ella. No se contentaba con la concordia entre el trono y el pueblo, sino que aspiraba a la familiaridad.

La muchedumbre hubiera podido inmolar a Capeto[131] con toda su familia en aquel momento; pero si alguno tuvo intenciones en este sentido, la mayoría de los manifestantes las sofocó: algunos se enternecieron, advirtiendo la debilidad del contrario. ¡Ah! Los papeles

---

[130] *Gorro frigio*: Gorro semejante al que usaban los frigios, y que se tomó como emblema de la libertad por los revolucionarios franceses de 1793 y luego por los republicanos españoles (*DRAE*).

[131] *Capeto*: Fórmula lingüística utilizada por los revolucionarios franceses para referirse a Luis XVI tras ser suspendida su condición real después del 10 de agosto de 1792. El nombre fue establecido en recuerdo del monarca Hugo Capeto (987-996), fundador de la dinastía Capeto (987-1328) de la que los Borbones constituyen una rama dinástica.

se habían trocado. El hombre cuya voluntad disponía a su antojo de veinticinco millones de seres, temblaba sobrecogido y aterrado ante unos cuantos individuos del pueblo. ¡Qué momento aquél! Todas las angustias, toda la ignominia, toda la miseria de tantos siglos estaban vengadas*. El pueblo no podía haberse mostrado más digno, dada su condición y su estado. Respetó la persona del rey, y si expresó su deseo en formas rudas y violentas, es porque no se le había enseñado a hablar de otra manera. Los sentimentales dirán que aquello fue una profanación salvaje; se llenarán de horror y cerrarán los ojos con repugnancia y asco al recordar los innobles vestidos de la muchedumbre, su falta de pulcritud y de cultura, el desenfado de las mujeres, las embriagadas voces, los aullidos, los pisotones, la hediondez, la espuma de los labios, el fulgor de los ojos, la insolente apostura de aquella gente desenfrenada. Los sentimentales clamarán al cielo, y dirán: «¡Plebe soez canalla, gentuza, mal nacida!» ¡Ah, malvados, pérfidos aristócratas, verdugos del pueblo! No sólo queréis atar nuestros brazos para que no os hieran, sino que intentáis también tapar nuestra boca para que no os maldigamos. Habéis considerado al pueblo durante siglos enteros como traílla de esclavos; os habéis enriquecido a sus expensas, guardándoles menos consideración que la que os merecen vuestros perros de caza y vuestros halcones. ¡Miserables aristócratas! Habéis formado una casta privilegiada, rodeada de inmunidades, de garantías, de riquezas, y queréis perpetuarla, vinculando en ella todo el poder de las naciones. La inteligencia, el valor, la sensibilidad que en los demás hombres pudiera existir, ha de quedar relegada al olvido; calidades y virtudes perdidas en el océano de la miseria general, como las perlas en la profundidad de los mares. No hay más vida que la vuestra. ¡Ah! ¡Viles aristócratas! La guillotina funcionando noche y día no bastará a vengar al mundo de vuestros atropellos. Robespierre, aún quedan muchos. Mata, mata sin cesar.

El demente calló obligado por la fatiga que le debilitaba y enronquecía su voz. Muriel lo escuchaba con aterrados ojos. Creía tener delante al genio decrépito de la Revolución francesa expiando con una espantosa enfermedad del juicio sus grandes crímenes; ge-

---

*Mantenemos en el texto principal el femenino plural "vengadas" aunque la edición de 1907 incluya "vengados" pues esa forma gramatical correcta es la que aparece en la primera versión de 1871.

nio a la vez elocuente y extraviado, sublime por las ideas y abominable por los hechos.

III

–Algunos –continuó la Zarza–, entraron en el cuarto inmediato donde estaba la Austríaca. Yo no sé lo que allí pasó; pero, según me dijeron, hubo mujeres que se enternecieron ante la reina y otras que la insultaron. También el Capetillo hubo de ponerse el gorro frigio. ¡Qué irrisión del Destino! En otra ocasión, su madre hubiera creído que sólo el aliento de un hijo del pueblo haría daño al ilustre niño, y en aquella ocasión el desdichado se sofocaba entre la multitud, recibiendo de sus pulmones el aire plebeyo de la miseria en que vivimos. «Ya hemos destronado a Luis XVI», dije yo a Legendre[132], el carnicero, cuando bajábamos la escalera de las Tullerías. «Sí –contestó él–, le hemos puesto la caña en las manos y el *Inri* en la frente». –«¡Qué pequeña es la majestad mirada de cerca –decía Camilo–; es como las decoraciones de los teatros! Desde fuera, ¡cuán hermosas! Nosotros hemos entrado hoy entre bastidores, y nos hemos complacido en dar de puntapiés a los figurones de cartón que antes nos parecían magníficas estatuas».

Concluida la demostración, la muchedumbre se desbandó, no sin aclamar antes a Pétion, al rey Pétion[133], a quién llevamos en hombros un buen trecho. ¡Oh, que días aquellos! Después han pasado muchas cosas, y algunos, no pocos, de los héroes de aquel acontecimiento, han perecido después por haber hecho traición al pueblo. Éste es inexorable. Sus largos sufrimientos lo disculpan del sistema de no perdonar. Aquel mismo Pétion fue proscrito un año después. Los más eminentes de entre los girondinos, los héroes del 10 de agosto, subieron al cadalso. ¡Traidores! Yo recuerdo bien el día en que esto sucedió.

---

[132] *Louis Legendre* (1752-1797): Hijo de carnicero. Orador y tribuno popular francés durante la Revolución. Miembro de la Convención, aprueba con su voto la ejecución de Luis XVI.

[133] *Jérôme Pétion* (1756-1794): Político francés miembro del partido jacobino. Elegido alcalde de París el 15 de junio de 1791. El 20 de junio de 1792 intenta impedir inútilmente la invasión popular de las Tullerías. Cesado por el rey el 12 de julio, Pétion, sin embargo, recibe la aclamación del pueblo de París el 14 de julio en el Campo de Marte. Proscrito durante el régimen del Terror, se suicida en Burdeos para no ser detenido.

–Cuéntalo, cuéntalo –dijo vivamente Muriel, a quien impresionaba la relación del infeliz demente.

–No –contestó–. ¿Crees que puede perderse el tiempo en conversaciones? Tú eres un holgazán, Saint-Just; tú no tienes más que lengua. Te pasas el día charlando, cuando la República está en peligro. Es preciso salir de esta situación. El informe de Robespierre que estoy escribiendo ha de poner término al Terror por el exceso del mismo. Todos los malos ciudadanos perecerán bien pronto. Es preciso escribir ese informe. Robespierre viene; ya siento sus pasos. Escucha.

Al decir esto, el infeliz prestaba atención señalando al exterior, donde no se sentía ruido alguno. Por el contrario, el silencio era grande, y unido a la oscuridad que allí reinaba, hacía más imponente la escena. Muriel no pudo menos de sentir cierto escalofrío, al ver que el loco, inmutado el rostro, se volvía hacia uno de los ángulos de la sala, como si hubiese allí alguna persona a quien miraba con atención.

–¡Ah, Robespierre! –exclamó el loco señalando hacia el sitio donde su enferma fantasía veía la imagen del célebre convencional–. Robespierre, el día ha llegado; no lo dejes pasar. No tiembles; coge con mano fuerte el Poder que está en las uñas de una Asamblea envilecida. ¿Estás airado, hombre divino?... ¿Qué tienes? Maximiliano, Maximiliano, valor. Es preciso un esfuerzo más; la guillotina espera las últimas víctimas.

Muriel observaba aquello con espanto, y los informes objetos que en el cuarto había, la escasa luz, la impresión causada en su ánimo por el anterior relato, parecían contribuir a hacerle partícipe de la alucinación del desdichado La Zarza. Éste continuaba hablando con el espacio y se paraba a intervalos escuchando, como si le contestara el supuesto fantasma.

–¡Hombre divino! –continuaba el viejo–. El pueblo te adora. No temas a esos infames de las Comisiones. Tú triunfarás. No lo crees, y me señalas tu cuello manchado de sangre. No, tú no irás a la guillotina. Si vas, yo te acompaño; morir contigo es asegurar la inmortalidad. Los jacobinos son tuyos. Aquella tribuna es tu trono. El pueblo correrá a defenderte. Preséntate en la Convención con tu informe, y ¡ay del que se atreva a ser tu enemigo!

Alzaba tanto la voz y se agitaba tanto en su diálogo con la sombra, que Muriel ya se sentía mortificado con aquel espectáculo. Solo en tan vasto y solitario edificio, cuyos únicos habitantes parecían ser una gallina, una vieja y un furioso; en aquella habitación sombría, ocupada por el recuerdo vivo de una época histórica interesante y terrible a la vez; oyendo las desentonadas voces de un hombre que hablaba con la Historia, con la muerte, con lo desconocido. Martín no pudo resistir a un sentimiento supersticioso. Su imaginación creyó ver surgiendo de la ennegrecida pared del fondo la imagen de un hombre con desencajados ojos, ancha frente, puntiaguda nariz y labios rasgados y finos, que avanzaba lentamente sin que sus pasos se sintieran; mirándole con terrible expresión y señalando su propio cuello, del cual salía un chorro de sangre que inundaba la habitación. Muriel se levantó cubriéndose el rostro con las manos y salió de allí. No había dado dos pasos por el corredor, inundado de luz, cuando ya reía de su supersticioso miedo. La gallina cacareaba en el patio, y la vieja la reprendía por su desenvoltura.

Un rato estuvo apoyado en el antepecho del corredor, entregado a sus meditaciones. Desde allí oía los gritos del insensato, cuya manía más le causaba asombro que risa. Trataba de explicarse el origen de tan rara demencia, y al mismo tiempo quería representarse de nuevo las escenas que acababa de oír contar, cuando de pronto siente una mano sobre su espalda. Estremécese todo; se vuelve rápidamente, y ve una cara animada por dos ojos muy vivos, de nariz pequeña y puntiaguda, frente espaciosa y labios muy delgados, que se rasgaban en una singular sonrisa, la misma cara que creyó ver poco antes en el fondo obscuro de la habitación. Dio un grito de espanto, pero ¡ay!, ¡qué tontería!, era el Sr. de Rotondo.

Esta serie de impresiones fue rápida como un relámpago. Sentir el peso de la mano en el hombro, volverse, dar un grito de espanto al ver aquella cara y después reconocer a D. Buenaventura, fue obra de un segundo. ¡Cuántas veces nos ocurre que al primer golpe de vista no reconocemos la fisonomía que más acostumbrados estamos a ver! Estos errores son instantáneos, y cuando la aparición nos coge de improviso, que es cuando generalmente ocurre el fenómeno, nos preguntamos: «¿Quién es éste?» Y es nuestro amigo más conocido: tal vez es la persona en quien vamos pensando en aquel momento.

IV

Muriel había visto a Rotondo tan sólo una vez; pero recordaba bien su fisonomía. No sabemos si había relacionado ésta con la imagen de Robespierre, que conocía en estampa. Quizás.

–Le he asustado a usted –dijo sonriendo–. Ya sé que ha estado usted entretenido con las locuras del pobre Zarza.

–Me ha impresionado, no puedo negarlo –dijo Martín–. Yo no había visto locos así. Me ha contado varias cosas con una elocuencia, con un calor.

–¡Oh!, sí; dentro de su manía es inimitable. No disparata sino cuando escribe el informe. Hace diez años lo está empezando. El infeliz me gasta algunas arrobas de papel y algunas azumbres[134] de tinta al año. Ya habrá usted visto cómo emborrona un cuaderno sin escribir nada. Habla a todas horas con Robespierre, como usted ha oído, y así pasa la vida.

–¿Y este hombre, quién es?

–Su historia sería larga de contar. Es un desgraciado; yo le tengo ahí recogido por lástima; porque fui amigo de su familia hace muchos años. Si yo lo abandonara serviría de diversión a los chicos por esas calles.

–¿Pero él ha presenciado los sucesos que refiere? –dijo Martín.

–Ya lo creo: todos. Fue a Francia con Cabarrús[135]. Este pobre Zarza tenía talento y mucha imaginación. Aquí fue siempre muy filósofo, y hasta llegó a escribir algunas obras. En Francia abandonó a Cabarrús. Aquellos acontecimientos le excitaron en extremo, y pocos tomaron parte con más calor que él en las sediciones y motines de tan afamada época. Fue primero gran amigo de Barbaraux[136] y después

---

[134] *Azumbre*: Medida de capacidad para líquidos, equivalente a 2 litros y 16 mililitros (*DRAE*).

[135] *Francisco de Cabarrús* (1752-1810): Ilustrado español nacido en Bayona (Francia). Director del Banco de San Carlos, se ve obligado a dimitir en 1791 por acusaciones de fraude. Entre sus obras destacan, *Cartas sobre los obstáculos que la naturaleza, la opinión y las leyes oponen a la felicidad pública* (1783) y *Cartas [... en las que] da noticia de lo que ha observado en España* (1783).

[136] *Barbaraux*: Referencia a Charles Jean-Marie Barbaroux (1767-1794). Político francés que aprueba en la Convención la ejecución de Luis XVI. Perseguido durante el Terror por su filiación girondina, trata de suicidarse sin éxito en Burdeos para evitar su guillotinamiento.

de Robespierre, a quien sirvió mientras el uno tuvo razón y el otro vida. Furibundo jacobino, fue comprendido en las últimas proscripciones del Terror, y encerrado en la Abadía[137] mucho tiempo, esperaba la muerte todos los días. La larga prisión, el pavor que le infundía la guillotina, la humedad del calabozo, le hicieron contraer una penosa dolencia. Cuando después de sano lo pusieron en libertad, estaba loco. Unos españoles le trajeron acá y en esta casa vive hace diez años.

–Es particular –dijo Muriel, preocupado con la historia del desdichado Zarza.

–Pero dejemos eso, y vamos a hablar de nuestras cosas –dijo Rotondo llevando al joven a una habitación algo decente, que abrió con llave–. Siéntese usted y hablemos. Fray Jerónimo de Matamala me decía que era usted un hombre de bríos y de ideas muy arraigadas. ¿Desea usted hacer fortuna?

–Nunca he sentido ambición de lucro –dijo Muriel–. Lo que me ha preocupado noche y día es un deseo muy grande de influir para que este país se transforme por completo y cambie parte de su antigua organización por otra más en armonía con la edad en que vivimos.

–Eso es lo que yo deseo –contestó Rotondo–. Pero usted será de esos que quieren hacer las cosas a sangre y fuego. ¿Eh?

–No sé; creo que es difícil antes de hacer las revoluciones decir cómo se han de hacer. Los medios se vienen a las manos cuando se está con ellas sobre la masa.

–Bien dicho. ¿Pero usted no cree que la astucia es mejor que la fuerza?

---

[137] *Abadía*: prisión militar a finales del Antiguo régimen y antigua cárcel de la Abadía de Saint-Germain-des-Prés. Se destina a los guardias suizos de Luis XVI que participan en la defensa de las Tullerías (10-VII-1792). Situada en la orilla izquierda del Sena, fue una de las cárceles en la que las matanzas de Septiembre (2-VIII-1792) fueron particularmente intensas. La prisión parisina de La Zarza ofrece cierto paralelismo con las brutales condiciones carcelarias que Carlos Dickens (1812-1870) presenta en *Historia de dos ciudades* (1859). En la novela dickensiana, sin embargo, Alexander Manette termina sobreviviendo al horror de la Bastilla, recupera la cordura y permite el matrimonio de su hija Lucie con el aristócrata marqués de Saint-Evrémonde. El personaje galdosiano, en cambio, es incapaz de superar la traumática experiencia y mantiene su neurótico delirio revolucionario.

—La astucia no sirve de nada cuando es preciso destruir —dijo Martín—. Si usted quisiera echar al suelo esta casa, ¿emplearía la astucia?

—Ciertamente que no —contestó riendo D. Buenaventura—. Pero quiero decir... Aquí hay enemigos terribles... los frailes, los aristócratas. ¿No le parece a usted que atacando de frente tales enemigos hay peligro de ser derrotado? ¿La insurrección, cree usted que por ese camino...?

—No sé —dijo Martín—; si en el orden natural de las cosas está que España se transforme por ese medio, así pasará. Si no...

—Supongamos —dijo Rotondo— que hay aquí un partido que desea esa transformación, supongamos que ese partido es numeroso; ¿no sería el mejor camino aspirar a apoderarse de las riendas del Estado, y después...?

—¡Qué ilusión! Aquí no se apoderan de las riendas del Estado sino los guardias de Corps, que han agradado a alguna elevada persona. Con el absolutismo no hay salvación posible. Es preciso que todo el edificio venga a tierra, y no por medio de la astucia, sino por medio de la fuerza.

—Veo que es usted un hombre atrevido —dijo Rotondo con complacencia, sin duda, porque Muriel era como él lo quería—. Vamos a ver: ¿cómo arreglaría usted este asunto?

—No aspiraría a que mis ideas principiaran por apoderarse del mando. Las haría cundir por el pueblo para que éste obligase al rey a aceptar una Constitución, y si el rey se oponía... La Zarza le diría a usted lo que era conveniente hacer.

—Pues es usted un hombre decidido, y por lo mismo creo que está usted llamado a figurar... Hay aquí muchos hombres de corazón que están dispuestos a... —dijo Rotondo deteniéndose, como si temiera ser demasiado explícito—, dispuestos a hacer esa transformación que todos deseamos.

Muriel comprendió ya que aquel hombre conspiraba. El objeto y el fin político es lo que aún no conocía.

—Ya usted debe comprender —continuó D. Buenaventura— que el primer obstáculo que ha de echarse a tierra es ese miserable e insolente favorito que nos deshonra y nos arruina. Usted debe saber que hay un Príncipe de grandes esperanzas, que merece el respeto y la admiración de todo el reino. Carlos no puede seguir en el trono. Es preciso hacerle abdicar, y que se vaya con su mujer y su Manuel a otra parte. Es preciso acelerar el reinado del Príncipe.

Y se detuvo un momento leyendo en el rostro de Muriel el efecto que aquellas declaraciones le habían causado. El joven, que estaba silencioso y meditabundo, habló al fin, después de hacer esperar un breve rato a su interlocutor, y dijo:

–Bien; se trata de elevar al trono a Fernando. ¿Cree usted que con eso ganaremos algo? Todo quedará lo mismo. La cuestión es distinta. Esta gente no aprende nunca. Lo mismo Fernando que Carlos se opondrán a desprenderse de una parte de su poder. El absolutismo no abdica nunca. Hay que hacerle abdicar.

–Bien; pero poco a poco. Pongamos a Fernando en el trono, y después...

–Después quedará todo como está ahora.

–¿Quién sabe? El Príncipe es despabilado...

–¿Pero usted –dijo vivamente Muriel– está empeñado en algún complot? No puede ser menos. Las persecuciones de que me habló ayer, esto que ahora ha dicho...

–Diré a usted, amigo –indicó Rotondo cuando se hubo repuesto de la sorpresa que tan franca pregunta le produjo–. Yo deseo, como ninguno, el bien de mi patria. Yo no tengo ambición; soy medianamente rico. ¿En qué mejor cosa pudiera ocuparme que en procurar la caída del infame Godoy?

–¿Pero quién se ocupa seriamente en eso con plan fijo y ordenado? Porque yo creí que la animosidad que contra él existe no pasaría de la impopularidad para llegar a la insurrección.

–Sí llegará –dijo Rotondo–, llegará; por eso buscamos gente decidida; jóvenes que se asocien a tan grande idea.

–¿Luego hay conjuración? ¿Pero es simplemente para quitar al que nos gobierna y poner a otro, quizá peor? ¿No hay en eso ninguna idea política, ningún plan de reforma?

–Eso después se verá –dijo D. Buenaventura contrariado de encontrar a Muriel menos complaciente de lo que creyó al principio–. Por ahora...

–Yo creo que de ese modo no adelantamos un paso.

–¿No se asociaría usted al pensamiento? ¿No comprende usted que cuantos aspiren a reformas políticas deben empezar por quitar de en medio la corrupción, la venalidad, la insolencia, la ignorancia, que están personificadas en ese ruin favorito?

–Así parece –repuso el joven, los ojos fijos en el suelo y como abstraído–. Pero... ¿y si no se consigue nada? ¿No sería mejor desde luego...?

–Usted sueña con un cataclismo: pues lo habrá. Se puede unir el nombre de Fernando a una idea de reformas. Bien; si usted lo quiere así...

Don Buenaventura se apresuraba a cambiar de rumbo. Era preciso fingir cierta conformidad con las ideas exageradas del ardiente joven.

–En nuestra bandera –añadió– cabe todo eso. Como usted ha dicho antes muy bien, una vez que se está con las manos sobre la masa es cuando se sabe qué medios se han de emplear.

–Bien –dijo Martín con expresión que demostró a don Buenaventura la dificultad de que ambos llegaran a avenirse–. Pero todo hombre que toma parte en una conjuración, debe saber cuál es el objeto de ésta. Si hay unas cuantas personas decididas que trabajan con objeto de derribar a Godoy y para hacer aceptar al nuevo rey una Constitución, yo soy de ésos. Si no, tan sólo sería instrumento de ambiciosas miras, contribuyendo a conmover el país, sin hacerle beneficio alguno.

–Sí, deben hacerse esas reformas –afirmó Rotondo ya bastante atolondrado–; pero antes... ¿no le entusiasma a usted la idea de ver por tierra al célebre Manuel?

Muriel no contestó; estaba profundamente pensativo. D. Buenaventura casi se sentía inclinado, a pesar de su natural reserva, a ser más explícito, confiándole pormenores de la conspiración; pero temía revelar secretos importantes a una persona que no se había mostrado desde el principio muy favorable a la idea. Le mortificaba que Martín no se hubiera entusiasmado con su pequeño plan revolucionario, porque los informes que el padre Matamala le había dado del joven, hacían esperar que fuera más dócil a las sugestiones de quien le ofrecía posición, fortuna y gloria. Creía que la imaginación del filósofo provinciano se excitaría con facilidad ante un porvenir de luchas y triunfos. Su desengaño fue grande al ver que picaba más alto. Rotondo, en medio de su despecho, conoció la superioridad, y experimentó, respecto a él, un sentimiento en que se mezclaba cierto respeto a la conmiseración. Al mismo tiempo sentía haber comenzado a tratar con un hombre que rechazaba sus proposiciones; no podía menos de deplorar la impericia del padre Jerónimo, que le había mandado un filósofo, cuando no se le había pedido sino un charlatán. Quiso, sin embargo hacer el último esfuerzo, y dijo:

—Estoy seguro de que le pesará no seguir mis consejos.

—Si usted me entera con más franqueza de ciertos pormenores; si usted me dice quiénes son las personas altas o bajas que se interesan en la misma causa; si usted me da noticia de las influencias extranjeras que pueden intervenir en semejante asunto, tal vez yo me comprometa.

—¡Oh! Me pide usted demasiado —replicó el otro en el colmo de la confusión, al ver que el que exploraba como instrumento quería ser motor.

Aquel orgullo irritó un poco al Sr. de Rotondo, que cada vez sentía crecer al humilde recomendado del padre Matamala. El brazo quería convertirse en cerebro. Lo que podía ser útil podía trocarse en un peligro. Era preciso batirse en retirada por haber dado un paso en falso.

—No puedo hacerle a usted ese gusto —continuó—. Lo que usted me pide es demasiado.

Parecía que era ya imposible la avenencia después de la pretensión de uno y de la negativa del otro. Arrepentíase Rotondo de su ligereza, y para no romper bruscamente sus frescas relaciones con el joven exaltado por temor de que su enemistad le perjudicara, le dio a entender que esperaba convencerle en una segunda conferencia.

—El no podernos arreglar hoy, no quiere decir que no lo intentemos otra vez —dijo con disimulada amabilidad—. Yo ando perseguido como usted sabe; no podré ir a su casa con frecuencia. Pero si usted quiere, aquí nos veremos. Esta casa no es mía; pero la tengo alquilada, y aquí me reúno con ciertos amigos para desorientar a mis perseguidores. Nadie me ve entrar ni salir. Estamos seguros. Si usted desease verme algún día... ¡Ah! Ya recuerdo que me necesita usted para que le recomiende al señor conde de Cerezuelo.

—Es verdad: hemos de vernos... —dijo Martín con frialdad.

—En la otra cuestión espero convencerle a usted —añadió D. Buenaventura levantándose, como para hacer ver a Martín que no había inconveniente en que se marchara.

-Lo veremos -murmuró Martín deseoso ya de salir de aquella casa.

Atravesaron el corredor en dirección de la escalera. Al pasar por delante de la puerta del cuarto donde se espaciaba en su magnífica y elocuente locura el desdichado La Zarza, el joven se detuvo a contemplar de nuevo aquel raro ejemplar de la insensatez humana. El loco había cesado de perorar con la sombra de Robespierre, y se ocupaba en redactar su inacabable informe con la misma diligencia que antes. Cuando advirtió la presencia de aquellos dos bultos que le interceptaban la luz, se volvió hacia ellos, y con terrible voz exclamó: «¡Todos, todos a la guillotina!»*

---

* "¡Todos, todos a la guillotina! *Muriel se apartó de allí vivamente, y se fue sin despedirse del Sr. de Rotondo que con gran estrépito ser reía de los dos*", Ibíd., pág. 626. Resabio folletinesco en la caracterización de Rotondo que ediciones posteriores de *El audaz* eliminan.

CAPÍTULO IV

LA ESCENA CAMPESTRE

I

–Acepta el brazo del Sr. D. Narciso y no seas tan desabridota –decía por lo bajo a su hija la buena de doña Bernarda al entrar por la alameda central del paseo de la Florida.

Obedeció la desventurada Engracia, más convencida por la elocuencia de un disimulado pellizco que su madre le dio en el brazo que por las palabras transcritas, fiel expresión de aquel espíritu intolerante y autoritario. La comitiva avanzaba, y todos estaban alegres, especialmente el citado D. Narciso, quien, como vulgarmente se dice, no cabía en su cuerpo de satisfacción. ¡Infeliz! Pocas veces contaba en el número de sus glorias la de llevar del brazo a la interesante y hermosa viuda. En el transcurso de su larga aspiración amorosa no había tenido ocasión de contemplar durante medio día, bajo los árboles y en delicioso y apartado sitio, la melancólica y dulce faz de la que él, fanático admirador de la poesía de Cadalso[138], llamaba *su ingrata Filis*. Pero la hija de doña Bernarda (digamos esto en honor suyo) no podía ver ni pintado a D. Narciso Pluma, a pesar de ser éste uno de los jóvenes *de más etiqueta* que había en su tiempo: pulcro en el vestir, poético en el hablar y en todo persona de muy buen gusto. Su apellido le sentaba perfectamente, y no porque fuese amigo de las letras, sino por-

---

[138] *José Cadalso* (1741-1782): Escritor español ilustrado. Pérez Galdós parece prescindir en sus referencias sobre Cadalso de la vertiente reformista implícita en ensayos como las *Cartas marruecas* (1788-1789). La óptica del autor se concentra más bien en las poesías amatorias que escribe bajo el influjo de la escuela salmantina con el pseudónimo de "Dalmiro". Recuerde el lector además el propósito caricaturesco del Antiguo Régimen visible en *El audaz*, obra en la que se censura acaso el inmediato pasado isabelino (1843-1868) mediante la parodia de la España dieciochesca.

que su persona era tan acriforme[139] como su carácter, toda suavidad, toda refinamiento, toda sutileza. Así como otros tienen la vanidad de su talento o de sus riquezas, Pluma tenía la vanidad de su vestido, y blasonaba de usar los más delicados perfumes con la variedad que la moda exigía; de peinarse con un esmero y pompa que recordaba el siglo anterior, fecundo en prodigios capilares, y de usar en sus corbatas y pecheras las más finas blondas de las fábricas nacionales y extranjeras. Pluma era rico y podía consagrar seis horas de cada día a los cuidados de su tocador, ocupando las restantes en pasear por Platerías o por el Prado[140] y en visitar la gente de *etiqueta* en los principales estrados de la Corte. Aquí su influencia y prestigio era grande; adoraba al bello sexo y era admirado por los hombres como un apóstol de la moda, «Pluma, ¿hacia qué lado debe inclinarse el pico del sombrero, hacia el derecho o hacia el izquierdo?» «Pluma, ¿deben las puntas de las orejas quedar dentro o fuera del corbatín?» «Pluma, ¿qué chupas son de *más etiqueta*, las de lista verde o las de lista encarnada?» Éstas eran las cuestiones que se sometían a la ortodoxia de D. Narciso, poniéndole a veces en gran aprieto. Si se trataba de organizar un minueto[141], las damas decían: «Eso Pluma es quien lo entiende». ¿Se trataba de dar un concierto? «Pluma dirá si se toca la *jota* o algo de *El matrimonio secreto*»[142]. En el juego de

---

[139] Ni el *Diccionario de Autoridades* (1729) ni el *Diccionario de la lengua de la Real Academia Española* (2001) recogen la voz "acriforme". El contexto de la frase nos permite asumir quizá un sentido irónico vinculado a una de las acepciones del término "acre" (áspero y picante al gusto y el olfato; tratándose del genio o de las palabras, áspero y desabrido, *DRAE*).

[140] Sobre "el trozo de las Platerías", perteneciente a la calle Mayor, véase Mesonero Romanos, *El antiguo Madrid..., op. cit.*, pág. 78. *Paseo del Prado*: "Todo ha variado completamente con el transcurso del tiempo y las exigencias de la época; y donde antes el inculto, aunque poético recinto, en que se holgaba la corte madrileña, se extiende hoy [1861] y admira uno de los más bellos y magníficos paseos de Europa. A la voz del gran Carlos III (...) y por la influencia y decisión del ilustrado conde de Aranda, su primer ministro, cedieron todas las dificultades (...) contra el grandioso pensamiento y sus numerosos detalles propuestos para la obra colosal de este paseo por el ingeniero don José Hermosilla y por el arquitecto don Ventura Rodríguez (...) y se formaron, en fin, las hermosas calles y paseos laterales y el magnífico salón central", Mesonero Romanos, *El antiguo Madrid..., op.cit.*, pág. 227.

[141] *Minueto*: Composición puramente instrumental, en compás ternario y movimiento moderado, que se intercala entre los tiempos de una sonata, cuarteto o sinfonía (*DRAE*).

[142] *El matrimonio secreto*: ópera cómica de Doménico Cimarosa (1749-1801), estrenada en Viena en 1792.

prendas, Pluma era un asombro, y por esta y otras cualidades el aéreo y sutil petimetre era denominado *el Bonaparte de las tertulias.*

–En verdad, doña Engracia –decía avanzando, como hemos dicho, por la alameda central de la Florida–, ya no sé qué pensar de tantas esquiveces. ¡Oh! ¡No hay hombre más desgraciado! Mi corazón es demasiado sensible para resistir a tantos rigores. Anoche no hubo desaire que no me hiciera usted en casa de Porreño.

–¿Sí? Pues no lo había reparado –dijo la viuda abanicándose con precipitación.

–Es imposible –continuó el amartelado petimetre– que no haya alguno que me dispute ese corazón, para mí de roca y para otro de alcorza[143]. ¿Es cierta mi sospecha?

–Podrá ser –contestó la dama con evidente hastío y mirando las copas de los árboles, que encontraba sin duda más bellas que el rostro de su galán.

–¿Y ese pago tienen mis desvelos, mis lágrimas, el constante y religioso amor que...?

–Pluma, por Dios, ¡Sr. de Pluma! –exclamó doña Bernarda, que detrás y a poca distancia venía–, hágame usted el favor de darme el brazo, que no puedo dar un paso más. Este diablo de zapatero... ¡Oh! Dios me perdone la mala palabra, pero estos zapateros...

Diciendo esto tomó el brazo del enamorado mancebo, que renegó de verse en la precisión de remolcar la mole de doña Bernarda, cuyo andar, molesto y perezoso de suyo, se había agravado aquel día por una torpeza del maestro de obra prima.

–De seguro no hubiera elegido este zapatero, si usted no me lo recomendara como el mejor de Madrid –dijo con avinagrado semblante la dama.

–Yo señora... Y la verdad es que tiene fama; ¿quién puede negarlo?, para hacer calzado de gusto...

–¿Le parece a usted que es de gusto el que yo tengo ahora? ¡Virgen del Tremedal! –exclamó sudando el quilo[144] y echando todo el peso de su cuerpo sobre el brazo izquierdo del joven–. ¡Ha sido mucha ocurrencia la de estas niñas! Lo que estas criaturas no inventan... traerme a mí a estas fiestas de campo...

---

[143] *Alcorza*: Pasta blanca de azúcar y almidón con la que se suelen cubrir varios géneros de dulces (*DRAE*).

[144] *Sudar el quilo*: Trabajar con gran fatiga y desvelo (*DRAE*).

—Ya están allí Susana y Pepita —dijo Engracia impaciente porque había visto a sus amigas al extremo del paseo.

—¿Ya quieres echar a correr? ¡Tal criatura! Y yo que no puedo dar un paso. Por Dios, Pluma, no ande usted tan aprisa.

En el mismo momento Engracia desasió su brazo del de D. Narciso y se dirigió con paso muy ligero al encuentro de sus amigas, que se habían anticipado un poco y no llevaban en su compañía a una doña Bernarda que necesitara ser arrastrada.

—¿Ve usted que retozona? —dijo ésta con mal humor—. ¡Oh!, no se la puede contener.

Pluma miró al cielo. Tenía el corazón lacerado por aquella violenta emancipación de la arisca y linda viuda. Resignose con su cruel destino y continuó tirando de doña Bernarda, que parecía haberse convertido en plomo.

—Don Lino nos prometió venir —dijo Salomé Porreño, joven celebrada por su belleza, si bien convenían muchos en que no despertaba su vista ningún sentimiento afectuoso.

—Sí —añadió Susana— y ha prometido traer a dos caballeros que dice vienen del extranjero.

—¡Cuánta cosa tendrán que contar! —dijo Engracia, sin duda por disimular cierta turbacioncilla, que de nadie fue reparada.

Daremos a conocer sucesivamente y conforme el diálogo lo exija, a estas damas y a las demás personas que concurrieron a aquella memorable escena campestre. Ya nos es conocida doña Bernarda con su hija, y el nunca bien ponderado Pluma, flor de los petimetres[145]. Además estaba allí doña Susanita Cerezuelo, doña Salomé Porreño, jóvenes ambas que pertenecían a las más esclarecidas familias. También era ilustre, aunque no tan bella como sus tres amigas, Pepita Sanahuja, poetisa fanática por Meléndez[146], la cual deliraba por la lite-

---

[145] Para una crítica dieciochesca de estos comportamientos de petimetres, véase Tomás de Iriarte, *El señorito mimado*, 1787 y *La señorita malcriada*, 1788, ed. Russell P. Sebold, Madrid, Castalia, 1978.

[146] *Juan Meléndez Valdés* (1754-1817): Poeta español de la Ilustración y principal figura de la escuela de Salamanca. Publicó sus poesías amatorias con el pseudónimo de "Batilo". Su elegía moral "A Jovino: el Melancólico" (1794) ha sido considerada anticipo de la futura cosmovisión romántica. Pérez Galdós enfatiza deliberadamente en sus impresiones sobre estos autores la ecuación interesada entre Antiguo Régimen y ciertas prácticas culturales del neoclasicismo. Para un análisis alternativo sobre la permeabili-

ratura pastoril; y completaban la fiesta una dama acartonada y severa de la familia de Cerezuelo, y un tal D. Santiago, marqués de no sabemos qué, hombre de edad madura e incurable idólatra del bello sexo. Algunas de estas personas tendrán participación muy principal en los sucesos de esta historia.

—¿Puede nada compararse a la hermosura del campo? —decía doña Pepita cuando, elegido el sitio de reposo, se sentaron todos sobre la hierba—. Y eso que aquí no vemos más que un mal remedo de los prados frescos y alegres que hablan Garcilaso[147] y Villegas[148]. Aquí ni ovejas con sus corderos saltones y tímidos, ni pastores engalanados y discretos, aquí ni arroyos que van besando los pies de las flores, ni dulce son de los caramillos[149] repetidos por la selva, ni...

—Yo creo que es preciso tomar una determinación —dijo Engracia, riendo:

—¿Qué?

—Prohibir que se hable de cosas pastoriles. Si ésta nos va a empalagar todo el día con sus cayados, sus recentales[150] y arroyos, excusado es haber venido aquí y no habernos reunido en una Academia.

—¡Ay, Pepa!, es verdad lo que ésta dice —declaró Susanita—; olvídate hoy de tus libros, y deja en paz a los pastores.

—¡Ay, hija! —dijo la literata con notable mal humor—, vuestro pro-

---

dad entre Ilustración y Romanticismo, véanse Guillermo Carnero, *La cara oscura del Siglo de las luces*, Madrid, Cátedra, 1983 y Russell P. Sebold, *Descubrimiento y fronteras del neoclasicismo español*, Madrid, Fundación Juan March y Cátedra, 1985.

[147] *Garcilaso de la Vega* (1501-1536): Célebre poeta español cuyos sonetos producen una dramática renovación en las letras españolas del siglo XVI. Influido por el modelo petraquista, Garcilaso consagra su obra lírica a Isabel de Freyre (†¿1533/1534?). Mantuvo un gran prestigio entre los poetas del XVIII y gran parte de las poesías bucólico-pastoriles escritas en la época se consideran tributarias del modelo garcilasiano.

[148] *Esteban Manuel de Villegas* (1589-1669): Poeta español de orientación clasicista célebre por su obra, *Las eróticas o amatorias* (1618). Pese a sufrir el rechazo de sus cotemporáneos, las dependencias textuales de su obra con la tradición greco-latina le consagran entre los poetas del siglo XVIII.

[149] *Caramillo, zampoña*: Flautilla de caña, madera o hueso, con sonido muy agudo (*DRAE*). Resulta claro en el texto la dependencia artifical mantenida por el personaje con respecto a los tópicos de la poesía bucólica.

[150] *Cayado*: Palo o bastón corvo por la parte superior. Suelen usarlo los pastores para prender y retener las reses (*DRAE*). *Cordero, ternero recental*: El que no ha pastado todavía (*DRAE*).

saísmo tiene disculpa, allá en las casas de Madrid; pero aquí, en presencia de la Naturaleza, debajo de estos árboles... No sé cómo no os dan ganas de exclamar[151]:

«Mira, Delio; yo tengo un corderillo
Blanco, de rojas manchas salpicado,
Cuya madre, al dejarle en un tomillo,
Murió de un accidente no esperado;
Apliquéle a otra oveja...»[152]

—¡Jesús! —exclamó Engracia, interrumpiéndola.
—Esto no se puede soportar. Ya tenemos el pastoreo en campaña. ¡Pepa, por Dios, no nos aburras ahora con tus zagalas[153] y caramillos!
—No puedo prescindir de mi inclinación. El prosaísmo no ha entrado todavía en mi cabeza —contestó la apasionada de Meléndez con un mohín desdeñoso—. La verdad es que no hay tormento mayor que la superioridad de cultura y de gusto.
—Yo no sé —observó la de Cerezuelo— de dónde han sacado los poetas esas pastoras que pintan tan finas, con tales vestidos y modales. Yo he vivido en el campo y no he visto en medio de los rebaños más que hombres zafios, tal vez menos racionales que las reses que cuidaban.
—¡Ah!, es mucho cuento la tal poesía pastoril —dijo Engracia, complaciéndose en mortificar a su discreta amiga—. ¿Y cuando se di-

---

[151] Pérez Galdós establece una perspectiva un tanto anacrónica –influida sin duda por la masculinización de la "Alta Cultura" post-isabelina— sobre la autoría intelectual femenina del siglo XVIII. La caracterización de la "literata" Pepita Sanahuja recuerda más bien al estereotipo sexista de la "Marisabidilla" que censura desde la década de 1840 en España cierta literatura romántica escrita por mujeres. Entre otros testimonios representativos de estos prejuicios, pueden destacarse: Cayetano Rosell, "La Marisabidilla", *Los españoles pintados por sí mismos*, Madrid, I. Boix, 1844, vol, 1, págs. 413-427 y Eduardo Saco, "La literata", *Las españolas pintadas por los españoles*, ed. Roberto Robert, Madrid, Imprenta de E. Moreto, 1871, vol, 1, págs. 67-73. Para un lúcido análisis de la trivialización de la literatura española escrita por mujeres durante el siglo XIX, véase Susan Kirkpatrick, *Las Románticas. Escritoras y subjetividad en España, 1835-1850*, trad. Amaia Bárcena, Madrid, Cátedra, 1991.

[152] La estrofa procede de la "Égloga de Delio y Mirta", de Fray Diego González, recopilada en una antología de poesía dieciochesca escrita en 1869: *Antología de poetas líricos del Siglo XVIII*, Cueto, *op.cit.*, vol. 1, págs. 184-185.

[153] *Zagala*: Pastora joven (*DRAE*).

cen aquellas ternuras y se ponen a llorar junto al tronco de una encina, diciendo tales tonterías que no se les puede aguantar?

–¡Qué prosaísmo, qué deplorable gusto! –dijo la poetisa en tono despreciativo–. ¡No comprender la sutileza de la ficción! Pero a bien que estamos acostumbrados a oír disparates.

–Pluma, ¿le gusta a usted la poesía pastoril? –preguntó la de Porreño al atontado petimetre, que después del acarreo de doña Bernarda había cogido el suelo con mucha gana.

–¿Qué pienso? –contestó, perplejo entre aparecer prosaico, renegando de la poesía, o incurrir en el desagrado de la viuda, emitiendo una opinión contraria–. Pienso... Es cuestión delicada. El buen gusto de nuestra época –añadió, tratando de pasar por erudito y agradar a todos los presentes–, el buen gusto de nuestra época exige que esa cuestión sea estudiada con detenimiento. Yo he leído a Longo[154], Anacreonte[155], Teócrito[156], Gessner[157], Garcilaso, Villegas, y es fuerza confesar que hicieron églogas muy buenas. Éstos de hoy no les llegan a la suela del zapato; y así, puedo decir que la poesía pastoril me gusta y no me gusta, según y cómo, pues... ya ustedes me entienden.

–Nos ha dejado enteradas –dijo Engracia–, y es lástima que no recuerde lo que decían esos señores Hongo, Acronte, Pancracio, para que se lo cuente *ce* por *be* a Pepita.

Pluma miró al cielo y apuró la burla sin atreverse a decir palabra.

Mientras el elemento joven se expresaba de este modo, el Marqués, doña Bernarda y la dama acartonada y severa, que dijimos era

---

[154] *Longo*: Escritor griego del siglo III a.Cr. a quien se le atribuye la influyente novela pastoril *Dafnis y Cloe*.

[155] *Anacreonte de Teos* (570-478 a.Cr.): Poeta griego inspirador de las "anacreónticas", poesías eróticas y hedonistas en las que se traslucen también ciertas angustias existenciales. Se le considera el poeta más plagiado e imitado de la Antigüedad. Su obra poética es una de los pilares textuales en los que se inspiran una nómina abundante de poetas españoles en el siglo XVIII.

[156] *Teócrito* (¿305 a.Cr.-¿?): Poeta griego a quien se atribuye la creación del género de los "idilios", tipo de poesía bucólica en la que se ensalza la naturaleza y la vida campestre.

[157] *Gessner* (1730-1787): Poeta suizo cuyos *Idilios* (1758-1762) consagran en la literatura alemana la reproducción de ámbitos rurales. El petimetre parece reproducir una pseudo-erudición superficial y de circunstancias censurada en la época por obras como *Los eruditos a la violeta* (1772), de José Cadalso. Por lo que respecta a la incultura de doña Engracia, ésta hace también visible las carencias educativas de las mujeres españolas de clase media durante el Antiguo Régimen.

de la familia de Cerezuelo, habían formado corrillo aparte y trataban de muy diferente asunto. Es de advertir que aquella dama, de quien hasta ahora no conoce el lector ni el nombre, era mujer de muy elevado espíritu; y no porque fuera literata en la forma y modo de Pepita Sanahuja, sino porque tenía pretensiones de desempeñar en el mundo un papel importante, influyendo en los negocios de Estado con su intriga y sus consejos. El ideal de la señora doña Antonia de Gibraleón era la princesa de los Ursinos[158]. En vida de su esposo, que había sido consejero de Castilla, trataba a los personajes más eminentes de la corte de Carlos III[159] y Carlos IV, y en su casa hallaba la gente grave de entonces un punto de reunión donde dar rienda suelta a la chismografía política. Ella había fortalecido con el frecuente trato de tales eminencias su aptitud para el *gobierno de estos reinos,* como solía decir; y más de una vez trató de poner en práctica su talento, urdiendo cualquier intriguilla en las antesalas de Palacio, si bien el éxito no correspondió a sus esperanzas. Cuando la política estaba en los camarines y en las alcobas, el papel de estas matronas era de gran importancia en la vida pública; hoy las riendas del Estado han pasado a mejores manos, y las Maintenon[160] y las Tremoville viven condenadas a presidir desde el rincón de una sala de baile, bostezando de fastidio, las piruetas de sus hijas y los atrevimientos de sus futuros yernos. Doña Antonia de Gibraleón tuvo la desgracia de nacer un poco tarde, y sólo sirvió para que el siglo decimonono tuviera pruebas vivas del carácter de su antecesor. Nunca había logra-

---

[158] *Ana María de la Tremoille, princesa de los Ursinos* (†1722): Mujer de grandes dotes políticas tuvo gran influencia en la corte de Felipe V como camarera mayor de la soberana, María Luisa de Saboya (†1714). Desterrada de España por la reina Isabel de Farnesio (†1766), murió en Roma a la edad de ochenta años.

[159] *Carlos III* (1716-1788): Rey de España desde 1759 hasta 1788. Considerado el rey ilustrado por excelencia debido a sus ambiciosas empresas urbanísticas y proyectos modernizadores.

[160] *Françoise d'Aubigné, marquesa de Maintenon* (1635-1719): Amante desde 1680 de Luis XIV (1661-1715) y esposa secreta del monarca tras la muerte de la reina María Teresa (1685). Hostil a los grupos protestantes y jansenistas, su creciente influencia en los asuntos de Estado favorece siempre una política estrictamente religiosa. Célebre por sus obras de caridad, ingresa en una abadía al fallecer de Luis XIV. Tales referencias galdosianas proceden quizá de un texto histórico que en el siglo XIX consagra la imagen del poder femenino en la Francia previa a la Revolución: Edmond y Jules Goncourt, *La femme au dix-huitième siècle*, 1862, París, Charpentier, 1882.

do su objeto, nunca tuvo parte en los *reales Consejos*, que fue la aspiración de toda su vida, y pasaba ésta devorada por el fuego de su propia inteligencia, encontrando todo muy malo, y creyendo el mundo cercano a su perdición, porque ella no era llamada a dirigirle. Su vanidad era inmensa, y siempre que refería cosas pasadas, tenía en la boca estas o parecidas frases: «Aranda[161] me dijo...». «Yo le dije a Floridablanca[162]...». «Campomanes[163] me preguntó...». «Si Esquilache[164] hubiera seguido mis consejos...».

—¿Con que tendremos guerra con el inglés? —preguntó el Marqués, deseoso de oír la opinión de doña Antonia sobre tan importante asunto.

—Están los negocios en tales manos —contestó la diplomática con afectación— que no digo yo con el inglés, pero hasta con el ruso hemos de tener guerra.

—¡Ay! —exclamó doña Bernarda, introduciendo su opinión en el elevado consejo del Marqués y doña Antonia—. El mundo está tan revuelto que no sé adónde vamos a parar con tanta herejía. Ese hombre que anda de ceca en meca trastornando los reinos, ese Sr. Napoleón es el mismo Patillas en persona, que todo lo enreda. Yo no sé cómo no le dan un escarmiento a esa buena pieza.

—¡Qué malo está todo! —dijo el Marqués—. Dios quiera que no nos metan a nosotros también en guerra.

---

[161] *Conde de Aranda* (1718-1799): Ministro de Carlos III y presidente del Consejo de Castilla en 1766. En 1773 es nombrado embajador en Francia, cargo que desempeña hasta 1787. Sustituye y encarcela a Floridablanca en 1792. Aranda defendía cierto pragmatismo diplomático en las relaciones con la vecina y revolucionaria Francia. Desplazado del poder desde el 15 de noviembre de 1792 por Manuel Godoy.

[162] *Conde de Floridablanca* (1728-1808): Segundo Fiscal del Consejo de Castilla (1766), embajador de España en Roma (1772) y Secretario de Estado (1776) y de Gracia y Justicia (1785) durante el reinado de Carlos III. Desde 1790 se radicaliza ideológicamente y es encarcelado en 1792 debido a las presiones de Francia.

[163] *Pedro Rodríguez Campomanes* (1723-1802): Impulsor del despotismo ilustrado en España como Fiscal del Consejo de Castilla (1766). A él se le debe la constitución de las Sociedades Económicas de Amigos del País (1765). De entre sus ensayos, destacan el *Discurso sobre el fomento de la industria popular* (1774) y el *Discurso sobre la educación popular* de *los artesanos y su fomento* (1775).

[164] *Esquilache* (†1785): Secretario de Guerra de Carlos III desde 1762. Sus orígenes extranjeros (italianos) y el creciente impulso que promueve al proyecto modernizador originan el célebre motín de Esquilache (23-III-1766) saldado con el destierro del político reformista. Desde esa fecha el conde de Aranda ocupa la Presidencia del Consejo de Castilla.

—Mire usted, señor Marqués —dijo la de Gibraleón con la gravedad de un Jovellanos[165]: mientras subsistan los tratados[166] que ha celebrado con Bonaparte el ministro Godoy, estamos con un pie en la paz y otro en la guerra. ¿Quiere usted que le diga mi opinión? Pues España debía entrar en relaciones con Pitt[167] y unirse a la Inglaterra para...

—¡Por los mártires de Alcalá, doña Antonia! —exclamó doña Bernarda, interrumpiendo la profunda opinión de la Diplomática, no me hable usted del inglés; ése es peor que todos. No quiero nada con esos luteranos ateos. ¡Que Mahoma cargue con ellos!

—Sin embargo, Albión[168]... —declaró doña Antonia picada de la estrafalaria interrupción de aquella mujer profana, ajena a los grandes secretos de la diplomacia—. Albión es un país poderoso, y

---

[165] *Gaspar Melchor de Jovellanos* (1744-1811): Ilustrado español. Entre los años de 1767-1778 es Alcalde del Crimen de la Audiencia de Sevilla. Desde Sevilla mantiene contactos con el grupo poético de Salamanca al que se dirige con el pseudónimo de "Jovino". Desterrado a Gijón (1790-1798), es nombrado Ministro de Gracia y Justicia en 1797. En abril de 1800 se le destierra hasta la isla de Mallorca donde residirá forzosamente hasta 1808. Entre sus obras destacan la comedia *El delincuente honrado* (1773) y los ensayos *Informe sobre el expediente de la ley agraria* (1794) y la *Memoria para el arreglo de la policía de los espectáculos y diversiones públicas y sobre su origen en España* (1796).

[166] Por el contexto histórico de la novela (1804) doña Antonia Gibraleón puede referirse a las siguientes alianzas franco-españolas: Tratado de San Ildefonso (1800) por el que España cede a Francia la Luisiana, convenio franco-español cuyo cumplimiento exige la asistencia española a la flota de Bonaparte (1801), Tratado de Amiens (1802) e idénticos acuerdos políticos firmados, siempre en perjuicio de España, en 1804.

[167] *Guillermo Pitt el joven* (1759-1806): Político inglés perteneciente al partido conservador ('tory') que se convierte en primer ministro de Jorge III (1760-1820) con 24 años y gobierna Inglaterra desde 1783 hasta 1806 (salvo en el intervalo de 1801-1806). La orientación de su gobierno rechaza abiertamente la hegemonía de la Francia revolucionaria en el continente europeo. Para un preciso análisis de las condiciones socio-políticas de Inglaterra en esta época, véase G.M. Trevelyan, "The Character of French Revolutionary and Napoleonic Wars. Period of Pitt and Nelson, 1793-1805", *A Shortened History of England*, 1942, Londres, Penguin, 1987, págs. 416-432.

[168] *Albión*: Nombre dado por los griegos a Inglaterra quizá por la blanca arena de sus dunas o la blancura de sus montañas. Es clara en el texto la ignorancia manifiesta de doña Bernarda por confundir la orientación protestante luterana de Alemania con la mayoritaria filiación anglicana predominante en la Inglaterra del siglo XIX. La absurda asociación entre el protestantismo y el Islam contribuye a mostrar estéticamente en la novela las carencias ideológicas y culturales de los sectores sociales formados en el extremismo (neo)católico.

los ingleses muy buenos hombres de Estado. Mi esposo tenía relaciones con Pitt el mayor y con Burke[169]; y yo misma he tratado aquí en Madrid a...

—¡Por Dios, Antoñita! —replicó con evidente horror doña Bernarda—. ¿Usted ha recibido en su casa a esa gente anglicana? Yo tengo idea de que todos son perdidos, charlatanes y mentirosos. No hay más que oírles aquella lengua estropajosa para conocer que no pueden hablar verdad.

—¡Qué horror! —dijo la diplomática, riendo de la ingenua ignorancia de su amiga.

—Es indudable que los ingleses saben lo que se hacen —añadió el Marqués, para que la de Gibraleón comprendiera que él también sabía quién era Pitt y Lord Chatam.

—¿Y el inglés va contra Napoleón? —preguntó impaciente doña Bernarda, ya interesada en la política europea.

—Son enemigos a muerte —repuso doña Antonia.

—Ellos todos son unos: el hambre y la necesidad. Pero que se entiendan allá en París y en Francia, y no vengan a revolver a España, que muy bien nos estamos aquí sin batallas. Pues el otro que se viene llamando emperador, porque le ganó a los turcos esas batallas de *Mostrenco* y de no sé qué, de que habla tanto la gente...

—De Marengo[170] querrá usted decir —apuntó doña Antonia, riendo de muy buena gana—. En cuanto a los turcos, no creo que estuvieran en esa batalla.

---

[169] *Guillermo Pitt el mayor, "Earl of Chatham"* (1708-1778): Político inglés perteneciente al grupo "whig" y padre de Pitt el joven. Primer ministro de Jorge II (1725-1760) en 1757-1761. Favorece una política de alianzas con Prusia contra la alianza austro-francesa en la Guerra de Silesia (1756-1763). Para un análisis contemporáneo de esta figura histórica, véanse Jeremy Black, *Pitt the Elder*, Cambridge y Nueva York, Cambridge University Press, 1992 y G.M Trevelyan, "Early Hannoverian England", *A Shortened History..., op. cit.*, págs. 380-398. Aunque la traducción de "Earl" remite en lengua española a "conde", en la novela galdosiana se traduce por "Lord". *Edmundo Burke* (1729-1797): Político inglés que efectúa severas acusaciones contra la Francia revolucionaria en su obra *Reflexiones sobre la Revolución en Francia* (1790). El diálogo grotesco mantenido entre doña Antonia y doña Bernarda hace visible el abismo ideológico que enfrenta a las dos Españas durante el siglo XIX. La ignorancia manifiesta de doña Bernarda enfatiza la frecuente caricaturización de los grupos ultraconservadores (neocatólicos) en la prosa galdosiana.

[170] *Marengo*: Aldea italiana en la provincia de Alejandría en el Piamonte. Allí es derrotado el ejército austríaco por las tropas napoleónicas el 14 de junio de 1800.

–No entiendo yo de esas retóricas. Lo que es el tal señor Napoleón sí que es una buena pieza. El padre Corchón, que es el que me ha contado las diabluras de ese hombre, no le llama sino *Nenbrón* o no sé qué.

–*Nembrot*[171] será –indicó doña Antonia, que tenía cierta complacencia benévola en corregir las patochadas de su amiga.

–Ahí viene el abate Paniagua con dos caballeros –dijo el Marqués señalando al extremo de la alameda, donde se distinguían los tres personajes indicados.

–Ya está ahí D. Lino –añadió la de Cerezuelo.

–Y vienen con él otros dos –observó Engracia, tratando de disimular la turbación, que, merced a sus esfuerzos, por ninguno fue notada.

–Me parece que a uno de ellos lo he visto yo en alguna parte –dijo Salomé–; aquel más bajo... El de alta estatura me es desconocido.

II

–Madamas –dijo D. Lino al llegar con sus dos amigos frente al grupo–, tengo el gusto de presentaros a estos dos caballeros que, aunque españoles de nacimiento, hace muchos años que viajan por el extranjero, y han visitado todas las Cortes de Europa. Ahora vienen a Madrid y me han sido recomendados para que les enseñe las cosas de esta villa, dándoles a conocer en los más célebres estrados.

–Nosotros –afirmó Leonardo–, ya desde este momento podríamos marcharnos, asegurando delante de tanta hermosura que había-

---

[171] *Nemrod, Nimrod o Nembrod*: "Primer conquistador y fundador del Imperio Babilónico", *Diccionario latino-español*, 1867, eds. Raimundo de Miguel y el marqués de Morante, Madrid, Agustín Jubera, 1878, pág. 603. Para referencias bíblicas sobre este rey de la Antigüedad, vid. *Gn.* 10.8-12, *Biblia de Jerusalén*, *op.cit.*, pág. 24. El nombre también presenta en el XIX ciertos perfiles demoníacos: "espíritu al cual consultan los mágicos. El martes 4 es consagrado, y se le evoca en este día; para despedirle se le debe arrojar una piedra", M. Collin de Plancy, *Diccionario infernal*, Barcelona, Imprenta de los Hermanos Llorens, 1842, vol. 2, pág. 221. Ambas filiaciones semánticas, en cualquiera de los casos, nos remiten a la estética del neocatolicismo que vincula civilización pagana y decadencia moral. Para una aplicación de este proyecto literario en el período isabelino, véase Iñigo Sánchez Llama, "Baltasar (1858), de Gertrudis Gómez de Avellaneda (1814-1873): análisis de una recepción institucional", *Hispanófila,* 133, 2001, págs. 69-94.

mos visto lo mejor de Madrid. Pero más que a partir, este conocimiento que a D. Lino debemos nos induce a quedarnos.

–¿Y qué les parece a ustedes esta Corte? –preguntó el Marqués.

–¡Oh!, deliciosa, tónica. Ya está esta gente bastante adelantada –contestó Leonardo–. Las comidas, así tal cual; pero las casas veo que ya se adornan con cornucopias y lunas[172], y van desterrándose las armaduras y los cuadros.

–¿Y no les sorprende la belleza de las madrileñas? –preguntó Pluma deseoso de entablar con el forastero un diálogo que le permitiera sacar a relucir su rico arsenal de conceptos y frases galantes.

–En Madrid no hay hoy una cara que se pueda mirar. ¡Qué fealdades!, ¡qué groseros ademanes! –dijo Leonardo.

–Es cierto. Eso será favor... –dijeron las damas sin comprender el sentido de la aparente barbaridad que acababan de oír.

–¿Cómo? ¿Que no hay hermosura? –dijo Pluma con afectado enojo; pero en realidad, contento de que el joven forastero, cuyo expansivo y simpático carácter podía agradar a las damas, se rebajase en el concepto de éstas por su falta de galantería.

–No –dijo Leonardo–. Hoy en Madrid no hay hermosura. Toda está en la Florida.

–¡Ah!, lo decía usted por... –murmuró Salomé, la última que comprendió tan culta y alambicada fineza.

–Pluma –dijo la de Cerezuelo–, ¿tiene usted el olor de azahar?

–¡Oh!, sí: ¿cómo podía olvidárseme? –contestó el petimetre sacando oficiosamente varios pañuelos y oliéndolos uno tras otro –Éste es clavel, éste jazmín..., éste... Aquí está el azahar.

Y se lo dio a la joven, que no bien hubo aspirado la esencia, se volvió hacia el Marqués diciéndole:

–Señor Marqués, ¿ha traído usted las pastillas?

–¿Las quieres de fresa, de goma, malvavisco, de rosa o membrillo? –dijo el viejo sacando una caja en que estaba aquel arsenal antiespasmódico refrigerante.

–De rosa –contestó la dama, tomándola.

---

[172] *Cornucopia*: Espejo de marco tallado y dorado, que suele tener en la parte inferior uno o más brazos para poner bujías cuya luz reverbere en el mismo espejo (*DRAE*). *Luna*: Tabla de cristal o de vidrio cristalino o de otras materias transparentes, que se emplea en vidrieras, escaparates y otros usos (*DRAE*).

Mientras este diálogo y otros parecidos tenían lugar en el primer corrillo del grupo, en el segundo la diplomática hacía a Muriel la siguiente pregunta:

–¿Y cómo han dejado ustedes ese mundo? ¿Qué se dice por allá del Tratado de San Ildefonso[173]? ¿Está todo tan revuelto como parece desde aquí?

–Sí, señora –contestó Muriel–. Lo más doloroso es que por la torpeza de Godoy nos veremos comprometidos en una guerra con Inglaterra, que ya anda en persecución de nuestros barcos. Napoleón prepara una nueva campaña contra Austria y Prusia.

–Ya me lo presumí –prosiguió doña Antonia, satisfecha de ver que la conversación se remontaba a la altura de su talento–. El año pasado por este tiempo dije que Napoleón no se contentaba con ser primer cónsul, sino que aspiraba a puesto más alto, y acerté. Hace tiempo que le veo emprender una nueva campaña, y no me equivoco.

–Ciertamente que no.

–Oiga usted, caballerito –dijo doña Bernarda, haciendo temblar a la Diplomática, que se preparó a oír una atrocidad–, ¿asistió usted, por desgracia, a la coronación de Napoleón?

–No, señora; Napoleón no se ha coronado todavía, ni se coronará hasta que vaya el Papa a París.

–Pues me habían contado de una ceremonia muy extravagante que hicieron cuando se convirtió en emperador. Dicen que como ha llegado a conseguir la corona por artes del demonio, celebró una función para el caso en una Iglesia de París, después de haber matado a todos los sacerdotes y quemado todos los santos. Napoleón se puso un manto hecho con pieles de sapo y una corona de un metal negro o no sé de qué color; después de haber hecho la parodia de quien dice una misa, alzando por cáliz un vaso lleno de brebajes, hizo varias cabriolas, y un paje vestido de demonio le alzaba la cola. Luego las damas, todas muy deshonestas y sin cubrirse el seno, adoraron un cabrón que había puesto en un altar, y todos bailaron con gran algazara, haciendo tales gestos...*

---

[173] *Tratado de San Idelfonso*: Existen dos tratados de San Idelfonso. En el primero (19-VIII-1796) se establece una alianza perpetua hispano-francesa contra Inglaterra. Por el segundo tratado (1-X-1800), se mantiene la coalición antibritánica, España entrega a Francia Luisiana y al duque de Parma el reino de Etruria.

* "(...) *haciendo gestos ... y qué sé yo*", *Ibíd*., vol. 21, nº 81, 1871, pág. 119.

—¡Jesús, qué cosa más horrible! ¡Qué indecencia! —exclamaron las damas.

—¿Quién le ha contado a usted esos despropósitos? —preguntó la diplomática, avergonzada de que los dos forasteros oyeran tales majaderías.

—En eso debe haber exageración —dijo Pluma, adoptando como siempre el justo medio.

—El padre Corchón me lo ha contado y él lo debe saber porque es persona de mucha lectura —contestó doña Bernarda.

—Señora —dijo Muriel con gravedad—, parece increíble que haya en estos tiempos superstición bastante para creer tales cosas. Ese padre Corchón que se lo ha contado a usted, debe ser uno de esos frailes soeces que se gozan en turbar el ánimo de las personas sencillas, llenándolas de supersticiones y extraviando su entendimiento con errores estúpidos.[174]*

—Pues se equivoca usted grandemente, señor extranjero o lo que sea —replicó con mucho enojo doña Bernarda—. El padre Pedro Regalado Corchón no es ningún fraile de misa de once, sino un padrazo que sabe más que los de Atocha. Pluma, Engracia, ¿no habéis oído las pestes que ha dicho este señor del venerable Corchón? ¿Cuándo se ha visto mayor atrevimiento? ¡Llamar bestial a semejante hombre, a un santo... a un sabio que tiene ya escritos catorce libros que pesan cada uno dos arrobas, sobre la *Devoción al señor San José*! Pero, Pluma —añadió más acalorada—, ¿no sale usted en su defensa? A fe que si el ofendido estuviera aquí no se dejaría maltratar.

—La verdad es —dijo Pluma tímidamente—, que el padre Corchón es un hombre eminente, es una lumbrera del Santo Oficio, a que pertenece.

—¡Ah!, ¿es Inquisidor? —añadió Martín—. Perdonen ustedes si me ocupo de una persona a quien no conozco; pero esta señora ha atribuido a ese venerable la invención de la ceremonia que nos ha referido, y eso, con la circunstancia de ser inquisidor, me confirma en el juicio que he formado.

---

[174] Existe una novela española del siglo XVIII en la que se apuntan idénticas críticas contra ciertos métodos retóricos utilizados por predicadores sin escrúpulos intelectuales: Padre Isla, *Fray Gerundio de Campazas*, 1758, ed. Russell P. Sebold. Madrid. Espasa-Calpe, 1960, 4 vols.

* "(...) y extraviando su entendimiento con *groseros e indecentes* errores", *Ibíd.*, pág. 119. El texto de 1871 parece ser más enfático que el de la edición de 1907.

–Concluya la cuestión –dijo la diplomática, a quien no desagradaba el brusco desenfado de Muriel–. Si inventó la ceremonia diabólica que usted nos ha contado, amiga mía, esos catorce tomos sobre San José no serán ninguna maravilla. La verdad es que esos señores suelen enseñarnos unas cosas...

–Pero, Antoñita –dijo la madre de Engracia–, ¿también usted está contaminada de herejía?*

–No ha dicho sino que esos señores suelen enseñarnos cosas muy malas, y ha dicho muy bien –contestó Muriel, saliendo a la defensa de la Diplomática, como ésta había salido antes en defensa de él–. Ha dicho la verdad; porque la plaga enorme de clérigos y frailes que tenemos aquí, para desdicha y pobreza nuestra, no sirve para otra cosa que para divulgar los más dignos errores y envilecer al pueblo en la superstición. Turba de holgazanes, devoran la principal riqueza de la nación sin producirle beneficio alguno. No digo que no haya excepciones y que algunos entre ellos no sean modestos y sabios; pero, en general, son soberbios, ignorantes, lascivos, pérfidos y glotones. La religión en ellos no es más que una mercancía y Dios un pretexto para dominar al mundo.*

Pronunciadas estas palabras, un solemne silencio reinó en aquella pequeña asamblea, dominada por el estupor. La primera que rompió aquel silencio fue doña Bernarda, que mirando a todos azorada y confusa para leer en los semblantes el efecto producido por tan heréticas y *extranjeras* palabras, dijo:

–¡Pero Señor, Dios mío! ¿Se ha escapado este hombre de alguna casa de orates?[175] Pluma, ¿qué dice usted? ¿Señor Marqués?... Bendito Dios, ¡qué horror! Antoñita, ¿ha oído usted? Yo estoy temblando todavía. Dios nos ha castigado por haber venido a divertirnos en vez de estar haciendo penitencia. Engracia, ¿no te dije que este día

---

* "(...) de herejía? *Esas cosas que dicen los extranjeros de Dios y de sus ministros, ¿también le han llegado a usted?*", Ibíd., pág. 120.

* "(...) pretexto para dominar el mundo. *Dueños de la conciencia se apoderan también de la voluntad y todo así les pertenece. Han inventado la inquisición para aterrar, y el culto primitivo, que era sencillo, le han hecho teatral y complicado para seducir. Son causa de nuestros males, y España merece ser objeto del desprecio universal, si pronto no se cura de esa lepra*", Ibíd., pág. 120. Discurso anticlerical, reiterativo en el contexto de la novela, eliminado en la edición de 1907.

[175] *Casa de orates*: Casa de locos (*DRAE*). Significativo para la futura quijotización del personaje es que éste sea percibido como ente excéntrico en el contexto de 1804.

no podía acabar en bien? Estoy sofocada; si no fuera por este maldito zapato, ahora mismo me iba a rezar a la ermita de San Antonio.

–No se asusten ustedes –decía D. Lino por lo bajo a las muchachas–, este señor es algo extravagante. Habla mal de los frailes; no lo puede remediar, ¡Qué le hemos de hacer!

–Su compañero de usted es hombre atroz –dijo Pluma a Leonardo, con objeto de interrumpir la conversación que éste había entablado con la hermosa viuda.

–La verdad es que esta conversación sobre emperadores y sobre frailes no es propia de un día de campo –dijo a Salomé la literata doña Pepita–. Cuando el espectáculo de la Naturaleza y la belleza de los árboles convida a los entretenimientos poéticos y a recordar los bellos pasajes de los grandes escritores, nada más desagradable que escuchar a este hombre sombrío y brusco.

–Repara con qué atención le escucha Susana –dijo Salomé por lo bajo–. Parece que tiene gusto en oír tales desatinos.

–Ya sabes que a Susana le gusta todo lo raro –contestó la idólatra de Meléndez–. ¡Pero qué sosa está la reunión! Tengo unas ganas de saltar sobre la hierba... No sé yo para qué se han traído la guitarra y las castañuelas.

–¿Y va usted a estar mucho por Madrid? –preguntó a Muriel la diplomática, deseando mudar de conversación para que se calmaran los agitados nervios de doña Bernarda.

–Tal vez esté mucho tiempo.

–Aquí la vida es muy agradable, y los jóvenes que gustan de divertirse encuentran a cada paso mil ocasiones para ello –dijo el Marqués.

–Es cierto –contestó Muriel.

–Cuando usted conozca bien esta sociedad –dijo la de Gibraleón–, encontrará mil atractivos.

–¡Ojalá!, pero es lo cierto que cuanto más la conozco menos me gusta.

–¡Qué! ¿No le gusta a usted Madrid? –preguntó con viveza Susana, que estaba más cerca del corrillo de la gente grave.

–No, señora –repuso Martín–, no me gusta nada. La corrupción y el escándalo no pueden nunca serme agradables; el escándalo de la Corte me avergüenza como español y como hombre; la degradación de la gente oficial, la venalidad de la magistratura son cosas que repugnan a toda persona honrada. Superstición, frivolidad, ignorancia, holgazanería, mengua, esto y nada más es lo que veo aquí. Por un lado se me presenta una aristocracia superficial, sin talentos, sin carácter, o envilecida a los pies del trono, o rebajada en contacto con la plebe. Sólo se ocupa en indignas aventuras o en bárbaros ejercicios. Los jóvenes de esa clase no pueden ser más dignos de desprecio. Ni las armas ni el estudio tiene para ellos atractivo, y sólo en modas ridículas y en toda clase de necedades buscan pasatiempo. En las clases acomodadas hallo iguales vicios y una inmoralidad nunca vista. Creen que son buenos porque son devotos, y juzgan que un imbécil fanatismo les absuelve de todo. Por otra parte, veo un clero que se encarga de sancionar tanta miseria con tal de tener a la sociedad entera bajo sus pies; y entretanto, sólo en la plebe hallo un resto de nobleza y de virtud. Hoy la plebe, con todos sus vicios, vale más que las otras clases, y con ella simpatizo más no sólo por lo que en ella encuentro de bueno, sino porque aborrece todo lo que yo aborrezco.

A estas palabras siguió igual silencio que a la invectiva contra los frailes. La Gibraleón no se atrevía ni a contradecir ni a aprobar aquella violenta y desusada opinión. No dejaba de agradarle la atrevida verbosidad del filósofo, aunque no participaba de sus ideas. Creyó que lo más propio en aquella ocasión no era contradecirle ni apoyarle, sino demostrar que ella también tenía talento, para lo cual estaba pensando una contestación y reconcentraba sus grandes ideas diplomáticas.

–Pluma, pero Pluma –exclamó doña Bernarda muy afligida–. ¿No oye usted lo que dice este caballero? ¿No le contesta usted, que tiene tanta chispa y sabe decir tan buenas cosas cuando viene al caso? Pluma, ¿para cuándo quiere usted ese pico de oro?

Pero el buen Pluma no se cuidaba ni de su presunta suegra ni de las herejías de Martín. Tenía fijos los cinco sentidos en la conversación que Leonardo sostenía con Engracia, sin que ésta mostrara la arisca repulsión que el petimetre lloraba sin consuelo desde mucho tiempo. Susana prestaba atención a las palabras de Muriel, sin duda porque encontraba en ellas el atractivo de la novedad.

–¿Quieres pastillas de goma o de tamarindo?[176] –le dijo el Marqués presentándole la caja.

–No quiero nada –contestó bruscamente la dama.

---

[176] *Tamarindo*: Árbol de la familia de las papilionáceas; su fruto, de sabor agradable, se usa en medicina como laxante (*DRAE*).

III

Conviene que el lector conozca algunos pormenores del carácter de esta interesante joven, que ha de encontrar repetidas veces en el largo camino de esta historia. La hija única del conde de Cerezuelo era una hermosura majestuosa, y si no fuera impropiedad, diríamos varonil[177]. Su airoso y arrogante ademán recordaba las heroínas de la antigüedad, por cuyas venas corría mezclada la sangre humana con la de los dioses. En su rostro había cierta expresión provocativa, como si la superioridad de su belleza insultara perpetuamente a la vulgar y prosaica muchedumbre; y esta belleza era más severa que graciosa, pertenecía más al domino de la estatuaria que al de la pintura. De su madre, que era una dama valenciana de perfecta hermosura, había heredado el suave tinte oriental del rostro y la melancólica expresión propia de la raza que en la costa del Mediterráneo perpetúa el tipo de la familia arábiga; pero, en general, la joven a quien retratamos llevaba impreso en su frente el sello de la hermosura clásica. En su rostro se pintaba fielmente la fase principal de su carácter, que era el orgullo. Sus ojos, al mirar, parecían conceder especial favor, y el aliento que dilataba alternativamente las ventanas de su correcta nariz, sacaba de su pecho el desdén y la soberbia, lo único que allí había. El efecto causado en general por su presencia era grande, y más bien infundía admiración que agrado. Ninguna pasión inspiró que estuviera exenta de temor, y los idólatras de aquella insolente hermosura, los que habían explorado su corazón, experimentaban hacia ella un sentimiento que no podemos expresar mientras no haya una palabra en que se reúnan y confundan las dos ideas de amar y aborrecer.

Cautivaba especialmente a cuantos la veían por su elegante y esbelto cuerpo, cuyas actitudes, sin ninguna afectación ni artificio de su parte, sino por el instinto que acompaña a la elegancia ingénita, siempre se determinaban en artísticas y armoniosas líneas*. Lo fun-

---

[177] La condición varonil de Susana presenta ciertos perfiles ambiguos en la presente novela galdosiana. El autor asume, sin duda, los valores domésticos burgueses según los cuales Susana carece de una feminidad ortodoxa y manifiesta "deseos corruptos". La excepcionalidad del personaje en el mediocre contexto dieciochesco de *El audaz* problematiza, sin embargo, la perspectiva autorial aplicada a su carácter y trayectoria.

* "(...) artísticas y armoniosas líneas. *Recordaba a la Maja de Goya, la Venus de Lavapiés, que desde lo más alto del gran salón de la Academia muestra su voluptuoso continente a los ojos estáticos de los pobres frailes de Zurbarán, que aún no se han escandalizado de tal compañía*", Ibíd., pág. 123. Amplificación digresiva eliminada en la edición de 1907.

damental en el carácter de Susana era el orgullo de raza y de mujer que a nada se doblegaba. Acusábanla muchos de ser insensible a toda ternura, y hacían notar en ella una circunstancia espantosa que de ser cierta daría muy mala idea de su alma: decían que ofrecía la singularidad, inconcebible en su sexo, de no amar ni a los niños. No hacían efecto en ella las preocupaciones, y tenía un despejo y una claridad de inteligencia que eran cosa rara en la época de las falsas ideas. Nadie le imponía su yugo; no se dejaba dominar por el amor, ni por la religión, y amaba la independencia física y moral, sin que por esto hubiera mancha alguna en su honor, ni en su conciencia, porque el orgullo era en ella tan fuerte que hacía las veces de virtud. Hija única, disipaba una gran parte de la fortuna de su padre, y vivía rara vez en Alcalá, donde se aburría, y casi siempre en Madrid, en casa de su tío. Frecuentaba las más célebres tertulias y, rodeada por una corte de petimetres, se aventuraba de noche en los laberintos de Maravillas, porque le causaban particular agrado las fiestas y costumbres del pueblo. Vivía en medio de la frivolidad general, festejada por insulsos galanes, entre la gente afeminada o ridícula que componía aquella sociedad, no impelida hacia nada noble y alto por ninguna grande idea. Tal era la hija del conde de Cerezuelo.*

–Pluma, cotorree usted a Engracia. ¿Qué hace usted ahí hecho un niño del Limbo? –decía doña Bernarda al desesperado–. ¿No ve usted cómo charla con ella el hombre ese que ha venido con este herejote? Y la muy pícara está cuajada oyéndole. Esto no se puede sufrir... Pero, Pluma, ¿qué hace usted?... Vaya, vaya. Buena gente nos ha traído aquí el bueno de D. Lino.

Mientras esto decía doña Bernarda, la literata, que no había podido resistir mucho tiempo a la tentación de hacer algún idilio[178], corría entre las matas jugando al escondite con D. Lino y con la de

---

* "(...) tal era la hija de Cerezuelo. *Pero mientras nos hemos detenido en describirla, han pasado en el grupo cosas que merecen especial mención. El aburrimiento de D. Narciso Pluma por el íntimo diálogo que habían entablado Engracia y Leonardo, rayaba en desesperación. Él cuidaba de interrumpirles, haciéndoles una pregunta intempestiva de tiempo en tiempo; pero eran tan picantes las respuestas de la viudita, que el pobre pisaverde miraba al cielo con angustia y hubiera deseado tener la aérea condición de su apellido para volar en alas del aura a satisfacer su ideal amoroso en regiones más altas y puras*", Ibíd., pág. 124.

[178] *Idilio*: Composición poética que tiene por asuntos las cosas del campo y los afectos amorosos de los pastores (*DRAE*).

Porreño. Había tejido con varias flores una corona, que puso en las sienes del complaciente abate, dándole el pastoril nombre de Dalmiro, y diciéndole con afectada entonación y un mover de ojos muy teatral:

> «¿Cómo, Dalmiro, tanto has retardado
> Tu vuelta a la majada
> Que aguardándote estoy desesperado?
> Sin dueño los tus terneros,
> Por las vegas y oteros
> Descarriados braman».

Y el pobre Paniagua, hecho un Juan Lanas, riendo como un simple y declamando con movimientos coreográficos, le contestaba:

> «¡Ay, Coridón amigo! Si tú vieras
> Lo que yo he visto, más te detuvieras,
> Y acaso, tu redil abandonado,
> Trocaras el cayado
> Por cinceles sonoros...».[179]

Esta escena grotesca hacía reír a los que desde alguna distancia la contemplaban. El abate, coronado de flores, con su traje negro, su rara figura y la risa convulsiva que le producía la agitación del baile y lo necio del papel que estaba representando, parecía un verdadero payaso. La literata no reía, sino que por el contrario, tomaba muy por lo serio su papel de pastora. Había en ella una especie de iluminismo, y su imaginación tenía poder bastante para dar realidad a aquella farsa empalagosa. Alguien decía que estaba demente. Su manía la extravió aquel día hasta el punto de fingir que apacentaba un rebaño, y D. Lino fue tan sandiamente[180] bueno que se prestó a hacer el papel de oveja, y era cosa que inspiraba a la vez risa y compasión oírle ba-

---

[179] Salvo en la sustitución del nombre de "Dalmiro" por "Lucindo", Pérez Galdós transcribe literalmente fragmentos de la "Égloga de Lucindo y Coridón" escrita por Nicolás Fernández de Moratín, *Obras, op.cit.*, págs. 22-25. Consideramos relevante para la comprensión de la parodia galdosiana aplicada a la "Alta Cultura" del XVIII que estas lecturas de los poemas sean calificadas como "escena grotesca".

[180] *Sandiamente*: Necia o simplemente.

lar entre las ramas imitando con prodigiosa exactitud al manso animal*.

IV

Dos pajes, que hasta entonces se habían mantenido a respetuosa distancia, sacaban de dos enormes cestas la comida, hábil y suntuosamente preparada de casa del tío de Susanita. Los corpulentos zaques[181] preñados del mejor vino de Yepes y de Valdepeñas, salieron en compañía de las olorosas magras[182], que bien pronto ocuparon hasta media docena de grandes fuentes de plata. El agua serena, limpia y sutil de la fuente del Berro transpiraba por los poros de grandes alcarrazas[183], y los dulces, las pastas, las tortas y las frutas, puestas en vistosos canastillos, alegraban la vista y el estómago. Un paje tendía los manteles sobre el césped, y en las manos de otro resplandecía un puñado de tenedores de plata, que a estar en la diestra del febeo[184] Pluma, le hubieran asemejado al dios Apolo[185] esgrimiendo los rayos del sol. Empleamos esta figura, porque algo parecido cruzó por la mente del aturdido joven en aquellos momentos. Él hubiera descargado mil rayos sobre la frente de Leonardo, cuya conversación con

---

* "(...) al manso animal. *Después ladraba andando de cuatro pies, y entre tres hacían la pantomima de encerrar el ganado, ceremonia que presidía doña Pepita diciendo con gravedad contemplativa: "Ya el Héspero delicioso/Entre nubes agradables/Cual precursor de la noche,/Por el horizonte sale..."*, *Ibíd.*, pág. 125. La edición de 1907 no contiene esta referencia al "Romance XXXIV. La tarde", de Juan Meléndez Valdés, *Antología de poetas líricos...*, Cueto, *op.cit.*, vol. 1, pág. 149. La utilización del romance, en cualquiera de los casos, debe relacionarse con la parodia caricaturesca de la literatura ilustrada en *El audaz*.

[181] *Zaque*: Odre pequeño (*DRAE*).

[182] *Magra*: Lonja de jamón (*DRAE*).

[183] *Alcarraza*: Vasija de arcilla porosa y poco cocida, que deja rezumarse cierta porción de agua, cuya evaporación enfría el líquido que queda dentro (*DRAE*). Agradezco a la profesora de literatura española de Siglo de oro de la Universidad Complutense de Madrid, Isabel Colón, su oportuna observación sobre la errata visible en el texto galdosiano ("alcazarra"). Sobre los benéficos efectos del agua procedente de la Fuente del Berro, véase Pascual Madoz, *Diccionario geográfico..., op.cit.*, pág.705.

[184] *Febeo*: Perteneciente a Febo o el Sol (*DRAE*).

[185] *Apolo*: Uno de los más grandes dioses helénicos, el más importante de todos después de Zeus. Irónico comentario autorial en el proceso caricaturesco al que se ve sometido Pluma.

doña Engracia tocaba ya los peligrosos límites de la familiaridad. Don Narciso, durante la comida (que no relataremos porque los pormenores culinarios de la fiesta nada han de influir en los sucesos de esta historia), recordaba que había visto el semblante de su improvisado rival en alguna parte. Por más que se calentaba la sesera no podía recordar dónde le había visto. Al fin creyó recordarlo, y dijo:

–Sr. D. Leonardo, aquí estaba pensando... Me parece que ésta no es la primera vez que nos vemos.

–No sé, no recuerdo. – contestó Leonardo temeroso de que se descubriera el pastel de su supuesta condición forastera.

–Sí; me parece que no estoy equivocado. ¿No vive usted en la calle de Jesús y María?

–Yo, ¡qué disparate! Jamás supe dónde está esa calle –dijo Leonardo esforzándose en aparecer sereno y consiguiéndolo sin gran trabajo.

–¡Qué casualidad! Pues he visto allí uno que se parece tanto a usted... Yo conozco unas costureras del piso tercero, que hacen corbatas y bufandas, y algunos días que he ido allí, recuerdo... tengo una idea de cierto escándalo...

–¡Oh!, usted me confunde con algún... –repuso Leonardo volviendo el rostro dirigiendo la palabra a Engracia.

–Pero, Pluma, por Dios –dijo doña Bernarda en voz baja y tirándole de la casaca–. Esa niña merece que la desuellen viva: ¿no ve usted cómo cotorrea con ese mozalbete? ¡Ah! ¡por el Santo Sudario! ¡Cuándo volveré yo a fiestecitas a la Florida!

–A ver quién templa la guitarra. Don Lino, usted –dijo una de las muchachas.

Don Lino, que contaba en el número de funciones la de templar las guitarras para que otros cantasen, cogió el instrumento, y rasgueando con mucho primor, estiró y aflojó las cuerdas, dejándolo en perfecto estado. Después comenzó la cuestión sobre quién cantaba primero, y más aún sobre qué canción merecía los honores de la preferencia. «Pluma, usted». «Susanita, tú». «Vamos, D. Lino». «Anímese usted, Pepita».

Todos se resistían a empezar. Además, cada cual quería una canción distinta. –*El frondoso*, decía uno. –No, es mejor *El codicioso,* decía otro. –¡Ay, qué tontería! –Cantemos *El bartolillo*. –*La urna* es mejor.

–Por Dios, canten *La pájara pinta*. Pluma, ¿no sabe usted *La pájara pinta?* –dijo doña Bernarda.

—No, señora. Si no estuviera ronco cantaría el *Pria che spunti,* de Cimarosa[186] —contestó Narciso, que sólo admitía la música de etiqueta.

—Déjese usted de esos lenguarajos. No me canten en inglés. *La pájara pinta.* Susanita, usted.

—Que cante D. Narciso —dijo vivamente Engracia, entregando la guitarra al petimetre.

—¡Oh!, no; estoy ronco, no puedo...

—Vamos, Pluma, *Pria che spunti* [187]—dijo Susana.

—¡Oh! sí; no nos prive usted de oír su hermosa voz —dijo Leonardo, a quien hacía Engracia señas muy significativas sobre el espectáculo que se preparaba.

Por fin, que quieras que no, y haciéndose de rogar, para dar más calor a la complacencia, después de mil excusas y de asegurar que iba a hacerlo muy mal, Pluma tomó la guitarra, limpió la garganta, miró al cielo, luego a Engracia, y entonó el *Pria che spunti.* No podemos pintar los visajes, los movimientos del petimetre mientras sus exprimidos pulmones y su frágil garganta se esforzaban en emitir la inmortal canción. Él quería hacerlo de un modo tan fino, tan *de etiqueta,* tan clásico, que se convertía en verdadera caricatura. La viuda contenía con dificultad la risa, y Leonardo hacía demostraciones de gran admiración. La diplomática no podía menos de dar a entender que aquello era muy superior a *La pájara pinta,* y el Marqués también hacía lo posible para pasar por culto, aunque en realidad prefería cualquier seguidilla[188]. Cuando el músico concluyó,

---

[186] *Doménico Cimarosa* (1749-1801): Compositor italiano de óperas cómicas. Entre otras óperas escribe *La extravagancia del conde* (1772) y *La italiana en Londres* (1779). *El matrimonio secreto* se considera su obra maestra.

[187] *"Pria che spunti".* La estrofa pertenece a un aria incluida en el segundo acto de *El matrimonio secreto.* Es cantada por el tenor Paolino a su esposa secreta, Carolina. Irónico y grotesco resulta su mención en la novela galdosiana pues establece un significativo contraste entre la sublimidad dieciochesca de la composición y el patetismo del improvisado tenor Narciso Pluma. Las amables indicaciones del profesor de literatura medieval española de Purdue University, David Flory, han hecho posible esta identificación.

[188] *Seguidilla:* "(…) si bien no es fijo el número de sus versos, consta por lo general de siete (…) Esta especie de composición se canta a la guitarra, acompañándola también el baile de seguidillas o bolero (énfasis del autor)", Vicente Salvá, *Gramática de la lengua castellana, Gramática de la Lengua Castellana según ahora se habla,* 1830, Valencia, Librería de Mallén y sus sobrinos, 1837, pág. 436. Era común en la época que las aristócratas cantaran seguidillas o frecuentaran ambientes populares. Tales conductas hacen visibles las críticas burguesas efectuadas indirectamente en *El audaz* contra la aristocracia española del siglo XVIII: depender de prácticas culturales foráneas, caso de Narciso Pluma, o bien degradarse en un aplebeyamiento vulgar como se aprecia en Salomé Porreño.

le aplaudieron a rabiar, especialmente Leonardo, que aseguró no haber oído nunca cosa semejante.

—Es bonito, sí —dijo doña Bernarda—; pero esa manía de cantar las cosas en inglés...

—No es sino italiano —se apresuró a decir doña Antonia—. ¡Oh! Mi padre alcanzó a Farinelli[189] y decía que era una cosa... ¡Ah!

Salomé cantó unas seguidillas después de mucho ruego, y la de Sanahuja, sin que se lo dijeran dos veces, cantó una larga y soporífera tonada pastoril, que no gustó más que al abate, el único que no se podía permitir estar descontento. Luego retozaron de lo lindo, volviendo Pepita a representar su farsa bucólica ayudada por el abate y la de Porreño.*

El petimetre creía haber producido gran sensación en todos, mas no en la viuda, que después de haber oído a Cimarosa estaba más arisca que nunca. Pluma, desesperado al fin, se decidió a ser infiel después de meditarlo mucho, y fue derecho a Susanita para tomarla por pareja en el momento que se iba a bailar, pero ésta lo rechazó sin cumplimiento alguno, prefiriendo a Muriel, que en el mismo instante la invitaba. Corrido y confuso, Pluma no tuvo más remedio que bailar, ¡cielos!, con la literata, que no cesa de llamarle Dalmiro, Silvano, Liseno, Coridón.

—¿Quién es ese hombre ridículo? —preguntaba Martín a su hermosa pareja.

—Es uno de los primeros galanes de la Corte, un joven del mejor gusto —contestó Susana.

—¿Y en qué se ocupa?

—¿En qué se ocupa? Es rara pregunta. En nada. Pues qué, ¿las personas de etiqueta necesitan ocuparse en algo?

—No sé qué tienen para mí los jóvenes de esta clase —dijo Martín tratando de atenuar con una sonrisa la gravedad de lo que iba a decir—. Es tanto lo que les odio, que les daría de bofetadas de buena gana y por el más ligero motivo. Les aplastaría como se aplasta no a las

---

[189] *Carlo Broschi Farinelli* (1705-1782): Famoso cantor italiano muy en boga en las cortes españolas de Felipe V (1700-1746) y Fernando VI (1746-1759). Tenor de asombrosas facultades, a los quince años debutó con la ópera Angélica de Pietro de Metastasio (1698-1782).

* "(...) y la de Porreño, *que por lo insulsa era muy a propósito para el caso*", *Ibíd.*, pág. 127.

culebras dañinas y venenosas, sino a los sapos y a los gusanos que no hacen mal alguno.

La hija de Cerezuelo clavó sus ojos negros y vivos en el semblante de Muriel, escrutando con atenta curiosidad aquel carácter que se le presentaba con rasgos tan originales.

–Es usted una fiera –dijo con mucha seriedad.

–No –contestó Martín–. Pero la frivolidad de estos preciosos ridículos[190] me irrita. Yo soy así. Aborrezco con mucha violencia; y no puedo negarlo, hay gentes que deberían desaparecer de la sociedad.

–Pues se va usted a quedar solo –dijo Susana riendo.

Muriel no pudo menos de meditar un buen rato en la profunda verdad que encerraba aquella respuesta. ¡Solo!

–Quisiera encontrarme frente a frente con todos los petimetres de Madrid –dijo después–. Les temería tanto como a un ejército de hormigas.

–Veo que les tiene usted tan mala voluntad como a los frailes.

–Sin duda.

El minueto comenzó, y fue bailado *tónicamente*[191].

–Pero Pluma –decía doña Bernarda–, está usted hoy hecho un majagranzas[192]. ¡Y mi hija bailando con ese Juanenreda! ¿Pero usted consiente esto? Pues digo... ¡Y Susanita con el otro! ¡Santa Virgen del Tremedal, qué par de enemigos nos ha traído el tal D. Lino!

–¿Quieres pastilla de rosa o de fresa? –preguntó el Marqués a la de Cerezuelo, presentándole la cajita.

–No quiero sino de limón –repuso Susana.

– De limón no he traído, hija. ¡Mira qué casualidad!

–Nunca trae usted lo que yo deseo. No puedo fiarme de usted para nada, señor marqués –contestó con mal humor la dama.

Ya la conversación de Leonardo con Engracia llamaba la aten-

---

[190] *Preciosos ridículos*: Posible referencia intertextual a la obra satírica de Molière (1622-1673), *les Précieuses ridicules*, estrenada con gran éxito en Francia 1659 y conocida en los círculos neoclásicos españoles del XVIII. El descrédito irónico de estos personajes en *El audaz* se verifica por sus gustos literarios –composiciones populares u obras francesas del XVII— que constituyen los ejes textuales contra los que se pretende renovar la "Alta Cultura" post-isabelina.

[191] *Tónico, ca*: Aplícase a la nota primera de una escala musical (*DRAE*). "Tónicamente" en el presente contexto puede aplicarse al modo de bailar la composición del minueto.

[192] *Majagranzas*: Hombre pesado y necio (*DRAE*).

ción de todos. Discurrían por las alamedas inmediatas, aparentando tomar parte en el inocente juego de Pepita, que hacía becerrear al abate, obligándole a desempeñar el papel de ternera. Pluma cogía el cielo con las manos, y acudía a Susana; pero ésta gustaba más de la conversación de Martín, cuya feroz antipatía a los petimetres y a los frailes no le causaba mucho horror.

V

Muriel, paseando con ella a alguna distancia del Marqués, de doña Bernarda y de la diplomática, que habían entablado de nuevo su debate sobre Napoleón, consideraba las vicisitudes humanas y los singulares cambios que se ven en la vida. Aquella dama, que tranquilamente iba a su lado, era hija de una de las personas a quien él más aborrecía; perpetuo enemigo y verdugo del desdichado mártir que expiró en la cárcel de Granada. Ella, que era el orgullo mismo, aceptaba el brazo de un desconocido, cuyo nombre era infamante para la familia, y tal vez le juzgaba persona de categoría. Muriel vio en la coincidencia algo de irrisorio, y se burlaba interiormente, de tan extraño capricho del destino que se complacía en juntar por los lazos de la galantería y merced a un engaño, lo que en la sociedad no podía juntarse nunca: el amo y el siervo, el verdugo y la víctima. Al mismo tiempo, orgulloso de semejante escena, sentía aplazado o atenuado su rencor a la familia de Cerezuelo; y en el error de la dama, que conversaba con él como si fuera su igual, creía ver algo parecido a una humillación por parte de ella, o a una venganza por su parte. ¡Qué broma de la suerte había en aquel minueto bailado alegremente en un jardín por los dos jóvenes!

La impresión que la belleza de Susana le produjo más fue de sorpresa que de afecto. Contempló en silencio y con curiosidad a la persona de cuyo carácter tenía tan mala idea, y mientras más la veía, más deseaba tratarla. Por lo poco que la había oído hablar más bien le parecía tonta que soberbia, y no creía que su orgullo tan decantado fuera realmente temible. Paseando con ella fue cuando se fijó mejor en su rara y majestuosa belleza. Y por más que se diga, por más que él después haya contado que la presencia de la joven no le produjo efecto alguno, no es posible creerlo. Aún podría asegurarse que Muriel sintió, si no amor, una especie de presentimiento de un futuro afecto; presentimiento que el amor, como todas las desgracias, envía siempre por delante. Pero esto fue muy vago. Él no podía nunca sentir un verdadero cariño hacia ningún individuo de aquella familia. La belleza de Susana podía inducirle a perdonar, pero no a transigir. Como él no se arredraba por nada, y sabía arrostrar impasible lo mismo la indiferencia que el odio de las gentes, resolvió descubrirse a ella, más por curiosidad que por deseo de humillarla. Quería saber cómo soportaría su orgullo la idea de haber hablado con el hijo de Pablo Muriel, muerto en la cárcel de Granada. La ocasión para descubrirse se le presentó ella misma cuando, un poco alejados en su paseo de los otros grupos, le preguntó:

–¿Y se detiene usted en Madrid para algún negocio? ¿Se va usted a estar mucho tiempo?

–Sí, traigo un asunto que arreglar. Ya otra vez estuve con una pretensión parecida, y nada logré.

–¡Ah! Ya comprendo; pretende usted en Palacio...

–No; no pretendo ningún destino. Sólo aspiro a que se me pague una deuda.

–¡Ah! Es un buen asunto si se consigue.

–A mi padre le debía cierta persona de aquí una gruesa cantidad; mi padre murió y vengo a cobrarla.

–Pues eso no será difícil.

–Sí, señora, es difícil. Necesito recomendaciones y amistades.

–Tal vez pueda yo recomendarle –dijo Susana con algún interés–. ¿Quién es la persona?

–El conde de Cerezuelo.

–¡Mi padre! –exclamó la dama parándose y fijando en Martín sus atónitos ojos.

–¡Ah! ¿Es que es usted su hija? –dijo Martín afectando sorpresa y separándose un poco de Susana.

–Sí –dijo con severidad la joven–. ¿Y usted quién es?

–Yo soy –contestó Martín fingiéndose humilde– hijo de aquel que fue encerrado en la cárcel de Granada por la maldad y la envidia de amigos oficiosos de la persona a quien servía ¡Oh! ¡Nosotros hemos padecido mucho!

–¡Usted es hijo de Muriel! –exclamó Susana apartándose de Martín con cierta expresión que a éste le pareció de horror.

–Sí, yo soy. Cuando mi padre estaba preso, en vano pedí al señor a quien servíamos que fuera indulgente y bondadoso con quien no merecía ser igualado a los grandes criminales. Nada conseguí. Hemos sido tratados con mucha dureza, señora. Ustedes han sido tan crueles con mi familia, que hasta me preocupa la suerte de mi pobre hermanito, en poder hoy de los que tanto nos han perseguido. Usted no puede haber aprobado lo que han hecho con nosotros.

Sea que Muriel se dejara llevar de su apasionada condición, sea que tuviera de repente el propósito de aterrar a Susana, lo cierto es que se expresaba en un tono de reprensión tal, que puso a la joven en el último punto de su indomable soberbia. Entre airada y atónita no supo en los primeros momentos qué contestar; mas repuesta bien pronto, dijo:

–¿Pero qué farsa es ésa? ¿Cómo había yo de figurarme que era usted un...?

–Dígalo usted todo –añadió Martín perdiendo su calma.

–Ya sabía yo que tenía usted el arte de embaucar a las gentes; en casa se sabía que el hijo era digno de su padre. ¿Cómo ha tenido usted valor para hablarme? Es preciso no tener idea de lo que son los respetos sociales para atreverse a... Sólo ocultando su nombre, sólo cubriéndose con la apariencia de persona... ¡Oh! ¡Esto es repugnante! ¿Usted me conocía?

–Sí –contestó Muriel complaciéndose en humillar todo lo posible a la hija de Cerezuelo–. Y si viera cuánto he disfrutado viéndola a usted a mi lado, hablando familiarmente conmigo, y sobre todo cuando bailábamos...

La entereza característica de Susana no pudo menos de vacilar un poco ante la insolencia de Martín. Acostumbrada al dominio moral, se turbó ante un orgullo mayor que el suyo.

–¿No es verdad –continuó Martín con sarcasmo–, no es verdad que se ven cosas muy raras en el mundo?

Susana se irritó más con aquella burla, y lanzó al joven una mirada de desprecio, que hubiera aturdido a otro menos sereno.

–Haga usted el favor de retirarse –dijo con cólera grave y solemne, como la cólera de los reyes de la leyenda–. Es terrible que una dama se vea insultada de este modo por un hombre irrespetuoso que así olvida su clase y se burla de las personas a quienes debe el pan que ha comido.

–¿Burlarme? No –dijo Muriel–; yo no me burlo de esas personas: las detesto o las desprecio.

—Su padre de usted falsificaba documentos y hacía desaparecer fondos ajenos, pero no insultaba a las personas de que dependía. Usted reúne a los crímenes de su padre la desvergüenza y la arrogancia. Felizmente no necesitamos los servicios de ningún Muriel, y puede usted buscar otros amos a quien engañar e insultar al mismo tiempo.*

—¡Ah víbora! –gritó Martín con furor y ademán de amenaza–. Yo juro que me la habéis de pagar tú y tu padre, ¡raza de Caínes!

Y diciendo esto volvió la espalda y se marchó muy a prisa, tomando el camino que conducía fuera del jardín, mientras Susanita se dirigía a sus amigas y pedía al Marqués para calmar su agitación, una pastilla de goma, y a Pluma el olor del azahar.

---

* "(...) y puede usted buscar otros amos a quien *robar* e insultar al mismo tiempo", Ibíd., pág. 131. El hecho de que la edición de 1907 reemplace "robar" por "engañar" reduce la intensidad semántica de la acusación presentada en la versión de 1871.

CAPÍTULO V

PABLILLO

I

A muy corta distancia de Alcalá, y siguiendo hacia el Norte la carretera de Aragón, sola, imponente y triste, expuesta a todos los vientos, inundada de sol y constantemente envuelta en torbellinos de polvo, estaba la casa de Cerezuelo, donde en la época de esta historia vivía retirado de las gentes el Sr. D. Diego Gaspar Francisco de Paula Enríquez de Cárdenas y Ossorio, conde de Cerezuelo y del Arahal, marqués de la Mota de Medina, señor de la puebla de Villanueva del Arzobispo, etc., etc... Del ancho portalón, y mejor aún desde las ventanas altas, que sin ninguna simetría, y atendiendo más a la comodidad interior que al ornato, había puesto en la fachada el arquitecto de tan raro y sólido edificio, se veían perfectamente las inmensas llanuras, propiedad de la casa, que se extendían hacia el Norte en dirección de la sierra.

Sobre aquellas tierras, pautadas simétricamente por el arado, llanas, sin árboles, alguna vez recorridas por maciento rebaño, se espaciaban todas las mañanas los aburridos ojos del conde. Volviendo el rostro hacia la izquierda se abarcaba de un golpe de vista la ciudad de Alcalá de Henares cuyas primeras casas apenas distarían de allí un tiro de ballesta[193]. Las torres, las cúpulas y los campanarios de sus conventos e iglesias, los cubos almenados de la casa arzobispal, los arbotantes de San Justo, el frontón de San Ildefonso, extremidades más o menos altas de las construcciones elevadas allí por la piedad o la ciencia, daban magnífico aspecto

---

[193] *A tiro de ballesta*: A bastante distancia, desde lejos (*DRAE*).

a la ciudad célebre, que inmortalizaron Cisneros con su Universidad y Cervantes con su cuna[194].

El conde de Cerezuelo se había retirado de Madrid, buscando un término medio entre la soledad completa y el bullicio cortesano. Alcalá le ofreció un retiro agradable, sin privarle del trato de las personas discretas, y allí se fijó, trabando gran amistad con los frailes de San Diego, los capitulares de San Justo y los famosos maestros de San Ildefonso. Pero al conde le entró invencible melancolía; fue poco a poco alejando de su casa a toda aquella ilustre muchedumbre que le visitaba, y al fin se aisló por completo, dando que murmurar a las gentes, y con especialidad a aquellos que se vieron privados del chocolate de la casa condal Cerezuelo; de cortesano y amable que era, se fue trocando en áspero e hipocondríaco: trataba mal a sus sirvientes y reñía con todo el mundo, menos con su hija. En cuanto a su hermano D. Miguel, persona recomendable por su religiosidad y modestia, siempre conservó buenas relaciones con el primogénito. También aquél era rico, y según de público se decía, bastante avaro.

El conde pasaba de los sesenta años; su afición a la caza había desaparecido, y sólo mataba a ratos el fastidio de su existencia leyendo algún piadoso libro o revisando grandes legajos de cartas y cuentas para ponerlas en orden. Un clérigo de San Justo le decía la misa en su propia casa, y las pocas veces que salía apenas andaba cuarenta pasos por el camino de Aragón, apoyado en el brazo de su mayordomo o administrador, D. Lorenzo Segarra, persona importante, de quien es preciso dar al lector algunas noticias. Pues no se sabe qué arte empleó este hombre para poseer en absoluto la confianza del conde, que era el ser más receloso y suspicaz.

Sea que en realidad Segarra le sirvió bien, sea que, cansado y melancólico, el conde resignara con hastío su autoridad señorial en el mayordomo, lo cierto es que éste manejaba la casa en la época a que nos referimos, y cuanto hacía era aprobado sin el menor obstáculo. Los señores, como los reyes, tenían sus favoritos, y, como aquéllos, la flaqueza de entregar el poder en manos de un hombre habilidoso que supiera hacerse camino, ya por el mérito, ya por la adu-

---

[194] Para una relación histórico-geográfica del entorno urbano de Alcalá de Henares contemporánea a la redacción de *El audaz*, véase Pascual Madoz, *Diccionario geográfico...*, *op.cit.*, vol. 1, págs. 359-372.

lación. No es de este lugar decir si Segarra administraba bien o mal; lo cierto era que aparentemente todo iba a pedir de boca; las deudas antiguas se habían pagado, las rentas se cobraban con puntualidad, y las arcas de la ilustre casa estaban repletas, como las del Erario en tiempos de Fernando VI.[195]

Dos meses antes del día en que suponemos comenzada esta historia, Segarra se presentó ante su amo con unas cartas abiertas, y expresando en su semblante el mayor asombro.

–¿Qué hay? –preguntó el conde, alzando los ojos del *Flos sanctorum*[196], donde leía los milagros y prodigios de San Benedicto, el que construyó el puente de Aviñón.

–La cuestión con Muriel ha terminado, señor –dijo Segarra sentándose.

–¿Ha terminado? ¿Cómo? ¿Ha sentenciado en su favor la Cancillería? No puede ser: todos los oidores[197] están de parte mía.

–Es verdad; pero otro juez se ha encargado de fallar este asunto. Muriel ha muerto.

–¡En la cárcel! ¡Infeliz! –contestó el conde con la mayor sorpresa–. Ya es tiempo de perdonar. Segarra, un *Padrenuestro*.

Y ambos elevaron al Cielo la oración dominical, seguros, sobre todo el conde, de que Muriel necesitaba de ella.

–A ver, cuenta cómo ha sido eso.

–Nada más sencillo: amaneció difunto en la cárcel, imposibilitando así el golpe de la justicia.

–¿Y qué más justicia? En fin, malo ha sido –dijo Cerezuelo–; pero olvidémonos de sus faltas, puesto que Dios se le ha llevado. No quiero guardarle rencor, porque yo me muero mañana...

---

[195] *Fernando VI* (1746-1759): Rey de España perteneciente a la dinastía Borbón. Durante su reinado se da un importante impulso a la Marina (1751), el ministro Ensenada (1702-1881) reorganiza la Hacienda y se firma un Concordato con la Santa Sede (1753). La caída de Ensenada en 1754 inicia una política antirreformista.

[196] *Flos sanctorum*: Según observamos en el catálogo de la Biblioteca Nacional de Madrid el ejemplar más antiguo del *Flos sanctorum* (1586), de Alonso de Villegas, es descrito como "una historia general en que se escribe la vida de la Virgen y de los santos más antiguos". Fueron frecuentes las reediciones del texto hasta el siglo XVIII: 1603, 1614-1616, 1691 y 1701. Existe también el *Flos sanctorum* (1520), de Pedro de la Vega, y el *Templo militante. Flos sanctorum y triunfos de sus virtudes* (1613-1615), de Bartolomé Carrasco de Figueroa.

[197] *Oidor*: Ministro togado que en las audiencias del reino oía y sentenciaba las causas y pleitos (*DRAE*).

La melancolía fundamental del conde consistía en creer cercana su muerte, y su espíritu se apegaba a esta idea, sin que los consuelos de la religión bastasen a apartarle de ella. Verdad es que estaba bastante achacoso y vivía mortificado, si no por la gota, como todos los nobles de antigua raza, por unos alarmantes e invencibles ahogos que le confirmaban en su fatalismo. «Yo me muero mañana», decía todos los días, y el solícito mayordomo se esforzaba en convencerle de lo contrario, adulando su dudosa salud, después de haber adulado su innegable nobleza.

–Señor, siempre está usía con el mismo tema –dijo–. Yo quisiera tener su salud y disposicion. ¡Hablar de muerte, cuando tiene las piernas más listas que un gamo y podría ir de aquí a Meco[198] y volver sin sentarse!

–¡Ah! –repuso el conde tristemente–, no me puedo mover. Me parece que estoy ya en la sepultura y no pienso más que en mi Dios... Pero di, ¿no se sabe lo que Muriel decía de mí cuando estaba en la cárcel?

–No lo sé; pero supongo diría mil atrocidades. Basta recordar a aquella alma negra y cruel, que no conocía la gratitud, ni era capaz de ningún sentimiento bueno.

–Me maldeciría sin duda. ¿Sabes que lo siento?

–Eso prueba el buen corazón de usía –contestó el favorito–; pero, en verdad, D. Pablo no era digno de compasión. Si a tiempo no acudimos, él hubiera consumado la ruina de todos los estados de Andalucía... ¿Mas para qué es hablar? No hay más que ver sus cuentas para comprender cuánta iniquidad, cuánta bribonada, cuánta mala fe había en aquel hombre.

–En fin, Lorenzo, ya se ha muerto: dejémosle en paz –dijo el conde, que sin duda quería estar bien con los manes[199] del pobre difunto.

–Pero es que ese hombre es insolente hasta después de muerto. ¡Qué atrevimiento! Hay personas que no escarmientan nunca, a pesar de los más terribles castigos, ni tienen en cuenta la dignidad de la familia a quien sirven, ni...

–¿Pero qué es ello? –preguntó con viva inquietud el conde.

–La última irreverencia de ese hombre. Ya sabe usía que era lo más insolente del mundo. Usía recordará cuando tuvo el valor de estampar en una carta que él tenía «tanto honor como su amo...».

---

[198] *Meco*: Para una información precisa de este pueblo madrileño en el siglo XIX, véase Pascual Madoz, *Diccionario..., op.cit.*, vol. 19, pág. 329.

[199] *Manes*: Sombras o almas de los muertos (*DRAE*).

—Bien; ¿pero qué ha hecho?

—Usía sabrá que el más pequeño de sus dos hijos vivía con él en la cárcel. Parece que el más viejo ha muerto hace poco tiempo en Madrid: ya; era un hombre lleno de vicios. Pues bien: D. Pablo, conociendo cercano su fin, y considerando que el muchachejo iba a quedar solo en el mundo, lo manda... ¡a usía!, a usía mismo para que lo críe y lo eduque.

—Eso es muy singular.

—No parece sino que ya no hay hospicios en el mundo. Esto es un insulto.

—¿Sabes que no sé qué pensar de esto? —dijo Cerezuelo meditabundo y más inclinado a la compasión que a la cólera—. Me envía su hijo a mí, que le he perseguido, a mí que le he...

—Pues ni más ni menos. Los motivos que tuvo para semejante desacato, los dice en esta carta que dirige a usía, y que ha traído el mismo portador del muchacho, un arrendatario de Ugíjar[200].

—¿Luego el chico está ahí? —preguntó el conde tomando la carta.

—Sí; ahí está. Mandaré que le lleven al instante al asilo de Alcalá o al Hospicio de Madrid.

El conde leyó la carta, que decía así:

«Señor: Encerrado en esta cárcel hace cuatro meses, privado de todos los medios para poner en claro mi inocencia, conociendo que mi fin está cercano, y habiendo sabido que mi hijo Martín es muerto en Madrid, he cavilado mucho tiempo sobre la suerte de este pobre niño que tiene parte en mi prisión y en mi miseria, aunque ninguna tiene por su corta edad en mi deshonra. Me hallo abandonado de todos, sin parientes ni amigos, y he pensado al fin que no debo pedir protección para esta criatura más que a usía, cuyo buen corazón no desconozco, aunque me ha perseguido tal vez mal informado por las personas que le rodean. Si alguien se propuso perderme, nadie puede tener interés en que este niño sea desamparado. Seguro, y animado por una voz que sale de mi corazón, lo pongo en manos de usía para que no haya cosa alguna de mi propiedad que no esté en poder de mi señor. Muero en Dios y perdono a mis enemigos. —*Pablo Muriel*».

---

[200] *Ugíjar*: Municipio de Granada. En él se producen aceite, cereales y vino. Célebre también por sus fábricas de aguardiente, tinajas, teja y ladrillo. Para un análisis geográfico-histórico de esta localidad en el siglo XIX, véase Pascual Madoz, *Diccionario geográfico-estadístico..., op.cit.*, vol. 15, págs. 206-209.

–¿Qué te parece esto? –preguntó el conde, que hacía tiempo había abdicado hasta su opinión en manos del favorito.

–Me parece muy insolente –contestó el mayordomo.

–Pues a mí me parece sobrado humilde. ¿No te llama la atención cómo ni me acusa, ni se queja de lo que se ha hecho con él? Bien sé que es merecido; pero...

–¿Y no cae usía en la intención de sus palabras? –dijo Segarra–. Da a entender que usía le ha quitado todo, cuando él es...

–Sea lo que quiera, yo no quisiera abandonar a ese muchacho. ¿Qué te parece?

–Lo que usía mande se hará.

–No falta en qué ocuparlo. ¿Qué edad tiene?

–Como unos diez años.

–Puede ocuparse en la labor. Se le puede dar a cualquiera de la casa para que lo haga trabajar. Aunque bien pudiera ser listo y servir para otra cosa.

–De torpe no pecará. Si saca las travesuras de su padre... Mala casta es ésta, señor.

–Con todo, educándole... No quiero abandonarle; porque ya ves, Lorenzo, su padre me sirvió, aunque mal; yo me muero mañana...

–Voy a traerle a usía esa buena pieza –dijo Segarra, y salió en busca del muchacho, que compareció al poco rato en presencia del señor conde de Cerezuelo.

II

Para comprender el terror y la angustia de que estaba poseída la inocente alma de Pablillo Muriel es preciso recordar que viviendo en la prisión con su padre, había oído repetidas veces en boca de éste, mezclado siempre con sus dolorosas quejas, el nombre del conde de Cerezuelo. Cuando tomaban las declaraciones a la desdichada víctima, aquel nombre execrable iba unido a todas las preguntas, y el inocente niño lo oía resonar perfectamente en lo interior del calabozo como una maldición. Figurábase al conde como uno de aquellos malignos monstruos de los cuentos domésticos* que habían sido su en-

---

* "(...) de aquellos *endriagos* y monstruos de los cuentos domésticos", *Ibíd.*, pág. 137. *Endriago*: Monstruo fabuloso, con mezcla de facciones humanas y de varias fieras (*DRAE*).

canto y al mismo tiempo su pesadilla en los días de libertad. Por el camino no pensaba en otra cosa que en el espantable rostro de la persona a quien iba a ser entregado. Se lo representaba de descomunal estatura, con barbas enormes, ojos fieros y una bocaza capaz de engullirse a todos los niños habidos y por haber. El pequeño Muriel tenía el vestido hecho jirones, y su semblante demostraba a la vez hambre y tristeza. Miraba con atónitos ojos cuantos objetos y personas se le presentaban, y no se atrevía a contestar a ninguna de las preguntas que los criados le hacían en el patio, compadecidos unos, insensibles otros a su situación. Permanecía reconcentrado, con una expresión melancólica, más bien de hombre que de niño, porque la cárcel había adormecido en él la viveza pueril, y tenía toda la gravedad que puede dar una desventura de diez años.

Cuando D. Lorenzo le llevó a presencia del conde, su terror, que había subido de punto al entrar en la casa, se calmó un poco. Mordiendo el ala del sombrero, y con los ojos humedecidos y bajos, moviendo los labios como quien llora, apenas se atrevía a mirar a su señor. Interrogado repetidas veces por éste, alzó los ojos y no encontró al conde tan horrible como se había figurado. No pudo menos de considerar, sin embargo, que aquella era la persona cuyo nombre repetían sin cesar los leguleyos que iban a la cárcel; era el autor de todas las desgracias del anciano; el que éste llamaba *cruel, ingrato, tirano*, palabras que un niño encerrado en una prisión y consumido por la miseria y el hastío puede comprender como cualquier hombre. Mostrábase amable el conde; Pablillo lo miraba sin decir palabra, mordiendo siempre el ala del sombrero, hasta que al fin comenzó a llorar con tanta aflicción que parecía no tener consuelo.

—Señor, voy a sacar de aquí a este becerro —dijo el mayordomo, tratando de llevarle fuera.

—Déjale, déjale. El infeliz está asustado; ¿qué le hemos de hacer?

—Éste tiene cara de ser una buena pieza, señor.

Pablillo empezó a calmarse, y su llanto se fue poco a poco resolviendo en un hipo angustioso. El conde le pasó la mano por el hombro, y le hizo nuevas preguntas, a que sólo contestó *sí* y *no* con movimientos de cabeza, que hacían precipitar de su rostro las gruesas lágrimas que lo surcaban. La niñez perdona pronto, y Pablillo dejó de ver en el conde el monstruo que se había figurado.

—¿Y qué quiere usía que se haga con este perillán?[201] –preguntó Segarra–. ¿Le parece a usía bien que lo entreguemos al porquerizo de Torrelaguna?

—Hombre, no; déjémosle en casa –contestó el conde–. No quiero yo que se le maltrate...

—En la dehesa estará como un rey. Aquí no tenemos en qué ocuparle. Si fuera un poco mayor y sirviera para los carros... La verdad es que se nos ha entrado un engorro por las puertas...

—¿Y qué le hemos de hacer, Lorenzo? Yo no puedo rechazar... Ya ves que su padre... No quiero ser cruel; yo me muero mañana, y...

—Pues digo, ¡tendrá unas mañas el tal niño! De tal palo tal astilla.

—¿Crees tú que saldrá malo? –preguntó el conde abdicando en el favorito no ya su opinión, sino hasta su lástima.

—Pues no hay motivos para suponer que sea un santo. Con poquito que se parezca a D. Pablo, que Dios haya perdonado...

—Dices bien –contestó el conde, tomando de nuevo su libro–. Hay que estar sobre aviso, no sea que este rapazuelo saque malas inclinaciones.

—¿Le parece bien a usía que le empleemos en arrear las mulas de la noria de arriba?

—Puede ser que Susana le quiera para su servicio.

—El muchacho es bastante tosco para paje; pero a bien que tirándole de las orejas para que aprenda... –dijo Segarra, haciendo lo que decía con tal puntualidad, que arrancó al rapaz un grito de dolor.

—Por de pronto que le den de comer, y ya se pensará lo que haremos con él.

Pablillo hubiera ido a consumir tristemente su existencia en compañía del porquerizo de Torrelaguna si Susana, que a la sazón estaba en Alcalá, no se hubiera propuesto hacer de él un paje. Aquel mismo día se determinó, cuando, después de alimentado, lo llevó D. Lorenzo al camarín de la señorita.

—A propósito, a propósito –dijo la joven contemplando al pobre muchacho, que aquel día no ganaba para sustos.

—Pero advierto a usía que es preciso estar sobre aviso con este muñeco. Yo me figuro que debe ser aficionadillo a lo ajeno.

---

[201] *Perillán*: Persona pícara, astuta (*DRAE*).

–¿Sí? ¡Pues hombre, tienes buena cualidad! –exclamó Susana, encarándose con el rapaz y asustándole con su mirada.*

–¿A quién quieres servir más, pelambrón[202], al señor que has visto hace poco, o a la señorita? –le preguntó don Lorenzo, dando más fuerza a su interrogación con un pellizco.

–Vamos, di –añadió la joven–, ¿a quién quieres servir, al señor que has visto, a mí?

Pablillo frunció el ceño, se rascó el brazo izquierdo, donde había dejado la señal de sus dedos el terrible Segarra, se puso rojo, miró a Susana, después al suelo, se sonrió, y al fin dijo:

–A usted.

–¡A usted! ¿Habráse visto borrico igual? –exclamó el mayordomo, sacudiendo a Pablillo por un brazo–. «A usía» se dice otra vez; «a usía», ¿lo entiendes? ¿Ha visto la señorita qué muchacho más incivil?

–Eso no tiene nada de particular –dijo Susana, riendo del excesivo celo que mostraba por la etiqueta el señor D. Lorenzo.

Quedó convenido que Pablillo serviría de paje o rodrigón[203] a la señorita, y ésta imaginó la librea que había de ponerle, discurriendo lo más extravagante y *tónico* para el caso. Mientras estos atavíos se preparaban, veamos cómo pasó el pequeño los primeros días de su nueva vida. Se creerá que el enemigo más terrible que iba a tener en aquella casa sería el Sr. D. Lorenzo Segarra, y no es cierto: el verdadero y más cruel atormentador de Pablillo iba a ser la tía Nicolasa, mujer de uno de los principales sirvientes de la casa, y gobernadora absoluta del ramo de escalera abajo, superintendenta de las cocinas señoriales, lavandera mayor y gran chambelán de gallinas, pavos, gansos y demás tropa volátil que llenaban el vasto corral. Ella entendía también de todas las provisiones menudas, tales como legumbres, hortalizas, huevos, etc, y presidía la matanza de los cerdos por Navidad*. La tía Nicolasa tenía dos hijos y una hija, los tres de cor-

---

* "(...) asustándole con *la intensa mirada de sus negros y grandes ojos*", *Ibíd.*, pág. 88.

[202] *Pelambre*: Conjunto de pelo en todo el cuerpo o en algunas partes de él (*DRAE*). Es asumible que el adjetivo *pelambrón* intensificaría esta definición con un sentido despectivo.

[203] *Rodrigón*: Criado anciano que servía para acompañar a las señoras (*DRAE*). No es éste, obviamente, el sentido que le da al término Benito Pérez Galdós.

* "(...) hortalizas, huevos, etc., y presidía la matanza de los cerdos *que con regia pompa perecían por Navidad; y contaba asimismo en el número de sus altas funciones la de organizar las fiestas campestres a que todos los labriegos de los próximos estados de Cerezuelo concurrían con su guitarra y buena fe para divertir a la señorita*", *Ibíd.*, pág. 139.

ta edad, y no puede formarse idea de su disgusto cuando se le encargó el cuidado de Pablillo: ella disfrutaba, y sin rival para sus niños, del patrocinio del conde; tenía aspiraciones con respecto al futuro engrandecimiento del mayor, que esperaba ver salir del corral para entrar en algún Seminario o en la universidad cercana, y la idea de que un chicuelo advenedizo absorbiera la protección y el alto cariño de la señorita, la ponía furiosa*. La circunstancia de ser elevado Pablillo a la encumbrada categoría de paje, cargo de que nunca fueron considerados dignos los rústicos engendros de la tía Nicolasa, acabó de exasperarla; pero no le fue posible manifestar su enojo, sino por medio de alguna reticencia en las barbas de Segarra.*

A los pocos días le pusieron a Pablo una librea galonada, que Susana hizo llevar de Madrid; aprisionaron su pescuezo en un pequeño y rígido corbatín que no le permitía hacer movimiento alguno de cabeza; calzáronle lujosamente, completando el atavío con un gran sombrero, que el infeliz necesitaba sostener con las manos para que no se viniera al suelo. No sabía cómo manejar los brazos y las piernas; estaba metido en un potro[204] y todo le estorbaba, especialmente el corbatín, que no le permitía mirar a los lados. Los chicos de doña Nicolasa estaban atónitos y confundidos contemplando tanta hermosura, y particularmente les deslumbraba el fulgor de los botones de la librea, que les parecían otros tantos soles colgados en el pecho de Pablillo. La madre se moría de envidia en presencia del paje, y le hubiera dado mil azotes si no se lo impidiera el respeto a los bordados escudos de la familia que llevaba en las solapas y en las mangas.

–Quítame delante, espantajo –decía–. No parece sino que se ha entrado por las puertas el mico que traía el año pasado aquel de los títeres que vino de Madrid.

–¿No ve usted qué mal le sienta a este renacuajo un vestido tan lujoso? –decía D. Lorenzo.

---

* "(...) la ponía *por las nubes* furiosa", *Ibíd.*, pág. 139.

* "(...) en las barbas de Segarra. *En aquella casa como en aquella época, el respeto al Señor era fanático, y ni aun los espíritus amantes de la rebeldía comprendían la protesta: por lo tanto calló, aparentando cuidar a Pablillo como a sus hijos*", *Ibíd.*, pág. 140.

[204] *Potro*: Aparato de madera en el cual sentaban e inmovilizaban a los procesados, para obligarles a declarar por medio del tormento (*DRAE*).

—Ya lo creo. ¡Qué lástima de galones, que estarían mejor en la burra del tío Genillo!

Pero estas diatribas no pudieron calmar el estupor, el encanto de los chicos, que hubieran dado su existencia por ver sobre su cuerpo el más pequeño de aquellos resplandecientes botones. Sin hablar palabra lo rodeaban, con los ojos embelesados y exhalando tal cual suspiro, mientras Pablillo, en el centro del vasto círculo formado por toda la servidumbre, que había acudido a contemplarle, ya con burlas, ya con admiración, estaba lelo, estupefacto y trémulo, entre disgustado y orgulloso, sin mover brazo ni pierna, y cuidando de mantener derecha la cabeza para que el pesado alcázar de su sombrero no rodase por el suelo. ¡Infeliz; no sabía cuán caro había de costarle aquel repentino lujo!

III

La primera vez que Susana se presentó en la misa de San Diego con su dueña y su paje, este último produjo, como ahora decimos, gran sensación. Muchos de los que concurrían al oficio divino se distrajeron contemplando el extraño vestido; los chicos no apartaron la vista de él ni un momento, a pesar de los frecuentes tirones de orejas de sus respectivos padres, y a la salida, los mozos, payos[205] y estudiantes, que se situaron, como de costumbre, en la puerta, convinieron en que en Alcalá no se había visto librea tan lujosa. Pero Pablillo había desempeñado tan mal su misión aquel día, había tropezado tantas veces al poner y quitar el tapiz en que se hincaba la señora, había dejado caer el sombrero con tanta frecuencia, que al llegar a la casa oyó, temblando de miedo, una severa reprimenda. Sus funciones eran altamente fastidiosas, y el desdichado se consumía de fastidio dentro de su casacón, y deseaba trocar los botones y el monumental sombrero por los andrajos con que brincaban en el corral los hijos de la tía Nicolasa. Así van las cosas del mundo: la miseria suele envidiar a la ostentación, sin reparar que ésta, a veces trocaría su deslumbrador aparato por una pobreza tranquila y libre. Figúrese el sensible lector lo que pasaría el pobre muchacho, esclavo de la etiqueta, después de haber pasado tanto tiempo en una cárcel, donde vio

---

[205] *Payo*: Campesino ignorante y rudo (*DRAE*).

perecer de miseria y dolor a su anciano padre. No sabía lo que era peor, si el calabozo de Granada o el duro encierro de su corbatín y de su librea, claveteada con botones de metal dorado como para hacerla más fuerte. Es triste el espectáculo de la niñez que se consume en un servicio penoso y triste, privada de todo solaz[206]. La travesura, propia de la edad, estaba aherrojada[207], y no tenía más recreo que contemplar al través de los cristales del camarín de la señorita los pájaros que volaban de rama en rama en la huerta, y el gato que iba y venía por lo alto de la tapia. Siempre en pie, siempre derecho, presenciaba las complicadas operaciones del tocador de su ama, y oía la charla del peluquero, venido de Madrid, el cual tenía la galantería de llamarlo el *Sr. D. Pablo*.

Además, Pablillo no hacía a derechas cosa alguna de las que se le mandaban: si se le pedía agua fría, la traía caliente; se le caían de las manos los vasos y platos, y puso fin a varias piezas de gran valor. Esto le valían reprensiones enérgicas de Susana y tremendos mojicones de D. Lorenzo, que le hacían ver las estrellas. Contribuía a hacerlo más infeliz la circunstancia de que no se perdía cosa alguna en la casa sin que al momento se le echara la culpa a él, para lo cual le registraban los profundos bolsillos de su casacón; y como le encontrasen una vez no sabemos qué insignificante baratija, D. Lorenzo puso el grito en el cielo amenazándole con espantosos castigos si reincidía.

La tía Nicolasa le había jurado guerra a muerte, y le alimentaba lo peor que podía. Los inocentes chicos llegaron también a participar de aquel rencor, y así como en otras ocasiones se echaba la culpa de todo al gato, entonces la responsabilidad de cuanto acontecía de escaleras abajo caía sobre Pablillo. Si rodaban, haciéndose algún chi-

---

[206] *Solaz*: Esparcimiento, alivio de los trabajos (*DRAE*). La compasión mostrada por Pérez Galdós hacia las desventuras del niño Pablillo Muriel presenta unos claros perfiles dickensianos. Sobre el influjo estético de la obra de Carlos Dickens en Pérez Galdós, véanse Vernon A. Chamberlin, "The *Muletilla*: An Important Facet of Galdós' Characterization Technique", *Hispanic Review*, XXIX (1961), págs. 296-309; Effie L. Erickson, "The Influence of Charles Dickens on the Novels of Benito Pérez Galdós", Hispania, XIX, 3 (1936), págs. 421-430; Michael Nimetz, *Humor in Galdós. A Study of the "Novelas contemporáneas"*, New Haven, Connecticut, y Londres, Yale University Press, 1968 y Linda Willem, "A Dickensian Interlude in Galdós' Rosalía", *Bulletin of Hispanic Studies*, LXIX (1992), págs. 239-244.

[207] *Aherrojar*: Oprimir, subyugar (*DRAE*).

chón, Pablillo les había pegado; si rompían los calzones, Pablillo lo había hecho; si se ensuciaban de lodo, era Pablillo el autor de tamaño desacato.

Entretanto, el triste huérfano se aburría y soñaba con la libertad dormido y despierto. Hubiera dado la mitad de su vida por poderse revolcar con librea y sombrero en el montón de tierra y estiércol que había en la huerta; envidiaba la suerte de las gallinas que saltaban sin casaca en el corral, y se le iban los ojos detrás de todos los rapaces de ambos sexos que pasaban saltando y enredando por el camino. Nadie allí le demostraba cariño, y él por su parte estaba dispuesto a amar con delirio a quien le dijese: «Pablillo, vete a jugar». No aborrecía mucho a la tía Nicolasa, sin duda porque hay en los niños un secreto instinto que les impide odiar a las mujeres; pero no podía ver ni pintado a D. Lorenzo Segarra. Al conde poquísimas veces le veía, y la señorita le inspiraba un respeto supersticioso; la rigidez y frialdad de la dama, su despotismo y hasta su hermosura, eran la causa de aquel respeto.

El niño sentía una vaga admiración, entusiasmo inexplicable por aquella deidad que presidía sus tristes destinos, y que jamás descendía hasta él, manteniéndose siempre a la altura de su posición social y de su belleza. Para el paje era la señorita un objeto de veneración más que de cariño, y la idea de que pudiera ofenderla le hacía estremecer. Cuando Susana estaba en su tocador, el paje se cansaba menos de estar en pie y con los brazos cruzados, porque entretenía sus ojos fijándolos en el espejo, donde aparecían reflejados el rostro y el cuello de la hermosa tirana. Sea que en su corta edad el sentimiento del arte estuviera en él muy desarrollado; sea que la contemplación de la señorita le produjera un recreo instintivo e incomprensible, lo cierto es que se embobaba mirando en el cristal aquello que un austero benedictino del siglo pasado llamaba *escándalos de nieve*[208]. La doncella de Susana era otro de sus enemigos, porque le ocultaba las

---

[208] *Escándalos de nieve:* sólo tenemos constancia del uso de esta expresión en el importante ensayo de estética del abate, no benedictino, Esteban de Arteaga (1747-1799): "(...) me contentaré con celebrar el caso del orador Hipérides, el cual, perorando en favor de la ramera Friné delante de los austeros aeropagitas, y viendo que los jueces no se conmovían cuanto él quisiera con la fuerza de sus razones, se alzó del asiento, se acercó a Friné, rasgó los velos que le cubrían los pechos y, mostrando a los ojos de las circunstantes aquellos escándalos de nieve, alcanzó con esta muda elocuencia lo que no había podido conseguir con las flores más vistosas de la retórica", *Investigaciones filosóficas sobre la belleza ideal,* 1789, ed. Miguel Batllori, Madrid, Espasa-Calpe, 1943, pág. 74.

más de las veces, interponiéndose entre él y el espejo, la sorprendente imagen.

Un día Susana debía asistir a un gran sarao[209] que había en casa de otro noble rancio residente en Alcalá, para lo cual se puso de veinticinco alfileres, ostentando en traje y joyas una riqueza y un primor inauditos. Ya estaba preparada y se ofrecía a sus propias miradas puesta frente al espejo en el centro del camarín, cuando entró Pablillo trayendo una lámpara que había arreglado la tía Nicolasa, y a la vista de la señorita, el pobre muchacho se quedó estático y deslumbrado. Dio algunos pasos, sin apartar la vista de su ama, y al llegar cerca de ella tropezó, cayó y todo el aceite de la lámpara inundó las vistosas haldas del guardapiés de Susana, poniéndola como nueva. Al mismo tiempo, agarrándose instintivamente el infeliz caído a una de las blondas, abrió en canal la basquiña[210], dejando a su ama en un estado de furor indescriptible. Figúrate, piadoso lector, lo que pasaría Pablillo en aquel nefando día. En el camarín recibió un vapuleo *a dúo* por el ama y la doncella, y luego, de escaleras abajo, aquello fue un desastre que quedó presente en la imaginación del pobre chico durante toda su vida.

Con decir que D. Lorenzo le entregó a la ferocidad de la tía Nicolasa, autorizándola para imponerle el castigo que juzgara conveniente, previo despojo de las galas de la librea, se comprenderá todo el horror de aquel trágico suceso.

–¡Sapo! –gritaba Nicolasa en el colmo de la ira–, ven acá: ¿te has creído que el traje de la señorita es algún estropajo? No puede por menos de haberlo hecho de intento, Sr. D. Lorenzo; este muchacho tiene malas ideas.

–Es preciso quitarle la casaca, porque no creo que la señorita consienta en que le sirva más este sabandijo –dijo el mayordomo.

---

[209] *Sarao*: Reunión nocturna en que hay baile o música (*DRAE*). Importante referencia expresiva que muestra el énfasis post-isabelino en evitar afrancesamientos lingüísticos. Testimonios literarios del reinado de Isabel II, por el contrario, transcriben directamente el término francés "soirée": Getrudis Gómez de Avellaneda, "La dama de gran tono", 1843, *Antología de la prensa periódica isabelina escrita por mujeres, 1843-1894*, ed. Iñigo Sánchez Llama, Cádiz, Universidad, 2001, pág. 73.

[210] *Halda*: Falda (*DRAE*); *Guardapiés, brial*: Vestido de las mujeres que bajaba hasta los pies (*DRAE*); *Blonda*: Encaje de seda (*DRAE*). *Basquiña*: Saya, negra por lo común, que usaban las mujeres sobre la ropa interior para salir a la calle (*DRAE*).

Esto era más de lo que había soñado la tía Nicolasa en el delirio de su venganza. ¡Despojar a Pablillo de su encantadora librea! ¡Quitarle una a una todas las prendas en presencia de los criados, de los niños, de las gallinas y pavos del corral! La ceremonia de la exoneración[211] fue cruel para el pobre huérfano. Un chico le tiraba de una manga; otro satisfacía su deseo de tantos días quitándole el sombrero y poniéndoselo para dar dos paseos por la huerta; aquél le empujaba hacia adelante; éste hacia atrás; uno le arrancaba un botón; este otro pugnaba para arrancar el corbatín, y la tía Nicolasa presidía este tormento riendo y acompañando cada estrujón con sus apodos y calificativos más usados, tales como «sapo, zamacuco[212], escuerzo[213], lagartija, ave fría, D. Guindo, espantajo, etc.».

Los chicos se repartieron con febril alegría el botín. Tener en sus manos aquellos botones, entrar los brazos en aquellas mangas galonadas, era más de lo que los pobres vagabundos del corral podían soñar. Su madre les dejó gozar un momento de la posesión de aquellos ansiados objetos, y después los recogió y guardó, temiendo que el escudo de la casa se profanara con el fango y el estiércol.

Al huérfano se le puso su antiguo vestido, modificado con alguna prenda inútil de los hijos de la tía Nicolasa, y descendió a lo más bajo de la escala social entre la servidumbre. Esto, lejos de ser una pérdida habría sido ventaja si hubiera cobrado su libertad y si la mirada despótica de la arpía no estuviera constantemente fija en él, pidiéndole cuenta de todos sus actos. No podía entregarse al juego, porque los demás chicos le hacían objeto de burlas, sin duda por la *capitis deminutio*[214] que había sufrido. Si rodaban por el suelo, venían todos en procesión lloriqueando para decir a su madre que Pablillo les había empujado. Se le obligaba a estar sentado en un rincón mientras saltaban los otros, y cuando se repartía alguna golosina nunca le tocaba a Pablillo más que el pezón o el hueso, si era fruta, o el papel que servía de envoltorio si era dulce o pastel.

En esta vida el pobrecillo no cesaba de mirar al cielo y a las ven-

---
[211] *Exoneración*: Privación o destitución de un empleo (*DRAE*).
[212] *Zamacuco*: Persona tonta, torpe y abrutada (*DRAE*)
[213] *Escuerzo*: Persona flaca y desmedrada (*DRAE*).
[214] "*Capitis deminutio*": En latín en original. "Disminución de categoría", "pérdida de derechos civiles", Herrero Llorente, *Diccionario de frases y expresiones latinas*, *op.cit.*, pág. 72.

tanas del camarín de su señorita, echando de menos los instantes que pasaba allí metido dentro de su uniforme, preso, pero con dignidad y sin recibir ultrajes. Un domingo sintió bajar a Susanita para ir a misa; púsose junto a la escalera, esperando que al bajar le dijera alguna cosa; pero la dama ni siquiera miró al pobre muchacho, que sintió un dolor inmenso por este desaire, mucho más cuando vio, que detrás bajaba el mayor y más antipático de los muchachos, sus rivales, vestido con la historiada librea, desempeñando el papel de paje con más gravedad que él. ¡Y el nuevo rodrigón pasearía las calles de Alcalá deslumbrando a todo el pueblo con el fulgor de sus botones! ¡Y extendería en San Diego el tapiz para que se sentara madama! ¡Y presenciaría en el silencio del camarín las operaciones del tocador, contemplando en el espejo la divina imagen de la señorita! ¡Oh! Pablillo no pudo resistir la aflicción que estas consideraciones le producían, y fue a ocultar sus lágrimas en el último rincón del corral.

IV

El hijo del desgraciado Muriel no había pensado nunca en el límite que pudiera tener aquella triste y enfadosa existencia, ni en las probabilidades de cambiar de destino. Pero una mañana se paseaba por el corral, en el momento en que el tío Genillo abría la gran portada para salir con sus cuatro pares de mulas al campo. Pablo se asomó y extendió su vista por la llanura; a lo lejos vio la sierra; la carretera se extendía ondulando por el vasto terreno. El aire que refrescó su rostro en aquel momento le produjo agradable sensación; estaba extasiado contemplando la inmensidad que tenía ante la vista, y su deseo hubiera sido recorrerla toda hasta llegar a las montañas. Cerró el tío Genillo, dejándole dentro: mas no por eso se borró de la imaginación del pobre chico el espectáculo del campo, bajo cuya forma quedó grabada en su mente la idea de libertad. Desde entonces pensó mucho en aquello. Salir solo y sin estorbo, recorrer el camino, hablar con los transeúntes, dormir bajo un árbol, comer lo que encontrara, beber en los arroyos, no dar cuenta a nadie de sus acciones, saltar y brincar sin cansarse nunca, reírse a sus anchas de la tía Nicolasa; estas ideas se sucedían, repitiéndose en infinito encadenamiento y fatigando su fantasía. Quien no sentía el lazo de ningún afecto, quien era rechazado por todos y no conocía los goces del hogar, no podía menos de sentir inclinación a la vida vagabunda[215]. Pablillo estaba entonces en condiciones para ingresar en la carrera de los saltimbanquis, de los mendigos, de los salteadores de caminos.*

Mientras la idea de emancipación iba elaborándose en su entendimiento, le ocurrió un percance tan terrible como el de la mancha de aceite. Cierto día que vagaba por la huerta miró al suelo y vio un aro de metal. Recogiólo, y examinándolo atentamente creyó que era cosa de escaso valor, y lo hubiera arrojado de nuevo si no se le ocurriera jugar y enredar con él, como hacen los niños con todo objeto que se les viene a las manos. Mas cansándose luego, se lo guardó en el bolsillo, no acordándose más de aquella baratija en todo el día. Al siguiente, la tía Nicolasa amaneció gritando y amenazándole con abrirle en canal si no renunciaba a sus raterías.

—¡Sapo, mal bicho! —exclamaba corriendo tras él—. Tú has sido, tú, que eres de casta de ladrones.

—¿Qué hay? ¿Qué es eso? —dijo D. Lorenzo, que a la sazón llegaba.

—¿Qué ha de ser? —contestó la mujer—, sino que echo de menos mi rosario de plata que me regaló la señorita el año pasado, y este hormiguilla debe habérmelo quitado. ¿Pues no sabe usted que anteayer le encontramos tres ochavos? ¿Y el otro día, que nos quitó cuatro almendras de las que tenía guardadas en el cajón, y después el seis de oros de la baraja? Es mucho sabandijo[216] el que tenemos en casa. Un día nos quita hasta el modo de andar. Y eso que desde que entró aquí, todo lo tengo guardado bajo llave.

—A ver, zascandil, ¿has cogido tú el rosario de la tía Nicolasa? —dijo Segarra apoderándose de una de las orejas del rapaz como fianza para poderle imponer castigo en caso afirmativo.

---

[215] La peripecia novelesca de Pablillo Muriel, sin duda, podría haber presentado ciertos perfiles picarescos de haber sido desarrollada con mayor extensión. Ya en la década siguiente, Pérez Galdós esbozará, hasta cierto extremo, una novela picaresca en su obra, *El doctor Centeno* (1883).

* "(...) de los salteadores de caminos. *Además ya sabemos que llevaba en la sangre el espíritu aventurero, como su padre y hermano, y que como ellos se sentía atraído por lo raro, por lo desconocido y por lo imposible*", Ibíd., pág. 145. La supresión de esta caracterización quijotesca en ediciones posteriores de *El audaz* potencia más bien la vertiente picaresca-marginal del personaje.

[216] *Sabandija*: "Persona despreciable" (*DRAE*). La utilización del término en el género masculino no aparece recogida por el *Diccionario de la Real Academia* (2001).

—Yo, no señor —contestó Pablillo, preparándose a llorar.
—A ver: regístrele usted.

La tía Nicolasa metió su mano en la faltriquera[217] de los desgarrados calzones que vestía el huérfano y lanzó un grito de horror al sacar de ella el aro que aquél se había encontrado en la huerta.

—¡El brazalete de la señorita! —exclamó.
—¡El brazalete de la señorita! —dijo D. Lorenzo, y ambos se quedaron con la boca abierta contemplando la fatal prenda.
—¡El brazalete que se le perdió la semana pasada
—¡Y ella creyó que se le había caído en la calle!
—¿Qué le parece a usted, Sr. D. Lorenzo?
—¿Qué le parece a usted, tía Nicolasa?

Pablillo leyó en las miradas de uno y otro el más terrible y ejemplar castigo. Por de pronto, y sin esperar a que el mayordomo tomara la determinación que aquel grave caso requería, la tía Nicolasa se explayó, dándole tantos azotes, que los gritos obligaron a la señorita a asomarse a una ventana. Pablillo volvió hacia ella sus ojos inundados de lágrimas, esperando oír una palabra que le librara de tan inesperado tormento; pero la dama, informada de que su joya había aparecido, se retiró de la ventana. Hasta los oídos del conde llegó la noticia del caso, y dijo que ya le mortificaba la presencia de aquel muchacho en su casa, y que era preciso, o imponerle los fuertes castigos que merecía, o enviarle a un asilo. Don Lorenzo enseñaba a todos el fatal cuerpo del delito, diciendo: «De tal palo tal astilla. Bien decía yo que éste tendría las mismas uñas que su padre».

Todo aquel día, la aflicción y desconsuelo de Pablillo no son para contarlos. Aunque niño, sentía lastimado su honor y no podía tolerar que le llamasen ladrón. La insolencia de los chicos no tenía ya límites; la tía Nicolasa no se aplacaba, ni aún viéndole abatido y humillado; y D. Lorenzo le hacía minuciosa reseña de los castigos que se le iban a imponer. Él hubiera deseado tener ocasión de arrojarse llorando a los pies de la señorita para decirle que él no había robado la alhaja, seguro de que le creería. Pero esto no fue posible, y por todas partes no escuchaba sino comentarios más o menos terribles de su supuesto crimen. No había bicho viviente en la casa que no le maltratara e injuriara, y hasta las gallinas le parecía que cacareaban su deshonra.

---

[217] *Faltriquera*: Bolsillo de las prendas de vestir (*DRAE*).

Hay, sin embargo, que hacer una excepción en los sentimientos de la servidumbre para con Pablillo; había un ser, uno sólo, que tenía amistad con el pequeñuelo, era el tío Genillo, viejo sexagenario y enfermo, intendente general de las mulas. Este infeliz, que era considerado como el último de los sirvientes, se ponía siempre de parte del niño Muriel*, cuando se discutía su criminalidad en un círculo de arrieros y mozos; le trataba con cariño, y hasta le contaba algunos cuentos, cuando Pablillo iba por las mañanas a la cuadra a contemplarle en el desempeño de sus elevadas funciones.

La idea de la emancipación continuó fascinando al huérfano todo aquel día. Cada vez le era más insoportable la vida en aquella casa, y el campo con su prodigiosa y vasta extensión, la perspectiva de la sierra y la longitud del camino, que parecía no acabar nunca, lo atraían cada vez con más fuerza. Por la noche, en el momento de acostarse, todo esto le preocupó hasta el punto de quitarle el sueño, contrariando la común ley de la Naturaleza, que cierra los párpados de los niños y les quita en una noche todas las angustias del día*. Pero también es cierto que en los niños, cuando se ven privados de todo afecto, cuando su destino les arroja al mundo solos y desamparados, se desarrolla una prematura actividad de espíritu. El instinto de buscar la vida y la felicidad que se les niega, les lleva a acometer empresas para ellos gigantescas, y que en situación normal jamás hubieran podido idear. Movido Pablillo, a pesar suyo, por aquella temprana actividad de su espíritu, hija del desamparo en que vivía, resolvió fugarse al día siguiente. No pensó a qué punto iría, ni qué iba a ser de su existencia errante y sin techo; sólo pensó en echar a andar por aquel camino, y en alejarse mucho para no ver más a la tía Nicolasa, ni al monstruo del mayordomo.

Durmióse al fin el pequeño aventurero, y en su sueño no dejó de ver el inmenso campo, la sierra y el camino sin fin que había de recorrer al día siguiente. Soñaba con su libertad, que se le representaba en mil formas diversas, pero siempre risueña y embellecida por la idea de una providencia que le daría pan que comer, agua que beber, sitios deliciosos en que retozar y maravillosos espectáculos en que recrear la vista. La imagen siempre hermosa de la señorita se mez-

---

* "(...) se ponía siempre *de frente* del niño Muriel", *Ibíd.*, pág. 147.
* "(...) todas las angustias *de la vida*", *Ibíd.*, pág. 147.

claba a este calidoscopio, que daba mil vueltas en la fantasía del huérfano durante toda la noche que precedió a su fuga.

Amaneció, y muy quedito se vistió y se fue derecho al corral. El fresco de la mañana le produjo un bienestar inefable. Con mucho trabajo desatrancó la puerta que daba al camino, y salió como los pájaros, solo, a recorrer la tierra en busca de libertad, sin saber adónde iba, ni dónde podría encontrar alimento, sin pensar en mañana, ni acordarse de ayer. El pequeño caballero andante corrió apresuradamente al salir de la casa, y no se detuvo hasta después de avanzar gran trecho. Entonces, seguro de que nadie le seguía, se paró, miró atrás, y se rió mentalmente de la tía Nicolasa y de la librea que había perdido; dio dos o tres brincos, saltó y retozó, emprendiendo después más tranquilo su marcha *por el antiguo y conocido campo de Montiel*[218] (aunque no era verdad que por él caminaba).

---

[218] *Antiguo y conocido campo de Montiel*: Villa con municipio, partida judicial de Infantes de Lara en la provincia de Ciudad Real. Allí se produce en 1369 la victoria de Enrique II, el de las Mercedes (1369-1379) sobre Pedro I el Cruel (1350-1369). Es obvia la referencia autorial irónica a esa localidad dado que Pablillo Muriel no se encuentra en la provincia de Ciudad Real sino en Madrid.

CAPÍTULO VI

DE LO QUE MURIEL VIO Y OYÓ EN ALCALÁ DE HENARES

I

Veamos lo que pasaba en la ilustre casa de Cerezuelo cuando Martín se presentó en ella, es decir, un mes después de la escapatoria del pobre Pablillo y a los cinco días de ocurrir en la Florida la escena que referimos en el capítulo IV. Susana se había marchado a Madrid cansada de la soporífera vida de Alcalá, por lo cual estaba inconsolable el conde, y muy contento, aunque en apariencia triste, el Sr. D. Lorenzo Segarra, que no gustaba de perder con la presencia de la señorita alguna de sus omnímodas funciones. El conde no cesaba de escribir a su hija un día y otro suplicándole fuese de nuevo a vivir con él; mas ésta creía cumplir con exceso los deberes filiales acompañando al pobre viejo algunos meses del año. ¿Cómo era posible que ella dejara sus estrados, sus tertulias, sus bailes, sus excursiones al Prado y a la Moncloa[219], el perpetuo triunfar de su existencia divertida y risueña por las soledades de la antigua ciudad del Henares, donde no tenía otro motivo de ostentación que la misa de San Diego los domingos, y alguna que otra tertulia de confianza en la casa de tal prócer[220], reunión donde unos cuantos viejos iban a dormirse o a jugar un insulso mediator?* Por

---

[219] *Paseo de la Moncloa*: "La Moncloa que en lo antiguo se llamaba el Soto de la Moncloa, era parte del Real Sitio de la Florida, en el que estaba también comprendida la Montaña del Príncipe Pío. Fue posesión de los arzobispos de Toledo, y después de haber sido propiedad particular (...) fue adquirida por la Corona a principios del siglo XIX", Répide, *Las calles de Madrid, op. cit.*, pág. 419.

[220] *Prócer*: Dícese de una persona importante, noble, de alta posición social y respetada (*DRAE*).

* "(...) iban a dormir o a jugar un insulso *tresillo*", *Ibíd.*, vol. 21, nº 82, 1871, pág. 176. La edición de 1907 sustituye el primitivo "tresillo" ("juego de naipes que se juega entre tres personas, cada una de las cuales recibe nueve cartas, y gana la que hace mayor número de bazas", *DRAE*) por "mediator" (juego de naipes de varios lances, semejante al tresillo, hombre y otros, *DRAE*).

estas consideraciones Susana no hacía caso de las epístolas paternales, y dejaba que el conde se aburriera de lo lindo en su palacio, viendo llegar con pavor y sobresalto aquel *mañana* de su muerte, que a fuerza de ser profetizado ya no podía estar lejos.

El anciano leía una tarde, como de costumbre, su *Flos sanctorum* y se extasiaba con los milagros de San José de Calasanz, cuando vio entrar azorado y con precipitación a D. Lorenzo Segarra que le dijo:

–Señor, no sé si dar parte a usía de lo que ocurre.

–Pues qué, ¿qué hay? ¿Ha venido Susana? ¿Hay noticias de ella? –contestó con ansiedad Cerezuelo–. ¡Oh, Lorenzo, yo no puedo estar sin Susana, yo me muero de dolor cuando ella no está aquí!

–No, señor; no es nada de eso –dijo el mayordomo sin desarrugar el ceño.

–Nada me puede interesar. Déjame.

–¡Ah, señor: si usía supiera quién está ahí!

–¿Quién? Por vida de... ¿Quién está ahí?

–El hijo de Muriel, señor. ¡Ha visto usía mayor insolencia!

–¿Pablillo?

–No, señor, el otro, el mayor.

–¿Cuál? ¿Pues no había muerto? –dijo el amo con sorpresa.

–Así se creía; pero, o ha resucitado, o fue mentira que muriera. Ahí está y dice que no se marcha sin hablar con usía.

–¡Conmigo! –exclamó el conde con cierto terror.

–Sí, señor. Usía no recuerda la otra vez que estuvo en esta casa. Es la única ocasión en que le hemos visto, y por cierto que nos dio un mal rato.

–Y ¿qué busca? Si pide una limosna, dásela y que vaya con Dios.

–No quiere limosna; lo que quiere es hablar con usía para un asunto importante.

–¿Qué te parece? –preguntó perplejo Cerezuelo– ¿Debo recibirle?

–Yo creo que usía debe ponerle de patitas en la calle. Con todo, como es tan bárbaro...

–Bien: le hablaremos; que entre. Si se obstina en que me ha de ver, todo sea por Dios. Tráele acá.

Fuese D. Lorenzo y al poco rato volvió con Muriel, que se inclinó con respeto ante el conde y permaneció en pie, esperando que se le mandara sentarse. Pero ni el conde ni su administrador le mandaron tal cosa.

—¿Qué es lo que usted me tiene que decir? —le preguntó Cerezuelo con altanería.

—Con dos objetos he venido —contestó gravemente y algo impresionado Martín—: a recoger a mi hermano y a suplicar a usted me pague los noventa mil reales que adelantó mi padre por las rentas de Ugíjar, y que no se le pagaron ni antes ni después de ser preso.

Después de una breve pausa en que el conde consultó con la mirada a su mayordomo, delante de él sentado, respondió:

—Pablillo se fugó; era un rapaz de muy malas inclinaciones, y tan ingrato, que abandonó esta casa a pesar de que se le trataba a cuerpo de rey. Ni sabemos dónde para ni lo hemos averiguado, porque a la verdad el chico no es para buscado. En cuanto a lo segundo, yo no sé cómo viene usted a pedirme esa cantidad, cuando su padre debía haberme entregado a mí sumas cien veces mayores, por las pérdidas que tuve en su administración, y no quiero hablar de la causa que tuvimos que formarle por...

—Por... por... No creo que usted pueda decir fijamente por qué —dijo Muriel—. Pero, en fin, no hablemos de eso; yo no vengo a acusar a nadie.

—Y aunque viniera a eso —dijo en tono de represión Segarra—, no habíamos nosotros de permitírselo.

Muriel ni siquiera miró al que le había interrumpido, y continuó:

—Yo no vengo a acusar. Mi padre no aborreció jamás a sus perseguidores, y yo, aunque no perdono tan fácilmente como él, creo respetar su memoria no hablando del asunto de su causa.

—Hace usted bien; lo mejor que puede hacer usted es callar —dijo D. Lorenzo, interrumpiéndole de nuevo.

—Por lo tanto —prosiguió Martín sin mirarle—, yo dejo a un lado los motivos de su prisión y vengo a mi objeto. La deuda cuyo pago solicito está reconocida por una carta que escribió usted a mi padre hace cuatro años, y en la cual le da las gracias por su anticipo. Es anterior al proceso: entonces no tenía usted motivo alguno de queja; ¿qué razón hay para no pagarla?

—¿Oyes, Lorenzo? —preguntó el conde a su mayordomo.

—Oigo, señor, y me admiro de que usía tenga paciencia para oír tales cosas.

—¡Ah, señor conde! —dijo Martín con gravedad—; en un tiempo mi padre era muy querido de usted, que elogiaba su probidad y su desinterés. Nadie hubiera creído entonces la crueldad que más tarde había de emplearse en él, ni mucho menos que después de muerto se le negaría esta miserable cantidad, necesaria para pagar las pequeñas deudas que contrajo en su última desgracia.

—Pero hombre de Dios —repuso el conde, alterándose mucho—, ¿y las inmensas sumas que yo debí percibir de mis rentas de Granada, y que han desaparecido, dando ocasión a la sospecha de la criminalidad de D. Pablo, y, por lo tanto, de su prisión? ¿No es esto, Lorenzo?

—Hasta ahora, que yo sepa, la causa de su prisión fue la supuesta falsificación de un documento —contestó Martín.

—¡Ve usted! Ya va saliendo el enredo, y eso que se había usted propuesto no tocar ese asunto. Además de lo que usted ha dicho, hay también desfalcos y substracciones que espantan por lo... ¿No es verdad, Lorenzo?

A todas las preguntas de su amo, anunciando la abdicación que éste había hecho de su voluntad y hasta de su opinión, contestaba el mayordomo haciendo indicaciones afirmativas y gestos de impaciencia.

—Señor —dijo Martín con un esfuerzo de humildad— yo no contradiré a usted en eso, aunque mucho podría decirle sobre tales desfalcos y substracciones. Paso por todo; bajo la frente ante las injurias y pregunto a usía si cree justo, con la mano puesta sobre su corazón, negar el pago de una deuda como ésa, enteramente extraña al proceso; a un proceso, entiéndase bien esto, que no ha sido sentenciado.

—Vamos, me ha de marear usted hoy —dijo el conde con mal humor—. Yo no estoy para disputas. Ya me parece que he tenido bastante consideración con usted recibiéndole y oyéndole. ¿Qué te parece, Lorenzo?

—Muy bien dicho —contestó el intendente—. Este joven no sabemos qué se habrá figurado. Reclamar el pago de una cantidad insignificante, cuando su administración quedó en descubierto por más de un millón. ¡Quién sabe dónde está ese dinero!

—Eso, eso. ¡Quién sabe dónde está ese dinero! —repitió el conde entusiasmado con el razonar de su celoso subalterno—. No extrañe usted que le llame a declarar la cancillería, porque es de suponer que usted estuviera enterado de los proyectos de su padre.

–Eso, eso, muy bien. Ándese usted con cuidado –añadió D. Lorenzo, admirado de ver tan elocuente al conde.

–¿También me quieren procesar a mí? –dijo Muriel con ironía–. Yo no soy tan bueno como mi padre; yo, inocente como él, no me dejaría conducir a una cárcel con las manos atadas, a la manera de los ladrones y de los asesinos.

–Esto no se puede sufrir –exclamó D. Lorenzo–. ¿No ve usía, señor, cómo nos amenaza?

–Contéstale tú, Segarra, que yo me he acalorado y estoy fatal del ahogo –dijo Cerezuelo.

–Yo no he venido a hablar con el Sr. Segarra –dijo Martín–, sino con el señor conde. Al Sr. Segarra no le tengo nada que decir, ni sé por qué se toma la libertad de interrumpirme.

–¿Oye usía, señor? –preguntó el mayordomo a su amo, que rojo y convulso a causa de la tos, no podía contestarle.

–Usted es una persona a quien yo no deseaba encontrar aquí –prosiguió Martín con dignidad–. Al mismo tiempo, no sé cómo usted tiene valor para mirarme. ¿Es de tal naturaleza el Sr. Segarra, que al verme no trae a la memoria algún recuerdo que le atormente? Si es así, es preciso confesar que es usted peor de lo que yo me había figurado.

–¿Oye usía, señor, qué insolencia? –preguntó el intendente a su amo, que contestó *sí* con la cabeza.

–Al verme –continuó Martín–, ¿no recuerda usted que me conoció de niño, cuando mi padre le protegía y le daba tan grandes pruebas de amistad? ¡Cómo podía figurarse el pobre viejo que aquel amigo sería más tarde autor de su perdición y deshonra, valiéndose para esto y para extraviar el ánimo de su amo de las más bajas calumnias*!. No dude el señor conde que tiene una gran alhaja en su casa.

–Pero señor, ¿usía ha oído bien? –preguntó de nuevo D. Lorenzo a su amo, que después de la excitación del diálogo estaba profundamente abatido.

–Yo creía –añadió Martín– que usted, por ser don Lorenzo Segarra, no dejaría de ser un hombre, y al verme tendría el decoro de sonrojarse; o por lo menos callar, ya que ha tenido el valor de insultar la memoria de mi padre poniéndoseme delante.

---

* "(...) extraviar el ánimo de su amo de las más bajas *e infames* calumnias", *Ibíd.*, pág. 180.

—¡Señor conde, señor conde!... –exclamó el aludido, volviéndose hacia su amo en ademán suplicante–. ¿Mando buscar al alcalde de Alcalá para que castigue a este hombre?

Pero el conde, sacudido por otro violento ataque de tos, se contraía y ahogaba en su sillón sin poder articular palabra.

—¿Y usted será tan imbécil –continuó Martín, más agitado cada vez–, usted será tan imbécil que no me tenga miedo? Cree usted que sólo Dios castiga a los perversos. No; no viva usted tranquilo, D. Lorenzo. Hará usted mal, habiendo cometido tantos crímenes. Envidie usted al que murió en la cárcel de Granada; no duerma usted, tiemble al menor rumor, y no crea que tan sólo merece desprecio como los reptiles asquerosos.

Segarra estaba aterrado; sentíase moralmente débil en presencia de Muriel, y mirando con sus espantados ojos ya al joven, ya al conde, pedía a éste el concurso de su benevolencia para confundir al insolente. Por fin, el conde pudo hablar, y con voz entrecortada, dijo:

—Yo creí que usted respetaría al señor como a mí mismo. Bien me dijo él que no debía recibirle. Márchese usted de aquí inmediatamente. Yo no tengo que pagarle a usted deuda ninguna. Bastantes desazones me dio su señor padre, y demasiado prudente soy cuando no mando a mis criados que le arrojen de aquí...

—Eso, eso es... muy bien dicho –dijo la víbora de don Lorenzo reanimándose.

—No sé cómo hemos tenido paciencia para escucharlo –continuó Cerezuelo– ¡Qué manera tan singular de pedirme que le proteja! Viniendo de otra manera, yo le hubiera dado una limosna... Pero yo no puedo hablar; Lorenzo, contéstale tú.

—Señor –dijo Martín–, mi irritación ha sido con este miserable, autor de todas las desdichas de que hemos sido víctimas. Él ha forjado mil calumnias, ha fingido cartas, ha comprado testigos falsos, hizo creer a mi padre que yo había muerto, ha sobornado a los jueces, ha supuesto descubiertos que no existen, ha tejido una red espantosa en que usted, usted ha sido cogido el primero.

—¡Señor, señor! ¡Es preciso prender aquí mismo a este malvado! Voy en busca de la justicia –exclamó Segarra, levantándose con la mayor agitación.

—Aguarda –dijo Cerezuelo–. Salga usted de aquí. Échale, Lorenzo, échale.

–Sí, me voy –contestó Martín, con la imponente serenidad del verdadero encono–. Yo creí que jamás volvería a entrar en casa de los poderosos. He sido un necio al esperar justicia de quien nos ha oprimido y deshonrado. Vosotros sois capaces de prenderme, de perseguirme, de darme una muerte lenta y cruel en una cárcel, teniendo por verdugos a los infames curiales que corrompéis y compráis. Si yo no me creyera obligado a buscar al pobre niño que habéis desamparado, me entregaría a vosotros, fieras implacables. Es lo mejor que podría hacer quien no tiene fuerza para arrojaros de una sociedad que estáis envileciendo.

–¡Échale, Lorenzo, échale! –exclamó el conde, en un nuevo estremecimiento de tos convulsiva.

–Salga usted... Llamaré a los criados –dijo D. Lorenzo, haciendo prodigios de valor y desahogando su furor, contenido hasta entonces por la cobardía.

Temía el infeliz mayordomo (que en su persona como en su carácter tenía los caracteres de la zorra) que Muriel expresase en hechos su cólera vengativa; pero el joven, dirigiendo a uno y otro miradas de desprecio, les volvió la espalda y salió sin precipitación. Nadie le detuvo al recorrer los pasillos y el patio, porque a las regiones de la servidumbre no llegaron las desentonadas voces de los contendientes. El mayordomo no pudo seguir tras él porque la violenta tos del conde degeneró en un repentino ataque, y el pobre señor quedó tan sofocado como si invencible obstáculo impidiera en su garganta toda función respiratoria.

II

Martín se alejaba ya de la casa, cuando vio que por el ancho portal de la huerta salía un viejo, caballero en una mula y llevando otra del diestro. Acercóse a él y le preguntó:

–¿Es usted de la casa?

–Sí señor, de la casa soy, para lo que guste mandar –contestó el tío Genillo–, y aunque no lo fuera no importaba gran cosa, porque va para treinta años que estoy en ella y maldito lo que he medrado.

–¿Conoció usted a un niño que enviaron aquí hará dos meses?... –preguntó Martín con mucho interés.

–Toma, Pablillo; ¿pues no le había de conocer? –contestó el tío Genillo, moderando el paso de sus mulas. ¡Y poco listo que era el rapaz, en gracia de Dios!

–Se marchó de la casa. ¿No sabe usted dónde se le podría encontrar? –preguntó Martín–. ¿No sabe dónde ha ido? ¿Nadie le ha visto?

–Le diré a usted: yo quise averiguarlo, y pregunté a varios conocidos que vinieron a la casa aquel día; nadie le ha visto; sólo en la venta que está en el camino real como vamos a Meco, me dijeron que habían visto pasar un muchacho de las mismas señas, y que les había pedido agua; pero ni jota más supe. La verdad es que lo sentí, porque Pablillo se dejaba querer, y yo le tenía cierto aquel. Pero la perra de la tía Colasa y ese culebrón de D. Lorenzo le traían al retortero con un uniforme como de tropa que le pusieron... Vamos al decir, una librea con botones de oro. Pues es el caso que, como iba diciendo, no pasaba día sin que le dieran dos o tres zurras en aquel cuerpecillo, como si fuera costal de paja, y el pobre, al fin, no quiso más palos y se fue a correrla por esos caminos.

–¿Y le trataban mal? –dijo Martín, volviendo el rostro para contemplar la casa, que ya estaba algo distante.

–¿Mal? Pues digo; todavía no se había perdido en la casa una barajita cualquiera, ya le estaban registrando para ver dónde la tenía, diciendo: «Éste es de casta de ladrones». A bien que si usted conociera a D. Lorenzo Segarra no me había de preguntar cómo trataba a Pablillo. ¡Ah, mala landre[221] se lo coma! Yo le conocí arreando estas mismas señoras mulas que llevo al abrevadero. ¡Y qué humos ha echado el tío Segarra! Si el amo no tuviera las seseras cuajadas, ya vería las artimañas de este hormiguilla. Como que según dicen, al amo le ciega los ojos, y allá a cencerros tapados hace él su negocio.

Muriel no contestaba ni con monosílabos a la charla abundante del tío Genillo, que tenía la cualidad de desahogarse con el primero que encontraba. Estaba Martín tan alterado por la entrevista anterior, era su cólera tan viva y tan profunda, que no podía atender a las desaliñadas razones del pobre labriego. Revolvía en mente mil pensamientos; pasaba de la ira al dolor, del abatimien-

---

[221] *Landre*: Tumor del tamaño de una bellota, que se forma en el cuello, los sobacos y las ingles (*DRAE*).

to a la furia, y sólo en rápidas miradas, en violentas contracciones de semblante, en gestos amenazadores, expresaba la honda tempestad de su alma, que casi estaba acostumbrada a no tener nunca bonanza.

–O yo me engaño mucho –dijo el tío Genillo–, o usted es hermano de Pablillo, e hijo del Sr. D. Pablo Muriel, que santa gloria haya.

–Sí, ése soy –contestó Martín sin mirar a su interlocutor.

–Pues como le iba diciendo a usted –prosiguió éste–, Pablillo era más bueno que el oro; sólo que a aquella caribe[222] de la tía Colasa se la come la envidia, y pensaba que la señora iba a traer al muchacho en palmitas. ¡Aquí te quiero ver! Casi revienta cuando a Pablillo le pusieron la librea y andaba tan majo como un rey: que en Alcalá no se había visto otra cosa tan guapa. Pero la señorita no se cuidaba de su paje, y yo creo, acá para entre los dos, que no estaba demás...* pues... vamos al decir, que hubiera puesto al chico en donde le enseñaran cosas de lecturas y escrituras; pero quiá... es mucha alma negra aquélla. La señorita tiene unas entrañas de cal y canto, y yo pienso que si viera a su padre asado en parrillas no había de decir ¡ay! No era así su madre la señora condesa, que en Dios está. Le digo a usted que la señorita, como no sea para ponerse rizos cuando viene ese zascandil del peluquero todas las semanas... ¿Creerá usted que en lo que la conozco jamás ha tenido un trapo que dar a los pobres niños de mi hermana la del molino? Ni en la vida se le ha caído de las manos ni esto, para decir, pongo por caso, vamos al decir: «Tío Genillo, tome esto, tome lo otro...». Pues... ni en los días del amo o de ella. En la casa ninguno de la servidumbre la puede ver ni en estampa... Pues no digo nada cuando manda... si parece que los demás no son gentes.

–¿Con qué es orgullosa?... –dijo Muriel oyendo con algún interés la charla del tío Genillo, referente a una persona que dos días antes había conocido.

–Es más soberbia que un emperador de la China. El amo, si no fuera que D. Lorenzo le tiene sorbidos los sesos... el amo es bueno, sólo que con sus melancolías no sirve para nada y el otro lo hace todo, y sa-

---

[222] *Caribe*: Hombre cruel e inhumano (*DRAE*).
* "(...) no estaba *de más*", *Ibíd.*, pág. 183.

be Dios cómo van las cosas; que si el señor conde falta algún día, van a salir sapos y culebras de la administración.*

–¿Conque no será posible averiguar dónde ha ido a parar mi hermano? –preguntó Martín más sereno y pensando sólo en la más real de las contrariedades que en aquel momento sufría.

–¡Cá! ¡Sabe Dios dónde estará ese chico! Como alguien no lo haya recogido... ¡Y era tan lindillo! Yo le decía: «Ten paciencia, Pablo; más que tú aguantan otros y no se quejan, porque les pondrían en la calle, y entonces, ¡ay de mí! Yo arriba y abajo con estas mulas, sin salir de pobre en treinta años. ¿Y qué remedio?... De esto vivimos, que el abad de lo que canta yanta».[223]

–Pues yo no quiero salir de Alcalá, sin informarme bien. Puede ser que alguien lo haya recogido.

–Puede; que hay muchas almas caritativas en Alcalá, y no son todos como esta gente de la casa. Le digo a usted, señor mío, que partía el corazón ver al bueno de Pablillo llorando en el corral, perseguido por los chicos y asustado por la tía Colasa, que es un infierno vivo.

–Y diga usted, ese D. Lorenzo, ¿cómo ha llegado a dominar tan completamente a su amo? –dijo Muriel, sin duda porque quería apartar la imaginación de los tormentos de su hermanito.

–El diablo lo sabe. Esta gente grande dicen que se deja engañar más pronto que nosotros. El tal D. Lorenzo tiene mucha trastienda. Lo cierto es que él se ha hecho rico.

–¿Se ha hecho rico?

–Sí; ¿pues no? El amo tiene amagos y vislumbres de loco y pasa en claro las noches rezando y leyendo. La señorita no piensa más que en gastar y en ponerse el *petibú*[224] y en ir a los saraos. To-

---

* "(...) de la administración *de esa raposilla*", *Ibíd.*, pág. 184.

[223] *El abad de lo que canta yanta*: "Se dice para significar que cada uno debe vivir y sustentarse con el producto de su esfuerzo", Luis Junceda, *Diccionario de refranes, dichos y proverbios*, Madrid, Espasa-Calpe, 1998, pág. 31.

[224] *Petibú*: Según indica John Dowling en su glosario de los *Sainetes* (1786-1791), de Ramón de la Cruz (Madrid, Castalia, 1986) "petibú" designa una "prenda para el peinado (¿del francés *petit bout*, o *petite boucle*? ¿forma híbrida del fr. *petit* y el español *bu*, espantajo fantástico?)" (pág. 280). Agradezco a la profesora de la Universidad Complutense, María del Mar Mañas Martínez, haberme informado sobre esta referencia lingüística. Para un análisis reciente de la significación del "petibú" y otros términos que integran el léxico de la indumentaria femenina dieciochesca, véase Rebecca Haidt, "The Name of the Clothes: Petimetras and The Problem of Luxury's Refinements", *Dieciocho*, 23.1 primavera del 2000, págs. 71-75. En *El audaz* se emplean indistintamente los términos "petibú" y "pitibú".

do está en manos del tío Segarra, que tiene unas uñas... *Se agarra... bien se agarra*[225].

–El conde antes atendía mucho a sus cosas, y aún dicen que era avaro –indicó Martín.

–Sí; pero se ha vuelto del revés. Hoy, como no sea para lamentarse de la señorita, no da señales de vida.

–Pues qué, ¿le da disgustos su hija?

–Toma, pues no sabe usted lo mejor –contestó con maligna sonrisa el tío Genillo–. Cuando doña Susanita marcha para Madrid, el señor conde se pone que parece que se nos va a morir en un tris. Hasta llora como un chiquillo, y los chillidos sienten en toda la casa.

–¿Y por qué es eso?

–Porque la quiere tanto, que no le gusta sino que esté siempre con él; mas ella es tan perra, que no se halla bien sino dando zancajos por la Corte con los petimetres y las damiselas. Y el pobre viejo se muere aquí de tristeza. Como no hay quien la sujete y es un basilisco la tal señorita...

–¿Y la ama mucho su padre?

–Por demás, hombre. Como que no tiene otra, y ella es así, tan maja y zalamera. Pues había usted de verla cuando están juntos. Según ella le mira, parece que no es su padre y que ha venido al mundo como la hierba. El conde, eso sí, se muere por ella y pajaritas del aire que se le antojaran...

–¿Y dice usted que la señorita trataba mal a mi hermano?

–¡Por San Justo y Pastor! Como si fuera un animalillo. Pues si le puso un corbatín que parecía que el pobrecito se iba a ahogar. Y cada vez que hacía mal una cosa le sacudían el polvo, diciéndole mil cosas, sobre si su padre había sido esto o lo otro. Y por fin de fiesta lo echaban al corral para que se pudriera. Vaya, que si no es por el tío Genillo, el pobrecito echa el alma de necesidad y no lo vuelve a contar.

Martín estaba cada vez más abatido. Parecía que el violento arrebato de cólera de aquel día, que no olvidó nunca, lo había dejado insensible, y al oír contar las infamias de que su inocente hermano había sido víctima, inclinaba la frente como si tuviera la certidumbre

---

[225] Una utilización de la onomástica tan explícita vincula *El audaz* con el recurso de la "textura deformante" visible en la caracterización de los personajes que protagonizan la novela folletinesca del siglo XIX: Benito Varela Jácome, *Estructuras novelísticas del Siglo XIX*, Barcelona, Hijos de José Bosch, 1974, pág. 114.

de una fatal sentencia, escrita en lo alto contra su familia, y ante la cual no era posible más que una conformidad estoica, que él, a fuerza de contrariedades, comenzaba a tener. Algunos de los pensamientos que cruzaron en tropel por su mente serán conocidos tal vez en el transcurso de esta historia. Entonces el abatimiento y la desesperación, la sed de venganza y el recuerdo de su padre agitaban y sacudían su alma, no dejándole tomar determinación alguna.*

La conversación del tío Genillo, que un momento inspiró curiosidad por los pormenores que le daba de aquella execrada familia, concluyó por aburrirle desde que comprendió la imposibilidad de adquirir por tal conducto noticias de su hermano. Así es que cuando menos lo esperaba el pobre arriero, y cuando más enfrascado estaba en su prolija charlatanería, Muriel se despidió de él, dejándole con la boca abierta y la palabra en ella, pesaroso de no poder desahogar toda su inquina contra el tío Segarra.

Pasó de nuevo Martín, ya anocheciendo, por la casa de Cerezuelo, y no es decible el horror que le inspiró la pesada y triste mole del edificio, solo en medio de la llanura, proyectando su sombra sobre el suelo; silencioso y obscuro como una tumba, sin la más débil luz en sus ventanas, sin el más insignificante ruido en los patios, a no ser el lejano ladrido del perro de la huerta, demasiado celoso de las riquezas de su amo, para ver un ladrón en las fugitivas penumbras de la noche. Pasó el pobre joven sin detenerse, deseoso de alejarse de aquellos muros que parecían pesarle sobre los hombros, y entró en la ciudad, dirigiéndose a la posada, donde no le fue posible reposar ni estar tranquilo. Toda aquella noche no dejó de articular palabras atropelladas e incoherentes, contestando sin duda a D. Lorenzo y al conde, cuyas voces oía sin cesar, y cuyos semblantes no se borraban de su vista. La enérgica virilidad de su carácter determinó en su espíritu un movimiento activo de odio contra aquella gente. Despreciarlos le parecía algo semejante a disculparles. La resignación hubiera sido

---

* "(...) tomar determinación alguna. *A veces quería resignarse, a veces expresar de algún modo su estado interior; hasta sintió impulsos de volver a la casa para decir al conde algo que se le olvidó y le hubiera hecho efecto en el ánimo del insensato viejo. El odio y el desprecio turnaban en su ánimo, indeciso entre sobreponerse a los ultrajes que había recibido, o doblegarse ante ellos, vencido por la superioridad de sangre y de posición ante sus enemigos*", Ibíd., pág. 185. La edición de 1907 prescinde de esta extensa amplificación referida al estado anímico de Martín Muriel.

bajeza. Habían sido tan infames con su padre, tan descorteses con él, tan crueles con su hermano, que la imaginación se complacía en suponerles padeciendo tormentos iguales a los que habían causado. El alma más generosa y santa no se ha eximido en ocasiones iguales de esas venganzas imaginarias que adulan nuestra naturaleza, repitiendo en lo íntimo de nuestro cerebro los lamentos y quejas de los que aborrecemos. Los espíritus rebeldes e indisciplinados no saben sofocar en su pecho el anhelo de venganza; Muriel, a causa de sus raras especulaciones filosófico–políticas, justificaba aquella venganza hasta el punto de creer que respondería a un alto fin social, y era de los que pensaban que una mala pasión puede ser sublimada por el consorcio con una grande idea.*

Al día siguiente se ocupó sin descanso en hacer averiguaciones sobre el paradero del errante Pablillo. Visitó los hospicios, los conventos, y especialmente los de mendicantes, porque esperaba que algún lego de los que recorren los caminos con la colecta podía haber encontrado a su hermano. Empleó en estas indagaciones dos días más: contó al alcalde el caso; dirigióse a algunos pastores que habían llegado la noche antes; habló con los panaderos de Meco; fue a este pueblo y preguntó a todos los vecinos uno a uno; recorrió las ventas del camino; volvió a Alcalá, exploró a cuantos trajineros[226], mozos de mulas y arrieros había en la ciudad, hasta que al fin, viendo que no adquiriría la menor noticia ni el más insignificante dato, desesperado y aturdido se volvió a Madrid y a la casa de Leonardo, donde se encontró con una estupenda y tristísima nueva, que el lector no puede conocer en toda su gravedad e importancia sin ver antes los hechos consignados en el capítulo siguiente.

---

* "(...) mala pasión puede ser sublimada por el *contacto* de una grande idea", *Ibíd.*, pág. 186.

[226] *Trajinero, trajinante*: El que trajina o acarrea mercancías (*DRAE*).

CAPÍTULO VII

EL CONSEJERO ESPIRITUAL DE DOÑA BERNARDA[227]

I

Ha llegado el momento de que el lector se encare con la original y espantable efigie del padre Corchón, consejero áulico de doña Bernarda, autor de los catorce tomos sobre el *Señor San José*, y de otras muchas obras que vieran en buen hora la luz pública, si el esclarecido inquisidor tuviera posibles para ello. El reverendo había logrado apoderarse de tal modo del ánimo de su sencilla e indocta amiga, ésta que no daba una puntada en la calceta sin previa consulta, ni echaba tres migas al gato sin resolución anticipada del padre Corchón. Todos los días entre tres y cuatro entraba el eminente teólogo en la casa, donde había adquirido gran confianza; tomaba el chocolate; se hablaba de cosas espirituales y mundanas, enrendándolas unas con otras para formar el compuesto de misticismo y chismografía que es común en la gente mojigata. Pasaban revista a las funciones de la semana y a los asuntos de todas las familias conocidas, las cuales solían dejarse un jirón de su honra en las garras de doña Bernarda. Todos los murmullos de la vecindad pasaban al depósito de erudición social que el padre, como buen inquisidor, tenía en su cabeza, y todo esto al suave compás

---

[227] La figura del padre Corchón presenta ciertas analogías con el pariente, también religioso y turbio moralmente (padre fray Serapión de San Juan Crisóstomo), de doña Irene en *El sí de las niñas* (1806), de Leandro Fernández de Moratín (1760-1828). Ambas obras, por lo demás, comparten un similar anticlericalismo debido al rechazo que sendos autores efectúan contra el espíritu retrógrado y supersticioso de la Iglesia católica en sus respectivos contextos. Durante la década posterior Pérez Galdós ejecutará un tratamiento estético similar en *Fortunata y Jacinta* (1886-1887) cuando describe la falta de higiene e integridad religiosa del sacerdote Nicolás Rubín.

de las citas teológicas y de la devota elocuencia de uno y otro personaje.

Aquel día un acontecimiento extraordinario, inaudito, había perturbado la casa, poniendo en condiciones excepcionales el temperamento de doña Bernarda, y, por tanto, su coloquio con el padre Corchón se salió de la común medida y forma de los demás días. Cuando el grande hombre entró, Engracia estaba encerrada en su cuarto, no menos desconsolada que rabiosa, y su llanto no conseguía ablandar el duro corazón de su madre, que iba y venía de la cocina a la sala, y de la sala a la cocina como una loca. No bien el alto cuerpo del reverendo* proyectó su siniestra sombra a lo largo del pasillo, la señora exclamó con ansia:

–¡Ah! Sr. D. Pedro Regalado; no veía la hora de que llegara usted. ¡Qué angustia! Si lo que a mí me pasa no lo cuenta mujer nacida. ¡Santo Dios, ampárame!

–¿Pero qué le pasa a usted, señora doña Bernarda? –exclamó el padre sentándose en el canapé y estirando sus largas piernas–. ¿Qué ocurre? ¿Ha repetido el ataquillo? ¡Ah! Si usted quisiera tomar el caldo de culebras que le he recomendado...

–No es nada de eso, Sr. D. Pedro Regalado –dijo con desesperación la vieja–. No digo yo mi salud, sino mi vida diera por quitarme de encima esta deshonra.

–¡Deshonra! –exclamó el padre con asombro–, deshonra ha dicho usted, señora. Pues eso sí que es cosa grave.

–Sí, señor –añadió su amiga con una especie de lloriqueo–. ¡Deshonra! ¿Quién me lo había de decir?... ¡La que ha sido siempre la misma honradez, hija de padres honrados, como no los ha habido desde que el mundo es mundo, verse en este bochorno! ¡Ay, Sr. D. Pedro, consuéleme usted!

–Pero señora doña Bernarda, empiece usted por contarme el cómo, cuándo y de qué manera de ese bochorno para ver de ponerle remedio. ¿Qué ha sido eso?

–¿Qué ha de ser? ¡Engracia!...

–¡Ah!... –exclamó el padre con repentino asombro y abriendo su boca, que tardó un buen rato en tomar su ordinaria posición.

–Sí, asústese usted, porque es cosa que da horror. Bien dijo usted que esa niña desventurada nos iba a dar un mal rato.

---

* "No bien el *largo* cuerpo del reverendo", Ibíd., pág. 185.

—En verdad confieso que me he quedado estupefacto, señora.

—¡Qué ingratitud, Sr. D. Pedro, yo que no tenía otro fin que hacerle el gusto en todo!

—Sin embargo, siempre le dije a usted que su hija tenía demasiada libertad. Es preciso atar corto la juventud, doña Bernarda. Usted es demasiado bondadosa, demasiado tolerante —afirmó el padre abriendo de nuevo toda su boca.

—¡Ah! —dijo doña Bernarda, recordando algo que tenía olvidado—. Con estas angustias que paso, me había olvidado del chocolate. Figúrese usted cómo estará mi cabeza, cuando lo principal...

—Ciertamente, esas cosas...

Mientras la solícita dueña va en busca del chocolate, el lector se queda a solas con el padre Corchón y no podrá menos de fijar su vista observadora en tan insigne personaje, lumbrera de la Santa Inquisición. Era D. Pedro Regalado un hombre de gigantesca estatura, moreno, como de cuarenta y cinco años, algo cargado de espaldas, de cara larga, con fuertísima, espesa y mal afeitada barba obscura que le sombreaba los carrillos; de boca cavernosa, afeada por la más desagradable dentadura, grandes y negros ojos bajo pobladísimas cejas, y unas poderosas manos que pedían a toda prisa un azadón[228]. Vestía con notable desaliño, y aunque no era poeta podía aplicársele el *balnea vitat*[229] de Horacio, pues la transpiración, abundante de sus saludables y siempre activos poros no sólo daba a su cara un perenne barniz, sino que había puesto señales indelebles en su collarín invariable, comunicando a toda su persona, y especialmente a la sotana, sin duda por el roce de las palmas de las manos, un lustro no suficiente a disimular lo raído y verdinegro de la tela. Añádase a esto el hábito de gastar tabaco en polvo, y la periódica exhibición de sus grandes pañuelos de cuadros rojos y ne-

---

[228] *Azadón*: Instrumento que se distingue de la azada en que la pala cuadrangular es algo curva y más larga que ancha (*DRAE*).

[229] *"Balnea vitat"*: En latín en original. La cita pertenece a la *Epístola a los Pisones* (¿13 a.Cr.?), del poeta latino Horacio (65-8 a.Cr.) y se traduciría literalmente por "evita los baños públicos". Éste sería el contexto completo de la frase en su traducción española: "Porque Demócrito cree al genio más afortunado que al arte miserable y excluye del Helicón a los poetas sensatos, un número considerable de autores no se ocupa de cortarse las uñas ni la barba, busca lugares apartados y evita los baños (el énfasis es mío)", Horacio, *Epístola a los Pisones*, trad. y ed. Aníbal González, Madrid, Taurus, 1987, pág. 139.

gros, y se tendrá idea de la ordinaria y pringosa estampa de D. Pedro Regalado Corchón.

Nada diremos de su inteligencia, porque ésta la irá mostrando él mismo en el diálogo siguiente:

–Pues cuénteme usted, señora, cómo ha sido eso –dijo tomando de manos de su amiga el perfumado soconusco[230].

–Es preciso empezar de atrás, porque lo que hoy he descubierto... ¡sí, todavía estoy horrorizada!... lo que hoy he descubierto no se comprende sin saber... Es el caso que anteayer fuimos de merienda a la Florida. ¡Ah!, bien recuerdo que usted, aunque no me dijo nada, no puso buena cara al saber que íbamos de fiesta.

–Precisamente era día de San Miguel, en que Patillas anda suelto –contestó el padre tragándose el primer sorbo de chocolate, después de soplarlo.

–¡Ay!, no fui yo con gusto porque me daba la corazonada de que algún castigo me había de dar el Señor. Pues bien: fuimos, y al poco rato de estar allí viene el abate don Lino con dos caballeritos... ¡qué par! Pero a mí... desde que les vi, dije: «Estos son cosa buena». Figúrese usted, Sr. D. Pedro Regalado, cómo me quedaría cuando oigo que uno de ellos empieza a soltar unas herejías por aquella boca... ¡Santo Cristo de Burgos! Yo no puedo repetir los horrores que oí aquel día. No sé qué dije yo de Napoleón, cuando el tal hombre, que juraría tiene el mismo enemigo en el cuerpo, vomitó tantas atrocidades... habló de los frailes y los puso de vuelta y media; y después de la santísima religión, y de qué sé yo... Pero cuando me horripilé fue cuando dijo que usted era un hombre bestial.

–¿Me conoce, me conoce? –dijo más orgulloso que indignado el padre Corchón.

–¿Pues yo lo sé? Ellos parecían así como ingleses.

–Es que habrán leído algunas de mis obras traducidas a esa lengua

–Pero ¿las ha puesto usted en letras de molde?

–No, mas las he prestado manuscritas a algún amigo, que puede haber sacado alguna copia para mandarla a Inglaterra o a Londres.

---

[230] *Soconusco*: Chocolate especial al que se le agregaban los llamados polvos de Soconusco o pinole, procedentes de la región mejicana del mismo nombre (*DRAE*).

—No sé; lo cierto es que dijo que era usted un hombre bestial. Esto no puede ser sino la envidia.

—Figúrese usted: esos protestantes hablan mal de nosotros y nos injurian porque no saben contestar a nuestros argumentos. ¿Y hablan el español?

—Como un oro, ya lo creo; y decían ser españoles que venían de todas las Cortes de Europa, de París y la Meca, y qué sé yo...

—Pues entonces traerán la peste de la Filosofía —dijo con ira, pero con serenidad el padre—. Si no tuviéramos un Gobierno tan descuidado para la religión como el de ese Sr. Godoy, ya veríamos dónde iban a parar sus filosofantes. Pero, en fin, aunque atado de pies y manos, el Santo Oficio hace todo lo que puede.

—Pues todavía falta lo peor —continuó doña Bernarda dando un suspiro—. Mientras aquel herejote excomulgado decía tales patochadas, el otro estaba cotorreando con Engracia; pero con tanta intimidad, que a mí un sudor se me iba y otro se me venía mirándoles. Luego, Pluma estaba tan alicaído que parecía una calandria[231], y no le decía una palabra a Engracia, dejando al otro charlar con mi hija, como si toda la vida se hubieran conocido. Yo estaba sobre ascuas, y tenía en todo el cuerpo una hormiguilla...

—¿Y no se ocultaron ni se perdieron entre los árboles? —preguntó con sumo interés Corchón, que en todos los casos amorosos buscaba siempre lo peor.

—Aguarde usted, no señor; aunque se retiraron yo no les perdí de vista. Bailaron juntos y se pasearon por las alamedas, apartados de los demás, pero... a la vista.

—Respiro —dijo el clérigo tranquilizándose.

—Aquella noche casi me como a Engracia en la reprimenda que le eché, y tal fue mi furia que no pude rezar mis oraciones de costumbre, por lo que espero ser absuelta en gracia de las penas que padezco.

El eclesiástico hizo con los ojos una mística señal que indicaba la transmisión del perdón divino.

—Yo me figuraba que allí había gato encerrado —continuó la señora—. ¡Figúrese usted cómo me quedaría esta mañana al adquirir la

---

[231] *Calandria*: Pájaro perteneciente a la misma familia que la alondra, de dorso pardusco con manchas claras, vientre blanquecino, y pico grande y grueso (*DRAE*).

certeza de que aquel hombre era un novio que tiene Engracia desde hace algún tiempo, y que le escribe cartitas y le ve en las iglesias!

—¡Señora! —bramó Corchón con el mayor asombro.

—De modo que toda nuestra previsión y cautela en esta deshonra ha venido a parar.

—Sin embargo —añadió el clérigo—, cuando las personas son tan bondadosas como usted y tan tolerantes... Doña Engracita tenía demasiada libertad.

—¡Demasiada libertad! —dijo doña Bernarda—. Es que no hay cerrojos que valgan cuando hay inclinaciones... ¡Ah! —añadió vertiendo una lágrima—. ¡Si el que pudre levantara la cabeza y viera esta deshonra!... ¡Pobre esposo mío! ¡Oh!, yo no puedo resistir esta agonía! Padre Corchón, consuéleme usted.

—¿Y cómo ha averiguado usted esos horrores?

—Por una carta que le he descubierto esta mañana a la niña. Ella se quedó como muerta. ¡Ah, cuando leí no sé qué me dió!

—A ver, a ver esa carta.

Doña Bernarda puso en manos de su confesor y consejero el fatal documento, que a la letra leyó, haciendo caso omiso de las fórmulas amorosas.

«Ya me figuraba yo que esa acémila[232] del padre Corchón (¡acémila!, ¡ha visto usted mayor irreverencia!) —repitió el clérigo interrumpiendo la lectura— es la causa de todas nuestras penas. Es terrible pensar que un clérigo soez, ignorante y glotón... (¡glotón yo —dijo—, que ayuno los siete reviernes!) se haya introducido en tu casa para embaucar a tu buena madre y martirizarte con sus mojigaterías. Pero no te dé cuidado, que yo pondré remedio a todo (no te dé cuidado a ti —dijo doña Bernarda—, tú sí que las vas a pagar todas juntas) si tú me ayudas y te resuelves a dejar tu apocamiento y timidez. A ese clerigón hambriento y necio es preciso espantarle de la casa, para lo cual yo y mi amigo vamos a inventar cualquier estratagema que te hará reír de lo lindo».

—Pero, señora —dijo D. Pedro suspendiendo la lectura—, esto es espantoso. Estamos sobre un volcán: las furias del infierno se han desatado sobre esta casa. ¿Qué estratagema es ésa contra mí?

—¡Ah!, yo estoy tan sobrecogida de espanto que no sé qué pen-

---

[232] *Acémila*: Asno, persona ruda (*DRAE*).

sar. ¿Qué tramarán contra nosotros? ¿Si nos irán a pegar fuego a la casa, si nos envenenarán el chocolate?

El padre Corchón miró con aterrados ojos, el cangilón vacío, y se puso la mano en el estómago.

—¡Oh! —prosiguió la señora—, esto merece un castigo tal que no lo cuenten esos pelandingues[233]. Siga usted.

—Sigamos: «Si no te decides a abandonar la casa, como te he dicho (¡qué horror!) es preciso hacer un escarmiento con ese animal. (¡Pero esto no tiene nombre! Llamarme animal a mí, que soy...) No creas que es sólo en tu casa donde pasan tales cosas. Esos hombres tienen dominadas a muchas familias por medio de la superstición, y yo espero llegue un día en que se haga un ejemplar con todos ellos, acabando de una vez con tan mala gente...».

—¿No se horripila usted? —gritó la madre de Engracia—. Pero esos hombres son ladrones y asesinos, de esos que andan por los caminos.

—No, señora; no son más que filósofos —contestó Corchón—. Ya les conozco; estas ideas contra el santo clero... Pero ya sé yo el medio de arreglarlos. Sigo leyendo: «Mi amigo, el que estuvo conmigo en la Florida, se atreve a todo, y si te decides a salir de tu casa, lo haremos de modo que nadie pueda contrariarnos. Esta noche voy a San Ginés, donde puedes darme la contestación; haz que doña Bernarda se ponga en la capilla de los Dolores, y ponte tú debajo del cuadro de las Ánimas, que esta noche no debe de estar encendido... (Ha visto usted qué irreverencia, ¡en la iglesia!, ¡en la santa iglesia!) Adiós, y piensa en tu Leonardo. —P. d. Si el asno del padre Corchón se va a Toledo, házmelo saber tocando, al entrar, con el abanico en el cepillo para la limosna de la Santa Fábrica».

Concluida la lectura, los dos personajes de esta interesante escena callaron, mirándose un buen rato, para comunicarse mutuamente su estupor y su cólera. Al fin el varón rompió el silencio de este modo:

—De veras que esto pasa de maldad: en veinte años de confesonario no he visto depravación igual. Aquí tiene usted el resultado de dar libertad a las jóvenes.

---
[233] *Pelandingue*: Término despectivo de gran afinidad con las voces *pelafustán* ("persona holgazana, perdida y pobretona", *DRAE*) y *pelele* ("persona simple e inútil", *DRAE*).

–Pero Sr. D. Pedro, si no iba más que a la iglesia, y eso conmigo.

–¡En la santa iglesia! ¡En la santa iglesia semejantes escenas! Sabe Dios lo que habrán hecho allí. ¿Usted no ha observado nada?

–¿Qué había de observar, si ella se estaba como una marmota mirando al altar mayor?

–¡Ah! es que él se ponía debajo del púlpito. ¡Y yo cuando predicaba le tenía tan cerca, debajo! ¡El demonio a los pies de San Miguel!

–¿Y qué hacemos, Sr. D. Pedro? Esto merece que se dé parte a la justicia.

–Mejor es a la Inquisición, porque aquí hay un caso de herejía. Y si no, verá usted cómo se descubre que esos hombres se ocupan en propagar las malas doctrinas, como no hagan alguna brujería para embaucar a las jóvenes sencillas. Le digo a usted que éste es un ejemplo de lo más grave que se me ha presentado. Es preciso hacer averiguaciones mañana mismo. Yo me encargo de eso, y se les denunciará al Santo Oficio. ¡Oh! Si este Gobierno del Príncipe de la Paz fuera más solícito por la religión, vería usted qué pronto iban esos caballeros filosofantes adonde deben estar. Pero no se puede hacer gran cosa, y lo que pueda ser se hará. Lo malo es que yo me tengo que ir a Toledo, que si no...

–¿Va usted al fin a Toledo?

–El Supremo Consejo así lo ha decidido.

–¡Qué desdicha! Y nos quedamos solas... Mi hermana, que vive allá, me escribe todos los días diciéndome vaya a verla, y lo que es ahora no he de faltar. Veremos cómo salgo del asunto este. ¿Sabe usted que estoy por establecerme en Toledo?

–¡Feliz idea!

–Yo no puedo vivir sin sus consejos, Sr. D. Pedro. Creo que la falta de su santa compañía me había de abrir la sepultura.

–Pero vamos a ver –dijo Corchón, que era poco sensible a la galantería–, ¿qué se hace? Es preciso tomar una determinación. Esta casa está amenazada, señora doña Bernarda; ¿no tiembla usted?

–¿Pues no he de temblar, si tengo un hormigueo en todo el cuerpo?... Se me ha puesto la cabeza lo mismo que un farol, y los vapores me andan de aquí para allí. ¡Qué día! Yo no quise esperar a que usted viniese, y encargué a Pluma que tomara algunos informes de esos hombrejos. Veremos lo que dice; ¡el pobre D. Narciso tiene una amargura!

Y crea usted que es hombre de armas tomar y de un genio como un cocodrilo. Si coge a uno de esos dos salteadores de caminos lo abre en canal... Pero en nombrando al ruin de Roma... Aquí está Narcisito.

En efecto, era Pluma el que entraba, y traía un semblante tan desconcertado, que fácil era adivinar la impresión que el descubrimiento de la malhadada carta le había causado. Como de ordinario era todo afectación, aquel suceso que hablaba directamente a la Naturaleza produjo en él un gran trastorno, y el petimetre dejó de serlo en aquel nefasto día.

II

–¿Qué hay? ¿Qué ha sabido usted? –preguntó con ansiedad la dama.

–No me había equivocado –contestó el petimetre–; ese D. Leonardo es el mismo que yo había visto en la calle de Jesús y María en casa de las escofieteras.

–¿Y no ha pedido usted informes? –preguntó Corchón.

–¡Ya lo creo; y me han contado horrores! Si son unos bandidos, Sr. D. Pedro.

–¿No lo dije?... Y son ingleses.

– ¡Quiá! son españoles y nunca han estado en el extranjero, al menos uno. Todo aquello de las Cortes de Europa es una farsa. ¡Cómo han engañado al pobre D. Lino!

–¿Y en qué se ocupan?

–En mil cosas raras y que nadie comprende. Tienen un criado que practica artes de brujería, según ha contado el ama de la casa. En fin, toda la vecindad está escandalizada, y tratan de mudarse algunos que allí viven. Todas las noches, Sr. D. Pedro, es tal el jaleo y la bulla dentro de la casa, que no se puede parar allí; y lo más escandaloso y horrible es que las noches de Jueves y Viernes Santo armaron tal gresca, que aquello parecía un infierno. El compañero de Leonardo, que es el que recientemente ha venido, dicen que se burla de los santos misterios de la religión con tal desvergüenza que parece increíble, y que la casa está atestada de libros malos e indecentes, llenos de estampas obscenas.

–¡Qué descubrimiento, qué hallazgo! –exclamó Corchón con el entusiasmo de un químico que encuentra una combinación nueva–.

No hay mal que por bien no venga, doña Bernarda, y vea usted cómo el triste suceso nos proporciona la ocasión de hacer un gran servicio a la Santa Iglesia descubriendo y castigando a esos pícaros. Siga usted, querido D. Narciso.

–Son tantas las atrocidades que me han contado...

–¡Alabado sea el santo nombre de...! –exclamó santiguándose doña Bernarda–. ¡Cuidado con los tales hombres! ¡Y han entrado en la iglesia!... ¡Y mi hija ha sido cortejada por...! ¡Estoy horrorizada! ¡Si el que pudre levantara la cabeza y viera esto!...

–Cálmese usted, señora –dijo con creciente animación el clérigo–, que esto es más motivo de regocijo que de tristeza, después del aspecto que toma el asunto. ¡Descubrir tal guarida de perdición y herejía! Esto, señora, no se ve todos los días. Admiremos la infinita sabiduría del Señor, que permite alguna vez sucesos tristes para que pueda llevarse a efecto su divina justicia. Siga usted, señor de Pluma.

Corchón tenía el entusiasmo de su oficio, que era también su pasión. Como alegra la caza al cazador, así el buen inquisidor sentía inaudito alborozo ante la aparición de un *grave caso de dogma*.

–Pues me han dicho más –continuó Pluma regocijado por la idea de que su rival iba a tener pronto castigo–. Parece que el otro día quemaron una estampa de la Virgen del Sagrario, dando aullidos y bailando alrededor de la hoguera.

–¡Jesús mil veces!–exclamó doña Bernarda–. ¿Y no les cayó un rayo encima?

–Parece que no –continuó Pluma–. Pero lo peor es que todos los días van allá otros jóvenes a aprender esas doctrinas que enseñan.

–*Cathedra pestilentiae*[234] –dijo Corchón en el colmo de su entusiasmo–. ¿Pero no se regocija usted, amiga mía, con este magnífico hallazgo?

–Sí –prosiguió D. Narciso–, van muchos allí, y ellos les dan lecciones de Filosofía y les enseñan las estampas de los libros obscenos que han traído de fuera; el más alto de los dos es el que dijo tantas atrocidades.

En honor de la verdad diremos, y para que no se forme mala idea de las luces ni de la buena fe de D. Narciso Pluma, que no era in-

---

[234] *Cathedra pestilentiae*: En latín en original. "Cátedra de veneno".

vención suya lo que contaba, pues tal como lo dijo lo oyó de boca de sus amigas las costureras. También la imparcialidad nos obliga a hacer constar que no estaba él muy seguro de que aquello fuese cierto; y si no mediara la pasión y el deseo de venganza, de fijo el petimetre se hubiera reído de tan grosera superstición. Tal vez, a saber el partido que iba a sacar Corchón de su relato, hubiera sido prudente ocultando las supuestas herejías de los dos desgraciados amigos.

–Bien, bien, bien –murmuró el clérigo levantándose–; ya sé lo que se ha de hacer. Corro a participar este feliz suceso a mis compañeros, que se alegrarán bastante.

–¿Y nos deja usted así, tan pronto –dijo la afligida vieja–, cuando más necesitamos de sus consejos?

–Señora, con esta ocupación repentina que me ha caído encima, ¿le parece a usted que hay que hacer pocas diligencias para dar los primeros pasos y escribir los primeros autos[235]?

–Dios le dé a usted acierto, Sr. D. Pedro Regalado, para castigar tantos crímenes. Lo que D. Narciso ha dicho me ha dejado horripilada. ¡Qué hombres! ¡Qué demonios! Si no los sacan en cueros vivos azotándolos por esas calles, no hay justicia.

–La verdad es que ha sido un descubrimiento –dijo el padre Corchón en actitud de retirarse.

–¿Y no se reza el Rosario? –preguntó doña Bernarda desconsolada al verlo partir.

–Por esta noche, no. Pero mañana rezaremos dos. Eso puede hacerse, sobre todo cuando hay asuntos así, tan... Adiós, adiós.

Fuese el padre Corchón, y quedaron solos el petimetre y la que días antes consideraba como su futura suegra.

Ambos personajes quedaron muy pensativos un buen rato, y después se miraron; pero la congoja no les permitía decir palabra.

Pluma dirigió al techo los ojos, exhalando un hondo suspiro; doña Bernarda derramó una lágrima y contempló en silencio el elegante corbatín, los rizos, las chorreras, las botas, los sellos del reloj, los anillos y los alfileres del que ya no podía ser su yerno.

---

[235] *Auto*: Conjunto de actuaciones o piezas de un proceso jurídico (*DRAE*).

CAPÍTULO VIII

LO QUE CUENTA ALIFONSO Y LO QUE ACONSEJA ULISES

I

La escena que hemos referido es de todo punto necesaria para comprender la impresión que produjeron en Muriel al volver de Alcalá las estupendas novedades ocurridas en la casa durante su ausencia de tres días. Llegó por la noche, y al entrar por la calle de Jesús y María siente detrás un pertinaz ceceo; vuelve la cara y ve en la esquina un hombre muy envuelto en su capa, que con la mano le hace señas de acercarse. Se dirige a él y reconoce a Alifonso, a pesar de la consternación y palidez que desfiguraba el semblante del pobre barbero.

–¿Qué hay? –preguntó comprendiendo que algo grave había pasado.

–No suba usted, señor, no suba usted –dijo con trémula voz el mozo.

–¿Pues qué ocurre?

–Pueden echarle mano. ¡Oh!, no sé cómo pude escapar.

–¿Y Leonardo?

–Hace dos días que se lo han llevado.

–¿Adónde?

–A la Inquisición.

–¡A la Inquisición! ¿Qué has dicho? –exclamó Muriel, creyendo que había oído mal.

–Lo que usted oye. A la Inquisición, al Santo Oficio en su mesma mesmedad.

–¿Qué estás diciendo? Tú estás loco.

–¡Ay, señor, por desgracia estoy despierto! Pero alejémonos de aquí, y le contaré a usted todo.

–Pero si esto parece una burla o... Vamos, Alifonso, ¿es esto alguna broma de Leonardo? Tú eres muy travieso.

El barbero se había llevado la mano a los ojos en ademán de limpiarse algunas lágrimas, y Muriel ya no dudó que la cosa era seria. Alejáronse de allí y fueron a sentarse en el escalón de una de las puertas del cercano convento de la Merced.

–Pues Sr. D. Martín –dijo Alifonso–, esto es tremendo. Las carnes me tiemblan todavía. Pero yo juro que he de retorcerle el pescuezo a doña Visitación, que es más tonta que una marmota. No sé cómo no me comí a los alguaciles[236] que fueron allí a prender a mi amo.

–Bien, deja ahora aparte las heroicidades que no has hecho y cuenta bien y con orden –dijo con la mayor impaciencia Martín.

–Pues señor, el martes, que en martes no puede pasar nada bueno, estaba yo poniéndole un botón a la casaca de mi amo; ya le había limpiado las hebillas y tenía enhebrada con la seda la aguja para cogerle a la media ciertas ortografías, cuando llaman a la puerta; miro por el ventanillo y veo unas caras... Aquello me olió mal; pero el amo me mandó que abriera, y abrí. Ello es que eran seis, si mal no recuerdo, y dos de ellos traían unas cruces verdes, y todos vestían de negro, de tal modo que me espanté y no supe contestar a sus preguntas. Yo no sé qué respondí; ellos dijeron que yo era un mentiroso, y a la verdad, así fue, pues no me sacaron el nombre de mi amo, por más que el uno de ellos me clavó unos ojazos que me querían comer. Entráronse de rondón todos en la casa, y era cosa de ver cómo andaba la vecindad por la escalera atisbando lo que pasaba, y exclamando las mujeres y los chicos: «La Inquisición, la Inquisición en casa de D. Leonardo». Doña Visitación cayó como un saco, y yo, lo confieso, me puse a temblar como si ya sintiera en las espaldas las disciplinas del verdugo. Mi amo no se acobardó, y faltó poco para que la emprendiera a porrazos con toda aquella patulea[237]. Ya usted ve: así de pronto... con el coraje... Hubiera hecho mal; porque aquellos son ministros de Dios. Yo soy buen cristiano, Sr. D. Martín; pero, ¿a qué vienen esas cosas de la Inquisición? Es mucho cuento el

---

[236] *Alguacil*: Oficial inferior de justicia, que ejecuta las órdenes del tribunal a quien sirve (*DRAE*).

[237] *Patulea*: Soldadesca desbandada, gente desbandada y maleante (*DRAE*).

tal Santo Oficio: que si son herejes, que si no son herejes. ¡Y por eso azotan a la gente!... Y dicen que antes los asaban como si fueran conejos. ¿Verdad, señor, que si no sueltan pronto a mi amo es preciso andar a bofetones con esa gente?... porque yo tengo un genio...

–¿Y le prendieron? –preguntó Martín, poco atento a las consideraciones de Alifonso sobre el Santo Tribunal.

–¿Que si le prendieron? Aunque hubieran sido dos. Pues digo: iban también por usted. Puede dar gracias a Dios por haberle ocurrido ir a Alcalá; que si está en Madrid me lo cogen y de patitas me lo zampan en la cárcel.

–¿Y él no hizo resistencia?

–¡Quiá! Al principio, como que quiso... pues; pero eran muchos los otros y no tuvo más remedio. Le bajaron, le metieron en un coche, y agur. Esto me lo han contado, porque yo, señor, en cuanto vi las cruces verdes, eché a correr y por el desván me salí a los tejados, donde estuve un día y una noche haciendo el gato; y cuando la tocinera de la guardilla[238] se asomaba, tenía necesidad de agazaparme y dar algún maullido para que no me conocieran. En toda la noche tuvo el alma en mi almario, y no sé lo que hubiera sido de mí si el del tinte, que vive en la guardilla de la izquierda, no me hubiera dado asilo.

–¿Y se lo llevaron? –preguntó otra vez Martín, que en su asombro necesitaba nuevas afirmaciones para creer que aquello no era sueño.

–No, allí lo dejaron de muestra –contestó con sorna el barbero–; se lo llevaron. La vecindad está toda escandalizada, y ya creo que se han gastado tres azumbres de agua bendita en santiguar la casa. Todos andan como moco de pavo, muy devotos y rezones, y esta noche creo que van a hacer un sahumerio[239] de romero bendito y raspaduras de cuerno para limpiar la casa de maleficio.

–¿Y él no decía nada?

–Si he de decir la verdad, yo no lo sé, porque me escurrí, como he contado. Pero según unos, al salir dijo mil blasfemias y cosas malas

---

[238] *Guardilla, buhardilla*: Ventana encima del tejado de una casa para dar luz a los desvanes o salir por ella a los tejados (*DRAE*).

[239] *Sahumerio*: Humo que produce una materia aromática que se echa en el fuego para sahumar (*DRAE*).

contra Dios y la Virgen; yo no lo creo, porque el señor es buen cristiano. Según otro, dijo: «Si Martín estuviera aquí...», como dando a entender... pues. ¡Fuerte cosa ha sido ésta, señor, y cuando considero que mi amo está en un calabozo, comiéndose los codos de hambre!... Pero ¡ah!, ¡la tía Visitación! ¡Que no la vea yo con coroza[240] por esas calles! Con sus devociones y aquellos singultos[241] que le dan, tiene peores entrañas que una hiena. Contaréle a usted lo que ha pasado hoy.

–¿Tú no has vuelto a la casa?

–¿Qué había de volver? ¡Pues bonito está el negocio para meterse allí! Hasta que esto no se aclare no me ven el pelo. De esa gente de las cruces verdes hay que estar a cien leguas. Pues contaré a usted. Hoy han ido esos cafres a tomar declaraciones y a enterarse... pues... Lo primero que les dijo la perra de doña Visitación fue que era yo el demonio mismo o tenía tratos con él. Riéronse los inquisidores, según me contó la del tinte, que estaba allí; pero la maldita vieja insistió en ello, asegurando que yo andaba siempre manejando lejías y brebajes. Eche usted cuenta... que yo tenía mil potingues de elixires y drogas, y que una vez había convertido un jamón en violín. ¡Ha visto usted qué tía estropajosa! Dijo también que los tres estábamos toda la noche dando aullidos y cantando cosas malas. De usted no asegura ninguna cosa mala, ni de mi amo tampoco, a no ser aquello de las griterías; pero de mí no quedó peste que no dijo la maldita vieja. Mas llamaron a declarar a las escofieteras: ya usted sabe que el amo tenía mucha broma con el marido de la casada, y que si hubo, que si no hubo aquello de... déjelo usted estar; lo cierto es que las dos no nos podían ver ni pintados, sobre todo la Teresita, aquella de los ojuelos negros. Dijeron que nosotros éramos gente perdida, que teníamos alborotada la vecindad con nuestras maldades y que usted había traído un barco cargado de libros diabólicos y perversos que estaba vendiendo de *occultis*[242]. Dijeron también que el Jueves Santo por la noche yo había estado bailando y que mi amo tenía un

---

[240] *Coroza*: Capirote de papel engrudado y de figura cónica alargada, que como señal afrentosa se ponía por castigo en la cabeza de ciertos condenados, y llevaba pintadas diversas figuras alusivas al delito o su castigo (*DRAE*). El personaje establece, desde luego, una interpretación irónica del concepto.

[241] *Singulto*: Sollozo, hipo (*DRAE*).

[242] *De occultis*: En latín en original. "Ocultamente", Herrero Llorente, *Diccionario de expresiones y frases latinas, op.cit.*, pág. 102.

licor infernal para adormecer a las muchachas. Pero ¿a qué es cansarnos? ¡Fueron tales las iniquidades que aquellas pelanduscas inventaron! ¡Ah!, también se les ocurrió... las colgaría por el pescuezo en los dos balcones de la casa... afirmaron que algunas noches sentían en nuestra habitación lamentos de niño y que se horrorizaban todas... ¿Ve usted qué farsa?, y aseguraron que mi amo robaba chicos y les sacaba la sangre para hacer sus brebajes.

Muriel no pudo reprimir una exclamación de horror al oír el relato de las soeces declaraciones de aquella vecindad implacable, enemiga de los pobres vecinos del piso segundo. Estaba absorto ante la novedad de aquel triste suceso que se presentaba con tan graves y alarmantes caracteres, y aún no había en su espíritu la serenidad suficiente para juzgarlo y determinar lo que allí había de monstruoso o ridículo. La Inquisición ha sido siempre una mezcla de lo más horrendo y lo más grotesco, como producto de la perversidad y de la ignorancia.

—¿Y no registraron las habitaciones? —preguntó.

—¡Pues no!, la puerta estaba sellada con cera verde; abriéronla y no dejaron cosa alguna en su sitio. Uno hojeaba todos los libros de usted, y después de sacar un apunte de lo que eran, cargaron con ellos, sin dejar una hoja. También se llevaron el pedazo de aquella estampa de la Virgen del Sagrario que usted quiso quemar, porque era un mamarracho muy feo, y no gustaba de ver representada a Nuestra Señora con semejante carátula[243]. Sobre esto me han dicho que hicieron muchos aspavientos los clerizontes. De los papeles no dejaron uno, incluso las cartas de... ¡Pobre señorita Engracia, cómo se quedará cuando sepa tales horrores!... Cuando se echaron a la cara el título de aquella obra que usted leía... ¿Cómo era?... Sí... escrita por un tal *Chasclás o Blaschás*...

—Por el barón de Holbach[244].

—Eso es, eso; pues uno de ellos lo escupió. Y cuando abrieron otro libro y vieron en la hoja... todo esto me lo ha contado la tintorera, que estaba allí, y no se acordaba de los nombres... Era aquel libro

---

[243] *Carátula*: Careta, máscara o mascarilla (*DRAE*).
[244] *Paul Henri d Holbach', barón de Hesse* (1723-1789): Filósofo francés y colaborador de la Enciclopedia. Aceptó como única realidad la materia, cuyo principal carácter es el movimiento. Su interpretación filosófica excluye cualquier intervención divina en la creación de la realidad material dinámica.

en que yo leía por las noches, cuando estaban fuera... era una cosa así como don Lamberto.

–Sí, d'Alembert[245].

–Ese mismo. Pero el que los puso furiosos, tanto que uno de ellos dijo unos latines y hasta dudó el cogerlo en las manos como si le mordiera, fue aquel que a mí me gustaba tanto: aquel que tiene una estampa de un rey a quien le cortan la cabeza con una gran cuchilla que sube y baja...

–En fin –dijo Muriel–, se lo llevaron todo.

–Todo... no dejaron ni tanto así de papel. Se llevaron las cartas, los papeles de la renta del amo y aquel legajo que mandaron de su pueblo... Todo, todo, menos la ropa, que tiraron por el suelo después de haber registrado los bolsillos. Doña Visitación la ha guardado toda esta tarde, y yo voy a ver si se la entrega a la del tinte para que nos la dé.

–¿Por qué no vas tú por ella?

–Cepos quedos[246] –contestó Alifonso–. Me parece que estoy viendo todavía las cruces verdes, y además yo desconfío de aquella vieja, que es capaz, si me ve entrar, de ponerse a dar gritos en el balcón, diciendo: «¡Ya pareció, ya pareció!» Estemos en paz con nuestro pellejo; que más vale pasear por las calles, aunque con miedo, que pudrirse en un calabozo de la Inquisición. Además, yo espero de este modo servir a mi amo... pues entre los dos. Ya hoy he dado algunos pasos.

–¿Qué has hecho?

–Pues en cuanto supe lo del reconocimiento me eché fuera, y envuelto en mi capa me fui a casa del abate don Lino Paniagua a contarle lo que pasaba. Pues vea usted, ya me dio alguna esperanza, y me consoló bastante, porque, ¡ay!, ayer tenía el corazón como un puño.

–¿Y qué te dijo ese D. Lino? –preguntó Martín con mucha curiosidad.

---

[245] *Jean Le Rond d'Alembert* (1712-1783): Científico francés. Colaborador con Rousseau y Diderot en la redacción de la *Enciclopedia* (1747-1750). Realizó importantes contribuciones en el estudio del cálculo infinitesimal, la mecánica de fluidos, la astronomía y la óptica. Autor del "Discurso preliminar" de la *Enciclopedia*, redactó en esa obra numerosos artículos sobre divulgación de temas científicos.

[246] *Cepos quedos*: Expresión que se usa para indicar a uno que se esté quieto o para cortar una conversación enojosa (*DRAE*).

—Que cuando usted llegara fuese a verlo, para decirle él lo que tenía que hacer.

—Pues iré esta noche misma, si es preciso.

—Según me dijo, a usted le será fácil conseguir que echen tierra al asunto, porque, aunque esos de la Inquisición son gente de malas entrañas, parece que uno del Consejo Supremo es primo de la hermana de la mujer del cuñado o no sé qué de ese señor conde de Cerezo, a quien usted conoce.

—¡Yo!... De Cerezuelo, querrás decir. ¡Pues es buena recomendación la mía para esa gente! —dijo con ironía Martín—. El tal D. Lino no sabe lo que dice.

—En fin, él le enterará a usted. ¡Pobre señorito D. Leonardo; verse encerrado en una prisión sin haber hecho mal a nadie! Vamos, cuando lo pienso me dan ganas de becerrear como un chiquillo.

—Esta noche misma iré a casa de ese Sr. Paniagua a ver qué me dice —indicó Martín levantándose con resolución.

—Mejor es, porque ¿qué se pierde con tomar la cosa con tiempo? Pero mucho cuidado, que si me le echan mano...

Ambos personajes avanzaron juntos a lo largo de la Merced[247], y hasta la esquina de la calle del Burro, donde vivía el abate, no se separaron. Muriel estaba muy abatido, y Alifonso, por la desgracia, no había dejado de ser charlatán. El primero ya no tenía fuerza para hacer frente a las desventuras, y su desprecio a los acontecimientos se trocaba lentamente en un pavor casi supersticioso que se acrecentaba a cada nuevo golpe que recibía. Empezaba a creer en una lección providencial, en un castigo tal como nunca su conciencia de filósofo esperó recibirlo, y en su espíritu había por lo menos una tregua con la Divinidad. Estaba confundido, anonadado. No sabía si seguir despreciando a su época, u odiarla con más fuerza; y la sociedad empezaba a parecerle demasiado fuerte para que fuera posible luchar con ella. La corrupción era invencible, porque era a la vez fanática, y pa-

---

[247] *La Merced*: "La irregular manzana 142, que ocupaba por entero el convento de la Merced y sus dependencias, en el sitio que después de la demolición de dicho convento, es conocido con el nombre de Plaza del Progreso, comprendía un espacio de 65.000 pies y formaba a sus costados las estrechas calles de los Remedios, de la Merced y de Cosme de Médicis, que han desaparecido también con aquel extenso edificio, fundado por la Orden de los Mercedarios calzados en 1564", Mesonero Romanos, *El antiguo Madrid, op.cit.*, pág. 159.

recía más fácil destruir aquella generación que convencerla. Con estos pensamientos, dominado a la vez por la tristeza y el recelo, el corazón desgarrado y el alma escéptica, entró en casa del abate.

II

Grande fue la sorpresa de Martín al ver el extraño traje con que le recibió D. Lino Paniagua, el cual, delante de su espejo, mientras un peluquero se ocupaba en dar las últimas pinceladas en su adobado rostro, ofrecía la más extravagante figura. Una gran peluca a lo Luis XIV[248] le cubría la cabeza, arrojando sobre sus hombros exuberante porción de enmarañados rizos, de tan descomunales proporciones, que el rostro del pobre abate aparecía reducido a la mitad de su natural tamaño; un peto[249] escamoso semejante al que ponen los escultores en el cuerpo de San Miguel ceñía el suyo, y de la cintura pendía la espada corta y un escudo de cartón dorado con caprichosos signos zodiacales. Calzaba una especie de coturno[250] con hebillas, y la pierna se cubría con media de punto imitando muy imperfectamente la desnudez. De la cara nada hay que decir, pues desaparecía tras una corteza de bermellón y dos enormes rayas negras que hacían el papel de cejas en aquella máscara grotesca. Cuando el protector de los amantes vio entrar a Martín, soltó el papel en que leía unos retumbantes endecasílabos y dió rienda suelta a la risa, diciendo:

–¡Ah!, Sr. D. Martín Martínez de Muriel, mi querido amigo: no se maravilla usted de verme en este traje!. Estoy desconocido, ¿no es verdad?

–Ciertamente, ¿pero estamos en Carnaval?

–¡Oh!, no señor –contestó el abate riendo con más fuerza–; pero me veo en un compromiso. He tenido que encargarme del papel de

---

[248] *Luis XIV* (1661-1715): Rey de Francia que encarna de manera precisa los principios ideológicos en los que se sustenta la monarquía absoluta del Antiguo Régimen.

[249] *Peto*: Prenda de ropa suelta, pieza sobrepuesta o adorno que se coloca sobre el vestido en la parte del pecho (*DRAE*).

[250] *Coturno*: Calzado de suela de corcho sumamente gruesa, que, con objeto de aparecer más altos, usaban en las tragedias los actores antiguos, y para disimularlo hacían que el traje llegase hasta el suelo tapando los pies (*DRAE*). Observe el lector la dimensión grotesca de la escena que identifica el Antiguo Régimen con prácticas literarias desfasadas en el contexto de 1804

Ulises en la tragedia de *Ifigenia*, que se representa esta noche en casa del marqués de Castro–Limón, porque el Sr. de Berlanga, que había de desempeñarlo, ha caído anteayer con unas tercianas[251], y... no he tenido más remedio. Me ha sido preciso aprender el papel en dos días. ¿Qué le parece a usted el traje?

–Está usted hecho un payaso –contestó Martín.

–¿Un payaso, Sr. D. Martín? –dijo Paniagua riendo sin la menor señal de agravio–; es verdad, pero ¿qué quiere usted? Me han obligado. Yo no puedo decir que no. ¿Cómo iba a dejar de representarse la tragedia? Pero ahora caigo en que usted debe venir a... Alifonso me ha contado todo. ¡Pobre Leonardo! ¡Qué desgracia, qué mala suerte!

–Más vale que diga usted: ¡Qué iniquidad, qué infamia!

–Sí, pero diré a usted, hay leyes sagradas. ¡Qué se ha de hacer!... Está establecido. Pero ¿qué me dice usted de la peluca? ¿Le parece, por ventura, demasiado grande? ¿Y la espada? ¿No cree usted que un poco más corta sería mejor? Me parece que llevo a la cintura el montante de Diego García de Paredes[252].

–¿No tenía usted antecedente alguno de esta abominable prisión de Leonardo? –preguntó Muriel sin cuidarse de la peluca ni de la espada del abate.

–No, ¿cómo iba yo a saber los secretos del Santo Oficio? Para mejor servicio de la santa fe católica y de la religión, aquel Tribunal obra siempre con el mayor sigilo. A veces ni los mismos parientes del reo saben su prisión hasta el día del suplicio, sistema admirable a que debe la Inquisición su eficacia.

Martín escuchó en silencio y más meditabundo que irritado la apología de la Inquisición hecha por boca de aquel mamarracho, caricatura física y moral ante la cual se experimentaba un sentimiento que no se sabía si era la compasión o el desprecio.

–Creo –continuó D. Lino–, que no sería difícil conseguir que ese asunto se acabara pronto, siendo condenado D. Leonardo a una pena muy ligera, como azotes, por ejemplo... En el día la Inquisición no es rigurosa. Se los darían en el patio mismo de la cárcel.

---

[251] *Terciana*: Calentura intermitente que remite al tercer día. Es propia de una variedad del paludismo (*DRAE*).

[252] *Diego García de Paredes (1430-1530)*: Capitán español. Famoso por su extraordinaria fuerza física y estatura. Tomó parte en los sitios de Baeza, Málaga (1487) y Granada (1492) y fue armado caballero por Fernando el Católico (1474-1516).

—¡Oh! —contestó irritado Martín—, en cualquier parte que sea, eso sería una infamia sin igual. Leonardo es inocente.

—Ya lo sé... ¿quién lo sabe mejor que yo? Pero ¿qué quiere usted? Tal vez pueda conseguirse que sea relajado.

—¿Y qué es eso?

—Que pase al brazo secular porque el delito no sea de los que competen al Santo Oficio. Entonces, a fuerza de empeño, se puede conseguir que se sobresea y lo despachen pronto; así como dentro de dos años o dos y medio.

—¡Dos años; eso es espantoso! Y siendo inocente... ¡Oh, D. Lino!, creo que los que se contentan con maldecir a estos tiempos son despreciables y cobardes. ¿No merecería las bendiciones de los hombres el que tuviera fuerza y valor suficiente para estremecer desde sus cimientos el Estado y la Corona, y toda esta balumba[253] de ignorancia y corrupción?

—Diga usted —preguntó el abate sin comprender aquellas palabras, que le parecieron una jerigonza[254]—, diga usted, ¿no le parece que esta pantorrilla izquierda tiene poco algodón? Ya se ve, con la prisa... Y de aquí allá creo ha de ajársome completamente el vestido, aunque ha venido a buscarme la berlina de la casa. He tenido que vestirme en la mía, porque allá no tengo confianza... Como es uno así, persona de cierta edad, y aquellas niñas son tan burlonas... ¡Ay!, esta espada se me traba en las piernas y estoy expuesto a dar un costalazo en lo mejor de la tragedia... Pero veo, Sr. D. Martín, que está usted preocupado con el caso de Leonardo y no atiende a lo que le digo. ¿Sabe usted a quién debe dirigirse? ¿Recuerda usted aquella dama con quien usted habló en la Florida, con quien bailó de lo lindo, paseando después por las alamedas?

—Susanita Cerezuelo

—Justamente; y acá para entre los dos, me pareció que no le miraba a usted con malos ojos, aunque es en extremo insensible y hasta ahora no se le ha conocido pasión ninguna. Puesto que estuvieron ustedes tan amigos aquel día, vaya usted a su casa, háblele...

—Pero qué, ¿esa señora es también inquisidora? —preguntó Martín.

---

[253] *Balumba*: Conjunto desordenado y excesivo de cosas (*DRAE*).
[254] *Jerigonza*: Lenguaje difícil de entender (*DRAE*).

–No, alma de Dios; pero lo es el hermano de la esposa de su tío, D. Miguel Enríquez de Cárdenas, en cuya casa vive. El doctor D. Tomás de Albarado y Gibraleón es consejero del Supremo de la Inquisición, persona bondadosísima y siempre inclinada a perdonar; es tal su influjo entre los jueces del Santo Oficio y con el inquisidor general, que puede decirse que él hace lo que quiere en cuanto concierne a aquel Santo Tribunal con esto y con decirle a usted que ama entrañablemente a Susanita y que la mima hasta el punto de otorgarla cuanto ésta le pide, comprenderá usted si hago bien en aconsejarle que dé este paso para conseguir su fin.

–Pero yo no puedo pedir nada a esa familia; yo no puedo entrar en esa casa. Sería para mí la mayor de las humillaciones, y creo que ni aún la consideración de las desventuras de Leonardo me daría fuerzas para doblegarme ante semejante mujer.

–¿Qué dice usted, hombre? ¿Usted está loco? –dijo con asombro el abate, apartándose los rizos que sin cesar le caían sobre el rostro–. ¿Humillación, pedir un favor de esa naturaleza a la más celebrada hermosura de la Corte? ¡Pues digo, que charlaron ustedes poco aquel día! Usted es incomprensible, Sr. D. Martín.

Éste no quiso explicarle a D. Lino las razones en que se fundaba, y guardó silencio.

–Pues le aseguro a usted –prosiguió el abate– que estoy en lo firme al creer que conseguiremos por ese medio ver en libertad al pobre D. Leonardo. Vaya –añadió con malignidad–, se viene usted haciendo la mosquita muerta. ¿Si seré yo alguna marmota para no comprender que Susanita le mira a usted con buenos ojos? Vaya usted allá, y después veremos si tengo razón. Es una familia amabilísima, y en cuanto al doctor Albarado no conozco hombre más excelente. ¡Y cómo quiere a Susanita! Va allá todas las noches; yo también voy y solemos echar un tresillo[255]. Mañana mismo diré a la madamita su pretensión de usted.

–¡Ah, no –dijo Martín–, no puede ser, yo no puedo ir allá!

–¡Hombre, no lo entiendo! Usted no sabe el efecto que ha producido, Sr. D. Martín, o si lo sabe lo disimula. No sea usted raro, vaya usted. Si no, hay que resignarse a ver a Leonardo condenado... quién sabe a qué.

---

[255] *Tresillo*: Juego de naipes que se juega entre tres personas, cada una de las cuales recibe nueve cartas, y gana la que hace mayor número de bazas (*DRAE*).

–No, de ninguna manera. Esa familia y yo no podemos decirnos una palabra –aseguró Martín con resolución.

–¡Pero yo estoy confuso! ¡Pues poquito se dijeron ustedes en la Florida! Lo que le aconsejo a usted es un medio decisivo. Yo por mi parte haré cuanto pueda. Mándeme usted, iremos juntos a todas partes, le llevaré recados. Mañana no, pero pasado estoy a su disposición. Mañana me es imposible por tener que asistir al funeral del comandante Priego, y también he de ocuparme de buscarle doncella a la condesa de Cintruénigo, que me ha hecho hoy ese encargo, y el de contratarle una media docena de pavos buenos. Además mañana tengo que poner en limpio el entremés de Trigueros[256], que ha de estar listo para el sábado... Pasado, pasado estoy a la orden de usted.

–Yo no puedo, no puedo ir a esa casa –dijo otra vez Martín, preocupado siempre con la misma idea.

–¡Pues no ha de ir usted! Yo mismo le llevo, yo mismo. Si usted conociera al doctor Albarado...

–Yo me retiro –dijo Martín repentinamente–, necesito meditar eso; sí, es preciso pensarlo, pensarlo mucho.

–Al fin irá usted. Si no lo hiciera, sería preciso declararle loco rematado... ¡Ah, Sr. D. Martín! –añadió echándose mano a la cintura–, hágame usted el favor de apretarme esta hebilla. ¡Diablo de espada! Y luego con este pelucón, que no parece sino que llevo tres zaleas[257] en la cabeza...

Apretó Muriel la hebilla con tal fuerza, que el talle del abate quedó reducido a su más mínima expresión, y aunque en realidad le molestaba sentirse tan fatigado, se olvidó de la mortificación al ver reproducida en el espejo su sutil y esbelta cintura. Gruesas gotas de sudor, producto de la sofocación causada por la peluca, despintaban su rostro; pero él llevaba con paciencia todas estas agonías, regocijándose de antemano con el éxito de su trágica representación. Muriel no creyó conveniente distraerle por más tiempo, y se marchó dejando al improvisado Ulises completamente dispuesto ya para entrar en escena.

---

[256] *Cándido María Trigueros* (1736-¿1801?): Poeta neoclásico español que adaptó al gusto ilustrado obras de cuño lopesco y calderoniano. Autor de *Poesías filosóficas* (1774) y *Viaje al cielo del poeta filósofo* (1778). Publicó en 1776 unas fraudulentas *Poesías de Melchor Días de Toledo, poeta del Siglo XVI, hasta ahora no conocido*.

[257] *Zalea*: Cuero de oveja o de carnero, curtido de manera que conserve toda la lana que se emplea para preservar de la humedad y del frío.

*"*El joven* salió de aquella casa en un estado de agitación", *Ibíd.*, pág. 206.

Salió Martín de aquella casa* en un estado de agitación indescriptible, conforme a la repulsión y lucha de estas dos proposiciones que se disputaban el dominio de su espíritu. ¿Se humillaría ante la familia de Cerezuelo, solicitando un beneficio de la orgullosa e insolente Susana? ¿Dejaría a Leonardo en poder da los sectarios del Santo Oficio, cuando tal vez podría salvarle con un sacrificio de su amor propio? El trastorno que en su ánimo produjo esta duda espantosa no es para referido. Según él pensaba entonces, no podía ser obra de casual encadenamiento de sucesos los que recientemente ocurrieron; había una lógica tan horrible en ellos, que era preciso creer en la acción deliberada de una vengativa Providencia, constante en el empeño de abatirle más, cuando él más quería sublimarse. Los agravios recibidos de la familia Cerezuelo; el diálogo con Susana en que había querido humillarla; la pérdida de su hermano, desamparado por la misma casa; sus provocaciones y arrogancias ante el viejo conde; la prisión de su único amigo, y la última fatal coincidencia de que había de arrastrarse a los pies de aquella misma familia maldecida y despreciada para poder salvar a Leonardo, parecían hechos dependientes de un verdadero plan, que algún dedo inescrutable había trazado en el libro de aquella vida turbada por las creencias y por la pasión. Su orgullo debía abatirse; sus ojos, que arrostraban con expresión provocativa la vista de una sociedad tan despreciada, debían cerrarse humildemente, buscando en la lobreguez la única paz posible; debía ser humilde ante los poderosos, aceptar el yugo y gemir en el silencio de su conciencia, sin proferir una queja eterna ni vanagloriarse con la intención de destruir un mundo en que no se veían más que defectos.*

En ese angustioso estado de espíritu vagó por las calles, sin saber qué camino tomaba ni cuidarse del sitio aún desconocido en que había de pasar la noche. Su pensamiento se elevaba a Dios, fuente de justicia, procurando desprenderse de sus odios y preocupaciones para ver si espiritualizado en la comunicación con lo Alto, adquiriría la certidumbre de que era un loco extraviado por la lectura de libros malos o el trato de hombres perversos. Pero ni esta certidumbre ni ninguna otra puso paz en su ánimo, y siguió dudando si continuar enorgullecido de la superioridad moral que sentía en sí respecto de

---

* "(...) no se veían más que defectos. *El odio debía ser sofocado, y callar, sin duda porque no tenía razón*", *Ibíd*., pág. 206.

su época, o si abdicar la mejor parte de su carácter poniéndose al nivel de las gentes que en torno suyo veía sin cesar. Por fin, después de dar mil vueltas, el cansancio físico se sobrepuso en él a la fatiga mental, y se ocupó en buscar un sitio donde pasar la noche puesto que no debía ir a su casa. La única persona que podría darle un asilo era el Sr. de Rotondo, y allá se dirigió, no sin repugnancia, pues no había simpatizado con aquel personaje. Éste le recibió con los brazos abiertos, diciéndole estas palabras, que preocuparon al joven toda la noche:

¡Ah! Sr. D. Martín, ya sabía yo que había de venir a parar a esta casa.

Lo que los dos se dijeron después, y lo que hizo Martín al siguiente día, lo sabrá el lector en los siguientes capítulos. Martín se acostó en un mal cuarto, donde había arreglado la vieja intendente de aquel vetusto y triste edificio un abominable camastrón. No le fue posible pegar los ojos hasta el amanecer, y su martirio fue grande no sólo porque la excitación mental le impedía dormir, sino porque contribuyeron a aumentar su doloroso y febril insomnio los desaforados gritos del pobre La Zarza, que en la habitación contigua exclamaba sin cesar: «¡Robespierre, Robespierre, no haya piedad!... ¡Todos a la guillotina!... ¡Aún faltan muchos: valor! ¡Pérfidos aristócratas, infames vendeanos, enemigos de la civilización: preparad vuestras cabezas!... ¡Temblad, tiranos, vuestra hora ha llegado!... ¡Robespierre, Robespierre: la infamia de tantos siglos no se lava sino con sangre!»

CAPÍTULO IX

EL LEÓN DOMADO

I

Susana no había podido, a pesar de su carácter dominador y absorbente, trocar las antiguas, venerandas e invariables prácticas de la casa en que vivía, que era la de su tío D. Miguel de Cárdenas y Ossorio. Conspiró la joven mucho tiempo para hacer variar las horas de comer y las del Rosario, lo mismo que para destruir ciertas preocupaciones y rancias costumbres que, según ella decía, quitaban todo su brillo a los saraos. Consistían estas antiguallas en no dar al uso de las bujías[258] la importancia que merecía, prefiriendo los viejos hachones de cera y resistiéndose a trocar las lámparas históricas por los modernos y recién propagados quinqués. También había hecho esfuerzos para poner en la sala algunas cornucopias que cubrieran las vergonzantes fealdades de unos tapices que habían presenciado el paso de diez generaciones, y asimismo quiso substituir el clave[259] imperfecto y discordante que sus antepasados adquirieron en tiempo de Juan Bautista Lulli[260], cuando menos por un *forte–piano*[261], admirable en las labores de la caja, encantador en sus sonidos, joya instrumen-

---

[258] *Bujía*: Vela de cera blanca, esperma o estearina. Candelero en el que se pone (*DRAE*).

[259] *Clave, clavecín*: Instrumento musical de cuerdas y teclado que se caracteriza por el modo de herir dichas cuerdas desde abajo por picos de pluma que hacen el oficio de plectros *(DRAE)*.

[260] *Juan Bautista Lulli* (1632-1687): Compositor italiano. Hábil violinista, logró entrar en la banda de los 24 violinistas del rey Luis XIV. Nombrado por el monarca francés inspector de sus violones, a Lulli se le considera fundador de la ópera nacional francesa. Compuso cerca de 20 óperas, ballets, motetes y piezas para clavicímbalo.

[261] *Pianoforte*: piano (*DRAE*).

tal y artística digna de las manos y del espíritu de Beethoven[262]. En esto triunfó Susana, mas no en relegar la guitarra a completo olvido, como pretendía, llevada de su amor a la etiqueta. La guitarra siguió animando con sus rasgueos picantes y su dulce somnolencia las tertulias de la casa, donde se bostezaba de lo lindo, a causa de no poderse dar entrada franca a elementos de distracción.

Los dueños tenían en esto un rigor extremo, y el estrado de tan veneranda mansión no se abría sino a personas incurablemente serias, a damas de la estofa cancilleresca[263] de doña Antonia de Gibraleón y a señores procedentes del Consejo y Cámara de Castilla, de la Sala de Alcaldes de Casa y Corte, de la Contaduría de Penas de Cámara, del Consejo de Órdenes o de las Indias, de la Rota o de cualquiera de aquellos panteones administrativos que hacían las delicias del siglo XVIII. Por las noches, al ver entrar con solemne y acompasado andar aquellas estiradas figuras, cuyos semblantes parecían más graves sombreados por las alas de pichón de sus disformes pelucas, un observador de nuestra época hubiera creído asistir al desfile del Estado en el antiguo régimen. La conversación correspondía a los personajes, y aunque las damas, a excepción de la diplomática, se aburrían bastante, ellos pasaban tan entretenidos las largas horas de la tertulia, que, al llegar las diez, hora de romper filas, exclamaban a una voz: «¡Qué temprano!», si bien la costumbre era más poderosa que nada, y envolviéndose en sus capas salían, precedidos del paje y la linterna, en dirección a sus casas.

---

[262] *Ludwig von Beethoven* (1770-1827): Célebre compositor alemán de gran prestigio en las principales cortes europeas de su época. Consciente de su talento artístico, exigió ser tratado igual que los grandes personajes de la realeza. Una sordera progresiva contribuye a su aislamiento social y origina la composición de obras no entendidas por sus contemporáneos. Entre sus muchas obras, destacan 33 sonatas para piano (1792-1822), 5 conciertos para piano (1795-1809) y 9 sinfonías (1799-1823).

[263] *Estofa*: Calidad, clase (*DRAE*). Pérez Galdós posiblemente se inspira en las referencias a la burocracia de la época de Carlos IV descrita por Ramón de Mesonero Romanos en los siguientes términos: "La administración pública siguió (...) poco más o menos envuelta en aquel caos de confusión, en aquel tejido secular y formidable de trabas ingeniosas que tenía al país envuelto en la impotencia y la ignorancia de sus propias fuerzas; con su Consejo y Cámara de Castilla y Sala de Alcaldes y Corte omnipotentes e inevitables en todos los actos de la vida pública y privada", Ramón de Mesonero Romanos, *El antiguo Madrid, op.cit.*, pág. LXVI. Obras galdosianas posteriores como *Miau* (1888) desarrollarán también inquietudes referidas al oscuro e impersonal poder de la burocracia en la España contemporánea.

No se permitía más desahogo literario que alguna lucubración pastoril de Pepita Sanahuja, considerada como verdadero portento de precocidad y de ingenio. De entremeses ni representaciones no había que hablar, porque tal cosa no era consentida en tan augustos recintos, y sólo alguna canción, acompañada al clave o a la guitarra, podía tolerarse, con previa censura y después de ser amonestado el Orfeo[264] para hacerlo en voz baja y con muy recatados ademanes. En el ramo de refrescos la sobriedad era tal como correspondía a estómagos que por su edad no debían ser cargados con excesivo material, y, por tanto, el bolsillo del Sr. Enríquez de Cárdenas no sufría grandes expoliaciones con esta partida del presupuesto señoril. No se escatimaba el chocolate ni los azucarillos, pero si se quería pasar de ahí, si se le antojaba a cualquier estómago el recreo de alguna magra o de algún pastel substancioso, los Enríquez de Cárdenas no tenían nada de Lúculos[265] y cerraban las despensas con cien llaves. Verdad es que los tertulianos eran tan sobrios como los amos de la casa, y ninguno se hubiera permitido desordenados apetitos.

Uno de los principales y más asiduos sostenedores de la tertulia era el doctor Albarado y Gibraleón, hermano de la señora, persona de ilimitada bondad, y tan discreto y sensible a la vez, que su cargo de inquisidor general era en él un horroroso contrasentido[266]. Su amor por Susana, a quien había mimado desde niña con la flaqueza y cariño paternal de un abuelo era delirio. Persona grave y de austeras costumbres, el doctor tenía, especialmente con su idolatrada Susanilla, todas las expansiones de la más franca y generosa confianza. Cuanto la joven decía, él lo encontraba bien; sus rasgos de soberbia le encantaban, y en su presencia era preciso tenerla contenta so pena de incurrir en el desagrado del señor inquisidor general. Ella, por su par-

---

[264] *Orfeo*: Hijo del rey tracio Eagro. Tocaba la lira, regalo del dios Apolo, y fue el inventor de la lira. Con sus armoniosos cantos amansaba a las fieras y hacía que los árboles y las rocas se inclinaran ante él.

[265] *Lúculo* (†58-56 a.C.): General romano que sobresalió en la guerra contra los marsos (90 a.C.). Polémico estratega en las campañas militares de Armenia y Mesopotamia, sus méritos no fueron reconocidos hasta el año 63 a.C. Desde aquella fecha reside en Roma gozando de las riquezas que trajera de Asia. Célebre por la opulencia ostentosa de sus banquetes.

[266] Para un análisis de este personaje galdosiano dependiente de esta caracterización autorial, véase Clark M. Zlotchew, "The Genial Inquisitor of *El audaz*", *Anales Galdosianos*, 20.1 (1985), págs. 29-34.

te, si con alguien era condescendiente y suave, era con el abuelo, como le llamaba de ordinario, y en la tertulia las gracias de uno, las mimosas respuestas de la otra, eran lo único que por lo general desentonaban la soporífera armonía de la conversación.

Hemos creído necesario dar esta breve noticia de la vida interior de la casa antes de referir los singulares e imprevistos acontecimientos que van a resultar de la entrevista de Muriel con Susanita, determinación que tomó el joven al fin, después de meditarlo mucho, y calurosamente incitado a ello por D. Buenaventura Rotondo.

II

–No podía usted haber ideado cosa mejor –le decía éste al siguiente día, cuando el joven se levantó, después de un breve y agitado sueño–. Es el mejor camino. Si por la intercesión de Susanita no consigue usted nada, ese amigo de usted se pudrirá en su calabozo sin que nadie le ampare. Yo conozco mucho a esa familia, y el inquisidor es tan amigo mío, que no pienso tenerlo más íntimo en ninguna parte.

–¿Pues por qué no le habla usted? –dijo Martín–. Yo le quedaré eternamente agradecido.

–¡Ah! No es fácil ablandar al doctor D. Tomás de Albarado. Sólo una persona tiene el privilegio de excitar la indulgencia del inquisidor hasta el punto de obligarle a arrancar a un reo de las garras del Santo Oficio. Háblele usted mismo a ella... nada más que a ella.

–Pero ya ve usted las razones que tengo –dijo Muriel, que ya había contado a su interlocutor lo que saben nuestros lectores.

–Eso no importa, amigo mío. Es preciso doblegarse, transigir, y mucho más cuando está de por medio la libertad de su amiguito.

–¿Pero no comprende usted que esa mujer ni siquiera se dignará recibirme? Me hará apalear por los lacayos desde que ponga los pies en su casa. ¿No recuerda usted lo que acabo de contarle... la escena en la Florida?

–¡Qué tontería! Si usted la humilló entonces, es necesario abatirse, llegar, pedirle perdón...

–¡Yo, perdón! –contestó Martín con energía–. Eso de ninguna manera. Lo más que puedo hacer es exponerle mi petición de un modo respetuoso, y nada más.

–Es usted lo más raro...¡Pero qué orgullo... qué...! Es preciso, amigo, aceptar las cosas como las encontramos. Usted no es ningún potentado; usted no puede hacer nada por sí solo en el mundo; usted tiene que humillarse buscando el arrimo de los poderosos. Yo no me explico semejante orgullo ni aún tratándose de quien quiere remover la sociedad. Pues digo, hasta en eso no se digna usted descender de las alturas, y cree que cuantos aspiran a fines parecidos no saben lo que hacen.

Sea que Muriel encontrara algo de justo en esta represión; sea que le infundiera más bien desprecio que asentimiento, lo cierto es que no contestó a ella, y permaneció con los ojos fijos en el suelo, meditando, sin duda, aquel grave caso.

–No tiene usted nada que pensar –continuó D. Buenaventura, cuyo empeño en decidir a Muriel era tan oficioso, que llamó la atención de éste–. No tiene que pensar más en ello, sino resolverse, e ir. Yo le aseguro a usted –añadió en tono de profunda convicción– que será bien recibido. No tema usted nada.

–¡Bien recibido! Eso no puede ser. Creo que de ninguno harán menos caso que de mí en tal asunto. Esa gente me detesta; a ella, sobre todo, debo inspirarle una repugnancia inaudita.

–La mujer es voluble y tornadiza. Hoy ama lo que ayer aborrecía, y mañana desprecia lo que le ha gustado hoy.

–No crea usted, a mí me importa poco ser despreciado o no por esa gente. Lo que no quiero es humillarme, cuando en el fondo de mi corazón les considero tan indignos y pequeños, a pesar de su posición social. Mi mayor gloria es confundirlos con una palabra, avergonzarlos y deprimirlos. Después de lo que ha pasado, prosternarme ante la grandeza que yo me he complacido en pisotear, me parece la mayor desgracia que pudiera ocurrirme. ¡Si me parece que de este modo les perdono todas sus crueldades! ¡Oh! Mi padre muerto, mi hermanito errante y abandonado por los caminos, son recuerdos que equivaldrán para mí a un remordimiento constante si doy este paso.

–¡Preocupaciones ridículas! Si usted no lo hace, el recuerdo de su amigo D. Leonardo será un remordimiento peor, porque vive, si estar en manos de la Inquisición es vivir, y usted puede librarle de una muerte deshonrosa.

–Pues bien; puesto que no hay otro remedio, iré. Me humillaré, le pediré perdón. ¡Oh! Es terrible –añadió con cierta expresión de sentimiento–. Si me concede lo que pido, tendré que... tendré que agradecerle...

–Es usted atroz –contestó riendo el Sr. D. Buenaventura–. Le espanta la idea de tener que renunciar a sus rencores, ¡de tal modo se han infiltrado en su naturaleza!

–Voy, no hay más remedio. Lo único que temo es que mi impetuosidad no me impida ser todo lo humilde que conviene delante de esa tiranuela.

Ya no cambió de propósito. La situación de Leonardo exigía aquella humillación, y era preciso pasar por ella. Preocupábale a Muriel la insistencia de Rotondo en decidirle, y mucho más las reticencias y frases con que mostró tener seguridad de que el joven sería bien recibido. Don Buenaventura tenía conocimiento con aquella familia, ¿en qué consistía que le impulsaba hacia ella con tanto empeño? Muriel, que no carecía de astucia, comprendió que no era Rotondo de los que dan paso alguno en la vida sin un fin meditado. «¿Pero a qué pensar en esto? –decía Martín–; ¡lo mejor es esperar a que los acontecimientos lo expliquen!».

Salió de la calle de San Opropio y fue a la casa del abate, a quien encontró en la cama muy dolorido y cabizbajo. El infeliz había sufrido una violenta caída en el escenario de la casa de Castro–Limón, a consecuencia de habérsele trabado en las piernas el temido acero del prudente Ulises en los momentos en que entraba a toda prisa para decir a Agamenón:

«Calma tu furia, valeroso Atrida»[267].

Al caer, un grueso alambre del casco de cartón que puesto llevaba se le clavó en la frente, produciéndole una lesión entre rasguño y

---

[267] *Atrida, Atrides*: "Hijo de Atreo. Dícese comúnmente de Agamenón y Menelao", *Diccionario latino-español, op.cit.*, pág. 94. Traducciones españolas de los siglos XIX-XX de *Ifigenia* sólo contienen tres escenas en el Acto I en las que Ulises dialoga con Agamenón. Lamentamos no poder identificar las palabras recogidas en *El audaz* con tales versiones: Racine, *Ifigenia*, 1680, trad. Domingo Navas Spínola, 1832, Caracas, Universidad Católica Andrés Bello, 1978, escenas II, III y V, Acto I, págs.135-145; trad. Miguel Urbiztondo, Barcelona, Bruguera, 1975, escenas II, III y V, Acto I, págs. 358-364. Resulta, en cualquiera de los casos, grotesco que sean precisamente estas grandilocuentes palabras de Ulises las que anteceden al patético accidente del abate Lino Paniagua.

herida, de la cual le manó mucha sangre toda la noche. Las risas de los espectadores fueron tales, que hubo necesidad de suspender la representación, la cual siguió más tarde sin Ulises, con gran descontento de los improvisados cómicos*.

—Tengo que darle a usted una buena noticia —dijo con quejumbroso acento D. Lino al ver entrar a Martín.

—¿Qué?

—Empezaremos por el principio. Hay noches funestas, amigo mío, y la pasada lo fue para mí en grado extremo. ¡Qué bochorno! Yo sabía tan bien mi papel... Y no estaba mal vestido, ¿no es verdad, D. Martín? Pero aquella maldita espada... ya recordará usted que se lo dije.

—¿Pero qué buena noticia es ésa que usted me iba a dar? —preguntó Muriel impaciente.

—¡Pues es nada! Anoche estaba Susanita en casa de Castro–Limón, y le dije que le iba usted a pedir un favor.

—¿Y qué dijo?

—Lo que yo me figuraba.

—¿Me recibirá?

—¡Toma! ¿Pues no ha de recibirle? Se mostró muy sorprendida al principio y no me contestó palabra. Esto fue antes de sucederme el percance. ¡Ah, qué vergüenza! ¡Caer en medio de la escena como un costal! ¡Si viera usted cómo se reía aquella gente! Yo que entraba tan entusiasmado en compañía de Epiphile[268] diciendo... No me quiero acordar.

—¿Con que no contestó? —preguntó el joven sin cuidarse de la caída de Ulises.

—No; tanto que pensé que aquello la habría disgustado; pero verá usted lo que pasó después... Yo me fui al escenario... Aquellos malditos borceguíes[269] tienen unos tacones tan altos que no sé cómo me tenía de pie.

—¿Qué fue lo que pasó después? —dijo Martín contrariado por las prolijas consideraciones que hacía Paniagua sobre su porrazo.

---

* "(...) improvisados *cómicos que la habían pregonado como una de las más estupendas que en la corte podían verse*", *Ibíd.*, vol. 21, nº 83, 1871, pág. 345.

[268] *Epiphile*: Hija de Teseo y Helena. Sacrificada finalmente en lugar de Ifigenia en la tragedia de Racine.

[269] *Borceguí*: Calzado que llega hasta más arriba del tobillo, abierto por delante y que se ajusta por medio de correas o cordones (*DRAE*).

—Las damas que allí había me curaron la herida de la cabeza, mas no la contusión de la pierna, que es algo más grave. Ellas, las muy tunantas, se reían a costa de mi sangre y de mi vergüenza; pero ¡qué bien me cuidaron! Figúrese usted, Sr. D. Martín, un perchazo dado de improviso, sin que hallara a mano cosa alguna en que agarrarme... Susto mayor...

—¿Pero no me saca usted de dudas?

—Sí; pues es el caso que yo, viendo que no me había contestado, no le hablé más del asunto. Luego con mi caída, maldito lo que me acordaba de usted y del pobre D. Leonardo. Pero al salir siento que me tiran del faldellín de mi vestido. Vuelvo la cara y veo a Susanita, que me dice muy vivamente: «Diga usted a ese joven que estoy pronta a recibirle, y que él se servirá enterarme de lo que pretende...». Pues ni fue más, ni fue menos.

Grande asombro causó esto a Martín, y se inclinaba a creer que D. Lino no era hombre del todo veraz, o que con la sangre salida de la cabeza se le había debilitado el cerebro hasta el punto de hacerle entender las cosas al revés. Ya empezaba la curiosidad a estimularle demasiado, y así, sin pensarlo más, y resuelto al fin a consumar su temida y necesaria humillación, se dirigió a casa de D. Miguel de Cárdenas y Ossorio.

III

Por más que Muriel, después de aquellos sucesos, asegurara que la presencia de Susanita no le había producido efecto alguno en aquel memorable día, nos permitiremos dudarlo. Era hombre veraz ciertamente, pero su apasionado y vehemente carácter le hacía equivocarse con frecuencia, y más que nada en lo referente a sí mismo. Las preocupaciones y los inveterados resentimientos le cegaban hasta el punto de no ver lo que pasaba en su corazón. No es posible, por tanto, que Susana dejara de producirle fuerte impresión algo más que de sorpresa, porque los artificios de tocador, la hábil colocación de los adornos y el lujo y belleza de las prendas de vestir daban tan vivo realce a su natural hermosura, que sólo la gazmoñería o la falta de todo sentido artístico podían permanecer insensibles en su presencia. Tenía el privilegio, concedido sólo a rarísimos ejemplares del sexo femenino, de hacer elegante y airoso cuanto se ponía, a diferencia de las que reciben cierto encanto más ficticio que real de una flor, de una cinta o de un encaje. Cuanto en su cabeza o en su cuerpo servía de adorno estaba bien. «¡Qué bonito lazo, qué bonito *pitibú*!», decían sus amigas contemplándola, y las muy tontas no comprendían que aquello era bonito porque ella lo llevaba. Los privilegiados organismos, en cuya imaginación tienen su origen las caprichosas modas que tan por lo serio toma la desocupada Humanidad, suelen arrojar a los talleres mil formas extravagantes, ya en sombreros, ya en trajes, que no por ser adoptadas dejan de parecer perfectamente absurdas. Muchas que imitaron a Susanita salieron a la calle hechas unos mamarrachos, ¡y ella estaba tan bien con aquello mismo que afeaba a las otras! Nada que estuviera en su cuerpo podía ser ridículo.

Aquel día deslumbraba. Su traje era una hábil transacción entre la usanza española, algo en decadencia ya en las clases altas, y la moda francesa, que bajo la influencia del Imperio quería, como Bonaparte, afectar las formas de la estatuaria antigua. Goya nos ha dejado inimitables muestras de esta combinación, que permitía a ciertas ilustres damas tener la esbelta gravedad de las diosas sin perder la arrogante desenvoltura de las majas. Si en aquella época las señoras de alta jerarquía hubieran ya inventado los amagos de jaqueca para dar a sus personas una expresión de elegante malestar, de interesante abandono, para espiritualizarse con las voluptuosidades del dolor, Susanita hubiera tenido síntomas y vislumbres de jaqueca en aquel día. Fuera que su genio precoz se adelantara a su época en la adopción de este hermoso mal, fuera que se sintiese atacada de los vapores, que eran el recurso de su tiempo, lo cierto es que ella tenía cierto decaimiento perezoso, como si sus nervios, fatigados después de larga excitación, juguetearan por todo el cuerpo produciéndole en su incesante cosquilleo a la vez dolor y placer[270].

A su lado estaban gravemente sentados el Sr. D. Miguel Enríquez de Cárdenas y su digna esposa doña Juana de Albarado; el primero, con la cabeza inclinada y en ademán meditabundo, como de costumbre; la segunda, tan arrogante y cuellierguida como siempre, y respi-

---

[270] Reincidente anticipación anacrónica de conductas "románticas", insinuadoras incluso del futuro "fastidio" o "spleen" en personajes dieciochescos que sólo podemos explicar por el marcado propósito caricaturizador del Antiguo Régimen visible en *El audaz*. El subtexto isabelino (1843-1868) ejerce asimismo una notable influencia en esta dinámica textual.

rando con tal aire de insolencia, que parecía no querer dejar aire para los demás. Martín entró guiado por un paje, y después de saludarles con el mayor respeto a larga distancia, se sentó, obedeciendo a una señal que, no acompañada de palabra alguna, le hizo el Sr. D. Miguel. Los tres personajes lo miraron como se mira a una cosa rara, y aguardaron a que él rompiera la palabra.

–Ya creo que sabe usted a lo que vengo –dijo Martín, dirigiéndose a Susana, esforzándose en tomar el tono más conveniente–. Un amigo mío le ha informado a usted del favor que tengo la honra de pedirle...

Susanita no expresó en su semblante ni sorpresa, ni alegría, ni pesadumbre, ni nada. Sin hacer el menor gesto, y hasta casi sin mover los labios, dijo:

–Sí.

–Un amigo mío, que no ha cometido delito alguno, ni aún la falta más ligera, ha sido preso por el Santo Oficio. Solo, sin familia, sin amigos poderosos, el infeliz está expuesto a perecer deshonrado en un calabozo, si alguien no se apiada de él y logra ablandar a sus perseguidores. Esto es una cosa que subleva, y nadie puede permanecer impasible ante maldad semejante...

Muriel se detuvo, comprendiendo que se había excedido un poco; y efectivamente, cierto gesto casi imperceptible de D. Miguel así lo manifestaba.

–A todos los que han servido en casa hemos favorecido cuanto nos ha sido posible –contestó Susana, sin dejar su gravedad–. Yo haré por ese joven lo que pueda, atendiendo a que tiene empeño en ello una persona que nos ha servido, aunque mal.

Muriel iba a contestar; pero hizo un esfuerzo* y calló, bajando la vista como en señal de asentimiento.

–¿Este señor ha servido en tu casa? –preguntó doña Juana con cierto desdén.

–Él no, pero su padre sí; usted habrá oído hablar de D. Pablo Muriel, el que administraba los estados de Andalucía.

–¡Ah! –esclamó la vieja–, aquél de quien decían... ¡qué horror!

–Tía, no hable usted de ese asunto delante de este caballero, que es su hijo.

---

* "Muriel *casi casi contesta*, pero hizo un esfuerzo", *Ibíd.*, pág. 348. Obvia mejora estilística es la eliminación del adverbio "casi" en la versión de 1907.

Martín hizo otro esfuerzo y calló.

—Pero nosotros —continuó la joven—, perdonamos todas las ofensas, y...

—Sí —dijo Martín interrumpiéndola y en tono de amarga, aunque muy fina ironía—. Ustedes perdonan todas las ofensas.

—Y procuramos siempre que las personas que nos han servido no puedan nunca quejarse de nosotros.

—Así es; por eso todos colman de bendiciones lo mismo esta casa que la de mi señor cuñado el conde —dijo doña Juana, que no podía estar mucho tiempo sin meter su cucharada.

—Por tanto —continuó Susana—, a pesar de los agravios recibidos, yo haré lo posible por lograr lo que usted desea, puesto que nos lo pide con tanta humildad. ¿No es eso?

—Sí, señora —dijo Martín, empezando a sentirse débil.

—Si no fuera así, si usted se acercase a nosotros con arrogancia —continuó la dama—, seríamos más severos. Pero ya se ve. Los que por mucho tiempo han estado al arrimo de una casa no es fácil pierdan el afecto a sus amos, y aunque cometan faltas que merezcan reprobación, aquéllos siempre son indulgentes. Nosotros hemos sido indulgentes con ustedes, ¿no es cierto?

Martín, con gran asombro de doña Juana, no contestó nada y se notaba que hacía grandes esfuerzos para seguir callando. Susana le tenía como cogido en una trampa y le azotaba con crueldad inaudita. Lo peor era que él, a pesar de la impetuosidad de su carácter, sentía el látigo y no se atrevía a proferir una queja. La gravedad de los dos personajes, la entereza y majestuosa soberbia de la dama, hasta su misma hermosura, influyeron en el repentino encogimiento de su ánimo, más bien fascinado que vencido.*

—Grandes favores han recibido ustedes de nosotros —continuó Susana—, favores no siempre agradecidos como debieran ser; pero puesto que usted conserva algún cariño hacia la casa... yo haré lo posible porque su amigo sea puesto en libertad.

—Usted hará todo lo posible para que mi amigo sea puesto en libertad... —dijo Muriel, repitiendo esta favorable promesa para disculparse a sí mismo de la tolerancia que había tenido con las anteriores frases de Susanita.

---

* "(...) más bien fascinado que *dormido*", *Ibíd.*, pág. 349.

—Sí, lo haré —repuso ésta.

—Pero di, Susana —preguntó repentinamente y como asaltada de un penoso recuerdo—, ¿es éste el caballero que dijo tantos despropósitos el otro día en la Florida? ¿Éste es del que tú nos hablaste?

Tan intempestiva pregunta parecía como que iba a despertar a Martín del letargoso estupor en que Susanita le tenía sumergido. Iba a recobrar la plenitud de las particulares calidades de su carácter, cuando la dama dio un giro muy distinto a la cuestión, diciendo con mal humor:

—No, tía, éste no es. Siempre ha de entender usted las cosas al revés.

Callóse doña Juana, y su augusto esposo, que no decía una palabra, clavó los ojos en su bella sobrina con tal expresión de asombro, que no hubiera pasado inadvertido ante Muriel, si éste no estuviera muy atento a otra cosa que a la apergaminada y rugosa cara del Sr. D. Miguel de Cárdenas y Ossorio.

—Aquel de quien hablé a usted era otro, y por cierto que no he visto nada más desvergonzado —exclamó Susana con repentino y artificioso reír—. ¡Qué procacidad! Es que hay hombres tan despreciables que no sé cómo se les tolera el contacto con personas *de etiqueta* y delicadeza. Aquel era un hombre que en seguida revelaba la bajeza de su condición. Las almas rastreras y mezquinas no nacen nunca en altas regiones.

—Pues si es como tú me contaste —dijo doña Juana— aquel hombre debiera estar a la sombra.

—¡Ya lo creo! —contestó la de Cerezuelo mirando a Martín—. No he oído nada igual. ¡Qué modo de insultar a la religión, a la nobleza, a los reyes, a lo que hay de más sagrado y venerable en el mundo! Verdad es que de personas tan soeces y viles, ¿qué se puede esperar?... ¡Ah, cómo habló aquel hombre! Todos nos quedamos asombrados y confundidos. Eso tiene el haber permitido a D. Lino que nos presentara a dos desconocidos. No sabe uno con quien se junta.

—Pues yo... sin duda, estaba preocupada —dijo doña Juana—; había entendido que este caballero era el que estuvo el otro día en la Florida. Por eso te reprendí cuando me dijiste que le ibas a recibir.

—Usted todo lo equivoca —repitió con mal humor Susana—. ¿Le parece a usted bien que yo podía recibir?...

—¿Y ese hombre —preguntó Martín con perfecta calma aparente—, estuvo con usted en la Florida en alguna fiesta de campo?

—Sí —contestó Susana también muy serena—, y alternábamos con él creyendo que era persona...

—¡Qué atrocidad! —exclamó Martín.

—Figúrese usted —dijo doña Juana—, que a lo mejor empezó a soltar mil herejías por aquella boca, y qué sé yo... ¿no dijiste, Susana, que hasta llegó a insultar?... ¡Gentuza! Perdone, usted, caballero, que por un momento y equivocadamente supusiera...

—Es mucho atrevimiento —dijo Martín mirando fijamente a Susana—. Hay gentes tan audaces y desvergonzadas, que debieran perecer para mayor desahogo de la gente delicada y fina. ¡Y ustedes no conocieron que estaban en compañía de un farsante hasta que no echó sapos y culebras por aquella boca! ¡Qué bochornosa coincidencia! Y tal vez bailaría con alguna, con usted misma, sin que usted supiera...

Susana no tuvo otro remedio que aguantar esta saeta, porque de contestar a la encubierta y delicada insolencia de Martín, hubiera tenido que dejar a un lado el papel que estaba representando. Calló e hizo uno de esos gestos que ni afirman ni niegan, y que nos sirven para contestar de un modo ambiguo a toda pregunta importuna que nos coge desprevenidos.

—Pues puede usted ir seguro de que haremos todo lo que podamos en favor de su amiguito —dijo doña Juana, indicando a Muriel con esta fórmula que la visita había llegado al límite marcado por las prácticas sociales y que debía retirarse.

—Sin embargo —dijo Susana, que sin duda quería vengarse de lo del baile—, no puede decirse que sea seguro, porque no sé yo si el abuelo querrá...

—Yo tengo entendido —dijo el joven— que no sabe negar cosa alguna que usted le pida.

—Según lo que sea. La falta de su amiguito puede ser de tal naturaleza...

—Él no ha cometido falta ninguna, señora; como otros muchos, ha caído inocente en las garras de la justicia.

—De todos modos —añadió Susana complaciéndose en jugar con los sentimientos de Martín—, no puede haber seguridad. Aquí se hará cuanto se pueda... Veremos, vuelva usted.

Al decir *vuelva usted*, la hija del Conde de Cerezuelo miró al techo como si quisiera poner la expresión de sus ojos a salvo de la curiosidad de su tío. Éste no cesaba de mirarla atento a sus movimientos como a sus palabras y no tomaba parte alguna en el diálogo si no era para asentir, moviendo la cabeza a todas las sandeces que su esposa doña Juana profería.

–Bien, señora –dijo Martín– yo volveré. Espero que no olvidará usted mi pretensión y confío en sus buenos sentimientos. Ya tenía yo noticia de su condición suave y caritativa; ya me habían enterado de la verdad y ternura de su corazón; me consideraré feliz si ahora, con esta impertinente demanda mía, le proporciono ocasión de mostrar una vez más tan hermosas cualidades.*

En estas palabras, la sutil ironía del acento escapó a la obtusa penetración de doña Juana; mas no pasó inadvertida para Susana, que se puso muy seria y saludó con la cabeza a Martín, el cual ya se había levantado y se inclinaba ante los tres personajes con una profunda y algo afectada reverencia.

Salió el joven de la sala asombrado y confuso de tan rara entrevista; mas no quiso el Cielo que se marchara sin recibir en aquella casa nuevas y más singulares impresiones, y éstas se las deparó el Sr. D. Miguel Enríquez de Cárdenas. Iba Martín cercano a la escalera, cuando sintió pasos algo quedos y un ceceo no muy claro. Volvióse y vio a dicho señor, que parado junto a una puerta, con la mano puesta en la llave, le hacía señas de acercarse. Hízolo así y ambos entraron en un despacho, donde D. Miguel, en extremo obsequioso y con una oficiosidad galante que Martín hasta entonces no había visto en él, le mandó sentarse sin cumplimiento alguno. Sentóse Martín, el señor cerró la puerta y vino a ponerse a su lado.

IV

Aquél era día de sorpresas. La benevolencia relativa con que le habían recibido; la nueva y desconocida fase del carácter de Susana, a quien en la Florida no había conocido sino de un modo muy incompleto; el misterio de su repentina protección, que podía ser obra

---

* "(...) le proporciono ocasión de mostrar una vez más tan *raras y brillantes calidades*", *Ibíd.*, pág. 352. La edición de 1907 suaviza el sarcasmo irónico adoptado por Muriel.

de refinada astucia, tal vez de una burla, y quién sabe si de otra inexplicable cosa, y, por último, la improvisada cortesía de aquel hombre, que simulaba tener que hablarle de un grave asunto (¿cuál?), todos estos hechos imprevistos eran suficientes a confundir al más sereno, y Muriel era hombre que se impresionaba pronto y siempre fuertemente, por lo cual sus creencias, sus sentimientos y hasta su carácter sufrían grandes oscilaciones.

–Perdone usted que le detenga –dijo D. Miguel–, pero no quiero que se vaya usted de mi casa sin que hablemos un poco. Aquí estamos solos.

–Usted dirá.

–Ya tengo noticias de usted –añadió el viejo con artificiosa sonrisa–. Todas las personas de talento me son simpáticas. Pero ve usted la taimada de mi sobrina... ¿Pues no negó que fuese usted el que el otro día estuvo en la Florida?

–Sí... sí...

–Ella quiso evitarle a usted un sonrojo. ¡Qué tontería! Como estaba mi esposa delante, y ésta tiene ciertas ideas... Por mi parte... a mí no me asustan esas cosas. Mi sobrina ha estado en extremo cariñosa con usted. Yo estaba asombrado. Pero dígame usted, Sr. D. Martín, ¿cómo van sus cosas? Porque yo sé que usted tiene proyectos; usted, que se eleva a tanta altura sobre el común de las gentes, aspira a ver realizadas sus ideas, sus grandes ideas, sí. A mí me gusta el arrojo de los jóvenes que quieren ver transformada esta sociedad... y eso es indudable, Sr. D. Martín, esta sociedad ha de volverse patas arriba.

Martín no sabía qué contestar a tan apremiantes razones. La sorpresa primero, y cierta desconfianza después, le impidieron ser tan expansivo como su interlocutor. ¿De dónde le conocía aquel hombre? ¿Cuál era el secreto de aquella repentina y calurosa simpatía que le mostraba? Indudablemente allí había algo.

–En fin, Sr. D. Martín –continuó D. Miguel–, yo tendré mucho gusto en hablar con usted de éste y otros asuntos. Usted no será muy explícito conmigo, porque no me conoce; pero ya nos veremos. Venga usted a mi casa cuando guste, pues yo me honro recibiendo en ella a personas de tanto mérito... mérito desconocido y obscuro que es preciso sacar a luz. Usted es digno del aprecio de las gentes. ¡Cuántas injusticias se ven en el mundo! ¿No es verdad, Sr. D. Martín?

Venga usted por aquí. Olvide usted los resentimientos que pueda guardar a mi señor hermano; él es raro; yo sé que en el asunto de D. Pablo ha habido muchas intrigas... En fin, eso pasó...

–Y ha habido también injusticias –dijo Martín.

–Susana no participa de ninguna prevención contra ustedes. ¡Si viera usted qué empeñada está en sacar en bien a ese señor, su amigo, que está preso en el Santo Oficio!

–Será muy grande mi agradecimiento –dijo Martín, que no se dejaba seducir por la inesperada verbosidad del Sr. Enríquez de Cárdenas.

–¿Pero no me dice usted nada de sus proyectos? –volvió a decir éste, cada vez más empeñado en entablar un diálogo político.

–Yo no tengo proyecto alguno –contestó el joven, deseoso de apagar el ardor de D. Miguel.

–Sus aspiraciones, quiero decir... Yo, acá para los dos, pienso como usted acerca de ciertas cosas que hay que hacer aquí; sólo que yo no tengo talento ni puedo exponerlo con la elocuencia que usted, porque usted es elocuente, Sr. D. Martín.

–Sin duda le han informado a usted mal acerca de mis merecimientos; yo soy un hombre aficionado al estudio y sin otra calidad que un deseo muy vivo de ver realizados el bien y la justicia en todas partes.

–Bien, bien; eso mismo digo yo. Me parece que a usted le están reservados días de gloria en nuestra patria. El principal mérito de usted, según tengo entendido, consiste en su resolución para llevar adelante cualquiera atrevida empresa.

–No creo ser débil –contestó Martín–; pero ningún deber honroso me puede ser impuesto que yo no cumpla.

–Así es: constancia, tesón, firmeza. ¡Pero qué corrompida sociedad ésta, Sr. D. Martín! ¿No la detesta usted?

–Sí, la abomino; dichosos los que nazcan cuando esté purificada.

–Manos a la obra, amigo mío –dijo Enríquez con una decisión que en tal persona tenía mucho de cómica.

–¿Manos a qué? –preguntó Muriel.

–Pues es preciso reformar, a ello; yo veo en usted uno de aquellos caracteres firmes destinados a simbolizar un gran acontecimiento. Ánimo, pues.

A pesar de sentirse tan vivamente adulado, Martín no las tenía todas consigo; aquel extemporáneo[271] entusiasmo de su nuevo amigo le parecía en extremo falaz[272].

—Yo no pienso hacer otra cosa sino estar siempre en mi puesto y cumplir con mi deber —dijo.

—Pero cuando su puesto es delante, a la cabeza; cuando es usted llamado a dar la primera voz... En fin, nosotros hablaremos de estas cosas. Venga usted a mi casa, y... le recomiendo la reserva cuando estén delante otras personas... porque no conviene. Creo que ciertas cosas que ponga yo en su conocimiento le han de agradar.

—Me honrará mucho la confianza de usted —dijo Martín escrutando con escrupulosidad un tanto insolente la persona y fisonomía del hermano de Cerezuelo, como queriendo sondear su carácter o buscar en lo exterior algún dato con que explicarse lo que era aquel hombre.

—Aquí, Sr. D. Martín, vienen muchos personajes importantes de esta Corte. Yo quiero que usted los trate, pero cuidado; no conviene extralimitarse ni hablar así con demasiada desenvoltura. Yo, por mi parte, no tengo preocupaciones. Aunque he nacido en alta posición... ¡cuán distinto soy de mi hermano!...

—Yo acepto el ofrecimiento que usted me hace y vendré a su casa —dijo Martín levantándose.

—Espero que su pretensión será atendida por mi cuñado. Cosa que Susanilla le pida no puede ser negada.

—¡Cuánto agradeceré esa benevolencia! Por mi parte...

Ambos se dirigieron a la puerta; D. Miguel con cierta urbanidad oficiosa, y Martín no convencido de que aquellos galanteos fueran cosa espontánea.

No cesaba de examinar a su nuevo amigo, el cual era de estatura alta, muy flaco y flexible. Vestía con cierta afectación anticuada, lo cual contrastaba con sus ribetes y vislumbres de revolucionario, y tenía en su persona dos cosas que llamaban principalmente la atención, y eran la peluca, perfecta obra de arte *capilar*, y las manos, que eran por extremo blancas, suaves y primorosamente cuidadas, embellecidas por vistosos y muy ricos anillos. Dos dedos de una de estas manos resbaladizas y finas alargó al joven en el momento de la despe-

---

[271] *Extemporáneo, a*: Inoportuno, inconveniente (*DRAE*).
[272] *Falaz*: Aplícase a todo lo que halaga y atrae con falsas apariencias (*DRAE*).

dida, en la cual creyó el aristócrata que había hasta un acto de popularidad. No cesó de sonreír con complacencia mientras Martín estuvo al alcance de su vista; y cuando éste se hubo alejado, se metió de nuevo en su cuarto. En el mismo instante se abrió una pequeña puerta y apareció un hombre, a quien a conocemos. Era el Sr. D. Buenaventura Rotondo y Valdecabras.

–¿Qué le ha parecido a usted? –dijo acercándose con expresión de mucha curiosidad e interés.

–¡Oh!, excelente, soberbio, propio para el caso –replicó D. Miguel sentándose.

–Sí, pero es reservadillo... ya se lo dije a usted.

–Pues por eso me gusta más.

–¡Qué hallazgo, Sr. D. Miguel!

–¡Qué hallazgo, Sr. D. Buenaventura!

CAPÍTULO X

QUE TRATA DE VARIOS HECHOS DE ESCASA IMPORTANCIA, PERO CUYO CONOCIMIENTO ES NECESARIO

I

Dejemos a Martín devanándose los sesos para explicarse las causas del recibimiento que en aquella casa había tenido; ya suponía misteriosas intrigas, ya se figuraba que era objeto de burlas, y que lo mismo Susanita que su tío eran seres artificiosos y farsantes. Pero su propósito era seguir la comedia o la broma si lo era, hasta esclarecerla del todo, y con la esperanza de sacar de la cárcel al pobre Leonardo*. En la noche del siguiente día era cosa de ver la sala del Sr. D. Miguel, honrada con la presencia de los dignos y graves contertulios que de ordinario la frecuentaban. Ninguno había faltado, y pocas veces la reunión estuvo tan animada. De buena gana daríamos a conocer a nuestros lectores la interesante discusión que sostenía el señor presidente de la Sala de Alcaldes de Casa y Corte con un Consejero de la Cámara de Penas, interviniendo un consejero de Castilla y el señor fiscal de la Rota. Como no es indispensable para el interés de esta verídica historia, sólo haremos un extracto de tan vivo y erudito diálogo, que no era sino repetición de los que sobre puntos análogos resonaban todas las noches bajo el artesonado de la ilustre casa.

Discurrían sobre la riqueza comparativa de las naciones de Europa, y un excesivo celo por las glorias patrias llevaba al señor presidente de la Sala de Alcaldes de Casa y Corte a sostener que todos

---
* "(...) con la esperanza de sacar de la cárcel al pobre Leonardo. *Dejémosle, pues, entregado a la difícil tarea de inquirir lo que en las escenas referidas pudiera haber de sincero o de falso, y volvamos a la casa donde hemos asistido a las anteriores escenas*", Ibíd., pág. 356. Obvia mejora estilítica resulta el hecho de que esta digresión de 1871 resulte eliminada en ediciones posteriores.

los países del mundo eran pobrísimos, excepto el nuestro, cuya prosperidad no tenía igual en antiguos ni modernos.

—¡Ah! —decía con aquella gravedad que es peculiar en todo el que conoce a fondo el asunto de que trata—. Inglaterra y Francia son países miserables. Todas las fortunas de la nobleza no igualan a la de uno de nuestros grandes. Luego el terreno es tan malo...

—Donde llega la feracidad[273] del nuestro... —apuntó el señor fiscal de la Rota—. Hay en Extremadura tierras que dan tres cosechas. Eso es asombroso; no hay en todo el mundo nada que se le parezca.

—Pues no sé... —dijo el señor presidente de la Sala de Alcaldes—. Castilla sola da pan para toda Europa. Si no existieran nuestros graneros y nuestros carneros merinos, ¡qué sería del mundo!

—Es verdad que Castilla y Extremadura son países fértiles —dijo el señor presidente de la Cámara de Penas—, pero es el año que llueve, y como nuestros labradores no saben cultivar la tierra, resulta que no se coge sino muy poca cantidad en comparación de los habitantes y de la extensión del terreno. Yo sostengo que somos uno de los países más pobres, si no el más pobre de Europa.

La mirada de los otros dos personajes al oír tan gran despropósito, expresó la alta indignación de que estaban poseídos al oír cosa tan contraria a la general creencia y al entusiasmo patrio.

¿Qué dice usted, Sr. D. Hipólito? ¿Pero habla usted en serio? ¿Está usted loco? ¡Cómo se conoce que no ha hecho usted profundos estudios sobre el particular!

—Porque los he hecho, aunque no profundos, digo lo que digo. Estamos muy equivocados, Sr. D. Blas; no tenemos más que vanidad. Todo eso que se habla de nuestra riqueza es una pura patraña. El día en que haya comunicaciones fáciles, y pueda todo el mundo ir y venir, y ver otros países, se desvanecerá este error.

—¿Y sostiene usted que Francia?... Por Dios, Sr. D. Hipólito —dijo el de la Cámara de Penas—, si sabremos lo que es Francia, un país donde no se encuentran tres pesetas, aunque se dé por ellas un ojo de la cara... Allí con las tres o cuatro chucherías que fabrican apenas pueden vivir; no es como aquí, donde la riqueza está en el suelo. Cuidado si hay millones en esta tierra. Pues digo, cuando el duque de

---

[273] *Feracidad*: Fertilidad de los campos (*DRAE*).

Medina–Sidonia y el de Osuna tienen una renta de... qué sé yo... si espanta esa suma.

–En cambio, cuenten ustedes el número de los que se mueren de hambre.

–No es eso, por amor de Dios, Sr. D. Hipólito; ¿si querrá usted negar la luz del sol? ¡Comparar a nuestra España con esos países donde no se cogen más que algunas fanegas[274] de trigo y pocas, poquísimas arrobas[275] de vino! Vaya usted a Jerez, Sr. D. Hipólito, como fui yo el año pasado, y verá lo que es riqueza. Si aquello es quedarse uno estupefacto; aquello no es vino, es un mar; todo el orbe se embriagaría con lo que hay allí.

Júzguese hasta qué punto llegaría la alta ciencia y el amor patrio de tan esclarecidos señores, discurriendo sobre este tema. Sabemos por conducto de buen origen que la cuestión llegó a hacerse personal, descendiendo de la región de las apreciaciones estadísticas y económicas; que el señor fiscal de la Rota fue poco a poco perdiendo la apacible calma de su carácter, y llegó a decir al señor presidente de la Cámara de Penas cosas que éste jamás oyó ni aún en boca de un enemigo.*

II

Don Tomás de Albarado y Gibraleón, a quien llamamos el doctor, por serlo, y muy eminente, en Cánones y Teología, era un hombre cuya simple presencia predisponía en su favor. De edad avanzada, bastante obeso y siempre risueño, el inquisidor tenía siempre su palabra agradable para todo el mundo, y aunque no conocía más idioma que el español, podía decirse que hablaba todas las lenguas por la facilidad con que sabía encontrar la fórmula propia para ex-

---

[274] *Fanega*: Medida de capacidad para áridos (*DRAE*). Una "fanega de puño o de sembradura" designa el espacio de tierra en que se puede sembrar una fanega de trigo.

[275] *Arroba*: Medida de líquidos que varía de peso según las provincias y los mismos líquidos (*DRAE*).

* "(...) en boca de un enemigo. *Pero a pesar de que esto tomó proporciones, nosotros volveremos la espalda a tan importantes personajes para atender a lo que ocurre en otro lado del salón, donde Susanita, disgustada y con visibles muestras de mal humor, hacía mil desaires al "abuelo", que no había querido asentir a alguna pretensión recientemente expuesta*", *Ibíd.*, pág. 358.

presarse con el sabio y el ignorante, com el calmoso y el vehemente. Su época, que tenía faltas de lógica horrorosa, había puesto en sus manos la más terrible institución de los tiempos antiguos, y alguien decía, más bien en son de vituperio que de alabanza, que el arma terrible del Santo Tribunal era en sus manos cuchillo roñoso y mellado, que más servía de fútil[276] espantajo que de severo castigo. Si en la Inquisición había entonces algo bueno, era aquel consejero de la Suprema, persona cuya bondad resaltaba más a causa de su fúnebre oficio. Pero es lo raro que él creía a pies juntillas en las excelencias del Santo Tribunal, y era cosa en extremo curiosa oírle referir sus ventajas en el orden social y los prodigios que operaba en la conciencia de los pueblos; creía que el día último de la Inquisición sería desastroso para la causa humana, y, sin embargo, esta aprensión pavorosa, hija de rutinaria enseñanza, no hizo nacer en él ni la crueldad ni la aspereza glacial del inquisidor antiguo. Es que su corazón valía bastante más que su cabeza, y el buen doctor era de los que, extraviados por falsas ideas, pasaban la vida tratando de convencerse a sí mismos de que la Inquisición podía ser cosa buena sin dejar de ser cruel*.

En su tiempo la Inquisición había perdido la horrible majestad de anteriores siglos; ya la costumbre, si no la ley, había suprimido las ejecuciones en grande escala, dejando sólo en toda su fuerza las condenas *de levi, ad cautelam*[277] y otras en que por delito de herejía, de filosofismo, de jansenismo[278] o de francmasonería[279] se encarcelaba a

---

[276] *Fútil*: De poco aprecio o importancia (*DRAE*).

* "(...) podía ser cosa buena sin dejar de ser cruel. *¡Qué de silogismos hacía el doctor Albarado todas las noches para llegar a esta afirmación! A fuerza de inocente errar, pocos estaban más en paz que él con la conciencia*", *Ibíd.*, págs. 358-359.

[277] *De levi*: En latín en original. "De delito leve". "En la Inquisición, los reos abjuraban según se tratase de delitos graves o leves", Herrero Llorente, *Diccionario de expresiones y frases latinas, op.cit.*, pág. 102; *Ad cautelam*: En latín en original. "Para cautela". "Expresión usada en derecho para indicar que una fórmula o acto son absolutamente necesarios, pero que evitan la posible interpretación desfavorable del que ha de juzgar. Es la condición para absolver a un reo ante la duda de si ha incurrido o no en pena", *Ibíd.*, pág. 32.

[278] *Jansenismo*: En el siglo XVIII, tendencia que propugnaba la autoridad de los obispos, las regalías de la Corona y la limitación de la intervención papal; solía favorecer a la disciplina eclesiástica y las reformas ilustradas (*DRAE*).

[279] *Francmasonería*: Asociación secreta de personas que profesan principios de fraternidad mutua, usan emblemas y signos especiales, y se agrupan en entidades llamadas logias (*DRAE*). Los textos masónicos, jansenistas o vinculados al espíritu disidente de la *Enciclopedia* (1751) fueron las principales obras perseguidas por la censura en la España del siglo XVIII. Para un estudio preciso de la censura de libros en esta época, véase Marcelin Defourneaux, *Inquisición y censura de libros en la España del Siglo XVIII*, trad. J. Ignacio Tellechea Idígoras, Madrid, Taurus, 1973.

la gente, proponiendo alguna tanda de azotes*. Diríase que la Inquisición se espantaba de su propia obra y se corregía, asombrada de que las leyes civiles la toleraran. El doctor Albarado se congratulaba de este adelanto propio del tiempo, y, a veces, a solas con su conciencia, decía que a haber nacido en época más lejana no fuera inquisidor por todo el oro del mundo. Su grande amistad con D. Ramón José de Arce, arzobispo de Zaragoza, y entonces inquisidor general[280], le daba gran influencia en el Consejo de *La Suprema,* de que formaba parte, y aun en los Tribunales de los reinos.

En el largo período* en que dicho reverendo Sr. Arce desempeñó el generalato del Santo Oficio, fueron muy contadas las sentencias; según afirma la Historia, asombrada de tanta parsimonia en el quemar y de tamaña sobriedad en el vapuleo. Desde 1792 hasta 1814 la Inquisición sólo quemó a un reo, y eso en efigie, y azotó públicamente a veinte.

Susanita nunca había pedido al *abuelo* favores que se relacionaran con aquel alto Tribunal, pues ni ocasión tuvo para ello, ni hablaba nunca de semejante cosa. Mucho asombro causó al buen doctor la extemporánea petición que ella le hizo al día siguiente de la escena referida en el anterior capítulo, y mostraba tal empeño, tan vivo deseo de verlo cumplido, que el abuelo no pudo menos de decirle:

—¿Pero tú estás loca? ¿Tú sabes lo que estás diciendo? ¡Que yo ponga en libertad a un preso de la Inquisición! ¿Crees tú que ese Tribunal es cosa de juego?...

---

* "(...) se encarcelaba a la gente, proponiendo alguna tanda de azotes *de peras a higos*", *Ibíd.*, pág. 359. La versión de 1871 incluye una locución adverbial próxima en su significado al que se expresa en "de higos a brevas" (de tarde en tarde, *DRAE*).

[280] *Ramón José del Arce* (†¿1844/1845?): Arzobispo de Burgos y gran inquisidor desde 1797 hasta 1808. Arzobispo de Zaragoza en 1801. Partidario de Godoy, su administración se caracterizó por la magnanimidad hacia la disidencia hetorodoxa. Apoya la entrada de las tropas napoleónicas en 1808, ingresa en la masonería y se exilia de España en 1812. Para un análisis documentado de este complejo personaje histórico, vid. Julio Caro Baroja, "El último gran inquisidor del Antiguo Régimen", *El señor inquisidor y otras vidas por oficio*, Madrid, Alianza, 1970, págs. 50-59. Existe también una fuente documental muy próxima a la época de Pérez Galdós que acaso utilizó en la redacción de estos comentarios: Fernando Garrido, *La España contemporánea*, Barcelona, Establecimiento Tipográfico-Editorial de Salvador Manero, 1865, vol. 1, págs. 31-33.

* "*¿Debería se a su influjo* que en el largo período...", *Ibíd.*, pág. 359. La frase se mantiene en la edición de 1871 con la salvedad de la interrogación añadida en el final de la sentencia.

–Pues si usted quiere hacerlo puede muy bien –contestó con enojo la dama–. Es porque no quiere.

–Pero hija, tú has perdido el juicio. En primer lugar, todo lo que allí pasa es secreto, y hasta esta conversación que tenemos aquí hablando de ese reo es contraria a las leyes del Santo Oficio.

Pero el buen teólogo era en extremo débil, sobre todo cuando se trataba de hacer bien, y Susana, que en su rara penetración lo conocía, había aprendido a sacar partido de su buen corazón. Enfadada y adusta estuvo después del diálogo anterior, y no contestó palabra a las muchas que le dirigió el hermano de su tía preguntándole varias cosas.

Al día siguiente entró el *abuelo* en la casa a la hora de costumbre y fue en busca de ella, sonriendo al verla y complaciéndose de antemano en la sorpresa que iba a darle, como cuando llevamos una golosina a un niño y retardamos el momento de dársela. La golosina que llevaba el doctor era una esperanza de que la pretensión de Susana sería atendida.

–Por darte gusto –dijo–, me atrevo a romper el secreto, Susanilla. Voy a darte algunas noticias de ese desgraciado. No te diré nada de las declaraciones ni del proceso porque eso nos está prohibido, ni de los cargos que resultan contra él, ni de la sentencia que es probable se le imponga.

–Pues me deja usted enterada. No me dice nada y...

–Pero escucha. Sí te diré, y esto puede revelarse, que el Tribunal de Toledo le ha reclamado, por creer que a él compete juzgarlo. Has de saber que ha habido agravios a la Virgen del Sagrario, y además aparecen papeles que ligan este crimen con los de una Sociedad de francmasones que tiene asiento en aquella ciudad y se había descubierto también estos días.

–¿Y qué ventajas saca el infeliz de ser juzgado en Toledo, en vez de serlo en Madrid?

–Muchas, porque el Tribunal de Toledo es más benigno, y hace mucho tiempo que allí no sentencian más causas que las *de levi*. Todos los inquisidores son hombres muy blandos y sensibles, por lo cual el Consejo les ha solido tachar de poco celosos.

–Usted no me quiere complacer y ahora se disculpa con los de Toledo –dijo Susana poco satisfecha del éxito de su pretensión.

–Pero hija, ¿qué quieres que yo haga? Yo no puedo dar paso alguno; yo no puedo influir de ningún modo en el ánimo de los inquisidores, y menos en los de Toledo, de los cuales no conozco más que a uno.

—No sé más sino que si usted quisiera, al momento lo arreglaría a mi gusto —dijo con mucha terquedad Susana.

—Pero mujer, ¿qué más quisiera yo? No seas díscola y considera...

—No considero nada, no vuelvo a pedirle a usted el más ligero favor.

—Pues hija, está de Dios que no has de entrar en razón.

Susanita comprendió que tenía que luchar con una institución y no con una persona, y se abanicó con mucha fuerza creyendo que bastaban sus artificios de coquetería para torcer los procedimientos del secular y pavoroso Tribunal. No eran del todo impotentes, porque una de las cosas que más cautivaban el complaciente ánimo del *abuelo* era el encantador enojo de la hermosa tirana. Por aquella vez no se atrevió ni a ceder ni a arrancar la esperanza de un próximo triunfo. Calló y esperó. Por eso en la noche a que nos referimos al comienzo del capítulo, se le veía apartado, contra su costumbre, de la adorada y adorable *nietecilla*, y a ésta, muy tiesa y severa, nada complaciente con el buen doctor y tan ceñuda como un niño a quien se ha negado un juguete. No lejos de ella estaba doña Antonia de Gibraleón, la diplomática a quien ya conocemos, que era prima de Albarado, y doña Juana, no menos entendida que su parienta en asuntos de Estado, aunque más reservada.

—No me puedo olvidar del chasco del pobre D. Lino —decía aquélla riendo—. ¡Cómo cayó el infeliz! ¡Y no necesitaba el pobrecillo romperse las piernas para hacernos reír, porque la verdad es que era su figura en extremo extravagante!

—Yo en mi vida he visto tragedia más sin gracia; todos lo hicieron bastante mal —dijo doña Juana—, ¡y luego ver entrar en escena aquel mamarracho!

—El abate no desempeña bien papel alguno, sino cuando Pepita Sanahuja le hace representar el de becerro o carnero en sus farsas pastoriles —dijo doña Antonia—. La verdad es que es un hombre excelente. ¡Si viera usted qué arte tiene para escoger melones!

—Es una alhaja, como no sea para representar tragedias—. No tiene igual para toda clase de recados. Anteayer me compró unos jamones que no había más que pedir. Para hoy le tengo encargado que se entere de alguna doncella hacendosa y formal que me hace falta... Pero ¿qué haces ahí, Susana? –añadió reparando en la expresión sombría y meditabunda de la hija de Cerezuelo–, acércate; ¿por qué estás tan ensimismada?

Pero la antojadiza dama no hizo caso y continuó dándose aire con tal ademán de reconcentración, que parecía ocuparse en resolver algún intrincado problema.

El marqués de las pastillas andaba rodando por allí bastante aburrido a consecuencia de una sucinta relación que hiciera el señor fiscal del Consejo de Órdenes de los siete partos de su difunta esposa, y se acercó a Susana buscando más entretenida conversación.

–¿Sabes que me llama la atención –dijo– no ver aquí a doña Bernarda con su hija? Casi nunca faltan.

–Se les mandará un recado si quiere usted saber lo que les pasa –respondió la joven con muy avinagrado gesto.

–Esta noche estás hecha un puerco espín –dijo el marqués sin incomodarse–. Vamos, una pastilla de tamarindo –añadió, presentando su caja.

Susana las rechazó con tan vivo ademán, que el tesoro antiespasmódico refrigerante se esparció por el suelo. Todos volvieron los ojos hacia el lugar de la catástrofe y contemplaron a la irritada diosa.

–Esta noche tiene Susana la calentura –dijo el doctor–. Hay que esperar a que le pase.

–Pues hija –dijo el marqués en voz baja y sentándose junto a ella–, si estás enojada porque me he negado a ir contigo al baile de la Pintosilla, no vayamos a reñir por eso; iremos.

–¡Ah! ¿Usted creyó que desistía yo de ir al baile de Maravillas? –contestó con peor humor Susana–. Si usted no quisiera ir conmigo, de seguro no faltaría quien me acompañara.

–Lo supongo –contestó el de las pastillas–; pero ya que haces el disparate de ir a semejantes sitios, irás conmigo; tu gusto de mezclarte con la gente del pueblo en esa clase de jaleos es muy extravagante, por más que la mayor parte de las damas de la Corte lo tengan igualmente; pero si no te curas de tan rara afición, Susana, yo iré contigo. No conviene penetrar sin mucha y buena escolta allí donde está la flor y espejo de la manolería[281].

---

[281] *Manolería*: El término "manolo" se aplica a los residentes del barrio popular madrileño de Lavapiés y se atribuye su origen a la condición judía de sus primeros habitantes, Répide, *Las calles de Madrid, op. cit.*, pág. 349.

—Si a usted le molesta —contestó con el mismo mal talante la hija de Cerezuelo—, ya he dicho que no faltará quien me acompañe.

—¡Vamos, tú estás esta noche con el geniecillo! Hay que tener cuidado con la fierecita —dijo el marqués elevando al cielo (es decir, al techo) sus macilentos ojos, en que se conocían los estragos de una vida licenciosa y relajada.

Digamos de paso, y por lo que esto pueda influir en los futuros sucesos de esta puntualísima historia, que en el fondo del pensamiento de este gastado marqués había una escondida y como pudorosa aspiración de amor que no se reveló nunca, sin duda por la conciencia de su inferioridad física y moral respecto a Susana.

Ya al llegar a este momento de la soporífera tertulia, en el otro extremo del estrado se había debatido hasta lo último el tema de la riqueza de las naciones.

Nadie tenía pedida la palabra, y el señor fiscal de la Rota inclinaba la cabeza en señal de sueño, mientras el señor consejero de la Sala de Alcaldes, etc. se ponía la palma de la mano ante la boca, que se desquiciaba en un bostezo*. El señor consejero del de Órdenes miraba al secretario del de Indias como se miran dos esfinges puestas a un lado y otro de un pórtico egipcio. El hermano del señor *corregidor perpetuo con juro de heredad de la Villa y Corte de Madrid,* hacía notar con cierta timidez a otro de aquellos personajes que una de las alas de pichón de su hermosa peluca se había chafado al recostar la cabeza sobre el respaldo del sillón, y el señor fiscal de la Rota interrumpía el general y grave silencio sorbiendo sus grandes dedadas de rapé. Doña Juana y doña Antonia hablaban por lo bajo en un rincón, y según informes de excelente origen, ésta se ocupaba en explicar a la primera por qué la Paz de Basilea había sido menos deshonrosa que el Tratado de San Idelfonso[282], pues es fama que doña Juana consideraba ambos actos diplomáticos como igualmente impremeditados e inconvenientes. La reunión ha-

---

* "(...) se desquiciaba en un bostezo *homérico*", *Ibíd*., pág. 362.

[282] La Paz de Basilea (1795) consagra el aislamiento geográfico del reino de Prusia aunque este país recibe ciertas compensaciones territoriales en el margen izquierdo del Rhin. El primer Tratado de San Idelfonso (1796) exige del reino de España que éste auxilie militarmente a Francia en sus campañas contra Inglaterra. Ambos tratados mencionados por Doña Juana deben insertarse en el contexto de la "primera guerra de coalición" (1792-1797) que enfrenta a las monarquías europeas con la Francia post-revolucionaria.

bía entrado en ese período de somnolencia en que las voces se van extinguiendo, apagándose el fuego de las miradas, calmándose la viveza de los ademanes, y en que toda la tertulia aparece aburrida de sí misma, ya próxima a disolverse si una exclamación, una agudeza o una tontería de desproporcionado calibre no le dan nueva vida.

Ninguna de estas cosas interrumpió la paz de aquel panteón de nuestras instituciones políticas y administrativas; pero sí fue turbada por un hecho que casi podemos llamar acontecimiento. Susana, que estaba muda y ensimismada en un extremo del salón, se levanta vivamente, atraviesa con mucho denuedo por entre los consejeros, secretarios y demás glorias nacionales, avanza sin mirarlos, con ademán de resolución y desdén, marcando estos dos sentimientos con el insolente ruido de los tacones de sus zapatos, y sale cerrando la puerta con tal estruendo, que muchos se estremecen cual figuras de cartón a quien hasta las pisadas de los niños hacen oscilar en sus endebles pedestales. Para comprender la sensación que en el ilustre concurso produjo esta extemporánea, irreverente e inusitada salida, basta traer a la memoria la etiqueta de entonces, en cuyos códigos draconianos[283] se imponían fórmulas de que hoy apenas resta álguna práctica consuetudinaria[284] en el austero hogar de antigua familia castellana no domada por el siglo XIX. Aquella muda impertinencia de la soberbia dama* fue un insulto a todo el grave *senado*; no se tenía noticia de otro igual en casa de tanta etiqueta, ni jamás Susanita, aunque voluntariosa y díscola, había arrojado tanta ignominia sobre aquellas imponentes pelucas. El señor consejero de la Sala de Penas vio en el ademán de la petimetra una expresión de desprecio. Los tíos estaban avergonzados; el doctor dijo entre dientes, perdonándole su mala crianza: «¡Infeliz, está enojada conmigo!». El marqués creyó sentir los taconazos sobre la carne fofa de su corazón; el fiscal de La Rota quería ver en ella un ademán de burla, y el consejero de Indias un gesto de dolor. Los pareceres eran distintos, aunque todos se lo callaron. Alguien creyó ver en sus labios la modulación insonora

---

[283] *Draconiano*: Aplícase a las leyes o providencias excesivamente severas (*DRAE*).

[284] *Consuetudinario*: Dícese de lo que es de costumbre (*DRAE*).

* "Aquella muda *baladronada* de la soberbia dama", *Ibíd.*, pág. 363. La edición de 1871 incluye un término, "baladronada" de mayor negatividad semántica. *Baladrón*: Fanfarrón que, siendo cobarde, blasona de valiente, (*DRAE*).

de palabras coléricas; pero un buen observador que imparcialmente contemplara la escena, hubiera comprendido que el brusco movimiento y la partida resuelta de la joven no expresaban otra cosa que una resolución repentina e inesperadamente tomada. Si esta resolución hubiera pasado de su cabeza a sus labios, la dama soberbia no hubiera dicho otra cosa que esto: «Ya sé lo que tengo que hacer».

No es posible que el lector, por más que se caliente los sesos en penetrar estas palabras, vea cumplido su justificado deseo, ni lo verá si no busca la satisfacción de sus dudas en los capítulos siguientes, entre los cuales el que viene a continuación no es de los que le dan menos luz sobre tan peregrino asunto.*

---

* "(...) de los que dan menos luz sobre tan *grave* asunto", *Ibíd.*, pág. 364.

CAPÍTULO XI

LOS DOS ORGULLOS

I

Después de la entrevista con los grandes señores de Enríquez, Muriel determinó volverse a su antigua casa de la calle de Jesús y María. Ya fuera porque no sentía temor alguno a las visitas de la Inquisición, después de aquella entrevista no explicada ni comprendida aún, ya porque no gustaba de ocultarse ni menos de habitar en compañía de D. Buenaventura, lo cierto es que abandonó la calle de San Opropio, a pesar de que su dueño le instaba a que se quedase.

El último día que Muriel estuvo allí, Rotondo le presentó dos caballeros de muy raro aspecto y traje, que se decían entusiasmados con las ideas filosóficas y revolucionarias. El uno, que era un joven mal vestido y de tristísimo semblante, habló largo rato con Muriel, exponiéndole su doctrina, que consistía en pegar fuego a todas las ciudades y llevar al cadalso a cuantos nobles, frailes y gente real se hallaran en la Península. Sotillo, que así se llamaba, era un hombre dominado por perpetua cólera. Su rabia insensata y su excitación le asemejaban al pobre La Zarza, más loco sin duda, pero menos repugnante. Muriel, después de hablar largamente con aquel que ahora llamaríamos demagogo o comunalista[285], y que era de los que entonces solían llamarse francmasones, comprendió que en espíritu tan extraviado por siniestras venganzas no había idea alguna política ni filosófica, sino tan sólo el despecho que suele verse en la inferioridad envidiosa, que

---

[285] *Demagogo o comunalista*: Importante referencia galdosiana para entender la cosmovisión de *El audaz*. Ambos términos se refieren a la revolución proletaria fallida que amenaza desde la Comuna parsina al régimen liberal francés en 1871.

no conoce otro medio de parecer grande sino rebajando a toda la sociedad hasta su nivel.

El otro era un viejo no menos rabioso y entusiasta, aunque de humor algo festivo a intervalos y muy satisfecho de su poder y travesura. Llamábase D. Frutos, y es cosa averiguada que anduvo en su juventud y por mucho tiempo jugando al escondite con la justicia, hasta que ésta al fin se dio tal arte que le echó mano y le envió a Ceuta por diez años. Tales antecedentes no le impedían que afectara en su conversación una rigidez de principios morales enteramente catoniana[286]; y si no diera espanto con sus planes de incendio y asesinato, parecía un santo varón. Ni uno ni otro lograron valer gran cosa, a pesar de sus exageraciones revolucionarias, en el ánimo de Martín, que tuvo bastante penetración para ver en ellos los perjudiciales elementos de acción que unen siempre a toda idea incipiente para deshonrarla. Ambos mostraron una gran admiración, no sabemos si real o artificiosa hacia Muriel, y no acababan de alabarle como el más sabio, el más profundo, el más atrevido de los revolucionarios. Martín no sintió, sin embargo, apego alguno a la confraternidad de aquellos hombres; la cabeza no quería valerse de dos brazos tan rudos y bárbaros; la idea no anhelaba el concurso de aquella acción frenética. Fuese, pues, a su casa con intención de no volver, y ellos no quedaron muy satisfechos de la entrevista. Como dato preciso, recordaremos lo que el Sr. Rotondo dijo al verle partir a sus dos originales y desalmados amigos:

–Me parece que todos mis esfuerzos son inútiles. Mientras no pierda esos aires de gran hombre...

II

Cuando doña Visitación (que en el momento de sonar la campanilla de la puerta se ocupaba en darse algunos disciplinazos en presencia de un Santo Cristo, que para tan devotos usos había comprado) se levantó, miró por el ventanillo y vio a Martín, hubo de caérsele el alma a los pies, según estaba de asustada y aturdida. Abrió, sin embargo, al oír las apremiantes razones del joven, y no se atrevió a dirigirle salutación ni cosa alguna de cortesía. Grandes ganas se le

---

[286] *Catoniano*: Aplícase a las virtudes de Catón y de sus imitadores (*DRAE*).

pasaron de traer una escudilla de agua bendita y un aspersorio[287] para rociar el cuarto; pero como la cara de Muriel indicaba no tener humor de bromas, y la vieja le había mirado siempre con respeto, aplazó el poner en práctica su cristiano pensamiento para cuando saliera.

Pidióle Muriel la ropa suya y de Leonardo, la cual entregó puntualmente la dueña, pues aunque intolerable como mojigata, no hay noticia de que se le quedara entre las uñas cosa alguna en ningún tiempo. Dióle también algún dinero, poco, salvado de las garras de la Inquisición por milagro, y con esto Martín se dio por reinstalado. Hizo llamar a Alifonso, refugiado aún en casa de los tintoreros, y lo puso a su servicio; no las tenía el barbero todas consigo, y propuso a su amo el mudar de casa, propuesta que Muriel aceptó, disponiendo su ejecución para de allí a dos días.

El siguiente fue fecundo* en acontecimientos, como verá el lector, pues desde que Martín abrió los ojos se encontró con una novedad tan peregrina, que por un momento se creyó personaje de novela. Doña Visitación entró muy temprano en su cuarto, después de cerciorarse de que no estaba desnudo ni descubierto, y le entregó una cajita o estuche que envuelta en multitud de papeles acababan de traer para él. Tomó Martín aquel envoltorio y vio que era una cartera forrada en cuero fino y perfumado; en el papel en que venía envuelta estaba escrito su nombre con caracteres grandes y claros. Abrióla y no pudo reprimir una exclamación de asombro al verla llena de monedas de oro. La vieja abrió sus ojos de tal modo, que parecía querer devorar aquel pequeño tesoro. Alifonso decía: «Todos los días no son días de penas, Sr. D. Martín. Si un día se nos meten por la puerta esos demonios de inquisidores, otros nos llueven escudos de oro, que nos vienen ahora como anillo al dedo».

Muriel examinó el dinero y lo sacó todo, por ver si venía en el fondo alguna carta; pero la incógnita providencia del desheredado filósofo tenían el pudor de la caridad, y se mantenía en el misterio, como si su desinterés llegara hasta no necesitar del agradecimiento.

---

[287] *Aspersar*: Mecanismo destinado a esparcir un líquido a presión (*DRAE*). "Aspersorio" designaría el instrumento con el que se aspersa.

* *"Si no se considera importante la curiosidad y zozobra de todos los vecinos al ver al joven instalado de nuevo en la casa, nada podemos referir de aquel día. El siguiente sí fue fecundo"*, *Ibíd.*, pág. 482. La reestructuración de la frase en la edición de 1907 exige la eliminación del adverbio afirmativo "sí".

Mucho contrarió a Alifonso que con la llegada de aquel esfuerzo no ordenara Martín la compra de provisiones extraordinarias. Despidióles éste a uno y otro, y una vez solo contó de nuevo el dinero, que excedía de tres mil reales, y después se paseó muy agitado por la habitación, tratando de resolver el nuevo problema de adivinación que se añadía a los muchos que ya tenía en la cabeza. Es indudable que desde el instante en que abrió la caja un nombre vino a su imaginación y estuvo en ella todo el día: Susana. Pero no podía ser. La razón se resistía a creerlo. ¿Con qué objeto? Pero si ella no había sido, ¿quién podía ser? Ya estaba él bastante preocupado con el éxito de su visita y la inesperada complacencia de la dama, cuando aquella limosna le acabó de turbar y confundir. Pero estaba de Dios que aquel día lo sería de confusiones, porque se engolfaba nuestro hombre en un mar de conjeturas, cuando entró D. Lino Paniagua, para acabar de volverle loco con lo que le dijo.

—Sr. D. Martín Martínez de Muriel: gran pesadumbre me hubiera dado no hallarle a usted en casa, porque le traigo un recadito que ya, ya... ¡Pero qué disgusto tengo, Sr. D. Martín! Si viera usted lo que me pasa...

—¿Qué recado me trae usted? —preguntó Martín con mucha curiosidad.

—Cosa importante, amiguito, y que le hará a usted bailar de gusto. Cuando yo le decía a usted que no le miraban con malos ojos... ¡Pero si usted supiera lo que me pasa! ¡Quién lo creería, después que soy tan complaciente y me presto a todo!... El diablo me tentó cuando me encargué del papel de Ulises. ¿Creerá usted que han hecho una caricatura que anda por ahí... dando que reír a las gentes, y unos versos que...?, la verdad es que son graciosos. ¡Pero cómo me han puesto en ridículo!... No hay perro ni gato en Madrid que no los haya leído. Me tienen aburrido, Sr. D. Martín. ¡Después que soy tan complaciente! ¡Caricatura!, ¡versos! ¿Lo creerá usted?

—Sí, lo creo —dijo Martín más impaciente—. ¿Pero no me dice usted qué recadillo?...

—Sí... contaré a usted... —repuso el abate—. Pero lo peor del caso es que la caricatura la ha hecho el diablo de D. Francisco Goya, y los versos Moratín en persona. Ambos son muy amigos míos; yo no me he de enfadar por eso. Pero no le gusta a uno ser comidilla de la gente. ¡Si viera usted el dibujo de Goya![288]... Estoy pintiparado con mi peluca, mi coturno y mi espada; pero tan grotesco, que es para morirse de risa. Pues ¿y los versos? Tanto los he oído recitar, que me los sé de memoria.

–¿Pero no tenía usted algo que decirme? –preguntó Martín, cansado ya de versos y caricaturas.

–¡Ah! Sí. Vamos a ello. Es el caso que anoche vi a Susanita Cerezuelo en casa de Castro–Limón, y me dijo... Le advierto a usted que primero se rió de mí cuanto quiso, obsequiándome con el romance de Leandro...

–Bien; dejemos a Moratín aparte por ahora –dijo Muriel.

–Pues bien; Susanitá me dijo que ya había hablado por su amiguito D. Leonardo a aquella persona.

–¿Y qué ha dicho?

–Nada; parece que es cosa difícil. Sin embargo, según ella se expresaba, podrá conseguirse. Si digo que usted ha nacido con pie derecho. Pues si la madama se enternece con el Sr. D. Martín Martínez... ¡qué envidias, amigo, va a suscitar el que...!

–¿Conque hay esperanzas de conseguir esto?

–Yo creo que sí; se conoce que ella lo ha tomado con mucho empeño.

–¿Y no le ha dado a usted seguridades? ¿No ha dicho lo que ha contestado ese señor consejero?

–No, eso se lo dirá ella a usted mismo.

–Sí, quedé en ir por allá.

–Esta noche, sí, a eso he venido.

–¿Esta noche? ¿Le ha dado a usted ese recado?

–Precisamente. «Don Lino –me dijo–, hágame usted el favor de decir a ese Sr. Muriel, que esta noche vaya a casa a las nueve en punto para darle la contestación de su asunto».

–Ya.

–Pero dice que no vaya usted ni antes ni después de las nueve, sino a esa hora en punto. ¿Lo entiende usted?

–Sí, ya entiendo; iré sin falta.

---

[288] La "ilusión de realidad" buscada por la novela histórica se verifica mediante la combinación de personajes ficticios y figuras históricas como, en esta escena, el pintor Goya y el dramaturgo Leandro Fernández de Moratín (1760-1828).

–Pero no necesito recomendar a usted, Sr. D. Martín, una cosa... y es que ha de haber mucho sigilo.

–¡Ah! Lo que es eso...

–Ya usted ve... yo soy persona grave, y sólo me encargo de hacer estos favores cuando sé que no es para escándalo. Yo sé que usted es persona formal, y en cuanto a ella... Figúrese usted que ya la gente se ocupa...

–¿De qué?

–De Susanita. ¡Como la ven tan abstraída, tan meditabunda, ella que siempre ha sido lo contrario!, ya he oído hacer comentarios sobre este cambio aparente en su carácter, y hacen mil cálculos y calendarios sobre quién es y quién no es. Por eso recomiendo que tenga usted la primera de las virtudes teologales en grado sumo, y alguna de las otras tampoco estaría de más.

–Descuide usted, que yo seré la misma prudencia.*

–A usted le supongo loco de contento; porque aunque no saque de la cárcel a nuestro amigo, ¿le parece a usted poco el favor de una dama tan principal?

–En eso no hay nada de lo que usted se figura –contestó Martín–. Sólo me llama para enterarme del resultado de mi pretensión.

–A mí con ésas. La verdad es que si usted consigue ablandarla, puede considerarlo como un milagro. ¡Qué basilisco, amigo! Yo que la conozco desde hace tiempo sé lo que es eso. No hay criatura más antojadiza, Sr. D. Martín; ¡anoche precisamente tenía armada una gresca con el marqués de Fregenal*, su pariente, ese que la acompaña a todas partes! Y todo ¿por qué? Porque ella gusta mucho de ir a los bailes de candil de Maravillas y Lavapiés, como es costumbre aquí entre la gente gorda. El marqués quería disuadirla de su propósito, porque parece que otra vez fue y no salieron muy bien librados. Pero ella en sus trece que ha de ir, porque no puede desairar a la Pintosilla, que la ha convidado.

–¿Y quién es esa Pintonsilla?

–Una bodegonera de la calle de la Arganzuela[289], mujer de mucho

---

* "(...) seré la misma prudencia –*dijo Martín*—, veremos si consigo mi deseo; veremos si logro sacar de la cárcel al pobre Leonardo, que ya debe estar más que aburrido de su encierro", Ibíd., vol. 21, nº 84, 1871, pág. 484.

* "(...) una gresca con el marqués de *Retamoso*", Ibíd., pág. 485.

[289] *Calle de la Arganzuela:* Para un documentado análisis de la historia y orígenes populares de esta madrileñísima calle, véase Répide, *Las calles de Madrid, op. cit.*, págs. 52-53.

donaire y grandemente obsequiada por los petimetres. Aquí es común que los señores de más tono se codeen con esa gentezuela, y la verdad es que al son de las castañuelas y de las guitarras no se pasan malos ratos.

–¿Y Susanita frecuenta esas sociedades?

–¡Ya lo creo! Allí suele ir acompañada de una plaga de jóvenes de etiqueta y de marqueses viejos y abates tiernos... Pero usted la conocerá mejor que yo y podrá apreciar su carácter. Conque esta noche, ¿eh? –añadió con sonrisa maliciosa–. Como usted es una persona de formalidad y ella una dama de alto nacimiento y que se estima, no me pesa de favorecer sus amores...

–¡Sus amores! –exclamó Muriel–. ¿Está usted loco? Eso sería el más grande de los contrasentidos. Hay cosas que por mucho que se crea en la veleidad de los acontecimientos y en las vueltas del mundo, no se pueden sospechar nunca.

–Usted quiere desorientarme –dijo con benevolencia el abate–, usted no sabe que yo soy la prudencia misma y que secretos de esta naturaleza a mí confiados quedan lo mismo que dichos a una pared... Pero yo me retiro, Sr. D. Martín; usted tendrá que hacer. Hoy es para mí un día de no poder descansar un momento. La señora de Valdeorras desea que su hijo más viejo tome mañana leche de burras, y voy a avisar al burrero. Después tengo que ir por la estampa de Goya a casa de Castro–Limón para llevarla a casa de Porreño... porque ha de saber usted que para mayor desgracia mía yo tengo que llevar de puerta en puerta esa malhadada caricatura que de mí ha hecho el truhán de D. Paco Goya. En todas partes la quieren ver, y no tengo más remedio que correrla, ofreciéndome a la chacota de todo el mundo. Pero ¿qué se ha de hacer? Yo no me puedo enfadar por eso... Y como en todas partes me aprecian, sería una tontería... ¡Pues y los versos! ¿Creerá usted que me los hacen recitar por dondequiera que voy? ¡Y cómo voy a decir que no! ¡Diablo de Moratín!... Pero no le entretengo a usted más, amiguito. No se olvide usted, a las nueve.

–Sí, a las nueve. Ni antes ni después; en punto.

–Eso es. Adiós, Sr. D. Martín, y mucha prudencia.

Fuese D. Lino a casa del burrero, que quizás le haría recitar* también los versos del famoso Inarco, y Muriel quedó solo otra vez

---

* "(...) a casa del burrero que *también* le haría recitar", *Ibíd.*, pág. 486.

en presencia de los escudos de oro y con la novedad y extrañeza de una cita para las nueve en la casa de aquella rara y ya misteriosa mujer. Misterio había sin duda en tal cita, pues ella, si le llamaba para contestarle en el asunto de la Inquisición, mostraba tener más interés por la libertad de Leonardo que él mismo. Al mismo tiempo no podía olvidar el recibimiento que le hizo el señor hermano del conde de Cerezuelo, y era imposible que en todos aquellos artificios de cortesanía no hubiera alguna intención torcida y muy difícil de adivinar. ¿Y el dinero? Pero no tratemos de expresar la cavilación incesante de nuestro desgraciado amigo, y asistamos desde luego a su conferencia con la petimetra, que es, a no dudarlo, uno de los acontecimientos capitales de la presente historia.

III

Contaba él con que iba a ser recibido en la tertulia de la casa, y que aquella hora estarían allí reunidos los venerables personajes que anteriormente hemos dado a conocer. Por eso le causó sorpresa no ver en la puerta ninguna carroza, y mucho más no hallar en la portería paje alguno. El escaso alumbrado de la escalera le hizo comprender que aquella noche no había tertulia.*

En el recibimiento encontró, en vez del paje que ordinariamente estaba allí, una mujer de mediana edad, que en el modo de mirarle y de sonreír al verle, indicó que estaba allí esperándole. No fue preciso que Martín hiciera pregunta alguna para que la mujer le dijera *pase usted*; pero en voz tan queda, que el tal comenzó a creer que su presencia allí era tan misteriosa como el dinero recibido. Confirmóse en esta idea al avanzar por un corredor en que no se sentía el menor ruido, ni se veía el resplandor de ninguna luz, y hasta le parecía que la mujer aquella pisaba con afectada suavidad, circunstancia que a él le obligó también a andar con mucho sigilo, procurando apagar el ruido de sus tacones lo más posible. Entraron en una habitación donde había una lámpara de muy débil y macilenta luz. Entonces la mujer se paró, y le dijo:

---

* "(...) aquella noche no había tertulia, *y dijo para sí: no tendré que habérmelas con los de la casa, y especialmente con el bueno del tío, que estará esta noche tan pesado como el otro día con su afectada cortesía*", *Ibíd.*, pág. 486.

–La señorita está mala. Voy a avisarle.

–¿Y el Sr. D. Miguel? –preguntó Martín.

–¡Quiá!... *–murmuró la mujer, como si oyera una indiscreción–, no está, no hay nadie. La señorita está sola, y un poco delicada, aunque no es de cuidado.*

Desapareció la mujer, y al poco rato volvió diciendo a Martín otra vez: «Puede usted pasar». Ella tomó la luz que allí había y marchó delante alumbrando, porque la habitación donde entraron estaba completamente a obscuras*. Todavía Muriel no se había dado cuenta del sitio donde estaba; todavía no se había hecho cargo de los objetos que tenía ante la vista, cuando ya la mujer había desaparecido. Tendió los ojos por la habitación, envuelta en una dulce obscuridad que vagamente sombreaba los cuadros y los muebles, dándoles tinte extraño. Creyó encontrarse solo. Miró a todos lados buscando a Susana, y no vio nada; a su mano derecha vio un retrato de hombre que le miraba con la inmutable atención de sus pintados ojos, y creyó reconocer las facciones del conde de Cerezuelo, más joven, hermoso y sin el lúgubre aspecto que le daba su enfermedad y su misantropía. Aquello era imponente; por otro lado, un gran Santo Cristo de marfil parecía mover sus brazos blancos y resbaladizos como un reptil de mármol escurriéndose a lo largo de la pared; y las grandes cornucopias doradas se le representaban como extraños seres, también animados, oscilantes y fosforescentes. Vió su imagen reflejada en un espejo y se estremeció; los toros reproducidos en los tapices de variados colores, le parecían alzar sus terribles testuces con la curiosidad insolente que es propia de aquellos brutos antes de romper la carrera, y unas majas que en otro tapiz levantaban sus brazos en actitud de tocar las castañuelas, parecía como que avanzaban vagamente acompañadas del áspero sonido de aquel primitivo instrumento. Esta alucinación y este examen del sitio donde se encontraba, apenas duró algunos segundos. Al cabo de ellos sintió una tos, y una voz femenina dijo: «Tome usted asiento».

---

* "*¡Ca!* –murmuró la mujer", *Ibíd.*, pág. 487. Equivalente es el significado de las interjeciones "¡ca!" y "¡quia!". Ambas denotan incredulidad o negación (*DRAE*).

* "(...) no es de cuidado. *Voy a avisarla*", *Ibíd.*, pág. 487.

* "(...) completamente a obscuras, *antes, y muy débilmente alumbrada cuando la triste lámpara desparramó su luz por el extenso ámbito de la cuadra. Todavía Muriel*", *Ibíd.*, pág. 487.

Dirigió Martín la vista al punto donde la voz había resonado y vio a Susana, a quien antes no había distinguido por estar el resplandor de la lámpara interpuesto entre uno y otra. Acercóse él, y entonces pudo distinguirla perfectamente: estaba tendida sobre un canapé y muy arrebujada en una especie de manto o gran chal que la cubría toda, excepto la cara y las extremidades de los pies. Su actitud era perezosa, y su voz como quejumbrosa y dolorida.

–Estoy enferma –dijo, señalando a Muriel una silla que cerca de ella había como preparada de antemano–. Pero puesto que le llamé a usted, no quise dejar de recibirle porque no perdiera el viaje.

–Yo hubiera vuelto de muy buen grado* –respondió Martín–, y me marcharé al instante si esta visita la puede molestar a usted.

–No, de ningún modo. Aguarde usted –dijo la dama–. Usted estará impaciente por saber de su amigo. Siento mucho no poder darle a usted mejores noticias de las que tengo.

–Yo no pido imposibles, señora; si las personas que pueden poner a Leonardo en libertad son insensibles a la justicia y a la compasión...

–Todvía no hay nada seguro. Yo espero, a pesar de todo, conseguirlo al fin.

–Hará usted la mejor obra de caridad que es posible imaginar. ¡Dichoso el que puede remediar por algún medio alguna de las infamias que en esta sociedad se cometen y que son base de ella misma!

–La dificultad que hay es que parece ha sido reclamado ese reo por la Inquisición de Toledo, por atribuírsele un desacato hecho a la Virgen del Sagrario y no sé qué correspondencia con unos masones o brujos, descubierta en esta ciudad.

–¡Masones o brujos! –exclamó Martín, sin poder reprimir un movimiento de cólera–, también a mí me acusaron de lo mismo. No se puede presenciar en calma la superstición y torpe ignorancia que se necesita para creer tales despropósitos. Se comprende que haya un pueblo ignorante que lo crea; ¡pero que haya una institución que lo legalice y una sociedad que lo tolere en estos tiempos!... Da vergüenza de pertenecer al linaje humano cuando se ven ciertas cosas.

---

* "*No* hubiera vuelto de buen grado", *Ibíd*., pág. 488. Asumimos su condición de errata pues mantener esa negación alienaría, en el presente contexto, futuros entendimientos entre Muriel y Susana Cerezuelo.

—Ya comprendo yo que todos le teman a usted y le miren con recelo como un hombre extravagante y peligroso —dijo Susana con su seriedad acostumbrada—. Yo no he visto personas tan revolucionarias como usted, ni que se burlen con tanto descaro de las cosas santas.

—Es cierto; usted no había conocido otro como yo, y por eso sin duda le parezco tan raro. Mi dolor consiste en que veo a mi lado pocos así, lo cual me paraliza, obligándome a vivir a solas conmigo mismo.*

—Ya encontrará usted —dijo Susana—, si no es que poco a poco se corrige usted de su furor, y le tenemos devoto y manso, en vez de fiero y atrevido como hoy es.

—No es fácil; yo soy muy desgraciado. Tendré al fin que irme lejos de mi patria, a otros países donde los hombres puedan decir públicamente lo que piensan sin ser encerrados en calabozos por un Tribunal de gente feroz y corrompida.

—Vamos —indicó Susana, con un poco menos de seriedad de la que antes había tenido—. Trate usted de corregirse y le irá mejor. Sea usted como los demás, y tal vez sea feliz. Por lo que he podido entender, usted es una persona que podría ocupar buen puesto en la sociedad si no fuera tan enemigo de ella. No le faltaría protección sin duda.

Martín no podía, a pesar de sus inveterados rencores, mostrarse repulsivo a tales pruebas de benevolencia, mucho más cuando la hija de Cerezuelo, con frases laterales y de soslayo, le había ofrecido su protección. No dejó de comprender el valor de aquella protección, a pesar de su arrogancia, y decidió no decir cosa alguna que trascendiera a ingratitud o descortesía.

—Pensar que yo intente medrar arrojándome a los pies de lo que más aborrezco, es locura. Eso no está en mi carácter.

—¡Ah! —dijo Susana, echando su cabeza fuera del manto en que la tenía arrebujada—, ya sé por qué dice usted eso: ¿que no se arrojará a los pies de lo que más aborrece? ¿Lo dice usted por nosotros?

—¡Ah!, no, señora; no me acordaba de resentimientos que, aunque siempre vivos, sé dejar a un lado en ciertas ocasiones.

—Nosotros —añadió la dama— no pretendemos que usted se arroje a nuestros pies, ni necesitamos para nada sus servicios.

---

* "(...) vivir a solas conmigo mismo. *Esto es espantoso*", *Ibíd.*, pág. 489.

–No me he referido a la familia de usted, de quien no espero nada y a quien tampoco estoy dispuesto a servir.

–¿Pero nos guarda usted un rencor tan grande?... –Preguntó Susana con sonrisa irónica que turbó a Muriel.

–Yo no quería hablar de lo pasado. Ahora, el propósito de usted de sacar de la prisión a mi amigo me impone un sentimiento de gratitud que yo no puedo sofocar. Pero antes de esto, usted dirá, con la mano puesta en su corazón, si tengo yo motivos para idolatrarles a ustedes.

–¡Ah!, usted se deja arrastrar por la pasión; en casa no ha habido crueldad ninguna con su padre de usted, y si fue preso, los Tribunales de Granada lo hicieron sin influjo ninguno de casa.

–Perdone usted si no lo creo, –dijo Martín–; yo estoy bien enterado de lo que pasó.

–También nos acusa usted de haber abandonado a su hermanito, cuando él se huyó de nuestra casa, arrastrado por su afición a la vida vagabunda. Pero se le encontrará, yo lo espero. He mandado que se haga toda clase de diligencias, sin omitir gasto alguno, y espero que será encontrado.

–¿Sí? ¿Usted ha mandado?... –preguntó Martín, confuso–. ¿Cuándo?

–Hace dos días.

–Por Dios que ha sido algo tarde, señora; y si esas diligencias se hubieran hecho a su tiempo yo no lamentaría esta desgracia, una de las que más me han afectado.

–Yo no he tomado esa determinación hasta que he sabido que la pérdida de Pablillo era considerada como una desgracia.

–¡Ah, es verdad! –dijo Martín tristemente–; los grandes señores siempre ven desfigurado lo que está más bajo que ellos. La soledad y abandono de un huérfano, despreciado por todos los que en la casa vivían, desde el amo hasta el último criado, les parece cosa muy natural y que no merece la pena de pensar en ello. Era preciso que yo me lamentara de semejante conducta para que usted se convenciera de que mi hermano merecía algún agasajo. De todos modos, yo le agradezco a usted la resolución que ha tomado, aunque algo tardía. No dirá usted –añadió sonriendo– que esta ferocidad mía es completamente inútil.

–¡Ah! –dijo Susana, mirándolo con cierta expresión de burla–, ¿cree usted que le tengo miedo?

—No, miedo, no. Pero nadie puede librarse de la influencia de los demás. A veces no tenemos intención de hacer una cosa buena y la hacemos, impresionados por algo que vemos o que oímos.

—¡Ah!, no... Lo que usted haya podido decirme no me ha impresionado nada. ¡Si viera usted cómo me reí de usted aquel día, cuando me habló con un lenguaje que hasta entonces creo que dama alguna ha podido oír!...

—Yo quería olvidar eso –dijo Martín–. Es verdad que estuve violento; pero yo tenía motivos... Cuando supe quién era usted... no sé si sentí cólera o alegría... ¿No es verdad que aquello parecía una burla providencial? ¡Bailar juntos nosotros! ¡Yo que soy de humilde cuna y que llevo un nombre que no se pronuncia sin horror en la casa de Cerezuelo! ¡Usted de alto linaje, celebrada por su hermosura! ¡Y la casualidad nos juntó, y hablamos como si un abismo de rencores y de diferencias sociales no existiera entre nuestros dos nombres! ¿No es esto para sentirse orgulloso y poder hablar con algún desembarazo?

Susana se sentía humillada, y en vano trataba de dar sesgo festivo al asunto. Su forzada sonrisa no sirvió sino para levantar a Muriel, cuyo orgullo iba tomando grandes vuelos.

—Tenga usted franqueza –añadió él–. ¿No se ha estremecido usted de indignación siempre que ha recordado aquel día y aquella conversación? Yo, seré sincero, lo considero como uno de los más gloriosos de mi vida.

—Usted quiso humillarme –dijo Susana, renunciando a quitar su sentido serio a aquel recuerdo.

—Y lo conseguí. Aquí, hablando con intimidad como hablamos, ¿podrá usted negarlo? Eso le probará a usted que sólo las circunstancias ensalzan o deprimen a las personas, y que la mejor posición social es la que dan las virtudes o el valor. Un accidente, un engaño, un disfraz junta lo que la sociedad quiere y ha querido siempre que no se junte.

—Y todo eso es para probar que fue una humillación haber bailado con usted –dijo Susana, con picante ironía–. Pues sepa usted, que varias veces he bailado con manolos y chisperos[290] en las verbenas de Santiago y San Juan.

---

[290] *Chispero*: Término con el que se designa a los habitantes de los barrios populares madrileños de Barquillo, San Antón y Maravillas. Llamados también "tiznaos", su nombre procede del oficio desempeñado por gran parte de ellos. Trabajadores del hierro, su condición se asocia a las chispas de la fragua en la que desempeñaban su trabajo. Eran frecuentes en la época que recrea *El audaz* enfrentamientos entre "chisperos" y "manolos" procedentes de Lavapiés. Para una referencia precisa de este grupo social, véase *Ibíd.*, pág. 349.

–Pero a ninguno de los que fueron sus honrosas parejas mandó llamar usted después, de noche, para hablar con él a solas en su casa.

Este rasgo de atrevimiento que Muriel no meditó bastante fue tal, que casi estuvo a punto de producir una de las explosiones de soberbia que en Susana eran frecuentes, y por la cual hubiera despedido bruscamente a Muriel como descortés y grosero; pero la misma audaz desenvoltura de la frase la contuvo. La sorpresa no le permitió incomodarse, y además su orgullo temblaba ante un orgullo mayor.

–Usted –añadió Martín, tratando de que su insinuación anterior fuese galante sin que dejara de ser enérgica– no trató de confirmar la humillación recibida, proporcionando a uno de esos manolos o chisperos la felicidad de verla y hablarla.

–No crea que fuera usted vanidoso hasta ese extremo –repuso Susana, que no encontró por más esfuerzos de imaginación que hizo, mejor ni más adecuada respuesta.

–¡Ah!, no; yo soy soberbio con los orgullosos, pero me empequeñezco y me confundo en presencia de los que descienden hasta mí. Yo, lejos de zaherir a usted por esta repentina deferencia que me muestra, me complazco en encontrarla digna de mayor estimación. Usted se ha engrandecido a mis ojos. En mi vida he despreciado más que aquel día, cuando tan violentamente reñimos en la Florida; después todo ha cambiado; los sentimientos sufren a veces asombrosas reacciones, y ¿quién sabe adónde podrán llegar los míos respecto a personas que antes me inspiraron profunda aversión?

Susana callaba, mirándole con asombro; le veía crecer por grados. Él mismo a quien ella creyó deslumbrar con su favor repentino, obligándole a abdicar sus preocupaciones y su entereza, estaba allí más elevado que nunca, desafiando a la que quería empequeñecerle con inmerecidos obsequios.

–Usted no sabe apreciar la benevolencia que tengo por usted y el interés que me tomo por su amigo. Usted va más allá... –dijo Susana echando más atrás el manto y descubriendo todo su busto.

–No voy más allá; estoy en lo cierto. No veo en la bondad de usted otra cosa que lo que debo ver; una satisfacción por los ultrajes que ha recibido y una protesta contra la humildad de mi posición y de mi fortuna. Usted ha tenido el instinto de la justicia y me concede, tal vez sin saberlo, lo que yo merezco: consideración, aprecio, afecto, todo lo que busco y no hallo en el mundo.

Susana estaba confundida. Sus grandes ojos negros habían renunciado a la afectación del dulce marasmo en que la encontró Martín, y recobraban la viveza y animación que a tantos espíritus habían turbado, y sin embargo, se sentía débil; Muriel no se arrastraba humillado y vencido a sus pies, sino que se presentaba tratando de igual a igual, de potencia a potencia. No contestó a las últimas palabras del joven y parecía meditarlas con la profundidad y fijeza del matemático que anda a vueltas con una ecuación. Después de un breve rato en que esperó en vano que Martín dijese algo más, Susanita, como si reanudara un concepto interrumpido, exclamó:

–Debe usted hacerlo, sí; debe usted hacerlo.

–¿Qué, qué debo hacer? –dijo Martín, sorprendido de aquellas palabras que eran la primera expresión de un largo razonamiento que la dama había hecho para sí.

–Lo que le he dicho.

–No recuerdo.

–Usted debe variar de ideas –afirmó Susana con un interés que no acertó o no quiso disimular–. Usted está llamado a ocupar un elevado puesto en el mundo, y puede llegar a él si tiene más prudencia.

–No sé qué puesto es ése ni cómo he de conseguirlo.

–¡Oh! Pues no hay cosa más sencilla –dijo la petimetra incorporándose y echando más atrás el manto, que dejó descubierto su cuerpo, vestido con elegante chaquetilla de terciopelo negro recamado de pasamanería[291]–. Usted, por su carácter y su entendimiento, debía procurar elevarse en vez de insistir en mantenerse a flor de tierra insultando a las clases altas. Si usted entrara en relaciones con las gentes que tanto aborrece y se convenciera de que sólo a su arrimo puede adquirir una buena posición; si olvidara al fin su humilde cuna, ¿quién sabe el porvenir que Dios le tendrá reservado?

–Lo que usted me aconseja es que me venda, como si dijéramos.

–No, usted no ha comprendido bien: inclinar sus talentos hacia otro fin, procurar asemejarse en costumbres a personas más altas

---

[291] *Pasamano*: Género de galón o trencilla, cordones, borlas, flecos y demás adornos de oro, plata, seda, algodón o lana, que se hace y sirve para guarnecer y adornar los vestidos y otras cosas (*DRAE*). "Pasamanería" designa la obra o fábrica de pasamanos.

de la sociedad, conquistar el favor de los poderosos, desempeñar algún cargo elevado, ganar reputación y aprecio, tal vez un título de nobleza.

–Le oigo a usted con curiosidad –dijo Martín riendo–. Esto me divierte.

–No sé que haya dicho ningún despropósito –replicó la dama desconcertada.

–¡Yo pretendiendo un título de nobleza!... Eso es una burla... ¿Y me lo aconseja usted? Vamos, no creí yo merecer una burla tan fina y al mismo tiempo tan amena.

–No es broma, no; no le faltará a usted quien le proteja. Sea usted como los demás, como todos, y confíe en la Providencia.

Como se ve, Susana quería elevar a Muriel hasta ella, mientras éste, según aparece en el resto del diálogo, pretendía hacerla descender hasta él. Quién logró al fin su objeto es cuestión que se verá aclarada en el transcurso de esta historia. De pronto, Martín acogía con joviales respuestas las raras proposiciones de la petimetra, y decía:

–¿Si al fin me convertirá usted? ¡Oh! Si no me convierto no será porque el apóstol deje de tener elocuencia.

–¿Usted no siente halagada su imaginación por la idea de ver apreciados en el mundo su carácter y sus hechos? –dijo Susana echando más hacia abajo el manto, que ya parecía darle demasiado calor–. ¿Usted sacrificará todo a esas ideas extravagantes que nadie tiene más que usted y otros locos por el estilo?

–Sí, sí, señora –replicó Martín con cruel ironía–; yo hago todos los sacrificios imaginables por medrar, como usted dice, y me arrastraré a los pies de los poderosos y les pediré una triste ejecutoria y un escudo lleno de garabatos para vergüenza de los míos y satisfacción de mi persona. Yo soy a propósito para el caso, no lo dude usted.*

–Veo que usted no toma en serio lo que le he dicho. Usted tiene más orgullo que los más insolentes señores.

–Sí, no lo niego. Negarlo sería una hipocresía. Yo tengo orgullo, y muy grande; pero no es orgullo de raza ni fortuna, sino de sentimiento y de creencias. He aquí mis pergaminos. ¿Y usted me pide que los eche al fuego y los trueque por los que enaltecen a esos ca-

---

* "Yo soy a propósito para el caso. No lo *dudéis*", *Ibíd.*, pág. 491. El uso del tratamiento aristocrático de "vos" parece justificarse en un sentido sarcástico/irónico.

balleros que le dan a usted las pastillas y los pañuelos empapados en esta o la otra esencia?

–Calle usted –dijo Susana, como despreciando aquel recuerdo.

–Entonces –continuó Martín– seré un hombre de valer y merecedor de lo que ahora no se me quiere dar. Entonces no habrá personas que se avergüencen de ser benévolas conmigo; entonces los que se sientan más o menos inclinados a mi compañía, podrán verme a la luz del día y no a hurtadillas y con sonrojo. Entonces no se me humillará ni habrá nadie que se crea exento de tener para conmigo y los míos aquellas consideraciones que la caridad exige. ¡Qué grande hombre seré el día en que me decida a seguir ese consejo! ¿No es verdad?

Susana se sintió otra vez débil ante este verdadero bofetón moral. No le era posible conseguir su objeto, que era quebrantar la entereza de aquel pobre joven, obligándole a poner su conciencia a los pies de una categoría y de una belleza. Él se crecía cada vez más a los ojos de la dama, acostumbrada a matar con alfilerazos los afeminados corazones de sus galanes. Aquél era fuerte y temible, y su espíritu no consentía extraño dominio.*

Cuando el joven concluyó, bien porque Susana no supo contestar, bien porque entraba en su cálculo el silencio, no profirió palabra, y sólo después de largo rato arrojó lejos de sí el manto, diciendo:

–No se puede resistir este calor.

Martín pudo entonces mejor que antes observar la bella actitud de aquel cuerpo perezoso que se extendía sobre el sofá, sofocado por el calor y libre ya del abrigo que le cubría. ¡Qué rara escena aquella en pleno año de 1804, cuando el hogar doméstico no se había abierto aún a la audacia exterior por la relajación; cuando las escaleras de una casa, inspeccionadas por los cien ojos de un susceptible recato, eran inaccesibles a los galanes! Es preciso hacerse cargo de la independencia de carácter de Susana, de su desprecio a todas las prácticas sociales para que desaparezca la inverosimilitud de semejante entrevista que, si hoy podría parecer en extremo peligrosa, entonces era

---

* "(...) no consentía extraño dominio. *Había nacido para imponerse, y toda la soberbia de la tiranuela se estrellaba impotente ante la acerada contextura de su carácter*", *Ibíd.*, pág. 491. El espíritu masculino de la "opinión pública" post-revolucionaria acaso explica el sometimiento "doméstico" de Susana Cerezuelo cuando ésta acepta esas premisas.

tal que habría merecido los más horrorosos castigos. La petimetra no se los hubiera dejado imponer, porque imperaba como reina absoluta en la casa; pero el escándalo hubiera sido espantoso, y los Enríquez de Cárdenas se habrían creído deshonrados por *secula saeculorum*.

–Veo que no se puede sacar partido de usted –dijo Susana buscando nueva posición en el sofá.

–Cierto es –contestó el joven–; de mí no se puede sacar partido. Es preciso dejarme entregado a la ventura. Probablemente yo seré siempre un extravagante, y nunca me seducirán las grandezas ni las ejecutorias. Es triste que para establecer ciertos lazos que la Naturaleza pide y exige, sea necesario a veces salvar los grandes desniveles que hay entre las personas. Pero no hay remedio, la sociedad, llena de aberraciones, así lo exige. Los que la Naturaleza ha hecho iguales, el mundo pone en tan diversas condiciones, que es necesario sucumbir y renunciar a todo lo que no sea vida enteramente ideal.

Estas palabras, aunque algo misteriosas, fueron perfectamente entendidas por Susana, que, fijos los ojos en Martín, contestó afirmativamente con la cabeza, mostrando gran convicción. Cansóse de la postura que poco antes había tomado, y culebreaba en el sofá buscando nuevas actitudes a aquel cuerpo cansado de su cansancio. Había tomado un abanico y se daba aire lentamente. Ya se apoyaba en el codo izquierdo, ya se dejaba caer, tan pronto alzaba la cabeza como la inclinaba hacia atrás, dando la mayor latitud posible a su garganta; a veces su barba era el punto más alto de la cabeza, a veces la pegaba al seno como si la tuviera clavada; ya tomaba por base la cadera izquierda, ya se extendía de plano; a veces agitaba el pie derecho, sacudiendo el zapato puntiagudo y mal calzado; a veces recogía sus piernas, echando las rodillas fuera del sofá, y estaba tan inquieta, que a no saber nosotros que su enfermedad era puro artificio, la juzgáramos realmente atacada de algún ligero accidente nervioso.

El joven filósofo, a pesar del predominio que la inteligencia tenía en su espíritu sobre toda facultad, poseía también en alto grado, según la escuela revolucionaria de Rousseau, el sentimiento de la Naturaleza, y fuerza es confesarlo, en aquel momento la petimetra no le inspiraba ningún afecto puro. Aquella escena, que parecía ser el presagio del romanticismo, más tarde imperante, impresionó vivamente sus sentidos. No llegaba su rigorismo filosófico–político hasta el extremo de darle aquella entereza ascética que es propia de los que cultivan el alma a costa del cuerpo; mas a pesar de su fascinación, que era grande, la petimetra, como ser moral, había descendido bastante a sus ojos.

Es evidente que aquello halagaba su vanidad, porque ni aun estando las compensaciones y los castigos providenciales en manos de los hombres se podría obtener una venganza más atroz de la aborrecida familia que en contrapeso de tantas injusticias le entregaba su honor. Aún en tales momentos*, aunque parezca extraño, la idea no se eclipsó por completo en su espíritu y quiso razonar en breves palabras una situación que por su índole especial debía ser lacónica.

–Yo no necesito elevarme. ¿Esto que pasa no le prueba a usted nada? Que me place ver aplacados a mis enemigos, no por la fuerza ni por el convencimiento, sino por la Naturaleza, que es mejor niveladora que la razón. Yo no puedo permanecer rencoroso cuando de esta manera se me confiesa que todos somos iguales.

Susana oyó estas palabras cuando se incorporaba en el sofá, cansada ya de estar con la cabeza atrás, rodeándola con sus brazos como si fuera un marco. Sentada, con una mano puesta en la rodilla y la otra sirviendo de apoyo al cuerpo, con la mirada fija y sin pestañear, semejaba una estatua antigua. La expresión de su semblante varió por completo. Parecía haber recobrado repentinamente el dominio sobre sí misma, perdido hace poco, y haciendo un gesto de fastidio, dijo:

–Veo que usted abusa de mi bondad.

En el colmo de la confusión por aquel inesperado cambio de actitud, de palabras y de expresión, Muriel preguntó:

–¿Por qué, señora?

–Porque me dice usted cosas que no esperaba yo oír en boca de una persona que debía guardarme mayor respeto. Hay personas que desde el momento en que creen merecer algún servicio aspiran a... Retírese usted.

–¡Ah!, señora, no creí hacer otra cosa que contestar a lo que usted me decía.

---

* "Aún en *aquellos* momentos", *Ibíd.*, pág. 496.

–He tenido la debilidad de entretenerme un rato oyéndole... Pero ya me ha mareado usted bastante.

–Ciertamente, no valía la pena de que usted me hubiera detenido. Mi intención era tan sólo estar un momento.

–Petra, Petra –dijo Susana llamando.

La criada no tardó en venir. Susana, dirigiéndose al joven, añadió:

–Es usted demasiado exigente; yo no puedo hacer otra cosa que pedir que se haga. Salga usted de una vez.

Estaba muy agitada y se había levantado del sofá, donde su manto, aplastado y lleno de arrugas, hubiera sido un fatal dato para cualquier malicioso que no conociera lo que allí había pasado.

–Señora –manifestó Martín sonriendo– le agradezco su empeño, pero no se tome grandes molestias por conseguirlo. Yo lo intentaré por otro conducto.

–¡Oh!, es usted lo más impertinente... Pero no esté usted más aquí. Petra, llévale fuera... ¡Oh, qué pesadez, tanto tiempo aquí!

–Ya me voy señora –dijo Martín–; deseo a usted mejor salud de la que ha tenido esta noche. Adiós.

Y salió, dejándola en un estado que no podemos decir si era de ira o de abatimiento, si de despecho o de dolor.*

Entretanto, Muriel salía y tornaba el camino de su casa, creyendo que nadie reparaba en su persona. ¡Qué error! La confusión y aturdimiento de que iba poseído, le impidieron sin duda reparar que un hombre embozado, que a alguna distancia del portal de la casa estaba paseándose, le vio salir y le siguió después desde lejos por todas las calles que fue preciso recorrer para llegar a la de Jesús y María.

---

* "(...)si de despecho o de dolor. *Más adelante conoceremos en su toda su profundidad los sentimientos de esta interesante joven*", Ibíd., pág. 497.

CAPÍTULO XII

EL DOCTOR CONSTERNADO

I

Dijimos que Martín no sospechaba, durante su largo trayecto, que una persona le veía y le seguía; pero esta persona sí lo observó muy bien y no paró hasta no quedar segura de la vivienda en que el joven penetró ya a hora bastante avanzada. El desconocido desandó al fin lo andado y se retiró a su casa, donde le dejaremos hasta el día siguiente, en que a la luz del día y sin embozo ni disfraz alguno salió, permitiéndonos conocerle. Era el famoso marqués a quien el lector conoce por *el de las pastillas* mejor que por otro título alguno.

No hagamos caso de la tristeza y abatimiento que en su semblante se retratan. Las causas de esto nos las va a revelar él mismo poco después, cuando, en casa del doctor Albarado, entabló con este grave funcionario un animadísimo diálogo. Era aún algo temprano, y el buen doctor saboreaba con sibaritismo su buen guayaquil[292].

–¿Qué hay, qué trae usted, señor marqués? –preguntó el doctor fijando los ojos en la alterada fisonomía del recién llegado.

–Lo que yo presumía, lo que yo le dije a usted ayer; pero nunca creí que llegara a tal extremo... –contestó el marqués con agitación.

–Pero me está asustando usted –dijo el doctor–. Vamos, ¿los celos no le trastornarán la cabeza y se le antojarán los dedos huéspedes?[293]

–Ya no se puede dudar, señor doctor amigo; es una gran desgracia y una gran vergüenza.

---

[292] *Guayaquil*: Cacao de Guayaquil, puerto principal de la República del Ecuador (*DRAE*).

[293] *Antojar los dedos huéspedes*: Ser receloso y suspicaz con exceso (*DRAE*).

–Vamos por partes; cuénteme usted y yo decidiré en qué grado de ofuscación está esa cabeza.

–No, esto no es para reír –repuso con melancolía el pobre marqués, hombre de gastada y viciosa naturaleza, pero de espíritu en extremo sensible–. Esta noche he presenciado una cosa horrenda.

–A ver... –dijo el doctor sonriendo–, ¿ha sido algún terremoto, asesinato o cosa así?... Los celos, los celos, señor D. Félix, son muy malos anteojos. Con ellos se ven las cosas en gran aumento y tan desfiguradas que no las conocemos.

–Cuando usted esté bien enterado no lo tomará a broma. Esta noche he visto a ese hombre de quien hablé a usted, le he visto entrar en la casa.

–¿En qué casa? –preguntó Albarado con cierta disposición a tomar aquello en serio.

–¿En qué casa había de ser? ¡Por vida de!... En la suya. Ya usted sabe que anoche no quiso Susana asistir a la tertulia en casa de Porreño. Dijo que estaba mala y se quedó en casa. Pero yo sospechaba, salí, fui a observar y vi...

–¿Conque vio usted?

–Sí, vi a ese hombre salir de la casa a hora bastante avanzada. Yo me enteré bien y sé que estuvo dentro más de dos horas.

–¿Usted está seguro de lo que dice? –preguntó con más interés el buen inquisidor.

–Creo que hace usted mal en bromear sobre este asunto –indicó el marqués.

–¿Y ese hombre... es uno de esos por quienes se interesa tanto para que no les eche mano la Santa Inquisición?

–Justamente. ¿No le dije a usted que se hablaba mucho de eso y que todos los conocidos hacían mil comentarios?... Usted se rió entonces de mí. Pues ahí tiene usted cómo la cosa era cierta.

–Conque Susanilla... Pero es mucho carácter aquél. A la verdad, señor marqués –añadió el inquisidor–, si lo que usted me dice es cierto, ello es cosa tremenda.

Y dando un fuerte puñetazo en la mesa, se levantó y muy agitado principió a dar paseos por la habitación.

–Usted sabe el interés que Susana se toma por ese canalla –dijo el marqués con creciente aflicción–. ¡Oh!, desde que vi que ella no quería ir a casa de Porreño, precisamente en día de gran sarao, no las tuve todas conmigo. Me puse en acecho...

—¡Ah!, no lo puedo creer —aseguró Albarado deteniéndose y cerrando los ojos—. Si Susana fuera capaz de semejante infamia... ¡Pero qué deshonra! ¡Qué vergüenza! Y ese hombre, ¿quién es?

—Un endiablado francmasón. No está averiguada su clase y fines. Debe ser hombre perverso.

—Pero no nos confundamos, amigo D. Félix —dijo el doctor tratando de serenarse—, fijemos bien los términos del asunto. ¿Qué es a punto fijo lo que hay?

—Ni más ni menos que lo que ayer le dije a usted, señor doctor de mis pecados. Que la señorita doña Susana se ha prendado de ese hombre aborrecido, y con tanta violencia que anoche le ha recibido en su casa, a solas, cuando toda la familia estaba en casa de Porreño.

—¡Ah!, usted se ha equivocado, señor marqués. Usted viene a volverme loco —exclamó con repentina cólera el buen consejero de la Suprema—. Susana es incapaz de...

—Ya se convencerá usted, señor doctor. No es la pena de usted más intensa que la mía. ¿Pero usted mismo no me ha dicho que había notado con mucha extrañeza las miradas y el carácter de Susana en estos últimos días?

—Sí —dijo el inquisidor, más irritado—. Sí, sí, yo había notado en ella... No la conocía... yo me preguntaba: «¿Qué diablos tiene esa muchacha?». ¡Oh!, pero nunca creí... ¡Qué tiempos!

—¿Y no le ocurre a usted lo que es preciso hacer? —preguntó el marqués.

—¿Qué?... no sé.

—Ya que el mal no puede evitarse, podrá al menos ocultarse.

—¡Ocultarse!, ustedes con eso quedan tan contentos. Eso no me satisface. Pero esta deshonra me desespera... Yo no sé qué pensar... Aún lo dudo, y espero que sea una equivocación de usted. Si llego a adquirir la certidumbre de esa... Explíquese usted mejor, deme usted detalles.

—¿Todavía no está usted convencido? Vayamos pensando el modo de hacer desaparecer a ese miserable, y ya que la deshonra es imposible, ocultémosla mientras se pueda.

—¡Ah!, no lo puedo creer —expresó el inquisidor con angustia—. ¡Susana, Susanilla!... Pues yo juro que ese bribón nos las ha de pagar.

–¡Y pretendía que su compañero fuese puesto en libertad!
–Buena les espera a los dos.
–¡A la Inquisición! –dijo el marqués con ira.
–Sí, a la Inquisición. No puede decirse que nos valemos de ese Tribunal para una venganza personal, pues esos jóvenes son acusados de muy negros delitos contra la sociedad y la religión. Pero yo quiero interrogar a Susana y espero que ella misma me ha de confesar... Si ella misma se obstina en negármelo, cuando yo se lo pregunte como yo sé preguntárselo, lo dudaré toda mi vida.

–¡Y en esto ha venido a parar, señor doctor de mi alma, una aspiración tan noble y santa como la mía! –manifestó el marqués casi con las lágrimas en los ojos–. ¡Yo que después de una vida agitada y borrascosa aspiraba a reposar de tanta fatiga!... ¡Yo que deseaba formar una familia y vivir tranquilo amando y amado!

–Es preciso hablar del caso a mi hermana y a mi cuñado. Ellos por fuerza han de tener antecedentes. Vamos allá.

–Permítame usted que no lo acompañe. ¡Siento una pena al pensar que entro en esa casa donde yo esperé!... Y he quedado en ir esta noche para llevar a Susana a ese baile de la Pintosilla.

–¿Ella se empeña en ir?

–Y con tal tenacidad que si no la acompaño se pondrá furiosa conmigo.

–¿Y será usted tan débil que la lleve a esos sitios?

–¡Oh!, sí –dijo compungido el pobre marqués–, soy débil, no puedo negarle nada; me tiene fascinado. Crea usted que he llegado a tenerla miedo.

–Es mucho carácter aquél –decía repetidas veces el inquisidor paseándose muy ensimismado–. Pero vamos allá.

–Pues vamos.

II

Poco tardaron los personajes citados en trasladarse a casa del Sr. D. Miguel Enríquez de Cárdenas el cual estaba encerrado en su despacho y en conversación muy calurosa con D. Buenaventura. Cuando sonaron en la puerta los golpecitos que anunciaban la visita del buen doctor y del afligido marqués, Rotondo se ocultó muy aprisa en una pieza inmediata y D. Miguel abrió. Al ver a sus dos amigos, pintóse en su semblante la mayor sorpresa; pero estamos autorizados para creer que sospechaba a qué venían.

—Venimos a enterarte de un grave asunto —dijo el inquisidor—. Doloroso es, Miguel, pero no debemos rehuirlo con timidez, sino abordarlo con valor.

—Pero ¿qué hay, qué es eso? —interrogó con apariencias de gran consternación el hermano del conde de Cerezuelo.

—Ya tú conoces el carácter de Susana —dijo el doctor—. Sabes cuánto la quiero; pero el amor que la tengo no es parte a ocultarme sus defectos, más bien hijos de una sensibilidad impresionable que de perversidad del corazón.

—¿Pero qué le pasa a Susana? ¿Qué ha hecho? Sacadme de una vez de esta espantosa duda —dijo D. Miguel.

—Susana, por triste que nos sea confesarlo, está agraviando con su conducta a tu familia y a la mía. Susana se ha prendado de un hombre indigno de ella, de un hombre despreciable por todas razones, ya se considere su condición y nacimiento, ya se considere su vida y oficio, su modo de vivir sus ideas.

—En verdad que es cosa horrorosa — manifestó D. Miguel abriendo los ojos y la boca del modo que a él le parecía más propio para expresar la estupefacción.

—Susana es una de las jóvenes más ricas de la Corte; su hermosura la hace digna de enlazarse a un individuo de familia regia. Pero esta ligereza suya la pone al nivel de... vamos, no quiero pensarlo.

—Ni yo tampoco —contestó después de una pausa melodramática el Sr. Enríquez de Cárdenas—. No quiero pensarlo; pero ¿cómo has sabido... quién ha descubierto?...

—Pues has de saber que ese hombre ha entrado anoche aquí... en tu casa —dijo Albarado.

—¡En mi casa!... ¡Oh! ¡Esto merece un castigo ejemplar!...

—Es preciso tomar pronto alguna determinación.

—¿La enviaremos a Alcalá?

—Ella no querrá ir. Conviene además que no haya el menor escándalo.

—¡Qué muchacha, santo Dios! —exclamó D. Miguel—. Por Dios, no digáis nada a mi esposa. ¿Pero cómo habéis sabido?... ¡Qué corrupción! ¡Cómo pierden las jóvenes el pudor!... Contadme...

El marqués, cada vez más tétrico, contó a D. Miguel lo que había visto la noche anterior, y con esto y las aclaraciones que dio el doctor, recordando palabras y hechos de la indomable doncella en aquellos días, el Sr. de Cárdenas aparentó no tener duda alguna acerca de la realidad de aquel desastre doméstico.

El doctor no esforzaba mucho en descrédito de Susana sus consideraciones sobre la honestidad y el decoro de las mujeres. Allí el inexorable era D. Miguel, que hasta llegó a asegurar que no esperaba menos de persona tan caprichosa y frívola. El marqués ardía en deseos de venganza, pero esta pasión era en él reconcentrada y sorda: habíase calmado, y sin duda meditaba algún plan de difícil ejecución, porque enmudeció, y sólo con algún que otro monosílabo expresaba su conformidad al oír los terribles apóstrofes de D. Miguel. El inquisidor al fin quiso hablar del asunto con la propia Susana, y salió, siendo su objeto emplear con ella la mayor delicadeza y habilidad, según exigía el áspero carácter de la nietecilla, a quien tanto amaba y tan bien conocía. Subió, pues, con este intento, y quedáronse solos el marqués y el noble hermano de Cerezuelo.

–Aún no vuelvo de mi asombro –dijo éste, esperando que su amigo se prestaría a entablar una conversación llena de digresiones sobre la moral y la condición de las hembras.

Pero el marqués calló, dejando a Cárdenas en la plenitud de su inspiración.

–¿Y qué noticias tenía usted de ese hombre? –preguntó luego.

–¡Ah! Detestables –contestó el marqués–. Pero nos las ha de pagar.

–¿Usted le conoce?

–¡Ah! No... Sólo de vista.

–Si se le pudiera alejar de aquí... Pues mandarle a Indias.

–No irá tan lejos por de pronto; pero al fin irá, irá más allá.

–¡Qué gente tan perversa está apareciendo por todas partes! Le digo a usted que estoy horrorizado. ¿Si será cierto que va a haber una revolución y que...? Mejor es no pensarlo.

–De ese hombre no tema usted nada, que le arreglaremos.

–¿Qué piensan ustedes hacer con él?... A ver... Cuénteme usted... Quiero saber...

–Por de pronto la Inquisición se encargará...

—¿Sí?...

—¡Pues está poco furioso el buen consejero de la Suprema!

—¡Pobre joven! —dijo D. Miguel, distraído y sin reparar en la inconveniencia que de su boca salía.

—¿Qué dice usted?

—No... Quiero decir... Bien merecido le está.

—A la cárcel con él. ¡Bueno soy yo para tener lástima a semejantes pájaros!

—¿Y podrán ustedes echarle mano?

—Creo que sí; mejor dicho, seguro estoy de que sí, porque yo no he de parar hasta que lo consiga.

Y diciendo esto, el marqués se retiró sin más razones.

Ya D. Miguel estaba seguro de que había bajado la escalera y salía por el portal cuando abrió la puerta del cuarto inmediato y entró el Sr. de Rotondo.

—¿Ve usted? —le dijo Cárdenas con su sonrisa astuta y fría—. El marqués vio entrar a ese hombre. Si le dije a usted que éste tenía mucha travesura y experiencia para no caer de su burro. ¿No ha oído usted lo que ha dicho?

—Sí —contestó sentándose D. Buenaventura—. Me parece que podemos rezarle un Padrenuestro al pobre don Martín.

—¿Usted le prevendrá para que se ponga en salvo?

—Creo que debemos hacerlo así; porque, como usted me decía hace poco, el buen filósofo no podía haber hecho cosa mejor que agradar a Susanita. ¡Oh! Si él no fuera como es, es decir, un filósofo indomable lleno de preocupaciones, si él sintiera en su pecho las cosquillas del amor e hiciera un experimento revolucionario...

—¡Oh! —dijo D. Miguel—. Creo que eso es pensar en lo excusado. Y la verdad es que la chica se ha prendado de él.

—Por de pronto le pondré sobre aviso, porque a poco que se descuide me lo zampan en la Inquisición, y nos hace gran falta.

—¿Y después? —preguntó sonriendo el noble hermano de Cerezuelo—. Vamos, desarrolle usted su plan por completo. Yo me mareo al ver esas admirables combinaciones de usted. Ya se ve, con esa grande imaginación que Dios le ha dado...

—Después... Es preciso ir con tiento. Si ese hombre tuviera un carácter más dócil y se dejara manejar, vería usted qué pronto estaba todo hecho; pero es intratable. Aun así yo pienso manejarme de tal modo que le meta de cabeza en nuestros asuntos, y así cuando intente salir del enredo no podrá: le tendremos en un puño y a merced de nuestra voluntad. Ese hombre, domado, es de un valor inmenso.

A este punto habían llegado de su conversación, cuando se sintieron unos golpecitos en la puerta.

–Es Sotillo –dijo D. Miguel, corriendo a abrir.

La siniestra figura de aquel joven que en la casa de la calle de San Opropio vimos de paso en compañía de un D. Frutos, ex presidiario y francmasón, penetró en el cuarto, y bien claro demostraba su avinagrado semblante que traía malas noticias.

–¿Han venido las cartas? –le preguntó D. Buenaventura.

–Qué cartas ni qué ocho cuartos –contestó Sotillo sentándose sin ceremonia alguna–. Ocurren cosas muy gordas para pensar en cartas. Sepa usted, Sr. D. Buenaventura, que su libertad está en un tris y que a estas horas corren por Madrid diez o doce pájaros gordos encargados de llevarle a dormir a la cárcel de Villa.

–Olé, olé, parece que me van perdiendo el miedo –dijo D. Buenaventura, más bien orgulloso que afligido de la persecución que sufría–; ya no se contentan con vigilarme, sino que me quieren echar mano.

–Pues parece que por altas influencias se ha decidido a todo trance llevarle a usted a la cárcel, y de allí... Dios sabe dónde.

–¡Ah! Yo tiemblo siempre que oigo hablar de estas cosas –dijo con timidez D. Miguel, que era poco fuerte de corazón–. Si yo pudiera esconder a usted en mi casa...

–Vamos, desembucha punto por punto todo lo que sepas –dijo D. Buenaventura, sin hacer caso de la aflicción de su ilustre amigo.

–Pues parece que en manos del prior del convento de Ocaña han caído una porción de papeles del padre Matemala. Figúrese usted... y entre ellos algunos que podían arder en un candil, como son los del arcediano de Alcaraz, que estaban en cifra, y los de los tres coroneles de Aranjuez... Vamos, que se va a armar un lío...

–Pues hombre, es terrible cosa... Y este santo varón ha sido tan necio que se ha dejado... ¡Oh! ¡Por qué me fié de frailes y canónigos!...

Al decir esto, el Sr. D. Buenaventura, dominado por violenta ira, dio un puñetazo en la mesa, y, levantándose, se paseó muy agitado por la habitación.

–Los papeles vinieron a toda prisa a Madrid; a fray Jerónimo creo que lo trasladan también para mandarle después no sé dónde, y a usted... Pues Godoy se jacta de haber descubierto una conspiración contra él y el Trono, conspiración dirigida por los ingleses.

Rotondo hizo un gesto despreciativo, y D. Miguel abrió la boca en señal de un estupor indudablemente épico.

–Pues ésa es la cosa... –continuó Sotillo–. Han dicho que no hay más remedio que buscarle a usted a toda costa, ya que hasta hoy no ha sido posible echarle mano.

–¿Han descubierto la pista de la calle de San Opropio? –preguntó vivamente Rotondo.

–No estoy seguro; mas andan tras ella con mucha fe. Pero ha de saber usted que hay un alguacil que ha prometido llevarle a usted esta noche entre sus uñas a la cárcel de Villa.

–¿A mí? –dijo Rotondo sonriendo con desdén.

–Sí, eso lo he sabido en la taberna de la calle de Mira el Río... y a fe que me costó más de tres cuartillos de vino averiguar quién era ese guapo. ¡Ay, Sr. D. Buenaventura, después dirá usted que gasto mucho! No sabe usted lo que cuesta descubrir esas y otras cosas, tales como las que voy a decir.

–¿Qué?

–También sé el sitio donde le echarán a usted el anzuelo. No es la calle de San Opropio.

–¿Dónde, donde como?

–No es donde come, ni donde cena, ni donde charla, ni donde conspira, sino donde duerme.

–¡En casa de...! –exclamó D. Buenaventura con el mayor asombro.

–¡En casa de...! –dijo Cárdenas no menos estupefacto.

–¿Y cómo saben que duermo allí?

–Ahí verá usted. El alguacil piensa cogerle a usted por sorpresa, sin resistencia alguna, entregado por las mismas personas en quienes usted tiene depositada toda su confianza.

—¡Por ella!... –dijo con violencia el Sr. de Rotondo–. Eso es imposible.

—Eso es imposible –repitió Cárdenas.

—En fin, de todos modos, ya usted está prevenido, y puede escurrir el bulto.

—No, ella no puede... –murmuró D. Buenaventura muy preocupado y meditabundo–. Y si fuera capaz la abriría en canal.

Para conocimiento de los sucesos que han de venir es preciso que el lector sepa dónde dormía el Sr. D. Buenaventura, lo cual será asunto del siguiente capítulo.

CAPÍTULO XIII

LA MAJA

I

*Acabado modelo de la maja era Vicenta Garduña, conocida por *la Pintosilla*, emperatriz de los barrios bajos, que ejercía dominio ab-

---

* *"Ya no existe. Arrastrada por las revoluciones, ha desaparecido en nuestro inexorable siglo, que al derrocar orgullosas instituciones principió por suprimir formas, todo lo exterior de aquel viejo mundo que antes había de perder su traje que su carácter. Las modas y los hábitos externos varían más pronto que las instituciones y las costumbres. Bastó, por tanto, la primera alborada de las nuevas ideas para que en la vida de nuestro pueblo se verificara una transformación en que pasaron al olvido muchos de sus antiguos usos, algunos echados muy de menos por los amantes de la forma picante en el hablar y en el vestir. No discutiremos sobre si el pueblo de hoy vale más o menos que el de entonces. Nosotros creemos que vale más; pero dejemos el examen razonado de esta afirmación a los que tengan calma y oportunidad para entretenerse en ello. Nosotros no pondremos a la maja en escala moral más alta que la mujer del pueblo de nuestros días. Aquélla ofrecía la singularidad de su gracia inagotable y de su soberbia invencible: el sexo masculino hacía un papel muy desairado y triste junto a aquellas tiranuelas insolentes, resto informe y corrompido de la antigua dama española. Las que hoy pueden considerarse como sucesoras de las majas están más dentro del tipo de la mujer cristiana; son regularmente mejores esposas y mejores madres, aunque no saben dar tan lindas bofetadas ni triunfan tan fácilmente de la superioridad varonil disparando retumbantes y agudos dichos, modelo de invención conceptuosa. Ibíd.*, vol. 22, nº 86, 1871, págs. 252-253. El extenso párrafo de sabor costumbrista –en modo alguno nostálgico eliminado en la edición de 1907 supone, a efectos estéticos, una indiscutible mejora estilística por reducir digresiones innecesarias. Observe el lector, no obstante, su importancia para definir la masculinización de la "opinión pública" post-isabelina. El hecho de que Pérez Galdós registre mayor feminidad ortodoxa en el presente de 1871 remite a la emergente domesticidad burguesa esbozada durante el "Sexenio". Igualmente significativas para el descrédito patriarcal del Antiguo Régimen son las referencias al "papel desairado y triste" desempeñado por la población masculina del Antiguo Régimen. Existe además un subtexto de filiación antinobiliaria: la aristocracia corrupta, desde la óptica burguesa, pervierte su dignidad al frecuentar el trato y compañía marginal de manolos, chisperos y majas. Por último, en los inmediatos comienzos de la monarquía amadeísta hubo cierta exaltación "casticista" isabelina que descripciones como la comentada contribuyen a desacreditar.

soluto desde las Vistillas hasta el Salitre[294], temida en las tabernas, respetada en las zambras[295] y festejos populares; mujer que había aterrado el barrio entero dando de puñetazos a su marido Pedro Potes, maestro de obra prima, y tan débil de carácter como largo de cuerpo. ¿Quién sería capaz de narrar las proezas de esta mujer ilustre, desde que descalabró a la castañera de la calle de la Esgrima hasta que dio de bofetadas a un duque muy grave en la Pradera del Corregidor, en medio del gentío y a las tres de la tarde? Lavapiés por un lado, y Maravillas y Barquillo[296] por otro, fueron teatro de estas heroicidades que, tal vez más que sus naturales encantos, contribuyeron a hacerla interesante a los ojos de muchos personajes de la Corte de distintas clases y categorías.

El Zurdo, rey de los matuteros[297] Tres–Pelos, gran maestre de los tomadores del dos; el Ronquito, emperador de la ganzúa; Majoma, canciller de los barateros[298], y otros insignes héroes de aquellos tiempos, eran cronistas fieles de sus hechos y dichos, disputándose todos el honor de bailar en su casa, de tomar parte en sus meriendas y de meter ruido en sus frecuentes jaleos.

Pocas excursiones tenemos que hacer al campo de la historia para dar a conocer lo importante de la vida de esta heroína, que sólo entra en esta narración de pasada y como al acaso. Baste decir que la Pintosilla riñó por primera vez con Pedro Potes a los tres meses de

---

[294] *Calle del Salitre*: "También se ha llamado de San Bernardo; pero con la denominación actual era ya conocida en el siglo XVII. El origen de ella es por la fábrica de salitre establecida por la Real Hacienda en el postigo de Valencia para proveer a las fábricas de pólvora", Répide, *Las calles de Madrid, op. cit.,* pág. 602.

[295] *Zambra*: Algazara, bulla y ruido de muchos (*DRAE*).

[296] *Calle de la Esgrima*: Para una descripción de esa calle madrileña, véase Régide, *las calles de Madrid, op. cit.,* pág. 241.

Calle de Barquillo: "Esta calle real de Barquillo (según dice Don Nicolás Moratín) correspondió en un principio a la jurisdicción de Vicálvaro, sin duda por estar fundada en tierras de su término, y se hizo desde luego una importante vía de comunicación entre la parte central y alta de Madrid", Mesonero Romanos, *El antiguo Madrid, op.cit.*, pág. 254.

[297] *Matute*: Introducción de géneros en una población eludiendo el impuesto de consumos (*DRAE*). "Matutero" designa a la persona que se dedica a matutear. Descripciones nos muestran la degradación moral, desde un punto de vista burgués, visible en la aristocracia madrileña dieciochesca por frecuentar ambientes vinculados al hampa de los barrios populares.

[298] *Baratero*: Que vende barato (*DRAE*). Para un precedente textual español en el que se analiza con minuciosidad este grupo social, véase Mariano José de Larra, "Los barateros o El desafío y la pena de muerte", 1836, *Artículos varios*, ed. Evaristo Correa Calderón, Madrid, Castalia, 1992, págs. 540-546.

casada, y que desde entonces, y a causa de las ruidosas victorias alcanzadas sobre el débil consorte, adquirió el prestigio de que disfrutaba en el barrio, y su nombre corrió de extremo a extremo por toda la coronada villa. Si su hermosura no era extraordinaria, su gracia era tan picante que ocultaba todos los defectos, razón por la cual era galanteada por personas de todas jerarquías, y hasta se contó que cierto señorito de una principal familia fue desterrado y castigado por sus padres a causa de haber frecuentado más de la cuenta el bodegón de la Pintosilla.

Era en extremo generosa y hacía alarde de favorecer a los necesitados. Sus galanes, cuando los tuvo, gastaban más lujo del que correspondía a humildes menestrales de la clase popular. Los que procedían de más altas regiones sufrían sus desaires, pues cifraba todo su orgullo en humillar a los grandes señores.

No pasaba día sin que riñera con sus vecinas, y siempre con tal furor, que el altercado solía concluir con la intervención de la justicia. En una de estas epopeyas la Pintosilla fue a parar a la cárcel, donde descalabró a cuatro presas, estropeó a cinco, concluyendo por pasearle las costillas a la guardiana, que era una mujer como un templo. Ésta y otras expansiones de su ardiente espíritu pusieron a la pobre Vicenta Garduña a las puertas del presidio, y allí hubiera ido si un ángel tutelar no la sacara de la cárcel a costa de algún desembolso y de muchos empeños. Recibió esta señalada protección de un hombre que la había galanteado en vano durante muchos meses y que había tenido la buena idea de alejar para siempre de Madrid a Pedro Potes, estorbo sempiterno de los adoradores de Vicenta. Pero si las ofertas de un buen menaje y de un corazón amante, aunque algo pasado, no la ablandaron, la gratitud y cierto deseo de reposo inclinaron su ánimo, y decidió arreglarse con aquel célibe pacífico, entrado en años, rico y de trato afable, aunque por demás reservado y frío. Éste fue el origen de las relaciones entre D. Buenaventura Rotondo y la Pintosilla.

En éste, como en todos los actos de nuestro personaje, la prudencia y la precaución fueron por delante. Nadie lo sabía; la Pintosilla se vio obligada a variar de conducta, renunciando a los escándalos diarios y a las epopeyas callejeras, con lo cual, si la moralidad pública ganó mucho, el barrio perdió en parte su principal animación. No renunció, sin embargo, a su taberna ni a sus grandes y ruidosos jaleos por Pascuas, San Isidro[299], ferias y otras solemnidades religiosas u oficiales, como, por ejemplo, cuando nacía un príncipe o princesa, ocasiones que el pueblo celebraba entonces con febril entusiasmo.

Cuando principió la persecución contra D. Buenaventura, acusado de emisario secreto de los ingleses para promover obstáculos a la administración de Godoy, y el pobre señor se vio obligado a tener una casa para conferenciar con los suyos, y otra donde aparentaba residir, la amistad de la Pintosilla le sirvió de mucho; el secreto en que había mantenido sus relaciones le permitía pernoctar descuidado en la calle de la Arganzuela, sin temor de traiciones ni sorpresas. Juzgue el lector cuál sería su asombro cuando Sotillo le anunció que había el proyecto de aprehenderle en casa de Vicenta, entregado y vendido por ella misma. Aunque no tenía confianza en nadie, nunca creyó a la Pintosilla capaz de semejante infamia, y por eso exclamó abriendo la boca con tanto estupor como el Sr. de Cárdenas:

–¡Si fuera capaz... la abriría en canal!

Los alguaciles que se ocupaban noche y día en seguir la pista al emisario de la nación inglesa, descubrieron al fin donde dormía. Uno de ellos, que era parroquiano asiduo de la taberna, entabló con Pintosilla las primeras negociaciones para la entrega de D. Buenaventura, y Vicenta fingió condescender aceptando el soborno que se le ofrecía. Estas negociaciones cundieron de la taberna de la Arganzuela a la taberna de Mira el Río, donde Sotillo, que era de los que tienen medio cuerpo entre los malhechores y el otro medio entre los alguaciles, las adivinó con su finísimo olfato, adquiriendo después pormenores curiosos mediante el gasto de algunos cuartillos de vino.

Los alguaciles, cansados de las mil tentativas frustradas que constituían la historia de sus pesquisas tras D. Buenaventura, a causa de las muchas precauciones de éste, llegaron a cobrarle miedo y a creer que algún ente infernal le protegía. Juzgaron más fácil cogerle por la astucia que por la fuerza, y averiguado el sitio donde dormía,

---

[299] *San Isidro Labrador* (1082-1172): Patrono de Madrid. Beatificado en 1619 por Paulo V y canonizado por Gregorio XV en 1622. La fiesta se celebra el 15 de mayo. Sobre el impacto de este santo madrileño en la villa y corte, véanse Mesonero Romanos, "San Isidro", *El antiguo Madrid, op.cit.*, págs. 49-55 y Cristina Segura Graiño, "San Isidro", *Madrid. Historia de una capital*, eds. Santos Juliá, David Ringrose y Cristina Segura Graiño, Madrid, Alianza y Fundación Caja Madrid, 1995, págs. 145-147.

les pareció más hacedero el soborno que el asalto. Convinieron, pues, con Vicenta en que ésta cerraría cierta puerta de escape que a lo largo de un pasadizo daba salida por la Costanilla de la Arganzuela, y ellos entrarían de improviso por la taberna, subiendo a las habitaciones superiores para cogerle como en una ratonera.

Sotillo se enteró de este pequeño plan, que no hacía honor ciertamente a la policía española de aquellos tiempos, y esta falta de secreto lo hubiera hecho fracasar, si, por otra parte, la condescendencia de la Pintosilla no fuera una farsa ideada para burlarse de los ministriles y dar un bromazo a cualquiera de los que habían de asistir a su baile en aquella memorable noche.

II

Mientras se hacían los preparativos de esta fiesta, veamos lo que le pasaba a Martín Muriel, amenazado de caer, como su amigo, en las garras de la Inquisición, gracias al despecho del marqués de Fregenal, apasionado en sus maduros años de la famosa Susanita. El doctor no había oído sin cierta repugnancia el anuncio de que Martín iba a ser delatado al Santo Tribunal sin otro motivo patente que haber merecido la afición de la joven. Pero se consoló el buen consejero de la Suprema al oír de boca del marqués un fiel relato de los crímenes de la francmasonería, brujería y demás diabólicas artes que practicaba el joven. Esto le hizo creer que había motivos justos para no sofocar los ímpetus vengativos del marqués, y que la religión y la sociedad se libraban de un terrible enemigo con sólo atar corto a aquel hombre insolente que atrevidamente insultaba las cosas más santas y venerables. La delación fue hecha, y aquella tarde, cuando Martín se preparaba a salir, los esbirros del célebre Tribunal tocaron a la puerta de su casa.

Cuando Alifonso vio por el ventanillo las cruces verdes, su terror fue tal que a punto estuvo de caer redondo al suelo. Más muerto que vivo corrió al cuarto de su amo, y exclamó:

–¡Señor, señor, ahí están; ellos, ellos son!
–¿Quién está ahí, quién puede ser?
–Ésos... –contestó, temblando de miedo el barbero–, esos que vinieron por D. Leonardo... ¡Ah, la perra de la tía Visitación!...
–¡La Inquisición! –exclamó el otro–. Huyamos. ¿Por dónde?

—Venga usted —dijo Alifonso, dirigiéndose más rápido que una flecha a lo interior de la casa.

El miedo le daba alas, y Martín, que no creía fácil defenderse contra tal gente, le siguió sin esperar un momento. Al entrar precipitadamente en la cocina, doña Visitación, que acudía llamada por los campanillazos, recibió el violento impulso de la carrera de Alifonso, y cayó al suelo. Amo y criado pasaron sobre ella, y la infeliz quedó magullada y confusa, exclamando: «¡Ladrones, ladrones!».

Los fugitivos treparon por una escalera que conducía al desván; desde allí pasaron a una trastera, de ésta al tejado y por aquí a la casa del tintorero, que ya había dado asilo a Alifonso en los tremendos días de la prisión de Leonardo; pero en vez de quedarse allí, seguros de que serían perseguidos, salieron a la calle inmediata, que era la de Lavapiés, y se alejaron a toda prisa, pero con el mayor disimulo. Esta vez los esbirros inquisitoriales erraron el golpe, y cuando la puerta de la casa habitada por la francmasonería se abrió, sólo encontraron el cuerpo inerte de doña Visitación, tendido en el mismo sitio de la caída, y no pudieron menos de mirarse unos a otros con asombro cuando la pobre mujer aseguró con voz entrecortada y angustiosa que Alifonso y D. Martín se habían ido por los aires caballeros en dos escobas, despidiendo llamas oliendo azufre y profiriendo mil maldiciones contra el Señor y su Santísima Madre. Los inquisidores no pudieron menos de exclamar: «¡Lo que se nos ha escapado!»

Registraron aquella casa y las inmediatas, pero los francmasones no parecieron. Alguien aseguró que se habían convertido en humo negro, hediondo y sofocante, que se difundió por los aires.

III

Al principio los fugitivos marcharon sin dirección fija, cuidándose tan sólo de alejarse lo más posible; pero cuando se juzgaron seguros, Martín pensó que convenía poner aquel suceso en conocimiento de D. Buenaventura, y con este propósito se dirigió a la calle de San Opropio, donde estaba Rotondo enfrascado en animadísima conversación con D. Frutos.

Martín dejó a Alifonso en la calle, encargándole que le aguardara, entró y subió.

—¡Cuánto me alegro de verle a usted, amiguito! —dijo D. Buenaventura–. Precisamente necesitaba hablar a usted para ponerle sobre aviso. Sé que le tienen destinado a pasar unos días en la Inquisición para que descanse allí tranquilamente de su agitada vida.

–Ya lo sé, pero felizmente...

–¿Por quién lo sabe usted?

–Por ellos, que ahora estarán registrando mi casa y mis papeles. He escapado por milagro.

–¡Ah! ¿Ya le han ido a visitar a usted? ¡Qué puntuales son!

–Puesto en salvo –afirmó Martín con ira–, yo les juro que he de vender cara mi vida.

–Pues, amiguito, a mí me pasa lo mismo –dijo Rotondo, cruzándose de brazos–; también a mí me persiguen, y hay quien ha prometido solemnemente entregarme esta noche misma vivo o muerto.

–¡Esto es horroroso! –observó Muriel–, soy inocente: nadie me puede acusar del más pequeño delito; no he ofendido a ningún ser vivo, y me veo perseguido, amenazado de muerte y de deshonra por ocultos enemigos. Nada puede garantizar al hombre su vida, su independencia, su tranquilidad. Es tal la condición de los tiempos presentes, que cualquier delación infame, hecha por boca de un desconocido, nos encierra tal vez para siempre en esos sepulcros de vivos que espantan más que la misma muerte.

–Sí –dijo Rotondo–, es horroroso. ¡Y se espantarán de que haya hombres de ánimo valeroso que se propongan acabar con todo esto! Ya recordará usted lo que hablamos aquí a poco de llegar usted a la Corte.

–Sí, y usted creía lo más oportuno llegar a ese fin por medio de la astucia, cuando yo le decía que no había otro recurso que la fuerza.

–Es verdad que entonces dije eso, y aún lo sostengo; no conoce usted, amigo mío, la tierra que pisa. Entonces usted no consideró mis proyectos ni aún dignos de fijar su atención. ¡Oh!, si aquí nada se logra, consiste en que los que desean una misma cosa no se ponen de acuerdo en los medios para llegar a ella.

–Es cierto –dijo Martín–, que, por lo poco que usted me confió no comprendí que hubiera en sus propósitos una alta idea, sino tan sólo la satisfacción de mezquinos resentimientos. Usted quiere variar de personas dejando en pie todo lo demás.

–De cualquier manera que sea, en vez de discutir qué medio es mejor, ¿no sería más conveniente poner en práctica uno cualquiera?

¿Qué puede usted hacer solo? Los que piensan como usted son contadísimos, D. Martín, mientras yo puedo decir que entre los míos está media España.

–Si eso fuera así... –contestó el otro, profundamente pensativo.

–Desde que nos vimos comprendí que usted era un hombre de mérito y el más a propósito para poner término a una gran empresa que acabara con esta sociedad miserable y corrompida, echando los cimientos de otra nueva. Nada le falta a usted si no es un poco de docilidad para ceñirse por algún tiempo a voluntades superiores encargadas de dar unidad al plan revolucionario.

–Pero usted no me quiso decir quiénes eran esas voluntades superiores, ni cuál el plan, ni... usted no dijo nada –contestó Martín con cierto afán.

–No podía ni debía hacerlo sin estar seguro de su adhesión. Y ahora, después de tantas persecuciones, de tantos vejámenes, cuando vemos pendiente nuestra vida y nuestra libertad de la delación de cualquier malintencionado, ¿vacilará usted en asociar su esfuerzo a los esfuerzos de los demás?

–¡Oh!, no –replicó Martín con creciente ira–, no; allí donde esté uno que jure el exterminio de tantas infamias, allí estaré yo, cualesquiera que sean los medios de que se ha de hacer uso. Las circunstancias me han reducido a la desesperación, tengo que vivir oculto, tengo que hacer la vida de los facinerosos y mentir por sistema engañando a cuantos me rodeen para poder burlar esta inicua persecución. ¡Y extrañarán que seamos atrevidos y violentos, que odiemos con todo nuestro espíritu, que seamos crueles o implacables con la muchedumbre supersticiosa, con los grandes, con el clero, con la Corte, con el Gobierno! Solo, sin recursos, perseguido injustamente, maltratado sin motivo, la sociedad me empuja hacia el bandolerismo. Si yo tuviera distintos sentimientos de los que tengo, mi vida futura estaría trazada, y no vacilaría; pero yo no puedo transigir con la maldad; yo soy bueno, yo soy honrado, y a pesar de toda la fuerza de mis odios, no mancharía con ningún crimen las ideas que profeso. ¡Malvados! ¡Después de corromper al pueblo y de inspirarle toda clase de delitos, rellenan con él los presidios y las cárceles de la Inquisición! ¿Qué podemos hacer en esta sociedad? Si luchar con ella es imposible, provoquémosla hasta que acabe de una vez con nosotros, o huyamos a tierra extranjera donde los hombres puedan existir sin ser cazados y enjaulados como fieras.

Esta elocuente protesta* impresionó a D. Frutos, que no pudo contener su entusiasmo e hizo sonreír a D. Buenaventura con cierta expresión que quería decir: «Ya es de los nuestros». El joven estaba exaltado y lívido; su cólera era siempre tan comunicativa, que ninguno había más a propósito para transmitir a los demás sus propios sentimientos.*

–Bien, bien –dijo Rotondo–, hombres de ese temple son los que hacen falta. Lo que conviene ahora es esperar, esperar. La obra es grande y menos difícil de lo que parece cuando hay hombres como usted.

–¡Esperar! –exclamó Martín con la misma alteración–. ¡Ah! ¡Y yo que creía conseguir de esa familia aborrecida la libertad de Leonardo! Usted se equivocó al aconsejarme que implorara su protección. Yo acerté al desconfiar de esa gente, a la cual debo la prisión y muerte de mi padre, el abandono de mi hermano. ¡Infames! Desde que entré en la casa me inspiró recelo aquella dama orgullosa y antojadiza, aquel viejo zalamero e hipócrita. ¡Y afectaron recibirme con benevolencia! ¡Y la taimada me prometió interceder con ese inquisidor que usted me pintara como modelo de humanidad! La verdad es que esa mujer obedece sólo a ciegos instintos y a los arrebatos de una naturaleza apasionada que puede fácilmente llevarla a los mayores crímenes. ¡De ella, de ella ha de proceder esta delación inicua; de ella, que no pudo hacer de mí un esclavo de sus livianos caprichos; de ella, que se goza con verme humillado por sus coqueterías y su hermosura, como si yo fuera un imbécil petimetre aturdido por la vanidad y la concupiscencia! ¡Ah! ¡Qué ruines sentimientos! Ella y la corte de ridículos seres que la rodean son autores de esta persecución. ¡Era preciso lavar la mancha caída en la familia por la supuesta afición de una dama como ella hacia un hombre como yo! ¡Desdichados de nosotros que no somos otra cosa que un vil juguete puesto a merced de sus caprichos o de sus rencores!

---
* "*La* elocuente protesta...", *Ibíd.*, pág. 259.
* "(...) a los demás sus propios sentimientos. *Esto lo comprendía mejor que nadie D. Buenaventura, que no cesaba de mirarle cuando, paseando agitadamente por el cuarto, expresaba al joven con tanto colorido y vehemencia el furor que le dominaba*". *Ibíd.*, pág. 259.

–¿Y usted está seguro que la delación procede de ella? –preguntó D. Buenaventura.

–Sí; no puede venir de otro lado este golpe infame. En pocos días de trato he podido conocer su carácter tornadizo, propenso a las resoluciones violentas, dispuesto a amar o aborrecer sin causas reales. La conozco; ella, ella ha sido.

–Pues mis informes son de que había concebido una repentina y fuerte pasión por usted.

–Hay seres en cuyos corazones no se puede deslindar el amor del odio. Más que amor, sienten pasajeras impresiones que suelen resolverse en un rencor despiadado y vengativo. Esas personas de extremado orgullo hacen pagar muy cara la flaqueza de haber sentido inclinación hacia alguno. ¡Ella, ella ha sido!

–No lo creo –dijo Rotondo con intención de escudriñar mejor sus sentimientos respecto a Susana.

–¡Ah! Pero ya sé lo que tengo que hacer –añadió Martín súbitamente y con decisión.

–¿Qué? –preguntaron con curiosidad D. Frutos y Rotondo.

–Irremisiblemente lo haré. Es una resolución inquebrantable.

–¿Qué piensa usted hacer?

–Puesto que me han traído a este extremo, ya sé lo que me corresponde hacer. A esta gente es preciso tratarla como se merece.

–¿Qué resolución es ésa? Alguna venganza.

–Sí –afirmó Martín con la mayor entereza–. Pienso apoderarme de ella y anunciar a la familia que no podrá rescatarla mientras Leonardo no sea puesto en libertad.

–¿Secuestrarla? –preguntó D. Buenaventura.

–¡En rehenes! –dijo D. Frutos.

–Sí, yo sabré apoderarme de ella, aunque tenga que habérmelas con medio Madrid.

–¡Oh!... Ese medio... –apuntó D. Buenaventura tratando de disimular su complacencia–. Pero es peligroso, es dificilísimo.

–Será muy fácil si encuentro quien me ayude.

En aquel momento D. Frutos se levantó, y, poniéndose la mano en el pecho, dijo a Muriel con entereza:

–Cuente usted conmigo.

Martín no hizo caso, y continuó paseándose por la habitación.

–Si usted consigue llevar a cabo ese propósito con felicidad –dijo D. Buenaventura– es seguro que verá libre a D. Leonardo. ¿Se cree usted con fuerzas?...

–Sí, con fuerzas para eso y para más.

–Pues bien... –añadió Rotondo después de meditar un rato y aparentando que aquel asunto no le importaba gran cosa–; yo le voy a proporcionar a usted la ocasión.

–¿Cuándo?

–Esta misma noche.

–¿Dónde?

–En un sitio a que concurrirá Susanita, y donde será muy fácil lo que usted intenta. Seguro, segurísimo. Ni a pedir de boca.

–¿Y qué sitio es ése?

–Ella va esta noche a cierto baile de candil en los barrios bajos.

–¿Cómo lo sabe usted?

–Conozco las interioridades de esa casa tan bien como las de otras muchas de Madrid.

–Recuerdo, en efecto, que D. Lino me habló de ese baile... Pero la familia se oponía a que fuera.

–¡Irá!

–¿Irá? ¿Usted está seguro?

–Sí; vea usted cómo le proporciono la satisfacción de su deseo, no sin cierto egoísmo, se entiende. Desde hoy usted será de los míos. Usted es un tesoro inapreciable, Sr. D. Martín. Con hombres así no dudo ya de la regeneración de España. Pero vamos a ver. Es preciso buscar un sitio donde ocultarse y ocultarla.

–Ya lo encontraremos.

–No es preciso buscarlo. Yo también en este asunto salgo en su ayuda. Esta casa es a propósito. Tiene sus escondrijos para el caso de que los alguaciles se metieran en ella. Mi refugio ha sido desde hace mucho tiempo, y lo será más ahora, cuando hay quien ha prometido entregarme vivo o muerto.

–¿También a usted?.

–Ya; yo soy la pesadilla de cierto elevado personaje. ¡Y qué gustazo le daría si me dejara coger! Pero no, no lo verán. No habían ellos concluido de arreglar el modo de prenderme, cuando ya lo sabía yo.

–¿Y qué hace usted para evitarlo?

–¡Oh! Ya tengo tomadas mis precauciones, y no me cogerán desprevenido.

—¿Piensan cogerle a usted?

—No, esta madriguera no la han descubierto todavía. Y si la descubren, ya tenemos por donde escapar.

El diálogo duró hasta la caída de la tarde, siempre animado y versando sobre el mismo tema. La noche arrojó sus sombras sobre aquella triste mansión; el loco callaba, retirado en su guarida, y sólo las voces agitadas de aquellos tres hombres turbaron el profundo silencio, hasta que al fin se les vio desfilar uno tras otro por el corredor, bajar y salir juntos, después de atravesar el patio interior por cierta puerta que daba a las afueras de Madrid, cerca de los Pozos de Nieve[300].

---

[300] *Pozos de la Nieve*: sobre la ubicación geográfica y urbanística de esta calle madrileña, véase Mesonero Romanos, *El antiguo Madrid, op.cit.*, pág. 287.

CAPÍTULO XIV

EL BAILE DE CANDIL

I

No hacía mucho que habían dado las ocho cuando la Pintosilla principió a recibir a sus numerosos convidados. Dos candiles pendientes del techo tenían la misión de alumbrar el recinto, lo cual, no hubieran podido realizar si no recibieran ayuda de un quinqué comprado *ex professo*[301] para que el humilde bodegón se pareciera lo más posible a los estrados de la gente de tono. Renunciamos a describir el *buffet*[302], como hoy decimos, que consistía en una especie de altar cubierto con una colcha encargada del papel del tapiz; ni nos ocuparemos del sinnúmero de botellas que sobre él había, puestas por orden como los potes de una farmacia, aunque sin letrero donde constara su contenido, que era vino de distintas variedades y colores.

El primero que entró fue Paco Perol, con su capa terciada, su gran sombrero de medio queso y su guitarra, que rasgueaba con mucha destreza. Siguió la *elegante y simpática* verdulera del Rastro Damiana Mochuelo, y después *la distinguida y airosa* Monifacia Colchón, comercianta en hígado, tripa y sangre de vaca, y después Gorio Rendija, *opulento* ropavejero de la calle del Oso, seguido de la *interesante* castañera denominada *la Fraila,* establecida en el Mesón de Paredes. Vino luego el *discreto* Meneos, majo devoto que se ocupaba en ayudar misas y en remendar trapos viejos, y después la *elegantísima y majestuosa* Andrea la

---

[301] *Ex proceso*: En latín en original. "De propósito", "adrede", Herrero Llorente, *Diccionario de expresiones y frases latinas, op. cit.*, pág. 132.

[302] *Bufé*: Comida compuesta de manjares calientes y frío, con que se cubre de una vez la mesa (*DRAE*). El texto galdosiano registra la palabra en su versión francesa ('buffet').

Naranjera, que era una de las notabilidades de la Ribera de Curtidores[303]. No tardó nada el *aprovechado* joven llamado *Pocas–Bragas,* que venía de viajar por las principales capitales de Europa, tales como Melilla y Ceuta[304], ni faltó el *respetable y eminente hombre* de Estado, llamado *tío Suspiro,* maestro de las escuelas establecidas en la Carrera de San Francisco[305] para alivio de bolsillos y desconsuelo de caminantes. Estos y otros esclarecidos personajes de ambos sexos llenaron el bodegón; sonó la guitarra, tocada por el *bizarro* puntillero de la Plaza de Madrid[306], Blas Cuchara, y Rendija echó al viento con poderosa voz la primera tirana[307].

–Pero hay pocos estrumentos –dijo la Fraila–. ¡Eh!, tú, Pocas–Bragas, ¿por qué no te has traído la guitarra?

–Denguno toca como él –añadió Monifacia, haciendo fijar la atención en el aludido–. Sabe tocar hasta el minuete, que lo aprendió en el presillo...

–¿Qué es eso de presillos? –dijo el distinguido joven–. No me enriten, que cada uno tiene sus recovecos en la concencia... Pero este pelafustrán de Meneos, que sabe tocar el bajón y el clarinete... Tía Pintosilla, yo que usted trajera la orquesta de los tres coliseos de Madrid[308].

–Vamos, vamos, que se impacienta el auditorio –observó con gravedad el tío Suspiro–. Música, y sáquense a bailar. ¡Ah! Cuchara, saca a Damiana, que se está pudriendo por bailar. ¡Ah, piernecitas de mi alma! ¡Cómo me cosquillean dende que oigo el guitarreo!

---

[303] *Ribera de Curtidores*: sobre la plazuela denominada "Ribera de Curtidores" y una propuesta de reforma urbanística en ese ámbito comercial madrileño, véase Mesonero Romanos, *El antiguo Madrid, op.cit.*, pág. 181.

[304] Irónica referencia autorial que indica las estancias en prisión de los principales asistentes al baile del candil. El capítulo en un sentido general muestra claras dependencias textuales con los sainetes de Ramón de la Cruz referidos al hampa madrileña.

[305] *Carrera de San Francisco*: sobre los orígenes aristocráticos de esta espaciosa calle madrileña, véase Mesonero Romanos, *El antiguo Madrid, op.cit.*, pág. 170.

[306] *Plaza de Madrid*: sobre los orígenes medievales de esta plaza, véase Répide, *Las calles de Madrid*, págs. 370-371.

[307] (*Tirana*: "Los polos y tiranas, género tan conocido del canto nacional español, no son más que cuartetas con asonantes en los versos segundo y cuarto", Vicente Salvá, *Gramática de la lengua castellana, op. cit.*, pág. 434).

[308] *Tres coliseos*: En el siglo XVIII tres son los principales teatros de la villa y corte: Teatro de la Cruz, Teatro del Príncipe y Teatro de los Caños del Peral. Sobre las condiciones socio-literarias de la escena madrileña en el período de la Ilustración, véase René Andioc, *Teatro y sociedad en el Madrid del Siglo XVIII*, Madrid, Castalia, 1988.

—Baile usted conmigo, tío Suspirón –dijo la Naranjera–. Entodavía les hemos de enseñar cómo se menea la zanca.

—Menos disputas y a bailar –ordenó la *dueña de la casa*, poniendo en perfecto orden de batalla las botellas que estaban sobre el altarejo.

—Pero escucha, Pintosilla –dijo Damiana–, ¿ónde están los usías que dijiste venían a tu casa esta noche? Yo denguno veo.

—Ya vendrán, ya vendrán; oye, me parece que llaman.

En efecto; oyéronse algunos golpecitos en la puerta, abrieron y entró Susana, acompañada del marqués y del Sr. D. Narciso Pluma.

II

—Vengan usías muy enhorabuena a honrar esta casa –dijo Vicenta.

—¡Ay qué obscuro está esto! –indicó Susana dando algunos pasos hacia el centro del corrillo.

—Pues que le traigan el teneblario de Jueves Santo –dijo Paco Perol.

—Una silla, una silla pa la señora condesa. Naranjera, levántate tú.

—¡Miste!, que me levante. Pa eso hamos sido las primeras.

—Estos usías a la moerna me apestan –gruñó por lo bajo la Fraila.

—¿Me he de quedar en pie? Pluma, búsqueme usted una silla.

—¡Ah, señora, no la encuentro! –contestó el petimetre, escudriñando por todos lados.

—Caballero, ¿quiere usted quitarse del corrillo, que me estorba? –dijo Damiana, tirando a D. Narciso del faldón de su casaca.

—Vaya una silla –contestó el tío Suspiro, alargando el mueble por encima de las cabezas.

Susana se sentó. El marqués quedó en pie detrás de ella, y Pluma a su derecha, también en pie.

—No se acerque usted tanto –dijo éste a la Fraila–. Va usted a estropear el vestido de la señora.

—¡Pos me gusta! –contestó la castañera–. ¿Por qué no se está en su casa?

—¡Pos no está poco espetada la madamita!

–No sé cómo gustas de la compañía de esta gente –dijo el marqués a Susana.

–Esto me divierte –contestó ella sonriendo–. ¿Me da usted una pastilla?

–¿Eh? –dijo la Fraila empujando a Pluma–. ¿No ve usted, hombre de Dios, que me está pisando?

–Si usted no se arrimara tanto...

–Ya me ha dado usted dos pinchazos con el demonche del espadín.

–Pues aguante y baje la voz, que molesta a la señora.

–Dale con la señora –continuó la Fraila–, aquí toas somos señoras, porque caa uno es caa uno y denguno es mejor que naide.

–Caramba con los usías –murmuró Pocas–Bragas–, ¿y quién los meterá a venir a esta junción?

–Velay; y mosotros maldito si vamos a las suyas.

–¡Qué despreciable gentualla! –dijo Pluma a Susana en voz muy queda.

–¡Eh, so espantajo! –exclamó la Fraila, dirigiéndose a Pluma–. ¿Querrá usted quitarse de enfrente de la luz?

–¡Ah, ustedes perdonen! –repuso el petimetre devorando su enojo y temeroso de que aquella distinguida sociedad hiciera alguna de las suyas.

Y al apartarse a un lado, el movimiento le impelió hacia adelante con tal fuerza, que maquinalmente puso sus manos sobre los hombros de la Naranjera.

–¡Eh, eh! ¿Le parece a usted que tengo yo cara de bastón?

–Es que me caía –balbuceó el joven aturdido.

–Mucha facha y poca substancia –dijo Cuchara.

–Si tiene cara de espital.

En efecto; Pluma, sin duda a consecuencia de sus desastrosos amores, estaba tan pálido y ojeroso que daba compasión.

–No soples fuerte, Monifacia, que va a echar a volar ese caballero.

–Vamos, vamos a bailar y fuera disputas –dijo la Pintosilla, queriendo cortar la chacota que se disparaba contra D. Narciso.

–Pa otra vez estamos mejor sin usías –manifestó la Fraila, encarándose con la Pintosilla.

–Pues eso no es cuenta tuya –respondió la dueña del bodegón

con mal humor–, que yo soy reina en mi casa y convío a quien me da la real gana; y el que no quiera verlo, que se plante en la calle.

–Es por el orgullo y el aquel de decir que viene a su casa gente de tono –añadió la Fraila–. Si siempre has de ser Vicenta la Pintosilla, bodegonera y castañera, y estas visitas pa maldita de Dios la cosa sirven, si no es de estorbo.

–Poquito a poco, y cuidado con la lengua –dijo Vicenta, amoscada[309] ya del descortés recibimiento hecho a sus comensales.

–Ya ves entre qué gente nos hemos metido –susurró el marqués al oído de Susana.

–Haya paz y no encharquemos la fiesta –exclamó el tío Suspiro.

–Es que ésta me anda siempre buscando la sin hueso –continuó la Fraila más agitada, porque entre ella y la Pintosilla existía un resentimiento antiguo.

–Vamos callando, que se me van llenando las narices de mostaza, y... arreparen que están en mi casa.

–Como que estoy por tomar la puerta de la calle –dijo la Fraila–, porque a una no le gusta que la falten, y más esta soberbiona, que hasta ayer era...

–Gomita, gomita la palabra, o si no aquí tengo yo unas tenazas... –contestó la Pintosilla poniéndose en medio del corrillo y amenazando con sus dedos a la castañera.

–Ponte en facha; ¡quiá!, si no tengo ganas de reñir contigo –dijo la otra con desprecio.

–¡Castañera de esquina! –exclamó la Pintosilla con mayor desdén.

–Y a mucha honra, que si no soy de portal es porque no tengo arrimos ni busco comenencias ajenas... Pero no quiero reñir contigo, que si quisiera aquí tengo esta manita derecha que sabe dar unos sopapos...

–Pues yo –dijo la Vicenta poniéndose en jarras–, con la izquierda que te hiciera un poco de viento, te había de echar fuera todas las muelas.

–¿Sí? Estoy bien aquí, Pintosilla, y no quiero echar un paseo por tus costillas.

–Ven si te atreves, y a mí en mi casa nadie me tose, porque soy yo muy reseñora.

---

[309] *Amoscarse*: Enfadarse (*DRAE*).

—Y yo soy más —dijo la Fraila, levantándose y poniéndose también en jarras—. Y si te pie el cuerpo julepe[310], aquí estamos.

—Aguarda a que esté de humor, que esta noche no tengo ganas de despacharte al otro barrio —contestó Vicenta con insolente sonrisa y meneando el cuerpo con ademán provocativo.

—Sal, naaja —gritó la Fraila con repentino movimiento y sacando a relucir el reluciente acero de una navaja. Sal pa darle un besito en la cara a mi señorona.*

Un grito unánime resonó en el bodegón. La Fraila se colocó en actitud hostil frente a su rival; pero ésta, lejos de inmutarse, permaneció en la misma postura y dijo con cierta calma jovial, que era la desesperación de la castañera:

—Tente y guarda el alfiler, que si te disparo mis armas de fuego...

—¿Qué armas? —preguntaron algunos, creyendo que la Pintosilla iba a sacar un par de pistolas de debajo de sus enaguas.

—Mis ojos, bestia, que si disparan matan más que cuatro balas.

—No quiero vaciarte.

—Ni yo abrasarte viva.

—Vamos, vamos, se acabó la disputa. Dense las manos y pelillos a la mar, y cada uno se rasque su sarna[311], que las dos son buenas —dijo el tío Suspiro.

—¿Qué te parece? —dijo el marqués a Susana—. ¡A buena parte hemos venido!

—Si no se hacen nada... —contestó Susana, que no se había alterado gran cosa con aquel principio de epopeya.

---

[310] *Julepe*: Golpe, tunda, paliza (*DRAE*).

* "(...) darle un besito en la cara a mi *reseñorona*", *Ibíd.*, pág. 266.

Pérez Galdós posiblemente se inspira en el sainete "Las castañeras picadas", de Ramón de la Cruz para caracterizar el diálogo de ambas majas. En el sainete mencionado, el personaje de Pintosilla afirma en su enfrentamiento dialéctico con Temeraria: "Naája,/anda fuera y dale un beso/a mi vecina en la cara". Temeraria también califica sus ojos como armas "que una sola miraá/son capaces de hacer más/estragos que cuatro balas", Ramón de la Cruz, "Las castañeras picadas", *Colección completa de sus mejores sainetes*, Barcie, *op. cit.*, pág. 121.

[311] *No faltar a uno sino sarna que rascar*: Gozar de la salud y conveniencias que necesita. Úsase especialmente para notar o redargüir al que inmotivadamente se queja de que le falte algo o lo echa de menos (*DRAE*). En el contexto de la novela, "y cada uno se rasque su sarna" se utiliza para calmar los ánimos de las contendientes e impedir una confrontación más agresiva.

–Me he quedado sin sangre en el cuerpo –declaró Pluma, serenándose un tanto cuando vió que la Fraila guardaba el arma homicida.

–Pues esto se acabó –dijo la Pintosilla–, y pues ya me sajogué, sepan que a mi casa viene quien yo quiero, y el que no esté a gusto cierre el pico o a la calle.

–Pues a ver, una tirana, Paco Perol, que esto se acabó.

–Unas seguidillas para que las oiga esta madama.

Ya Cuchara tenía la boca abierta para empezar la seguidilla, cuando se abrió la puerta y entró Sotillo; a poca distancia le seguían Martín Muriel, Alifonso y D. Frutos.

III

Susana creyó equivocarse al principio: miró con más atención y fijeza, porque el bodegón no estaba muy bien alumbrado, y al fin se convenció de que era Martín en persona. El marqués no pudo reprimir una exclamación de cólera y sorpresa, tanto más justificada cuanto que tenía la seguridad de que el joven estaría a aquellas horas muy guardado en las cárceles de la Inquisición, y Pluma dijo con expresión de candidez que hizo reír a Susana:

–Éste es uno de los que estuvieron aquel día en la Florida.

–Con su permiso, señora doña Vicenta – dijo Sotillo–, traigo aquí a estos dos amigos que desean conocer esta sociedad.

–Sean bien venidos en mi casa, y tomen asiento, si hallan dónde.

El marqués clavó sus ojos llenos de rencor en Martín, y tembló con la presencia de aquellos hombres en semejante sitio. Tuvo sospechas de que la noche no concluiría sin algo siniestro, y dijo a Susana:

–Vámonos, vámonos al momento.

La joven se volvió, y con una sonrisa que al marqués causó estremecimiento y calofrío, contestó:

–¿Irnos? Estoy muy bien aquí. Vea usted. Ya empiezan a bailar. Pluma, ¿no baila usted? Yo le escogeré pareja entre estas majas.

–¡A bailar, bailar! –chillaron todos.

Formáronse varias parejas, y las guitarras y las palmadas aturdieron el recinto del bodegón. Todos se movieron: las dos heroínas, cuya contienda hemos descrito, olvidaron por aquel momento sus rencores, y hasta Pluma sintió deseos de salir al corro.

Martín se había sentado junto a Monifacia, y ésta le dijo:

–¿No baila usted, caballero?

–Sí, señora, voy a bailar –contestó el joven muy serio y con una resolución que hizo se fijaran en él las miradas de todos.

–¡Pues ya!, habiendo aquí tan buenas majas. ¿A cuál saca usted?

Muriel se levantó, atravesó el corrillo, y dirigiéndose a Susana, dijo:

–A ésta.

–¡Bravo, bueno!; eso se llama picar alto –observó el tío Suspiro, mientras los demás aplaudían con fuertes palmadas.

El asombro del marqués fue tal que en el primer momento no se le ocurrió palabra ni ademán alguno para poner correctivo a tanta audacia. No profirió voz alguna hasta que vio a Susana sonreír, levantarse y dar su mano a Martín entre los aplausos de la concurrencia. Entonces se interpuso violentamente entre los dos, y rechazando al joven con fuerza, exclamó:

–¡Canalla!

En aquel instante se abrió la puerta, y una voz dijo desde ella:

–Ténganse a la justicia.

En efecto; la justicia humana, representada en aquella solemne ocasión por Gil Enredilla, Perico Zancas Largas y otros respetables alguaciles del servicio secreto de la policía, traspasaron el umbral de la casa, no con gran susto de los concurrentes, porque estaban acostumbrados a la intervención de aquellos elevados personajes siempre que había una disputa.

La Pintosilla había convenido con ellos en la manera de designar la persona a quien se trataba de aprehender, y la señal consistía en ponerle la mano en el hombro. Luego que los vio puso en práctica su comisión, y deseando no concretar el bromazo a una sola persona, señaló al marqués y a Narcisito Pluma, que no tardaron en ser rodeados por aquella patulea.

Nadie se había aún dado cuenta de la situación, cuando uno de los candiles cayó al suelo de un palo, el otro murió de un fuerte soplo, y, por último, el quinqué rodó por el suelo, quedándose la escena en completa obscuridad. Gritaron las mujeres y las risotadas alternaron con los rugidos. Se oyeron gritos de angustia y juramentos como puños; llovían porrazos y mojicones, y los alguaciles no cesaban de invocar el nombre de la real justicia, con lo cual se aumentaba el alboroto y no cesaba la oscuridad. Por fin, uno de los emisarios de la ley trajo luz, y los demás se dedicaron a asegurarse bien de la persona de los delincuentes.

El marqués, cubierto de sudor, rugiendo de ira y sofocado por los esfuerzos que había hecho por desasirse del que le tenía agarrado, miró a todos lados con el mayor afán; pero no vio lo que buscaba. Susanita había desaparecido, lo mismo que Martín, D. Frutos y Sotillo.

CAPÍTULO XV

LA PRINCESA DE LAMBALLE[312]

I

Susana, al verse arrebatada por aquellos hombres, de los cuales no conocía más que a uno, se esforzó en pedir auxilio; pero no le fue posible hacerse oír. Metiéronla en un coche, que a buen paso atravesó la villa de un extremo a otro, y al llegar a la calle de San Opropio, la violenta impresión recibida, la angustia de aquella situación, el terror que le causaba el mismo Martín por las especiales circunstancias de su conocimiento con él, habían abatido su ánimo valeroso, y perdió el conocimiento. Martín solo la cargó en sus brazos y la entró en la casa.

No se extinguió en ella toda sensación durante el tránsito de la taberna a la casa. Antes de volver de su letargo creía darse cuenta de lo que pasaba a su alrededor: creyó sentir que los fuertes brazos que la tenían asida la dejaban sobre el suelo, después sintió que a las voces de los que la acompañaron se unía alguna otra voz desconocida, y que juntos hablaban con mucho calor, nombrándola con frecuencia, lo mismo que a su tío y a su padre. Después los infernales acentos se alejaban, juntamente con los pasos de aquellos hombres, y se sentían crujir bajo sus pies las maderas de una desvencijada escalera; luego los mismos pasos resonaban sobre las baldosas de un patio, y, por último, el ruido de varias puertas y el chirrido de los cerrojos parecía indicar que habían salido dejándola sola. Silencio sepulcral reinaba en torno suyo.

---

[312] *Marie-Thérèse de Savoie-Caringnan, princesa de Lamballe* (1749-1792): Confidente de la reina María Antonieta desde 1774. Víctima de las matanzas del 3 de septiembre de 1792. Su cabeza, colocada sobre una pica, fue llevada a la prisión del Temple para que la reina María Antonieta pudiera verla desde la cárcel.

Cuando abrió los ojos creyó salir de una pesadilla; pero a medida que su entendimiento se despejaba, iba adquiriendo el sentido real de su situación. En poco tiempo se serenó, y pudiendo adquirir la certidumbre de que no soñaba, examinó el sitio, se movió, y un ruido seco de hojas de maíz le hizo comprender que se hallaba en un jergón. Extendió la mano y tocó una silla que, falta de equilibrio, golpeó el suelo repetidas veces con una de sus desiguales patas. ¿Estaba presa? ¿Era aquello un calabozo donde la encerraban para toda la vida? La puerta del cuarto estaba abierta, y por ella entraba clarísima luz de luna. Hizo un esfuerzo de ánimo y se aventuró a salir. Dio algunos pasos por la habitación, y saliendo al corredor vio un vasto cuadrilátero formado por doble columnaje de madera, y abajo un ancho patio con montones de escombro. No vio un ser vivo en tan ancho recinto. Puso el oído atento y no sintió ruido alguno. A pesar de su mucho ánimo en ocasiones ordinarias, no se atrevió a dar un paso por aquel corredor solitario y frío. «¿Estoy soñando?», se dijo repetidas veces, mientras veía y palpaba la realidad.

«¿Quién me ha traído aquí? ¿Qué sitio es éste?». He aquí terrible problema que la oprimía el cerebro como un anillo de fuego. Esperó a ver si parecía algún ser humano, aunque no estaba segura de si lo deseaba o lo temía; pero nadie pareció. La casa seguía muda como una mansión encantada; nada ante sus ojos tenía animación ni vida. Aquello era un vasto sepulcro donde estaban muertas la Naturaleza, la atmósfera, la luz. Hasta le parecía que la Luna no verificaba en el cielo su rápida traslación, y que las nubes, como el hermoso astro de la noche, permanecían clavadas e inmóviles sobre un fondo obscuro como las pinturas de un telón.

Al fin creyó sentir a su derecha ruido semejante al de una suela que se arrastra: miró y vio un bulto al extremo de un corredor. Fijó su atención y observó que se aproximaba. Era una cosa viva, un hombre tal vez. Desde lejos Susana no percibía más que un cuerpo alto y enjuto, vestido con traje talar; mas aquello, hombre, aparición o lo que fuera, se acercaba; ya se le podía distinguir perfectamente, y la joven sintió un terror tan grande, que no tenía memoria de haber experimentado nunca sensación igual. Sudor frío corría por todo su cuerpo y temblaba como si se hallara sometida a la acción de un frío glacial. No se atrevía a huir, porque volver la espalda le infundía más temor que mirar cara a cara aquella visión silenciosa. Hizo nuevos esfuerzos de valor, y se asombraba de que, habiendo mostrado tanto corazón en anteriores ocasiones, se hallara entonces cobarde y aterrada como un niño. La sombra avanzó más y se paró a unos diez pasos de distancia. Susana reconoció las facciones de un viejo decrépito y horrible que la miraba atentamente con expresión de ira.

Cuando la hubo contemplado un buen rato, dijo con cavernosa voz:

—¡Infame, perra aristócrata! Mañana es tu último día, mañana morirás. Beberemos tu sangre y pasearemos en una pica tu cabeza, vil aristócrata, para escarmiento de todos los de tu raza. ¡Mañana, mañana! ¡Tiembla a la salida del sol!

Susana hizo un esfuerzo para huir de aquel terrible espantajo; pero su propio miedo la tenía clavada en el antepecho del corredor.

—Sí, miserable y orgullosa aristócrata —continuó el viejo—, para ti no habrá perdón. Mañana es el gran día, mañana es el 2 de septiembre[313] Se afilan las cuchillas. El pueblo ha sufrido muchos siglos, y mañana tomará venganza de tantos crímenes. ¡Ah, perversos! Pensasteis que vuestro poder no acabaría nunca. Ha llegado la hora del exterminio.

Al decir esto, el anciano se acercó hasta ponerse a dos pasos de Susana, en cuyo rostro clavó sus ojos extraviados y feroces. Entonces alargó su brazo y puso la mano sobre el hombro de la joven, que se replegó creyendo sentir sobre sí la helada mano de la misma muerte.

---

[313] El 2 de septiembre de 1792 se inician en París sistemáticas matanzas de aristócratas detenidos en las cárceles a quienes se les acusa de colaborar con los ejércitos invasores. El factor que las origina se debe a la penetración del ejército de Prusia en el este de Francia. Estas jornadas sangrientas se mantienen hasta el 7 de septiembre. La autoridad vigente entonces (el ministro de Justicia Marat) no impide su desarrollo. Fenómenos similares ocurren en Lyon, Reims y Versalles. La historiografía liberal-conservadora francesa del XIX condena su arbitrariedad: Alfonso de Lamartine, *Historia de los girondinos*, 1847, trad. D.H. Madicca-Veytia, Madrid, Imprenta y Librería de Gaspar, 1877, pág. 231. Posiciones liberales más izquierdistas, sin embargo, justifican la indignación popular de tales jornadas y su eventual violencia sangrienta: Julio Michelet, *Historia de la Revolución Francesa*, 1847-1853, trad. Vicente Blasco Ibáñez, Barcelona, Editora de los Amigos del Círculo Bibliófilo, 1983, vol. 3, págs. 405-429. Para un testimonio español decimonónico que disculpa tales excesos revolucionarios por la presión de las circunstancias socio-históricas, véase Fernando Garrido, *Historia de las clases trabajadoras*, 1870, Madrid, Zero, 1970, vol. II, pág. 378-379.

—¡Ah, desgraciada princesa de Lamballe! —exclamó La Zarza—. No te valen ni tu hermosura, ni tus riquezas, ni tu ilustre cuna, ni ser amiga de la reina, ni ser hija del duque de Penthièvre. Te han encerrado aquí para inmolarte mañana entre miles de cadáveres. Tu sangre, con la sangre de un sinnúmero de nobles, suizos y cortesanos, correrá, formando arroyos, por las calles. El pueblo se gozará en abofetear tu cabeza. Pocas horas te restan: el alba se acerca, encomiéndate a Dios. Tus carceleros serán implacables. ¡Muerte, muerte!

Al decir esto, hizo presa con sus afilados dedos en el hombro de Susana, apretó con creciente fuerza, y la dama, ya en el último grado de terror, aturdida, desesperada, loca, al sentirse aprisionada por aquella garra de acero, lanzó un agudísimo grito, y cayó al suelo sin sentido.

CAPÍTULO XVI

LAS IDEAS DE FRAY JERÓNIMO DE MATAMALA

I

Asomaba la aurora por las ventanas y balcones del madrileño horizonte, cuando D. Buenaventura Rotondo y Martín Muriel, que después de los sucesos referidos habían salido a enterarse de ciertos asuntos de indudable urgencia, regresaron a la calle de San Opropio, mas no para descansar ni entregarse a indolente reposo, que podría ser de gran peligro en tales circunstancias. Uno y otro debían andar muy despabilados aquel día, y era preciso obrar con gran actividad antes que fueran descubiertos por la policía, si es que eran dignos de este nombre los perezosos alguaciles y los agentes secretos sostenidos por las autoridades administrativas y religiosas de aquellos benditos tiempos.

Entraron en el cuarto donde Rotondo tenía lo que podríamos llamar su despacho, y cada uno escribió una carta, siendo mucho más larga y meditada la de Martín.

–Ahora –dijo Rotondo doblando la suya– ya sabemos lo que hay que hacer. Es preciso no perder tiempo. La cosa está próxima; y pues usted acepta en este negocio la parte importante que yo le ofrecía, no hay que dormirse. Ya están ahí las personas con quienes debemos entendernos. ¡Oh, amigo! Cuando vaya haciéndose cargo del vasto plan en que estamos metidos, comprenderá qué gran acontecimiento se prepara. Toda la sociedad, lo más selecto en las armas, en las letras, en la piedad, está con nosotros y contra ese infame privado. Ya verá usted. Pero no se puede perder ni un momento. Al instante va usted a hablar con el padre Jerónimo de Matamala, que viene de Toledo y de Aranjuez con instrucciones y claves... ¡Oh!, nos ha puesto en un gran compromiso el buen franciscano dejándose coger ciertos papeles... pero, ¡ca!, si el provincial de la Orden es también de los nuestros...

–¿De modo que no se le perseguirá? –dijo Martín rubricando la firma de su carta.

–No lo creo. Aunque le han enviado aquí al convento de San Francisco como por vía de destierro, no creo que pase de ser una fórmula.

–¿Podré ver tan temprano a fray Jerónimo?

–Sí, al instante. Ayer tarde le he visto yo, y ya está enterado de que contamos con usted, lo cual le causó gran regocijo. Mientras usted se explica con él y se entera de ciertas particularidades, yo me voy a ver a un pájaro gordo que debe haber llegado anoche para entenderse conmigo. ¡Oh, ese sí que es personaje!... Tenemos –añadió, bajando la voz con misterio– una palanca tremenda. Bastará hacer un pequeño esfuerzo para... En fin, despachar pronto. Váyase usted a ver al fraile, mientras yo conferencio con mi hombre. ¡Qué hombre, qué adquisición!

–Pues hasta luego; saldremos solos.

–Sí, que Alifonso y Sotillo se queden aquí. Solos y bien embozados a esta hora, no hay peligro alguno. Ya ve usted cómo estoy yo; ¿quién me conoce en este traje?

En efecto; D. Buenaventura había cambiado por completo de vestido, y aquel señor a quien vimos tan almidonado y tan pulcro en los primeros capítulos de esta historia se había convertido en un hombre del pueblo que podía pasar por barbero.

–Usted –continuó Rotondo, embozándose en su capa– no necesita disfraz. Pocos le conocen, y los inquisidores no hacen de las suyas sino por delación y dentro de las mismas casas... Conque...

–Cada uno por su lado.

–Eso es, y dentro de un rato aquí.

Salieron, y se separaron en la puerta. Martín se dirigió a casa de D. Lino Paniagua, a quien necesitaba encargar una importante comisión antes de avistarse con el franciscano. Cuando el joven llegó a la calle del Burro, el abate, a pesar de que aún era muy temprano, no dormía, y estaba muy ocupado en limpiar su ropa, en dar lustre a sus zapatos, en coger algunos puntos a sus medias y en otros menesteres domésticos que eran la ordinaria tarea matinal de aquella gaceta ambulante. El buen D. Lino, que no era rico, necesitaba atender por sí mismo al realce y esplendor de su persona, según convenía a sus variadas funciones sociales.

–¡Oh, Sr. D. Martín, usted por aquí a esta hora! –exclamó, dejando sobre la cama la casaca, en cuyo forro estaba restaurando una costura lastimada por el roce–. ¿Qué bueno me trae usted?... Algún encarguillo, ¿eh?

–Sí, señor; quiero que me haga usted el favor de llevar una esquela a cierta persona...

–¡Ah!, ya comprendo, truhán –dijo el abate, sonriendo y clavándose la aguja en la guarnición de una chupa verde mar, del tiempo de Farinelli, que para dentro de casa tenía–. ¿Conque era cierto?... Y usted lo negaba. Esquelitas ¿eh? Yo me encargo de eso por ser usted el interesado, que si no... Vamos, que ha puesto usted una pica en Flandes.

–Agradeceré a usted mucho que se encargue de esto –contestó Martín mostrándola–. Es para el doctor D. Tomás de Albarado y Gibraleón.

–¡Ah!, pues yo creí que era para... Pero ya entiendo, picarón –añadió con malicia, creyendo descubrir un secreto–. Usted se cansa ya de la vida platónica; usted aspira a... y como del doctor puede decirse que es quien dispone del porvenir de Susanita... La pretensión es atrevidilla, Sr. D. Martín; pero si ella está tan enamorada de usted como dicen...

–¿Conque usted llevará la carta? –preguntó el otro sin hacer caso de los comentarios del inocente abate.

–¡Ah!, sí, con mucho gusto. Ojalá viera usted cumplido su deseo. El doctor es una persona excelente. Y a propósito: ¿logró usted que pusieran en libertad al Sr. D. Leonardo? Qué lástima de joven, tan amable, tan...

–No, nada se ha conseguido hasta hoy.

–Es raro, porque estando ella empeñada en sacarle en bien... Y me consta que se preocupó mucho del asunto, no hablaba de otra cosa. Por cierto que ese empeño daba que hablar a la gente, y todos se hacen lenguas sobre el estupendo amor que la madamita siente por usted. Algunos se han escandalizado... ¡Preocupaciones! Todos los que conocen su carácter se han llenado de asombro. ¡Qué genio! ¡Cuidado que tiene rarezas! Ya sabrá usted que se había empeñado en ir al baile de la Pintosilla. Todos en la casa se oponían; pero al fin, el demonio de la muchacha fue. Si cuando dice «esto se hace», no hay remedio, sino que lo ha de hacer.*

–¿Y fue por fin a ese baile en los barrios bajos?

–Sí, señor, fue. Vamos, que usted debe saberlo mejor que yo –dijo Paniagua con malicia–. Su familia estaba disgustada, y no crea usted, temían... Anoche a las once, hora a que yo me retiré de la casa, todavía no había vuelto y estaban muy sobre ascuas*. ¡Ya lo creo, tan tarde! La fortuna es que había ido con el marqués y con Pluma, que si no... Esa gente de Lavapiés es muy peligrosa.

–¿Conque llevará usted la carta hoy mismo?

–En cuanto salga. Precisamente he de pasar por casa del doctor. Tengo que ir a casa de los señores de Sanahuja, que viven, como usted sabe, pared por medio. ¡Ah, no sabe usted cuánto tengo que hacer hoy! Como esos señores se van a toda prisa para Aranjuez...

–¿Qué señores?

–Los de Sanahuja. Figúrese usted que Pepita está maniática, no puede vivir sino en el campo. Ya usted recordará. Aquella que en la Florida recitaba versos pastoriles y jugaba a los corderos. Yo me figuro que aquella cabeza no está buena. Está tan enfrascada en su manía, que no hay quien la convenza de que todo eso de lo pastoril es pura invención de los poetas, y que en el mundo no han existido jamás Melampos, ni Lisenos, ni Dalmiros, ni Galateas. Pero ni por ésas; ella, con la lectura de Meléndez y de Cadalso, se figura que todo aquello es verdad, y quiere ser pastora y hacer la misma vida que los personajes imaginarios que pintan los escritores. ¿Pues qué cree usted? Si ha tenido su padre que quemarle los libros, como hicieron con los de D. Quijote[314]... Es mucha niña aquélla. Pues hoy se van para Aranjuez, donde tienen una hermosa finca con su soto y muchos viñedos. La familia, viendo que Pepita no comía ni dormía a causa

---

* "(...) sino que lo *hace*", *Ibíd.*, pág. 412.

* "(...) y estaban muy *sobreascuados*", *Ibíd.*, pág. 413.

[314] El descrédito de la autoría intelectual femenina –rasgo denominador de la "Alta Cultura" española post-isabelina– se hace patente en *El audaz* mediante la quijotización devaluadora aplicada a las inquietudes literarias de Pepita Sanahuja. En este caso, su trayectoria se equipara a la mostrada en el célebre capítulo cervantino en el que son destruidos los libros de Don Quijote: Miguel de Cervantes, "Del donoso y grande escrutinio que el cura y el barbero hicieron en la librería de nuestro ingenioso hidalgo", *Don Quijote de la Mancha*, 1605, 1615, ed. Martín de Riquer, vol. 1, cap. 6, págs. 66-75.

de su preocupación pastoril, ha resuelto al fin hacerle el gusto y se la llevan esta tarde. De buena gana iría a pasar allí un par de semanas. Ellos me vuelven loco para que vaya, mas no puedo salir de aquí. Yo, Sr. D. Martín, hago en Madrid mucha falta. ¡Pues no es nada los encargos que me han hecho! –añadió pasando la vista por un papel que sobre la mesa tenía–. Vea usted la lista: «Dos capones buenos; cuatro libras de pólvora para el Sr. D. Cleto, que es gran cazador; un brasero grande de los superiores de Alcaraz; un sonajero que no pase de seis reales, para el niño; siete varas de muselina[315] para la mujer del molinero, que es ahijada de la señora y está de parto; ocho purgas de coliquíntida[316] en dieciséis tomas; un juego de ajedrez; avisar al zapatero para que lleve antes de las dos las botas de D. Cleto; ir a contratar un coche, si se encuentra, y si no una galera[317], a la Cava Baja»[318]. Conque vea usted, todos estos encargos corren de mi cuenta, y es preciso despacharlos por la mañana.

–Antes que hacer todo eso, ¿llevará usted mi carta?

–¡Oh, sí, descuide usted! La recibirá dentro de una hora.

Martín se despidió dejando al abate en singular batalla con una mancha de mala calidad que había aparecido en el cuello de su casaca y en sitio donde no podía ser cubierta por el coleto. Sin pérdida de tiempo, y muy seguro de que la carta llegaría a su destino, se dirigió a San Francisco el Grande[319], ansioso de ver a su amigo fray Jerónimo de Matamala. Hubo de esperar un poco, porque el buen regular estaba diciendo su Misa; pero el Oficio no duró gran rato, y apenas dejó aquél los paños ornamentales, cuando apareció en el claustro, donde Martín le aguardaba contemplando las pinturas de ascetas y mártires que cubrían las paredes de aquel santo recinto.

---

[315] *Muselina*: Tela de algodón, lana, seda, etc., fina y poco tupida (*DRAE*).

[316] *Coliquíntida*: el contexto de la frase nos permite considerar este término como un remedio curativo a los efectos de una "coliquera" ("cólico de cierta intensidad", *DRAE*).

[317] *Galera*: Carro grande, con cuatro ruedas y con toldo, para transportar personas (*DRAE*).

[318] *Cava Baja*: para una explicación topográfica precisa de esta importante calle en futuras obras galdosianas (v.gr. *Fortunata y Jacinta*, 1886-1887), véase Mesonero Romanos, *El antiguo Madrid...*, *op.cit.*, pág. 60.

[319] *San Francisco el Grande*: para una información precisa sobre la larga historia de este monasterio madrileño fundado a principios del siglo XIII, véase *Ibíd.*, págs. 171-174.

—¡Martín, querido Martín! –exclamó fray Jerónimo abrazándole–; ven, sube conmigo y hablaremos con más libertad en mi celda.

Subieron, y sentados junto a una mesa de pino que sostenía dos grandes cangilones de chocolate, rodeados de su corte de bollos y bizcochos, comenzaron a matar el hambre y a hablar de esta manera:

II

—Ya te esperaba, Martinillo –dijo fray Jerónimo–. D. Buenaventura me ha hablado de ti con unos encomios... Está muy satisfecho de ti; ¿no te lo dije? Ahora comprenderás mi buen tino al recomendarte a ese caballero. ¡Ah!, pero tú no has seguido enteramente mis consejos.

—¿Por qué?

—Porque no te has curado de tu manía de hablar mal de Dios y de su santa religión. Martín, te dije al recomendarte a D. Buenaventura, «disimula tus opiniones; mira que no te conviene aparecer así, tan descreído y violento, sobre todo cuando pretendes hacer fortuna». Tú no me has hecho caso según me dijo ayer ese buen señor; tú has asustado a todos con tu imprudente audacia y desprecio con que hablas de las cosas más santas.

—Qué quiere usted, ya le dije que no me era posible disimular; yo soy así.

—Pero hijo, se hace un esfuerzo; hay muchos que piensan como tú y se lo guardan. Eso es lo que conviene... Pero hablemos de otra cosa. ¿Conque tú estás decidido a cooperar a esta gran obra?

—Sí, padre; y si he de decir a usted la verdad, ni sé claramente cuál es la grande obra, ni qué medios se han de emplear para verla realizada. La desesperación, una serie de circunstancias tristísimas en que me he visto, me impulsan a tomar parte en esa obra, cualquiera que sea. Yo estoy desesperado; yo me veo perseguido sin motivo alguno; me uniré con gusto a todo el que se proponga herir con golpe mortal la corrupción en que vivimos.

—Pues hijo, yo te explicaré. Cuando me viste en Ocaña no quise contarte estos secretos; me pareció que no serías demasiado prudente. Pero como conocía tu carácter impetuoso y decidido, te creí de mucha utilidad y te recomendé al Sr. de Rotondo, esperando que sabría dar noble ocupación a tus grandes cualidades.

–Pero usted ya andaba en estos manejos, padre, aunque tenía empeño en que nada se trasluciera.

–Cierto es, hijo, pero no creí conveniente clarearme demasiado contigo. Yo tenía correspondencia con Rotondo; ya en aquellos días se creía próximo el gran suceso, pero no tanto como ahora.

–¿Y el alma de ese negocio es D. Buenaventura?

–No. Don Buenaventura no es más que un agente que tenemos en Madrid, y no hay palabras con qué elogiarle; porque la verdad es que su astucia, su prudencia, su tacto, han hecho verdaderos milagros. El alma de este negocio es un personaje eminente, un hombre como hay pocos en el mundo, de tanto saber y experiencia, que no encuentro ninguno con quien compararlo entre antiguos ni modernos.

–Dígame el nombre de ese prodigio.

–Se llama D. Juan Escoiquiz, el que fue preceptor del Príncipe, el hombre insigne que vive retirado de la Corte por las intrigas del *Guardia*[320], pero que ha de alcanzar de nuevo, yo lo espero, la dirección de su real alumno, y quizá la dirección absoluta de los negocios del Estado; porque no digo yo una nación, sino veinte naciones podría gobernar D. Juan Escoiquiz, que talento le sobra para eso y mucho más.

– Pues mire usted, padre, lo que son las cosas –dijo Muriel–; yo tenía formada idea muy distinta de ese señor canónigo. Por algo que he oído, me le había figurado más vanidoso que sabio y con una ambición tan grande como injustificada.

–Calla, necio –contestó fray Jerónimo–, no sabes lo que te dices. Ya se ve, quien tiene ideas tan equivocadas sobre Dios y la religión, ¿no las has de tener sobre los hombres?

–Bien, dejemos a un lado sus cualidades y siga usted contando.

–Pues como te iba diciendo, Martincillo, el alma de este asunto es el arcediano de Alcaraz, y los auxiliares más poderosos nada menos que el príncipe Fernando, la princesa María Antonia y... ¡asómbrate!, la Inglaterra.

---

[320] Para un análisis decimonónico de la creciente impopularidad de Godoy en lo momentos previos al motín de 1808, véanse Modesto Lafuente y Juan Valera, *Historia general de España, op.cit.*, vol. 15, pág. 201, vol. 16, pág. 160, nota 1, vol. 18, pág. 32 y Antonio Ferrer del Río, "Procesión histórica de españoles célebres de la Edad Moderna", *Revista de España*, 18 (1871), págs. 182-184.

—¿La nación inglesa?

—Sí; Rotondo es el que se entiende con los agentes del Gobierno inglés, interesado en que caiga este pérfido favorito que nos está arruinando, después que ha dado en la flor de hacer Tratados con Napoleón. ¡Son horribles los proyectos que se atribuyen a ese infame Godoy! Si hasta piensa, según dicen, despachar a los Príncipes para América, con objeto de fundar allá yo no sé qué reinos; por supuesto, que su idea es hacerse rey de España, que de eso y mucho más es capaz ese vil, protegido siempre por la más liviana de las mujeres.

—¿Y qué es lo que piensa hacer? ¿Algún levantamiento nacional?

—Pues eso mismo; has acertado. ¡Si vieras cuántos elementos tenemos! Nobles, plebeyos, clero, magistratura, milicia, todo es nuestro. La causa del Príncipe es la causa del pueblo. Te digo que el éxito no es dudoso. Ahora es la tuya. Martincillo, a ver si te luces.

—¿Y qué tengo yo que hacer?

—¿Y me lo preguntas? ¿Para qué te recomendé yo a D. Buenaventura? ¿Recuerdas lo que hablamos aquella tarde en la huerta del convento? ¿No estás continuamente protestando contra la degradación y la bajeza de la Corte, contra la inmoralidad, contra el atraso en que vivimos? Pues de todo eso, ¿quién tiene la culpa sino el *Guardia*? Por eso yo te escuchaba, y decía para mí: «éste es el hombre que hace falta; éste sí que en un día dado sabrá hacer las cosas y arrastrar al pueblo a la victoria».

—¡Arrastrar al pueblo!... —dijo Martín meditando el sentido de estas tres palabras que más de una vez habían bullido en su imaginación.

—Sí, eso, eso mismo. Pero ya te lo damos todo hecho. Todas las comisiones están desempeñadas y no falta más que la tuya, no falta más que un hombre atrevido que tenga la inspiración revolucionaria.

—¿Y desaparecerá la corrupción, la tiranía, todo lo que hay aquí de odioso y contrario a las luces de la época y a la civilización?

—¿Pues quién lo duda? Después será esto un paraíso. Muerto el perro se acaba la rabia. Y cree que lo deseo ardientemente, para que este país se vea bien gobernado y sea lo que debe ser en el mundo. Si no fuera por mi patria, no diera paso alguno en este asunto. Ya tú sabes que yo no tengo ambición y que mi mayor dicha es vivir entre estas cuatro paredes, retirado del bullicio del mundo. Nada me agrada tanto como la soledad. Tú sí que puedes sacar gran partido de esto. Quién sabe hasta dónde podrás llegar, sobre todo si sales en bien, como espero, de este negocio.

–Pero en resumidas cuentas –dijo Martín–, ¿qué es lo que tengo yo que hacer?

–Eso, Rotondo es quien te lo ha de decir *ce* por *be*. Yo lo que tengo entendido es que va a haber un levantamiento en Toledo cuando la Corte esté en Aranjuez, que será de un día a otro. En Toledo se prepara un hambre ficticia para que el pueblo se amotine más fácilmente. Después en todas las ciudades principales hay comisionados que están en relación con Juntas secretas establecidas desde hace tiempo, a pesar de la policía. A ti, por lo que he entendido, te encuentran pintiparado para el caso; tú tienes un carácter resuelto y atrevido y unas ideas revolucionarias que ya, ya... Mira si tuve acierto al enviarte al Sr. D. Buenaventura.

–¿Y cuándo?

–Creo que no habrá tiempo que perder. Yo he tenido cartas de D. Buenaventura, y además anoche ha llegado el Sr. D. Pedro Regalado Corchón, que es una de las personas más comprometidas y más entusiastas por nuestra causa, a pesar de ser novicio en ella.

–¿Y quién es ese señor?

–Un inquisidor de Toledo, el que goza de más influjo en aquel Tribunal; persona de gran talento y prestigio.

–¿Conque también hay inquisidores en esta danza? –dijo Martín con asombro, sospechando de la bondad de una cosa en que se interesaba aquel santo Tribunal.

–Si te digo que todas las clases de la sociedad... ¡Pues poco irritados están los señores del Santo Oficio contra el *Guardia*! ¡Si vieras qué hombre tan eminente es el padre Corchón! Como que ha escrito catorce tomos sobre el Señor San José y otros muchos que tiene comenzados sobre diversas materias sagradas y profanas. Costó trabajo meterle en este fregado; pero al fin entró, y desde que en Toledo trabó amistad con el secretario de aquel Tribunal se ha vuelto entusiasta. Anoche llegó a Madrid, y ése es el que ha de precisar la ocasión y el cómo y cuándo. Porque has de saber que él y Escoiquiz son uña y carne. ¡Pues digo si tienen pesquis uno y otro! En la Secretaría de Estado les querría mirar yo a ver si el Sr. Napoleón se reía de nosotros.

–¿Conque hay inquisidores en esta danza? –repitió Martín–. Lo pregunto porque yo precisamente ando a vueltas con el Santo Oficio, y por un milagro no estoy ya en las garras de los inquisidores durmiendo a la sombra.

–Pues qué, ¿te han perseguido?

–Sí, por brujo, francmasón, vampiro y no sé qué más –contestó el joven con amargo desdén.

–¡Ah! –dijo fray Jerónimo–, tú no quieres seguir mi consejo. En dondequiera que estés, y en presencia de personas desconocidas, te despachas a tu gusto sobre política y religión, y así no es extraño que alguien te haya denunciado.

–Antes de intentar prenderme a mí esos infames, habían preso al pobre Leonardo.

–Ya lo he sabido; y en verdad no me causó gran asombro, porque lo cierto es que era muy calavera.

–Ni él ni yo hemos cometido falta alguna que merezca esa persecución horrorosa.

–Pero hijo, ya tú ves –dijo el padre con aflicción–, vosotros sois muy deslenguados; habláis sin ningún respeto de las cosas más sagradas, y tenéis gusto en insultar a los ministros del Altísimo, dignos más que nadie de veneración y acatamiento. Piensa lo que quieras, pero guárdatelo, sobre todo delante de personas extrañas. ¡Oh!, si tú moderaras un poco la lengua, serías un hombre perfecto. Pues hijo, yo creía que en Madrid te habrías corregido un poco.

–Al contrario. Las persecuciones, los desengaños que he sufrido, y, por último, la vil celada que acaban de tenderme, ha exacerbado en mí aquel rencor inveterado que tanto le sorprendió a usted la tarde que hablamos en el convento de Ocaña. No fue mi ánimo al principio ceder a las sugestiones de D. Buenaventura, que me quería comprometer en una conspiración cuyos medios yo no conocía bien y cuyos fines no me parecían grandes ni dignos. Soñando ya con algo más alto, más eficaz, más útil para mi país y para la civilización, cerré los oídos a los reclamos que entonces se me hicieron con bastante empeño; pero hoy las circunstancias han variado para mí: estoy amenazado de perecer en un calabozo de la Inquisición con muerte ignorada y vil, sin provecho para causa alguna; todas las puertas se me cierran; parece que la sociedad ve en mí una temerosa fiera que es preciso enjaular o exterminar para que no devore cuanto halle a su paso. ¿Qué puedo hacer en esta situación? Arrojarme en brazos de todo aquel que por cualquier medio se ocupe en conmover este edificio minado y ruinoso en que vivimos; ayudar a todo el que parezca dispuesto a protestar contra las leyes, contra las costumbres, contra las altas personas de la España contemporánea. Y no reflexiono, no mido el verdadero alcance de la empresa en que tomo parte; me basta que sea una negación de todo esto que me rodea. He aceptado a ciegas la cooperación que se me ha ofrecido, y lo hago llevado más bien por un sentimiento de encono, por una especie de crueldad nacida intempestivamente en mi corazón, que por el cálculo frío que debe preceder a todas las grandes resoluciones. ¡Ah!, ahora comprendo los excesos y las violencias que acompañan a las primeras violencias populares, y me explico ciertos crímenes que la razón no acierta a justificar. Por lo que en mí pasa comprendo lo que puede ser la pasión de innumerables seres vejados y maltratados por una tiranía de siglos; comprendo las catástrofes de la venganza popular, llevada a cabo por hombres sin instrucción ni conocimiento alguno del mundo y de la sociedad; me explico que la multitud no se detenga, sino que avance siempre, destruyendo todo lo que encuentra al paso, acordándose sólo de sus agravios y olvidando toda la ley de humanidad. ¿Y esa gente se espanta de que la cuerda estalle, cuando ellos están estirando, estirando, sin comprender que por una ley invariable toda resistencia tiene su límite y toda tiranía tiene su día terrible más tarde o más temprano?

Fray Jerónimo de Matamala se quedó muy pensativo al oír estas palabras, no sabiendo si aplaudir o censurar la viva imprecación del revolucionario, en quien veía más celo del necesario para el caso. Él, sin embargo, como subalterno en la conspiración, se reservaba sus sentimientos en aquel asunto, confiando en que D. Buenaventura, dada su gran experiencia, no podría equivocarse en elección tan delicada.

–Bien –dijo al fin levantándose–. Todo lo que haya de bueno en tus ideas, Martincillo, lo has de ver realizado. Buen ánimo, y espera a que te den órdenes. Ya verás al reverendo Corchón; él y D. Buenaventura son los que en Madrid tienen hoy la clave del asunto. Yo creo que me iré otra vez a Ocaña o al mismo Toledo, porque has de saber que el provincial es también de la partida, y cuando yo creía que me iba a ser impuesta alguna pena por el descuidillo de las cartas, me encuentro con que me agasajan y consideran más de lo que merece este pobre fraile sin influencia ni poder.

-¿Y dónde veré a ese Sr. Corchón? Porque me interesa mucho hablar con él.

-¡Oh! Don Buenaventura te presentará. ¡Verás qué hombre, qué talento, qué vasta instrucción!... ¿Sabes que me parece que es hora de que te retires? –añadió bajando la voz y atendiendo al ruido de pasos que se oía por el claustro, junto a la puerta de la celda–. Porque aunque aquí me consideran, no quiero infundir sospechas.

-Adiós, y nos veremos antes de que usted vaya a Toledo.

-Sí, y me quedo rogando por ti, Martincillo, por el impío, por el ateo, por el francmasón, por este diablillo atrevido y procaz a quien la Providencia, a pesar de todo, reserva un porvenir de gloria. Adiós.

Le abrazó, y el joven dejó a su amigo enfrascado en grandes dudas sobre el grado de revolución que en aquellos tiempos podía emplearse sin peligro. Su perplejidad no concluyó en todo el día, y paseándose por el claustro, rezando en el coro y sentado en la huerta, no cesaba de repetir: «Es mucho hombre para tan poca cosa».

CAPÍTULO XVII

EL BARBERO DE MADRID

I

Cuando el doctor Albarado recibió de manos de D. Lino Paniagua la carta que le enviaba Martín, se quedó helado de espanto, y en un buen rato no articuló palabra alguna.

—Esto es horroroso, D. Lino; por Dios, ¿quién le ha dado a usted este papel?

—Me lo ha dado... me lo ha dado... —contestó balbuciente el pobre abate—. ¿Pero no trae firma?

—Sí, aquí viene la firma de ese bandido. ¿Pero dónde le ha visto usted? ¡Qué negro delito, qué atrevimiento! Atreverse... Estamos en Sierra Morena[321].

—Bien me lo figuraba yo —decía para sí Paniagua—. ¿Cómo había el doctor de consentir en que Susanita se casara con D. Martín? Ese hombre debe de estar loco.

—¿Pero usted no sabe lo que dice esta carta?... —gritó furioso Albarado

—Sí... ya lo supongo.

—¡Lo supone usted, lo sabe! Luego usted no puede menos de ser cómplice en esta villanía.

---

[321] Cervantes puede acaso inspirar tales referencias a los peligros acechantes en la cordillera de Sierra Morena: "De lo que aconteció al famoso Don Quijote en Sierra Morena, que fue una de las más raras aventuras que en esta verdadera historia se cuenta" y "Donde se prosigue la aventura de la Sierra Morena", *Don Quijote*, Martín de Riquer, *op. cit.*, vol. 1, caps. 23-24, págs. 213-233. Para un análisis preciso de las deficientes comunicaciones españolas del Antiguo Régimen, véase Gonzalo Anes, *El Antiguo Régimen: Los Borbones*, Madrid, Alianza, 1985, págs. 220-235. Para un análisis preciso de Sierra Morena escrito en el siglo XIX, véase Pascual Madoz, *Diccionario geográfico...*, *op.cit.*, vol. 14, págs. 381-384.

–¡Yo, doctor de mi alma... yo cómplice!... ¿De qué?

–¿Ha visto usted alguna acción semejante?

–A la verdad, querido señor doctor, atrevidilla es la pretensión de ese hombre, pero su juventud y su falta de mundo lo disculpan.

–¿Cómo disculpa? ¿Usted está loco?... –dijo el Inquisidor, más furioso mientras más procuraba calmarle D. Lino, equivocado de medio a medio respecto al contenido de la carta.

–Diré a usted... señor doctor –contestó aturdido el abate–. Pero cálmese usted, no se irrite. La cosa no merece la pena. Considere usted...

–¡Cómo que considere! Hombre de Dios, parece que está usted en Babia. Lea, lea y comprenda que está siendo emisario de una partida de bandoleros.

El abate fijó sus ojos con ansiosa curiosidad en la carta, y se quedó al leerla pálido como un difunto.

Aquel terrible documento, como saben nuestros lectores no contenía otra cosa que la intimación del secuestro y el propósito, franca y rudamente manifestado, de no devolver a su familia a la desgraciada joven mientras Leonardo no fuera puesto en libertad.

Don Lino tuvo que hacer un gran esfuerzo de espíritu para no desmayarse. Miraba al doctor con azorados ojos, leía dos o tres veces el malhadado papel y creía ser víctima de una estratagema diabólica.

–¿Dónde, dónde le han dado a usted esa carta?

–Señor... señor... Yo no sé qué pensar –dijo el pobre abate temblando de miedo–. ¡Cómo había yo de creer... yo que pensaba!... pues diré a usted; ha estado en mi casa él, él en persona... hace un momento.

–¿Dónde vive ese hombre, dónde? Al instante hay que empezar a hacer averiguaciones. ¡Qué infame delito! Vamos al instante a casa de mi hermana. Si no acierto a explicarme este desastre... ¡Oh, infeliz Susana! Yo revolveré a tierra para sacarte del poder de esos forajidos... No hay que perder tiempo... Vamos, muévase usted.

Esto decía el buen consejero de la Suprema, vistiéndose a toda prisa para salir de su casa, acompañado de D. Lino, el cual aún no volvía de su estupor ni acertaba a disipar con un juicio o un dictamen cualquiera el angustioso aturdimiento del abuelo.

–¡Oh, la Inquisición! –exclamaba éste por el camino–. Es preciso que ese Sr. D. Leonardo o don demonio sea puesto en libertad hoy mismo... Si no... esa canalla es capaz de hacer una atrocidad... ¡Ah, Susanilla, tú en poder de esa gentuza; tú perdida para siempre! ¡Qué golpe, señor, a mis años!... Esto no tiene nombre.

–¡Qué cosas, qué cosas! –decía a media voz D. Lino, que tan angustiado como corrido no acertaba a formular una protesta ni un comentario.

Al llegar a la casa encontraron a todos en el más alto grado de ansiedad y consternación.

–¿Ya sabes lo que pasa? –preguntó doña Juana–. Susana no ha vuelto, ni el marqués, ni Pluma. No parecen, se les busca por todas partes, han ido allá mil veces, no saben dar razón. Dios mío, ¿qué castigo es éste?

–Toma, mujer lee, lee y comprenderás todo –dijo el doctor, dando a su hermana la carta fatal.

–¡Qué horror! ¡Y ese Muriel!... Si me lo figuré –exclamó erizada de espanto doña Juana–. Es preciso descuartizar a ese hombre. ¿Dónde está la justicia? Al momento, buscarles, perseguirles sin descanso.

–Voy al Consejo, voy a visitar a todos los inquisidores, voy a dar órdenes a los de Toledo, órdenes terminantes. Todo el Consejo me apoyará... Es preciso que hoy mismo quede en libertad ese reo. No nos expongamos al furor de esos miserables; puede matarla. ¡Qué horrible idea!... Sí, voy, voy al Consejo... ¡Maldito Tribunal!... ¡Por qué le odiarán tanto!... Voy, voy...

Así decía el pobre doctor, yendo de aquí para allí, dirigiéndose a todas las puertas y no saliendo por ninguna, tropezando en todas las sillas, quitándose el sombrero cada minuto para abanicarse con él, volviéndoselo a poner y asustando a todos más de lo que estaban con sus descompuestos ademanes y su iracunda voz.

–Buscar la guarida de esos miserables, perseguirlos sin descanso es lo que conviene –repitió doña Juana anegada en llanto.

–No, no irritemos a esa gente feroz. Nos vemos en el caso de aceptar sus condiciones. Es preciso comprar a Susana al precio que nos piden en este papel. Voy, voy...

–¡Que cosas, qué cosas!... –decía nuevamente y por décima vez el pobre Paniagua, que aún no volvía de su azoramiento.

–¡Y el marqués y Pluma presos! ¡Pero qué embrollo! No parece

375

sino que había en esto un plan vasto, hábilmente combinado –dijo doña Antonia la diplomática, que había acudido a la casa a aumentar el barullo.

–¿Pero ves qué iniquidad? Ése es el hombre de quien se contaban tantas atrocidades –añadió doña Juana–. ¿Y Susana? No quiero pensarlo, me horripilo toda.

El doctor al fin regularizó su ira, digámoslo así, y cansado de exclamar «voy, voy» sin ir nunca, trató de poner en práctica el pensamiento que creía más lógico en aquel grave trance. Acompañado de D. Lino, que no quiso abandonarlo en tan tremendo día, salió dirigiéndose a toda prisa a casa del inquisidor general.

II

La tardanza de Susana no produjo en ningún habitante de aquella casa tan violento ataque de nervios como el que sintió el Sr. D. Miguel Enríquez de Cárdenas, hombre excesivamente impresionable en los momentos de apuro. Pero si la tardanza alteró su fisonomía y le dejó sin fuerzas, la lectura del fatal escrito, transmitido por la inocente complacencia de D. Lino, acabó de rendir su frágil naturaleza, y dio con su cuerpo en el lecho, exhalando lastimeros quejidos.

–¡Oh, yo no puedo soportar este golpe, yo me muero! ¡Cuán desgraciado soy! ¡Dios mío, sácanos de este trance! –exclamaba al extenderse en su cama, rechazando todo consuelo y riñendo con todo el que intentara probarle que aquella no era la mayor de las desgracias posibles. Negóse a tomar todo alimento, y hasta reprendió a su mujer por creerla menos abismada que él en las profundidades del dolor. Quería quedarse solo, ansiando la soledad que aman tanto los que padecen, y renegaba de la luz, el sol, del aire, de la vida y de la sociedad.

Por fin, los que le rodeaban, que eran todos los de la casa, le hicieron el gusto de dejarle solo, en plena y absoluta posesión de sus melancolías, asegurándole que le darían conocimiento de cuanto ocurriese. Antes de que su esposa saliera, el inconsolable enfermo dijo con voz desfallecida:

–¡Ah!, si viene el maestro Nicolás le dirás que hoy no me afeito. Sin embargo, que entre; él puede hacernos algún servicio en este asunto. Le hablaré.

El maestro Nicolás era un hombre que diariamente venía a peinar y a afeitar al Sr. D. Miguel de Cárdenas, pero con la particularidad de que éste pasaba horas enteras en conferencia con su peluquero, siendo de notar que las encerronas habían sido más largas que de ordinario en la última semana. No hacía mucho que el maestro Nicolás desempeñaba tales funciones en aquella casa; pero a pesar de esto, la confianza del señor era grande y los criados se habrían llenado de asombro si llegaran a sorprender la franqueza con que el maestro en artes capilares trataba a su parroquiano una vez que se quedaban solos en el despacho.

Pasaron las primeras horas de la mañana sin otros acontecimientos notables que el sinnúmero de visitas llegadas a cada instante y a medida que la fatal noticia del secuestro iba cundiendo por todas las casas amigas. Llegó el señor fiscal de la Rota, al regresar de su paseo por la Montaña; llegó el señor presidente de la Sala de Alcaldes de Casa y Corte, todavía sin afeitar y con la peluca torcida a un lado, indicando así la prisa con que quiso correr a informarse bien del suceso; llegó el señor presidente del Tribunal de la Cámara de Penas; llegaron las de Sanahuja, las de Porreño, y la casa se inundó de amigos llorones que no podían estarse mucho tiempo sin venir a decir su opinión sobre aquel suceso.

Cerca del mediodía llegó el llamado maestro Nicolás y fue introducido al instante en el despacho de D. Miguel. No tardará el lector mucho tiempo en reconocer a este que parece nuevo personaje y no lo es; no tardará en reconocerle, porque hace poco le ha visto con el pintoresco traje que ahora trae en substitución de su primera bordada chupa y del escarolado follaje de sus pecheras blancas como la nieve. El Sr. D. Buenaventura tenía mucha habilidad para transformarse, y desde que intentó hacer el papel de barbero en aquella casa, su artificio fue intachable. En la morada de los Enríquez de Cárdenas, el despacho, que estaba en la planta baja, tenía entrada aparte por la calle del Biombo[322], mientras la puerta principal se abría por la

---

[322] *Calle del Biombo*: "Entre [las] calles de San Nicolás y la de Luzón, y las accesorias del demolido convento de Constantinopla se formaban unos recodos y callejuelas estrambóticas, propiamente apellidadas el Biombo", Mesonero Romanos, *El antiguo Madrid, op.cit.*, pág. 86.

del Factor[323]. La servidumbre notaba la presencia de aquel hombre en el cuarto de su amo, y unas veces le juzgó prestamista, otras agente de negocios, hasta que, por último, su aparición periódica y las funciones barberiles que francamente y a vista de todos desempeñaba, le confirmaron en la creencia de que era peluquero, y nada más que peluquero.

Cuando D. Miguel se incorporó en su lecho y vio junto a sí al Sr. de Rotondo, aguardó a que se extinguiera el ruido del pasillo, y dijo en voz muy queda:

—¡Cuánto ha tardado usted! Estoy con una ansiedad.

—¿Por qué?, todo salió bien —contestó el fingido barbero, sentándose junto a la cama.

—¿Y está segura?

—Por ahora sí, conviene tomar toda clase de precauciones. Se nos persigue con un ahínco...

—¿Sabe usted que fue excelente la idea de fingirse usted mi peluquero? —dijo Cárdenas tomando un polvo de rapé y sonriendo, curado ya del paroxismo que le produjo la desaparición de Susanita.

—Efectivamente; así no infundiré sospechas. Pues sepa usted que el mismo sistema he tenido que adoptar al fin en una gran parte de las casas adonde concurro para estos asuntos. Y tengo que hacer el papel por completo: ya he afeitado y peinado al señor brigadier Deza y al oidor don Anselmo Santonja. Los tiempos andan malos y es preciso huir el bulto. Sólo en la Embajada británica puedo entrar en cualquier traje y eximirme de rapar las barbas a tanto inglesote.

—Conque hablemos, que no hay tiempo que perder. ¿Cómo está Susana?

—No está mal; aquella casa no es palacio ni mucho menos; pero por unos días...

—Bien decía usted que ese D. Martín nos había de resolver la cuestión por su propia iniciativa. ¿Y él qué piensa hacer?

—Está decidido a no entregarla mientras el D. Leonardo, que también es buena pieza, no sea puesto en libertad.

—¿Y si le dan libertad, como pretende el doctor, cediendo a la intimación de Muriel?

---

[323] *Calle del Factor*: Sobre el origen de esta calle establecida en el siglo XVI, véase *Ibíd.*, pág. 38.

–¡Oh!, no se la darán; ya he previsto yo ese caso. Todo nos sale a pedir de boca. Cuando nos devanábamos los sesos para encontrar un medio de hacer desaparecer a Susanita, sin que fuera preciso emplear la muerte, ese hombre nos vino como llovido. La repentina pasión que la niña sintió por él, pasión descubierta por usted desde la primera entrevista que tuvieron en esta casa, nos dio esperanzas de ver resuelta la cuestión. Usted no tenía confianza en que aquello diera los resultados que apetecíamos, y yo le decía: «Paciencia, D. Miguel, paciencia; usted verá cómo ese tronera va a hacer un experimento revolucionario en Susanita. Ella le ama, él no puede aspirar a su mano; el día menos pensado carga con ella y se la lleva por esas tierras». Ya ve usted cómo al fin ha buscado la satisfacción de sus agravios por este camino.

–Pero él no la ama, él la abandonará tal vez, y Susana aparecerá en nuestra casa cuando menos la esperemos.

–¡Verá usted como no! Él es perseguido; él va a tomar parte muy activa en nuestro negocio. Como D. Leonardo no ha de ser puesto en libertad, y de eso respondo, Muriel, que es tenaz o inexorable, no soltará su presa y se la llevará consigo. Puede ser que la abandone; pero de cualquier modo que sea, yo le prometo a usted que Susanita no volverá a parecer.

–¿Lo cree usted firmemente? –preguntó Cárdenas con ansiedad.

–Firmemente. En último caso yo tengo tomadas mis precauciones, y si hubiera peligro, se adoptaría una resolución decisiva y radical que le sacase a usted del apuro.

–¡Matarla! –exclamó con espanto D. Miguel–. ¡Oh, no!, esa idea me trastorna. Quiero que desaparezca, pero no que muera.

– Sí, yo comprendo esa sensibilidad; ¿pero si llegara el momento en que fuera preciso?

–No me diga usted eso... no... por Dios... ¡Un asesinato!

–Bien; yo estoy comprometido a sacarlo a usted de este apuro en caso de que hubiera peligro. Si el secuestro se descubre, lo que deba hacerse se hará. Por lo demás, yo creo que D. Martín ha de portarse tan bien en este negocio que no nos pondrá en el caso de hacer una atrocidad.

–Dios lo haga –dijo D. Miguel con el ademán del que implora del poder divino una merced señalada.

–Sí; no creo que llegue el caso. Pero si llega... No piense usted eso, y yo me entiendo. Puede usted considerar logrado su deseo. Susanita ha desaparecido. Bien pronto se dirá que su secuestrador le ha quitado la vida, aunque no sea cierto, y usted será conde de Cerezuelo, dueño de la inmensa fortuna de esta casa.

Los ojos de D. Miguel brillaron con cierta animación que no era en él habitual.

–Ya ve usted que no nos ha costado gran trabajo. Otro lo ha hecho. La desigualdad entre los dos, el carácter de él, sus ideas sobre la nobleza y la sociedad, su audacia, su propósito de conseguir la libertad del amigo, han sido causa de esta gran resolución. Bien dije al conocer a D. Martín que era un hallazgo inapreciable.

–Pero aún no veo yo resuelta la cuestión. Ese hombre puede conocer hoy mismo que ha servido sin quererlo nuestros intereses y ponerla en libertad.

–Descuide usted, eso corre de mi cuenta. Yo respondo de que Susanita no volverá a aparecer.

–¿Me lo promete usted?

–Con toda seguridad. Ahora falta que usted cumpla su parte en el pacto que hemos hecho. Usted me juró que si llegaba a ser heredero forzoso de su hermano el conde, me daría cien mil duros para la causa fernandista. Sólo a este precio, y atento siempre a llegar fondos con que atender los gastos de la causa nacional, me he comprometido yo a combinar las cosas de modo que lleguemos a la solución apetecida.

–Bien, yo cumpliré mi palabra –contestó Cárdenas–; pero aún no veo la cosa muy segura. Esperaremos a ver en qué para esto. Cuando no haya duda alguna, yo sabré cumplir mis compromisos. Soy tan receloso que a cada instante me parece que veo entrar a mi sobrina por la puerta de la casa. Otra cosa: ¿no me ha asegurado usted que D. Leonardo no sería puesto en libertad? ¿Y de qué medio se vale usted para conseguirlo?

–Ya lo tengo conseguido. El padre Corchón, que es el que maneja los títeres en la Inquisición de Toledo, me lo ha asegurado.

–¿A ver, a ver? Explique usted eso.

–Es muy sencillo. Don Pedro Regalado Corchón ha entrado recientemente en nuestro partido con gran entusiasmo, inducido por otros cofrades suyos y aún muchos capitulares de aquella santa iglesia, tenazmente empeñados en la caída del favorito. Escoiquiz ha hecho la adquisición de casi todo el clero toledano, y entre los nuevos adeptos no hay ninguno más rabiosamente decidido en favor del Príncipe que el señor padre Corchón.

–Y ese Sr. Corchón, ¿es un hombre de mérito?

–Es un clerigote ignorantón y apasionado, autor de catorce tomos sobre la *Devoción al Señor San José* y otras obras ridículas que no han visto la luz para bien de las letras. Pero no conozco quien despliegue más celo por una causa mundana que ese bendito. No contento con simpatizar con la causa fernandista, se ha metido de cabeza en la conspiración activa, y es uno de los que más han trabajado recientemente. La idea de que los intereses eclesiásticos están desatendidos por el Gobierno del favorito y la noticia de que se van a desamortizar algunos bienes del clero, ocupan constantemente su arrebatada imaginación[324]. Es un hombre rudo, grosero, intolerante, pero todas estas cualidades son a propósito para el caso. El clero es uno de los principales elementos con que contamos, y el tal Corchón nos está haciendo servicios que lo hacen acreedor a una mitra el día que triunfe el Príncipe.

–Ese nombre no me es desconocido. Ese clérigo era inquisidor en Madrid hasta hace muy poco tiempo; me parece que es uno de quien era gran amiga e hija espiritual doña Bernarda Quiñones.

–El mismo en persona. Hace poco le trasladaron a Toledo y allí le conquistó D. Juan Escoiquiz, decidiéndole a trabajar por la causa. Anoche ha llegado aquí para conferenciar conmigo y ponernos de acuerdo sobre ciertas particularidades de mucha urgencia.

–¿Y él decide de la suerte de ese D. Leonardo?

–Precisamente. Ya hemos hablado de eso y me ha prometido con toda formalidad que el preso no verá la luz del sol en todo el tiempo que yo quiera.

–Pues si lo toma con empeño el doctor, que es consejero de la Suprema...

–Ríase usted de la Suprema. ¿Si sabremos lo que son esas cosas? La Suprema escribirá; lo tomará muy a pecho, si se quiere, el mismo

---

[324] El delirio quijotesco en su vertiente psicótica (arrebatada imaginación) no es sólo compartido por Pepita Sanahuja, La Zarza o Martín Muriel. El extremismo católico del padre Corchón, según se observa, distorsiona su percepción de la realidad circundante.

inquisidor general; pero los de Toledo emborronarán mucho papel, y mientras van y vienen, y se dice y se contesta, D. Leonardo se pudrirá en su calabozo. Ya sabe usted lo que es la Inquisición y cómo procede. Descuide usted, el padre Corchón no promete las cosas en vano tratándose de apretar los tornillos de la máquina inquisitorial. Yo le dije: «Reverendo señor: por una serie de circunstancias que explicaré a V. S. en tiempo oportuno, nuestra causa exige que ese D. Leonardo continúe siendo un francmasón temible y un endiablado hereje, para que no haya poderes en la tierra que le puedan poner en libertad, al menos por ahora». Y él me prometió con júbilo que así sería.

–Es usted invencible, Sr. D. Buenaventura –dijo con verdadero entusiasmo el Sr. de Cárdenas–. Lo que usted no logra ya puede tenerse por imposible.

–Y eso que no puse en conocimiento del Sr. Corchón que la prisión de Leonardo, con la intriga a que va unida, nos producía cien mil duros para nuestra santa causa; que eso me lo guardo y es, sólo acá para entre los dos.

–¿Y no pedirá ese venerable algún piquillo por su complacencia?

–Espero que sí, y será preciso dárselo. Para estos gastos y otros igualmente necesarios no espero otra cosa sino que usted me abra la caja, Sr. D. Miguel de mi alma.

–¡Oh, no, todavía no! –contestó Cárdenas con diligencia–; yo no tengo aún seguridad completa. ¡Si, como he dicho antes, me parece que va a entrar Susana por aquella puerta!...

–He asegurado a usted que Susana no volverá; puede considerar la cuestión concluida y juzgarse heredero de su hermano, el cual bien sabemos que no puede durar mucho tiempo.

–¡Ah!, yo estoy muy receloso –dijo el futuro conde con cierta expresión de misticismo–; me parece que Dios nos ha de castigar.

–A nosotros, ¿por qué? –añadió con cínica sonrisa el Sr. D. Buenaventura–. ¿Acaso la hemos secuestrado nosotros?

–¡Ah!, no; pero esa seguridad que usted muestra de que ha de desaparecer, me indica que tiene algún proyecto terrible.

–No se preocupe usted de eso. Fuera dudas. Lo que yo deseo es que usted cumpla sus compromisos como yo cumplo los míos. Precisamente en estos días me hacen mucha falta los cien mil duros. Hay mucho dinero, pero se gasta mucho. No tiene usted idea de lo que se ha repartido.

–Bien, yo daré esa cantidad cuando tenga seguridad completa de que heredo a mi hermano.

–¿Podré tener los cien mil duros esta noche? –preguntó Rotondo, levantándose en ademán de partir.

–Venga usted, hablaremos.

–Bien; espero que lo compondremos de modo que no le quedará a usted recelo alguno.

Los dos personajes se estuvieron mirando un momento sin decirse palabra, leyendo respectivamente en sus miradas las intenciones y los deseos de que estaban poseídos. Se comprendieron perfectamente y no pronunciaron palabra alguna. Cuando Rotondo salía, Cárdenas se tendió de nuevo en su lecho, y ocultando el rostro entre las almohadas, dijo con voz oída tan sólo por él mismo: «¡Pobre Susanilla!».

CAPÍTULO XVIII

EL ESPÍRITU REVOLUCIONARIO DEL PADRE CORCHÓN

I

Aquella noche no fue Rotondo a casa de Cárdenas, a pesar de que lo había prometido, por lo cual éste creyó que alguna grave dificultad ocurría en la conspiración. El doctor entró veinte veces y volvió a salir otras tantas, diciendo siempre que llegaba: «Ya se arreglará todo, no hay que apurarse; hoy mismo la tendremos aquí». Doña Juana no se calmaba por esto, y doña Antonia aseguraba que estando en tan inexpertas manos las riendas del Estado no debía extrañarse que ocurrieran a cada paso tales atropellos. Ya se había dado aviso de lo ocurrido al conde, y éste había resuelto venir inmediatamente a Madrid, enfermo y postrado como estaba.

Entretanto Rotondo y Muriel, ya entrada la noche, estaban sentados sobre una gruesa piedra sillar en el patio de la calle de San Opropio, dándose cuenta de lo acaecido hasta aquel día y poniéndose de acuerdo para lo que debía hacerse en el siguiente. El joven miraba al corredor por la parte en que estaba el encierro de la prisionera, y tenía con tal tenacidad los ojos fijos en aquel punto, que su amigo no pudo menos de sacarle de su abstracción, diciéndole:

—No tema usted que se escape, Sr. D. Martín, aunque salga al corredor, no encontrará a otra persona que el desventurado La Zarza, y éste no podrá darle libertad. La verdad es que los manjares que le ha dado hoy la tía Socorro no habrán sido tan buenos como los de su casa; pero unos días se pasan de cualquier manera. ¡Cuántos viven semanas enteras sin comer otra cosas que mendrugos de pan, y por eso no dejan de vivir como unos caballeros!

—No temo que se escape. Estaba pensando —contestó Martín— en lo que dirá de mí esa señora. ¿Cómo me juzgará? Debe sentir un odio terrible.

–No se preocupe usted de eso. ¿Y el pobrecito D. Leonardo?

–Es cierto, todo está compensado. ¡Qué gran crisis debe estar pasando el carácter soberbio y dominante de Susana! ¿Creerá usted una cosa?

–¿Qué?

–¿Creerá usted que no me atrevo a acercarme al cuarto donde está? Le tengo miedo.

–¿Miedo? Comprendo la lástima; pero el miedo... Ya se ablandará. Esta gente no es temible sino cuando se la trata bien. De seguro que ella no se ha condolido del infeliz que se aniquila en los sótanos de la Inquisición. Vea usted cómo por medio de un mal se consigue un bien extraordinario. ¡Si a todas las víctimas de aquel Tribunal aborrecido se las pudiera librar encerrando por unos cuantos días a cualquier dama de la Corte!... Ha de saber usted que el Dr. Albarado ha tomado el asunto tan a pecho que es probable que mañana mismo veamos libre a D. Leonardo. En tal caso no tardaríamos en saberlo.

–Dios lo quiera –contestó Martín sin dejar de mirar al corredor–; veremos qué acontecimientos nos trae el día de mañana.

–Mañana –dijo Rotondo– saldrá usted para Aranjuez; no se puede perder ni un día más; mañana a la noche sin falta.

–Y puesto que tengo que ceñir mi voluntad a otras voluntades, ¿qué es lo que debo hacer?

–¿Usted me lo pregunta? ¿Un hombre como usted pregunta lo que tiene que hacer? Para esta obra tiene usted bastantes ideas y no necesita pedirlas a nadie. Lleve usted a la práctica lo que piensa y lo que desea, y basta. Encuentra el terreno preparado; el pueblo tiene ya su deseo y la dosis de rencor que le corresponde para el caso: no falta más sino que se le diga algo que todavía no sabe. El primer movimiento es lo delicado; nosotros no hemos encontrado otro con mejores condiciones que usted para dar la primera voz.

–¿Y hasta dónde iremos?

–Hasta donde usted quiera. Ha de haber una conmoción que resuene en el Alcázar de Aranjuez, donde estará la Corte desde mañana. El grito será *¡Abajo el Guardia!* y pedir al Rey su destitución. Pero en esto cabe mucho, y si la pasión popular se excede, puede llegar hasta mucho más.

—¿Hasta dónde? —preguntó con viva curiosidad Martín.
—Hasta pedir la abdicación de Carlos IV y proclamar a Fernando VII rey de España.
—¿Nada más?
—¡Pues no sé! Ya sé yo lo que usted quiere —dijo Rotondo sin admirarse de que a Muriel le pareciera aquello bien poco—. Pero no reñiremos por una legua más o menos de distancia en el camino de la revolución. Puede ir usted hasta donde quiera: lo que importa es que se vaya a alguna parte. Usted comprenderá ya que este pueblo se mueve con dificultad; pero una vez tomado el primer impulso, marcha mejor que otro alguno por la pendiente de la insubordinación. ¡Cuánto escasean aquí los verdaderos revolucionarios! No tenemos más que unos cuantos caballeros, muy estudiosos, muy parlanchines, pero que no saben cómo se bate el cobre en las altas ocasiones. Usted ha sido elegido para este asunto, porque no se contenta con pensar la revolución, sino que la siente, la respira en la atmósfera, la ve en la luz y la lleva perpetuamente consigo en las cualidades fundamentales de su carácter.

—¿Conque salgo mañana para Aranjuez y Toledo? —preguntó Martín, sin hacer gran caso del pomposo elogio que acababa de oír.

—Sí, mañana a la noche; hallará los caballos preparados en una venta que hay fuera de la puerta de Santa Bárbara[325], y allí estarán también los que deban acompañarle. En Aranjuez[326] se amotinará el pueblo; pero a pesar de eso, usted no se detiene allí más que un día para ponerse de acuerdo con ciertas personas cuyos nombres y señas llevará, y luego parte a Toledo, donde está todo prevenido para algo más que un motín. Allí hay depósitos de armas y gente reclutada en toda Castilla y Andalucía para imponer miedo a la Corte de Aranjuez. Yo quisiera que usted lograse infundir su espíritu en las personas que allí tenemos para dirigir el movimiento,

---

[325] *Plaza de Santa Bárbara*: "Esta plaza, cuyo suelo forma un pronunciado declive, era una de las salidas de Madrid por la puerta situada donde luego se abrió la glorieta que se llamó igual que la plaza de que tratamos", Répide, *Las calles de Madrid, op.cit.*, pág. 674.

[326] *Aranjuez*: Municipio madrileño y antiguo Sitio Real, situado a orillas del Tajo. El palacio de Aranjuez se construye durante el reinado de Felipe V (1701-1746). Allí fallece en 1758 la reina doña Bárbara de Braganza, esposa de Fernando VI (1746-1759). Será en esa localidad madrileña, en efecto, donde se inicia el motín que pone fin al influjo político del valido Manuel Godoy el 17 de marzo de 1808. *El audaz*, ambientada en 1804, anticipa esos acontecimientos aunque en la novela galdosiana éstos remiten a la previa conspiración de El Escorial (1807). Para un análisis preciso de esta localidad madrileña, véase Pascual Madoz, *Diccionario geográfico..., op.cit.*, vol. 2, págs. 430-445.

gente inexperta y sin ninguna clase de genio revolucionario. En cuanto usted llegue los conocerá a todos, porque yo le daré la clave de las relaciones. Habrá primero un hambre fingida, y después una asonada que será la señal del alzamiento nacional. A usted le obedecerán en esa asonada. Será usted omnipotente una noche, y sólo cuando el movimiento se regularice tendrá que sujetarse a voluntades superiores. Por una noche tendrá inmensas fuerzas a su disposición y el rencor popular hábilmente atizado.

–¡Por una noche! ¡Seré omnipotente una noche! –murmuró Muriel meditabundo, pensando sin duda sobre el punto de apoyo que pedía Arquímedes para mover el Universo[327].

–Sí –continuó D. Buenaventura–, una noche de poderío absoluto sobre miles de hombres armados.

–Bien, pues deme usted cuantos papeles necesite llevar, que estoy dispuesto a salir.

–Llevará usted todo lo necesario.

–¿Y Susana?

–Mañana pensaremos lo que se hace de ella en caso de que el doctor no responda de un modo satisfactorio a la intimación que se le hizo. No se cuide usted de eso. Puede llevársela o dejarla, según quiera. Si queda aquí ya la guardaremos bien.

Martín miró otra vez con mucha fijeza al corredor, y dijo sin apartar de allí la vista:

–Mañana lo decidiremos.

–Conviene que vea usted al padre Corchón. Él le dará también instrucciones, y en el asunto de D. Leonardo tal vez puedan ustedes avenirse.

–Es verdad, sí; ¿cuándo le podré ver?

–Mañana temprano. Yo mismo le llevaré a la presencia de ese grande hombre.

II

En efecto; a la mañana siguiente muy temprano los dos entraban en la casa del reverendo, que acababa de levantarse y se ocupaba en

---

[327] *Arquímedes*: Uno de los sabios más famosos de la Antigüedad, matemático y físico, nacido en Sicilia en el año 285 a.C. En *El audaz* se hace mención a la célebre frase atribuida a Arquímedes por el filósofo griego neoplatónico Proclo (412-485) cuando éste consigue levantar un barco encallado: "Dadme un punto de apoyo y levantaré el mundo".

dar la última mano al primer capítulo del tomo XV sobre la *Devoción al Señor San José*. Rotondo dejó allí a Martín y partió a afeitar no sabemos qué encumbrado conspirador.

—Ya me había hablado de usted con muchos elogios el Sr. D. Buenaventura —dijo D. Pedro Regalado, levantando la pluma y quedándose con la mano suspensa en la actitud con que suelen pintar a los padres de la Iglesia.

—¿Ya le habrán dicho a usted que debe salir esta misma noche para Aranjuez y Toledo?

—Sí, señor, y pienso salir.

—Dicen que tiene usted buen ánimo y mucho... pues... Veremos si se logra el objeto apetecido. Yo tengo miedo, francamente.

—Al fin será; lógicamente tiene que suceder lo que ahora se desea, porque el estado del país así lo muestra. La turbación de los tiempos es tal que no puede menos de estar cercana una gran catástrofe. Yo la creo inminente, inevitable.

—Cierto, cierto; esto no puede seguir así mucho tiempo. El timón está en muy malas manos y la nave se va a estrellar contra las rocas —dijo Corchón con pedantería, creyendo que esta figura tenía alguna novedad.

—Basta abrir los ojos para comprender que aquí es necesaria una transformación radical. Si España sigue mucho tiempo más sorda a la voz del siglo, no podemos decir que vivimos en Europa. Usted conocerá perfectamente los vicios de esta época, los antiguos cánceres que devoran a nuestra sociedad y la precisión en que estamos los hombres de la actual generación de poner remedio a tantos males.

Corchón miró a Muriel con cierto estupor, como no comprendiendo bien lo que había oído; pero no hallándose dispuesto a pasar por ignorante, dijo:

—Efectivamente; la gente de hoy no es como la gente antigua. Ahora los filósofos y sus pestilentes ideas han venido a revolver estos piadosísimos pueblos, y Dios sabe dónde nos llevarían si no atajásemos el mal antes de que tome desarrollo.

—La gente de hoy es peor que aquélla, porque ha perdido todas las calidades de los antiguos, sin adquirir otras nuevas.

—Es lo que le digo a usted —continuó Corchón animándose—, la peste de la Filosofía... Pero ya la arreglaremos nosotros. Como triunfe nuestra causa y veamos en un patíbulo al inicuo *Guardia*... Porque, ¿usted qué cree? Este vil Gobierno es el que ha puesto las cosas como están. Cuando reine el Príncipe verá usted cómo se levanta la religión otra vez y tenemos a los filósofos guardaditos en las cárceles del Santo Oficio para que expliquen sus teorías a las ratas y a las telarañas.

–¿Pero la causa del príncipe Fernando lleva por norte acabar con los abusos y extinguir poco a poco la tiranía y la corrupción que nos consumen?

–Nuestra causa es la destrucción de Godoy y de los suyos, y el esplendor de la santa religión y de sus venerables ministros, menoscabados con estas ideas y estos modos de gobernar que ahora corren.

–¿Y ahora se creen menoscabados los ministros de la religión? –dijo Martín con expresión de burla–. Si la sociedad es suya, si ellos disponen de nuestras haciendas y de nuestra libertad a su antojo. Yo creo que usted se equivoca, Sr. D. Pedro Regalado. La causa del Príncipe no puede tener por fin aumentar los abusos y corromper más lo que ya está harto corrompido.

–Usted es el que se equivoca –observó el inquisidor poniéndose encendido como un tomate y tomando el tono solemne que le era habitual siempre que decía algún disparate–. Usted es el que no sabe lo que pretende el partido fernandista. ¡Oh!, nosotros triunfaremos; pero yo aseguro que la herejía, la filosofía y el masonismo van a quedar enterrados para siempre. ¡Qué tiempos! ¿Pues se puede creer que aquí en nuestra querida España haya llegado el Santo Oficio al miserable estado en que hoy se encuentra, convertido en máquina inútil, sin fuerza ya para dirigir el mundo y guiar a los pueblos por el camino del bien? Si le digo a usted que esto es insoportable. Pero ya vendrá, ya vendrá...

–Pues si el partido fernandista es lo que usted dice –contestó Muriel–, será más aborrecido, más bárbaro y más digno del desprecio universal que el de Godoy. Yo creo, Sr. D. Pedro Regalado, que usted no está en lo cierto. Esto se acabará para que venga una cosa mejor. Si viniera lo que usted dice era preciso creer que no había Providencia, y que vivimos al acaso en este mundo, sujetos al capricho de una fatalidad absurda.

Al oír esto el padre Corchón, vaciló un momento entre la ira y la cobardía. Estuvo aturdido algún tiempo, porque Martín se expresaba con decisión y elocuencia; pero luego se repuso, gracias a su petulancia[328], que era tanta como su astucia, y dirigiendo al revolucionario una de aquellas miradas terroríficas que él guardaba para las grandes escenas del procedimiento inquisitorial, le dijo:

–Usted no sabe con quién está hablando. Usted no sabe sin duda quién soy, o si lo sabe no puedo creer que tenga sano el juicio. Por ser un joven sin experiencia se le pueden perdonar sus irreverentes palabras; ¿pero qué ha dicho usted? ¿Usted sabe lo que ha dicho?

–Que si el partido fernandista representara la Inquisición montada a la antigua, la amortización y el Gobierno absoluto, sería el partido de la barbarie, merecedor de que todos sus hombres fueran tenidos por locos o por imbéciles[329].

–¡Locos o imbéciles! –repitió Corchón levantándose colérico de su asiento–. ¿Y sufro tales irreverencias? Joven, ¿sabe usted con quién está hablando, sabe usted quién soy yo?

–Ya lo supongo –contestó Martín en tono de desprecio–. Pero usted, Sr. Corchón, no sabe lo que se dice. La causa del Príncipe representa, y no puede menos de representar, la adopción de los principios de gobierno fundados en la libertad, la extinción de los privilegios y el fin del mundano poderío de un clero fanático y, por lo general, poco ilustrado, eterno obstáculo de nuestra prosperidad y esplendor.

–¡Qué buena pieza me ha traído aquí D. Buenaventura! –dijo Corchón furioso–. ¿Y ésta es la gente que nos ha reclutado? ¡Un filosofastro! ¡Por San José bendito, y qué lindos mozalbetes hay en este Madrid! ¿Pero usted no me conoce? ¿Usted no sabe quien soy?

–No le conocía a usted más que de nombre por lo que de usted me habló el padre Matamala, y en verdad, yo creí que fuera el Sr. Corchón hombre de más provecho. Pero también es verdad que para inquisidor está que ni pintado. El Santo Oficio no merece más.

–¡Pero usted ha venido aquí para burlarse de mí! ¡Ah!, si no fuera porque se ha determinado que vaya usted a Toledo con cierta comisión, ¿cómo se había usted de escapar, cómo?

---

[328] *Petulancia*: Insolencia, atravimiento o descaro. Vana y ridícula presunción (*DRAE*).

[329] Tales afirmaciones de Muriel presentan una gran contemporaneidad en la novela galdosiana de 1871. Los principios retrógrados de ese partido "fernandista" en 1804 son diametralmente idénticos a los mantenidos por las facciones carlistas y los grupos neocatólicos durante el "Sexenio Revolucionario".

–Sí, ya comprendo con cuánto placer me echaría usted mano; pero por hoy, padre, no puede ser –dijo Martín con cruel ironía.

–¡Oh!, nostros triunfaremos, y después... –indicó don Pedro con ira.

–Ustedes no pueden triunfar sin mi ayuda.

–¿Cómo? ¿La causa de Dios no puede salir victoriosa sin la ayuda del demonio?

–No; así está determinado –repuso Martín con serenidad–. ¡Desgraciado país si no estuviera llamado a salir de tales manos! Si la conspiración del partido fernandista no tiene más objeto que el que usted acaba de decir, ¿están seguros de que al llevarse a cabo no ha de ir más allá de la línea que le han trazado?

–Señor mío –dijo el padre Corchón echando a su interlocutor una de aquellas miradas que tiene la ignorancia presuntuosa para su uso particular–. Usted se toma en mi presencia unas libertades... La culpa tengo yo, que le admito a platicar conmigo. ¿Usted sabe quién soy? ¿Pero usted lo sabe bien? No puedo consentir que se mezcle usted en mis asuntos, y cada vez me admiro más de que una persona como el Sr. D. Ventura haya puesto en autos a hombres de tal estofa. Y usted estará muy consentido en que lo vamos a dejar meter su cucharada en este negocio.

–Lo mismo me importa –dijo Martín levantándose–, no tengo entusiasmo por la idea fernandista. La revolución que yo he soñado no cabe en estos espíritus pequeños, únicamente animados de femenino rencor hacia un hombre. Hoy, al conocerle a usted, pierdo otra de mis ilusiones, y a cada paso que doy, el vacío que hay en derredor de mi pensamiento es más grande y más espantoso. Sólo la desesperación, el abandono en que me hallaba y los vejámenes que recibía pudieron impelerme a prestar el concurso de mi acción a este ridículo movimiento político que habéis imaginado. Ya no puedo volver atrás, ni lo quiero tampoco, que una vez perdida la fe, y conociendo la escasez de elementos que aquí existen para cosa más alta, yo me entrego al Destino; y siguiendo a los que de cualquier modo y con un fin cualquiera conmuevan esta sociedad, iré a presenciar sus convulsiones, sin esperanza de que de esta lucha salga nada útil ni bueno. Yo no aspiro a nada; ya ni siquiera aliento el firme deseo de salvar a mi pobre amigo de los tormentos del Santo Oficio. Un día llegará en que todo me sea indiferente, sociedad, hombres; porque cuando se aspira a fines elevados y se tiene el sentimiento de la patria y de la civilización, cuando se da el primer paso y se tropieza con tales hombres, con el egoísmo, con la ignorancia, con la envidia, el alma se oprime y se desea no haber nacido.

–¿Pero usted no me conoce; usted no sabe quién soy? –repitió el padre Corchón confundido y absorto.

–Sí, he venido a conocerle y me voy satisfecho –repuso Martín–. No necesito saber más. Adiós.

Y diciendo esto, Muriel volvió la espalda y se retiró lleno de cólera, dejando al padre con medio palmo de boca abierta. Éste, creyendo juzgar al otro de la manera más benévola, dijo para sí que no podía menos de estar rematadamente loco.

III

Calmóse luego el reverendo de su agitación, y tomando de nuevo la pluma iba a recomenzar su interrumpido trabajo. Ya recogía sus ideas para seguir el capítulo LVIII, que se titulaba: *De por qué el Señor San José es abogado de los celos*, cuando una criada entró y puso en sus manos una carta doblada en triángulo, que abrió con afán y leyó al momento. La epístola decía así:

«Toledo, 7 de mayo.

Mi muy querido y reverenciado Sr. D. Pedro Regalado: Ban ya 3 días que usted salió de aquí y lla nos parece que se a hido por sécula culorun. ¡Que solEdad tan Grande! Sin sus consegos espirituales me parece queme falta la Mi taz del Halma, pues usted Me con suela de todas mis penas. No dego de pensar si le sucedera halgo malo, y Si nos olvidara en esa, por Que el demonio no se duerme. Por fin he degado ir a Engracia a Arangued, con las de Sanaguja, que la mandaron a Vuscar. Ya esta mas Consolada de sus Melancolías, y Dios y su Santa madre permitan que olbide a Aquel pelafustran que tanto nos izo rrabiar. No hay mas Nobedaz por esta su casa, sino que lespera cona Fan su desconsolada hija espiritual, que le reberencia, Bernarda Quiñones. P. D. En su carta deme Noticias de D. Narciso Pluma».

Corchón leyó, dejó a un lado la carta y continuó su grande obra.

IV

—¿Qué tal, ha hablado usted con el padre Corchón? —preguntó a Martín D. Buenaventura al verle entrar en la casa la tarde de aquel mismo día.

—Sí, y vengo edificado con la santa bondad del reverendo inquisidor —contestó el radical con sarcasmo.

—Se me había olvidado decirle a usted que era un pedante insufrible, un verdadero almacén de tonterías y de vanidad.

—¡Y éstos son los hombres —exclamó Martín con tristeza—, éstos son los hombres cuyos intereses servimos al exponer nuestras vidas y nuestra libertad! ¡No, la causa del Príncipe no es la causa del pueblo, no es la causa nancional! En apariencia así será; pero, realmente, si el triunfo es nuestro, el pueblo seguirá oprimido y humillado por los señoríos y las gabelas[330]; seguirá bajo la influencia de clases eclesiásticas empeñadas en perpetuar sus preocupaciones y en que no abra jamás los ojos a la luz; seguirá sin leyes que garanticen su trabajo y su libertad, y la nación saldrá de unas manos para pasar a otras, como el esclavo que un amo vende a otro.

—¡Ah!, no es enteramente lo que usted se figura —contestó Rotondo—. Cierto es que nosotros admitimos bajo nuestra bandera a todos los descontentos de Godoy, cualquiera que sea el motivo. Las revoluciones no se hacen de otra manera.

—Mis conversaciones con el fraile de Ocaña y con el inquisidor de Toledo me han enseñado claramente que ninguna idea elevada mueve a esos hombres, clérigos ambiciosos que aún no se consideran con bastante poder.

—No les haga usted caso, y vayamos derechos a nuestro fin.

—Sí, pero cuando considero que esa gente espera la caída del *Guardia* para agrandar su influjo, aumentar sus riquezas y, lo que es peor, complicar y extender más la horrenda máquina de la Inquisición, no sé por qué encuentro al Príncipe de la Paz digno de amor y disculpables todos sus vicios.

---

[330] *Gabela*: Tributo, impuesto o contribución que se paga al Estado (*DRAE*). Ese tipo de juicios hostiles a los privilegios fiscales disfrutados por el estamento de la aristocracia son ampliamente desarrollados en los pioneros ensayos revolucionarios del abate Sieyes, *¿Qué es el tercer estado?*, 1789, y *Ensayo sobre los privilegios*, 1788, trad. D. Bas., ed. Edme Champion, Barcelona, Oikos-Tau, 1989.

–No haga usted caso de las pretensiones de esos hombres. Cierto es que Matamala pretende una mitra, que Corchón daría el mundo entero por la plaza de inquisidor general, pero a nosotros, ¿qué nos importa eso? Vamos a nuestro objeto. ¿Quién sabe lo que vendrá después? Ya le dije a usted que de este movimiento bien puede resultar una completa reforma. Usted cumpla su deber. Recuerde lo que dije: «Usted va a ser omnipotente por una noche; va a tener a su disposición un pueblo armado y furioso. Veremos el partido que saca de esos elementos. Ánimo, y salga lo que saliere. Vaya usted hasta donde quiera ir».

–Bien: yo haré lo que me convenga y aquello que sea expresión de mis sentimientos y de mis ideas.

–Al grito de *abajo Godoy* una usted la idea que más le agrade. Las revoluciones, a lo que yo entiendo, se hacen por inspiración y no por cálculo. Dios sabe lo que saldrá de este frenesí.

–Pero yo me encuentro solo –dijo Martín con angustia–. No encuentro quien sienta lo que yo siento: nadie responde a la idea que yo tengo formada de la revolución. No hallo más que bajas ambiciones, egoísmos, envidias; gente vulgar que ha concebido un cambio de Gobierno, y nada más. Si, como usted dice, soy omnipotente una noche, en esa noche me creo capaz de infundir mi pensamiento en la acción ciega e infecunda que se prepara. Si el pueblo supiera comprender ciertas cosas; si pudiera conocer lo que es y lo que vale, entonces...

–El pueblo lo comprenderá; ¿por qué no? –afirmó don Ventura–. La prueba está cercana. Esta noche sin falta parte usted para Toledo. Aquí tiene usted cuatro cartas, unas para Aranjuez y tres para Toledo. En cuanto llegue usted a esta última ciudad, una persona le informará de todas las particularidades de la cosa; verá usted la fuerza de que se dispone, el espíritu que la anima; en fin, conocerá usted mejor que ahora lo que tiene que hacer.

–¿Esta noche?

–Sí, a las diez en punto. En la Venta le esperan a usted buenos caballos y los hombres que le han de acompañar.

–¿Y Susana?

–Corre de mi cuenta.

–Quiero ponerla en libertad y devolverla a su familia. Desde que conozco a Corchón comprendo que no hemos de libertar a Leonardo por este medio.

-¡Oh!, se equivoca usted. Si el Consejo Supremo lo toma con empeño... ¿Cuándo piensa usted ponerla en libertad? –dijo Rotondo, fingiendo que aquel asunto no le importaba gran cosa.

–Ahora mismo.

–¡Qué disparate, qué locura! Pues si tengo entendido que ya el inquisidor general habrá expedido allá órdenes terminantes... Esperemos hasta la noche.

–Bien, esperemos –dijo Martín, mirando al corredor.

En seguida dio algunos pasos hacia la escalera con intención de subir; pero se detuvo meditando, y retrocedió al fin.

–¿Le tiene usted miedo todavía? –preguntó D. Buenaventura sonriendo.

–La veré después –murmuró, volviendo a mirar.

Pero sólo el pobre La Zarza atravesó la crujía, exclamando: «¡Desdichada princesa de Lamballe! Ya se acerca tu última hora».

CAPÍTULO XIX

LA SENTENCIA DE SUSANA

I

Don Miguel de Cárdenas, vencido por su acerbo[331] dolor, continuaba rechazando todo consuelo. Nadie entraba en su cuarto a arrancarlo de sus tristezas; y tal era su hipocondría que ni aún había querido ver a su hermano el conde de Cerezuelo, llegado al mediodía en litera postrado y moribundo. Al saber la noticia del secuestro, el pobre solitario de Alcalá, que se hallaba en fatal estado de salud, se empeoró de tal suerte que el Sr. Segarra tuvo serios temores y llamó a todo el protomedicato de la ciudad complutense.

A pesar del dictamen contrario de los médicos, el conde se empeñó en ir a Madrid, y no hubo remedio: fue preciso encajonarlo, exánime y calenturiento, en una litera y trasladarle a la Corte. La idea de que su hija había sido robada por Martín Muriel, y la idea aún más espantosa de que su hija había concebido una violenta pasión por aquel hombre abominable, turbaron su ánimo de tal modo que parecía estar próximo el instante en que aquel espíritu acabara de aburrirse en este mundo.

Su hermano no quiso verle, sin duda porque no se renovara el dolor de uno y otro. Subieron al conde y le prodigaron los auxilios que D. Miguel rechazaba, pero el pobre viejo llamaba a Susana sin cesar.

Caía la noche, y D. Miguel esperaba con mortal ansiedad a su barbero. Éste llegó al fin por la puerta excusada, diciendo a la servidumbre que venía por unas pelucas, las cuales era menester limpiar.

—¡Ah! Al fin viene usted —dijo D. Miguel en voz baja—; ya estaba yo con cuidado...

---

[331] *Acerbo*: Cruel, riguroso, desapacible (*DRAE*).

—Esté usted tranquilo, todo va bien. Le prometí a usted que no parecería, y no parecerá.

—¡Oh!, baje usted la voz; me parece que nos han de oír las paredes. ¿Sabe usted que ha llegado mi hermano de Alcalá? ¿No siente usted su voz allá arriba?

En efecto; de vez en cuando se sentían los lastimeros quejidos del conde y las angustiosas voces con que llamaba a su hija.

—¡Infeliz! –dijo D. Buenaventura–. ¡Cómo la llama! Pero es lo cierto que no parecerá.

—¿Qué ha hecho usted? ¡Oh!, me estremezco al pensarlo... ¡Un espantoso crimen!

—Tranquilidad, amigo, calma. Hace un rato que Muriel ha querido ponerla en libertad.

—¡En libertad! ¡Entonces todo perdido!

—Pero ya he conseguido disuadirle, y cuando él vuelva a casa... ya será tarde.

—¡Oh! ¿Se atreverá usted a...? –murmuró Cárdenas con voz tan floja y débil, que parecía modulada por las sábanas.

—Cuando es preciso hacer una cosa, se hace.

—Es tremendo; pero... Y él, ¿no lo impedirá?

—Él parte esta noche. No creo que vuelva a casa, porque ya le he dado las cartas que ha de llevar; pero si llega... no encontrará más que un cadáver.

—¡Silencio, oh, silencio! –exclamó Cárdenas lívido y tembloroso–, pueden oír...

—Cuando se descubra, ¿a quién puede imputarse el hecho sino a él?

—¿Pero, cómo, cómo, quién? –preguntó Cárdenas más con las miradas que con la voz.

—Es cosa segura. Doloroso es, pero no hay otro remedio. Voy a explicar a usted lo que he dispuesto, y lo que debemos hacer aquí. Sotillo tiene mano segura, y como experto en esta clase de negocios, lo hará bien.

—¿Sotillo?... ¡Ah!

—Sí, a las nueve... son las ocho y tres cuartos... A las nueve, cumplirá su encargo puntualmente. He fijado esta hora porque Martín no puede ir antes a la casa si es que va, que no lo creo. Está en San Francisco con fray Jerónimo.

—Bien... ¿Y a las nueve?...

–A las nueve... se acabó. Él puede hacerlo antes si quiere; pero después, de ninguna manera.

–¿Y cuándo lo sabremos a punto fijo? –preguntó Cárdenas, siempre receloso, y no atreviéndose a creer en el feliz éxito del crimen.

–Pronto, muy pronto; verá usted lo que he dispuesto. Cuando todo esté concluido, Sotillo vendrá aquí y dará con su bastón dos golpes en esa ventana que da a la calle del Factor. Esos golpes indicarán que la cosa está hecha y que ha salido bien.

Cárdenas miró a la ventana con aterrados ojos como si ya escuchara en ella la fatal seña. Después los dos personajes callaron y estuvieron largo rato sin mirarse. Don Miguel tenía un aspecto cadavérico a causa no sólo del ayuno que se había impuesto para fingir mejor su pena, sino de la emoción profunda que experimentaba en aquel momento. Rotondo tampoco estaba tranquilo, por más que se esforzara en parecerlo: aquella noche se le veía con más recelo que de ordinario. No daba un paso sin mirar a todos lados; hablaba con voz apagada y tenue, y además una intensa palidez cubría su semblante, del cual había desaparecido el mohín festivo que le era habitual. Si al lector le fuera posible poner su mano derecha en el corazón de uno de ellos y su izquierda sobre el del otro, se haría cargo de la situación de espíritu de aquellos dos hombres callados, lívidos, esperando atentos y temerosos, a la vez con miedo y con deseo, la señal que indicaba un espantoso crimen. Al menor ruido que sonaba en la calle, los dos se estremecían, pero no se miraban. De vez en cuando Cárdenas exhalaba un hondo suspiro, y Rotondo volvía la cabeza, recorriendo con la vista todo el recinto de la habitación.

Pasaron minutos y minutos: dieron las nueve, las nueve y media, y la señal no sonaba. En la habitación había una ventana con celosía, al través de cuyos calados podía verse perfectamente la cabeza de los que por la calle pasaban. Pasaron algunos, y al sentir los pasos Rotondo dirigía rápidamente la vista hacía aquel sitio. El tiempo corría lento y angustioso, como si se empeñara en alargar el momento fatal; pero al fin se sintió en la ventana el chirrido discordante que produce un bastón al pasar rozando con una celosía. Los dos se estremecieron y miraron; una sombra cruzó por la calle; el ruido se repitió al poco tiempo. Era la señal; ya no había duda.

–Ya... –dijo D. Miguel con voz que parecía la última modulación de un moribundo.

–Ya... –repitió Rotondo procurando vencer su agitación.

Éste se levantó y se acercó a la celosía; al través de ella reconoció a Sotillo, que se paseaba a lo largo de la calle. Al volver a su asiento, la fisonomía de Cárdenas le infundio espanto. Estaba lívido, con los ojos desmesuradamente abiertos, suspenso el hálito y las manos apretadas contra el pecho. Después se apoderó de él un repentino abatimiento, y exclamó con voz dolorida: «¡Pobre Susanilla!».

–Ya no existe –dijo Rotondo esforzándose en cobrar su acostumbrada serenidad.

–¡Oh!, yo no puedo resistir esta impresión –añadió Cárdenas–. Me parece que la veo, me parece que va a entrar por esa puerta.

Don Buenaventura, a pesar de su carácter refractario a la superstición, no pudo librarse de una corriente glacial que circuló por todo su cuerpo. Miró detrás de sí como el que espera ver un espectro, pero pronto recobró el dominio sobre sí mismo, se sonrió y dijo:

–Tranquilícese usted. Todavía nos falta algo que hacer. ¿Puedo salir y volver a entrar sin que me vean en la casa? Necesito hablar un instante con ese hombre.

Cárdenas no contestó. Don Buenaventura estuvo dudando un momento y al fin salió por la puerta excusada, estando fuera unos diez minutos. A su vuelta, su amigo estaba en la misma postura, con los ojos fijos en la misma parte del suelo, los brazos caídos y la ropa en desorden.

–Todo ha concluido –dijo Rotondo–. ¡Oh!, el maldito se empeña en que ahora mismo le dé la recompensa que le prometí. Le he mandado que se aleje al instante.

Al decir esto, se miraba atentamente su ropa.

–Temo –continuó– que me haya manchado de sangre; venía hecho un carnicero. No; no me ha manchado.

Acto continuo cerró la ventana y se sentó junto a su amigo.

II

–Aún falta algo que hacer –dijo.
–¿Qué?
–Usted llama ahora a su familia y le dice que ha recibido un aviso indicándole el sitio donde está secuestrada Susanita.
–¡Irán allá! –exclamó Cárdenas con horror.
–Pues precisamente: eso es lo que se quiere. ¿Continúa el doctor activando las pesquisas?

–Sí; ¿y el marqués, a quien al fin han sacado esta tarde de la cárcel? Está hecho una furia y en poco tiempo ha revuelto todo Madrid: le busca a usted con mucho afán. La Pintosilla está presa.

–Pues ya ve usted. Esta situación tiene que concluir. Si me persiguen con tanto ahínco, es probable que al fin den conmigo. No hay otro medio para aplacar a esa gente que hacerles encontrar lo que buscan. Sólo así me dejarán en paz.

–Hacerles conocer la casa de la calle de San Opropio, ¿no es eso? –preguntó Cárdenas tratando de ver claro el plan de su amigo.

–Precisamente: eso había yo pensado al terminar lo que ha pasado. La casa queda enteramente abandonada: he hecho salir de allí a la vieja que la guardaba, y he sacado todos mis papeles. No encontrarán más que a La Zarza y el cadáver de la pobre Susanita.

–¡Oh! no la nombre usted –dijo Cárdenas con nuevo terror–; me parece que la veo, que la veo entrar...

–Ahora se hace lo siguiente: usted llama al marqués y le dice que hallándose en este cuarto entregado a su acerbo dolor, un hombre ha pasado por la calle; se ha detenido junto a la ventana y ha arrojado dentro un papel... aguarde usted, voy a escribirlo –añadió, haciendo con febril agitación lo que decía–. Este papel... un anónimo que dice simplemente: *«Calle de San Opropio, núm. 6»*. No hace falta más... Le envolvemos en una pieza de dos cuartos para simular mejor que lo han tirado.

Todo esto lo hacía y decía Rotondo con tal precipitación y viveza, que el perezoso entendimiento de su amigo tardaba en comprenderlo. Al fin se hizo cargo de la estratagema y la creyó excelente.

–Ahora yo me escondo –dijo D. Buenaventura–, mientras usted llama al marqués.

–En la escalerilla de la puerta excusada; nadie puede pasar por ahí.

Ocultóse Rotondo, y D. Miguel tiró de la campanilla. Al punto entraron dos criados y doña Juana.

–Mirad, mirad –exclamó Cárdenas enseñando el papel– mirad lo que han arrojado por la ventana.

–¿Quién?

–Un hombre... uno que pasó... ¿Será esto una revelación?

–¡Oh!, sí... calle de San Opropio, núm. 6 –dijo el marqués, que también había acudido al sentir el fuerte campanillazo.

—Corred, corred allá —dijo Cárdenas dejándose caer desfallecido en el lecho.

—Vamos al instante, sin perder un minuto. Esto ha de ser un aviso —añadió el marques saliendo del cuarto.

—¿Y mi hermano? —preguntó D. Miguel a su esposa.

Ésta, por toda contestación, elevó los ojos al cielo y exhaló un hondo suspiro.

—¡Oh!, quiero estar solo; no quiero ver a nadie. Váyanse todos de aquí —dijo el tío de Susana hundiendo la cara entra las almohadas.

—Por Dios, así no puedes vivir —exclamó su esposa—, te acompañaremos; tú estás muy mal; tienes una calentura horrorosa.

—Déjame, no; no quiero nada.

—¿No estaba aquí el maestro Nicolás?

—¡Ah!... no —repuso Cárdenas con agitación—. Estuvo, sí, por unas pelucas; pero se ha marchado. Déjame, vete; quiero estar solo.

Insistió la dama; pero al fin, viendo que no podía vencer la tenacidad del atribulado consorte, se retiró. El despacho quedó otra vez en profundo silencio, y D. Buenaventura apareció de nuevo.

—No haga usted ruido, por Dios... —dijo Cárdenas al ver a su amigo, cuya figura, al destacarse en el fondo del cuarto, se asemejaba a un espectro que había atravesado la pared, como es costumbre en las visitas de ultratumba.

Rotondo siguió avanzando con pisadas de ladrón.

—Pueden oír... —añadió Cárdenas—. Bueno será echar el cerrojo a la puerta.

Don Ventura lo hizo con tal delicadeza, que nada se sintió.

—Alguien anda por el pasillo.

—No; nadie se acuerda ya de nosotros. Vamos a cuentas —dijo Rotondo.

—Usted está aquí mucho tiempo. ¿No sería mejor que se fuera para no dar lugar a...?

—¿Y los cien mil duros?

—¡Ah! Es verdad; ¿pero tan pronto? Espere usted a mañana.

—Es imposible —contestó el fingido barbero con impaciencia—; no puedo esperar ni un momento más. Esta noche no necesito sino veinte mil; pero me son indispensables. Los gastos de la conspiración son tan grandes...

—¡Oh!, yo no estoy ahora para eso... —balbuceó con su desfallecida voz el hermano del conde de Cerezuelo.

—No hay otro remedio, Sr. D. Miguel –dijo Rotondo con decisión–. Yo no me voy de aquí sin llevarme ese dinero. ¿Me lo da usted?

—¡Oh! ¡Qué empeño!, bien... bien. Será lo que usted quiera –contestó con humor endiablado el Sr. de Cárdenas.

Y al decir esto entregó una llave a su amigo señalando la caja que estaba a los pies de la cama. Era un pesado arcón de hierro, cuya tapa, al ser abierta por D. Buenaventura, sonó con lastimero quejido.

—¡Oh!, cuidado, que oyen –dijo D. Miguel–; abra usted despacio.

Así lo hizo, y los goznes de aquel viejo y roñoso mueble, donde se guardaban los ahorros de treinta años de sordidez, apenas exhalaron un imperceptible rumor, semejante al que produce el vuelo de un insecto que cruza velozmente junto a nuestros oídos.

Cárdenas miró con expresión de dolor y desconsuelo la mano del maestro Nicolás, internándose en la profundidad de la caja y tocando los sacos de monedas; y aquí les dejamos por ahora, acudiendo a otros sitios, donde ocurren escenas dignas de especial mención.

CAPÍTULO XX

DEL FIN QUE TUVO LA PRISIÓN DE SUSANA

I

Dejamos a Susana en el momento en que cayó sin sentido aterrada por la aparición y las palabras del loco. Cuando recobró el conocimiento, aquel terrible espantajo de la hopalanda[332] negra y del rostro desencajado y cadavérico ya no estaba allí, si bien su voz se oía lejana, cual si riñera con alguien en el lugar más apartado de la casa. Susana se dirigió, o más bien se arrastró hacia el lóbrego cuarto de que había salido, y pudo a tientas hallar su jergón, donde se arrojó con desaliento. La luna había desaparecido y una obscuridad intensísima envolvía la galería, no permitiendo ver objeto alguno, a excepción de la descarnada y alta columnata que daba la vuelta al cuadrilátero del patio.

La joven esperaba con ansiedad la aurora, creyendo que le traería la explicación del enigma de su rapto, y el conocimiento cierto del sitio en que estaba y de la gente en cuya compañía iba a vivir en lo sucesivo. Se engolfaba su pensamiento en conjeturas sin fin, tratando de hallar la oculta lógica de aquel suceso, y la figura de Martín pasaba sin cesar ante sus ojos, como el nombre daba vueltas en su cerebro. Alrededor de esta figura y de este nombre giraban todas las ideas y todas las imágenes que turbaron el espíritu y los sentidos de la noble dama en tan angustiosa noche. A veces creía que aquello había sido la estratagema de un amor arrebatado, o la venganza de un desaire, o el desahogo de un violento despecho. A veces pensaba que era simplemente víctima de una cuadrilla de ladrones, y que se la ha-

---

[332] *Hopalanda*: Falda grande y pomposa, particularmente la que vestían los estudiantes que iban a las universidades (*DRAE*).

bía secuestrado con el único objeto de exigir a su familia crecida suma por su rescate.

Con los primeros resplandores del alba comenzó a despuntar la esperanza en el pecho de Susana*. Contaba las horas en su imaginación, porque no sentía sonido de reloj alguno, como si en la soledad y abandono de aquella casa ni aun debiera marcarse la marcha del tiempo. El día avanzaba. De pronto, y cuando hacía un rato que había amanecido, sintió que se abría una puerta, ruido de pasos indicó que alguien entraba, y después creyó sentir la voz de Muriel. Detuvo su aliento para escuchar mejor, y, efectivamente, era él; hablaba con otro, cuya voz Susana no conocía; pero la conversación no duró mucho tiempo, y los dos se alejaron.

Un poco más tarde sintió el cacareo de una gallina y una voz de vieja que parecía venir del patio. Después, alguien subía la escalera, atravesaba el corredor y llegaba a la puerta. Era la tía Socorro, viuda del ilustre mártir del Rosellón. Susana se alegró al ver delante de sí un ser humano a quien interrogar sobre su situación. Creyó encontrar en aquella mujer la sensibilidad propia del sexo, y se incorporó en su jergón para hablarle. La vieja le traía de comer en un plato de barro, que puso sobre la silla, juntamente con un pan y un cántaro de agua.

–¿En dónde estoy? ¿Para qué me han traído aquí? ¿Quién vive en esta casa? –preguntó con angustia Susana.

La vieja, que por un contraste notable se llamaba la tía Socorro, volvió la espalda sin contestar una palabra; salió, cerró la puerta con llave, y se marchó. Al oír Susana el áspero chirrido de la mohosa llave, cuando la vieja la sacó para guardársela en el bolsillo, se sublevaron en su espíritu el orgullo y la cólera, abatidos por la sorpresa del primer momento. Al verse encerrada en aquel escondrijo, prorrumpió en gritos de dolor, exclamando: ¡*Socorro, socorro*! La vieja, que se oyó llamar por su nombre, volvió y aplicando su boca al ojo de la llave, dijo:

–¿Para qué me llamáis, madamita? Mejor cuenta os tendría dejarme en paz. Vaya, después que le he puesto ahí un almuerzo como el de una reina.

–¡Infames! ¡Bandidos! –exclamó Susana.

---

* "*Comenzó a despuntar el alba y con sus primeros resplandores* la esperanza en el pecho de Susana", *Ibíd*., vol. 22, nº 88, 1871, pág. 568.

–¡Ah!, si no cerráis el pico, creo no faltará quien le ponga un punto en la boca. Vamos, silencio, y no me vuelva a llamar.

Susana tuvo miedo y calló; pero fue para derramar copioso llanto de rabia, que le escaldaba las mejillas. Arrojada sobre el jergón, movía sus brazos con convulsiones espantosas, ya golpeándose la frente, ya crispando los dedos entre los rizos de sus cabellos en desorden, ya clavando las uñas en sus propios brazos hasta acardenalárselos sin piedad.

El cuarto era pequeño, y la puerta, que era, aunque viejísima, muy sólida, tenía en su parte superior un gran hueco por donde entraba el aire y la luz. Susana observó rápidamente todo esto, porque la idea de escaparse cruzó por su mente en medio del vértigo de su rabia, como cruza el fulgor del relámpago el ámbito renegrido de la atmósfera cargada de tempestades. Pero no era posible huir. Aun suponiendo que saliera del cuarto, ¿cómo salir de la casa?

Una sobreexcitación cerebral muy violenta, acompañada de fuerte irritabilidad nerviosa, no puede durar mucho tiempo, porque rompería la máquina humana, incapaz de resistir la excesiva actividad de sus propios resortes. Pasando el tiempo, Susana se calmó; se extendieron sus brazos, reposó su cuerpo dolorido como si acabara de sufrir una ruda caída, y su aliento se apaciguó cansado de su misma sofocación. Al entrar en este período de reposo, Susana sintió un hambre vivísima; miró a su lado y vio la comida; pero apartó la vista con asco de aquel plato lleno de abundante bazofia, y únicamente tomó el pan. Pero apenas lo hubo probado, lo arrojó lejos de sí; el hambre que sentía era ilusoria. Creyó entonces tener sed; aplicó el vaso a sus labios, mas lo apartó enseguida. Tampoco deseaba beber.

Fue poco a poco cayendo en un lento y perezoso sopor, resultado de la gran vigilia que había experimentado su cuerpo; pero no reposó su espíritu en el seno blando y profundo del sueño; se aletargaba tan sólo, sintiendo todos los trastornos dolorosos del delirio, sin perder la terrible pena de la realidad. Dormitaba con ese sueño más parecido a la locura que a la dulce muerte; estado de aberración en que presenciamos el desfilar disparatado de todo lo imposible en el mundo de la idea y de la imagen.

II

Así estuvo largo rato sin apreciar el tiempo que transcurría, hasta que al fin su excitación se fue calmando y durmió, aunque brevemente. Al despertar notó ruido de voces en el patio; pero no reconoció la voz de Martín. Se alejaron y todo volvió a quedar en silencio. Esto la hizo pensar que su prisión iba a durar indefinidamente, y que habían resuelto abandonarla, con lo cual su aflicción fue indescriptible, y empezó a llorar, sin la violenta desesperación de antes, pero con más dolor real y mayor tribulación en el alma.

Pasaron las horas con lenta monotonía, sin que ningún accidente alterara la tristeza de aquella mansión encantada, y llegó la noche. Sintióse entumecida y con deseos de andar, y se levantó para dar algunas vueltas por el cuarto; pero bien pronto se sintió débil y hubo de tenderse otra vez. El cuarto estaba enteramente obscuro, y la alucinada fantasía de la infeliz prisionera, débil por el insomnio y el ayuno, se complacía en revestir aquella densa obscuridad con los jirones resplandecientes de una fantástica y confusa visión de colores. El hastío, la pena y la obscuridad desarrollan en nuestro sentido óptico la facultad de poblar de rayas, círculos y fajas de luminosas tintas el espacio en que lloramos y nos aburrimos.

Aletargada aquella noche, como lo había estado por la mañana, se creyó transportada a otro recinto. Las paredes de aquel tugurio se extendían y separaban formando un ancho salón; algún genio invisible colgaba de estas paredes soberbios tapices, con hermosísimas flores, pájaros y ninfas. Grandes cornucopias sostenían multitud de luces, reflejadas hasta lo infinito por hermosas lunas. Jarrones de plata sostenían espléndidos ramilletes, y el suelo, abrigado por blanda alfombra de mil colores, apagaba el ruido de las pisadas. Las pisadas, ¿de quién? Allí entraba uno, el más hermoso y el más amado de los hombres; uno cuya vista tan sólo imponía respeto; era grave y tenía en sus modales como en sus ademanes la majestad del que vive acostumbrado a mandar y a ser obedecido. En su vestido, lo mismo que en su rostro, todo revelaba la superioridad, y era tan noble de aspecto como correspondía a la elevación y firmeza de su carácter, hecho a la dominación y templado al rigor de las luchas sociales. El corazón creía reposar de un largo e inútil ejercicio amándole, y la vista descansaba en él como hallando el término de mil investigaciones ansiosas en busca de aquel mismo objeto. Aquel hombre era el único que existía digno de ella. Pero en la preocupación de sus graves asuntos, en su afán continuo por imponer su voluntad y dirigir la sociedad humana, apenas era accesible a lo que él llamaba las frivolidades del amor. Sin embargo de esto, era indispensable amarle. Si él hubiera puesto los ojos en otra, habría sido preciso morir de pena, dando por terminada la jornada de este mundo... Todos le rodeaban considerándose felices con merecer de él una mirada; los más expertos se sometían a sus dictámenes; los más ancianos le consultaban todo; los jóvenes pugnaban por parecerse a él remotamente, y los niños decían a sus madres que querían ser lo que él era.

Como desaparecen las imágenes de un juego de óptica recreativa al extinguirse la luz que las produce, así huyó aquella fantasmagoría. Martín recobró ante la imaginación de la joven su aspecto habitual, y se representó con su humilde traje, brusco, áspero, con su torva seriedad y su vivo y atrevido lenguaje. El carácter era el mismo; pero, ¡ay!, cuán distinto aparecía con la ruda corteza de un hombre del pueblo, enemigo a muerte de la gente noble, aspirando a destruir los esplendores viciosos de la antigua sociedad.

Rodeábanle personajes de mala facha, dispuestos a satisfacer del modo más vil sus rencorosos instintos contra la grandeza; se agitaba él con inquietud afanosa, como quien jamás encuentra lo que busca, ni llega al punto adonde va; el temple viril de su alma se exageraba en vivísimas cóleras y en excentricidades sin cuento. Era el mismo hombre, pero en tal situación, que parecía imposible... imposible descender hasta él.

Todas estas sombras fueron huyendo para volver después y alejarse de nuevo, hasta que al fin la dejaron sola con la realidad invariable e insensible al soborno de la imaginación.

Al día siguiente se repitió la misma escena con la tía Socorro, que le dejó lo que ella llamaba *almuerzo para una reina,* y se fue, cerrando la puerta. Pasó toda la mañana en una inquietud indescriptible, corriendo de un rincón a otro del cuarto, tendiéndose para volver a levantarse, hasta que sintió ruido de voces en el patio. Picóle la curiosidad, puso la silla junto a la puerta, se subió en ella, y, asomándose por el gran agujero que en lo alto había, pudo ver perfectamente quiénes eran los que hablaban. Eran Martín y D. Buenaventura, según indicamos anteriormente.

Ella notó que Martín se expresaba con acaloramiento y energía, y que el otro como que intentaba convencerle, Martín miraba con frecuencia hacia el sitio donde ella estaba, y el otro también fijaba allí la vista con sonrisa burlona. El joven se levantó de la gran piedra sillar donde los dos estaban sentados, y dio pasos como para subir; pero luego retrocedió, variando de pensamiento. Entretanto, ella ponía toda su atención en el semblante de aquella persona desconocida, a quien recordaba haber visto en alguna parte.

Salió después Martín; pero ella quedó en su observatorio, y vio que entraron otros dos, en cuyas fachas creyó reconocer a los que la arrebataron en casa de la Pintosilla. Entraron todos en algunas habitaciones bajas y volvieron a salir. Por último, el que parecía ser principal salió también llevando algunos papeles y dos o tres cajitas pequeñas. Aquel hombre miró otra vez a la puerta del encierro de la joven con tal expresión de malignidad, que ésta no pudo menos de estremecerse. Salieron todos llevando varios objetos, y después se fue también la vieja con un gran lío de ropa a la cabeza y dos gallinas atadas por las patas, que cacareaban despidiéndose de su antigua morada. Aquella salida de todos los habitantes de la casa llenó de profundísima tristeza el corazón de la cautiva; le parecía que todos los que se iban la habían acompañado alguna vez; creyóse en aquel momento más sola que antes. La Zarza únicamente no se había ido, y el arrastrar de sus pantuflas se oía en los corredores inmediatos. Se quedaba sola en la casa con aquel espectro, objeto de su mayor espanto. Cuando sintió que los fugitivos cerraban desde la calle las puertas, bajó de la silla como quien baja el último peldaño de un panteón. «¡Estoy enterrada en vida! –dijo procurando fijar el pensamiento en Dios y aplacar los rencores que bullían en su pecho–. Este cuarto es mi sepulcro».

III

Esta idea la sumergió en profunda meditación. Su alma sabía acometer cara a cara, digámoslo así, las situaciones tremendas y decisivas. Si su condición femenina la arrastraba a la desesperación ruidosa e inconsolable, como el llanto de los niños, también tenía momentos de viril entereza, propia de los espíritus valerosos. Arrojóse en su jergón, y quieta, y con los ojos cerrados, quiso morir en aquel momento. Su padre, su tío, doña Juana, Segarra, Pablillo, Pluma, sus amigos, allegados y conocidos, todos pasaron en fúnebre procesión ante los ojos de su fantasía. Se esforzó en pensar en Dios; pero su pensamiento no llegó hasta allá, quedándose algo más cercano.

Vino la noche, la segunda noche de su encierro, y ella continuaba absorta en la consideración de su siniestro fin, cuando sintió que abrían la puerta de la calle. Su corazón latió de esperanza, y se incorporó en el lecho prestando atención. Una persona entró en la casa. «No puede ser otro que Martín», dijo ella. La persona subía. Uno a uno contó Susana los escalones como se cuentan las campanadas de un reloj que nos anuncia algo que esperamos con afán. El hombre se acercaba, llegó por fin a la puerta, la abrió con llave que traía, y se presentó en el dintel. No era Martín. Era uno de aquellos que vio en casa de la Pintosilla y después en el patio hablando con el desconocido. Susana se quedó mirándole suspensa y sin aliento, dudando si alegrarse de aquella aparición o temerla más.

Sotillo, pues no era otro, permaneció un rato en la puerta procurando enterarse bien de lo que dentro del cuarto había. En una mano traía una linterna, y escondía la otra en su pecho, como quien va a sacar alguna cosa. Era un hombre flaco, amarillo y escuálido, vestido de andrajos y con una torva y recelosa mirada que completaba en él la estampa de la miseria sublevada y turbulenta.

Recorrió con el rayo de luz de su linterna todo el recinto de la habitación, hasta que iluminó el rostro aterrado de la pobre Susana, que yacía en su jergón más muerta que viva esperando ver en qué pararía aquello. Entonces dio algunos pasos hacia dentro, y cerró la puerta. Siguió mirándola atentamente, y dijo en voz alta:

–¡Qué guapa es!

Después se observó en su cara ese mohín que hacemos al desechar una idea importuna y se adelantó con paso resuelto hacia la dama. Ésta dio un espantoso grito y se refugió en el rincón del cuarto.

–¡Ah! –exclamó despavorida–, vas a matarme. ¡Socorro!...

–No grites... diablo de muchacha –dijo Sotillo–. La verdad es que no me atrevo... Ven acá, ven.

Parecía como que dudaba y más de una vez retrocedió. Él mismo quería animarse y la estúpida sonrisa con que aparentaba burlarse de su cobardía, daba más terror a la prisionera que el puñal que tenía en la mano.

–Pero yo... ¿qué he hecho? –dijo Susana, siempre temblando, pero más bien en tono de súplica que de protesta–. ¿Por qué quieren matarme?

–¿Por qué? –contestó Sotillo pasando el dedo por la hoja de su arma–. Eso pregúnteselo usted a... Por algo será.

–¿Martín me quiere matar? ¿Martín?

–¡Ah!, no... no; es... Pero el demonche de la mujer, yo que vengo aquí para eso, y no me atrevo...

–¡Ah! ¿Viene usted para eso? –dijo Susana entreviendo un débil rayo de esperanza–. No me mate usted; yo le daré lo que quiera, yo le haré rico. Yo soy muy rica.

–Sí, pero... ¡Oh!, ¡qué guapa es! –repitió Sotillo–; ¿usted no sospechaba?...

–No; yo creía que me iban a poner en libertad –dijo Susana con voz entrecortada.

–No; eso no puede ser. Yo he venido aquí para despachar, y... es preciso.

–¡Por Dios! ¡Por la Virgen... yo le haré a usted rico, yo... yo que tengo parientes poderosos; le descubrirán a usted, y entonces!...

–Tonta, a mí no me descubre nadie... Pero ven acá... ¿Cómo siendo tan guapa te tienen aquí? Oye: yo he venido aquí a matarte.

–¿Martín... Martín me quiere matar?

–No; es preciso despachar antes que él venga. Oye: yo he venido a eso; pero... ¡Caramba, qué guapa eres!

Al decir esto alargó la mano y tocó la barba de la joven, acompañando el gesto de un áspero chasquido de la lengua. Susana se retiró hacia atrás con tanto horror como si sintiera en su cara la fría punta del puñal.

–No te asustes... ¡bah!, en vez de agradecerme que no te haya despachado... Pues yo he venido a esto, pero me has desarmado, chica; yo soy así. Vamos a tratar aquí los dos.

Diciendo esto guardó el puñal y se sentó en la silla, acercándose más a Susana, que no pudo menos de volver la cabeza cuando llegó hasta ella el aguardentoso aliento del asesino.

–Yo he venido a matarte, prenda –dijo–, pero no te mato si tú... Pero ¿a qué vuelves la cara? –añadió bruscamente, tomándole una oreja–. Mírame bien... ya no te mato... vamos, pierde el miedo.

Susana, en su desesperación, quiso levantarse y refugiarse en el rincón opuesto, pero él la contuvo.

—No —dijo la dama, cerrando los ojos y cruzando los brazos sobre la cara—. No; prefiero mil veces la muerte.

Transcurrieron unos segundos, en que la joven esperó recibir la herida mortal; pero sólo sintió sobre su hombro la mano del asesino, pegajosa a causa del sudor, posada como una maza y caliente como una cataplasma. Aquel contacto le produjo tal horror y repugnancia, que saltó corriendo al rincón opuesto. Siguióla Sotillo con furor insensato; pero ella se escurrió junto a la pared y burló por algunos instantes su persecución, al mismo tiempo que gritaba con todas sus fuerzas: «¡Favor, socorro!...». El asesino, a pesar de su exaltación, comprendió que era preciso hacerla callar y concluir de una vez. Blandió su puñal, y ya iba a descargar el golpe, cuando se oyó una voz que decía: «¡Malvado, infame, detente!». En el mismo momento se abre la puerta y aparece una figura alta y descarnada, que contempla con extraviados ojos aquella escena.

Sotillo, que no había visto nunca a La Zarza, ni tenía noticia de que allí existiera semejante hombre, se sobrecogió de tal modo con su aparición súbita, que dejó caer el arma y se puso a temblar como un azogado. La Zarza se dirigió a él, y asiéndole por el cuello con su huesosa mano, le sacudió con tanta fuerza, que le obligó a arrodillarse. Al mismo tiempo dijo:

—¡Oh, infortunada princesa! Este malvado quiere acelerar vuestro fin, cuando sólo al pueblo por medio de los instrumentos de la ley corresponde daros la muerte. Y tú, traidor, que deshonras con el crimen la causa de la igualdad, ¿no sabes que mañana al rayar el día todos los presos de la Abadía y de la Fuerza han de ser llevados a la guillotina para que expíen las faltas de cien generaciones de despotismo? Ya te conozco, aunque ocultes el rostro. Tú eres Hébert[333], el cruel y repugnante Hébert, siempre sediento de sangre y de venganza. Tú deshonras la revolución con tus excesos. Que mueran, sí, pero no a manos de una horda de enemigos. La vigilancia de la Abadía

---

[333] *Jacques René Hébert* (1757-1794): Político y periodista francés vinculado al grupo jacobino. Sus partidarios, los hebertistas, controlaban la Comuna de París, el ministerio de la Guerra y la mayor parte de las sociedades populares. Descontento con la administración, a su juicio, conservadora de Robespierre, planea en marzo de 1794 una insurrección abortada. Ejecutado en la guillotina el 24 de marzo de 1794.

me está confiada, y yo respondo de la vida de los presos, miserable. Yo los entregaré a la ley como ésta me los ha entregado, y ¡ay del que os toque en la punta del cabello, desdichada princesa! Vuestra cabeza ha de ser paseada mañana por las calles, y se le mostrará a la reina en las ventanas del Temple[334]. Pero no temáis que antes de la hora fatal os veáis inmolada por la mano de torpes sicarios.

Sotillo, que era supersticioso, se acobardó al principio; pero repuesto del susto al comprender que no era La Zarza ningún visitante de ultratumba, trató de levantarse. El loco tomó este movimiento por un esfuerzo de defensa, y cogiendo el puñal que en el suelo estaba caído, amenazó con él a Sotillo. Éste se abalanzó para arrebatárselo; pero el loco le dirigió un golpe, que recibió el asesino en el brazo; al punto comprendió éste que la cosa no iba de broma, y retrocedió; pero La Zarza le acometió de nuevo, y entonces el otro, ya desarmado y viendo aquel espantajo que sobre él venía, emprendió la fuga por el corredor, y bajó, seguido del loco, que gritaba: «¡Infame y sanguinario Hébert, espera y te enseñaré cómo se castiga a los traidores!».

En aquel momento se sintió que abrían la puerta de la calle y entró Martín, el cual no vio a Sotillo, que debió de ocultarse en alguna habitación baja, si no estaba ya en la calle; el loco se detuvo para reconocer al joven, y cambiando repentinamente de tono y de expresión, arrojó el puñal, diciendo:

–¡Ah, eres tú, querido Robespierre, qué a tiempo vienes! Hébert, con una horda de salvajes, ha querido inmolar a los presos que tengo encargo de custodiar en la Fuerza y en la Abadía. ¡Siempre el mismo Hébert! ¡Bien dices tú que está deshonrando a los jacobinos y manchando con sangre la más alta idea!

–¡Bien, déjame ahora –le dijo Martín, para verse libre de su impertinente locura–, tengo que hacer; espérame allá.

–¿En los jacobinos o en la Convención?

–Donde quieras –contestó, subiendo la escalera y dejando en el patio a La Zarza.

Enseguida penetró en la prisión de Susana.

---

[334] *Temple*: Monasterio fortificado establecido por la orden de los templarios (1120-1312) en la segunda mitad del siglo XII. Después de la caída de esta orden religiosa es adjudicado a los hospitalarios de San Juan de Jerusalén y sus torres sirvieron de prisión real. Luis XVI y la familia real son encarcelados allí después de las jornadas del 10 de agosto de 1792. La torre fue demolida en 1881.

CAPÍTULO XXI

LA NOBLEZA Y EL PUEBLO

I

—¡Oh, es usted! —dijo la joven al verle entrar—. Ya me consideraba muerta. No sé cómo he resistido a tantos horrores.

—¿Quién ha estado aquí? —preguntó Muriel.

—¿Quién? —contestó temblando todavía, y aún llena de terror, Susana—. Un hombre que decía tener el encargo de matarme. Me ha salvado ese que vive en la casa y parece loco.

—¿Y qué señas traía?

—¡Ah, horribles! Es uno de los que me trajeron aquí con usted —repuso la dama recobrando un poco de serenidad—. Y ahora me dirá usted de una vez si estoy en una guarida de bandoleros. Si piensan pedir ustedes alguna cantidad por mi rescate, se les dará, porque nosotros somos muy ricos.

—No nos hemos apoderado de usted por esa razón.

—Entonces intentan matarme para vengarse de mi familia —dijo la joven con alguna entereza.

—Tampoco. No ha sido ése mi objeto. Si fuese lícita la venganza, los agravios que yo he recibido de la familia de usted no quedarían compensados con dos días de prisión...

—¡Dos días! —dijo Susana con alegría—. ¿Luego me va usted a poner en libertad?

—Sí.

—¿Y no me dice usted la razón de este crimen horroroso?

—¡Crimen horroroso! No encuentran otras palabras para calificar nuestros hechos después que nos impulsan a ellos —contestó Martín con amargura—. Bien; yo acepto la calificación, porque mi conciencia pierde cada día uno de sus escrúpulos; yo acepto el nombre de criminal. ¡Pero a cuántos pudiera acusar con más motivo, a cuántos que no tienen un puñal en la mano y brillan en la sociedad obsequiados y atendidos!

–Usted, por lo que veo –dijo Susana–, ha querido cometer una venganza.

–Ahora comprendo –prosiguió Martín, sin hacerlo caso–, ahora comprendo esos crímenes inauditos que nos parecen injustificados. En el fondo de todos los grandes delitos existe una lógica misteriosa y tremenda que los enlaza a otros crímenes, quizá mayores y más imperdonables. Yo no pretendo justificarme; tal vez hubiera ido más lejos, perdiendo todo sentimiento humano y adquiriendo una crueldad que estoy muy lejos de tener. Dios me ha detenido en ese camino. Yo no pretendo disculparme; pero no sé por qué me parece que no es mía la responsabilidad de lo que he hecho. Una fuerza ciega me ha arrastrado; se ha turbado mi razón, he sentido vivos deseos de destruir; comprendo ese afán de hacer daño experimentado por los hombres en días terribles, que no se pueden recordar sin espanto.

–Usted no podrá disculpar esta infamia.

–Ni lo pretendo tampoco. Si lo intentara, usted no me comprendería; usted no comprenderá nunca que un pobre joven de honradez acrisolada y que no ha cometido el más insignificante delito, no debe estar encerrado en un calabozo, con la amenaza constante de perder la vida de inanición o cediendo al quebranto de horrorosos tormentos, inventados por hombres semejantes a las fieras. Usted no comprenderá que no había motivo alguno para que yo fuera igualmente privado de mi libertad por el capricho de cualquier persona, y arrojado a los mismos calabozos para perecer de rabia; porque yo moriría allí de rabia. Usted no se acuerda más que de sí misma, ni ve más injusticias que las cometidas con usted. ¡Infeliz; ha estado dos días privada de las comodidades de su casa, de la conversación de sus amigos! Ya me figuro la consternación del buen doctor y de su tío al ver arrebatada de su casa a una persona querida. ¡Infelices; vivir expuestos a disgustos de esta clase, cuando toda la Humanidad es tan feliz dominada por ellos, y cuando no hay desgraciados que padezcan; cuando no hay injusticias ni dolores en esta sociedad que han hecho a su gusto en la mejor de las naciones posibles!

La amarga ironía de estas palabras impuso a Susana cierto respeto y tardó un rato en contestar. Poco a poco iba recobrando la plenitud de las cualidades de su carácter, turbadas y obscurecidas por el sacudimiento moral que había experimentado. Por último, dijo:

–Desde que me conoció usted, no tuvo otro intento que humillarme; usted no ha creído satisfecho su deseo sino cometiendo una acción como ésta, que quiere disculpar con los agravios que antes había recibido.

–Yo no he tenido el intento de humillarla a usted, y mucho menos cuando usted se ha humillado hasta mí, sin que yo me tomara el trabajo de hacerlo

–¿Cómo? ¿Yo?...

–Sí; ¿usted no sabe lo que dicen todas las personas que frecuentan su casa? Pues dicen, llenos de admiración, que usted ha tenido el capricho de amarme ciegamente. Y los muy imbéciles no cesan de hacer mil aspavientos sobre el hecho, asegurando que esa pasión es la mayor deshonra que puede caer sobre una familia.

–¡Y dicen que yo!... –exclamó Susana ruborizándose, lo cual no era en ella frecuente.

–Sí; bien lo sabe usted. Yo por mi parte he juzgado eso de diversa manera. Pasajeros arrebatos de sensibilidad, que lo mismo conducen a un amor imaginario que a un rencor caprichoso, no son otra cosa que coquetería, para entretenimiento de los socios del estrado y de la tertulia. ¿No es esto cierto?

Susana iba a decir instintivamente *sí*, pero se contuvo, y creyó poder dar una contestación conveniente con estas palabras:

–Usted, si bien se mira, más debiera sentir hacia mí agradecimiento que ese vivo rencor, que yo no he merecido de nadie.

–No siento ya rencor –dijo Martín sentándose junto a ella–; he sentido, sí, despecho en algunas ocasiones. De los agravios que recibí de otras personas de la familia, no era usted responsable, y si me lastimó en mi dignidad la primera y última vez que nos vimos, no fue esa la causa de lo hecho últimamente. Yo me apoderé de usted con el único objeto de conseguir por un medio violento e inmoral la libertad de mi pobre amigo. En mi extravío no atendí a la gravedad del hecho. Usted personalmente no me inspiraba entonces sino una absoluta indiferencia.

Susana se sintió herida con estas palabras. Hubiera preferido que el motivo de su secuestro fuera un sentimiento personal hacia ella, aunque este sentimiento se llamara odio o venganza. El no ser más que un instrumento para fines extraños sublevó en ella su orgullo.

—De modo que no he sido sino un instrumento de sus crímenes —dijo con el tono y la mirada que eran en ella habituales en los grandes momentos de despotismo.

—Sí; ha sido usted un instrumento; mas no para cometer un delito, sino para evitarlo.

—¿Y se ha evitado ese crimen? ¿Está libre Leonardo?

—No; pero ya no me importa. Yo espero entrar en su cárcel y sacarlo sin auxilio de nadie.

—¿Usted? —preguntó ella con incredulidad.

—Sí; yo mismo. Lo he de hacer, o he de morir intentándolo —repuso Martín con la mayor entereza.

—¿Qué poder tiene usted para eso?

—Para eso y para mucho más tal vez espero obtenerlo. Estoy resuelto a arrostrar la muerte, a intentar lo más atrevido, a dar un golpe con cierta arma que la casualidad ha puesto en mis manos.

—¡Ah! Ya comprendo —dijo Susana—. Usted se ha dejado seducir por esa gente que ahora mete tanto ruido; por los fernandistas, y como dicen que va a haber trastornos se aprovechará de ellos para hacer alguna atrocidad.

—No me han seducido los fernandistas. Todos los que conozco son, o ambiciosos vulgares, o malvados hipócritas; pero aunque comprendo estos vicios, yo me alegro de la turbación que preparan; sí, me alegro con toda mi alma, y en medio de ella, ayudado o solo, espero intentar lo que siempre ha sido para mí un sueño o una vaga esperanza. Yo siento en mí un afán de actividad, un impulso que me lleva a acometer algo, a expresar con hechos lo que pienso y lo que deseo. No hay tormento mayor que el que yo padezco; solo, sin sentir junto a mí una voz que hable lo que yo hablo; privado de todos, absolutamente de todos los medios para realizar lo que llevo aquí en esta cabeza*, no hallando ninguno de esos amigos del pensamiento con quienes se entabla relación más íntima que con los del corazón; aislado, resistiendo la influencia de hombres infames o engañosos; viviendo pasivamente y como sujeto a una fatalidad ciega, sin poder vi-

---

* "(...) lo que llevo aquí en esta cabeza, *ocupada por una perpetua equivocación*, y *"no hallando ninguno de esos amigos"*, *Ibíd.*, pág. 579. Se trata de uno de los pocos comentarios del personaje en los que se hace patente cierta conciencia de extremismo radical. Los acontecimientos novelescos, en cualquiera de los casos, terminan precipitando su delirio "faccionalista".

vir con mi propia vida; convertido en juguete de ajenas pasiones, me consumo en un eterno e inútil esfuerzo. Parece que me encuentro en un desierto, y soy como el esclavo, que nada puede hacer por cuenta propia. Mi carácter, consistente y osado, forcejea como los locos cargados de cadenas, y de nada me vale mi resolución; no puedo hacer otra cosa más que hablar; hablar sin descanso, denunciando la miseria que nos rodea. Quisiera herir con mi lengua, ya que no tiene la virtud de convencer. Yo no puedo vivir así mucho tiempo; yo necesito hechos para que mi vida no sea un continuo monólogo de desesperación. Me muero, me aniquilo en esta pueril ocupación de arrojar mis ideas a la frente de los que me escuchan, asombrados de mi atrevimiento. ¡Pensar, pensar siempre en el mayor de los tormentos!

Muriel estaba excitado, conmovido, y parecía que todo aquello que dijo le molestaba como molesta un cargo de conciencia, y que se desahogaba a la primera ocasión. Susana le oyó con cierto respeto supersticioso, como se oye una revelación; no perdió ni una sílaba y dio un gran suspiro. En aquellos instantes Martín se elevó a sus ojos cual nunca se había elevado.

II

–Yo pugno sin cesar por salir de esta situación –continuó el joven filósofo–. Por eso se me ve adoptar resoluciones raras; por eso imagino... no sé qué... y si no encontrara dentro de poco un medio más propio para salir de esta situación dolorosa... yo no sé lo que haría. Así, comprenderá usted acciones que atribuye a malos instintos o a venganzas ruines que no caben en mi carácter. Yo no puedo seguir más tiempo condenando con el pensamiento a las miserias que veo; yo necesito destruir algo.

–Yo siempre le juzgué a usted temible –dijo Susana sintiéndose débil, pequeña y muy humillada ante la enérgica voluntad de su interlocutor–, pero nunca me ha parecido tan violento. Comprendo que infunda miedo y que todos le señalen como un peligro. ¡Cuántos males no puede causar quien dice que necesita destruir! ¡Infelices los que caemos bajo ese anatema![335]

---

[335] *Anatema*: Maldición, imprecación (*DRAE*).

—No es que yo desee el mal de los demás —dijo Martín vivamente enojado de que no se le entendiera bien—; es que es preciso, es indispensable un trastorno tan grande, que no sea posible evitar grandes desventuras... Yo me inspiro en el bien, una sed inextinguible y furiosa del bien de mi patria es lo que enardece mi espíritu.

Cada vez se elevaba más a los ojos de Susana, que, amante de lo que saliera de los límites de la vulgaridad, no podía menos de presenciar con asombro y hasta con entusiasmo los ardorosos arranques de aquel carácter, en perpetua propensión a buscar altos fines. Ella no había visto nunca un hombre así; no conocía ni aun de oídas, ni por la lectura, un hombre semejante; y aquí viene como de molde explicar algunas particularidades anteriores a esta escena, y que le sirven de luminoso antecedente.

La primera vez que Susana oyó y vio a Martín en la Florida, las palabras y el aspecto de éste hicieron honda impresión en su alma. El carácter de Susana era a propósito para que en ella encontrara eco la insolente elocuencia del joven revolucionario, al condenar la sociedad de su tiempo. En el fondo del pensamiento de la dama existía también, aunque algo atenuada por la educación, una protesta contra lo que estaba viendo a su lado desde que tenía uso de razón. De clara inteligencia, de temperamento apasionado, de espíritu también osado y viril, ningún ser existía más propio para recibir los sentimientos y las ideas de Martín, y fecundarlas, dándoles nueva vida y desarrollo[336]. Ella era a propósito para que entre ambos se estableciera una simpatía vivísima. Pero había asimismo en su carácter una cualidad que contrapesaba esta asimilación con el carácter del joven; había en ella el orgullo, que a veces lo absorbía todo; orgullo de raza, indomable, como si reuniera en su cabeza la altivez de todos sus antepasados. Este sentimiento la impulsaba a apartar la vista con horror de aquel hombre sin posición y sin fortuna, que había tenido el atrevimiento de agradarle, y experimentó ante él tantas y tan varias sensaciones, que ni ella ni nosotros podremos expresarlas mientras no se invente una palabra que a la vez signifique el amor y el desprecio.

---

[336] Compleja y ambigua caracterización de Susana. Tanto su procedencia no burguesa como la ausencia de sentimiento femenino ortodoxo no permiten su dignificación plena en la novela galdosiana. El "espíritu osado y viril" del personaje, de todos modos, permite que ésta asuma valores próximos a los defendidos por las liberal-progresistas en la España post-isabelina.

Desde aquel día esta idea no la dejó libre un momento. Cada vez le infundía mayor admiración, y cada vez se avergonzaba más de la flaqueza de su inclinación. A solas con su pensamiento, la dama se complacía a veces en deponer convencionalmente su orgullo, dejándole a un lado, como dejan los cómicos entre bastidores la púrpura y la corona con que han hecho el papel de reyes; y entonces construía una sociedad a su manera, con una igualdad a su antojo, sin las diferencias crueles que separan eternamente a lo que por la Naturaleza debiera estar unido. Estuvo muchos días dominada por tan contrarios sentimientos. La superioridad moral que desde el principio notó en Muriel se ofrecía costantemente a su pensamiento confundiéndola y fascinándola. Ella amaba todo lo maravilloso, todo lo grande, todo lo que estuviera reñido con lo vulgar, y a pesar de una aparente frivolidad, hija del roce y de la educación, en el fondo de su alma sentía profundo desdén hacia los petimetres afeminados de su pequeña corte.*

Pero no podía descender; era preciso elevarle a él hasta ella, y he aquí cuál fue su idea dominante hasta el día del secuestro, que la turbó por completo. Determinó poner en práctica cuantos medios estuvieran a su alcance para elevarle. ¿Cómo? Introduciéndole en su casa, haciéndole aficionar a la vida de etiqueta, obligándole a que dirigiera sus aspiraciones a conseguir un título, honores, riquezas. Los accidentes de la entrevista la noche de la cita indican bien claro las ideas de uno y otro, y el ningún éxito de la primer tentativa. Todos los esfuerzos se estrellaban contra la firmeza de Martín, incapaz de doblegarse ante ninguna especie de coquetería.

En la escena que ahora referimos, Susanita experimentaba impresiones muy singulares. Su fascinación aumentaba a cada palabra; cada vez le veía más grande, creciendo siempre a su lado y dejándola allá abajo rodeada de su pueril y afeminada corte de petimetres ridículos y viejos verdes. Y sin saber por qué, tal vez por el transitorio estado de indigencia a que se hallaba reducida, el orgullo se adormía en su pecho, dejándola libre para amar a su antojo. Parecía que el es-

---

* "(...) sentía profundo desdén hacia *los petimetres y caballeros de su pequeña corte, hacia todo aquel mundo afeminado y despreciable que veía por todas partes*", Ibíd., pág. 581. La versión de la *Revista de España* amplifica enfáticamente el carácter "femenino" de la aristocracia corrupta.

tar en aquel sitio, el agravio que había sufrido de aquel mismo hombre, eran una severa lección que aceptaba resignada.

Aquella noche, pues, no sintió ninguna de las repentinas exaltaciones de su orgullo, semejantes a crispaduras de nervios, tan violentas como imprevistas. Estaba amansada, como vulgarmente podría decirse, sin duda porque había comprendido la imposibilidad absoluta de imponerse a aquel hombre, subyugándole a su deseo. No era posible transformarle para que la sociedad le permitiera poner los ojos en una dama de alta clase. Ya no había remedio; era preciso aceptarle tal como era, encarnación viva de los resentimientos populares contra los privilegios hereditarios y la nobleza.

III

–Pero usted va a perecer en esa lucha –dijo Susana–. Serán más fuertes que usted y se defenderán. Ahora mismo, si mi familia descubre dónde estoy y vienen y le hallan aquí, ya puede considerarse vencido para siempre.

–Es verdad; yo camino desde hoy por una senda rodeada de profundos abismos; pero tantos y tantos peligros no me quitarán la idea de intentar lo que intento.

–Quién sabe –dijo Susana, como quien siente una inspiración repentina–, tal vez no sea un sueño; tal vez esté destinado que todo eso a que usted aspira sea realidad algún día. Yo no sé por qué tengo el presentimiento de que estamos amenazados de un gran trastorno. Yo, como mujer, no entiendo de ciertas cosas; pero me parece... Yo creo que el mundo debiera ser de otro modo. ¡Oh!, si fuera cierto que algo ha de pasar, yo no dejaría de presenciar con gusto su elevación al puesto en que le corresponde estar. Tengo un presentimiento vago de que esto que digo ha de suceder. Y no es de ahora esta idea mía, es de hace mucho tiempo. Si viera usted cuántas horas de aburrimiento y de tristeza he pasado viendo desfilar por delante de mí la turba de galanes ridículos, de abates despreciables, de clérigos vanos y soberbios, de señorones ignorantes, y me he preguntado: «¿Pero no hay más hombres que éstos en el mundo?». Yo decía: «En otra parte debe de haber algo que yo no conozco; todo no puede ser así, y si es, sin duda es preciso que alguno venga y lo trastorne todo». Esto ha sido siempre en mí una confusa idea, semejante a lo que se recuerda de los sueños muy obscuros y lejanos. Creo que nunca he hablado de esto con nadie.

—¡Oh! —exclamó Martín con súbita alegría—. Por primera vez la oigo hablar a usted con el corazón, y ha dicho cosas que nunca me han producido igual impresión en boca de otros. En un momento se ha despojado usted de sus preocupaciones de raza y de educación para mostrarme lo que yo no había sospechado nunca que existiera.

—Sí —continuó la dama—. Por eso, al oírle a usted por primera vez, me pareció que recordaba algo. Al mismo tiempo me causó gran asombro y hasta cierto respeto el valor que se necesitaba para ser una excepción entre todos los demás, y decía yo: «Por fuerza ha de ser cierto lo que este hombre dice».

Martín oía con asombro las palabras de la petimetra, que revelaban sinceridad profunda, y no fue indiferente a la expresión de sus sentimientos, libres en aquel momento de las afectaciones de la coquetería y de los arrebatos del orgullo[337]. Tenía él cierta vanidad en creerse autor de tal transformación, verificada al contacto de su palabra, y la animaba a proseguir expresándose con la misma verdad.

—Usted —le dijo— me ha comprendido al fin. ¡Cuánto vale para mí esa revelación! Una cosa extraño, y es que habiéndome juzgado entonces del modo que yo más deseo, se mostrara después tan díscola y soberbia conmigo.

—¡Ah! —respondió Susana, sintiendo otra vez la punzada de la dignidad herida—. Usted quiso humillarme de una manera cruel y descortés; usted se burlaba de mí después de haber bailado juntos. Yo me sentí tan ofendida, tan ultrajada, que en mi vida he tenido cólera mayor. Lo confieso; me avergoncé de haber encontrado admirable su modo de expresarse. ¡Con cuánto placer le despreciaba! Yo no podía consentir que usted me tratara como igual, y aquel día, después que usted desapareció, padecí de un modo horrible.

—Pues yo sentí cierta alegría feroz: en el primer instante juré venganza; pero después, ¡cómo me complacía recordar la escena!... Mi familia había recibido grandes ofensas de la de usted.

---

[337] Una efímera ejecución del proyecto doméstico burgués puede observarse en este capítulo no tanto por el sometimiento femenino de Susana a la autoridad masculina de Muriel cuanto por el aparente apaciguamiento ideológico del joven revolucionario. La dinámica argumental de la novela, sin embargo, no permite este desenlace ideal ya propuesto, en cualquiera de los casos, por Pérez Galdós en *La Fontana de Oro* (1870).

–Ya lo sé... –contestó Susana con amargura– Y yo soy la destinada a expiarlas; yo, inocente de todo, y siempre inclinada a perdonarle a usted hasta lo más grave, que es esta reclusión.

–Es la única ofensa real que usted ha recibido de mí. En cambio, ¿de quién partió la idea de mi prisión?

–¡Ah! –exclamó Susana turbada–, no es mía sola la culpa. Cuando se me amenazó con eso, yo no tuve valor para oponerme, y dije al marqués que tendría gran placer en verle a usted castigado. Pero yo he tenido siempre una fe supersticiosa en la superioridad de usted, y creía, acá para mí, que triunfaría de todas las persecuciones de aquellos hombres por la grandeza de su destino. Yo me decía: «Es imposible que le prendan». Si hubiese sabido que estaba usted en la Inquisición y amenazado de muerte, mi trastorno hubiera sido tan grande que de fijo habría hecho una gran locura. Únicamente me hubiera conformado con su prisión si de ella salía igual a mí; igual a mí por el nacimiento y la posición.

–¿Usted me envió una caja con dinero?

–Sí; yo fui. En aquellos días estaba trastornada, y fui tan necia que le creí accesible a la seducción del oro. Me pareció que aquel obsequio serviría para hacerle entrar en el camino en que yo quería verle.

Cada vez iba Martín leyendo más claro en el corazón de la hija de Cerezuelo, que, aguijoneada por la pasión, se sublevaba contra las preocupaciones nativas y los resabios de educación.

–Yo –continuó ella– recibo el castigo de faltas que no he cometido. Usted triunfará; tengo la seguridad de que será favorecido por la Providencia... no sé por qué lo creo así, pero tengo una seguridad firmísima. Me parece que no ha de poder ser de otra manera, y que las cosas del mundo lo exigen así de un modo ineludible; usted crecerá a cada paso que dé por ese camino y se embriagará con sus triunfos, viéndose elevado sobre todos los demás. Yo, en cambio, he concluido para siempre. Dada mi posición y mi nombre, este acontecimiento es como una muerte. Robada en un baile de Lavapiés, todos creerán que he cedido a la seducción de un libertino; y al hablar de esto, todos supondrán en mí una deshonra que no existe. Seré despreciada, aún por los míos, y siempre llevaré sobre mí una afrenta que nadie puede borrar.

–Si no lleva usted mancha en la conciencia, ¿qué importa el juicio de personas frívolas, incapaces de sentir ni aún de soñar lo que usted siente?

–Sí, mi conciencia está tranquila; pero yo tengo al mundo un apego que no sabré nunca vencer; yo voy a vivir ahora una vida de desesperación, azotada públicamente por el desprecio de todos, y se me destinará a un convento, donde me moriré de lo mismo que usted se moriría en la Inquisición: de rabia.

–Pues bien –dijo Martín con una idea súbita, que por unos segundos vaciló en sus labios sin acertar a expresarse–; pues bien; no me abandone usted, no vuelva usted con su familia.

Susana oyó aquella proposición con menos espanto del que Muriel suponía, y le miró con atención como si no estuviera segura de que hablaba con completa seriedad.

–¿Que no vuelva?... –dijo, experimentando una gran confusión de ideas y queriendo buscar el verdadero sentido de aquella terrible propuesta.

–¿Aún cree usted que no somos iguales? –preguntó Martín, planteando resueltamente el problema de la igualdad–. ¿No valgo yo por lo menos como otro cualquiera de esos que diariamente le rodean a usted?

Susana no contestó y seguía mirándole.

–Pero usted no se atreve –añadió Muriel–. Usted no se halla con fuerzas para luchar contra ciertas cosas y personas. Teme más la ignorancia y las preocupaciones de los demás que los propios dolores. ¡En qué situación hemos venido a encontrarnos después de haber estado en pugna tanto tiempo! Usted me ha descubierto en su alma tesoros que yo no conocía; pero usted se halla atada a esta sociedad por lazos indisolubles. No ha tenido, como yo, el valor de romperlos, y gemirá en perpetua esclavitud, aborreciendo su cadena, como todos los esclavos. Yo le ofrezco a usted otros lazos. Se me presenta la ocasión de hacer una prueba decisiva, y no la dejaré pasar. Óigame usted y decida.

La joven estaba pendiente de las palabras de Muriel, como si fuera el confesor que había de absolverla de infinitas culpas.

IV

–Oyéndola a usted esta noche –prosiguió–, he creído percibir un eco de mi propia voz en la suya. ¡Qué dulce es encontrar quien sepa entender nuestro lenguaje! Acabe usted de mostrarme un gran corazón y un gran carácter.

–¿Cómo?

–No separándose ya de mí. Usted no se atreve. Eso sería un heroísmo de que usted no es capaz. Desde esta noche ya no es ni puede ser usted para mí lo que antes era. La miraré siempre con respeto, y todos los agravios están perdonados. Pero haciendo lo que digo, renunciando por mí a sus preocupaciones, uniendo su suerte a mi suerte, usted me confundiría, lo confieso; yo me encontraría pequeño, y entonces... ¡sí, verdaderamente humillado! Aborrecido o despreciado de todos, mi vida encontraría en esa unión un reposo y un estímulo para seguir adelante en mi jornada. Creo que no tendría bastante vida para agradecerlo y celebrarlo, pues si en otra cosa no, en esto habría conseguido una gran victoria. Me parece que con sólo ese ejemplo, al paso que aseguraba mi felicidad y me ligaba con los lazos más dulces, me parece, digo, que destruía la obra de cien siglos. Baje usted, puesto que ni la sociedad ni mis ideas pueden permitir que yo suba. Usted, que conoce de qué manera aborrezco, puede comprender de qué modo sé amar.

Muriel se había expresado con profunda emoción, y Susana, moralmente hundida al peso de aquella proposición, se abatía más a cada frase. Callada estuvo largo rato, con la vista fija en el suelo, hasta que al fin, súbitamente, y como si sintiera una inspiración, dijo muy agitada:

–Sí; lo haré... lo haré.

–¡Oh!, usted no se atreve. Necesita parecerse a mí aún más de lo que se parece. Su orgullo sofocará todo sentimiento, y preferirá la coquetería de los estrados y la ocupación de enloquecer a mil hombres torpes y corrompidos, a ser compañera y consuelo de un hijo del pueblo, fatigado por sueños insensatos y condenado a ser objeto de terror ante todas las gentes. Usted no se atreverá a bajar hasta mí.

–Sí; me atrevo, lo haré –contestó Susana con resolución.

Martín halló en su semblante, visto al resplandor de la luna, la expresión de la verdad, y se convenció de que en el ánimo de la joven, atribulada por espantosa lucha, habían triunfado la pasión y la naturaleza de la soberbia y de la educación. Aquel triunfo despertó en él un entusiasmo que en asuntos amorosos dormía oculto en su pecho como tesoro guardado para una alta ocasión. La interesante y extraordinaria hermosura de la joven, su nombre, su posición, su carácter, dieron proporciones a aquel triunfo alcanzado a la vez por el filósofo y por el hombre. Desde aquel instante la amó como se ama a los objetos hallados después de largas indagaciones, como se ama a los problemas resueltos, y con ese especial cariño que ponen los hombres de genio a los ideales hijos de su pensamiento. Vio entonces* una nueva fase de su vida, y si hasta entonces la ternura ocupaba hueco muy pequeño en su corazón, desde entonces creyó que no le sería posible vivir sin aquello.

–Cuando lo digo, estoy segura de que lo haré. En un momento he meditado bastante sobre ese problema terrible, y no vacilo. Yo juro no unirme a hombre alguno y destinarme por mí misma y sin permiso de nadie al que yo he elegido. Si no lo hiciera, creo que me moriría de pena.

–Bien; yo la devolveré a usted a su familia, y más tarde...

–Más tarde, después, yo, por mi propia voluntad y libremente, lo dejaré todo, renunciaré a todo e iré en busca de lo único con que me quedo.

–¿Tendrá usted valor?

–Tendré momentos de duda; pero mi corazón se desborda demasiado y no lo podré contener. Iré.

–Yo parto a Toledo esta noche.

–Y yo iré también en esta misma semana.

–¿Lo jura usted?

–Lo juro. Iré.

–Alguna deidad existe que nos ha protegido esta noche y nos ha inspirado. Esperemos ese día que ha de venir, ese día en que yo la vea entrar a usted por las puertas de mi humilde morada.

Los dos jóvenes se abrazaron casta y noblemente, como esposos largo tiempo unidos que se separan por primera vez.

Pero apenas habían andado dos pasos cuando sonaron golpes tan fuertes en la puerta de la calle, que parecía que la echaban al suelo.

–¿Quién viene?... ¡A esta hora!

–¡Rompen la puerta! –dijo Susana muy asustada–. Se oyen voces de mucha gente.

–¡Ah!, sí –dijo Muriel prestando atención–; son muchos. No puede ser más que la justicia.

–¡Huya usted!... Han descubierto que estoy aquí y me vienen a salvar. ¡Huya usted!... Pero ¿por dónde?... si están ya en la calle.

–Yo puedo salir por otra puerta a los Pozos de Nieve.

---

* "*Él* vio entonces", *Ibíd.*, pág. 255.

–¡Ah, ya entran!... Escuche usted: es la voz del marqués... la voz del doctor... –dijo Susana–. ¡Huya usted! Yo estoy segura. Déjeme usted pronto.

En efecto, la voz de las personas citadas se sentía bien clara en el portal.

–¿No hay nadie en esta casa? –exclamaba el marqués, admirado de encontrar tan sola la que creía guarida de ladrones.

–¡Huya usted! –decía Susana a Martín–. Ya estoy segura.

–Sí, me voy. Son amigos. Adiós.

–Hasta luego –dijo la joven.

–Hasta luego –contestó Martín dirigiéndose al otro extremo de la galería con gran precipitación.

De allí bajó al patio interior, y, sin ser visto ni molestado por nadie, salió, mientras el doctor, el marqués y un sinnúmero de criados y alguaciles rodeaban a Susana con alborozo, muy asombrados de encontrarla viva.

CAPÍTULO XXII

EL ESPECTRO DE SUSANA

I

Huyendo del loco, Sotillo salió despavorido de la casa, y no había andado veinte pasos cuando otro hombre, que estaba oculto en el hueco de un portal, le detuvo y le dijo:

–¿Ya has despachado?

–Erré el golpe... me ha pasado un fracaso... no he podido. Un maldito espantajo...

–¡Qué gallina eres! Si D. Buenaventura me hubiera encargado a mí esa comisión...

El personaje que así se expresaba no era otro que el famoso héroe llamado Pocas Bragas, a quien conocimos en casa de la Pintosilla; hombre célebre por su reciente excursión a Ceuta, de donde volvió con grandes datos y novedades para su arriesgado oficio.

–Buena la has hecho. Ya no te pongas más delante de D. Buenaventura.

–Mira lo que pienso hacer... pero alejémonos de aquí... Escucha –dijo Sotillo apretando el paso–. Quedamos en que le haría una señal en cierta casa. Él tiene en mí una confianza... Voy, doy dos golpecitos en la ventana y se la encajo.

–¿Qué?

–La gran bola de que desempeñé la comisión. Verás cómo le saco los mil reales que me prometió.

–¡Mil reales! ¡Cosa más rara! En mis tiempos no valía eso más que cuatro duros, y hasta por treinta reales despaché yo...

–¿Qué te parece lo que pienso hacer? ¿No me ves cómo estoy manchado de sangre?

–¿Pero quién te ha herido, endino? Cuenta lo que te ha pasado.

–Déjalo para después... te diré... aquel figurón... yo no había visto nunca aquel hombre... la verdad, chiquillo, me dio miedo.

–Verás como no te da los mil reales.

–Verás como sí. Tiene en mí una confianza...

Con estas y otras razones llegaron a la calle del Factor. Esperó el uno tras la esquina y el otro hizo su señal; salió Rotondo, como sabemos, y en la turbación que dominaba en espíritu no dudó un momento que el hecho estaba consumado, y más viendo manchado de sangre el brazo de Sotillo. Pero toda la elocuencia de éste no logró sacarle el dinero, por lo cual los dos héroes partieron muy alicaídos en dirección a los barrios bajos.

–¿Vas a casa de la Pintosilla? – dijo el uno.

–¡Quiá! Si está presa. Vámonos *adonde* Meneos.

Pues vamos a casa de Meneos. Buena te espera cuando el Sr. Rotondo descubra que le has engañado.

–Es que no me verá el pelo por jamás amén, porque mañana me voy a Sevilla, en donde me han hecho una proposición...

No podemos seguirlos en su diálogo, porque en otra parte pasa algo que exige nuestra atención. Una vez que Rotondo volvió al cuarto de Cárdenas después de haber hablado en la calle con Sotillo, los dos amigos trataron de la entrega de los veinte mil duros, y el afligido tío de Susana no pudo al fin eximirse de entregar la llave de la caja. Ya hacía largo rato que D. Buenaventura se ocupaba muy tranquilamente en contar el dinero que necesitaba, cuando se sintió ruido en el portal.

–Es que vuelven de buscar a Susana –dijo D. Miguel muy agitado–. Es preciso que yo salga con el mayor interés a preguntarles; ¿no le parece a usted?

–¡Excelente idea! Sí. Conviene que haga usted bien su papel en esta comedia.

–Cierre usted la caja; guarde usted ese dinero. Coja usted en su mano las pelucas y haga como que se despide.

Rotondo hizo todo lo que Cárdenas le mandaba, y salió por la puerta excusada. Don Miguel se levantó entonces del lecho y abrió la puerta de su despacho, en el momento en que se sentía más cercano el ruido de los que subían la escalera.

–¿Qué hay? –dijo asomándose; pero apenas había articulado esta pregunta lanzó un grito agudísimo y desgarrador, y cayó al suelo como herido del rayo. Lo primero que vio al abrir fue la figura de Susana, que, sonriendo, le dijo:

–Tío, ya estoy aquí.

Todos entraron en el despacho a auxiliar al señor de Cárdenas, a quien juzgaron víctima de una impresión de alegría. El pobre hombre tardó mucho en volver de su desmayo.

CAPÍTULO XXIII

EL PASTOR FILENO

I

El curso de los acontecimientos de esta historia exige que nos trasladamos a Aranjuez, residencia entonces, a más de la corte de España, de los señores de Sanahuja y de su pastoril engendro Pepita, que se encontró como el pez en el agua al recorrer la huerta y el soto. ¡Cuán superiores eran aquellos sitios a la casa de Madrid, donde no se conocían los placeres que proporciona la contemplación de la Naturaleza, ni se espaciaba el ánimo libremente respirando aires puros y extendiendo la vista por praderas más o menos risueñas, en cuyo fondo se destacaban las grandiosas y seculares arboledas de la Isla y del Príncipe!

Pepita no cesaba de establecer esta comparación, haciendo notar las ventajas del campo con un entusiasmo que concluía por aburrir a cuantos la rodeaban, pues no se oían en su boca otras palabras que éstas: «Papá, mire usted aquel árbol; ¿no ve usted aquella nube? Mamá, ¿qué te parece ese arroyo que va serpenteando hasta traspasar todo el llano?». Con tales razones pasó la mañana, insensible a las súplicas de su madre, empeñada en que cosiera, bordara o se consagrara a cualquiera de los menesteres propios de su sexo. Esto no era posible. Pepita tenía su cabeza organizada de tal modo, que no cabían en ella otra cosa que las contemplaciones en que la vemos constantemente embebida. En nuestra época hubiese sido lo que hoy designamos con la palabra *romántica*[338]; pero

---

[338] Típica caracterización del talento femenino en el contexto cultural del "Sexenio". Utilizar la expresión "romántica" en 1804 resulta, sin duda, anacrónico aun cuando anticipa las expectativas estéticas del futuro "realismo varonil" canonizado en la Restauración. Para una posible fuente textual de este personaje galdosiano femenino, véase Ramón de Mesonero Romanos, "El romanticismo y los románticos", *Escenas matritenses*, 1842, Madrid, Imprenta y Librería de Gaspar y Roig, 1851, págs. 124-128.

como entonces no existía el romanticismo, la sobreexcitación cerebral de la joven Sanahuja se alimentaba de interminables deliquios, en que todos los campos se le antojaban Arcadias y ella pastora, según había leído en sus endiabladas poeías.

Recorría la campiña con su libro (pues había logrado substraer uno de los secuestrados por su padre), se sentaba bajo los árboles, leía en voz alta, se recostaba sobre la hierba, hacía traer un par de ovejas y otros tantos cabritos, que adornaba con cintas y flores. Después le parecía impropia la lectura y mucho más conveniente el recitar de memoria, y así lo hizo, hasta que se cansó de este monótono ejercicio y se quedó muy triste, notando que le faltaba una cosa importante, indispensable, una cosa de que no se podía prescindir para que aquella farsa tuviera visos de sentido común: le faltaba el pastor.*

Fija esta idea en su imaginación, no tuvo paz en todo aquel día. Era preciso buscar un pastor. ¿Pero dónde, quién? Digamos en honor suyo que este deseo no significaba para ella una aspiración amorosa; era simplemente una exigencia de escena, y sus sentimientos, respecto al soñado compañero de sus restozos pastoriles, eran puros hasta la insulsez. En aquella naturaleza todo era empalagoso como la literatura que la inspiraba.

Y el Cielo, propicio siempre con los locos, le deparó lo que buscaba. Aquella tarde, en el momento en que los rayos del sol trasponían por el horizonte, dejando en las copas de los árboles, en los techos de las casas y en la superficie del Jarama[339] resplandecientes rastros de luz y perfiles y destellos de mil colores; en el momento en que las ovejas se aproximaban unas a otras, buscando cada una abrigo en las calientes lanas de las demás; cuando salía el humo de los techos y empezaban a pedir la palabra las ranas para su discusión nocturna; cuando la Naturaleza se adormía, impresionando los sentidos con recuerdos virgilianos, Pepita encontró lo que deseaba, encontró su pastor en un chico que, habiéndose presentado unos días antes en la puerta de la casa hambriento, cubierto de harapos y pi-

---

* "(...) le faltaba *un* pastor", *Ibíd*., pág. 591. Testimonios de estas características hacen patente la constante depuración estilística visible en la narrativa galdosiana. No es éste, desde luego, el primer ejemplo textual consignado en el que se aprecia la substitución de pronombres, posesivos o perífrasis verbales.

[339] *Jarama*: Para una referencia decimonónica al río Jarama, véase Pascual Madoz, *Diccionario geográfico…, op.cit.*, vol. 9, pág. 591.

diendo limosna, fue recogido por los colonos, que eran gente compasiva. Este chico le pareció desde el primer momento tan propio para el caso, tan interesante por su color tostado, sus grandes y expresivos ojos y su expresión inteligente, que no vaciló en poner en ejecución su pensamiento. A pesar de la repugnancia de sus padres, el chico fue arrancado al pastoreo de los cerdos en que le tenían ocupado; se le dio de comer y de beber a cuerpo de rey, se le arregló una cama en la casa, y al día siguiente las ovejas, los criados y los labradores le vieron en la huerta coronado de flores y de cintas, y muy satisfecho del papel que estaba desempeñando. Se le puso el nombre de Fileno, y los cerdos se quedaron sin su guardián.

Los señores de Sanahuja, aturdidos todo el día por los saltos, juegos y cabriolas de María y de Fileno, que triscaban de lo lindo en la huerta y en el soto, determinaron poner mano en tal abuso, quitándole a su hija aquel juguete que debía volverla más loca. Con este propósito, llamaron al infantil pastor al estrado y entablaron con él el siguiente diálogo, que es indispensable reproducir con toda puntualidad.

—¿Cómo te llamas?

—Pablo —contestó el chico con timidez.

—¿De dónde eres?

El muchacho alzó los hombros para expresar que no tenía idea de la patria.

—Éste es un vagabundo de esos que no se sabe quién les ha parido, y no parece sino que salen de las piedras —dijo la señora—. ¿De dónde vienes?

—De... de... —contestó el pastor recordando—, de... de un pueblo que está lejos, lejos, lejos.

—Pues nos dejas enterados. ¿Tienes padres?

Fileno movió la cabeza para decir que no, y clavó la barba en el pecho avergonzado de las penetrantes miradas de aquellos señores.

—¿Conque no sabes dónde estabas antes de venir aquí?

—En... en... —contestó recordando—. ¡Ah!, en Chinchón[340].

—¿Son de allí tus padres?

—No, señor. Yo estaba allí con Mediodiente.

---

[340] *Chinchón*: Para un análisis preciso de esta localidad madrileña, véase *Ibíd.*, vol. 7, págs. 335-336.

—¿Y quién es ese Sr. Mediodiente?
—Uno que lleva títeres a los pueblos cuando las fiestas.
—¿Y tú dejaste a ese saltimbanquis, o él te echó de su casa?
—Yo me fui solo, y lo dejé porque me quería poner de barriga en la punta de un palo que él cogía con la boca... Así...

Y Pablillo se puso su cayado en la boca, queriendo imitar la habilidad de su patrono el Sr. Mediodiente.

—A mí me ponía en la punta, allá arriba, pinchado por aquí, por la tripa.
—¿Y te pusiste tú?
—Lo hicimos en casa algunas veces para hacerlo después en la plaza; pero me daba mucho miedo, y aquella tarde, antes de la función, me marché por el camino.
—¿Y has venido pidiendo limosna hasta aquí? ¿Y ese Mediodiente, dónde te tomó?
—En el camino. Allá por o*nde* Arganda[341]. Yo estaba con otros chicos pidiendo.
—Y entonces, ¿de dónde venías? ¿Dónde estabas tú antes de salir por esos caminos?
—¿Yo?... allí *onde* el tío Genillo. Pero me pegaban, y una mañana...
—Te fugaste. ¿Era la casa de tus padres?
—No; no, señor. Era *onde* la tía Nicolasa, y la señorita y D. Lorenzo. Como me estaban siempre pegando, me fui de la casa.
—¿Y no te acuerdas en qué pueblo estaba esa casa? Tú tienes cara de ser un truhán redomado.
—Estaba en... en Alcalá.
—Buenas cosas habrás tú hecho en esa casa. Cuando te pegaban no sería por cosa buena... ¿Pero tú no tienes algún pariente, no tienes hermanos? ¿Tú te acuerdas de tus padres?
—Sí; yo me acuerdo... mi padre estaba en la cárcel y yo con él.
—Buena pieza sería también el pobrecito, ¿no es verdad, Cleto? —dijo la señora.
—¿Y te acuerdas del apellido de tu padre?
—Se llamaba como yo.

---

[341] *Arganda*: Sobre las condiciones geográfico-históricas de Arganda, véase *Ibíd.*, vol. 2, págs. 542-543.

–¿Pablo? ¿Y qué más?
–Pablo Muriel.
–A ver, a ver –dijo el Sr. de Sanahuja, recordando–. Me parece que... ese nombre no me es desconocido. ¿No es ése aquel administrador del conde de Cerezuelo, a quien encausaron?
–Sí; D. Pablo Muriel. Y precisamente en Alcalá vive el conde.
–Yo creo que este chico debe quedarse aquí, pero en la labranza. Es una obra de caridad; y si dentro de diez años sabe algo más que cuidar los cerdos, se le puede ocupar en cuidar las mulas. Por supuesto, que si descubre malas inclinaciones, con ponerlo otra vez en el camino para que se vaya con el Sr. Mediodiente...
Mientras los Sanahujas deliberaban sobre la suerte del pastor Fileno, éste volvió a la huerta. El pobre chico estaba rebosando de felicidad, porque comer bien después de tantas hambres, vestir después de tanta desnudez, oírse llamar en verso y verse bien tratado después de tantas amarguras le parecía un sueño, una de aquellas visiones que percibía por las noches en la casa de Alcalá, y que le impulsaron a salir buscando aventuras como un caballero andante[342].

II

Engracia, invitada por los de Sanahuja, llegó a Aranjuez al siguiente día. Desde que acaeció la prisión de Leonardo, la pobre viudita se había desmejorado mucho, merced a la infernal tiranía de doña Bernarda, dirigida en lo espiritual así como en lo humano por el padre Corchón. Engracia había sido constante y firme en sus sentimientos, a pesar de todo, y lejos de disminuir su afecto hacia la pobre víctima de la Inquisición, se había aumentado, alimentando sin cesar una remota y endeble esperanza. Pero no había vuelto a recobrar su buen humor, y el trasladarse a Toledo, precisamente cuando el pobre preso había sido también conducido a las cárceles de esta ciudad, no era el mejor medio para curarse de sus melancolías. Doña Bernarda estaba, no obstante, muy tranquila, confiada en la solidez probada de los muros del Santo Oficio, y

---

[342] El quijotismo parece aquí afectar a Pablillo Muriel cuya familia, por lo demás, según se nos indicó en capítulos iniciales, muestra siempre incipientes tendencias quijotescas/desvirtuadoras de la realidad.

creía que la pasión de su hija se enfriaría poco a poco hasta llegar a su completa extinción.

Pero dejemos a un lado estas consideraciones para venir a lo que ahora nos importa: a que Engracia, entretenida en presenciar los esparcimientos bucólicos de su amiga, y habiendo hecho al pastor Fileno un interrogatorio parecido al que hemos copiado, comprendió al instante que era hermano del amigo de su desgraciado novio. Al momento enteró de todo a los señores de Sanahuja, asegurándoles que el hermano de Pablillo vivía, que estaba en Madrid, y que había hecho inútiles pesquisas por encontrar al pobre niño abandonado.

Los padres de Pepita creyeron en conciencia que debían mandar a Pablillo a Madrid. De este modo hacían una obra de caridad, y al mismo tiempo le quitaban a la pastora Mirta su juguete. Así se convino, en efecto, sin más discusión, y aunque ocurrió el inconveniente de no saber dónde Martín habitaba, Engracia lo arregló todo diciendo que ella escribiría a D. Lino Paniagua remitiéndole el chico para que se hiciera cargo de entregarlo a Muriel. Se notificó a Pepita la determinación, y que quieras que no, Fileno fue despojado de sus cintas y encomendado a unos arrieros que al día siguiente salían para la Corte. La felicidad de Pablillo, que se había visto transportado a un Edén, donde no se le ocupaba en otra cosa que en brincar y en poner atención a las estrofas de Meléndez y de Cadalso, concluyó de repente, y cuando se vio en poder de los arrieros le pareció que todo aquello había sido un sueño.

No seguiremos a Pablillo en su viaje antes de hacer mención de la llegada a Aranjuez de doña Bernarda, la cual, encontrándose muy sola por la ausencia de su hija, y aún más por la de Corchón, determinó ponerse en camino, cediendo al fin a las muchas indicaciones de los Sanahujas. Llegó con todo el cuerpo molido, renegando de los zagales y carromateros, de la distancia, del tiempo, de la contrariedad de habérsele olvidado su libro de horas y una pasta de chocolate para la jornada.

–¿No sabe usted, Sr. D. Cleto –decía a los diez minutos de haber llegado–, no sabe usted como he tenido ayer carta del padre Corchón? No tardará mucho en volver. ¡Qué de cosas dice! Está muy ocupado. Ya lo creo. ¡Como que habrán ido pocas personas a consultar con él negocios de Estado! ¡Pues si viera usted, D. Cleto, el cariño que le ha puesto D. Juan Escoiquiz! ¡Vamos, que ya para él no hay más que D. Pedro Regalado! Corchón para arriba, Corchón para abajo, y sin Corchón no hay nada. Le digo a usted que están locos con él, y si cae Godoy, como dicen, y sube el Príncipe, ya le tenemos obispo, y no así de cualquier parte, sino de Salamanca o León, cuando menos, a no ser que en dos palotadas me lo hagan arzobispo, como merece... Pero hijas, ¿no sabéis que a Pluma le han puesto preso? ¡Si vierais cuántas novedades me cuenta! Y de Susanita, ¿no sabéis nada? Pues hijas, se ha enamoricado de un hombre, ¡santo Dios!, del mismo Enemigo. Y la robó una noche, y no se ha vuelto a saber de ella, pues parece que la tiene escondida en una cueva. Si me he quedado muerta... ¡y qué gente tan mala hay en el mundo, señor D. Cleto! A mí que no me digan; si se hiciera un buen escarmiento... Pero, como dice D. Pedro Regalado, mientras están las riendas del Gobierno en manos del *Guardia*...

Doña Bernarda, sin dar tiempo a que los demás le contestaran, continuó en su charla infatigable, ávida de desembuchar lo que traía en el cuerpo.

III

La galera en que Pablillo debía ir a Madrid estaba preparándose en la venta de los Huevos, y entretanto él, acompañado de otro chico de su misma edad, hijo de uno de los arrieros, se paseaba en la gran plaza de Aranjuez en el momento en que una gran muchedumbre se había acumulado allí para ver a las *personas reales* que saldrían pronto de paseo. Entre los diversos grupos había uno en que varios hombres hablaban con mucho calor. Pablillo, atraído siempre por todo lo que fuera animado e imponente, se acercó, metiéndose en el corrillo sin más ceremonia, como es costumbre en los chicos curiosos y vagabundos. Entre aquellos hombres descollaba uno a quien los demás oían con mucho respeto y con evidente admiración. De pronto pasaron los coches de palacio cargados de príncipes, princesas, gentiles-hombres, camaristas y, por último, una pesadísima carroza en que iban Carlos IV, María Luisa y el Príncipe de la Paz. Al pasar junto al grupo, el hombre aquel a quien todos oían con tanta atención, dijo mirando a los personajes regios: «Todos tienen que caer».

Pablillo ni oyó tal cosa, ni de oírla la hubiera entendido, y corrió tras los coches fascinado por tanta grandeza y esplendor, llamándole principalmente la atención la escolta que custodiaba a los reyes. Él, según dijo a su improvisado amigo el hijo del arriero, no había visto nunca cosa tan bella. Poco después salió para Madrid, casi a la misma hora en que su hermano partía para Toledo.

CAPÍTULO XXIV

EL PRIMER PROGRAMA DEL LIBERALISMO

I

En Aranjuez tuvo Martín una excelente acogida, y hubo muchos que se entusiasmaron de tal modo oyéndole, que resolvieron seguirle a Toledo. Aquí las personas inmediatamente ocupadas en organizar la conspiración recibieron con verdadero alborozo al enviado de Rotondo, el único en quien aquel hombre eminente había encontrado todas las cualidades propias para el caso. Se le enteró con minuciosidad de los preparativos, vio las armas y conoció a cuantos estaban dispuestos por despecho, por miseria o por espíritu de insubordinación a tomarlas el día señalado. No es preciso decir que la mayor parte de aquella gente no sabía lo que hacía ni por qué lo hacía[343]. Cuando más, algunos estaban alucinados con la generosa ilusión de que el Príncipe vendría a curar los antiguos males, desterrando la inmoralidad, la miseria, la bajeza de los que a la sazón gobernaban a España.

Rodeados de todas las precauciones imaginables se reunían los conspiradores en una casucha de la calle del Hombre de Palo[344], en cuyo re-

---

[343] Caracterización galdosiana abiertamente desmitificadora de la agitación revolucionaria de 1804 con relación al protagonismo popular consagrado por los historiadores liberales de la Revolución Francesa (1789) en el siglo XIX. La dimensión grotesca de esta farsa revolucionaria recuerda las célebres palabras de Carlos Marx: "Hegel dice en alguna parte que todos los grandes hechos y personajes de la historia universal se producen, como si dijéramos, dos veces. Pero se olvidó de agregar: una vez como tragedia y otra vez como farsa", *El Dieciocho Brumario de Luis Bonaparte*, 1852, trad. O.P. Safont, Barcelona, Ariel, 1985, pág.11.

[344] *Calle del Hombre de Palo*: "Debe su nombre a la existencia de una figura humana de madera mencionada desde mediados del siglo XVII y hoy perdida. En 1778 contaba nada menos que con treinta y tres casas (...) Esta calle ha estado tradicionalmente habitada por comerciantes hasta finales del siglo XIX. En 1778, por ejemplo, la casa número 18 guardaba el sello oficial del gremio de Tejedores", Porres Martín-Cleto, *Historia de las calles de Toledo, op.cit.*, vol. 1, pág. 446. Consideramos relevante que sea precisamente en este ámbito "burgués"/comercial donde se celebren las reuniones de la revolución radical imaginada por Pérez Galdós en 1804.

cinto apenas cabían las treinta o cuarenta personas que minaban el trono del Príncipe de la Paz. A la mayor parte de ellos Muriel se les representaba con los caracteres de un hombre extraordinario. Nunca habían oído elocuencia igual, y su voz tenía el don de despertar en la mente de todos ideas grandiosas.

La gran ventaja para Muriel consistía en que encontraba preparado el terreno. Él solo, intentando formar un partido en aquella época, hubiera intentado lo imposible, pero las circunstancias le depararon aquella ocasión. La fuerza estaba preparada y dispuesta; él no necesitaba hacer otra cosa que infundirle su idea, y esto lo estaba consiguiendo sin dificultad. ¡Cuántos habría allí de voluntad floja que adquirieron grandes bríos en su compañía! Muchos que sentían gran desconfianza y timidez se llenaron de ardor, y bien pronto no hubo quien dudara del éxito de aquella empresa.

Él redactó en pocas horas un plan completo, no sólo para el movimiento, sino para el triunfo, y de antemano previno lo que debía hacer la Junta de gobierno de la ciudad y del reino, que se establecería allí provisionalmente. Esta Junta había de convocar unas Cortes generales, a las cuales competía decidir si pasaba la corona a las sienes de Fernando. Como medidas primordiales anteriores a la elección de Cortes, se dispondría la abolición del Santo Oficio, la desamortización completa, la extinción de señoríos[345], haciendo desaparecer el voto de Santiago[346], los diezmos y otros onerosos[347] tributos. A las Cortes se dejaba el resolver sobre los mayorazgos y el fundamento de un nuevo Derecho penal y civil.

Este plan cautivaba más cada día a los adeptos de la causa fernandista, que veían ensancharse el horizonte de su primitiva idea. Eran estos hombres, por lo general, jóvenes de la clase media, que habían recibido provechosa enseñanza en las escuelas de aquellos tiempos, pero emancipados al fin de los seminarios y conventos. Los que procedían de esta clase de institutos eran, por lo general, los más ardientes. El pueblo, al principio, no se relacionaba con Martín sino por la mediación de esta juventud entusiasta. Pero él quiso conocer

---

[345] *Señorío*: Territorio perteneciente al señor (*DRAE*). De ser eclesiástico, éste se denomina "señorío de abadengo".

[346] *Voto de Santiago*: Tributo en trigo o pan que por las yuntas que tenían daban los labradores de algunas provincias a la iglesia de Santiago de Compostela (*DRAE*).

[347] *Oneroso*: Pesado, molesto o gravoso (*DRAE*).

qué elementos tenía en la plebe, y exploró con afán, procurando siempre infundir una idea a aquella muchedumbre irreflexiva. Escoiquiz no aparecía en estos conciliábulos, ni Martín tenía tampoco grandes ganas de verle, porque estaba decidido a obrar por su cuenta. Tres personas se presentaban allí como autores de los preparativos y representantes de las altas personalidades del partido; estas tres personas simpatizaron de tal modo con el joven filósofo, que éste fue en poco tiempo el alma de la conspiración.

En tanto, se acercaba el día y se tomaban todas las precauciones para que el éxito fuera seguro. Se amotinaría el pueblo de Toledo con el pretexto de la carestía del pan, apoderándose luego de la ciudad para proclamar la caída de Godoy. A este grito mágico, que alborozaba entonces a casi todos los españoles, responderían otras ciudades preparadas ya, como Talavera, Valladolid y Zaragoza, donde se enviarían emisarios en el momento crítico. Los amotinados de Toledo se harían fuertes en la ciudad, contando con el levantamiento de la población de Aranjuez, que recibiría de la ciudad imperial grandes auxilios. Según el pensamiento de Muriel, el grito de los primeros alzamientos sería: «¡abajo Godoy!»; después, la Junta de Toledo, que sería su hechura, arrojaría una idea más alta a las cuatro extremidades de la nación.

Muriel, a pesar de ver reconocida su superioridad, no tenía confianza ciega en algunos de los conjurados, por lo cual se ocupaba en vigilarlos con mucha atención para cerciorarse de que su complacencia no era una vana fórmula hija del miedo que había logrado infundirles.*

–Mereceremos –les decía Martín en las reuniones privadas, en que sólo entraban muy pocos–, mereceremos el desprecio del mundo, si esto que ha de hacerse es un ridículo aborto en vez de una fecunda reforma. Pedir la caída de Godoy para que todo siga como en los días de su omnipotencia, es cambiar de cadena y probar al mundo que no podemos vivir sin la tutela de esa familia corrompida, en la cual no hay ningún individuo que comprenda la misión que el Cielo ha encargado a los reyes. El primer acto de la Junta de Toledo ha

---

* "(...) había logrado infundirles; *los revolucionarios, y principalmente aquellos tres de quien hicimos mención, sentían la superioridad del joven, y bajaban la cabeza ante sus determinaciones*", Ibíd., vol. 23, nº 89, 1871, pág. 109.

de ser declarar que la *familia de Borbón ha cesado de reinar en España*[348]. ¿Hay alguno que no esté conforme?

Al escuchar esta proposición, silencio sepulcral reinó en la sala, y todos callaban asustados del enorme alcance de la aspiración de Martín.

–¿Hay alguno que se sienta sin valor para sostener esta idea? Es preciso decirlo, para que nos conozcamos todos.

–No, no. Sí, tendremos valor para eso –contestaron a una todos los concurrentes.

–Un pueblo que toma las armas para cambiar de tirano merece tenerlos siempre.

–¡Es verdad, es verdad!

–Caiga en buen hora ese hombre inmoral y presumido; pero sobre los escombros de su poder no se alzará otro lema que el de la *soberanía de la nación*.

–Sí; ésa es nuestra bandera. La Junta de Toledo la mostrará a todos los españoles el día del triunfo –contestaron en diversos tonos los fernandistas.

De esta manera resonó por primera vez en una asamblea de conspiradores aquel emblema, que después había de iniciar una lucha de medio siglo entre las aspiraciones de la inteligencia moderna y la invencible tenacidad de la civilización antigua, apegada a nuestro carácter a pesar de tantos y tan sangrientos esfuerzos por arrancarla.

---

[348] Afirmación muy contemporánea en 1871 que un lector del Sexenio vincularía sin dificultades al famoso "¡Jamás Borbones!" pronunciado por el político progresista Juan Prim (1814-1870) tras los comicios de enero de 1871. Para una referencia galdosiana más explícita a los célebres "jamases" –"Ya ves el bueno de D. Juan Prim qué lucido ha quedado con sus *jamases*" (énfasis del autor), véase Benito Pérez Galdós, *Fortunata y Jacinta*, 1886-1887, ed. Francisco Caudet, Madrid, Cátedra, 1999, vol. 2, pág. 159.

CAPÍTULO XXV

LA DESHONRA DE UNA CASA

I

Mientras llega el día de la convulsión que se preparaba, volvamos a Madrid, y a la casa de Susana, donde ocurre un acontecimiento capital. El conde de Cerezuelo, venido de Alcalá al saber la noticia del secuestro de su hija, se había agravado de tal modo en su inveterada enfermedad, que se moría el pobre sin remedio. Ya antes del suceso tenía muy contados sus días; pero la impresión que le produjo la noticia, la fatiga del viaje y el considerar la deshonra que sobre sus canas había caído, precipitaron su fin.

La casa presentaba aquel día aspecto pavoroso. Por un lado, el conde muriéndose y en un estado de exaltación que causaba espanto; por otro, su hermano D. Miguel afectado de una excitación nerviosa que le tenía en continuo delirio. Ambos exigían exquisitos cuidados, y la familia se repartía junto a los dos lechos, sin saber cuál de los dos enfermos se hallaba en peor estado. Arriba estaba el conde, acompañado de su hija, de Segarra, del doctor y de doña Antonia; abajo, D. Miguel, asistido por el marqués, doña Juana y D. Lino, que iba y venía de un enfermo a otro, después de haber corrido medio Madrid buscando médicos, boticas y asistentes.

El conde conocía su fin y conservaba el uso de sus facultades intelectuales, lo cual le permitió hacer un nuevo testamento. Después de un período de exaltación en que increpaba a su hija, se había quedado sereno, tratando sin duda de apartar la mente de las miserias de la tierra para elevarla a Dios en aquel trance supremo. Cuando Susana apareció y se la presentaron, después de haberle preparado, hizo un movimiento de horror, cerró los ojos y extendió las manos como para apartarla de sí. La joven se quedó sentada en una silla junto al lecho, muda, aterrada, sin atreverse a proferir palabra ni a hacer el menor movimiento, clavada en su asiento, con los ojos fijos en su padre, como si asistiera a la sentencia final en presencia del Supremo Juez.

Nadie se atrevía a dirigirle la palabra, porque parecía que todos se juzgaban partícipes de su falta con sólo acercársele. Lo que pasaba por ella en tales momentos no es fácil de adivinar, ni menos de transcribir. Parecía víctima de letargo angustioso que la mantenía inmóvil y espantada, semejante a la estatua del terror.

El conde, que antes había recibido los Sacramentos, se agitó de nuevo con su presencia, tuvo cerrados los ojos más de media hora, marcando su respiración con un bronco estertor, y después los abrió para fijarlos en ella con expresión de ira.

—¡Tú nos has deshonrado! ¡Has deshonrado mi casa, y mi nombre y mi familia! —dijo con voz que parecía salir de las profundidades de la tierra—. Yo me muero hoy, y me muero con indignación porque no puedo lavar esta mancha.

Los que asistían a tal escena le oían con profunda emoción, y Susana no contestó palabra, ni hizo gesto alguno.

—No puedo morir en paz, me muero rabiando —continuó el conde—. Tú has puesto fin al lastre de mi honrada casa; ¡mis padres y mis abuelos te maldecirán como yo te maldigo!... No digas que eres mi hija; olvida que soy tu padre; no lleves mi nombre. Lleva el de ese maldito que te ha robado de esta casa incitado por ti.

En los labios de Susana se notó una ligera alteración como si quisiera romper a hablar; pero continuó en silencio.

—¡Infame! —continuó el conde—, ¡infame tú e infame él! Si cuando naciste hubiese sabido que ibas a prendarte del hijo de Muriel, de ese bandido, de ese asesino, te hubiera estrellado. Tú no eres hija de aquella santa mujer... ¡Infeliz!, ¿sabes lo que has hecho?, ¿sabes medir la enormidad de tu crimen? ¡Huye!, ¡sal de aquí!, ¡vete con él! Dios permita que recibas aquí en la tierra el castigo de tu infamia. Únete a él para que la deshonra se una a la deshonra. Tus hijos serán monstruos horrendos. Vivirás despreciada de todo el mundo. Pero no digas que fui tu padre, olvida mi nombre, olvida...

Desde aquí sus palabras fueron mal articuladas e ininteligibles. Sólo en aquel confuso desbordamiento de voces se distinguía esta frase repetida sin cesar: «¡Con el hijo de Muriel! ¡Con el hijo de Muriel!». Por fin, de su boca no salía sino un mugido entrecortado que se fue extinguiendo, hasta que sacudió la cabeza con violencia y se quedó después inmóvil, con los ojos ferozmente abiertos y los labios muy apretados. Estaba muerto.

Susana, en su tremendo estupor, notó que los que rodeaban a su padre empezaron a hablar en voz alta, ya seguros de no molestar al paciente; vio que le cubrieron el rostro con la sábana, y después le pareció que se alejaban. Sentía pasos detrás de sí; creyóse sola, y fijaba invariablemente la vista en aquel gran bulto dibujado por las sábanas, como una gran estatua yacente a medio labrar, con las formas apenas toscamente indicadas en un gran trozo de mármol blanco. Vio que ponían una luz junto a la cabecera, y que se retiraban dejándola sola. Ella, sin embargo, en el estado de su espíritu, abrumado por indecible emoción, no se atrevía ni a levantarse ni a mirar a ningún lado. Llegó un momento en que no se sentía el menor ruido en el cuarto. Nadie se acercaba a dirigirle una palabra de consuelo; nadie se dolía de su situación. De pronto siente que le ponen una mano sobre el hombro, y aquel ligero golpe produjo en su naturaleza una sensación igual a la que se experimenta al sentir la explosión de un rayo. Volvió la cabeza, y vio a D. Lorenzo Segarra, el cual, con cierta confianza inusitada y además con afectada amabilidad, impropia en aquellos momentos, la sostuvo con su brazo y la llevó fuera diciendo:

–Señorita, debe usía salir de aquí.

II

Mientras esto sucedía, cerca de la madrugada, en la estancia mortuoria del conde de Cerezuelo veamos lo que pasaba en el despacho, donde su hermano padecía de un modo igualmente pavoroso. Tenía fiebre altísima, y se hallaba en completo estado de trastorno mental, esforzándose en dejar el lecho, gritando, hablando con personas que sólo existían en su calenturienta fantasía, y a las cuales daba nombres no conocidos por ninguno de los presentes. Se le prodigaban con mucho ahínco los auxilios que ya no era preciso aplicar a su infeliz hermano.

–Tranquilízate, por Dios –le decía su esposa cubriéndolo, mientras los demás querían impedir que saliese del lecho.

–No... dejadme ir... –decía él delirante, pugnando por levantarse–. Voy a detenerle; ¿no veis que se va a llevar los cien mil duros?

–Si no hay nadie aquí más que nosotros –contestaba la esposa.

–Sí; ¿no lo veis?... ¿no lo veis? –dijo D. Miguel señalando la caja con aterrados ojos–. Allí está contando el dinero. ¿No sentís el chirrido de la tapadera de hierro que sostiene en su mano? ¡Infame!... Que no vuelva Susana –continuó cerrando los ojos y extendiendo las manos como para apartar un objeto de horror–. Poneos todos delante; no quiero verla; echadla de aquí... Pero siempre la veo... poneos delante... Siempre la veo, aunque cierre los ojos... marqués, sácame los ojos para que consiga no verla... Aquí está: me mira con sus ardientes y terribles pupilas... Está cubierta con una ropa blanquísima, y de su pecho corre un raudal de sangre que llena todo el cuarto... ¡Pobre Susana!... Pero yo no fui, yo no tengo la culpa, yo no quería que muriera, sino que se la llevaran lejos, lejos... El maestro Nicolás es quien se empeñó en que muriera... ¡Infame! Y se ha llevado los cien mil duros... ¿No le veis cómo registra la caja?... ¡Malvado!...

–¡Qué espantoso delirio! –decía doña Juana a cada rato–. Es propenso a delirar desde que tiene calentura; pero nunca he visto en él un extravío igual.

El marqués parecía más preocupado que doña Juana del sentido de las palabras proferidas por el enfermo.

–Pero no lo creáis –prosiguió éste–, no se llama maestro Nicolás, se llama D. Buenaventura Rotondo, y se finge barbero para penetrar en las casas. Es un conspirador y un intrigante... Por Dios, poneos todos delante para que no la vea. Aquí está otra vez con su traje blanco manchado de sangre... Marqués, por piedad, sácame los ojos, no quiero tener ojos... Si yo no fui, fue él... ese infame Rotondo; yo sólo quería que se la llevaran de aquí... ¿No veis cómo registra la caja y cuenta el dinero?*

Al decir esto hacía esfuerzos por levantarse, al paso que mientras nombraba a Susana se tendía, se arropaba, cerrando fuertemente los ojos. El marqués llamó aparte al doctor y le dijo:

–¿No le preocupa a usted este delirio?

---

* "(...) y cuenta *los cien mil duros*", *Ibíd.*, pág. 113. Innegable mejora estilística se aprecia en la edición de 1907 por suprimir la repetición de "cien mil duros".

–Sí –dijo el doctor con angustia–. Sí; en eso estaba pensando. Después hablaremos.

–Me parece que esto es una revelación. ¿Conoce usted al maestro Nicolás?

–Sí; le he visto aquí algunas veces. Aquí hay misterio. Siempre me chocaron las visitas de ese hombre. ¿Sabe usted dónde vive?

–No; ésa es la gran contrariedad. Pero viene todos los días. Si viene mañana, le echaremos el guante.

–Hoy dirá usted; porque son las cinco –dijo el doctor mirando su reloj–. Tremenda noche ha sido ésta. ¡Pobre Susanilla!

Al decir esto el buen inquisidor lloraba como un niño.

–Y por ese hombre que se encontró en la casa, ¿no se podría descubrir algo? –añadió Albarado.

–Nada absolutamente. Es un loco, y a todas las preguntas contesta con que va a la Convención o a los Fuldenses.

–No cabe duda que aquí hay misterio.

–Únicamente pienso averiguar algo por la Pintosilla, que está presa desde ayer.

–Susana misma nos dirá también lo que vio en aquella casa.

El marqués hizo un gesto que indicaba estar seguro de no averiguar nada por aquel medio.

–¿Usted cree que Susana estaría en connivencia con esos bandidos? Eso sería horrible.

–Pero es verdad –contestó el marqués tristemente–. Él fue al baile del candil de acuerdo con ella. Eso saltaba a la vista. El encontrar la casa sola, y el aviso que aquí se recibió, indican que esos miserables la abandonaron después de lograr su objeto.

Pasaron las horas y Cárdenas se fue calmando lentamente, hasta que al fin reposó por completo, fatigado el espíritu y la materia del terrible delirio. Callaron todos para no interrumpir su descanso, y a eso de las siete un criado entró a anunciar que allí estaba el maestro Nicolás con las pelucas y a afeitar al señorito.

–Que deje las pelucas y se vaya –dijo doña Juana.

–No; que espere –dijeron, saliendo el marqués y el doctor.

En efecto; Rotondo, que quería a toda costa llevarse, si no los ochenta mil duros restantes, por lo menos una buena parte, entró en la casa; pero aquel día tuvo mala estrella, y no volvió a salir, porque

449

el marqués, auxiliado de la servidumbre, le encerró bonitamente en los sótanos de la casa.

III

Dos días después de estos sucesos, el doctor entró en el cuarto de Susana, y encerrándose con ella, entablaron el siguiente importante diálogo, del que no perderemos punto ni coma.

La que era ya condesa de Cerezuelo se hallaba en deplorable estado físico y moral, tendida sobre un canapé en la misma estancia donde recibió a Martín algunos días antes. Sólo la criada entraba para llevarle el alimento, y, más conturbada, más triste estaba allí que en la otra prisión de la calle de San Opropio, que ella juzgó el más odioso lugar de la tierra. El primero que traspasó el dintel de este nuevo encierro, en que la joven se desesperaba acompañada de sus pensamientos, fue el pobre *abuelo*, el más afligido de todos los de la casa. Su vista impresionó vivamente a la orgullosa dama, que conservaba bastante entereza en medio de tantas amarguras.

—Susana —dijo gravemente—, quiero conferenciar contigo de un asunto concerniente a la honra de esta casa, que está, tú lo sabes, muy por los suelos. Ante todo espero de ti una revelación franca. Lo que a mí me digas puedes considerar que se lo has confiado a un sepulcro. Después de lo que ha pasado nada me sorprenderá; yo, que debiera ser inflexible como lo ha sido tu padre, seré tolerante si tienes conmigo la franqueza que espero. ¿Tú quieres a ese hombre?

—Sí —contestó Susana con dignidad.

—¿Todavía? —preguntó el doctor con ansia.

—Todavía y siempre.

—No; no lo puedo creer. ¡Tú estás loca, Susana!; por Dios, mira lo que dices. Yo soy demasiado bueno; yo no debiera volver a mirarte; pero el entrañable cariño que te profeso me obliga a ser débil. Tú harás lo posible por sofocar ese afecto, ¿no?

—No, porque me moriría.

—¡Susana, Susana!, ¡tú has perdido el juicio! ¡Te morirías, dices! Ojalá te hubieras muerto antes de hacer lo que has hecho. Más quisiera verte en tu ataúd vestida con el hábito de la Virgen del Carmen, nuestra santa patrona, que deshonrada y perdida para siempre en el concepto del mundo. Dime: ¿ese hombre te arrebató de acuerdo contigo?

—No, yo nada sabía; soy inocente. Me robaron para exigir la libertad de Leonardo.

—Esos hombres son unos bandidos. ¿Y tú amas a ese hombre?

—Sí; no lo negaré nunca.

—¿Ha estado él allí contigo en estos días?

—No; sólo ha estado una vez en que hablamos un poco, y él se marchó.

—¿Adónde?

Susana no contestó a esta pregunta, a pesar de que fue muy repetida.

—¿Pero no te horrorizas de lo que has hecho?

—No; porque tengo mi conciencia más limpia que ese espejo en que nos estamos viendo. No tengo por qué horrorizarme; no he cometido falta alguna.

—¿Pero qué es eso? Aquí hay un arcano[349]. ¿Pero es cierto que tú amas a ese hombre, o ha sido un capricho pasajero?

—No ha sido capricho pasajero: es un afecto firme y grande que no se extinguirá mientras yo tenga vida.

—Pues, hija: cualquiera que sea la verdad de lo sucedido, tú estás deshonrada para el mundo. Ningúno caballero de familia ilustre se rebajará a darte su mano: has de vivir encerrada en un convento toda la vida, porque ni aún en esta casa quiere mi hermana que estés. Sólo una solución se ofrece que pueda, si no devolverte la posición que has tenido, porque eso ya es imposible, por lo menos ocultar algo de tu deshonra y darte un nombre que puedas llevar con la frente erguida.

—¿Qué solución es ésa?

—Hay un hombre que, a pesar de lo que ha pasado, quiere casarse contigo. Ese hombre no hubiera sido antes digno ni de dirigirte la palabra; pero hoy, hija, vale más que tú, no lo dudes; hoy su oferta puede considerarse como una abnegación.

—¿Y quién es ese hombre? —preguntó la dama.

—Don Lorenzo Segarra. Aunque de humildísima cuna, no debes de rechazarle, porque, con dolor te lo digo hoy no puedes aspirar a más. Y aún hay que agradecerle su comportamiento, hijo del mucho amor que tiene a la familia. Él quiere lavar esta deshonra, y no vaci-

---

[349] *Arcano*: Misterio, cosa oculta y muy difícil de conocer (*DRAE*).

la en dar su nombre a la que ya no podrá honrarse con el de otra casa más alta. Creo que no has podido soñar una reparación más aceptable. Vivirás con él en Alcalá durante algunos años, y después podrás volver aquí. No puede decirse que lo hace por avaricia, porque has de saber que tu padre, en su último testamento, lo nombra heredero de todos los bienes que no pertenecen al mayorazgo; de modo que el esposo que te propongo es casi tan rico como tú.

No es posible pintar el desdén y la repugnancia con que Susana escuchó aquella proposición. El doctor, que lo conoció, dijo estas palabras:

—Yo, que te quiero como un padre, tengo gran empeño en que esto se haga. Vengo de hablar con D. Lorenzo, que asegura no poder resistir la situación en que te encuentras. Lo comprendo. ¡Se interesa tanto por la familia! Estoy seguro de que me harás el gusto en compensación de la pena que a todos ha causado. Si no lo haces, Susana, haz cuenta de que no existo; no te veré más; puedes considerar que oyes de mi boca cuanto oíste de la de tu padre en su última hora. Esto te propongo. Si lo aceptas, seré para ti tan cariñoso como siempre lo he sido; si no lo aceptas, olvídate hasta de mi nombre; no te conozco; eres para mí la última de las mujeres. Por más esfuerzos que me cueste este sacrificio, lo haré, te juro que lo haré.

El buen doctor no pudo continuar porque los sollozos ahogaron su voz. Susana, a pesar de los esfuerzos de valor que desde algún tiempo hacía, a pesar de su arrogante serenidad, no pudo mostrarse indiferente ante las lágrimas de aquel buen viejo, del pobre *abuelo*, que la amaba tanto. Ya sabemos el ascendiente que el doctor tenía sobre ella, y bien podía asegurarse que era el único de quien se dejaba conmover. La orgullosa consistencia del carácter de la dama únicamente cedía a los mimos del consejero de la Suprema. Aquel día, al oír sus súplicas, al ver las lágrimas que surcaban por las arrugadas mejillas del buen viejo, al oír de sus labios promesas de perdón, cuando todos se habían mostrado tan sañudos con ella, no pudo resistir una emoción violenta. Albarado no quiso destruir con nuevas promesas o amenazas el efecto de sus anteriores palabras, calló juzgando que nada era tan expresivo como sus lágrimas. Se fue dejándola sola y encargándole la tranquilidad. En el corredor se encontró a Segarra y le dijo al oído:

—Creo, Sr. D. Lorenzo, que lo vamos a conseguir.

CAPÍTULO XXVI

¿IRÉ O NO IRÉ?

I

Vamos a asistir a la espantosa duda que conturbó el entendimiento de Susana, comprimido por dos ideas opuestas, disputándose la victoria con igual esfuerzo. La infeliz sufrió por cinco días aquella tremenda agonía que produjo en ella un gran trastorno moral y físico, haciéndola insensible a cuanto a su lado veía. Sola, callada, inmóvil, con la vista fija en el suelo, estuvo cuarenta horas recostada en el mismo sofá en que la hemos visto hablando con el *abuelo*. Nada la sacaba de su abstracción; nadie le hizo desarrugar el ceño ni volver la vista; no contestaba a palabra alguna, ni fue preciso comprender si era aquella reconcentración de soberbia o un fuerte acceso de remordimientos. Estaba tejiendo y destejiendo una tela infinita, oscilando sin cesar de un término a otro entre los dos de una proposición terrible. Si lo que pasa en el cerebro en tales ocasiones se expresara al exterior por algo material, por algo que se viera y que sonara, se parecería al tic tac de un péndulo lento y cadencioso, máquina triste que se ocupa en cantar una duda sin fin.

¿Iré o no iré? Parecerá rara esta vacilación en un carácter resuelto y propenso a las determinaciones decisivas como era el de Susana; pero en las circunstancias en que se encontraba, no era fácil la línea recta. La duda frívola, que más que duda es ligereza y veleidad, no es propia de los caracteres fuertes y activos; la grande, la dolorosa duda que perturba y sacude el ánimo, sólo cabe en las naturalezas reflexivas y profundas o en los caracteres apasionados y fogosos. Nunca la pasión y el deber, eternos contendientes de estas grandes batallas, chocaron de un modo tan rudo como en la mente de Susanita cuando, muerto su padre, y decidido por la familia su matrimonio con Segarra, empezó a preguntarse si iría o no a Toledo en busca de Martín, o renunciaría para siempre a la unión prometida y jurada.*

Cuando había consentido* en renunciar a sus preocupaciones, lo había hecho con plena y absoluta resolución de cumplir su promesa. Aquello había llegado a ser una necesidad, después de haber sido objeto de una gran lucha. Una serie de impresiones recibidas en los días de su prisión, y, por último, el diálogo con Martín, desarrollaron en su ánimo la pasión tan a expensas del orgullo, que era preciso transigir con ella, y olvidar la baja condición del objeto amado. Ella no había conocido un hombre como aquél, ni creía que existiera otro en quien se juntaran más calidades de carácter y de persona que le fueran agradables. Hasta lo que podrían considerar muchos como defectos, le era simpático, y sentía una admiración instintiva hacia todo lo que en él causaba terror a los demás. Era el ser *único*, encontrado en la jornada de la vida, sin que antes hallara otro, ni hubiera esperanza de encontrarle después. Renunciar a él sería renunciar a la vida, someterse al rigor de una familia intolerante y cerrar para siempre los ojos a la luz de la felicidad, sumergiéndose en noche de tristeza y de soledad, peor que la muerte, porque se pensaba. Si tenía la debilidad de ceder a sus preocupaciones y a las exigencias de sus parientes, era preciso optar entre pasar el resto de la vida en un convento o casarse con un hombre como D. Lorenzo Segarra, lo cual era todavía peor que el convento. ¿Y qué valor tenían las exigencias de su familia tratándose de su felicidad? ¿Por qué había de someterse a la voluntad de nadie? ¿Por qué había de sacrificar a una vana consideración social, a una pura cuestión de palabras, el hecho cardinal de su vida, aquel grande y noble sentimiento, vagamente previsto desde que dejó de ser niña; anunciado, al presentarse, con el aparato de fuertes ataques de veleidad, de mal humor, de caprichosas liviandades; enseñoreado al fin de su espíritu, de tal modo, que había llegado a ser su espíritu mismo? No; de ninguna manera. Era preciso ir.

Pero... pero aún zumbaban en su oído, como el eco de las voces de todos sus antepasados juntos, las palabras del conde, cuyo clamor

---

* "(...) renunciaría para siempre a la unión, *perentoriamente exigida por su espíritu*", *Ibíd*., pág. 118.

*"*Ella* cuando había consentido", *Ibíd*., pág. 118. Tales afirmaciones enfáticas son suprimidas en la edición de 1907.

era la protesta de la raza y de la sangre contra aquella desnaturalizada hija que manchaba con el cieno de las tabernas y con el polvo de los clubs el preclaro nombre de la antigua familia. Don Pablo Muriel había sido enemigo de la casa; aquel nombre no podía ser simpático a ningún Cerezuelo. Su padre había fallecido presa de un rencor que no domaba ni la proximidad de la misma muerte. Había concluido su honrada vida con el corazón envenenado, maldiciéndola desde las puertas del sepulcro, y aborreciendo, cuando sólo debía amar; atento a su deshonra, cuando sólo debía poner el pensamiento en Dios. Él, que debía haber muerto como un justo, murió como un réprobo, desesperado y furioso. Tal vez el alma del padre irritado no encontró abierta la entrada del cielo, cerrada para todos los rencores de este mundo. ¡Oh, éste era un pensamiento terrible! La maldición del conde, su atroz aspecto, su frenesí, que casi parecía de ultratumba, le imponían un pavor indecible. Casi le costaba trabajo creer que su mismo padre estuviera en aquellas escenas, y le parecía que, ya finado, había vuelto, traído por infernales espíritus, a pronunciar el anatema de cien generaciones de antepasados ilustres. Aquel recuerdo y aquellas palabras la perseguirían toda su vida como un escuadrón de espectros zumbando en su oído y revolando ante su vista. No... de ninguna manera; no podía, no debía ir; era imposible ir.

Pero... pero si ella no había conocido otro hombre como aquél, con cuyo carácter el suyo había hecho ya un estrecho maridaje en lez región de lo ideal. ¡Eran los dos tan parecidos, tan el uno para el otro! Además, ella detestaba la turba de galanes que conocía en la Corte, y sentía repugnancia invencible hacia los sandios petimetres que le habían ofrecido su mano. A veces, antes de encontrar aquel ser buscado instintivamente por todos lados en el sendero de la vida, ella era también frívola y tonta como los que la rodeaban; pero en el fondo de su alma detestaba la afeminación. Adoraba todo lo enérgico, todo lo que tuviera proporciones inusitadas*. La superioridad moral de Martín la atraía por una especie de gravitación que existe en la misteriosa astrología de los espíritus. No podía resistir aquella atracción

---

* "Adoraba todo lo enérgico, *todo lo resuelto, todo lo audaz, todo lo que tuviera proporciones colosales y grandiosas. Ibíd.*, pág. 120. La reformulación expresiva de esta frase en la edición de 1907 sigue manteniendo, no obstante, la intensa censura de Susana Cerezuelo a ciertos hábitos culturales del Antiguo Régimen.

que propendía a fundir en una sola dos naturalezas afines. Su entendimiento como su voluntad se habían ya acostumbrado a volar continuamente en dirección a la voluntad y al pensamiento del revolucionario. Era tan triste suponer un divorcio perpetuo entre los dos, que la imaginación dolía, como si fuera un órgano, al fijarse en este punto. No era posible pensar cosa alguna que no se relacionase con él. Nada ocurría en el mundo moral, como en el físico, que estuviera desligado de la persona o del pensamiento de aquel hombre; y la imaginación de la pobre dama no tendía ninguno de esos hilos de araña que pueblan el espacio en las horas de meditación, sin que la extremidad del cable imperceptible dejara de fijarse en el otro término de aquel dualismo. No era posible renunciar a tanta sensibilidad desbordada, a tanta ansiedad satisfecha, a tantas lágrimas de placer, a tantas cosas nuevas y desconocidas, surgidas de improviso del fondo de la Naturaleza, como la violenta vaporización de los materiales de un volcán, sometido de pronto a la acción de enérgico fuego interior. Su espíritu tenía horror al olvido, como la Naturaleza tiene horror al vacío. No, imposible; renunciar a aquello era un hecho que no cabía dentro de la voluntad humana. Era preciso ir.

Pero... pero se acababa su representación en el mundo. Adiós bailes, fiestas, tertulias en que todos se consideraban felices al ser mirados por ella. Ya se concluía la Susana omnipotente, que avasallaba a todos y de todos era idolatrada. Además, ¿cómo olvidar la imagen de su padre irritado en el momento de morir, cual nunca lo había estado en vida? Le había de ver todas las noches apareciéndose en sueños para maldecirla; había de escuchar constantemente aquellas palabras: «¡Que tus hijos sean monstruos horrendos!», y no tendría un momento de tranquilidad. Y al mismo tiempo el pobre abuelo, que la amaba más que su mismo padre, se moriría de pena viéndola unida a aquel hombre aborrecido. Recordaba sus súplicas, pidiéndole con tanta ternura como un joven amante, que renunciara a un amor bochornoso; recordaba sus lágrimas, que nunca en ningún tiempo había visto en el rostro del anciano, y el corazón se le apretaba de angustia. Su padre muerto, pero vivo en la memoria eternamente por su terrible anatema, su protector y amigo resuelto a abandonarla y a morirse también de desesperación, la perseguían como dos sombras irritadas y vengativas. No, de ningún modo; era imposible ir.

Como una balanza matemáticamente nivelada, y oscilando en períodos iguales, así estaba su espíritu, y así resistió dos días de constante meditación. Bastaba un grano de arena para inclinar de un lado cualquiera de los dos platillos, y este grano de arena lo arrojó un hecho que parecía casual, pero que ella juzgó dispuesto por la Providencia.*

Don Lino Paniagua se presentó en su casa cuando menos ella lo esperaba, y pidió ser llevado a su presencia, en lo cual no hubo inconveniente, por la general creencia de que el abate era un ser completamente inofensivo.

II

—Señora condesa —le dijo complaciéndose en acentuar el título—, vengo a consultar con usted un grave asunto. No he querido decir nada a la familia porque esto es cosa que usted sola debe saber. Ante todo, le suplico que no vea en mis palabras nada que pueda ofenderla. Usted debe saber que el Sr. D. Martín tiene un hermanito, el cual se había extraviado, y no era posible encontrarlo.

—Sí —dijo Susana con la mayor viveza—, ¿ha parecido?

—Pues contaré a usted. Me han encargado una comisión sumamente delicada. Ese niño ha parecido en Aranjuez, en casa de los Sres. de Sanahuja, que le recogieron. Nuestra amiga doña Engracia le vio, supo por él que era hermano del Sr. D. Martín, y deseando hacer una obra de caridad, me lo envía para que yo se lo entregue al interesado. He aquí mi aprieto, señora condesa; el niño está en mi casa, adonde ha llegado esta mañana, y como yo no sé dónde está el Sr. D. Martín, vengo a que usted me lo indique si lo sabe, y siempre en el caso de que esto no le cause molestia.

Don Lino calló y aguardó la respuesta, no sin cierto temor de oír un exabrupto. El semblante de Susana se alteró, recobrando de improviso su animación. Sus miradas volvieron a ser lo que habían sido antes: expresivas y deslumbradoras; se levantó y dio algunos pasos. Todo anunciaba en ella que la lucha había concluido, y que al fin

---
* "(...) pero que ella juzgó dispuesto por *una bondadosa Providencia, interesada en el desenlace de aquella crisis*", *Ibíd.*, pág. 121.

457

tomaba una resolución decisiva. Para el abate no pasó inadvertida aquella inopinada resurrección.

–Voy, voy, voy –dijo para sí–; voy a llevarle ese niño. Es un deber; ya no lo dudo. Cumpliré mi palabra, y seguiré mi destino. Yo necesito verle y presentarle a su hermano, hallado al fin y recogido por mí. Éste es un aviso del Cielo, que me da resuelta la cuestión. Sí... es un aviso del Cielo. Iré; es preciso ir. Me asombro ahora de haber dudado un momento.

Después, sentándose de nuevo, dijo en voz alta:

–Don Lino, tengo que pedir a usted un favor.

–¡Ah!, algún encargo; ¿quiere usted que le traiga otra caja de pastillas de casa del Mahones?

–No; no es eso.

–Disponga usted de mí por esta tarde, porque ahora tengo que ir a casa de las escofieteras de la calle de Milaneses para decirles de parte de doña Robustiana, que no pongan a las papalinas[350] cintas verdes, sino azules.

–No es para hoy; será para mañana. Quiero que me acompañe usted a una parte.

–Señora condesa –dijo el abate muy asustado–. Recuerde usted las circunstancias... Usted no podrá salir de aquí.

–¡Que no puedo salir! –contestó Susana con un arranque de soberbia que asustó a Paniagua.

–Pero... quería decir... Si la familia lo sabe, ¿qué creerá de mí?

–Usted irá, irá conmigo –dijo Susana en un tono que no consentía réplica.

–¿Es a alguna casa conocida?

–No es en Madrid.

–¿Tenemos que ir fuera? Pero señora condesa, considere usted...

–Usted va conmigo; usted va conmigo sin remedio. No hay otra persona que pueda hacerme este inmenso favor. No será usted capaz de desairarme.

En efecto, Paniagua no era capaz de decir que no a nada, y después de mil súplicas encantadoras, después de mil coqueterías irresistibles, prometió a Susana acompañarla al punto que ésta tuviera por conveniente.

---

[350] *Papalina*: Cofia de mujer, generalmente de tela ligera y con adornos (*DRAE*).

–Pues bien –dijo ésta–: mañana al anochecer aguárdeme usted en su casa, y esté preparado para un viaje. Tenga usted un coche preparado, cueste lo que cueste.

–¿Y qué hago con ese chicuelo que me han enviado?

–Ha de ir con nosotros.

–¡Ah! –dijo el abate asustándose otra vez–. Pero señora condesa, repare usted... la familia, el doctor...

Se entabló de nuevo la disputa; pero al fin cedió D. Lino, impotente para negar lo que se le pedía de un modo tan apremiante. Convino en prepararlo todo y en aguardarla a la noche siguiente.

CAPÍTULO XXVII

QUEMAR LAS NAVES

I

Los individuos que habían de componer la Junta estaban reunidos y profundamente atentos al suceso ya próximo y cuyo éxito era un pavoroso enigma. No pasaban de doce, y ocupaban un gran salón mal amueblado en la planta baja de un caserón ruinoso. En sus semblantes más se notaba tristeza de penitentes que entusiasmo de conspiradores. Parecía que la proximidad de los hechos había enfriado un tanto su primer acaloramiento, y que no estaban hechos aquellos caballeros de la madera con que se fabrican los revolucionarios. Había dos, sin embargo, que eran cada vez más ardientes y recogían todas las palabras de Martín con verdadera ansiedad, expresando en sus fisonomías las diversas impresiones que experimentaban al oírle.

Pálido, grave y con claras señales de haber padecido grandes insomnios, estaba Martín sentado en lo que parecía ser cabecera de la mesa oblonga[351] colocada en el centro del cuarto.

—¿Qué hora es?— preguntó.

—Las diez —contestó uno de los presentes.

—Dentro de dos horas estará cada uno en el sitio que le corresponde —dijo Muriel solemnemente—. ¿Hay alguno que se sienta débil para lo que exige tanta resolución? ¿Hay alguno que no se halle con fuerzas para poner su firma al pie del acta de la constitución de la Junta? Todavía es tiempo: faltan aún dos horas. Los cobardes tienen tiempo de arrepentirse. Si hay alguno que viendo de cerca el peligro quiere retirarse a su casa para llorar como mujer los males de la pa-

---
[351] *Oblongo*: Más largo que ancho (*DRAE*).

tria, en lugar de arrostrar la muerte para castigarlos y hundir para siempre la tiranía, puede hacerlo. Dentro de un rato será tarde.

Todos escucharon estas palabras con profunda ansiedad.

–La Junta queda en este momento constituida, y el acta se va a firmar –continuó, sacando unos papeles, que extendió sobre la mesa–. Aquí está; es preciso firmar esta acta, que dice: «Hoy, 16 de mayo, los firmantes, declaramos constituida la Junta revolucionaria de Toledo, y decretamos: 1º. Manuel Godoy, llamado Príncipe de la Paz, es condenado a muerte. 2º. La familia de Borbón ha dejado de reinar en España. 3º. No hay más soberanía que la de la Nación*. 4º. Esta Junta ejerce el poder supremo ejecutivo, que sólo resignará en las Cortes del reino, convocadas al efecto». Ahora firmad todos. Ya he firmado yo el primero.

Los dos que estaban sentados junto a Martín extendieron su nombre al momento; los demás se consultaron con las miradas, y aún en alguno se notó la señal de un gran sobresalto. Uno se levantó de pronto, y dijo: «Yo no firmo eso». Pero los demás no tuvieron valor para negarse ante los modales y la voz autoritaria de Muriel, y firmaron. Inmediatamente éste sacó otro papel, que dijo ser una copia exacta del primero, y lo extendió también sobre la mesa, diciendo: «Ahora fírmenme ustedes esta otra copia».

Los conspiradores firmaron todos, excepto aquel que desde un principio se había negado, y habiendo recogido Martín aquel segundo documento, lo dobló, sellándolo, y escribiendo con gruesos caracteres el sobre.

–¿Pero a quien dirige usted la copia del acta? –preguntó uno mirando por encima del hombro del joven.

–Véalo usted –contestó éste–; a su Alteza Serenísima el señor Príncipe de la Paz.

–¡Oh!, ¿qué hace usted?... ¡Está loco sin duda! –exclamaron algunos de aquellos hombres, poseídos repentinamente de una gran turbación.

---

* "3º No hay más soberanía que la *del pueblo*", *Ibíd.*, pág. 124. Importantísimos efectos estético-ideológicos se observan en el hecho de que "el pueblo" en la versión de 1871 sea sustituido en 1907 por "la nación". ¿Existe, a juicio de Pérez Galdós, una mayor conciencia nacional-liberal en la España de la Restauración en relación a la percepción "popular" de 1871? ¿Pretende desactivarse el componente "faccionalista" mediante fórmulas conservadoras? Las interpretaciones de este cambio lingüístico son diversas pero, en cualquiera de los casos, evidencian los dramáticos efectos culturales de la modernización capitalista en la España contemporánea.

–¡Enviarlo al Príncipe de la Paz... y con nuestra firma!
–Explique usted qué quiere decir esto.
–Esto se llama quemar las naves –contestó Muriel con voz imperturbable–. Los que han firmado este documento tienen contraído un compromiso solemne, y por si alguno quisiere volver el pie atrás en el momento supremo, yo le quito de esta manera toda esperanza de salir impune. Envío el acta a Godoy para que todos los que la han firmado se convenzan de que no hay más remedio que vencer o morir. Si esto sale mal, no queda el recurso de negar toda participación en la empresa frustrada. Si no vencemos, a todos nos espera el cadalso. Mañana sabrá Godoy nuestros nombres, pero ya será tarde. Para estos golpes de terrible audacia no basta el valor, es necesaria la desesperación, y ésta, que hoy podré llamar fecunda virtud, la infundo a todos, asegurándoles que no podrán contar con la existencia si no vencemos. No hay remedio; es preciso vencer o morir. El que prefiera el vil cadalso a la honrosa muerte de una batalla, que se retire; aún es tiempo.

Estas palabras fueron pronunciadas en medio de un silencio sepulcral, en que no se sentía ni la respiración de aquellos hombres, cuya vida había sido puesta entre el terrible dilema de una lucha desesperada o de un patíbulo afrentoso. El efecto producido por el atrevido proyecto del revolucionario fue distinto: en unos avivó el entusiasmo; en otros produjo una especie de terror pánico, mezclado de abatimiento. Aun hubo una mano que acarició a escondidas el pomo de un puñal; pero la persona, el carácter del jefe eran cada vez más imponentes, y la intención homicida murió en flor, sofocada por cierto estupor supersticioso que experimentaba su autor.

Martín se levantó, y dijo:
–No necesito añadir una palabra más. Dentro de dos horas cada uno sabe lo que tiene que hacer.

Entre los entusiastas había dos, como hemos dicho, que eran íntimamente adictos a Martín. El uno era un joven abogado de aquella ciudad, apasionado, ardiente, dotado de los mismos pensamientos revolucionarios que Muriel, aunque de carácter menos firme y sin poseer la voluntad reflexiva que daba tanto ascendiente a las determinaciones de aquél. El otro era un clérigo levantisco, natural de Sevilla, y que profesaba las ideas más exageradas en materia de política y religión. Ambos reconocieron en su nuevo amigo las cualidades sobresalientes que exigía aquel empeño en que estaban metidos; y esclavos de la superioridad se sometieron a cuanto él disponía, identificándose con su iniciativa. El abogado se llamaba Brunet, y el clérigo, aunque con las licencias retiradas y alejado de los altares, conservaba el nombre de *el padre Vélez*. De los demás no haremos mención sino en conjunto, porque sólo así pueden figurar en esta narración.

Cuatro eran los que se mostraban más recelosos y pensativos, y uno de ellos, el mismo a quien vimos acariciando el mango de un oculto puñal, fue quien poco antes se había negado resueltamente a firmar el acta.

Este hombre salió del cuarto y de la casa, y apenas había andado veinte pasos por la calle, le salió al encuentro otro hombre, envuelto en una ancha capa negra, y que se paseaba por aquellos lugares, como esperando la salida de alguno.

—¡Ah!, Sr. D. Juan —dijo el que venía a la Junta—. A su casa iba yo.

—¿Qué hay? ¿Cómo va esa Junta?

—Señor; ese loco nos va a perder. Figúrese usted que les ha hecho firmar un acta en que la Junta se compromete a destituir la familia de Borbón y convocar unas Cortes, proclamando la soberanía de la Nación. Sospecho que ese diablo lo va a echar todo a perder.

—¡Dejarle, dejarle! —contestó el que respondía al nombre de D. Juan—. Yo soy de la opinión de Rotondo, que me decía en su carta de ayer: «Nada importa que en el primer movimiento unos cuantos locos proclamen mil atrocidades. Lo que importa es que haya tal movimiento. Mientras más espantosa sea la sacudida, mejor». Yo opino lo mismo, señor brigadier Deza; y la verdad es que Muriel tiene verdadero genio revolucionario. Ya usted ve cómo ha organizado en cuatro días una fuerza formidable. Es un mozo de cuenta, y creo que no nos dejará en el atolladero.

—Pues yo veo la cosa mal —contestó el brigadier—. Reconozco sus cualidades, pero le tengo miedo. Lo cierto es que muchos de los que constituyen la Junta han aceptado su programa, que es atroz. Si nuestros enemigos se aprovechan a tiempo del terrible efecto que va a causar en la Corte el programa de la Junta, estamos perdidos.

—Déjeles usted obrar; que hagan lo que quieran. Lo que importa es que caiga Godoy, y eso ya lo podemos considerar como seguro.

Ya ve usted cómo estaba el pueblo esta tarde en los barrios de Albadanaque y San Lucas[352] con la carencia fingida del pan.

–Todo está muy bien preparado, y yo soy el primero que hace honor a lo que Muriel ha dispuesto; pero presumo que nos va a perder. A fe que he tenido intenciones de quitarle de en medio. Sepa usted que obligó a todos a firmar una copia del acta para enviarla a Godoy. Dice que esto se llama quemar las naves para conseguir que no haya desertores en la Junta.

–¡Sublime idea ha tenido! –exclamó D. Juan–. Deje usted; mientras mayor sea el entusiasmo...

Los dos personajes continuaron su diálogo, cada vez más animado, y se perdieron por las callejuelas que rodean a la catedral.

II

En tanto Martín y los demás continuaban reunidos.

–Desde este momento –dijo el primero– queda constituida aquí la Comisión permanente de la Junta, que preside Vélez, por delegación mía. Esta Comisión está en relación conmigo toda la noche, y resolverá con su criterio cuanto ocurra, en caso de que no haya una orden mía en contrario.

–La Comisión permanente –dijo el padre Vélez sentándose en el asiento de preferencia– sostendrá tus acuerdos, y garantiza su ejecución con la vida de todos los que aquí quedamos.

Martín salió y despachó al momento un correo de toda su confianza que llevara a Madrid el acta firmada por todos los individuos de la Junta. Éstos, por lo tanto, no tenían escapatoria. La causa de haber dado Martín este arriesgado paso era que alguno de aquellos personajes, a pesar de ser todos muy vehementes al principio, le inspiraban cierta desconfianza los últimos días.

A las doce en punto, doscientos hombres encerrados en las habitaciones medio ruinosas de la Judería[353] se amotinarían, apoderándo-

---

[352] *Barrios de Albadanaque y San Lucas*: sobre el barrio de San Lucas, véase Porres Martín-Cleto, *Historia de las calles de Toledo*, Toledo, Diputación Provincial, 1971, vol. 3, pág. 1183.

[353] *Judería*: Pascual Madoz destaca la existencia en Toledo, durante la primera mitad del siglo XIX, de "los arruinados barrios de la Judería, en donde no se encuentran sino moradas demasiado pobres", *Diccionario geográfico-estadístico..., op.cit.*, vol. 14, pág. 816. Sobre los orígenes de estos barrios, véase Porres Martín-Cleto, *Historia de las calles de Toledo, op.cit.*, vol. 2, pág. 751.

se de todas las callejas y recodos de aquel antiguo y solitario barrio. Estos hombres eran escogidos, de probado valor, y en todos ellos, tratándoles separadamente y por grupos, había infundido Martín una decisión que parecía inquebrantable. Mas era una fuerza brutal y ciega, que ignoraba la idea, de la cual recibía tan vigoroso impulso. El rencor hacia un hombre, a quien juzgaban causa de todos los males, era el único sentimiento que les movía; pero aun así aquella fuerza era de inmensa utilidad. El resto del pueblo que habitaba en Toledo, o era indiferente, o estaba dispuesto a secundar el movimiento. Los nobles y el clero eran también revolucionarios; pero sólo algunos estaban enterados de lo que se preparaba. Todo era favorable; sólo la mala fe o la discordia entre los conspiradores podía frustrar el golpe.

Lo primero que debían hacer los amotinados era apoderarse a viva fuerza del corregidor y del coronel que mandaba la escasa guarnición de la ciudad; esto parecía muy fácil, porque el brigadier Deza, que era de la Junta, podía entregar a los soldados, aunque no tenía mando activo. El clero, y principalmente los inquisidores, aunque estaban también en autos, no tenían participación directa, y esperaban confiados en las hazañas de aquel hombre, enviado de Madrid por Rotondo, y en quien suponían con razón cualidades no comunes. Todos velaban, llena el alma de zozobra, aguardando noticias de la Judería; sólo descansaba sin ningun género de cuidado ni sospecha el corregidor de la ciudad, D. Ildefonso Carrillo de Albornoz, del cual también se susurraba que no era muy afecto a Godoy. Los elementos para el primer impulso eran considerables; después se contaba con el concurso de España entera.

Martín, al salir de la Junta, fue a su casa a reposar un momento para dirigirse a las doce a la Judería.

Habitaba en una casa lóbrega y escondida de la calle de la Chapinería[354], y sólo le acompañaba Alifonso, porque don Frutos había sido encargado de cierta comisión que se sabrá después. Aquella noche, sintiéndose el joven con necesidad de tomar alimento, fue a la posada, y con gran sorpresa, encontró en ella a fray Jerónimo de Matamala.

---

[354] *Calle de la Chapinería*: "En el siglo XVIII es conocida por el nombre de Chapinería y consta de dieciocho casas sin relieve, algunas de ellas simples 'puestos terreros', unos adosados a las casas y otros en la planta baja del hospital del Rey; la Catedral poseía algunos junto a la reja del atrio, colocado a principios del mismo siglo", Porres Martín-Cleto, *Historia de las calles de Toledo, op.cit.*, vol. 1, pág. 548.

–Querido Martín, Martincillo –exclamó éste abrazándole–. He venido sólo por verte. ¿Qué tal? Muy ocupado. Sabes que esto que aquí pasa no me parece del todo bien; sí, te diré... he venido sólo a eso. ¡Pobre muchacho! Tú estás loco; ¿conoces bien la gravedad de lo que vas a hacer? Corchón me ha mandado a toda prisa; está escandalizado y furioso. Aquí he sabido que estás haciendo atrocidades, y te auguro mal fin. Hay muchas personas que están irritadas contra ti, sobre todo ciertos individuos del clero.

–¿Qué me importa? –contestó Martín–. Ya no es posible volver atrás; es igual que estén contentos o no. Yo me río de sus escrúpulos. ¡Gente apocada y egoísta! ¿Qué saben ellos lo que es valor? Querían que trabajáramos por ellos, por cimentar su poder, por aumentar su influjo. Vaya usted y diga a esos farsantes que ya no hay esperanza. El alcázar de la corrupción y de la barbarie está minado; no falta más que aplicar la mecha.

–¡Infeliz! –dijo Matamala llevándose las manos a la cabeza–. Siempre lo mismo; siempre blasfemo. ¡Mal haya quien te dio parte en este negocio! Bien decía Corchón que tú nos ibas a perder... Pero hombre, considera... Ten prudencia...

–¡Prudencia yo!... Ésta no es noche de prudencia.

–Corchón está hecho un veneno contra ti.

–Mucho me importará lo que piensa ese pedantón...

–Y Rotondo... También está disgustado, lo sé.

–Ningún malvado puede estar contento con lo que pasa. Se acerca el último día de los hipócritas, de los corrompidos y de los infames.

–¡Oh, santo Dios y el seráfico Patriarca!... pero qué loco está este hombre... Aquí, la gente de aquí, la gente gorda está también disgustada. Quién sabe lo que a estas horas estarán tramando contra ti. No seas loco; ve, preséntate a ellos y diles que estás arrepentido de todas tus faltas y que harás lo que ellos te manden.

–Déjeme usted en paz, padre; yo no tengo que dar cuentas a nadie –dijo Martín amostazado[355]–. Usted es un pobre hombre que no sabe lo que dice. Esto no se ha hecho para los frailes ambiciosos, ni para los clérigos intrigantes.

–¡Ah!, también a mí me insultas... Bien: haz lo que quieras; no te aconsejo más. Me callo.

---

[355] *Amostazar*: Irritar, enojar (*DRAE*).

—Sr. D. Martín —dijo Alifonso, al ver que había terminado la disputa—. Esta tarde ha llegado a la posada una señora y ha preguntado por usted.

—¿Una señora?, ¿Viene sola?

—Con un caballero flaco y pequeñín que iba mucho a casa, cuando el Sr. D. Leonardo, pues...

—¿Dónde está? Al instante quiero verla.

—Es la de Cerezuelo —dijo fray Jerónimo al oído de Martín—. La he visto al entrar.

Fue Martín inmediatamente al cuarto donde le dijeron que estaba Susana. Dio un ligero golpe en la puerta, y al momento sintió el crujir de un vestido de seda rozando precipitadamente por el suelo. Sonó el cerrojo, y antes de que la puerta se abriera, hasta le pareció que un perfume sutil anunciaba la presencia de la gran dama. En efecto; era ella. Cubierta de palidez, conmovida y turbada, Susana se ofreció a los ojos de Martín, y después de indicarle que entrara, cerró de nuevo la puerta. El joven se acercó a ella, y besándole ambas manos con cierta efusión de galán enamorado, que Susana hasta entonces no conocía, le dijo:

—¡Ah! Bien ha cumplido usted su palabra. Ya lo esperaba yo.

—Sí; mucho he dudado —contestó Susana con emoción—; pero al fin...

—¿Y duda usted todavía?

Susana se pasó la mano por la frente, y dijo con profunda melancolía:

—No lo sé.

—Terrible es la prueba; pero por lo que me dijo usted aquella noche, creo que todo cuanto usted oponga a esta inclinación es oponerse a su destino.

—Después que no nos vemos me han pasado cosas terribles... Pero ahora no puedo referir... Estoy sin fuerzas; he pensado tanto estos días, que me duele el pensamiento. Yo creo que me he envejecido. ¡Cuánto he variado, Dios mío, en unas cuantas semanas; yo misma no me conozco! La persona que ha tenido bastante fuerza de atracción para hacerme venir aquí, para hacerme menospreciar todo lo que se queda allí, desoír la voz de cuantos en esta vida y en la otra se oponen a mi amor, debe estar orgullosa. Si Jesucristo bajado del cielo me hubiera dicho por su propia boca que yo iba a hacer esto que hago, me habría reído de Él.

–Es verdad –dijo Martín con alguna emoción–. Al verla a usted en este sitio me parece que he alcanzado la mitad de la victoria. Ya tengo la victoria moral, no me falta más que la de la fuerza. Usted bajando hasta mí parece que viene a sancionar mis ideas. Es la Providencia, señora, quien le ha enseñado a usted este camino. Si me parece que aquella clase que tanto odié conoce sus agravios y baja a pedirme perdón, no a mí, que nada valgo, sino a los míos, a los de mi clase, al santo pueblo, ansioso de ser amado después de tantos siglos de humillación. Ya comprendo que el odio no resuelve ninguna cuestión, ni cura ninguna herida, ni dulcifica ninguna pena. Los hombres no han de ser iguales destruyéndose, no; no ha de haber nunca igualdad en el mundo sino por el amor.

Susana se había sentado y parecía abrumada de nuevo por sus meditaciones; pero al oír las últimas palabras de Martín, se serenó su rostro, brillando en él aquella sonrisa apacible y melancólica que produce toda idea de felicidad al pasar con rapidez por la mente cargada de malos recuerdos y de crueles dudas.

–¡Cómo me he transformado! –dijo–; me acuerdo de mí misma en los tiempos anteriores a nuestro trato, como se recuerda a una persona a quien hemos conocido. Me asombro de que yo no hubiera sido siempre así.

–Aquel orgullo...

–Subsiste para todos, menos para uno solo, el único destinado a vencerlo. Usted se asombrará cuando le cuente el sinnúmero de pensamientos, de recuerdos, de terrores, de aprensiones que he tenido que vencer para traerme aquí. Pero no puedo explicar ahora todo... ¡tengo tanto que contar!... Estaría un día entero refiriendo lo que me ha pasado y lo que he sentido.

–Oiré esa historia que puedo considerar como parte de la mía. Es tarde, tengo que salir. Volveré.

–Antes de que usted se vaya tengo que mostrarle un regalo que le he traído.

–¡Un regalo!

–De gran precio: una joya perdida hace tiempo y que alguien ha tenido la suerte de encontrar.

Susana se acercó a uno de los dos lechos que en el cuarto había y descubrió a Pablillo, que dormía como un ángel.

–¡Pablo, mi hermano! –dijo Martín con delirio, abrazando y besando al desgraciado niño.

–No lo despierte usted –añadió Susana–, Por el camino me ha contado sus aventuras. Está prendado de mí y no ha querido dormirse sin la promesa de que no me separaría de su lado. Vea usted: le ha cogido el sueño abrazado con mi manto y no lo soltará hasta que despierte.

En efecto, Pablillo tenía fuertemente apretado entre sus brazos el manto de Susana, como podría tener un galán a su bella desposada en los primeros sueños del matrimonio. Muriel contemplaba con verdadera emoción a su hermano, cuando sonaron fuertes golpes en la puerta.

–¡Muriel, Muriel, ya es hora! –dijo la voz de Brunet desde fuera.

–No me puedo detener un momento. Adiós.

–Adiós. No pregunto adónde va usted. ¿Puedo estar tranquila?

–No; porque si mañana no soy lo que debo ser y lo que me he prometido ser, puede decirse que he muerto. ¿Tiene usted miedo?

–No –contestó Susana con enérgica decisión y arrojándose en los brazos del joven.

–Esperemos. Si no venzo esta noche, es señal de que no hay Dios.

–¡Quién sabe! Adiós.

Martín salió del cuarto, y la dama no se separó de la puerta hasta que le vio desaparecer.

CAPÍTULO XXVIII

LA TRAICIÓN

I

Los dos hombres se dirigieron a buen paso a la calle del Hombre de Palo, donde estaba la Junta; pero cuando ya se acercaban a la casa vieron salir de ella dos hombres que corrían con precipitación, y al punto reconocieron a dos individuos de la Comisión permanente.

–¡Martín, Martín! –gritaron al verle–. ¡Traición! ¡Traición! ¡Nos han vendido!

–¿Qué hay? ¿Qué es esto?

–Ese infame Deza... ya lo sospechaba... Vélez ha sido asesinado; Aranzana y Bozmediano quedan mal heridos...

–Pero ¿cómo ha sido?...

–La cosa más inicua. De improviso entró Deza en el salón, acompañado de diez o doce soldados, y nos intimó que nos rindiéramos en nombre del príncipe Fernando, cuya causa decía representar él solo. Vélez increpándole por su deslealtad, quiso echarse sobre él, y al instante fue atravesado con un estoque. Nos hemos defendido como fieras; hemos matado tres; pero el infame ha salido con los demás. Creemos que va a la Judería. Corramos... no hay que perder un instante.

–¡Calma, calma! –dijo Martín–. Vamos a la Judería; pero procuremos llegar allá serenos y con juicio.

Bajaron, en efecto, y antes de llegar observaron el resplandor de algunas antorchas y distinguieron rumor de voces. Por el camino encontraban multitud de personas que iban y venían, demostrando alarma, y a alguno de los fugaces transeúntes oyeron decir: «Aseguran que es un bandido que quiere asesinar a todo el clero de la santa Iglesia y robar todas las alhajas».

II

Antes de seguir adelante conviene hacer mención de algo que pasó en elevados círculos de la ciudad toledana. D. Juan de Escoiquiz no había podido convencer a sus colegas en conspiración que no importaba gran cosa el giro que quería dar al movimiento su principal impulsor. Desde la mañana de aquel día muchos señores capitulares, regulares y parroquiales se habían mostrado algo fríos en el entusiasmo que desde el principio les causaron las noticias de los acertados trabajos de organización que había llevado a cabo Martín. La mayor parte esperaban con ansia; pero algunos comprendían la tormenta que se les venía encima, y formaron propósito de evitarla. El brigadier Deza, que desempeñaba el papel correspondiente a la envidia de todos los asuntos de aquella índole, atizaba con sorda actividad esta insubordinación.

Llegada la noche, ya D. Juan Escoiquiz no pudo contener aquella tendencia díscola, nacida precisamente en lo que podría llamarse la aristocracia de la conspiración; y en los momentos en que se celebraba la junta de que hemos dado cuenta, zumbaba la tormenta contrarrevolucionaria en la habitación de un señor capellán de Reyes Nuevos[356], que había convocado, para tratar de aquel grave asunto, a varios dominicos, mínimos y agustinos de los muchos que hormigueaban en aquella ciudad plagada de conventos.

—Estamos perdidos —decía uno.

—No van a asesinar como si fuéramos perros herejes —clamaba otro.

—¡Con qué gente nos hemos metido!

—Es preciso defenderse.

En efecto; algunos de aquellos señores, los unos disfrazados de seglares, los otros con sus hábitos, se desparramaron por la ciudad con ánimo de prevenir a los hombres del pueblo que les eran adictos y que pertenecían a la formidable infantería de los doscientos.

—¡Qué timidez, santo Dios! —decía Escoiquiz al volver de su ex-

---

[356] *Capilla de los Reyes Nuevos*: capilla erigida en la catedral de Toledo para el enterramiento de Enrique II. (¿1333-1334?-1379). Contiene estatuas y magníficos sepulcros reales.

cursión al local de la Junta–. Déjenles que hagan lo que quieran. Caiga el *Guardia*, y después allá veremos.

–Sí; pero que no caigamos nosotros con él –indicó con ira el padre definidor del Santo Oficio–. Vea usted lo que me dice hoy mismo el ilustre Corchón. Dice que ese hombre nos va a perder sin remedio; que es un francmasón, un hereje, un blasfemo y feroz.

–Tiemblo, en verdad, por la vida de tanto pobre fraile inocente –exclamó con compungida voz el padre provincial de franciscanos, que era un viejecillo hipócrita y zalamero.

–Esta disensión de última hora –gritó D. Juan con energía– nos ha de perder. ¡Y todo que estaba preparado a pedir de boca! Señores, por todos los santos, dejad hacer; no impidáis el movimiento de esta noche. Ya han partido los correos a las provincias. Si esta noche no hacemos nada, renunciemos a echar por tierra al de la Paz. Los momentos son decisivos.

–Lo haremos, sí; pero quitando antes de en medio a ese endiablado Muriel.

–Eso de ninguna manera. Él lo ha organizado todo; él solo puede hacerlo. Reconozcamos que somos todos unos cobardes, incapaces de exponer la vida.

–Ahora se trata de salvarla.

–Es preciso que muera ese bandido.

–Mañana, mañana.

–No; esta noche, ahora mismo.

La disensión iba en aumento, y aunque los más se inclinaban aún del lado de Martín y de Escoiquiz, el ardor de la parte levantisca, que se creía comprometida y en gran peligro a causa de las nuevas tendencias del movimiento, podía inutilizar en un instante los trabajos de tantos años y perder aquella admirable ocasión que rara vez se volvería a presentar.

III

Muriel, Brunet y los otros individuos de la Junta entraron en una de las calles de la Judería y tropezaron con un grupo a quien arengaba el brigadier Deza, al parecer con poco éxito. Los hombres del pueblo que le oían se dirigieron a Martín, como si le hubieran estado esperando, y éste, en tal instante, creyó que la fortuna, por breve tiempo eclipsada, venía de nuevo a favorecerle. Él tenía una confianza sin límites en el éxito de aquella atrevida empresa.

El brigadier se alejó al verle; pero corriendo Martín y algunos más en su seguimiento, pudieron atraparle al volver una esquina.

—¡Traidor! —dijo Muriel asiéndole fuertemente por un brazo, mientras Brunet le desarmaba—. ¡Tus instantes están contados!

—¿Qué hacemos con él? —preguntó uno de aquellos hombres.

—En uso de la autoridad que me ha concedido la Junta, le condeno a muerte.

—¡Tú!... ¿Quién eres tú, bandido infame, para condenarme? —gritó Deza echando espumarajos de rabia.

—Yo soy el que castiga —replicó Martín con dignidad—. Brunet, ejecuta esta sentencia.

Al decir esto se alejó. A los pocos pasos un fuerte arcabuzazo anunció el fin del brigadier, y los que habían quedado detrás se reunieron a Martín.

—En momentos supremos, la muerte parece poca pena para la traición —dijo Muriel sombríamente, internándose más en la Judería.

En seguida encontraron nuevos grupos que se unían todos con muestras de adhesión muy viva.

—Estamos vendidos —decía una parte de la gente—; se han ido con los frailes.

En efecto; al llegar frente a la iglesia del Tránsito[357], de un grupo muy compacto salieron voces que decían: «Muera ese bandido».

—¡Oh, qué infierno! —exclamó Martín—. Vamos a emplear nuestra fuerza en someter a esos viles.

—Esta división nos mata —dijo Brunet.

—¡Estamos perdidos! —añadió Muriel—; pero adelante. Todo el que no quiera combatir conmigo por la libertad, que se vaya con esa canalla.

---

[357] *Iglesia de Nuestra Señora del Tránsito (San Benito)*: Sobre el origen judío de este templo cristiano y su importancia histórica en el desarrollo de Toledo, véase Madoz, *Diccionario geográfico-estadístico...*, *op.cit.*, vol. 14, pág. 822.

–No; contigo, contigo –clamaron muchas voces, y en aquel mismo momento avanzaron todos.

Los otros retrocedieron, perdiéndose en el laberinto de aquellas calles hechas para la defensa. Si el lector no ha paseado alguna vez por las revueltas, estrechas y empinadas vías de comunicación de la ciudad imperial, no comprenderá cuán a propósito es para una revolución, por ofrecer inmensas ventajas estratégicas de defensa y tener pésimas condiciones para el ataque[358]. Martín, que había estudiado bien este punto, rugió de ira al conocer que en vez de ser dueño de aquella intrincada red de callejones, recodos y pasadizos, iba a encontrar un enemigo detrás de cada esquina. Estaba haciendo el papel de gobierno constituido que se defiende en vez de hacer el de pueblo armado que destruye. No se acobardó, sin embargo, de esto, y siguió adelante; pero, con gran asombro suyo, vio que sus enemigos abandonaban la Judería y subían por los Alamillos[359] hacia Santo Tomé[360], y después por la cuesta de la Trinidad[361] hacia el centro del pueblo.

–¡Vamos tras ellos! –dijo Brunet.

Martín echó una ojeada sobre la gente que le seguía, y rápidamente quiso formar idea de su número. Creyó que no pasaban de ciento.

–Sigámoslos. Cada instante que pasa perdemos mucho terreno; cada vez serán ellos más fuertes. Persigámoslos sin descanso, pero sin atropellarnos. No nos fatiguemos y marchemos con orden.

---

[358] Ésas son precisamente las afirmaciones realizadas por Pascual Madoz en su análisis arquitectónico del laberinto toledano: "De estas multiplicadas pendientes resultan las calles torcidas y empinadas, con muchas revueltas y callejones sin salida, sin que pueda señalarse el número de ellas, porque dos o tres forman una misma y al contrario, pudiendo llamarse un verdadero laberinto", *Ibíd.*, vol. 14, pág. 816.

[359] *Plaza de Alamillos*: "En 1776 se la cita como "Alamillos" genéricamente, comprendiendo ocho casas; entre ellas unos almacenes de la Obra y Fábrica catedralicia, con entrada por la calle de Juan de Dios (...) una tahona del mismo propietario eclesiástico y otra casa, muy modesta, del marqués de Villar", Porres Martín-Cleto, *Historia de las calles de Toledo, op.cit.*, vol.1, pág. 74.

[360] *Calle de Santo Tomé*: "Vía antigua fundada en Toledo a raíz de la Reconquista y urbanizada en el Renacimiento. En 1776 constaba de 56 casas incluyendo la plaza de San Bernardino y el palacio de los condes de Fuensalida", *Ibíd.*, vol. 3, pág. 1341.

[361] *Cuesta de la Trinidad*: "Calle bastante antigua cuyo nombre procede de un convento trinitario fundado en 1220 por Fray Elías. En esta misma calle se encuentra la capilla arzobispal, el palacio de los condes de Oñate y la Casa de Marrón. Calle catastrada en el Siglo XVIII", *Ibíd.*, vol. 3, pág. 1462.

Entretanto los otros subían y rodeaban la Catedral, gritando: «¡Van a robar la santa Iglesia; van a llevarse a la Virgen del Sagrario[362]; van a degollar a los frailes y al santo clero! ¡Mueran esos bandoleros!»

Estos gritos, proferidos por dos o tres frailes que azuzaban a la multitud mezclados con ella, reunieron junto a las venerables paredes de la gran Catedral a una inmensa muchedumbre, fácilmente impresionada con la idea del supuesto ataque a los vasos sagrados y a los benditos administradores del culto. Esos pueblos históricos, que se envanecen con títulos antiguos y nombres sonoros, no aman cosa alguna con tanta vehemencia como su Catedral[363]. La soberbia construcción secular, donde tantas generaciones han puesto la mano para embellecerla, sintetiza y encierra todo lo que aquel pueblo ha sentido y todo lo que ha sabido. Allí reposan sus héroes; allí yacen sus antiguos reyes durmiendo tranquilos el sueño de la historia; allí se ha celebrado un mismo culto por espacio de muchos siglos, y en aquella santa custodia han fijado los ojos, creyendo ver al mismo Dios, los padres, los abuelos, todos los que han nacido y muerto en la ciudad. Los nobles tienen sus escudos en lo alto de alguna capilla; el pueblo ha cubierto de exvotos los pilares de algún retablo; los artistas han aprendido en ella y en ella han impreso su genio. La Catedral encierra las alegrías, las desventuras, las hazañas y el amor de aquel pueblo que ha construido sus casas junto a ella y como a su amparo. Por eso nunca experimenta mayor alegría que al ver las torres, volviendo al hogar después de un largo viaje; por eso oye con emoción el tañido de sus campanas al entrar en la villa y considera todo aquello como suyo, como parte de su propia existencia y lo defiende como se defiende la vida, no sólo la humana, sino la eterna, porque cree que el que les quitara aquel santuario les arrebataría su religión y su

---

[362] *Capilla del Sagrario*: Para una extensa y minuciosa relación de las riquezas contenidas en esta opulenta capilla de la catedral de Toledo, véase Madoz, *Diccionario-geográfico..., op.cit.*, vol. 14, pág. 821.

[363] Afirmaciones autoriales que anticipan futuros proyectos galdosianos referidos al provincianismo cerril de ciertas urbes castellanas en *Doña Perfecta* (1876) y *Gloria* (1877). Para un análisis de la representación de sacerdotes toledanos en la narrativa de Pérez Galdós, véase Francisco Ruiz Ramón, *Tres personajes galdosianos. Ensayo de aproximación a un mundo religioso y moral*, Madrid, Revista de Occidente, 1964, págs.133-153.

Dios. Se comprenderá por esto el terrible acierto de los enemigos de Martín al propalar la idea de que peligraban las alhajas del culto y los buenos padres del claustro capitular.

IV

Martín y los suyos costearon las avenidas de la Catedral por la parte Norte, atravesando la calle del Plegadero[364], la del Pozo Amargo[365] y la plazuela del Seco[366], buscando los barrios que caen tras el ábside[367] de la santa Iglesia, sitios donde tenía gente de confianza. Si los de aquella parte se declaraban también en defección, era inevitable el descalabro.

Otra vez renació por completo la esperanza en el alma del revolucionario, nunca rendida ni acobardada al ver que los que allí aguardaban permanecían fieles.

–Tomar todas las calles –dijo–. Que ni una mosca entre en este barrio. Al mismo tiempo corramos por aquí al Zocodover[368], y si conseguimos cortarles el paso al Alcázar[369], la ciudad es nuestra.

---

[364] *Calle del Plegadero*: "En 1778 constaba de diecisiete casas de escasas rentas, incluidas en el distrito parroquial de San Andrés", Porres Martín Cleto, *Historia de las calles de Toledo, op.cit.*, vol. 2, pág. 259.

[365] *Calle del Pozo Amargo*: "En el Siglo XVI se la denomina 'calle arriba el Pozo Amargo', teniendo vecinos de relieve, algunos relacionados con la Catedral (...) En ella funcionaba la Contaduría de Millones y Rentas Provinciales en 1776", *Ibíd.*, vol. 2, pág. 972.

[366] *Plazuela del Seco*: "El nombre es uno de los más antiguos y persistentes de Toledo, puesto que se usa ya en en 1280, año en que pertenecía, como ahora, el distrito de San Miguel el Alto (...) Doce casas formaban la plaza, todas modestas, en 1778", *Ibíd.*, vol. 3, págs. 1350-1351.

[367] *Ábside*: Parte del templo, abovedada y comúnmente semicircular, que sobresale en la fachada posterior, y donde en lo antiguo estaba precisamente el altar y el presbiterio (*DRAE*).

[368] *Plaza de la constitución, que vulgarmente se dice Zocodover*: "Nombre árabe que significa plaza de las bestias, donde se corrían toros y cañas, se celebraban los autos de fe y los mercados: es de figura muy irregular formando una especie de triángulo: está cercada de portales bastante mezquinos; y sus casas se han renovado y mejorado con balcones de hierro desde el año 1592: en ellas se pusieron árboles y asientos en 1840 formando una pequeña glorieta que sirve de paseo", Madoz, *Diccionario geográfico-estadístico..., op.cit.*, vol. 14, pág. 816.

[369] *Alcázar de Toledo*: Este emblemático edificio fue destruido en 1710 durante la Guerra de Sucesión (1701-1714). Las obras de restauración concluyen bajo la administración de Carlos III. Ya en el XIX sufre también desperfectos en la Guerra de la Independencia (1808-1814). Para un precisa relación de la historia del Alcázar hasta 1849, véase *Ibíd.*, vol. 14, pág. 817.

Hízose todo como él mandaba; pero los que se dirigieron al Zocodover volvieron diciendo que estaba lleno de gente que gritaba: «¡Muera el francmasón, el brujo!». Era preciso renunciar a apoderarse del Alcázar. ¿Y en realidad de qué servía? ¿Qué podían hacer ya? El pueblo estaba en contra suya, y no como una fuerza bruta, sino inspirado por un sentimiento. El fanatismo les había vencido. Martín pensó rápidamente y con angustia en todo eso, considerando cuán difícil era para él mover la masa popular al impulso de una idea y cuán fácil para sus enemigos arrastrarla con la fuerza de un error. Aun cuando consiguiera vencer y hacerse dueño de la ciudad, ¿de qué le valía su efímero triunfo? De cualquier manera, la revolución estaba frustrada, y aquella multitud, al prestar oído a las sugestiones de los frailes, había derribado sus falsos ídolos para volver a adorar a sus verdaderos dioses.

Pero era preciso a lo menos morir destruyendo. Entregarse sin herir hubiera sido una ignominia. Martín se hizo fuerte en el barrio, y esperó con aquella tranquilidad que acompaña siempre al valor y que permite razonar la misma desesperación.

Hay tras el ábside de la Catedral un edificio vasto y sombrío, cuya puerta, de un estilo bastardo, llama la atención del viajero que discurre por aquellas soledades. No recordamos si es hoy cárcel u hospital, pero entonces era la Inquisición, nombre fatídico que parecía transformar el edificio haciéndole más feo de lo que realmente era. En sus sótanos se pudrían multitud de seres humanos, esperando en vano el fin de un proceso que no se acababa nunca. Sus vastas crujías subterráneas ostentaban en fúnebre museo los aparatos de mortificación y tormento, quietos y mohosos desde largo tiempo, como si ellos mismos tuvieran vergüenza de haberse movido alguna vez. Aquello era más triste que todas las demás prisiones inventadas por la tiranía, porque éstas, en su silencio sepulcral, producido por la carencia absoluta de funciones judiciales dentro del mismo recinto, se parecían a la muerte, mientras aquélla se asemejaba enteramente al infierno. En lo alto, un enjambre de leguleyos antipáticos, crueles, insensibles a los dolores ajenos, vestidos con balandranes[370] negros y

---

[370] *Balandrán*: Vestidura talar ancha y a veces con esclavina que usan algunos eclesiásticos (*DRAE*). Observe el lector el tono grotesco y animalizador adoptado por Pérez Galdós en su caracterización de estos grupos ultraconservadores.

llevando impreso en su rostro el sello de la estupidez inhumana, emborronaban diariamente muchas resmas[371] de un papel amarillo y apergaminado, con lo cual querían revestir al crimen de las santas fórmulas del derecho, y engalanaban su infame y bárbara prosa con sentencias del Evangelio, juzgando en su estulticia que se engaña a Dios tan fácilmente como se engaña a los hombres. De día, los inquisidores pululaban por las galerías de sala en sala, dándose aire de hombres que hacen alguna cosa útil, y se sentaban en sus sillones muy convencidos de que la sociedad los necesitaba, fundándose en que les tenía miedo. No sé por qué nuestra generación se figura siempre a aquellos hombres con cara distinta de los demás de su clase y especie, y es que su triste oficio no podía menos de alterar en ellos los rasgos naturales de la fisonomía humana haciendo en sus personas una horrenda mezcla del hombre y la fiera. Detrás de ellos se alzaba lívido, lustroso, amarillo y profanamente pintorreado de sangre el Santo Cristo, que acostumbraban asociar a sus inicuos juicios. Siempre he experimentado una sensación extraña y hasta una especie de alucinación al ver en cuadros o dibujos el Cristo que remata la decoración de un tribunal del Santo Oficio. Temo decirlo, no sea que parezca una irreverencia, que no lo es; pero al ver la imagen sagrada, extendiendo sus brazos sobre el madero donde expira, no puedo figurarme que está crucificado, sino que abre los brazos para dar de bofetones a sus ministros.

–¿Ha preparado usted lo que le mandé? –preguntó Martín a D. Frutos, que era uno de los más acalorados.

–Sí, aquí está: gran cantidad de pino y astillas, costales de paja, estopa empapada en resina –contestó el otro, mostrando un montón de aquellos objetos hacinados en un zaguán.

–¡Pues fuego a la Inquisición! ¡Pegar fuego al mismo infierno! ¡Y es lástima que todas las de España no puedan inflamarse con una sola tea!

Terribles hachazos golpearon las puertas del edificio, que cayeron al fin. Muchos alguaciles y soldados fueron atropellados y muertos; penetraron en el portal y acumularon gran cantidad de combustible debajo de una escalera de pino que había junto a la puerta. Desde el patio se arrojaban a las galerías grandes manojos de estopa resinosa inflamada,

---

[371] *Resmas*: Conjunto de 20 manos o 500 pliegos de papel (*DRAE*).

y asomándose por las rejas de los sótanos se tranquilizaba a los presos, asegurándoles la libertad. Algunos de la cruz verde perecieron en aquel ataque, y Martín contemplaba con siniestro júbilo el crecer de las llamas, que, pegadas a diversos puntos, iban a reunirse formando una espiral de humo, menos negro que el alma de los inquisidores.

–¡Qué dirá el padre Corchón de este auto de fe! –exclamaba con furibunda risa–. Siento que ese canalla no esté a estas horas sentenciando una causa de *ad cautelam*.

Entretanto, la alarma, el griterío era mayor cada vez en el resto de la población. Ya se veían las llamas del aborrecido edificio, y los instigadores de la contrarrevolución aseguraban que igual suerte tendrían todos los monumentos de la ilustre ciudad. No; la única construcción sentenciada de antemano por Muriel era la que ardía en aquellos momentos.

El iluso joven salió de ella cuando ya no se podía respirar, y cuando adquirió la seguridad de que no quedaría una astilla; al llegar a la calle vio notablemente mermada su gente.

–¡Nos abandonan! –gritó Brunet con desesperación–. Dicen que eres el diablo que viene a destruir a Toledo y su santos templos.

–¡Muerte! –gritó Martín con una furia que parecía verdadero extravío mental–. Yo les condeno a muerte.

–En la calle de la Chapinería, cuatro frailes con cubas de agua bendita rocían a diestra y siniestra.

–Que apaguen con su agua esta hoguera que hemos hecho. Yo quisiera que fuera más grande y nos consumiera a todos, vencedores y vencidos, para no ver más tanta abominación. ¡Oh, cuánto odio en este momento!.

Martín estaba transfigurado, y en su palabra como en su ademán no había ni rastro de aquella tranquilidad flemática con que presidió los primeros actos del movimiento. Iluminados por la rojiza luz del incendio, los dos y cuantos les rodeaban parecían en efecto demonios, arrojados del centro de la tierra en el seno de la llama infernal.

–Aún está cerrado el paso por las calles –dijo Brunet–; aún tenemos gente muy decidida, y desafiamos sus puñales y su agua bendita.

–Sí; que rocíen, que rocíen –exclamó Martín con una carcajada estridente.

Y luego, volviéndose a los que le rodeaban, dijo:

—Idos con ellos a que os santigüen también. No os necesito para nada.

—En esta calle no ha de entrar uno vivo –dijeron algunos, cada vez más furiosos; pero otros se apartaron tras algún recodo, y desaparecieron. Cada vez se quedaban más solos.

—¡Matad, matad sin piedad! –decía Martín–. ¡Cuánto odio esta noche! Ya se acercan los rociadores. ¡Ah, viles! Yo quisiera tener el Tajo en mis manos para remojaros bien... A todos os condeno a muerte... ¡Yo sólo mando!... ¡Yo soy dictador, yo suprimo de un decreto tanta abominación!... ¡Y no me obedecen! ¡Matad, matad sin piedad!

Estas palabras eran pronunciadas en estado de febril indignación, que no es posible describir. Retorcía los brazos, golpeaba el suelo, se arrancaba los cabellos, emitía con su boca contraída mil extraños sonidos, tan varios como los acentos de una tempestad[372]. Después se volvía al incendio, y exclamaba:

—¡Benditas llamas: rociad, rociad con fuego; lavad sin cesar esta gran mancha, llevando hasta el cielo el calor de la tierra! ¡Brunet, subamos a lo alto de aquella pared que se desmorona y arrojémonos en este horno; muramos quemados para odiar más fuerte!... ¡Ven, vamos, subamos; arrojémonos a ese infierno, y hagamos auto de fe con nosotros mismos! ¿Ves esa llama que toca el cielo? Yo quiero subir con ella, quiero quemarme.

Pero Brunet, que se había alejado un poco, volvió corriendo y dijo:

—Ya están cerca; podemos huir. Por estas calles de detrás no hay un alma. Huyamos.

—Necio, ¡yo huir! Yo soy dictador, yo mando aquí. Yo les condeno a muerte. ¡Matad, matad sin cesar!

Brunet no escuchó estas razones, y ayudado de otros dos que allí quedaban, le llevó, mejor dicho, le arrastró, desapareciendo los cuatro por una calleja que costeaba el edificio incendiado. Martín, al ser llevado casi en brazos por los únicos amigos que le quedaban después de su efímero poder, gritaba siempre con voz ronca:

—¡Matad sin cesar!... ¡Yo soy dictador!... ¡Oh, cuánto odio esta noche!...

---

[372] La locura de Martín Muriel durante el fallido intento revolucionario evidencia de manera explícita los nefastos efectos de cualquier ideario faccionalista. La posterior deshumanización del personaje ofrece un marcado contraste con su previa sublimidad moral opuesta tanto a la "demagogia comunalista" como a las turbias intrigas fernandistas.

CAPÍTULO XXIX

EL DICTADOR

I

Susana, después de la partida de Muriel quedó tan agitada, que no se encontraba bien de ningún modo, y ya recorría la habitación, ya se sentaba, ya abría la puerta para respirar el aire exterior. Tenía el presentimiento de que algo terrible iba a pasar aquella noche, y no podía contenerse dentro del reducido espacio del cuarto, donde no se oía otro rumor que la tranquila y acompasada respiración del pobre Pablillo, embebido en un sueño feliz y ajeno a cuanto pasaba en torno suyo. A veces se oía también el ronquido agudo y cadencioso de D. Lino, que dormía en la habitación inmediata con sueño tan profundo y dichoso como Pablillo. De tiempo en tiempo, pasos precipitados resonando en el pasillo indicaban la alteración impaciente del padre Matamala, que tenía costumbre de hacer ejercicios de cuerpo en los momentos de inquietud moral.

Susana no pudo resistir más tiempo su apremiante deseo de salir, deseo en el cual no había simplemente la curiosidad propia del sexo y de las circunstancias, sino también cierta vaga idea de que hacía falta en alguna parte. Dominada por este irresistible deseo llamó a Paniagua, suplicándole que se vistiera inmediatamente.

–Voy señora condesa, voy al momento –contestó desde dentro el abate con voz de sueño–. Al instante me visto; este diablo de zapato que no parece... ¿Pero dónde está este zapato?

Esperó Susana, y un cuarto de hora después apareció Paniagua completamente vestido, aunque con alguna imperfección que indicaba la prisa. La joven sacó entonces con mucho cuidado su manto de las manos de Pablillo, se lo puso y salió, encargando a la gente de la casa que velase por el niño dormido.

–¿Adónde van ustedes? –preguntó fray Jerónimo con asombro.
–A la calle –contestó Susana.
–¿Pero usted está loca, señora? ¡Esta noche!...
–Sí. ¿No tiene usted curiosidad de ver lo que pasa?
–Curiosidad, sí; pero es que no me atrevía a ir solo.
–Venga usted con nosotros –dijo Susana–; le escoltaremos.
–La verdad es –indicó D. Lino–, que no es muy cuerdo echarse a la calle esta noche. Parece que esa gente anda alborotada.
–Y tan alborotada –añadió Matamala–. Y ese diablo de Alifonso que está ahí agazapado, con más miedo que un monaguillo... Pero pues tenemos compañía, vamos a ver eso.

Saliéronse los tres, Susana tomando el brazo del abate y fray Jerónimo detrás, confiando en que si había peligro caerían primero los que iban delante.

No habían andado veinte pasos por Zocodover cuando observaron que había en las calles más gente que lo que era de esperar a aquella hora. Las mujeres salían a las ventanas, los hombres a las puertas, y se oía un rumor lejano, como de muchedumbre inquieta y bulliciosa. Cada vez era mayor el número de personas que venían de la Catedral, y cada vez más alborotadas.

Los tres paseantes nocturnos tuvieron al fin que detenerse, porque no se podía ya dar un paso. Entonces Susana prestó ansiosa atención a cuanto a su lado se decía.

–¡Maldita gente! –exclamaba uno–. Nada menos que el Ochavo[373] querían esos señores; y dicen que no pensaban dejar clérigo con vida.

–Santa Leocadia nos saque en bien de esta tormenta –decía otro–. Y me habían dicho que no querían más sino que cayera Godoy, y ahora salen con ésta.

–Si dicen que son unos bandoleros y ladrones de caminos –chillaba una vieja–. ¡Ay, Virgen del Sagrario de mi alma, y cómo te hubieran puesto esos camaleones si te cogen entre sus uñas!

–A mí que no me digan, señora doña Petronila –añadía otra–. Ésa es gente de Satanás; y cuando menos, trataban de hacer una fechoría gorda. ¿Pues no me acaban de decir que levantaron la Catedral del

---

[373] *Ochavo*: rico sagrario situado en la catedral de Toledo, Madoz, *Diccionario geográfico-estadístico, op.cit.*, vol. 14, pág. 821.

suelo y se la llevaban danzando por los aires como si fuera una caja de mazapán?

—¡Jesús, María y José! ¡Pues allá por la Catedral debe de haber armada una marimorena!...

La multitud que obstruía la calle Ancha[374] retrocedió, y Susana con sus dos acompañantes volvió al Zocodover.

—¡Si dicen que es un hombre atroz ese que andan persiguiendo! Ahora me dijeron que él solo mató dieciséis cortándoles las cabezas de un golpe como si fueran rábanos. Ese hombre es el diablo en persona.

— Por fuerza. Pero, compadre, ¿no ve usted claridad por aquella parte? Mire usted por ahí detrás del Alcázar.

—Parece que se quema algo.

En efecto; el humo negro y el resplandor del incendio se veían ya perfectamente desde la plaza.

—Dicen que se quema la Inquisición.

—Pues a fe que no lo siento, aunque ya sabemos que si se quema ésta han de hacer otra.

—Algo bueno había de hacer ese diablo de hombre. ¿Si se estará quemando él allá dentro?

—Como que ahora decían ahí que vieron por los aires un hombre encarnado como el mismo fuego, haciendo cabriolas y echando chispas.

—Sí, señor; yo lo vi, yo lo vi, y si no me engaño fue a caer por allá por las ruinas de San Servando[375], donde tienen su casa.

El resplandor se avivaba, y las llamas iluminaban la ciudad. Susana quería internarse por las calles para ver aquello más de cerca; pero fray Jerónimo no quería dar un paso más, y D. Lino era del mismo parecer.

---

[374] *Calle Ancha o del Comercio*: "La auténtica calle Ancha, así delimitada, correspondía al distrito parroquial de Santa María Magdalena y se debía su nombre a ser la salida más amplia de las que nacen en Zocodover (...) En el Siglo XVIII se designa ya como calle Ancha a todo el trayecto desde el histórico Zoco a las cuatro calles. Así vemos que al formarse el gremio de mercaderes de la calle Ancha se reservaba a sus miembros el espacio comprendido desde la esquina con la calle de la Sillería hasta la del Hombre de Palo, inclusive, disposición que estaba vigente en 1775", Porres Martín-Cleto, *Historia de las calles de Toledo, op.cit.*, vol. 1, págs. 174-175.

[375] *Castillo de Cervantes o de San Servando*: "Edificado en 1190; restaurado por el arzobispo Tenorio y destinado hoy [1849] a almacén de pólvora en la parte mejor conservada", Madoz, *Diccionario geográfico-estadístico..., op.cit.*, vol. 14, pág. 832.

–Pero vamos por estas otras calles que están aquí por detrás del Alcázar.

–¡Señora, por Dios! Si nos metemos en esos laberintos, no saldremos en toda la noche.

–Yo voy. Si alguno quiere seguirme... –dijo la dama con resolución.

–¡Señora condesa, señora condesa!... –exclamó el abate.

La señora condesa, renunciando a atravesar la calle Mayor[376], que contenía mucha gente, se internó por otro lado, por donde ella juzgaba que se podía ir más pronto al lugar del incendio, y aunque disgustados y gruñendo, la siguieron el fraile y Paniagua. Bien pronto se encontraron sin saber qué camino tomar, porque las calles tan pronto torcían a la izquierda como a la derecha, subían y bajaban, y las llamas, en vez de acercarse, aparecían más lejos cada vez.

–Nos hemos perdido –dijo fray Jerónimo con gran miedo.

También por allí se encontraba gente, aunque poca, y por lo general hombres que corrían desaforados, atropellando cuanto encontraban al paso.

–Retirémonos, señora condesa –dijo D. Lino–. Esto me huele mal.

–No; sigamos, sigamos –contestó la dama apretando el paso e internándose más por las callejuelas.

Unas veces el fulgor del incendio se veía de cerca hasta el punto de que se sentían sofocados por el calor, otras parecía retroceder. A sus oídos llegaban voces roncas y vagas, semejantes a alaridos de entes infernales y furiosos. Después aquellos ecos se perdían para resonar de nuevo.

–Parece que estamos a las puertas del Infierno –decía temblando fray Jerónimo.

–Yo no sirvo para estas cosas –añadía D. Lino cada vez menos sereno.

Susana tuvo intención de detener, con objeto de interrogarle, a alguno de los que pasaban con tanta prisa; pero sus dos compañeros

---

[376] *Calle Mayor*: "El comienzo de la calle Ancha o del Comercio, desde Zocodover, es titulada calle Mayor en 1561, anotándose en este tramo a 32 vecinos feligreses de la Magdalena", Porres Martín-Cleto, *Historia de las calles de Toledo, op.cit.,* vol. 1, pág. 549.

se opusieron a tan peligroso intento. De pronto, el griterío aumentó mucho, y los hombres fugitivos menudearon más que antes.

—Sálvese el que pueda —decían algunos.

—Escapemos por aquí —clamaban otros, dándose gran prisa a escurrirse por alguna calleja, o a ocultarse en un zaguán de los poquísimos que no estaban cerrados a piedra y barro.

—El diablo de D. Martín: no hay quien le arranque de allí —apuntaba un tercero.

—Tira ese fusil, ¡mal rayo!... y andemos despacio figurando que no hemos tocado pito en esto.

—No nos vayan a confundir a nosotros con esta gente... —dijo D. Lino al oído de Matamala.

—Pero, señora condesa, volvámonos atrás.

El incendio iluminaba la parte alta de todas las casas, y los tejados y miradores proyectaban sombras pavorosas. Se miraban todos unos a otros, encontrándose muy raros con el semblante tan vivamente iluminado, como si recibieran la luz de un sol sangriento. El fragor era indescriptible, porque al sordo bullicio de la ciudad se había unido el alarido angustioso de las cien campanas de Toledo, que, como todas las que tocan a fuego durante la noche, parecían desgañitarse en lastimeros ayes desde lo alto de sus torres.

Nuestros personajes tuvieron que detenerse. Los que venían en dirección contraria eran muchos, y además había síntomas de lucha en lugar no lejano a la calle en que se encontraban. No eran sólo fugitivos los que andaban por allí: había gente de la que antes vimos agruparse junto a la Catedral; y aquello, como observaron prudentemente D. Lino y Matamala, tenía pésimo aspecto.

De repente ven aparecer al extremo de la calle cuatro hombres que corrían, aunque no con gran rapidez, porque uno de ellos parecía resistirse a andar, y los demás le sostenían arrastrándole al mismo tiempo.

—¡Ah, señora condesa de mis pecados! Huyamos... ocultémonos en cualquier portal —dijo fray Jerónimo al ver a los que venían.

—Ésta debe ser gente muy mala —añadió el abate—. El diablo nos ha tentado al venir por aquí.

Los cuatro hombres se acercaron y una voz muy ronca profería gritos y clamores que no se comprendían.

—Son borrachos —dijo D. Lino.

–¡Dios nos asista!

Los cuatro hombres se acercaron, y Susana, que reconoció a Martín en el que venía impulsado por los demás, dio un grito y se paró frente a él.

–¡Martincillo!... ¿tú aquí? –dijo el franciscano temblando de pavor–. Escóndete, huye.

–¡Yo!... ¡yo huir! –exclamó el joven después de atronar la calle con una ruidosa y bronca carcajada que erizó los cabellos de todos los presentes–. ¡Yo soy dictador! ¡Yo mando aquí!... ¡Matad sin piedad!...

Susana puso sus dos manos en los hombros del desgraciado hombre y le miró muy de cerca de hito en hito. Su temeroso aspecto, su fisonomía desencajada y contraída, sus ojos espantados y rojos, sus cabellos en desorden, su vestido desgarrado le infundieron tanto terror, que no pudo articular palabra.

–¡Martín, Martín! –exclamó con tono a la vez suplicante y conmovido, como si quisiera volverlo a la razón con sólo el eco de su voz.

–¡Ah!, ya te conozco –dijo el joven, apartándola con fuerza–. ¡Infame aristócrata! Intentas seducirme. Yo soy el pueblo, el santo pueblo. Vuestro reinado durará poco tiempo. Temblad todos, porque os aborrezco. El día de mi poder ha llegado. Te condeno a muerte.

–¡Oh, Dios mío! ¡Está loco! –exclamó Susana con desesperación.

En aquel momento se sintieron los pasos precipitados de un tropel de gente, y fuertes voces decían: «¡Por aquí han ido, por aquí!».

–Que nos cogen; ¡huyamos! –exclamaron Brunet y los otros dos.

–Señora condesa, señora condesa –dijo D. Lino asiéndola por el brazo.

Pero Susana no se movía. Llegaron los perseguidores y rodearon el grupo. Fray Jerónimo, que tenía agarrado por el cuello a Martín, le presentó a aquellos hombres, diciendo: «¡Éste, éste es! ¡Aquí le tenéis!»

Hubo un momento de confusión. Don Lino desapareció como el viento se lo llevara. Brunet y los dos que le acompañaban huyeron también; mas no lograron escapar. Susana, en medio de aquella algazara espantosa, pudo observar un momento lo que pasaba: su entereza no la abandonó hasta algunos instantes después. Vio que muchos brazos se abalanzaron hacia Martín, y que la cabeza del desgraciado joven desapareció entre otras cabezas fatídicas. Su voz, ronca y dificultosa, se sobreponía aún al clamor discordante de aquella gente.

–¡Apretadle bien, que no se escape! –dijo una voz.

–La soga, la soga. ¿Dónde está la soga? –dijo uno que tenía cuerpo de Hércules y un repugnante y feroz aspecto.

–Aquí está la soga –contestó una especie de chulo, pequeño y travieso–. Echársela al cuello, y a correr.

Susana vio la cuerda fatal volar y escurrirse por encima de las cabezas. Pero también sintió que una voz decía después:

–No es preciso cuerda: que vaya por sus pies. Anda, buena pieza. Está que no se puede tener de borracho.

Susana, empujada por aquí, rechazada por allá, cayó al suelo aturdida primero y desmayada después. Martín siguió adelante, en el seno de aquel grupo bullicioso y feroz, que tomó el camino de Zocodover, rugiendo y apretándose para atravesar las angostas calles. Susana pudo ver cómo se alejaban aquellas gentes, llevando al infeliz, a quien suponía con el dogal al cuello, muerto ya o arrastrado a la muerte por una plebe ciega y embriagada. Todo esto parecía una pesadilla, y la dama sintió alejarse las pisadas de aquellos hombres, como si todas golpearan sobre su corazón, exprimido y hollado. A sus ojos, la sangre generosa de Martín salpicaba a cada paso de la comitiva, manchando todo lo que encontraba al paso, las casas, el piso, los objetos todos, el cielo mismo. Sus huesos crujían al chocar en los guijarros, y repercutían rompiéndose como frágiles cañas. Para ella ya no quedaban del cuerpo de tan hermoso e interesante hombre más que sangrientos jirones desparramados por aquella calle de angustias. Inteligencia, pasión, vida, cuerpo, todo había sido destrozado en un momento, y los despojos de todo esto arrojados al azar para que no quedase en el mundo memoria de tan noble ser.

Matamala había seguido al grupo, refiriendo cómo se las había compuesto para echar mano al delincuente con gran peligro de su vida, y bien pronto no quedó en aquel sitio desolado y triste más que Susana exánime sobre el suelo húmedo y frío.

CAPÍTULO XXX

REVOLOTEO DE UNA MARIPOSA ALREDEDOR DE UNA LUZ

I

Susana, mientras duró su breve desvanecimiento, no dejó de sentir un eco de las tremendas palabras pronunciadas por Martín en la corta escena que acababa de presenciar. Aquello parecía un sueño: era preciso estimular la razón con grandes esfuerzos mentales para adquirir la realidad de un suceso que tenía todas las apariencias de lo absurdo. En efecto; ¿quién no ha soñado alguna vez que está andando por las vueltas y revueltas de un laberinto, sin llegar nunca al punto donde se quiere ir? Y en esta excursión angustiosa, ¿no se nos representa de improviso la muerte de una persona querida, una súbita aparición, un asesinato o cualquiera otra imagen terrible que nos conmueve, obligándonos a despertar? Pero Susana no tardó en hallarse en la plenitud de su razón, comprendiendo la espantosa verdad de lo que había visto y oído. Se levantó, miró al cielo, y la estrechez de la calle, formada por altísimos edificios, le habría hecho creer que estaba en el fondo de una zanja profunda y tortuosa, si fuera ella más propensa a la alucinación. La faja del firmamento que desde allí se veía estaba aún teñida de una leve púrpura producida por el incendio cercano. En las casas y en la calle no brillaba otra claridad que la de una lámpara colgada frente a una Virgen de los Dolores que, metida tras de una reja, mostraba a los devotos su pecho atravesado por siete espadas con los mangos dorados. Algún transeúnte pasaba corriendo por las calles inmediatas y no se detenía si alguien quería interrogarle. Susana tomó la calle que le parecía llevarla más directamente al Zocodover, con la esperanza de encontrar quien le indicase el camino si se perdía.

Apenas había andado cien pasos, vio enfrente y a gran altura la fachada septentrional del Alcázar, y creyó que podría orientarse subiendo allí. Así lo intentó, y fácilmente encontró el camino; subió a la explanada y desde allí vio el Zocodover. Ya no necesitaba más para llegar a la posada.

Desde aquella altura se ofreció a su vista un panorama que produjo en su ánimo fuerte impresión de sublime pavor[377]. El incendio iluminaba toda la población, y las torres, los altos miradores, las chimeneas de la ciudad gótico–mozárabe, proyectando su desigual sombra sobre los irregulares tejados, parecían otros tantos espectros de distinto tamaño y forma, descollando entre todos la torre de la Catedral, que parecía cuatro veces mayor de lo que es, teñida de un vivo fulgor escarlata, y presidiendo como un gigante vestido de púrpura aquel imponente espectáculo. Volviendo la vista a otro lado vio el Tajo, describiendo ancha curva alrededor de la ciudad y precipitándose por su estrecho cauce con la hirviente rabia que es propia de aquel río impaciente y vertiginoso, que parece huir siempre de sí mismo. La tierra rojiza que arrastra ordinariamente y el reflejo de las llamas de aquella noche, le asemejaban a un río de sangre, y en verdad, atendido el papel histórico de la ciudad que circunda, por el Tajo nos parece que corre sin cesar la ilustre sangre de tantas luchas, sangre goda, árabe, castellana, tudesca y judía, vertida a raudales en aquellas calles durante diez siglos de dolorosas glorias.

Susana no vio nada de esto en la corriente, porque en aquel momento no cabían en su espíritu sino cierta clase de pensamientos, y sólo la consideración de la propia desdicha, y tal vez algún propósito violentamente germinado en su cerebro, le ocupaban durante el breve espacio que empleó en recorrer con su vista aquel espantable panorama.

Es de suponer que sufría entonces una grande atonía intelectual. Si la estupefacción del idiota cuadrase a ciertos entendimientos en ocasiones dadas, nada podría expresar mejor la situación de Susana como el decir que estaba idiota. Aquella iniciativa que para resolver las cuestiones relativas a su amor propio o a su pasión la había distinguido, esta-

---

[377] Las descripciones del entorno sublime y terrorífico percibidas por Susana consagran las expectativas estéticas prescritas por Inmanuel Kant en "De lo sublime dinámico de la naturaleza", *Crítica del juicio*, 1790, trad. Manuel G. Morente, México, Porrúa, págs. 247-250. Para un análisis reciente del impacto de la definición kantiana del sublime en la literatura española moderna, véase Philip Silver, *Ruina y restitución: reinterpretación del romanticismo en España*, trad. José Luis Gil Arista, Madrid, Cátedra, 1996.

ba completamente embotada en aquellos momentos. Pero algo vio desde allí que produjo en su mente uno de esos íntimos choques parecidos a los que, hijos de una agitación nerviosa, nos despiertan en mitad de un sueño profundo. Despertó, digámoslo así, saliendo de su estupefacción, y en aquel mismo instante se la vio descender a buen paso de la explanada. Había tomado una resolución.

II

Atravesó el Zocodover y se dirigió a la posada que estaba inmediata. Entró, subió a su cuarto, pidió una luz y preguntó si había vuelto D. Lino, a lo que contestaron negativamente. Quedándose sola se acercó al lecho donde dormía Pablillo y le estuvo mirando con gravedad sombría un buen espacio de tiempo. Después se sentó junto a una mesa y escribió dos cartas. La primera la meditó mucho; borró muchas palabras para trazarlas de nuevo. La segunda era breve y la escribió pronto. Metió la primera dentro de la última, y a ésta, después de cerrada y sellada, le puso el sobrescrito, dejándola sobre la mesa.

Después se puso de nuevo el manto, se acercó otra vez a Pablillo y lo contempló con muy distinto semblante y expresión de la vez primera. La ternura transformó su semblante, quitándole la sombría seriedad que antes advertimos, y besó repetidas veces al pobre chico, bañándolo con sus lágrimas de amor, las primeras que en el largo curso de esta historia hemos visto salir de aquellos grandes e imponentes ojos, hechos a turbar y estremecer con su mirada.

Salió del cuarto y de la posada, llegó al Zocodover, lo atravesó sin cuidarse de la gente que en él había, y bajó hacia el Miradero, tan derecha en su camino que cualquiera hubiera creído que iba a alguna parte. Parecía que se dejaba llevar por alguien. Tenía, sin duda, una resolución y caminaba a ella con paso firme y resuelto. Al llegar al Miradero[378], sitio de descanso en la agria cuesta que baja al llano y a la Vega, se detuvo y se sentó en el muro que sirve de antepecho a aquella plazoleta irregular. ¿Por qué se detuvo? Sin duda no se atrevía.

---

[378] *Paseo del Miradero*: "Explanada artificial [construida] (…) sobre la escarpa del cerro toledano en su cara norte, sobre la carretera a La Mancha (…) Era un sitio extramuros de la primitiva ciudad tomada por Roma (…) En tal situación continuó este sector durante bastantes siglos", Torres Martín-Cleto, *Historia de las calles de Toledo, op. cit.,* vol. 2, pág. 851.

III

Sentada allí, con la frente apoyada en la mano, envuelta en su gran manto negro, un toledano supersticioso la hubiera tomado por alguna bruja, habitadora en los escondrijos de los palacios de Galiana[379] o en algún rincón de las murallas de la antigua ciudad. Nadie pasó, y nadie se asustó de aquel bulto.

En aquel instante la infortunada dama echó sobre sí misma una de esas intensas ojeadas del espíritu que iluminan instantáneamente la conciencia, aclarando todos los enigmas y disipando todas las dudas. ¿Qué había hecho? El grande alcázar que había levantado con la imaginación estaba en el suelo, o se había desvanecido como una de esas esferas de mil colores formadas por la espuma y que el menor soplo reduce a la nada. ¡Ruinas por todas partes! Aquel hombre que el doble encanto de sus ideas generosas y de su carácter vehemente, embellecido a cada instante con todos los rasgos de la sublimidad, la había atraído, no era ya más que un mísero despojo de espíritu humano, sin razón. Aquella hermosa luz que irradiaba las nobles ideas de emancipación y de igualdad, se había extinguido en una noche de tempestad social en que el fanatismo y la protesta revolucionaria habían chocado sin llegar a luchar. Ella no podía menos de creer que en la llama rojiza que cruzaba los aires, se había ido a otra región el alma ardiente del desdichado joven. A veces consideraba aquel suceso como un castigo del Cielo; a veces como un llamamiento a otra vida mejor. A veces se le representaba Martín en proporciones colosales; a veces empequeñecido hasta llegar a la mezquina talla de un loco vulgar, encerrado en su jaula y escarnecido por los chicuelos de las calles. De todas maneras, el ser que había tenido el singular privilegio de atraerla con fuerza irresistible, continuaba deslumbrándola con la magia de su superioridad. Ella no había conocido hombre igual ni podía existir en todo el mundo quien se le pareciera. Estaba loco, y vivía aún tal vez; pero su razón no podía menos de estar en alguna parte. Susana, que siempre había pensado poco en la otra vida, y era algo irreligiosa en el fondo de su alma, creyó en aquellos

---

[379] *Palacios de Galiana*: Sobre los orígenes de estos edificios construidos durante la época visigótica, véase Madoz, *Diccionario geográfico-estadístico, op.cit.*, vol. 14, pág. 817.

momentos en la inmortalidad del espíritu*. Algo parecido a la alegría la animó brevemente, y por su cuerpo corrió una sensación extraña, como la que se experimenta al creer que un cuerpo invisible nos toca y pasa... Lo que ella había presenciado poco antes era peor que la mayor de las desventuras humanas. Verle muerto, habría sido un dolor inmenso; mas la religión y la razón, por débiles que sean, buscan en alguna esfera lejana un escondrijo cualquiera donde colocar al que se ha ido. Pero verle loco, verle sin razón, ver a uno que era él y no era él, al mismo hombre convertido en otro hombre, esto no se parecía a ningún dolor previsto por el pesimismo humano. La razón de Muriel debía estar en alguna parte. Ella no podía seguir en el mundo teniendo siempre ante la vista aquel loco en cuya cabeza había pensado Martín tan grandes cosas. Le parecía que ya no había en la tierra más que ella y aquel insensato, y que le estaría viendo siempre como si los dos solos se hallaran encerrados juntos en una inmensa prisión, de la cual serían únicos habitantes. El mundo era antes una cosa buena, porque era el teatro de las soñadas y fantásticas hazañas de un hombre no común; ahora no era más que una jaula. Todo había acabado. No era posible de ninguna manera estar más aquí. Se levantó con decisión y siguió bajando la cuesta.

IV

¡Ruinas por todas partes! Por otro lado se le presentaba el cadáver de su padre, hablándole del honor de su casa y de la deshonra en que había caído. Ella no podía olvidar aquella voz temerosa y profunda que aún creía oír resonar en algún hueco de aquellas viejas murallas. Ya había perdido su nombre, su decoro, su posición, todo; no era posible tampoco volver al mundo por aquel camino. Pero al mismo tiempo se le representaba aquel infeliz anciano que le profesaba tan tierno cariño, el pobre doctor, inconsolable con tantas desdichas, llorándola siempre mientras tuviera vida. Al pensar esto, Susana se detuvo y se sentó en una piedra del camino. Otra vez no se atrevía.

Las lágrimas del buen inquisidor caían sobre su corazón que-

---

* "(...) en la inmortalidad del espíritu *o por lo menos en la inmortalidad del genio*", *Ibíd.*, vo. 23, nº 90, 1871, pág. 270.

mándolo como si fueran gotas de un derretido hirviente metal... Pero al mismo tiempo, ¿no se le exigía ser esposa de Segarra? Esta pretensión desvirtuaba el cariño del doctor. No; por más que investigaba con afán, tampoco había salvación por aquel lado. ¡Ruinas por todas partes!... Se levantó y siguió bajando sin detenerse hasta el puente de Alcántara[380]. Es ésta una soberbia construcción secular que enlaza las dos riberas del Tajo. Su grande arco de medio punto, al reproducirse en las aguas del río en las noches de luna, parece un inmenso agujero circular abierto en una gran masa de tinieblas formadas por los peñascos de ambas orillas y por las murallas y paredones que las rematan en la parte oriental. Por debajo de este arco, suspendido a grandísima altura, corre el Tajo espumante y rabioso, tropezando en las peñas de la orilla. Nada hay allí de apacible, como sucede en las márgenes de los demás ríos: todo es imponente y temeroso; el ruido ensordece, la profundidad causa vértigo, la lobreguez oprime el corazón; el paisaje todo tiene un sello de grandioso pavor que hace pensar en las muertes desesperadas y terribles. La vida del ascetismo enconado contra la naturaleza humana y en lucha constante con la voluptuosidad, escogería aquel sitio para aprender a odiar todo lo tierno y todo lo agradable.

Susana atravesó el puente hasta llegar al centro, y desde allí miró aquellas aguas horrendas que corrían huyendo de su propio cauce, y no pudo dominar un estremecimiento de terror. Miró al cielo y aún se veía el resplandor del incendio, y más humo, mucho más humo que antes. Las torres almenadas que limitan el puente en sus dos extremos, las murallas de la ciudad, el mismo Alcázar, colocado arriba, como si quisiera pesar como un gran monolito sobre la ciudad oprimida; el castillo de San Servando descarnado y bordado de recortaduras; todo lo que remataban las dos orillas parecía venirse encima... Desde donde estaba al centro del Tajo había una gran distancia, la suficiente para pensar algo antes de caer. Pero pocos momentos de reconcentración le bastaron para serenarse y adquirir la entereza de ánimo que ya

---

[380] *Puente de Alcántara*: Para una precisa documentación histórica de este puente medieval, véase *Ibíd.*, vol. 14, pág. 815.

* No tal; pero *allá* creo que Muriel", *Ibíd.,* pág. 278.

había tenido antes en aquella noche. Sus ojos, que poco antes habían derramado algunas lágrimas, estaban secos, y la palidez del rostro era tan intensa, que parecían dos grandes manchas negras, en cuyo fondo brillaba un vivo resplandor cuando los movía. Miró al cielo para ver si aún se notaba el resplandor rojizo y observó que se iba extinguiendo; después desapareció por un momento su rostro bajo el manto, al inclinar la cabeza sobre el pecho; luego la levantó sacudiendo atrás el manto y descubriendo la cabellera y el cuello. Apoyó sus manos en el antepecho, hizo fuerza en ellas y levantó los pies, que volvieron a tocar el suelo al poco rato; se apoyó de nuevo en sus dos manos y alargó el busto fuera del puente. Figuraos el brusco movimiento del que quisiera mirar algo escrito en el intradós[381] del arco. El cuerpo de Susana volteó sobre el antepecho; la seda de su vestido crujió en el aire como el rápido revoleo de un ave de grandes alas, y cayó. Un fuerte espumarajo hirvió en la superficie del gran río al recibir su presa.

Así acabó aquella gran pasión y aquel inmenso orgullo.

---

[381] *Intradós*: Superficie que de un arco o bóveda queda a la vista por la parte interior del edificio de que forma parte (*DRAE*).

CAPÍTULO XXXI

CONCLUSIÓN. –SAINT-JUST, NAPOLEÓN Y ROBESPIERRE

I

Hacía dos días que Susana había partido para Toledo, cuando el marqués de Fregenal, de acuerdo con el doctor Albarado, bajó al sótano en que Rotondo había sido encerrado. Antes de referir lo que allí pasó, conviene mencionar la nueva consternación causada por la fuga de la dama. Este último atrevido paso acabó de perderla en el concepto de la familia, y doña Juana, hablando de esta grave cuestión con la diplomática, decía:

–Ya no hay que esperar nada bueno de ella. ¡Cuidado con la niña!... Por mi parte me alegraré de que no vuelva más, porque bastantes desastres ha traído a esta casa.

El marqués, insensible ya, a fuerza de terribles sensaciones, vio la desaparición de Susana con menos dolor del que podía esperarse. También la consideraba perdida y deshonrada para siempre, y hacía lo posible por echar tierra en la fosa de su amor, ya decididamente sepultado. Deseando cumplir un alto deber, bajó adonde estaba don Buenaventura encerrado y olvidado después de muchos días. El conspirador, falto de alimento, y aturdido por la sorpresa de su descalabro, se hallaba en un estado deplorable de espíritu y de cuerpo. Vióle el marqués arrojado en el suelo, y tocándole con la punta del pie le obligó a incorporarse exhalando un quejido, y después una maldición.

–Sáquenme de aquí. ¿Por qué me han encerrado? –dijo, sin conocer a quien tenía delante.

–Sí, saldrá usted para ir a lugar más seguro –repuso el marqués–. Pero antes tenemos que hablar, señor maestro Nicolás.

–Yo no tengo nada que decir, sino que ya lo pagarán caro los que me han puesto aquí –dijo Rotondo reponiéndose.

–Eso lo hemos de ver. Usted me responderá con completa verdad a lo que voy a preguntarle, o ahora mismo le saltaré la tapa de los sesos –añadió el marqués sacando una pistola y poniéndola en disposición de hacer lo que decía.

Rotondo estuvo un momento callado y meditabundo, pensando sin duda en la gravedad de aquella situación. Después, alzando los ojos, exclamó con voz desfallecida:

–¡Denme de comer!

–Sí, comerás; pero antes vas a contestar a mis preguntas. ¿Eres Buenaventura Rotondo? –dijo, tuteándole con desprecio.

–Sí –contestó el interpelado casi maquinalmente–. ¿Y qué?

–¿Qué parte tuviste en el robo de Susana?

–Ninguna; es cosa que no me ha importado nunca... ¡Pero, por Dios, denme de comer!

–Susana fue robada en casa de la Pintosilla, que es tu querida, y ella nos ha revelado todo.

–¿Ha revelado?... ¿Ha dicho?... ¡Esa infame!... la he de degollar –afirmó con ira repentina D. Buenaventura.

–Sí; pero tus móviles para tan criminal acción nos son desconocidos. Dilos pronto, o si no ya sabes la suerte que te espera.

–Yo no sé nada de eso. Es cosa de Muriel: dicen que ella le amaba.

–No, hay otra causa; dila pronto, o encomiéndate a Dios –añadió el marqués, acercando el cañón de la pistola a la frente del preso.

–¡Oh!, es usted cruel... lo diré. ¡Pero denme de comer!

–Después, después.

–¡Y qué quiere usted que le diga! Yo no tengo la culpa de nada. El Sr. D. Miguel de Cárdenas quería que desapareciera Susanita para heredar a su hermano.

–¿Y se valió de ti para ese fin?

–Pero yo nada hice. Muriel la robó para exigir la libertad de un tal D. Leonardo.

–¿Y D. Miguel se contentaba con que desapareciera? ¿No había propósito de asesinarla?

–No tal; pero creo que Muriel* intentó acabar con ella... ¡Por Dios, denme de comer, denme de beber!

---

* "No tal; pero *allá* creo que Muriel", *Ibíd.*, pág. 278.

–¿Y no te ofrecieron dinero para hacerla desaparecer?
–Yo pedí a D. Miguel cien mil duros para...
–¿Para qué?
–No lo puedo decir. Todo lo diré menos eso.

El marqués, que al principio de la revelación sentía sorpresa y espanto, concluyó por mirar con repugnancia y despego a aquel intrigante solapado y criminal, cómplice de D. Miguel de Cárdenas, más criminal todavía. Estuvo a punto de disparar la pistola sobre la cabeza de Rotondo; pero, recobrando la calma, rechazóle con la mano y con el pie, y le volvió la espalda diciendo:

–Miserable intrigante, te perdono; porque castigarte a ti sólo sería injusticia.

Salió del sótano, cerrándolo bien, y en cuanto vino la noche, Rotondo, después de alimentado, fue conducido a la cárcel.

II

Al día siguiente de la catástrofe referida en el capítulo anterior, Martín era conducido a Madrid. Los que se apoderaron de él, creyendo que tenían entre las manos una cosa rara, muy por encima de los delincuentes vulgares, renunciaron a arrastrarle vivo por las calles como pretendía la parte más piadosa de la multitud. A juicio del señor corregidor de la ilustre ciudad, ésta no era acreedora a guardar en su seno a un criminal tan interesante y curioso como aquel dictador de una noche, que desde el fondo de su jaula mandaba a sus soñados secuaces que mataran sin cesar.

Dispúsose, por lo tanto, mandarle a Madrid por vía de presente al Gobierno del Príncipe de la Paz, y así se hizo. El preso fue metido en una jaula, por falta de vehículo a propósito para el traslado de criminales; la jaula clavada en un carro, y éste rodó por el camino real, arrastrado por perezosas mulas, que si lo fuera por bueyes, había de asemejarse aquella fúnebre procesión a la del encantado Don Quijote, en la célebre escena que causa risa a los niños y a las mujeres y hace meditar a los hombres serios y pensadores[382].

---

[382] Explícita referencia autorial al célebre capítulo cervantino en el que don Quijote es encerrado en una denigrante jaula: Miguel de Cervantes, "Del extraño modo con que fue encantado Don Quijote de la Mancha, con otros famosos sucesos", *Don Quijote...*, Martín de Riquer, *op.cit.*, vol. 1, págs. 474-483.

Nada nuevo ocurrió en aquel triste viaje; ni el prisionero pronunció desde Toledo a Madrid palabra alguna, por lo cual tuvieron gran pena sus conductores, que esperaban ir entretenidos todo el camino.

Don Lino volvió también al siguiente día, y por cierto tan preocupado, que hasta olvidó, ¡cosa increíble!, comprar los mazapanes destinados a hacer un regalo a la condesa de Castro–Limón. El pobre abate no cabía en su cuerpo de puro afligido, y es cosa probada que en todo el camino levantó los ojos del suelo, como si tuviera empeño en contar una por una las huellas que dejaban en el piso desigual y polvoroso las pezuñas de la mula del arcipreste que montaba. Por fin llegó y entregó al doctor la carta de Susana, cumpliendo un sagrado deber; pero al desempeñar su triste encargo, el buen abate, muerto de miedo y de sobresalto, se arrojó a los pies de Albarado, exclamando:

–Perdonadme, señor doctor... yo soy inocente; yo no tengo parte alguna en este suceso. Yo la acompañé a Toledo sin sospechar lo que iba a pasar.

Aquel acontecimiento dejó honda huella en el ánimo del buen corredor de toda especie de asuntos domésticos. En muchos días no salió a la calle; se puso más flaco de lo que parecían permitir sus ya enjutísimas carnes, y en largo tiempo no recobró aquella actividad entrometida y oficiosa que le elevó a la categoría de una institución social. Al fin adquirió de nuevo su eclipsada facultad de rotación y traslación, y fue otra vez el abate Paniagua tan necesario en todas las casas como el aire y el fuego.

El doctor experimentó un golpe tan terrible, que sus ojos se secaron de llorar, y no volvió a poner los pies en la casa de su hermana. Aquel anciano amable y jovial se convirtió en un viejo sombrío, áspero y gruñón. Impulsado por secreto instinto que no podía explicar, renunció a su cargo de consejero de la Suprema, y se encerró en su habitación para no salir más que a misa.

Un hecho acaeció entonces, que no debemos pasar en silencio, porque da mucha luz para apreciar la situación de ánimo del pobre abuelo. Leonardo, que escapó con los demás presos la noche del incendio, fue de nuevo cogido en cuanto los inquisidores se repusieron del susto; pero el consejero de la Suprema, al saberlo, se preocupó tanto de la suerte de un hombre cuyo encierro había traído tan grandes catástrofes a la familla, que llegó a tener cierta superstición, y no paró hasta lograr que le pusieran en libertad. El pobre francmasón, acusado de ultrajes a la Virgen del Sagrario, por habérsele descubierto algunas cartas de un amigo suyo toledano, que estaba preso como individuo de las sociedades secretas, recobró definitivamente su libertad, sin que pudiera oponerse a ello el padre Corchón, porque éste tuvo la suerte de que Godoy le temiera, y, por tanto, que intentara comprarle, como en efecto le compró, dándole la mitra de Coria[383]. Desde entonces el timón de la nave del Estado, como decía ahuecándose todo, no podía estar en manos más expertas que en las del Príncipe de la Paz.

Difícil le será al lector creer una cosa, y es que Leonardo se casó con Engracia después de tres meses de telegrafía platónica, cuyo hilo misterioso tendió D. Lino de una casa a otra con su acostumbrada benevolencia. Esto, así como la boda, no es lo que encontramos de inverosímil y maravilloso, sino que doña Bernarda Quiñones consintiera, aunque después de una muy viva oposición. Pues no lo dude el lector, que es muy cierto, según consta en testimonios auténticos que han llegado hasta nuestros días. Graves escritores atribuyen este cambio a la ausencia del padre Corchón, que privó a aquella santa mujer de su riguroso director espiritual, demasiado celoso por la honra de la casa. Después de casados Leonardo y Engracia, doña Bernarda traía en palmitas a su yerno y decía mil pestes de Corchón, que había tenido el mal gusto de trocarla a ella por una mitra. Los dos esposos recogieron, educaron y adoptaron al fin a Pablillo, a quien el doctor, obedeciendo la patética recomendación que Susana le hizo en su postrera carta, había puesto en el Seminario de Nobles, donde era tratado como el hijo de un grande de España.

La boda se había celebrado sin aparato alguno en atención a la triste suerte de Muriel, encerrado aún en la cárcel de Villa y cada vez más loco. No dejó Pluma de asistir, aunque haciendo tal cual puchero. Don Lino, por su parte, se excusó con la mayor cortesía, porque aquella noche tenía que representar en casa de Porreño el papel de

---

[383] Irónica referencia galdosiana que vincula el nombramiento con la expresión "bobo de Coria" ("personaje proverbial, símbolo de tontería y mentecatez", *DRAE*).

Federico el Grande en la tragedia de Comella, *El más celebrado rey de Prusia*[384].

–Señor de Pluma –decía doña Bernarda en tono compungido–, ¿no ha pasado hoy usted a ver ese buen señor conde de Cerezuelo, que dicen está tan malito que se nos va a ir por la posta en un periquete?

–¡Ah! ¡Pobre Sr. D. Miguel de Cárdenas! Desde aquello de Susanita no ha vuelto a levantar cabeza. Fue muy grande el golpe que recibió.

–Dios le dé resignación. ¡Cómo se han quedado todos los de esa familia! Cuidado que el marqués de Fregenal está que no parece sino que le han pasado setenta años por la cabeza. Ayer le vi por la calle, ¡Jesús!, iba tan encorvado que daba lástima, y no le ha quedado un pelo negro. Vaya, si es cosa que horripila.

III

Rotondo fue conducido a la cárcel y puesto en el mismo calabozo que el pobre La Zarza, hallado en la calle de San Opropio, como sabemos, o incluido antes que ninguno en la sumaria que se empezó a instruir. El infeliz conspirador, extenuado por el hambre y turbado por la impresión que experimentara, cayó en profundísima melancolía cuando se vio solo con su antiguo huésped en tan triste sitio. El loco no había variado en lo más mínimo, y sus palabras, como sus hechos no indicaban diferencia alguna ni en su cabeza ni en su manía. Hablaba sin cesar, ora pronunciando discursos, ora increpando a personas invisibles, existentes sólo en su fantasía.

En el cerebro de D. Buenaventura fue poco a poco realizando un gran trastorno la presencia continua de aquel hombre, sus voces, y

---

[384] *Luciano Francisco Comella* (1751-1812): Prolífico y popular dramaturgo español que cultivó, de forma efectista y melodramática, la práctica totalidad de los géneros teatrales de la época. La obra mencionada es *Federico Segundo, en el campo de Torgau*, comedia en tres actos representada por la compañía de Manuel Martínez el día 25 de diciembre de 1789. Coherente resulta esta referencia intertextual con la devaluación caricaturesca de la literatura ilustrada visible en *El audaz*. Comella representa de manera precisa el "mal gusto" cuestionado en su época por Moratín en *La comedia nueva* (1792) y en el siglo XIX por Benito Pérez Galdós en sus artículos sobre la España del XVIII publicados entre 1870-1871.

sobre todo la firme convicción que mostraba en cuanto decía. Pasó un día y pasó otro, y al fin Rotondo, como cansado de su propio silencio y de su propio hastío, cambió con La Zarza algunas palabras y después entabló con él diálogos muy vivos, en los cuales las ideas, si así puede llamárselas, del loco tenían la principal parte. A los cinco días, Rotondo hablaba de la Convención, de los termidorianos[385], de los jacobinos y de Robespierre con tanta seriedad como su compañero de cárcel. En su cabeza se verificó un raro fenómeno, a causa del sacudimiento moral que había sufrido: comenzó a perder la memoria, y al fin la perdió por completo. El despecho, la rabia y el miedo, primero; la miseria, el aislamiento y la compañía de La Zarza, después, le debilitaron el juicio poco a poco hasta que se volvió tan loco como aquél.

A los diez días de entrar allí Rotondo llegó Martín a la cárcel y le encerraron también en el mismo calabozo. No es posible dar idea de lo que pasaba en la vida íntima de aquella trinidad horrorosa. La Zarza había dado en la flor de decir que estaban en la Conserjería y que los tres serían guillotinados a la mañana siguiente. Rotondo dio en creer que era Napoleón y que al día siguiente se coronaría emperador. La misma cordura hubiera perdido el juicio en aquel encierro.

Martín hablaba poco y pasaba la mayor parte del tiempo acurrucado en un rincón con semblante tétrico y profiriendo a cada rato su lúgubre estribillo:

—¡Cuánto odio esta noche!... ¡Yo soy dictador!... ¡Matad, matad sin cesar!...

Con el cuerpo lleno de contusiones y los vestidos desgarrados era insensible a sus dolores físicos. Ningún recuerdo de personas o hechos anteriores a la catástrofe de la noche de Toledo indicaba que conservase un residuo de memoria. Estaba lo mismo que en los instantes del incendio, con el entendimiento parado y como clavado en aquel punto. Creeríase que su cerebro había sufrido una petrificación.*

La Zarza, puesto en pie sobre el único banco que en la prisión ha-

---

[385] *Termidor*: Undécimo mes del calendario republicano francés, que comprendía del 19 de julio al 17 de agosto (*DRAE*). Existe una fecha emblemática durante ese mes: las célebres jornadas del 9 termidor del año II (27-VII-1794) en las que se produce la caída de Robespierre y el final del Terror. El personaje galdosiano podría referirse a una facción política envuelta en ese suceso histórico.

* "Creería que su cerebro había sufrido una petrificación *horrorosa*", *Ibíd*. Pág. 278.

bía, se daba el nombre de Saint–Just y arengaba a una multitud imaginaria. Rotondo paseaba con agitado andar por el calabozo diciendo: «Ajustaré la paz con los austríacos; entretendré con promesas a los prusianos; absorberé la España; conquistaré la Holanda, y decretaré el bloqueo continental contra Inglaterra... ¡Ah, pérfida Inglaterra...! ». Los tres, cubiertos de harapos, con el rostro desencajado y los ojos hundidos y sanguinosos, parecían burla de la razón humana. Aquella triple locura causaba espanto a cuantos bajaban a visitarlos como una cosa rara. Veían a Rotondo dictando leyes al mundo; a La Zarza refiriendo lo que había de pasar el día siguiente al atravesar en carretas la calle de San Honorato para ir a la plaza de la Revolución[386]; a Muriel sumergido en estúpido marasmo, menos cuando se sobreexcitaba súbitamente para mandar destruir, para condenar a muerte y barrer de un golpe la corrupción y el fanatismo. ¿Podía darse caricatura más pavorosa de las ideas, de las aspiraciones de las virtudes y de los crímenes que agitan y arrastran al hombre en el camino de la existencia?

Muriel tenía en todos sus actos el sello de la superioridad, aun en aquella sociedad de insensatos. Sus movimientos eran dignos, su modo de mandar majestuoso, su voz grave, aunque estridente y sofocada. No se dignaba fijar la vista en los extraños que venían a contemplarle desde el mundo de fuera, desde el imperio de la razón; lanzaba sobre ellos una mirada de desprecio, y les volvía la espalda diciendo: «Estos necios no me conocen».

Otras veces parecía asombrarse de que le miraran tanto, y daba órdenes en voz alta, mandando cortar cabezas sin cesar, y llamándose dictador y omnipotente; después, advirtiendo la compasión e hilaridad de los curiosos, se estremecía de indignación y les increpaba diciendo: «Temblad todos... ¡Ah! Sin duda no saben quién soy... ¡Imbéciles! Yo soy Robespierre».

Octubre de 1871.

---

[386] "Desde el 10 de mayo de 1793 hasta el 8 de junio de 1794, la guillotina se coloca en la antigua Plaza de la Concordia convertida en Plaza de la Revolución", *Historia y diccionario de la Revolución Francesa,* Fierro et al., *op.cit.*, pág. 797.

APÉNDICES

DOCUMENTACIÓN TEMÁTICA VARIA

Reseñas sobre *El audaz* publicadas en la década de 1870

Además de la reseña escrita por Eugenio de Ochoa (1815-1872) en *La Ilustración de Madrid* (30-VI-1871), incorporada parcialmente a la primera edición de *El audaz* (Madrid, Imprenta de *La Guirnalda*, 1871), registramos en la prensa madrileña otras críticas literarias de orientación similar. Muy tempranos en la valoración de la obra galdosiana son los juicios canonizadores que enfatizan tanto la renovación estética de sus empeños costumbrista-históricos como su innegable utilidad política en el turbulento contexto del "Sexenio Revolucionario". Tanto los elogios de *La Nación* como el análisis más detallado aparecido en las páginas de *El Imparcial* elogian la nueva obra del "joven novelista" y perciben mayor solidez conceptual tomando como referente inmediato su anterior novela, *La Fontana de Oro* (1870). Ambas reseñas manifiestan la importancia de la narrativa galdosiana en la superación de prácticas literarias que, en el contexto de 1871, nos remiten a la descanonizada novela isabelina costumbrista escrita por mujeres o ciertas variantes melodramáticas del romanticismo francés. "Sobriedad", "concisión" e "indecible vigor y colorido" son algunos de los conceptos con los cuales se prestigia en España desde 1868 la emergente narrativa post-isabelina pronto asociada a la legitimidad nacionalista del "realismo" cervantino. Muy significativo es el concepto "mundo-caricatura tan degradado bajo su capa de honradez y clásica hidalguía" acuñado por el crítico de *El Imparcial*. Tal dimensión caricaturesca constituye precisamente uno de los procedimientos retóricos más importantes empleados en la obra para desautorizar el mérito artístico de la literatura española escrita en el siglo XVIII. El rechazo del crítico al desenlace trágico de *El audaz* no debe sorprendernos si interpretamos la novela galdosiana bajo la lógica de la domesticidad burguesa y la modernidad liberal asumidas por el novelista. Su imposible verificación debido a la intransigencia "faccionalista" de Muriel y el subsiguiente impedimento a un matrimonio "liberal" entre el protagonista y la regenerada, gracias a la recuperación del sentimiento femenino, Susana Cerezuelo, transmiten al público lector del "Sexenio" inquietantes advertencias contra cualquier transgresión del ideario progresista-liberal ("modernizar sin desorden faccionalista"). No será ésta la última vez en la que se observe el componente trágico de ciertos desenlaces galdosianos. Así nos lo confirman los vínculos con la tragedia señalados por Manuel de la Revilla (1846-1881) y Leopoldo Alas "Clarín" (1852-1901) en sus reseñas de la novela galdosiana, *Gloria* (1877)[1]

Pese a que la audiencia lectora de 1871 ha sido acostumbrada a ciertos desenlaces satisfactorios y armónicos, herencia indudable del romanticismo, Pérez Galdós, de todos modos, modifica esas expectativas estéticas prefiriendo quizá favorecer cierta "ansiedad espiritual" en el lector con objeto de reforzar la cosmovisión regeneradora de la "Gloriosa". El rechazo a esos desenlaces dramáticos, en cualquiera de los casos, nunca impide el casi universal reconocimiento crítico al mérito literario de una narrativa dignificadora de las letras hispánicas y comprometida en el esfuerzo pedagógico de asentar la modernidad liberal en España.

I.S.L.

"Variedades. Bibliografía. *El audaz*. Novela de D. Benito Pérez Galdós"[2]

Sr. director de *La Nación*:

Muy señor mío y estimado amigo: (…) me atrevo a llamar la ilustrada atención de usted, a fin de rogarle llame a su vez la del pú-

---

[1] Manuel de la Revilla, "*Gloria*", 1877, *Críticas*, Burgos, Imprenta de Timoteo Arnáiz, 1885, págs. 133-147 y Leopoldo Alas "Clarín", "*Gloria*. Primera parte", *Solos*, Madrid, Imprenta de Carlos Hierro, 1881, págs. 305-317.

[2] Ventura Ruiz Aguilera, "Variedades. Bibliografía. *El audaz*, novela de D. Benito Pérez Galdós", *La Nación*, 2-II-1872. Dos años antes Benito Pérez Galdós había publicado en la *Revista de España* una reseña elogiosa sobre los cuadros cotumbristas, *Proverbios ejemplares y proverbios cómicos* (1870), de Ventura Ruiz Aguilera (1820-1881) bajo el título de "Observaciones sobre la novela contemporánea en España". Esa obra ha sido considerada como el manifiesto del realismo español y un anticipo transparente de la futura obra galdosiana.

blico sobre la novela de D. Benito Pérez Galdós titulada *El audaz*. Esta novela, como *La Fontana de Oro*, dada a la luz por él mismo poco tiempo ha, forma parte, según parece, de una serie que al estudio de la sociedad española comprendida entre la Revolución Francesa y la muerte de Fernando VII se propone sin duda destinar el Sr. Galdós. Todas las inestimables dotes que la crítica descubrió en el autor de *La Fontana de Oro*, todas brillan y se revelan en *El audaz*, obra superiormente concebida y ejecutada, que desde luego acredita al señor Galdós de novelista de primer orden.

¡Qué conocimiento de la época y de la sociedad que en estos cuadros se retratan! ¡Qué profunda verdad en el estudio de los caracteres! ¡Qué riqueza, qué lujo, y al propio tiempo, y según las circunstancias, qué discreta sobriedad y elocuente concisión en las descripciones! ¡Qué comprensión tan admirable de los móviles que impulsan a los personajes, y qué habilidad, en fin, en el desarrollo de toda la fábula! La acción principal en *El audaz*, como en *La Fontana de Oro*, estriba en unos amores desgraciados, amores a que prestan notable interés, aunque secundarios, los episodios políticos enlazados por hábil modo con ellos. Lo que aquí interesa en grado sumo, es la lucha de los dos caracteres principales, el conflicto de una fusión que parecía destinado a morir en su origen, y que estalla en momentos críticos, de una manera formidable, como acontece con todos aquellos que arraigan en las almas enérgicas. Martín Muriel, héroe de *El audaz*, vale más que el Lázaro de *La Fontana de Oro*; y si la Clara de esta novela es una figura trazada con maestría inimitable, la Susana de la última publicada, raya a igual, si no mayor, altura de perfección, siendo, como son, tan diferentes entre sí los dos tipos.

Antes de concluir, me permitiré mentar en el alma la indiferencia con que aquí se acoge todo lo digno de estímulo y aplauso. En España (salvo honrosas excepciones), puede afirmarse que no existe otra crítica que la teatral; como si los demás ramos de la literatura no tuviesen tanta, si no más importancia, como si no exigiese tanto o más genio que la dramática; y es un fenómeno que nunca he podido explicarme, por qué ha de malgastarse tanto ingenio y tanto tiempo como se malgasta en hablar veinte, treinta, cien veces de las representaciones de una misma ópera, de un mismo baile, de una misma comedia, de una misma bufonada o de cualquier otro espectáculo teatral, abominable acaso, y no hay ni una pobre gacetilla para alentar a los autores de obras, mil veces más meritorias que muchos raquíticos engendros, afrenta del público y de las letras.

"Bibliografía. *El audaz. Historia de un radical de antaño.* **Novela original de D. Benito Pérez Galdós. Madrid, 1871"**[3]

(...)

Cuando un autor logra hacer sobresalir su voz entre las griterías de la política, cuando un libro, por su sola virtud, sobrenada en el océano de papel impreso, agitado por los vientos de las ideas y las tormentas de la polémica, algún destello *genial* hay en la frente de ese autor y algo imperecedero en ese libro que así logra atraer las miradas de un público entregado a las insulseces de la frivolidad.

Puede aplicarse esto que indicamos al autor y al libro cuyo nombre y título encabezan este ligero escrito. El Sr. Pérez Galdós, con su novela *La Fontana de Oro*, había sido ya saludado con el merecido y no mendigado aplauso de la crítica inteligente, revelando superiores dotes de novelista e innovador, no tanto por la novedad de la trama cuanto por el esmero literario de la elaboración; por la fuerza creadora con que daba vida, carácter y verdad a los personajes; por lo correcto de la dicción y la pintoresca animación de sus descripciones, y, sobre todo, por la tendencia que imprimía a la novela, sacándola del trillado camino de los vulgares enredos, los estudios anatómicos del realismo[4] o las extravagancias de lo fantástico, y haciendo de ella verdaderas pinturas animadas de la vida social. Hoy el Sr. Galdós, con aquella misma pluma con que nos evocó el triste período de nuestra naciente villa constitucional, interrumpida en la ver-

---

[3] *"El audaz. Historia de un radical de antaño.* Novela original de D. Benito Pérez Galdós. Madrid, 1871", *El Imparcial*, 5-II-1872.

[4] Un tanto extraña puede parecer la dimensión "no realista" de la novela galdosiana observada en la presente reseña. Es oportuno observar, de todos modos, que el "realismo" condenado por el crítico parece remitir más bien a ciertas "fisonomías morales" de origen francés próximas, en cierta forma, al romanticismo sentimental. *El audaz* obtiene asentimiento estético, en cualquiera de los casos, por haber superado motivos temáticos y recursos estilísticos identificados en la época con la novela romántico-sentimental-idealista.

gonzosa reacción de 1823, nos hace en la *Historia de un radical de antaño* retroceder a una época que a ésta había servido de precedente, pintándonos con igual verdad y colorido aquel período anterior a la Guerra de la Independencia, señalado en la historia con la privanza de Godoy y caracterizado con las debilidades del monarca, las liviandades de su consorte, las mezquinas y arteras intrigas de los *fernandistas*, la corrupción de costumbres encubiertas bajo el velo de una universal hipocresía, las venalidades de un clero fanático y tan corruptor como corrompido, las agonías y rencores del Santo Oficio, la bajeza de los caracteres y las ridiculeces de aquellos tipos de abates necios, petimetres afeminados, frailes glotones, devotas histéricas, señoritos tronados, manolas y manolos acaso lo más viril y digno de aquel tiempo, toreros divinizados, truhanes chisperos, mendigos, y, en fin, todas aquellas figuras que dieron sus risibles o repugnantes modelos al pincel de Goya o la democrática pluma de D. Ramón de la Cruz. En este mundo-caricatura tan degradado bajo su capa de honradez y clásica hidalguía, donde, entre los restos del siglo XVIII, se sentían ya palpitar, aunque de un modo vago, latente y misterioso, las atrevidas ideas del 89, los sarcasmos de Voltaire, el espíritu innovador de la *Enciclopedia* y los socialistas ensueños de Rousseau, es donde el Sr. Galdós ha colocado la acción de su novela, personificando en el audaz Martín Muriel la idea naciente, el genio del porvenir, entreviendo los esplendores del nuevo mundo y aborreciendo el antiguo con sus privilegios odiosos, desigualdades criminales y aristocráticas vanidades.

Compréndese bien que Muriel, el audaz que ha sufrido en su familia la persecución y en su persona la afrenta de sus poderosos, que lanza sus atrevidos anatemas a aquella sociedad, que odia la aristocracia heredera sólo de nombres y de orgullos y no de grandezas pasadas, que presiente el advenimiento de la democracia en toda su magnitud; compréndese, decimos, que con estas condiciones, su carácter de acero que no se doblega por nada ni ante nadie, su orgullo titánico, sus sueños gigantescos y sus calenturas revolucionarias, sus atrevimientos de filósofo y sus elocuentes arrebatos de tribuno, sea Muriel un hombre superior a su época, un anacronismo por anticipación, y que sucumba en su lucha a brazo partido con el viejo mundo, aún resistente aunque decrépito. Así sucede, en efecto; sus altas concepciones le llevan a perder el juicio cuando metido en una revolución que él cree ha de regenerar el mundo, viene a verse vencido, abandonado y preso (...)

Esta aspiración generosa del inflexible Muriel, su antagonismo, la orgullosa familia del conde de Cerezuelo, sus amores con la hija de éste, la altiva Susana, belleza antigua clásica, carácter de acero y que sólo ante el diamantino orgullo de Muriel rinde la enormidad de su soberbia, viniendo a amar al plebeyo revolucionario que se destaca como un héroe, como un genio, entre la afeminación y la bajeza de cuantos le rodean; y amándole hasta deponer su orgullo de raza, su vanidad de mujer, terminando con el suicidio la lucha de su delirio, todo esto constituye el fondo de una historia cuyos dramáticos y sombríos incidentes están pintados con indecible vigor y colorido por la pluma del joven novelista.

No consiente la estrechez forzosa de este escrito entrar en pormenores, y menos análisis, del argumento.

Tal vez si en ellos entrásemos acusaríamos al autor de haber *manqué*[5] algunas de las escenas culminantes; de haber dado cierta inflexibilidad y rigidez a los caracteres principales, y de haber, tanto en ésta como en su anterior novela, movido sus personajes por cierta horrible fatalidad que los lleva a trágicos fines y desenlaces. Pero todos nuestros cargos desaparecerían ante el elogio que merecen sus magistrales narraciones y pintura, sus disquisiciones psicológicas; la inimitable naturalidad de los diálogos, el color de tiempo y lugar, y la verdadera originalidad de tipos, llenos de vida y movimiento, tales como el abate Paniagua, el intrigante Rotondo, el afeminado petrimetre Pluma, el criado Alifonso, el reverendo padre Corchón, autor de los catorce tomos sobre el *Señor San José*, el decrépito conde de Cerezuelo, su sagaz mayordomo Segarra, la devota doña Bernarda, la diplomática doña Antonia, la literata Pepita Sanahuja, personajes de una realidad incomparable, que casi nos parece haber conocido y tratado, y que el autor mueve con desembarazo en escenas llenas de interés, de novedad y de gracia.

Sus especiales dotes han colocado ya al Sr. Galdós en un puesto aparte en la novela contemporánea, y nosotros que presentimos

---

[5] *Manqué*: En francés en original. Participio del verbo "manquer". En el contexto de la frase podemos traducir "haber manqué" como "haber fallado/fracasado en algunas de las escenas".

en él una esperanza, una gloria literaria cuando el tiempo y el trabajo amaestren y depuren su no común talento, le consagramos el entusiasta elogio de que es digno quien en su modestia no le solicita, y en justicia merece el favor del público y los calurosos estímulos de la crítica.

TEXTOS COMPLEMENTARIOS A *EL AUDAZ*

Valoraciones galdosianas sobre el siglo XVIII

Relevante interés estético y sociológico sugieren los artículos galdosianos sobre el siglo XVIII publicados en la *Revista de España* en los comienzos inmediatos del "Sexenio". A semejanza del poeta francés Víctor Hugo (1802-1885) en su *Manifiesto Romántico* (1827), Pérez Galdós rechaza el (neo)clasicismo de la Ilustración por sus antiartísticos vínculos con el Antiguo Régimen. Varios ejes textuales justifican la argumentación galdosiana. La literatura española dieciochesca, en primer lugar, carece de mérito estético y constituye un simple apéndice del clasicismo francés. El autor explica también la decadencia intelectual del país debido al entorno socio-histórico provinciano en el que se desenvuelve su literatura nacional. Ambos factores impiden cualquier renacimiento literario y favorecen más bien la "pérdida de la noción pura de la belleza y de toda intuición artística". La intensa contemporaneidad de estos artículos galdosianos ofrece relevantes claves para interpretar las premisas esenciales de la emergente "Alta Cultura" postisabelina. El rechazo a la autoría intelectual femenina explica quizá el intenso descrédito que en *El audaz* se efectúa contra las pretensiones literarias de Pepita Sanahuja. Por lo que se refiere al artículo galdosiano, éste degrada asimismo la competencia literaria de origen femenino. Las conexiones entre la presunta pedantería de las "mujeres preciosas" del período clásico clásico francés y sus homólogas españolas, para Pérez Galdós, de la "Academia del Buen Gusto" (1749) e incluso las "románticas" en la centuria siguiente evidencian claramente la hostilidad galdosiana al protagonismo público de la mujer escritora en las letras españolas. Ello permite desacreditar la cultura dieciochesca por el implícito "afeminamiento" –es decir: carencia de mérito artístico– visible en los círculos literarios de la Ilustración. El influjo del embrionario neo-kantismo en 1871 puede explicar la censura galdosiana de la "precipitación" estilística y el "didactismo" moralizante visibles en los *Sainetes* (1784) de Ramón de la Cruz (1731-1794). Pérez Galdós, sin embargo, incluye en el presente artículo matizados elogios a este dramaturgo español del siglo XVIII. Su magistral captación de ciertos tipos aristocráticos y populares madrileños dignifican los sainetes, según observa, por su genuino "colorido" y verosimilitud. El hecho de que sendas características sean también elogiadas por la crítica realizada en la década de 1870 sobre su obra narrativa confirma la existencia de una sensibilidad artística hostil a cualquier embellecimiento idealista o artificioso del referente descrito.

Clarificadoras de la mecánica textual de *El audaz* son también las referencias galdosianas a los sainetes más emblemáticos de Ramón de la Cruz. El ridículo petimetre Narciso Pluma, el grotesco abate Lino Paniagua o los personajes populares del baile del Candil en *El audaz* pueden relacionarse con ciertas figuras igualmente ridiculizadas por el autor dieciochesco. Tales similitudes confirman la impureza e intertextualidad congénitas de toda manifestación literaria. Pese a convertirse en icono de la "Alta Cultura" post-isabelina por su innegable superación de modelos estéticos precedentes, la narrativa galdosiana, sin embargo, debe su génesis inmediata a materiales literarios en los que se prestigia el concepto aristotélico de la verosimilitud. Pérez Galdós, en definitiva, aun condenando la mediocridad intelectual de la cultura dieciochesca, adopta técnicas descriptivas, v.gr. caricatura paródica, palpables en la literatura española moderna, al menos, desde el siglo XVIII. El contexto laico y secular del "Sexenio" le permite trascender restricciones intelectuales padecidas en otras épocas de la España moderna. La innegable dignificación de la literatura española producida al calor de la prosa galdosiana desde 1870 no debe hacernos olvidar, sin embargo, sus vínculos con ciertas tendencias literarias ridiculizadas en España desde 1868 por legítimos e inexactos intereses estético-ideológicos de muy diversa índole.

I.S.L.

"Don Ramón de la Cruz y su época"[1]

Es el siglo decimoctavo en nuestra historia una de las épocas de más difícil estudio. La confusión, la heterogeneidad, el carácter indeterminado con que se manifiestan sus principales hechos, la pe-

---

[1] Benito Pérez Galdós, "Don Ramón de la Cruz y su época", *Revista de España*, 1870-1871, *O.C.*, ed. Federico Carlos Sainz de Robles, Madrid, Aguilar, 1951, vol. 6, págs 1453-1479.

queñez relativa de sus hombres, son causa de que no se muestre accesible a la investigación, ni se preste a una síntesis clara.

(...) No puede negarse que hay entre nosotros una repulsión infundada hacia todo lo acontecido en España desde 1680 hasta la edad presente [1870-1871]: en aquellos años ni nos admira la historia, ni nos seduce la literatura, ni nos enorgullecen las costumbres (...) Sin embargo no hay época más digna de estudio: de ella procedemos y aunque una observación superficial no encuentre allí sino motivos de abatimiento y hasta de vergüenza, no conviene condenarla con ligereza, ni juzgarla con una mira estrecha de intereses actuales o con el extraviado criterio del partido político.

El siglo XVIII representa:

En las costumbres: perversión del sentido moral; fin de la mayor parte de las grandes cualidades del antiguo carácter castellano; desarrollo exagerado de todos los vicios de este carácter; falta de dignidad en las jerarquías sociales; confusión de clases, sin resultar nada parecido a la igualdad; relajación de las creencias religiosas, sin ninguna ventaja para la filosofía.

En la política: confusión (...); ausencia completa de todo sistema fijo; falta de principios (...) creación del pandillaje en grande escala y conato de formar algo semejante a un orden administrativo; imperio de las camarillas y extensión desusada de la idea de lo oficial (...); laudables empeños de adelantamiento material que se estrellan en los vicios inveterados de nuestras leyes y en la organización de la propiedad.

En las letras: último grado de la frivolidad y el amaneramiento; exageración hasta el delirio de los vicios hereditarios de la poesía castellana; pérdida de la noción pura de la belleza y de toda intuición artística; olvido del carácter nacional, olvido de la historia; cultivo preferente de todas las cualidades exteriores del estilo; muerte de la idea; tendencia del arte a no producir más que una impresión sensual; introducción de las fórmulas más necias de poesía; violencia del lenguaje y uso del valor material de las palabras como único medio de expresión; imperio del preceptismo clásico y de las fórmulas convencionales.

(...)

La reforma intentada por Luzán[2] (...) nos trajo las moda de las

---

[2] *Ignacio de Luzán* (1702-1754): Preceptista español. Autor de la *Poética* (1737, 1789), obra en la que se trazan los fundamentos estéticos esenciales del neoclasicismo español. Pérez Galdós elogia en el presente artículo el valioso rechazo de Luzán al barroquismo decadente aunque censura que los poetas del "buen sentido" fueran incapaces de producir una literatura autóctona e independiente de la esterilizadora influencia francesa.

academias, que tiene alguna semejanza en nuestros días con el furor un poco más discreto de los teatros caseros. Creáronse círculos literarios con objeto de propagar el buen gusto y la nueva doctrina. Las damas especialmente gustaban de amenizar sus tertulias con la lectura de versos, y las componían ellas también. Eran certámenes algo parecidos a las cortes de amor del siglo precedente, palenques[3] de discreteo con fin recreativo, no siendo enteramente ajena a esta ocupación, tan ingeniosa como galante, a las intrigas y coloquios de amor. La Academia del Buen Gusto[4], establecida en Madrid a imitación de las otras italianas y francesas, fue algo como el Hotel Rambouillet[5], aunque un poco más bajo en el nivel de las insulseces. Todo era allí convencional y según las amaneradas formas de la poesía italiana: los académicos y las académicas se inclinaban naturalmente al idilio[6], el género femenino por excelencia; leían sus versos, que por lo general entrañaban segunda intención; se daba un juicio sobre ellos y se extendía un acta, como si se tratase de trascendentales asuntos. Los hombres más graves, magistrados, generales y ministros, no se desdeñaban de llevar allí su madrigal[7], dedicado a los dientes, a los ojos, al lunar de una dama, al santo de un día, etc. Todo se hacía en forma pastoril, y allí, en los salones, no en los prados; en los tocadores de las condesas, no en los huertos y selvas, fue donde más se fomentó la empalagosa y relamida poesía pastoril, que vivió en todo aquel siglo hasta las puertas del presente, animada con

---

[3] *Palenque*: El terreno cercado por una estacada para celebrar algún acto solemne (*DRAE*). El uso de este concepto en el artículo galdosiano presenta, desde luego, un sentido figurado.

[4] *Academia del Buen Gusto*: Fundada en 1749 y presidida por la condesa de Lemos, en esta institución cultural Ignacio de Luzán, Agustín Montiano (1697-1764) o Blas Antonio Nasarre (1689-1751) exponen sus ideales neoclásicos.

[5] *Hotel de Rambouillet*: Nombre de un club literario de París llamado así por tener su local en el palacio de la marquesa de Rambouillet. Desde 1617 hasta 1645 fue el punto de reunión de los intelectuales parisinos. Estaba integrada por miembros masculinos ('precieux') y femeninos ('précieuses'). El prestigio de este salón literario trata de renovar la lengua francesa e introducir un "buen gusto" refinado. Se clausura entre los años de 1645-1650.

[6] *Idilio*: Composición poética que tiene por asuntos las cosas del campo y los afectos amorosos de los pastores (*DRAE*).

[7] *Madrigal*: Composición poética, breve por lo común, en que se expresa un afecto o pensamiento delicado; se escribe ordinariamente en la combinación métrica llamada silva.

nueva savia por el talento de Meléndez[8] (...) Esta literatura de ocios poéticos de galantería y familiaridad, estas diatribas inocentes, fueron uno de los productos más inmediatos de la confusión originada por la monstruosa mezcla del culteranismo antiguo[9] y la nueva escuela llamada del buen sentido. Compárese la farándula de estos salones, hija de una empalagosa retórica, con la poesía de las épocas viriles y bien caracterizadas, hija espontánea del espíritu nacional, que la produce sin esfuerzo, robusta, vigorosa, pujante, obedeciendo a este ley providencial que engendra las grandes épocas del arte en el seno de las épocas grandes de la Historia[10].

(...)

La sociedad que vive y bulle en los sainetes [de don Ramón de la Cruz] es originalísima: cuando se la ve movida por pasiones; cuando se oye su lenguaje, y se observan sus frívolos pasatiempos, nos da espanto el considerar lo que fuimos, y causa extrañeza que una sociedad haya atravesado tan rara crisis y haya podido en sus transfor-

---

[8] *Juan Meléndez Valdés* (1754-1817): Poeta neoclásico español. Publica sus églogas bajo el pseudónimo de "Batilo". Pérez Galdós parece enfocarse exclusivamente en los poemas eróticos y cortesanos escritos por Meléndez Valdés. El autor, de todos modos, cultiva otros registros literarios entre los que destaca "A Jovino. El melancólico" (1794) considerada por la crítica más solvente como un anticipo estético de la futura cosmovisión romántica.

[9] En otras secciones del presente artículo no incluidas en el presente volumen, Pérez Galdós enjuicia favorablemente los intentos de Ignacio de Luzán por desterrar de la poesía española los "extravíos" lingüísticos y la "amalgama de vicios y torpezas" heredados de la estética barroca. Existe, un impedimento letal, para Pérez Galdós, que impide el éxito regenerador del neoclásico Luzán: "En las letras españolas del siglo XVIII la revolución hubiera sido un hecho desde 1750 si alguno la hubiera realizado con fuerza genial, porque las reformas artísticas no se hacen con fárragos de reglas, cuya aridez y sequedad repugna a las imaginaciones que ansían volar libremente", "Don Ramón de la Cruz...", *op.cit.*, pág. 1456. La narrativa realista de la Restauración trata precisamente de regenerar las letras españolas mediante procedimientos estéticos en los que se evite tanto la estéril dependencia de modelos foráneos como el reduccionista casticismo provinciano. Estas valoraciones galdosianas sobre la poética de Luzán ya traslucen esa conciencia emergente de renovar dramáticamente las letras peninsulares y anticipan el futuro discurso canonizador de los autores realistas pertenecientes a la "generación de 1868".

[10] Obvio ejemplo de feminización devaluadora muy en consonancia con los valores artísticos dominantes en España desde 1868. Nótese cómo se desautoriza la cultura del siglo XVIII por la simultánea ecuación de superficialidad estética, afrancesamiento cortesano y feminización de las costumbres.

maciones llegar a ofrecer una faz tan opuesta a su antiguo carácter, perpetuado en luengos[11] siglos, antes de que la influencia francesa viniese a modificarlo.

La introducción de la cultura francesa en nuestras costumbres produjo, al principio, y mientras las ideas y revoluciones del presente siglo no empezaron a dejar sentir sus efectos, muchas monstruosidades y ridiculeces. Nuestros caballeros, con todas sus viriles cualidades, desaparecieron bajo el oropel de las galas nuevamente introducidas; su afeminación no tuvo límites (...) El caballero, el galán español, hermoso tipo de lealtad y nobleza, que cautiva y asombra en el siglo XVI, es en la segunda mitad del XVIII un tipo degradado, todo chocarrerías[12] y afeminación.

(...) El petimetre, joven de la clase media, no tiene más oficio que vestirse a la última moda y alternar con los abates en el tocador de las damas (...) El célebre sainetista le trata con la dureza que merece, y es sobrado fuerte en la acentuación de los rasgos de esta caricatura, lo cual prueba cuán grave y general era entonces aquella plaga.

(...) El petimetre no necesita más correctivo que su ridiculez, y éste es el que con más donaire le aplica el célebre sainetista en casi todas sus obras. La damisela presumida o petimetra es también un elemento indispensable en los dramas de Cruz: de este tipo no nos quedan sino restos, y no podemos asimilarlo a lo que hoy se llama una mujer elegante. Aquélla tenía algo de preciosa francesa[13], y sin dejar de ser esclava de la moda y del buen gusto, se asemeja mucho al tipo cursi de nuestros días; era menos que la gran dama y menos que la coqueta; era un conjunto de frivolidad y tontería de que la mujer moderna, cualesquiera que sean sus defectos, no puede dar idea. Las petimetras siempre aparecen en todos los sainetes, aun en los de más baja estofa, y son siempre las mismas: traviesas, empalagosas, ya por el estilo de la que hoy llamamos una romántica[14], ya asimila-

---

[11] *Luengo*: Largo (*DRAE*).

[12] *Chocarrería*: Chiste grosero (*DRAE*).

[13] El término "preciosa" ('préciuse') inicialmente designaba a las integrantes del salón literario de Rambouillet. Molière (1622-1673) ridiculiza a este grupo social en su comedia *Las preciosas ridículas* (1659).

[14] De manera muy similar a *El audaz*, el presente artículo galdosiano asocia el talento femenino del siglo XVIII con manifestaciones románticas también femeninas y censurables por sus presuntas carencias artísticas.

bles en las que designamos con nombres más concretos, si bien un poco menos pudorosos.

(...)

En los sainetes populares predomina el colorido local, la casta madrileña; y en algunos son pinturas de la vida en determinados sitios de la corte (...) En la mayor parte de ellos no se cuida el autor de imaginar una acción como lo hizo en los de carácter burgués, aunque no siempre con buena fortuna; generalmente los sainetes populares son cuadros dialogados, teniendo por único elemento de arte la exhibición simple de los caracteres, dados a conocer por el lenguaje, rara vez por los hechos. Pero este lenguaje es primoroso y en él se muestra Cruz consumado maestro.

Sin duda tuvo ocasión en su azarosa vida de rozarse con el pueblo, y frecuentó los bodegones de Maravillas y Lavapiés; lo mismo que si hubiera nacido y criándose entre aquella gente. Dos tipos descuellan en estos grupos inimitables: la maja y el manolo. La primera es la figura más característica y pintoresca que ha ofrecido el buen pueblo madrileño en sus evoluciones, y hoy no podemos formar de ella sino una idea muy inexacta por las mujeres de los barrios bajos, que conservan lo zafio y lo grosero, habiendo perdido el donaire y la originalidad (...). La maja parece como una corrupción de la antigua mujer española: en ella resplandecen, juntamente con el desgaire a que su condición social la llevaba, algunos rasgos de carácter de los que fueron adorno y orgullo de las nobles damas del siglo XVI.

(...)

El manolo (...) vale menos que la maja, cuya entereza es muy real, mientras todas las amenazas de él no pasan de baladronadas[15] sin consecuencia (...). La clase proletaria de hoy es más inteligente y menos pintoresca; entonces sabía disimular su miseria con una alegría constante y el desahogo de sus fiestas y continuas algazaras; hoy es menos perezoso y conoce mejor sus deberes, aunque no ha perdido enteramente los resabios que le pusieron entonces tan marcado sello.

(...)

Don Ramón de la Cruz no tomó jamás en serio la profesión ar-

---

[15] *Baladronada*: Hecho o dicho de baladrones (*DRAE*). Baladrón: fanfarrón que, siendo cobarde, blasona de valiente (*DRAE*).

tística: escribía por entretenimiento, movido por la casualidad, como él mismo dice; no sabía estimarse en su verdadero mérito, no tenía la dignidad de su ingenio; lo gastaba, lo despilfarraba sin tasa ni juicio en multitud de creaciones, entre las cuales son muy pocas las que tienen su desarrollo natural. Escribía por una especie de necesidad instintiva, no acertando las más a comprender los tesoros de arte que su propia feliz observación le ponía ante los ojos (...)

En resumen: don Ramón de la Cruz, dotado de un talento superior, no llegó, por la dañosa influencia de los vicios intelectuales de la sociedad en que nació, a realizar el alto fin a que parecía estar destinado; pero aun así, y a pesar de la flojedad de su carácter, produjo una imagen artística de aquella sociedad, que es el reflejo por donde mejor y más directamente le conocemos. El mundo artístico creado por este ingenio es vasto, de una multiplicidad asombrosa, vivo, palpitante, todo calor y movimiento. Como obras de arte, algunos de sus sainetes son, por lo general, engendros de imperfecto desarrollo que sólo en algunos rasgos dan a conocer la buena casta del ingenio que les ha dado la existencia; si no logran todos los fines del arte, consiguen el de la imitación de la naturaleza las más de las veces[16]. Fáltales la lógica de la acción; carecen de organismo, de juicio, de esa sensatez que exigimos aun a los productos del humor más desenvuelto y voluble; pero no hay en ellos ni sombra del vicio más funesto para las obras de arte: el fastidio.

Es pueril a veces el prurito de enseñar que el autor manifiesta, no circunscribiéndose a los medios propios que para tan importante fin tiene la comedia, sino practicando la enseñanza directa, por medio de las fastidiosas amonestaciones que tanto nos cansan en el teatro. Esto procedía sin duda de aquel prosaico espíritu didáctico que fue una

---

[16] El concepto de "imitación de la naturaleza" (mimesis) procede de la *Poética* de Aristóteles (384-322 a.Cr.): "Y la poesía se fragmentó de acuerdo con la manera de ser de cada uno: en efecto, unos, más graves, mimetizaban acciones nobles y de gente noble; otros, más vulgares, las acciones de gente ordinaria, haciendo, en un principio, vituperios, del mismo modo que otros hacían himnos o encomios", Aristóles, *Arte Poética*, ed. Aníbal González, Madrid, Taurus, 1987, pág. 52. Pérez Galdós valora la verosimilitud lingüística y estética de los sainetes de Ramón de la Cruz aunque no los considera plenamente literarios tanto por la precipitación de su composición como por su explícito didactismo. Ambos aspectos se oponen a los valores "desinteresados" y "artísticos" de la emergente "Alta Cultura" post-isabelina en la que se inserta la regeneración estético-ideológica auspiciada por la narrativa galdosiana.

consecuencia de la reforma literaria, y que no creó otra cosa buena que los fabulistas[17]. En esta parte Cruz no sabe lo que se hace (…) La verdadera moral de los sainetes está en el desprecio, en la repugnancia, en el horror que inspiran los petimetres insustanciales, los usías, los abates desvergonzados, las viejas coquetas, los manolos desalmados, los presidiarios procaces y soeces. De este modo enseña don Ramón de la Cruz después de haber logrado el principal objeto de su arte.

(…)

La sociedad retratada en los sainetes presenta una de las épocas de mayor turbación registradas en la historia. Falso es el concepto de regeneración atribuido al reinado de Carlos III. (…) A pesar de la sombra de bienestar que existía en las regiones oficiales, el reinado de Carlos III fue de honda turbación y decaimiento. Nunca se abatió más el espíritu nacional, cuya flojedad llegó a un extremo inconcebible; nunca la sociedad mostró en todas sus clases más señalados síntomas de ceguera y de corrupción, sin que ningún ideal próximo ni lejano le diera luz y esperanza.

Madrid, enero de 1871.

---

[17] Los fabulistas prestigiados en la juicios evaluadores de Pérez Galdós son Félix María de Samaniego (1745-1801) y Tomás de Iriarte (1750-1791), autores, respectivamente, de *Fábulas morales* (1781) y *Fábulas literarias* (1782).

TEMAS DE TRABAJO

1. Analice los procedimientos galdosianos empleados en la caricaturización de la literatura del siglo XVIII en los capítulos IV y XXIII. ¿De qué manera se ridiculizan las figuras de Narciso Pluma y Pepita Sanahuja? ¿Qué implicaciones tiene para la autoría intelectual femenina su asociación con las antiartísticas, a juicio de Pérez Galdós, prácticas literarias de la Ilustración española?
2. Pérez Galdós utiliza frecuentemente el adjetivo "grotesco" en *El audaz*. Seleccione la escena grotesca que haya considerado más significativa en la obra y justifique su elección. ¿Cómo consigue el autor alcanzar ese efecto estético?
3. El anticlericalismo galdosiano. Comente la representación de los personajes del fraile Jerónimo de Matamala, el abate Lino Paniagua y el Padre Corchón. ¿Cuáles serían las principales características que los desacreditan en la novela galdosiana? Explique la descripción de estas figuras en los capítulos I, II y VII.
4. Interprete el sexismo burgués utilizado en la construcción de los personajes femeninos. Según el modelo propuesto en el prólogo, explique las figuras de Antonia Gibraleón, Pepita Sanahuja y Bernarda Quiñones. ¿En qué manera se integra Susana Cerezuelo en la domesticidad de clase media impulsada en España desde 1868 por la burguesía liberal? Comente los factores que explican la dramática evolución de este personaje en los capítulo IX y XXI. ¿Es importante que éstos se titulen "El león domado" y "La nobleza y el pueblo"? ¿Se integra Susana en la "opinión pública" liberal o se mantiene en la "esfera doméstica"?
5. *El audaz* y la Revolución Francesa (1789). Comente las referencias históricas a la Revolución Francesa del capítulo III. ¿Considera simbólico que La Zarza, único testigo presencial de ese suceso histórico, haya enloquecido y se vea recluido en un edificio ruinoso? Relacione este capítulo con la última sección del capítulo XXXI. ¿Cuáles serían las consecuencias de asociar locura y extremismo rupturista?

6. Benito Pérez Galdós y el proyecto liberal-progresista de "modernizar sin desorden faccionalista" en el contexto del "Sexenio" (1868-1874). Utilizando la sección del prólogo referida a las valoraciones intelectuales de los procesos revolucionarios durante el período decimonónico, explique la perspectiva galdosiana en *El audaz*. ¿Cuáles serían los errores políticos cometidos por el revolucionario Martín Muriel? ¿Qué rasgos esenciales desacreditan sus empresas regeneradoras? Comente los capítulos XXVII, XXVIII y XXIX desarrollados en Toledo. ¿Cuál es la imagen autorial proyectada sobre el radical visionario y el pueblo al que se dirigen sus proyectos de ruptura política?

7. La crítica literaria del "Sexenio" y la narrativa galdosiana. Comente las reseñas incluidas en la "Documentación temática varia". ¿Cuáles serían los principales rasgos literarios que dignifican a *El audaz* en 1871 según las valoraciones aparecidas en *La Nación* y *El Imparcial*? ¿Responde el texto a las expectativas estéticas desarrolladas por los críticos? Relacione sus juicios críticos con la reseña de Eugenio de Ochoa incorporada a la edición de *El audaz* desde 1871. ¿Qué puede justificar el interés de Benito Pérez Galdós por incluirla como prólogo a su novela?

8. La narrativa galdosiana es asociada desde fechas tempranas con la estética del realismo que supera ciertas tendencias románticas e idealistas. ¿Observa alguna crítica contra el "mal gusto" romántico en *El audaz*? ¿Cuáles serían los personajes novelescos más cercanos a ese modelo criticado? ¿Manifiesta el texto deudas o dependencias textuales con el romanticismo? Justifique su opinión indicando varios ejemplos.

9. Interprete el desenlace de la novela desarrollado en el capítulo XXXI. ¿Responde ese final a sus expectativas como lector? ¿Qué otro tipo de desenlace hubiera sido posible en *El audaz*? Justifique esa alternativa en relación a la trayectoria novelesca de sus protagonistas.

10. *El audaz* y el descrédito del Antiguo Régimen en el "Sexenio". Utilizando el artículo galdosiano contenido en los "Textos complementarios a *El audaz*" explique las razones que motivan el interés de Pérez Galdós hacia la cultura española producida durante el siglo XVIII. ¿Existen conexiones entre estos artículos de 1870-1871 y *El audaz*? Describa las implicaciones de los juicios

galdosianos en relación al género sexual, la creación literaria y los proyectos políticos de reforma social.

11. Analice la representación de los personajes populares madrileños en los capítulos XIII y XIV. ¿Qué rasgos definen su trayectoria novelesca? ¿Cómo se relacionan con la aristocracia? Efectúe un contraste entre estas figuras populares y los petimetres de *El audaz*. Desde la óptica galdosiana, ¿qué grupo social manifiesta mayor autenticidad?

12. Benito Pérez Galdós y la literatura española de los Siglos de Oro. ¿Podría vincularse *El audaz* con ciertas manifestaciones literarias españolas escritas durante los siglos XVI-XVII? ¿Cualés serían las conexiones entre Martín Muriel con Don Alonso Quijano? Interprete el capítulo XXV en relación al modelo propuesto por las comedias de honor calderonianas.

13. ¿Cómo se representan los ambientes urbanos en *El audaz*? Analice las principales características atribuidas a Madrid y Toledo. Seleccione la descripción de la novela que reproduzca con mayor exactitud el entorno madrileño.

14. La descripción del paisaje toledano en *El audaz*. ¿Cuáles son los recursos descriptivos utilizados por Pérez Galdós en el capítulo XXX para referirse a la ciudad castellana? Explique los efectos estéticos de aquellos ejemplos en los que se privilegian menciones a la sublimidad terrorífica.

I.S.L.

OTROS TÍTULOS, CLÁSICOS LIBERTARIAS

Rimas y leyendas
Gustavo Adolfo Bécquer
Edición de Enrique Rull Fernández

En las orillas del Sar
Rosalía de Castro
Edición de Mauro Armiño

Cuentos
Leopoldo Alas, Clarín
Edición de José María Martínez Cachero

Noche
Alejandro Sawa
Edición de Jean-Claude Mbarga

La vida del Lazarillo de Tormes
Anónimo
Edición de Florencio Sevilla Arroyo

Antología
Gaspar Melchor de Jovellanos
Edición de Ana Freire López

Cuentos y novelas cortas
Pedro Antonio de Alarcón
Edición de Ángel Basanta

Figuras de la pasión del señor
Gabriel Miró
Edición de Juan Luis Suárez Granda

Poema de Mio Cid
Anónimo
Edición de Emilia Enríquez Carrasco

Antología poética
Francisco de Quevedo
Edición de Ana Suárez Miramón

Poesía
Lope de Vega
Edición de Miguel García Posada

Artículos literarios
Mariano José de Larra
Edición de Juan José Ortiz de Mendívil

Sueños
Francisco de Quevedo
Edición de Ana Suárez Miramón

Fuente Ovejuna
Lope de Vega
Edición de Jesús Cañas Murillo

El Conde Lucanor
Don Juan Manuel
Edición de José Manuel Fradejas Rueda

Diálogo de la lengua
Juan de Valdés
Edición de Antonio Quilis Morales

Casa con dos puertas mala es de guardar
Pedro Calderón de la Barca
Edición de José Romera Castillo

La zapatera prodigiosa
Federico García Lorca
Edición de Arturo del Hoyo

La Celestina
Fernando de Rojas
Edición de Joaquín Benito de Lucas

Cartas marruecas
José Cadalso
Edición de Juan José Amate Blanco

La verdad sospechosa
Juan Ruiz de Alarcón
Edición de Manuel Sito Alba

Crimen legal
Alejandro Sawa
Edición de Jean-Claude Mbarga

Mudarse por mejorarse
Juan Ruiz de Alarcón
Edición de Manuel Sito Alba

Milagros de Nuestra Señora
Gonzalo de Berceo
Edición de Juan Manuel Rozas López

República literaria
Diego Saavedra Fajardo
Edición de José Fradejas Lebrero

Obras completas
Garcilaso de la Vega
Edición de José Rico Verdú

El libro de buen amor
Juan Ruiz, Arcipreste de Hita
Edición de Jesús Cañas Murillo

Poesía cancioneril
Edición de José María Azáceta y García de Albéniz

Poesías. El estudiante de Salamanca
José de Espronceda
Edición de Juan María Díez Taboada

El burlador de Sevilla y convidado de piedra
Tirso de Molina
Edición de Juan Manuel Oliver Cabañes

La prudencia en la mujer
Tirso de Molina
Edición de Juan Manuel Oliver Cabañes

El sí de las niñas
Leonardo Fernández de Moratín
Edición de Manuel Camarero Gea

El barón
Leandro Fernández de Moratín
Edición de Manuel Camarero Gea

Don Álvaro o la fuerza del sino
Duque de Rivas
Edición de José García Templado

El desengaño de un sueño
Duque de Rivas
Edición de José García Templado

Autos Sacramentales del Siglo de Oro
Edición de Enrique Rull Fernández

Antología del Entremes Barroco
Edición de Celsa Carmen García Valdés

El Audaz. Historia de un radical de antaño
Benito Pérez Galdós
Edición de Iñigo Sánchez Llama

El audad. Historia de un radical de antaño
Edición de Íñigo Sánchez Llama

se terminó de imprimir el día 15 de septiembre 2003
en Top Printer Plus
Publicado por Ediciones Libertarias